아기는 악당을 키운다

Babies raise villains

리샤 장편소설

4

아기는 악당을 키운다 4

초판 1쇄 발행 2022년 7월 29일
초판 1쇄 발행 2022년 8월 30일

지은이 리샤
발행인 오광백
편집 편집부
표지 내지디자인 디자인그룹 헌드레드
내지 편집 오정인
제작 조하늬

펴낸 곳 (주)삼양출판사 · 피오렛
주소 서울시 강북구 도봉로 173
대표 전화 02-980-2112 **팩스** / 02-983-0660
편집부 전화 02-980-2116 **팩스** / 02-983-8201
블로그 blog.naver.com/dan_gul
출판등록 1999년 3월 11일 제9-00046호

ISBN 979-11-283-7178-3 (04810) / 979-11-283-7174-5 (세트)

+ 이 도서의 국립중앙도서관 출판시도서목록(CIP)은 서지정보유통지원시스템홈페이지(http://seoji.nl.go.kr)와 국가자료공동목록시스템(http://www.nl.go.kr/kolisnet)에서 이용하실 수 있습니다.

아기는
악당을
키운다
Babies raise villains
리사 장편소설 4
fioret

Contents

Chapter 19.

스토라스, 그러니까 라스 스토는 기세등등한 표정으로 나를 훑어보았다.

[네가 감히 신을 참칭한 무뢰배냐.]
[이거 진짜 멍청인가.]

아뿔싸. 너무 기가 막혀서 내 의지대로 입이 움직인다.
라스 스토는 길길이 날뛰며 나를 노려봤다.

[뭐라! 지옥의 겁화에 떨어져야 고약한 입을 다물겠느—!]
[시끄럽고, 문 닫아. 병자들이 있는 곳에 찬바람 들게 하지 말고.]

[감히 뉘 말을 끊는 것이냐.]

[문!]

'나'는 버럭 소리쳤다. 이건 내 의지가 아니라 이 몸의 의지였다.

병실에 있던 병자와 보호자들이 라스 스토에게 불만스러운 시선을 보냈다. 라스 스토는 [속지 마라. 저자는 감히 신을 참칭하는……!] 하고 떠들었으나, '내'가 병자에게 손을 내젓자 사람들은 라스 스토를 본체만체하고 내게 다가왔다.

[보자. 오늘 배는 어떤가.]

[네! 그러면 여신님, 오늘은 땔감을 주우러 갈 수 있나요?]

나는 아이의 배에 귀를 바짝 댄 채로 눈을 가늘게 좁혔다.

[소리가 아무래도 이상한데. 준 약은 잘 먹고 있는 거야?]

[그, 그럼요.]

[어허.]

[……아까워서.]

아이가 웅얼거리며 손끝을 매만졌다.

겨울엔 가뜩이나 약초를 구하기 힘든데, 이 마을은 네리아드를 신봉하는 왕의 군사들이 휩쓸고 가며 비축해 둔 약초와 식량을 털어 갔다.

[아깝다고 약을 제때 먹지 않으면 영영 약을 먹지 못하게 될 거야.]

[예?]

[죽을 테니까.]

[……!]

샛노래진 아이가 펄쩍 뛰었다. [먹을게요. 먹을 거예요!] 하며 다급하게 매달리는 아이를 보며 '나'는 빙그레 웃었다.

[좋아. 오늘은 약을 잘 먹기야? 그 전에 건물 뒤로 가서 귀리죽을 받아 가. 또 동생들에게 나눠 준다고 쫄쫄 굶으면 다신 진료를 봐주지 않을 테야.]

[알겠어요…….]

'내'가 엄하게 다그치자 아이는 시무룩해졌다. '나'는 이내 픽 웃고 아이의 주머니에 손바닥만 한 봉투를 쑥 집어넣었다. 봉투를 열어 본 아이가 눈을 홉뜨고서 날 바라봤다.

[과자다! 과자예요? 맞아요? 저 과자는 어릴 때 보고 처음 봐요.]

[동생들과 나눠 먹어. 하나는 네 거야. 알겠지?]

[네!]

아이가 활짝 웃으며 달려 나갔다. 그리고 다른 환자, 또 다른 환자. 씨근덕거리는 라스 스토의 표정이 조금씩 달라졌다. '나'의 환자들은 모두 웃는 모습으로 감사를 표하고 갔기에.

'나'의 속에서 광경을 지켜보던 난 세실리아와 황제를 만나게 하던 날 세웠던 치료소의 모습을 떠올렸다.

'그 치료소, 이곳과 비슷해.'

[보자. 이런, 상처가 곪았네요. 또 제 말을 듣지 않고 일을 나가신 거죠?]
[아, 뱃사공이 물질하지 않으면 누가 강을 건너나.]
[이러다가 다리가 썩어 버릴지도 모른다고요.]

'나'는 한숨을 푹 내쉬고 의자 옆의 주머니를 더듬거렸다. 약초를 살피다가 이파리가 샛노란 것을 꺼내 절구에 넣었다.

[에디오르아.]

라스 스토가 퉁명스럽게 말했다.

[뭐?]
[에디오르아를 쓰라고. 그자는 괴질을 앓은 적이 있어서 네가 집은 그 약초는 효과가 없을 테니까.]
[아저씨를 알아?]

라스 스토의 손 주변으로 반딧불이의 줄이 이어진 것 같은 빛이 감돌았다. 허공이 밝게 빛나며 그의 손에 책 한 권이 생겼다.

[내 이능은 '지고의 도서관'. 세상 모든 기록을 열람할 수 있다.]

기록으로 아저씨의 병세를 알아차린 모양이었다.
'나'는 그에게 불쑥 손을 내밀었다.

[그거 줘.]
[이능을 나누는 것은 신께서 엄히 금하신 사항……!]
[에디오르아 말이야. 너 있지? 내놔.]
[이 무슨 강도 같은…….]
[인간을 인도하는 게 선각자잖아. 회복으로 인도해 줍시다.]

뻔뻔한 표정의 '나'를 본 라스 스토는 허! 콧방귀를 뀌었다. 하지만 내가 빙그레 웃자 그는 쯧, 혀를 찼다.

'이곳의 나는 도무지 거절할 수 없게 하는 사람이란 말이야.'

라스 스토도 그랬는지 [기다려.]라고 말하곤 병실을 나섰다. 인기척 드문 곳으로 향한 라스 스토는 곧 거대한 올빼미로 변했다.

그가 막 상공으로 날아오르던 찰나,

[악!]

'내'가 그에게 올라탔다.

[네가 가진 약초들 구경하자, 어? 좋은 게 있으면 사람들과 좀 나누고. 좋지?]
[이 미친! 미친 여자가! 감히 누구의 등에 올라타는 거야?!]
[출발!]
[내려가지 못해!]

라스 스토는 와와 소리쳤으나, 그런 것으로 떼어 놓기엔 '나'는 너무 해맑았다. 결국 그의 은신처까지 같이 갔고, '나'는 문이 열리자마자 눈을 빛냈다.

'세상에, 무슨 약초가 이렇게 많아! 말린 것, 화분에 심은 것, 우와! 저건 자루째로 있네!'

'내'가 슬그머니 자루에 손을 올리자 라스 스토가 으르렁거리듯 경고했다.

[좋은 말 할 때 손 떼라.]

[폐병을 앓는 갓난쟁이 쌍둥이가 있거든. 그런데 이 약초가 너무 비싸서 치료는 엄두도 못 내. 이게 있으면 사람을 살릴 수 있다고. 무려 둘이나!]

내가 손가락 두 개를 펼치며 말하자 그는 으득, 이를 갈았다.

'이때의 스토라스는 말은 거칠어도 심성은 착했나 봐.'

약초를 마구 쓸어 담는 '나'를 못마땅하게 쳐다보던 그는 한숨을 내쉬고 약초 무더기를 건너 책장으로 다가갔다. 책장에서 책을 빼낸 그는 커버를 열고 글이 빼곡한 책에 무언가를 덧쓰기 시작했다.

[내가 콰라에게 준 약의 제조법이네?]

'내'가 고개를 불쑥 내밀며 말하자 [왁!!] 하고 비명을 지른 그는 칫, 혀를 차고 책을 등 뒤로 감췄다.

[너는 지고의 도서관이 이능이라며, 그럼 기록할 필요 없는 것 아냐?]

['기록'된 것만 꺼낼 수 있는 거다. 그리고 어떻게 매번 이능을 사용하나? 선각자라 할지라도 시도 때도 없이 이능을 사용할 수 있는 건 아냐.]

[내 제조법이 마음에 들었구나.]

[이건 후, 훔친 게 아니라……!]

[산수유 세 알이야. 두 알이 아니라.]

[……뭐?]

[세 알이라고. 조금 전엔 부족해서 어쩔 수 없이 두 알만 넣은 거야. 고쳐 써.]

[그런 걸 함부로 알려 줘도 되나?]

[어차피 모두 사람을 위해 만든 거야. 기록되어 후대에 다시 쓰인다면 기쁜 일이지?]

[…….]

[그러니까!]

'나'는 예의 뻔뻔한 표정으로 웃었다.

[네 것도 같이 쓰자.]

[뭐라?!]

[이거, 이거 갈티네 아주머니 무좀에 쓰면 딱이겠어. 나눠 주라. 응? 응?]

[이게 진짜…….]

이 시대의 라스 스토는 정말이지 선량했다. 결국, '내'게 손발을 다 들고 말았으니까. '나'는 그에게서 받은 제조법으로 많은 사람을 구했다. 그리고 언젠가부터 라스 스토 또한 나와 행보를 같이했다.

[여신님의 조수! 와서 식사하고 가. 이 이가 팔뚝만 한 송어를 네 마리나 잡았다고!]

[조수 아니라니까! 나는 신께서 지혜를 나눠 주신 위대한—!]
[포도주도 있네!]
[……잠깐만 앉는 거야. 잠깐만.]

그는 '나'의 조수로 불리며 사람들 속에 스며들어 갔다.
시간은 하염없이 흘렀다. 아무리 사람들을 치료해도, 전쟁이 끊이지 않았다.

[메리아, 메리아!]

어느 날 라스 스토가 희게 질린 얼굴로 내게 달려왔다.

[도망쳐. 네리아드가 결국 신에 대항해 검을 들었어. 선각자들이 대거 그를 따르고 있다. 신의 뜰에서 전쟁이 일어났어!]

'나'는 문을 박차고 달려갔다.

[메리아!]

사흘 밤낮을 달려간 신의 뜰은 불길에 휩싸인 후였다. 네리아드를 따르는 선각자들과 인간들에 맞선 자들의 시신이 여기저기에 널브러져 있었다.
그중엔…….

[부네!]

'나'는 쓰러진 부네를 끌어안았고, 부네는 내 뺨을 쓰다듬으며 언제나처럼 다정히 웃었다.

[울지 말려무나, 아가야. 한발 먼저 안식의 땅으로 갈 뿐이란다.]

[아아, 아…….]

[그곳에서 기다리고 있으마. 아가가 좋아하는 딸기를 준비……하고서.]

부네는 눈뜨지 못했다. 늘어진 그의 시체를 끌어안고 '나'는 미친 사람처럼 오열했다.

[무슨 소리야. 메리아. 네가 어떻게 선각자를…….]

라스 스토는 이해할 수 없다는 표정으로 나를 보았으나, 혼이 나간 듯 허공을 바라보던 '나'는 비틀비틀 몸을 일으켰다.

[메리아. 메리아!]

'나'는 신전으로 들어갔다.

'나'는 크게 충격받았지만, 이건 예정된 수순이었다. 가진 자들은 네리아드를 신봉했고, 네리아드를 향한 믿음은 그 주변으로 번져갔다.

세르가의 신전에 사람들의 발길이 끊긴 지 오래. 반면, 네리아드의 쉼터는 새로운 신전이라 불리며 온갖 귀한 것들이 진상되고 있었다.

신전 안에서 목도한 것은 홀로 우두커니 선 네리아드. 그리고 그의 발치에 쓰러진 또 다른 자들이었다.

들판에서 '나'를 위로하던 다정한 남색 머리칼의 사내. 다소 괄괄하지만 '내'가 엄마를 찾으며 울음을 터뜨릴 땐 상냥한 금발의 여성. 홀로 네리아드를 기다릴 적에 [자, 내 등에 타. 멍청하게 있지 말고!] 부러 쾌활하게 소리치던 푸르. 그리고…….

깊고 깊은 사막의 밤, 우리 남매를 향해 하늘에 별을 드리우던 다정하고도 다정한, 바보 같은 나의 신. 쓰러진 신 앞에 검을 겨눈 네리아드는 신을 응시한 채로 '내'게 말했다.

[보아라, 동생아. 네게 어떤 아이도 고통받지 않는 세상을 선물할 시간이 왔다.]

[오빠를…… 이해해 보려고 했어.]

나는 힘없이 말을 이었다.

[오빠의 죄는 나를, 사람들을 사랑하는 또 다른 방식이라 믿고 싶었어…….]

[그래, 맞아.]

[언젠가 돌아올 거라고 믿었어. 다정하고 지혜로운 오빠의 눈을 가린 오만이 떨어져 나갈 거라고…… 난 그렇게…… 그렇게…….]

고개를 푹 수그렸다. 뺨을 타고 떨어진 눈물이 가죽신을 흠뻑 적시었다.

어떤 언어로 '나'의 감정을 설명할 수 있을까. 미움과 증오, 그럼에도 지워 버릴 수 없는 애정. 그리고 안타까움, 괴로움. 모든 감정이 뒤섞여 혼탁해졌다.

나는 '나'의 안에서 엉엉 소리 내 울었다. 마치 '나'와 동화된 것처럼, 아니, '나'인 것처럼.

네리아드는 결코 '나'를 바라보지 않았다.

어릴 때의 그는 '내'게서 시선 한 줌 떼어 놓지 않았는데, 언제나 올곧게 나와 마주하였는데, 지금의 그는 '나'를 위한다고 말할 뿐, 지척에 있는 나를 결코 돌아보지 않는다.

[사람의 마음엔 벌레가 있단다. 사람이 강인할 때면 웅크리고 있다가 약해질 때 마음을 파고들어 병들게 하지. 그리하여 질투와 탐욕, 이기가 생기는 것이다.]

아아, 그렇구나. 오빠는 병든 것이구나. 나을 수 없는 지독한 병마에 집어 삼켜진 것이로구나.

'나'는 천천히 그에게 다가갔다. 두 팔을 벌려 네리아드를 가로막았다.

[바보 같은 짓. 이능조차 발현하지 못한 네가 나를 이길 수 있을 성싶으냐.]

[…….]

[왜. 내 삶의 이유였던 네가 나를 배신하려는 거야, 르블레인!]

[울지 마. 내가 너를 지켜 줄 테니까.]

[너 또한 어리석은 신의 앞잡이가 된 것이냐!]

[신의 곁에서 배우고 익혀 우리 같은 아이가 없는 세상을 만들고 싶어. 네

가 마음 놓고 뛰어놀 수 있는 상냥한 세상을 말이야.]

[아둔하다. 넌 멍청해! 완전한 신만이 세상을 구원할 수 있어! 나만이 제자리를 주고, 순종하게 하여, 결코 길을 벗어나지 않게 인도할 수 있다!]

'나'는, 나는 그런 것을 바란 적이 없다.

내가 바란 것은…….

그와 손을 마주 잡고 들을 걷는 것. 때때로 사소한 걱정을 하며, 울상 짓더라도 보다 나은 내일이 오리라 의심하지 않는 것. 일 년에 하루쯤은 도시락을 싸고 배를 타고 저 멀리 꽃놀이 가고, 부모님의 기일엔 묘를 찾고, 우리는 괜찮다, 두 사람이 내게 이만큼 좋은 오빠를 남겨 주었으니까, 말하는 것.

네리아드의 눈이 거멓게 물들었다.

동생에게 배반당했다는 분노에 사로잡힌 그가 신을 향해 검을 내지르려는 순간, 나는 그의 검에 뛰어들었다.

멀리서 [메리아!] 하고 나를 부르는 누군가의 목소리가 들리는 듯했다.

나는 몸이 기우는 동안 네리아드에게서 시선을 거두지 않았다. 흐려진 시야에 비친 네리아드의 얼굴이 기묘하게 일그러졌다.

털썩 주저앉은 네리아드가 나를 향해 엉금엉금 다가왔다. 나를 끌어안은 그는 미쳐 버린 광대처럼 중얼거렸다.

[이 또한 불완전한 신의 농락일 뿐이다. 죽어 가는 주제에 내게서 너를 빼앗을 힘은 남았구나. 하지만, 걱정하지 마라. 걱정하지 마. 늦지 않게…… 내가 너를, 너를…….]

네리아드의 손등에 시동인이 떠오르며 끔찍하도록 음울한 기운이 넘실거렸다. 실이 끊어진 인형처럼 기괴하게 그는 웃었다.

[걱정하지 마라. 내 품에서 부활한 너는 나와 같은 이상을 가지고, 옳은 길을 볼 수 있을 테니까. 내가 너를 상냥한 목자들의 나라로 인도하마.]

나는 충혈되어 실핏줄이 자글자글 터진 눈으로 그를 바라봤다. 애원하고 싶었으나 몸이 움직이지 않았다.

제발, 싫어. 싫어. 날 살리지 마. 오빠의 인형이 되어 부활하고 싶지 않아. 그건 내가 아냐.

'아, 신이시여……!'

그 순간이었다. 내 목을 조이던 네리아드의 기운이 순식간에 사그라들며 빛이 뿜어져 나왔다.

쿠구구구구구구ㅡ!!

굉음과 함께 사방에서 고함과 비명이 터져 나왔다.

창밖으로 선각자들의 시체와 인간들을 짓밟고 선 다른 선각자들에게 말뚝 같은 것이 꽂혔다. 눈 깜짝할 사이에 말뚝은 기둥이 되어 선각자 모두가 사슬에 얽매였다.

[놔라! 놔! 나는 이대로 갈 수 없……!]

[네리아드 님, 네리아드 님……!]

그리고.

[크악!]

비명을 내지른 네리아드가 내게서 떨어져 비틀비틀 뒷걸음질 쳤다.

[세르가! 비열한 신이여!]

빛으로 휩싸인 그의 몸이 녹아내렸다. 마치 오물이 떨어지는 것처럼 무너져 내린 끝에 그는 도무지 사람이라고 볼 수 없는 끔찍한 악귀의 꼴로 변했다.

끼아아아아악—!!

소름 끼치는 비명과 함께 세르가의 몸이 완전히 녹아내렸다.

인계가 빛 속에 휩싸였다. 누군가로 하여금 고통스러운 비명을 끌어낸 빛은 내겐 볕에 바짝 말린 이불처럼 따뜻하고 포근했다.

그 속에서 나는 내게 뻗어지는 손을 보았다. 멍하니 그 손을 잡자 등 뒤에서 아주 다정한 목소리가 들려왔다.

"아기야."

뉴이트를 만졌을 때 들리던 그 목소리. 언제나 꿈속에서 들리던…….

'신의 목소리.'

내가 뒤를 돌아보자 공간이 변화했다. 끝없는 빛 속에서 나는 세르가와 마주했다.

* * *

내 모습은 더 이상 고대의 르블레인, 그러니까 메리아가 아니었다. 아홉 살의 르블레인 리세트 듀블레드로 나는 세르가 신을 올려다보았다.

신은 내게 손을 뻗었다. 머뭇거리던 내가 조심스럽게 그의 손을 잡자 그는 가볍게 힘을 주었다.

"드디어 만났구나. 나의 아이야. 너와 마주하는 순간을 고대하고 있었단다."

나는 멍하니 그를 바라보았다.

영지성에서부터 나를 부르던 이 목소리는 역시 세르가 신이었던 것인가.

"뉴이트를 잡았을 때부터 제 곁에 계셨나요?"

"나는 언제나 네 곁에 있었단다. 뉴이트로 인해 봉인된 힘이 깨어나 네가 내 목소리를 듣게 된 것이지."

"……."

"네가 태어나고, 눈을 뜨고, 걷고, 말을 하는 것을 지켜보며 나는 매우 행복했다."

"……."

"너는 언제, 어디에서나 나를 기쁘게 하는 특별한 영혼이니까."

그렇게 말한 세르가가 나를 천천히 이끌었다. 우리는 걷기 시작했다. 힐끔힐끔 곁눈질하니 그가 상냥한 목소리로 말했다.

"묻거라."

"……제게 이 꿈, 아니, 고대의 일을 보여 주신 건 당신인가요?"

"그래."

"저는 네리아드의 동생인가요?"

"네리아드를 오라비로 여기느냐?"

"저는 오빠가 셋이나 있으니까 그런 이상한 오빠는 없어도 돼요."

"하면 넌 네리아드의 동생이 아니로구나."

'그러니까 대체 뭐라는 거야?'

나는 눈을 도르륵 굴리다가 왈칵 인상을 찌푸리고 신을 흘겨보았다.

"저는 네리아드의 동생이 아니라는 거죠?"

"네가 네리아드의 동생이었던 적도 있었지. 하지만 지금은 그저 리세트의 딸, 테오도르의 자식이 아니냐."

"원래 말을 그렇게 어렵게 하세요?"

내가 인상을 쓰자 신은 유쾌한 듯 웃었다.

'내가 네리아드 동생의 환생이 맞다는 거네.'

기록에 나오는 목동 남매의 여동생 쪽이 나였던 거다.

"왜 제게 과거를 보여 주셨어요?"

"네 목숨에 가치가 없다 하기에."

"……투정이었어요."

"하지만 내게 그보다 아픈 말은 없단다."

신은 내 손을 잡고 천천히 걸었다. 나는 그와 함께 걸으며 많은 것들을 물었다.

"네리아드는 저를 소중하게 여겼는데, 어째서 저를 제물로 삼으려는 건가요?"

"그는 인간이 탐내선 안 될 힘을 탐낸 대가로 이성을 상실하고, 선의를 잃었다. 오랜 시간 의식으로만 존재하여 과거보다도 흉측한 괴물이 되었지. 이제 그가 기억하는 건 오로지 목표뿐이다. 완전한 신이 되는 것과 너를 죽여 그의 인형으로 부활시키는 것. 그는 이 두 가지만을 기억할 뿐인 혼돈이란다."

"선각자는 신에게서 〈지혜〉를 받은 자들인데 왜 네리아드를 따르는 자들이 생겼나요?"

"그들 또한 인간이지. 탐욕은 인간이라면 누구에게나 존재한다."

"스토라스는 대체 왜 메리아를, 그러니까 저를 배신자라고 부르면서 싫어해요? 제가 네리아드의 동생인 걸 밝히지 않아서?"

"사랑은 이따금 이성을 흐리게 만들지. 눈앞에서 사랑하는 이가 다른 이의 품에 뛰어들어 죽었으니 그 상심이 오죽하였겠느냐. 기둥에 묶여 오랜 시간 신음하던 그의 애정은 원망이 되었단다."

"네리아드의 목적은 완전한 신이 되는 거죠?"

"그래. 나를 집어삼켜서."

"아니, 신을 집어삼키면 집어삼키는 거지 굳이! 하필이면! 왜 저를 제물 삼아서 신을 집어삼켜야 하냐고요. 저한테 신의 힘이 있는 것도 아닌 — 설마, 제게 있나요? 신의 힘이?"

"나는 오랜 시간 잠들어 있었단다. 내가 택한 아이의 눈으로만 세상을 볼 수 있었지. 그런 내가 어찌 너를 계속 지켜볼 수 있었겠느냐."

"제 속에 잠들어 계셨어요?"

그는 빙그레 웃었다. 내 머리를 쓰다듬은 그가 다시 걸음을 옮기며 말했다.

"내겐 시간이 얼마 남지 않았다. 질문을 계속하려무나."

"인간에 불과한 아드리안이 어떻게 신의 힘을 봉인할 수 있었어요?"

"그는 영리한 아이더구나. 신의 힘을 봉인한 것이 아니라, 신의 힘을 분출할 수 있는 통로를 틀어막은 것이다. 게다가 아주 특별한 핏줄을 가지고 있지."

"특별한 핏줄……. 혹시 초대 황제가 셰이먼 부족인 것과 관련 있나요?"

"셰이먼은 시작의 부족. 내가 최초로 빚은 인간의 후손이지. 그러하기에 특별하단다."

"왜 저를 선택하셨어요? 저는 네리아드의 동생이잖아요. 제가 네리아드의 뜻에 동조할 거란 생각은 안 하셨어요? 게다가 저는 정확히 말하면 선각자인 것도 아니고……."

"인간을 인도하기 위한 존재가 선각자다. 너는 고대에 여행하며 수도 없이 많은 목숨을 살리고, 그들을 바른길로 인도하였으니 선각자가 아닐 수 없다."

"하지만 이능을 발현하지 않았잖아요."

"그렇게 생각하니."

그가 걸음을 우뚝 멈추고 나를 바라보았다.

"네. 보여 주신 과거에 저는 이능을 발현하지 못한걸요."

"너는 마지막 순간, 이능을 발현했단다."

"제 이능이 뭔데요? 악마를 불러내는 것?"

"그건 신의 힘이지."

"그게 아니면 별로 능력 같은 거 없는데. 기껏해야 회귀하는…… 어?"

그는 미소 지었고, 나는 비로소 깨달았다.

'회귀를 신이 시킨 게 아니었단 말이야? 내 이능이 회귀였던 거라고?'

"이런 게 어디 있어! 차라리 부네처럼 죽은 영혼을 소환한다든가, 스토라스처럼 기록을 열람하는 게 좋다고요! 이건 차별이에요! 네리아드는 신의 힘과 비슷한 이능을 발현했는데, 왜 나는……!"

억울해진 내가 왁, 왁! 소리치자 신이 내 머리를 쓰다듬었다.

"이능은 선각자가 생각하는 가장 소중한 가치. 네가 가장 소중하게 여기는 가치는 그것이었다."

"회귀가 제가 생각하는 최고의 가치라고요?"

"네가 말하지 않았니. 인간에겐 모두 기회가 있어야 한다고."

"기회……. 회귀가 기회라는 건가요?"

"그래."

나는 한숨을 푹 내쉬었다. 아무래도 고대의 나는 내 손으로 팔자를 꼬아 버린 모양이었다.

"그럼 마지막 질문. 스토라스는 왜 제가 메리아인 걸 모르죠? 부네와 파이몬, 푸르 모두 제가 네리아드의 동생인 걸 몰라요."
"인간을 취한 대가이다."
"……악마가 되어 인간의 피를 취했기 때문에 기억하지 못한다고요?"
"선각자는 인간을 지켜야 하는 존재. 지켜야 할 이들을 취하면 취할수록 인간으로서의 기억이 지워지지. 사라진 기억은 본인이 원하는 대로 왜곡된다. 스토라스가 원망의 대상을 바라기에 널 배신자로 왜곡시킨 것처럼."
"망각이 벌이란 말이에요……?"
"하여 때로 그들은 숨처럼 여기던 연인, 혹은 자식, 지기, 이웃의 영혼을 알아보지 못하고 살을 찢고 뼈를 저몄지. 그러며 인간성을 잃어 가는 것이다. 다시는 구원받을 수 없도록."
맙소사. 그런 벌이 어디 있어.
"잔혹해요……."
신의 얼굴이 흐려졌다.
그때였다. 공간이 어그러지며 신의 목소리가 흐려졌다. 나는 흠칫 주변을 둘러보았다. 신이 보여 준 과거에서 느꼈던 네리아드의 힘이 느껴졌다.
"세르가 님!"
"아가야. 네가 내 아이들을…… 구원…… 특별한 존재…… 너는……."
목소리가 어그러지며 세르가가 아주 작은 빛 덩어리로 변했다. 조금씩 더 작아지던 빛은 이윽고 완전히 사라졌다.

[사랑한다.]

단 한 마디만을 남기고.

그제야 나는 깨달았다. 그가 남은 힘을 모조리 나를 만나기 위해 쓴 것임을. 신에게 이용당할 뿐이라고 생각했던 나는 사실 아주 사랑받고 있음 또한.

나는 빛 속에 주저앉았다. 자꾸만 눈물이 샘솟았다.

* * *

"……블레인."

"르블레인!"

헉!

눈을 뜬 나는 숨을 거칠게 몰아쉬며 주변을 둘러보았다. 희게 질린 가족들의 얼굴이 보였다.

'내 방…….'

세르가 신의 공간에서 돌아온 모양이다.

"나…… 얼마나…… 잠들……."

아니, 내 목소리가 왜 이래!

목소리가 잠겨서 말도 제대로 나오지 않고 근육이 죄 굳은 것처럼 몸이 제대로 움직이지 않는다.

마지막으로 보았을 때보다 훨씬 마른 이샤크가 나를 노려보았다.

'이크. 혼내려나 보다.'

내가 울상을 지었을 때였다. 이샤크가 나를 와락 끌어안았다.

"이대로 영영 눈 뜨지 않을까 봐 내가 얼마나…… 얼마나……."

언제나 쾌활한 이샤크가 이처럼 가냘프게 떠는 것은 처음 보는 일이었다.

나는 이샤크에게 끌어 안긴 채로 가족들을 둘러보았다. 앙리와 요한,

그리고 고모의 표정 또한 아프게 일그러져 있었다.
거칠어진 입술을 꽉 깨물어 눈물을 참은 앙리가 겨우 입을 열었다.
"두 달이야. 두 달이나 잠들어 있었어."
뭐라고?
눈을 동그랗게 뜨니, 요한이 이마를 짚으며 한숨을 내쉬었다.
"의사들은 문제가 없다는데, 너는 눈을 뜨지 않았어."
나는 슬그머니 고개를 돌렸다. 아빠가 굳은 얼굴로 나를 쳐다보고 있었다.
"그, 제가……."
콜록콜록 헛기침하여 목을 가다듬었다.
"일부러 그런 건 아니거든요. 이건 다 신 때문이에요. 정말이에요!"
"……."
"그렇지만, 걱정시킨 건 죄송해요……."
고개를 수그리고 웅얼거리자 아빠가 커다란 손으로 내 정수리를 덮었다.
"일어났으니 되었다."
눈물이 핑 돌았다.
고대의 내가 바랐던 가족. 이번 생의 나는 그 가족을 가지고 있다.
'내 이능이 나쁜 건 아닌가 봐. 결국 기회가 내게 가족을 돌려주었으니까.'
나는 아빠 품에 안겼고, 나를 빼앗긴 이샤크가 "내가 먼저 안았는데!" 하며 소리쳤다.
그리고 얼마 뒤, 소스라치게 놀란 목소리와 함께 문이 벌컥 열리며 티아라를 머리에 얹은 세실리아가 들이닥쳤다.
"아가씨, 아니, 영애가 움직였다고 해서, 제가 너무 걱정되어서……!"

나는 아빠의 등 뒤로 보이는 세실리아에게 시선을 고정했다.

화려한 드레스. 티아라.

"결혼식 했어요? 황비가 된 거예요?"

"아가씨……."

내가 잠들어 있는 동안 일이 많았던 모양이다.

'잠깐만, 그러면 스토라스는?'

고개를 돌리자 허공에 부유해 있는 스토라스가 보였다.

"이 치사한 놈."

고대에서 처음 보았던 선각자 수련생인 라스 스토가 훨씬 멋진 남자였다. 원망할 대상이 없다고 사랑하던 여자를 배신자라 왜곡한 치졸한 녀석. 훈련생에서 선각자가 되도록 도와준 것도 나다.

그는 이능을 발현했지만, 그의 이전 선각자가 다스리는 관할지의 인간들은 그를 전혀 따르지 않았기에 훈련생으로 남을 뻔했다.

내가 사람들을 치료하며 그가 약초 제조술로 사람들을 구하고 있다고 소문을 퍼뜨리지 않았더라면, 사람들은 오만한 그를 신뢰하지 않았을 터였다.

'그런데 내가 치료법을 훔친 배신자라고 기억을 왜곡해?'

내가 눈을 가느다랗게 뜨자, 스토라스가 버럭 소리쳤다.

[뭐라?!]

"메리아가 언제 너를 배신했어? 너 혼자 배신당했지."

[무슨 헛소리를……!]

"당장 선각자들의 기록 내놔. 악마를 소환하는 통로가 뭔지 기록된 그거."

[그건 기사라는 것을 내보낸 다음 일이다. 네가 쓰러진 탓에 보류되었으니 —]

"메, 메리아. 오늘은 꼭 말해야겠어. 나는 너를 보면 갈비뼈가 뻐근하다."

[그걸 네가 어떻게……!]

스토라스의 얼굴이 화르륵 불타올랐다.
"메, 메리아. 갈비뼈가 뻐근하단 건 아프다는 게 아니라, 그러니까, 그러니까 나는 널…… 널 보면…… 그러니까……."
"그만, 그만!"
인간들에게 모습을 드러낸 스토라스가 후다닥 달려와 내 입을 틀어막았다. 나는 밀어내며 악동처럼 씩 웃었다.
"메리아의 기사를 낼 땐 라스 스토의 순정이라는 기사도 함께 나갈 거야."
"이 비열한 작자 같으니! 어찌 남자의 순정을……!"
"……."
"나는 진심이었단 말이다……."
그렇게 말한 그가 울먹였다.
메리아가 눈앞에 있는지도 모르고.
"그래. 너는 진심이었겠지."
내가 대수롭지 않게 말하자 스토라스가 고개를 번쩍 들고 나를 노려보았다.

"메리아도 나를……!"

"너를. 뭐."

"조, 조금은…… 그랬을걸?"

편의상 고대의 '나'를 메리아로 칭하자면, 메리아는 라스 스토에게 새모이만큼도 관심이 없었다. 메리아는 아예 남녀의 사랑을 모르는 사람이었으므로, 스토라스에게 아주 조그만 여지조차 주지 않았다.

"아니야."

내가 단호하게 얘기하자 스토라스가 울컥 소리쳤다.

"네가 어떻게 알아?"

'그야 내가 메리아고, 세르가 신이 과거를 보여 줬으니까!'

……하고 대답하지 못한 나는 눈만 가늘게 떴다.

'지금 내가 메리아였다는 걸 밝힐 수 없어.'

지금까지 내가 부른 악마들은 서로 소통할 수 없었지만, 내가 본 고대의 선각자 중엔 이계를 이동할 수 있는 이능을 지닌 자도 있었다. 악마들 사이에 내가 메리아인 게 밝혀진다면, 네리아드 휘하의 악마가 날 노려올 터.

인간인 내가 악마를 이길 수 있을 리 없다. 공격형 이능을 지닌 자라면 푸르로도 막아 내지 못할 것이다.

'간교한 악마는 스토라스처럼 내 주변의 인간을 노려 올 거야. 가족들이 위험해.'

"정말로 그렇게 생각해?"

내가 묻자 스토라스가 "당연……!" 하고 소리치다가 시무룩 고개를 돌린다. 쟤도 사실 메리아가 본인에게 관심이 없다는 걸 알고 있었나 보다. 그것만큼은 기억을 왜곡시키지 못한 모양이다.

“잘 생각해. 라스 스토의 순정이 기사로 나가면 이후에 인계에 소환될 악마들도 네 첫사랑을 모두 알게 될걸?”

“이, 이, 비열한……!”

“그래. 난 비열한 어린이야.”

내가 손을 휙, 휙, 내저으니 스토라스는 이를 아드득, 갈며 다시 몸을 숨겼다.

‘좋아, 스토라스에게 악마들의 통로를 알아내는 건 곧 마무리될 것 같고 그러면 이제…….’

그렇게 생각하며 고개를 돌리던 나는 눈을 홉뜨고 있는 고모와 세실리아, 그리고 나의 세 하녀 달리아와 린다, 유니를 보았다.

나는 머리를 긁적이며 말했다.

“그러니까, 어, 음…… 그렇게 됐어.”

“예?”

“네?”

“뭐라고?”

하녀들과 세실리아, 고모가 굳은 얼굴로 물어서 나는 헤헤, 하고 어색하게 웃으며 말했다.

“나는 악마를 소환할 수 있는 악신의 아이야.”

덜컹!

고모가 벌떡 몸을 일으켰고, 세실리아가 이마를 짚었으며 세 하녀가 “아아…….” 신음하며 주저앉았다.

* * *

나는 고모와 세실리아, 그리고 세 하녀에게 내 능력에 관해 설명했다. 세 번 회귀했고, 이번 생에서 뉴이트를 만진 후 악신의 힘이 깨어났으며, 에트왈을 손에 넣은 뒤로 악마를 소환할 수 있었다는 이야기였다.

놀라운 것은 고모와 세실리아, 세 하녀는 잠시 경악했을 뿐, 나를 이상하게 보지는 않았다는 것이었다.

외려,

"저는 첫눈에 알아보았다고요. 역시 우리 아가씨는 특별하셨던 거예요! 이 광채, 이 영민함! 평범한 아이라곤 믿을 수 없었다고요!"

하녀들이 그럴 줄 알았다며 깔깔 웃었다.

세실리아는 내가 악마를 소환하는 악신의 아이라는 것만 몰랐기에 저들보다 더 수월하게 상황을 이해했다.

그리고 고모는…….

"힘들었겠구나."

"……."

"그 끔찍한 일들을 겪고도 이리 잘 커 주었어. 장하다."

그렇게 말하며 나를 안아 주어서 눈물이 찔끔 났다.

지금까지 이룬 모든 일은 아무런 가치 없는 일이 아니었다. 수많은 일을 겪으며 나는 이토록 소중한 사람들을 많이 만들었다.

'이번엔 절대로 제물이 되어 죽지 않을 거야.'

여기서, 내 사람들과 평생 행복하게 살 거야.

마음을 다질 수 있었다.

고모와 이야기를 나눈 후, 복도에서 훌쩍거리고 있는데 의장이 다가왔다.

"오늘도 우십니까."

"사람을 꼭 울보처럼……."

"아닙니까?"

"아니야! 오늘이니까 우는 거라고!"

내가 입술을 삐죽이자 의장이 빙그레 웃으며 말했다.

"깨어나셔서 정말로 다행입니다. 세리아와 트리곤, 자카리가 많이 걱정했습니다."

"의장도 한 것 같은데?"

"저는 일주일에 두어 번 잠을 설칠 정도였죠."

"다른 사람들은 그것보다 더 걱정했단 말이야?"

"예."

쿡쿡 웃은 의장이 길을 터 주었다.

우리는 함께 온실로 걸었다. 의장은 내가 잠들어 있는 동안 있었던 일을 말해 주었다. 호프 상단의 이야기, 그리고 세실리아가 사흘 전 황비 임명식을 치렀다는 이야기였다.

"내가 없는 동안 일이 많았을 텐데 고생했네."

"아주 많이 고생했죠. 황궁엔 들어가 보실 겁니까? 아가씨께서 깨어나셨다는 이야기를 듣고 이본느궁과 황태후궁에서 연락이 왔습니다."

"생각 정리 좀 하고."

"정리하실 일이 있습니까?"

"응. 내가 잠든 건 악신이 고대의 꿈을 보여 줬기 때문이거든. 알고 보니 내가 네리아드 신의 여동생이었지 뭐야."

쿵―!

의장의 손에서 두꺼운 책이 떨어지는 소리였다. 그는 눈이 솔방울처럼 커지고, 입은 떡 벌린 채로 날 바라봤다.

"무, 무슨 그런 얘길 아침 메뉴 읊듯이……! 사실입니까?"

"응. 그리고 스토라스가 짝사랑한 메리아가 나야. 메리아는 전생의 내가명이더라고."

쿵—!!

이건 의장이 뒷걸음질하다 벽에 부딪히는 소리였다. 나는 경악한 의장의 재킷을 툭, 툭 두드렸다.

"놀라게 하지 좀 말아 줄래? 집중이 깨지면 스토라스에게 들리는 얘기를 차단할 수 없거든?"

"놀란 건 접니다!"

"일단 의장만 알고 있어. 우리 아빠랑 오빠들, 내가 두 달이나 잠들어 있어서 걱정 많았는데 더 걱정시키기 싫으니까."

앞서 걸으며 말하자 의장의 목소리가 낮아졌다.

"아가씨가 아기새라는 걸 레아와 쟈벨린 님께 알리지 않는 이유도 걱정시키고 싶지 않기 때문입니까?"

우뚝, 걸음을 멈춘 나는 그를 돌아보았다.

"……준비되면 말할 거야."

"무슨 준비요."

"네리아드와 신전을 개 박살 낼 준비."

"예……?"

"생각해 봐. 내가 아기새인 걸 밝히면 엄마와 레이나를 죽인 게 신전이란 것도 말해야 한다고. 그럼 레아와 고모가 어떻게 나올 것 같아?"

"두 사람 성격이라면 필시 신전에 쳐들어가겠지요."

"개인이 신전에 맞선다면?"

"죽을 겁니다. 십중팔구."

"그래. 그러니까 준비가 필요해."

"정말로 신에 맞서실 생각이십니까? 신전이라면 몰라도 신은……! 게다가 전생의 혈육이시지 않습니까."

의장을 지그시 쳐다보던 난 입매를 비틀었다.
"오빠밖에 모르던 메리아는 죽었어. 지금 여기 있는 건 신도 진창에 처박을 수 있는 간악한 어린이뿐이야."
"……."
"신이든 신전이든 덤비면 싸운다."
"예……."
"알았으면 기사 내. 일단 신전부터 압박해야겠으니까."
"어떤 기사를 이르십니까."
"음, 표제는 [르블레인 리세트 듀블레드 깨어나다. 두 달간 잠든 이유는 신전의 압박으로 인한 스트레스 때문?!] 정도면 되겠어."
그렇게 말한 나는 마도구를 의장에게 툭, 던져 주었다.
"이게 뭡니까?"
"추기경이 날 찾아와서 한 협박을 녹음한 거야. 같이 풀어."
"정말이지 아가씨는……."
의장이 헛웃음을 뱉으며 말을 이었다.
"세상에서 제일 간악한 어린이일 겁니다."
"칭찬 고마워."
'그래, 내가 지금까지 너무 어렵게 생각했어.'
덤비면 부순다. 이렇게 간단한 것을.
나는 깍지 낀 손으로 뒤통수를 받치며 흥얼흥얼 콧노래를 불렀다.
"아, 의장."
"예?"
"트리곤에게 부탁할 게 있거든. 불러 줘."
의장은 의아한 표정을 지었으나, 곧 고개를 수그렸다.

*　　*　　*

듀블레드에서 낸 기사로 제국은 뒤집혔다.

앙리 이전에 듀블레드의 네거티브를 맡던 의장은 교묘하게 추기경의 협박을 재편집해 기사를 내보냈다.

"지난번 슈헤일 후작 사건이 운명의 아이를 손에 넣기 위한 신전의 계략이었다지요?"

"슈헤일 후작의 상태가 그 지경이 된 것이 신전이 계략을 위해 치유하지 않았기 때문이라지 않습니까."

"아뇨, 제가 듣기엔 일부러 다리가 썩어 가게 했다던데요."

"세상에, 끔찍해라!"

"신의 이름을 짊어진 자들이 어쩌면 그다지도 간악하단 말입니까. 어린 운명의 아이가 가엾습니다."

"얼마나 심적 고통이 심했으면 혼절까지……."

신전을 둘러싼 파문에 황제는 얼씨구나 동조하여 신전의 권한을 축소했다. 세간의 시선이 워낙 차가웠기에 신전은 다른 수를 쓰지 못했고, 나를 협박한 추기경 레지날드를 보내 사죄시켰다.

나는 치욕으로 부들부들 떠는 레지날드에게 말했다.

"허억―! 추기경님을 보니 또 숨이……!!"

"아가씨!"

"르블레인."

"꼬맹아!"

그러고서 혼절하는 척 열연을 펼쳤고, 사죄하지 못한 레지날드는 무려 일곱 번이나 오가야 했다. 마지막엔 무릎을 꿇고 제발 어리석은 자신을 용서해 달라며 절절 빌었다.

하지만 내가 신전을 용서하는 일은 없었다.

신전은 또 한 번 신도들의 발길이 뚝 끊기는 굴욕을 겪어야 했다. 그리고 나는 신전의 멀찍이서 망원경을 들고 파리 날리는 예배당을 낄낄거리며 훔쳐보았다.

"까―불고 있어."

신전에 원한이 있는 세리아도 오호홋―! 웃으며 상황을 즐겼다.

'자, 그다음은…….'

에트왈을 바라본 나는 장거리 이동진을 꺼냈다. 이동진을 찢고, 눈을 떴을 땐 '옛 고원'이었다.

'고대의 수도였던 곳.'

바라보는 곳마다 메리아와 선각자들, 그리고 네리아드의 추억이 떠올랐다.

"……."

말없이 주변을 둘러보던 난 에트왈을 쥐고 가볍게 힘을 불어넣었다. 눈앞이 밝게 빛나며 인간형의 스토라스가 나타났다.

"이제 줄래? 악마들의 통로가 기록된 그 책."

"넌 내 소원을 이뤄 주지 않았어."

"네 소원이 정말로 인계에서 메리아의 흔적을 없애는 거니?"

"그야 당연……!"

버럭, 소리치던 스토라스가 평소와 달리 가라앉은 내 눈을 보고서 혼란스러운 표정을 지었다.

"당연히, 나는, 난 그 여자가……."

"메리아를 기억해?"

"그래!"

"어떻게 생겼는지, 어떻게 웃는지, 모두 기억하고 있어?"

"그건……."

그가 휙, 고개를 돌렸다.

'역시 메리아라는 사람이 밉다는 것만 기억하고 내 모습을 제대로 기억하지 못하는구나.'

나는 트리곤에게 부탁해 만든 마도구를 스토라스에게 건네주었다. 작은 마도구를 바라본 그가 내게 시선을 돌렸다. 미심쩍은 표정이었다.

"이게 뭐지?"

"그게 마음에 들면 소원을 들어준 거로 하자."

"이게 무엇이든 내 마음에 들 일은 없어."

흥, 콧방귀를 뀐 그가 마도구를 작동했다. 순간 마도구가 새파랗게 빛났다. 그리고 나타난 것은…….

[에디오르아 말이야. 너 있지? 내놔.]

스토라스의 시선이 가늘게 떨렸다. 그의 두 손 안엔 고대의 메리아가 홀로그램이 되어 흔들리고 있었다.

[네가 가진 약초들 구경하자, 어?]

[출발!]

[산수유 세 알이야. 두 알이 아니라.]

점점 스토라스의 표정이 무너지기 시작했다. 입을 삐끔거리던 그가 입술을 꽉 깨물고 고개를 수그렸다. 그의 손 안에서 '메리아'가 활짝 웃으며 말했다.

[네가 있어 줘서 다행이야.]

[……라스.]

"라스."

내 말에 그가 고개를 들었다.

"어떻게, 네가…… 어떻게……."

"고대의 시간 속에서 메리아를 보았으니까."

"……세르가냐."

"그래."

"그자가 대체 왜……."

"신은 나를, 너를, 그리고 모두를 사랑하시니까."

스토라스는 실소를 흘렸다. 그의 손안의 메리아가 다시 입을 열었다.

[갈비뼈가 뻐근하면 저쪽 뼈를 봐주는 의사에게 가 봐라.]

"뼈가 아픈 건 아니었다. 이 바보."

[대체 같은 말만 반복하는 이유가 뭐야.]

빙그레 웃은 메리아의 환영이 이내 나비가 되어 공중에 흩어졌다. 스토라스는, 아니, 라스 스토는 마도구를 품에 안은 채로 중얼거렸다.

"널 사랑해."

"……."

"사랑해, 메리아."

고마워.

라스 스토의 몸에 실금 같은 빛이 떠올랐다.

[네가 싫었어.]

"어째서?"

[메리아를 닮았기에. 하지만 그랬기에…….]

"말하지 않아도 알아. 바보."
그는 미소 짓는 나를 바라봤다. 그리고 웃는다. 그 시절의 그 바보 같은 남자처럼.
이윽고 그가 사라졌다. 스토라스와의 동화가 완전히 끊어지기 전, 허공에서 책 하나가 툭 떨어졌다. 책을 집어 들자 완전히 그의 기척이 사라졌다.
홀로 옛 고원에 우뚝 선 나는 걸음을 옮기기 시작했다.
종장을 향해서.

* * *

시간이 빠르게 흘렀다.
꽃이 만개한 어느 봄날.
"아가씨, 아가씨! 큰일이에요! 성 앞에 또……!"
헐레벌떡 방에 들어간 로라가 어리둥절한 표정으로 주변을 둘러봤다.
"어머, 아가씨가 어디에……."
"여기 있어."

멀리서 들리는 목소리에 로라가 고개를 돌렸다.

가슴께에서 물결치는 아름다운 곱슬머리, 갸름한 얼굴. 난간에 턱을 괸 그녀가 로라를 바라보며 나른히 물었다.

"오늘은 또 무슨 일인데?"

"이샤크 도련님께서 청혼자의 다리를 부러뜨리셨어요."

한숨을 푹 내쉰 그녀가 기지개를 켰다.

"아가씨, 살려 주세요……! 후작가의 공자님이시라고요!"

"그래, 가자."

르블레인, 17세.

종장의 서막이 올랐다.

* * *

"하나, 앞으로 르블레인의 반경 30킬로미터 안에 얼씬거리지 않는다."

"않는다!"

"둘, 르블레인의 '르' 자도 입에 담지 않는다."

"않는다!"

"셋, 다시 내 눈앞에 보이면 죽는다."

"죽, 죽는……."

이샤크의 앞에서 열심히 구르고 있는 남자를 본 나는 어처구니없는 표정으로 물었다.

"뭐 하는 거야?"

이샤크와 남자가 일시에 나를 쳐다봤다. 이샤크가 얼른 남자의 어깨에 팔을 걸쳤다.

"놀고 있었지."

이샤크가 남자의 옆구리를 쿡, 찌르며 "웃어, 웃어." 하고 속삭인다. 남자는 어색하게 입꼬리를 올렸다.

나는 한숨을 푹 내쉬고 이샤크에게 손짓했다.

"공자님을 놓아주고 이리 와."

"……."

내가 눈을 가늘게 뜨자 이샤크가 떨떠름한 표정으로 공자의 어깨에서 팔을 거두고서 내게로 다가왔다.

"또 공자들의 뼈를 부러뜨리면 가출한다고 했을 텐데?"

"진짜 부모님을 찾아서? 이제 그건 안 먹히지."

그가 히죽 웃어서 나도 그를 마주 보고 웃어 줬다.

"남편감을 찾아 가출하겠어."

"너……!"

"공자를 보내 줘."

"하지만 저 새끼는 벌써 세 번째 영지에 찾아온……!"

"나 짐 싸?"

"네 녀석, 꺼져! 당장!"

헐레벌떡 공자에게 꺼지라며 소리치는 이샤크를 보고 나는 고개를 절레절레 저었다.

지난 8년간 몰라보게 성장한 이샤크는 이제 듀블레드 삼 형제 가운데 가장 키가 컸다.

190센티미터에 가까운 장신, 다부진 몸, 젖살이 쏙 빠져 갸름해진 얼굴, 목 위로 바짝 올라간 눈부신 은발. 스물을 목전에 둔 이샤크는 완연한 사내의 향이 물씬 풍긴다.

성문 안에서 작은 실소가 들려왔다.

"앙리."

이샤크와 한 살 터울의 앙리도 아름답게 성장했다. 어릴 적에도 섬세하게 세공한 인형 같던 앙리는 여전히 그린 듯 아름답지만, 어릴 때와 다른 위험한 분위기가 풍기는 미남이 되었다.

"일찍 일어났네."

"응, 졸업식 준비를 해야 하니까!"

내가 의기양양하게 말하니 앙리가 내 뺨에 가볍게 자신의 뺨을 비비며 말했다.

"졸업 축하한다."

지난 시간 신학교에 다니던 나는 오늘 졸업한다. 그리고 졸업 후엔 삼형제가 다니는 국외 학술원, 〈오디스 아카데미〉에 진학 예정이다.

[그런데 왜 형제들은 아직도 졸업하지 못했습니까?]

철수의 목소리가 들려왔다.

'요한 오라버니는 조기 졸업했어. 앙리와 이샤크가 아직 졸업하지 않은 거지.'

[그러니까요. 둘째는 스물에, 막내는 열아홉이면 이제 졸업할 때가 아닙니까?]

'너희 세계에선 스물이면 졸업해? 오디스 아카데미는 보통 스물셋에 졸업하는걸. 입학 나이는 천차만별이지만.'

[아, 대학과 비슷한가. 그러면 S대 정도로 명문 교육원입니까?]

S대가 뭔지는 모르겠지만, 대륙 최고의 명문 교육원임은 맞다.

그리고 난 황제로부터 보주의 칭호를 받았기에 오디스 아카데미의 〈엘리시아노 클래스〉 입반 허가까지 받은 몸. 세 오빠도 모두 뛰어난 성적으로 엘리시아노 클래스에 몸담았기에, 사람들은 다이아몬드 학벌이라며 혀를 내둘렀다.

'듀블레드는 땅도 준비됐고, 재물도 대륙 제일. 군권은 말할 것도 없어. 이제 인맥만 있으면 독립 준비 완료다.'

우리 오빠들은 성적은 뛰어나지만, 도통 사람 사귀는 법은 모른다. 고모는 그런 오빠들을 두고 "하필 성격이 아비를 닮아서……. 리세트를 닮았으면 아기가 고생할 필요도 없지 않니." 하며 혀를 찼다.

"아가씨, 어디 계세요? 식사하셔야지요."

"아가씨!"

"아가씨가 좋아하는 연어가 아침 메뉴랍니다!"

멀리서 나의 세 하녀가 날 찾는 소리가 들려왔다. 나는 "와－!" 소리치며 얼른 그들에게 달려갔다. 뒤에서 앙리의 웃음소리와 이샤크가 "쉭, 쉭." 소리 내며 공자를 쫓아내는 소리가 들렸다.

오늘도 날이 좋았다.

*　*　*

그날 오후 졸업식장.

교장으로부터 졸업장과 꽃다발을 받아 단상에서 내려온 나는 아빠에게 다가갔다.

"졸업했어요."
"그래."
빙그레 웃는 아빠를 보고 나는 얼른 그의 품에 뛰어들었다. 목을 끌어안고 아빠의 목에 뺨을 비비자 그가 다정히 등을 두드렸다.
"고생 많았다. 네 어머니가 보았다면 기뻐했을 거야."
"엉엉 우셨을 거예요."
"제일 시끄러웠겠지."
지난 8년간 아빠에게 엄마의 이야기를 잔뜩 들은 나는 엄마가 살아 계셨다면 어떠하셨을지 어렵지 않게 추측할 수 있었다.
고용인들을 진두지휘하며 '찍어! 한순간도 놓치지 마! 내 새끼! 엄마다! 여길 봐!' 하며 소리쳤을 엄마를 떠올리니 자꾸만 웃음이 나왔다.
오늘 엄마를 대신한 건 레아와 고모였다. 그녀들은 제도 저택의 마법부대를 끌고 와 졸업식 시작 전부터 수선을 떨었다.
멀찍이서 나를 촬영한 마도구를 확인한 고모가 다가왔다. 그녀의 품엔 도무지 손으로 잡을 수 없을 만큼 커다란 꽃다발이 안겨 있었다.
"축하한다, 아가야."
"이제 아가가 아니라고요."
"다 커도 내겐 언제나 아가지."
나는 이히힛, 웃고 고모에게서 받은 꽃다발을 끌어안았다.
"오빠들은요?"
"앙리와 이샤크는 오디스 아카데미에서 널 기다린다고 하고, 요한은 네 아버지를 대신해 국무 회의에 참여 중이지. 요한과 네 아비가 서로 졸업식에 오려고 얼마나 싸웠는지 네가 봤어야 했는데."
"요한 오라버니가 아침부터 기분이 좋지 않더라니."
나는 눈을 가늘게 뜨고 아빠를 쳐다봤고, 마흔 줄에 아들과 피 터지는 전쟁을 벌인 아빠는 슬그머니 시선을 피했다.

고모는 쿡쿡 웃고서 말했다.

"가자. 식당을 예약해 두었단다."

나는 아빠와 고모의 손을 각각 잡고 식장을 빼곡하게 채운 우리 고용인들을 쳐다봤다.

"다들 가자!"

걷는 곳마다 후배들이 꽃잎을 뿌려 주었다. 신학원 입구엔 트리가 훌쩍훌쩍 울며 꽃잎을 뿌리고 있었다.

"르블레인, 먼저 가……."

"다음엔 졸업하자."

"벌써 2년째 졸업 시험을 통과하지 못했다고 에뮬린이 상대도 안 해 줘……."

트리와 에뮬린은 나보다 1년 먼저 신학원에 입학했다. 신학원은 신성력이 있는 아이들을 위한 학교인데, 트리는 세실리아 황비의 조카이기에 특별 입학이 가능했고, 신관의 숨겨진 딸인 에뮬린은 신성력이 있었다.

에뮬린에게 신성력이 있다는 것을 안 나는 아빠에게 부탁해 듀블레드의 후원을 받을 수 있도록 해 줬다. 그리고 원래부터 똘똘했던 에뮬린은 우수한 성적으로 신학원에서 조기 졸업했다.

'그리고 트리는…….'

나는 지난번 셋이서 만났을 때를 떠올렸다.

"트리, 너 빨리 말해. 어떻게 됐어."

"에, 에뮬린……."

"얼른 말해. 통과했어, 못 했어."

"떠, 떨어졌……."

"이 멍청아 — !!"

졸업 시험에서 두 번이나 떨어져 올해도 졸업하지 못했다…….

"대체 왜 떨어지는 거지? 교수 인터뷰가 문제였나. 시험은 통과했을 거 아냐. 르브가 족보도 구해 주고, 내가 석 달 가까이 합숙하며 가르쳤는데."

"시, 시험 커트라인을 못 넘어서 인터뷰를 못 했……."

"뭐야?! 캬아악 — !"

"살려 줘, 르브!!"

"너 이리 와! 이리 안 와?!"

신학원에서 우리 셋은 늘 함께 다녔고, 학교 애들은 우리를 평민 삼총사라고 헐뜯었다. 그럴 때마다 에퓰린이 애들에게 달려들어 머리칼을 한 움큼 뜯어 버렸기에 트리와 나는 나설 것도 없이 편하게 다녔다.

하지만 에퓰린이 먼저 졸업하고, 나까지 졸업했으니 순한 트리는 영악한 애들 사이에서 고생할 게 뻔하다. 그래서 에퓰린은 어떻게든 트리가 졸업하기만을 바라고 있었다.

트리는 어깨를 늘어뜨렸다.

"나는 왜 바보일까."

"바보 아니야. 그리고 바보면 어때? 트리는 세상에서 제일 따뜻한 마음을 가진 애인데. 그리고 너한텐 에퓰린과 내가 있잖아."

트리의 얼굴이 환해졌다.

"맞아! 난 조금 바보지만, 에퓰린과 네가 똑똑하니까 괜찮아. 너는 매번 학년 수석이었고, 에퓰린도 3년에 한 명만 뽑는 평민 특별 전형에 들어서 올해 오디스 아카데미에 갔잖아? 너희는 내 자랑이야."

이히히 웃는 트리를 보고 나는 픽 웃었다. 그리고 슬쩍 턱짓으로 트리 뒤의 나무를 가리켰다. 트리가 고개를 돌리자 나무 뒤에 있던 인영이 움찔 어깨를 좁힌다.

꽃잎이 든 자루를 내팽개친 트리가 얼른 나무로 달려갔다.

"에퓰린, 왔구나!"

"너 때문에 온 거 아니거든? 르브의 졸업식이라 보러 온 거야. ……옷은 이게 뭐야. 다 구겨져서."

"앗, 언제 구겨졌지?"

"나랑 르브는 오디스 아카데미로 떠나니까 이제 널 못 챙겨 준다고."

말은 쌀쌀맞게 해도 당분간 트리를 보지 못할 테니 보러 온 것일 터다.

"누가 괴롭히면 웃지 말고 달려들어. 목과 몸을 분리할 기세로 머리채를 흔들란 말이야. 알겠어?"

"응!"

"하여간 대답은 잘해요."

종알종알 대화를 나누는 두 사람을 보고 나는 키득키득 웃었다.

"너희 거기서 떠들고 있으면 두고 간다!"

내가 소리치자 에퓰린과 트리가 얼른 고개를 돌렸다.

"어디 가는데?"

"어디 갈 거야?"

"고모가 식당을 예약하셨대. 고모, 같이 가도 되죠?"

내가 고모에게 묻자 그녀는 웃으며 고개를 끄덕였다. 두 사람의 얼굴이 환해졌다. 헐레벌떡 다가온 에퓰린이 수줍은 얼굴로 고모를 쳐다봤다.

"저, 정말로 가도 되나요?"

"그럼. 우리 아기의 친구들이라면 환영이다."

"감사합니다……."

에뮬린은 꿈꾸듯 몽롱한 표정이었다. 그리고 내 손을 꽉 잡으며 결연한 얼굴로 속삭인다.

"난 평생 네 친구 하고 싶어."

지난번 에뮬린의 집에서 암시장에서 팔리는 고모의 사진첩이 꽂혀 있는 걸 보았던 나는 픽 웃었다. 아무것도 모르는 트리는 "나도, 나도!" 하며 순진하게 소리쳤다.

고모가 먼저 걷기 시작하자 에뮬린이 종종걸음으로 그녀의 뒤를 따랐다.

"이름이 에뮬린이라고?"

"네, 네! 저도 아리에쥬 백작님처럼 백마 부대에 들어가는 게 꿈이에요……."

"신성 기사라면 환영이지. 검은 좀 쓸 줄 아나?"

"배, 배우고 있습니다만, 검보다는 활이 편해요. 활도 아직 잘 다루지는 못하지만요."

"다음에 우리 아기를 따라 저택에 오너라. 자세를 봐주마."

우뚝 걸음을 멈춘 에뮬린이 심장을 잡고 헐떡였다. 트리가 "에뮬린, 괜찮아?!" 하며 얼른 그녀를 붙들었다. 나는 몇 걸음 뒤에서 세 사람을 바라보며 킥킥 웃었다.

"벌써 아비보다 친구가 좋을 때인가."

아빠의 질문에 나는 "네?" 하며 그를 돌아봤다.

"내겐 관심도 안 주기에. 난 너를 멀리 보낼 생각에 벌써 참담한데 말이다."

"장거리 이동진이 있잖아요. 매일매일 올 거예요."

내가 까치발을 들고 그의 어깨에 턱을 괴자 아빠가 픽 웃으며 내 뺨을 쓰다듬었다.

"가자."

"네!"

아빠와 고모, 그리고 친구들과 함께 간 식당은 아주 호화로운 곳이었다. 우리의 자리 왼편으로 작은 인공 폭포가 흐르고, 마법사들이 만든 나비의 환영이 허공에서 우아하게 날갯짓했다.

음식도 정말이지 맛있었다. 나는 에뮬린과 트리, 그리고 고모와 아빠가 챙겨 주는 음식들을 다 먹느라 배가 빵빵해졌지만, 디저트까지 남김없이 해치웠다.

오디스 아카데미로 떠나기 전의 마지막 하루가 꿈처럼 달콤했다.

그리고 그날 저녁, 에뮬린과 나는 오디스 아카데미로 출발하기 위해 마차에 올랐다. 이샤크와 앙리, 그리고…….

'아드리안이 기다리는 곳으로.'

*　　*　　*

대륙의 분쟁 지역.

갑주를 찬 사내는 새파랗게 질려 부러진 다리를 질질 끌며 엉금엉금 도망쳤다. 사내의 손이 막 막사의 천을 짚으려던 그때,

"컥……!!"

사내의 등으로 거침없이 검이 파고들었다. 실핏줄이 자글자글 터진 눈에 핏물이 고였다. 갑주의 사내는 죽어 가며 검을 쥔 로브의 남자를 바라봤다.

순간, 모래바람이 불었다. 검은 쥔 남자의 후드가 바람에 밀려나며 눈부시도록 아름다운 금발이 드러났다.

훌쩍 큰 장신의 키, 너른 등, 두꺼운 로브 안에 숨겨지지 않는 탄탄한 몸, 날렵한 눈매와 달콤하게 빛나는 붉은 눈동자, 보기 좋게 자리 잡은 미형의 입술. 흘러내린 결 좋은 머리칼이 눈가에서 흔들렸다.

때마침 로브 안의 통신석이 울었다.

[곧 보자.]

통신석을 확인한 금발의 사내 입가에 다정한 호선이 드리웠다.

"아드리안."

아드리안의 등 뒤로 다가온 짙은 구릿빛 피부의 사내가 씩 웃으며 이어 말했다.

"누구기에 살벌한 황자님을 웃게 해?"

무표정한 얼굴로 돌아간 그가 주머니 안에 통신석을 집어넣으며 물었다.

"뒷정리는."

"마무리 중. 하여간에 〈오디스 군사 아카데미〉 시험 한번 살벌하다니까. 분쟁 지역에 처넣고 고대 유물을 가져오라고 할 줄 누가 알았겠어?"

"유물은."

구릿빛 사내가 돌덩이 같은 유물을 아드리안에게 휙, 던졌다. 아드리안이 가볍게 마도구를 받아 들었을 때였다.

쿠구구구구—!

마도구의 이음새가 비틀리며 만월 모양으로 변했다. 그것이 붉게 빛나던 찰나,

쾅—!!

천지가 요동쳤다.

순식간에 어둠이 찾아왔다. 불이 붙은 막사 사이를 오가던 오디스 아카데미의 학생들이 흠칫, 하늘을 바라봤다.

태양을 가린 먹구름 사이로 실금처럼 빛나는 붉은 원이 보였다. 그리고 아드리안의 눈앞에 빛나는 문 하나가 생겼다.

그리고 문을 넘어 나타난 건—

"사, 사람? 외국인인가? 아무튼 다행이다……."

고동색 머리칼과 밝은 갈색의 눈동자를 가진 여성이었다. 등 뒤로 멘 가방, 무릎 위로 올라온 치마, 특이한 형태의 재킷. 해괴한 차림새의 그녀가 바닥에 털썩 주저앉으며 말했다.

"한참 걸었는데도 어둠뿐이라 얼마나 무서웠는지 몰라요. 여기 어디예요? 촬영장인가……? 서프라이즈?"

"……."

"아, 한국어를 못해요? 하우알유?"

"……."

"서울역으로 가고 싶은데요. 서울 스테이션, 웨얼? 언더스탠? 이봐요, 사람이 말하면 대답을 해야 할— 꺄악!"

여자의 얼굴이 새파래졌다. 아드리안의 검이 그녀의 목전을 겨누었기 때문이었다.

"누구냐, 넌."

"뭐, 뭐야. 한국어 할 줄 알아요? 저기요, 이거 가짜 검이죠? 그쵸?"

"대답."

"정, 정미나요."

"뭐?"

"미나, 라고요."

미나와 아드리안의 시선이 허공에서 부딪쳤다.

*　　*　　*

며칠 후.

마차에서 내린 나는 핼쑥한 얼굴로 무릎을 잡았다. 다리가 후들후들 떨린다.

오디스 아카데미는 제국과 왕국, 부족 연맹의 후계 등, 내로라하는 권력가의 자제들이 재학 중인 학교로 입교 절차가 상당히 까다로웠다.

아카데미 근경 300킬로미터부터는 이동진 사용 불가. 50킬로미터마다 있는 경계탑에서 입학 예정자 및 짐꾼의 신원 검사와 더불어 마차, 짐 검사. 신성력이나 마력 보유자는 마법을 사용할 수 없도록 마도구로 금제까지.

'웬만한 나라의 입궁 절차보다도 까다롭잖아.'

하기야. 재학생 중 하나라도 잘못되었다간 대륙 전쟁의 불씨가 될 테니 이만한 절차가 당연할 것이다.

이해는 하지만, 학교 건물까지 오기 위해 내리 사흘을 마차에서 보낸 난 혼절할 지경이었다. 나보다 한발 먼저 마차에서 내린 에뮬린은 고개를 절레절레 저었다.

"르브, 넌 체력이 부족해."

"네가 괴물인 거야, 에뮬린. 게다가 난 너보다 금제 마도구를 많이 달고 있잖아. 숨 쉴 때마다 체력이 쭉쭉 떨어지는 것 같아……."

"익숙해져야지. 졸업할 때까진 학교 내에서 마도구를 착용해야 할 테니까."

우리가 이야기를 나누고 있던 때, 마부가 다가왔다.

"아가씨와 에뮬린 양의 짐은 기숙사로 옮겨 놓겠습니다."

에뮬린은 예의 바른 표정으로 마부를 향해 몸을 틀었다.

"데려다주신 것만으로 감사합니다. 제 짐은 얼마 되지 않으니 직접 옮길게요."

"하지만 각하께서—"

"짐 가방 두 개가 전부인걸요. 이미 과분한 호의를 받았어요. 이보다 더한 일은 서로에게 부담이지요."

야무진 에뮬린은 여느 때처럼 딱 잘라 거절하고 짐가방을 번쩍 들었다. 고모로부터 내 친구를 잘 보살피라는 말을 들은 마부는 당황한 표정으로 날 쳐다봤다.

"아가씨……."

"본인이 부담스럽다니까 놔둬. 나는 거절하지 않을게. 죽을 것 같거든……."

내가 한숨을 내쉬며 말하자 마부는 쿡쿡 웃고 짐을 옮기기 시작했다. 짐가방을 추슬러 잡은 에뮬린이 교문을 바라보며 말했다.

"마음 단단히 먹어. 여기는 듀블레드라는 이름이 보호해 주는 곳이 아니니까."

"그래. 알고 있어."

고개를 끄덕인 난 교문 안으로 보이는 학교 내부를 바라봤다.

거대한 건물 네 채를 따라 흐르는 인공 강, 황금사로 수놓은 백색의 교복을 입은 수많은 학생, 그리고 중앙에 있는 네리아드 신상. 이곳이 바로 대륙 피라미드의 정점에 오를 자들이 모인 오디스 아카데미였다.

'이곳에서 듀블레드 왕국의 토대를 마련한다.'

새로운 생활의 시작이었다.

* * *

입학식 당일.

나는 에믈린과 함께 입학식이 있는 대강당으로 향했다. 우리가 막 강당 안으로 들어가려던 때, 탐스러운 장발의 붉은 곱슬머리를 한 여학생이 나와 에믈린에게 손을 흔들며 다가왔다.

"안녕하세요, 르블레인 양."

"안녕하세요. 아, 그러니까……."

"산드라예요. 설명회에서 옆에 앉았었지요."

"아아, 기억나요."

"준비는 잘하셨나요? 저는 고용인 없는 생활이 익숙하지 않아서 고생했거든요."

할 일이 많긴 했다.

설명회를 하고, 기숙사 방을 배정받고, 교복의 치수를 재고, 교복을 받고…….

입학식 당일까지도 할 일이 너무 많아서, 입학식장으로 향하는 1학년생들의 대부분이 핼쑥했다.

하지만 어린 시절부터 보육원과 거지 패를 전전한 에믈린이나 이전 삶에서 뭐든 홀로 하는 것이 익숙했던 나는 다른 학생들보다 수월한 편이었다.

한 손으로 뺨을 감싼 산드라는 한숨을 내쉬었다.

"향수병이 생긴 것 같기도 하고요. 저는 고국에 있는 남동생이 너무 보고 싶은 것 있죠? 세 살이거든요. 부모님께서 금슬이 좋으셔서. 보실래요?"

산드라가 동생의 초상화를 보여 줬다.

"와, 산드라 양과 입매가 똑같아요."

"그렇죠? 나이 차이가 많이 나서 꼭 자식 같다니까요. 목소리가 너무 듣고 싶은데 교내에서는 외부의 통신석을 쓸 수 없잖아요."

"맞아요. 저도 연락하고 싶은데 말예요."

"다음 달부터는 학생들에게 통신석을 나눠 준다고 해요."

"그래요?!"

나는 눈을 동그랗게 떴다.

'잘됐다. 통신석을 못 써서 답답했는데.'

제국에 있는 가족들과 연락할 수 없는 건 물론, 교내가 너무 넓어서 앙리와 이샤크도 만날 수 없었다.

무엇보다 호프 상단이 걱정된다. 의장과 세리아가 잘해 주고 있겠지만, 내 결정 없이 진행되기 힘든 일도 있어서 확인해 줘야 하기 때문이다.

"고국에서 올해 오디스에 입학한 건 저밖에 없거든요. 친하게 지내 주세요."

"네."

"그쪽도요. 아, 용서하세요. 르블레인 양은 워낙 유명 인사라 이름을 기억하고 있지만, 아직 귀인의 이름은 몰라요. 괜찮으시면 성함을 여쭐 수 있을까요?"

산드라의 말에 에뮬린이 말했다.

"전 평민이에요. 성(Family name)도 없는."

"성이 없는 게 중요한가요? 오디스에선 성으로 부르면 벌점이나 받는데요. 그래서 귀인의 성함은 어떻게 되죠?"

산드라의 말에 에뮬린은 겸연쩍은 표정을 지었다.

"에뮬린이에요."

"에뮬린……. 예쁜 이름이네요."

'산드라 양은 좋은 사람인가 봐.'

나는 빙그레 웃고 에뮬린의 손을 끌어당겼다.

"괜찮으시면 점심 식사를 함께하실래요? 저희가 다른 학생들보다 학교에 늦게 도착해서 아는 사람이 별로 없거든요."

산드라가 짝, 손뼉을 치며 말했다.

"기뻐요. 제 옆방의 분들도 초대해도 되나요?"

"물론이죠!"

"르브, 그럼 빵이 부족하지 않을까?"

"식당에서 받아 오면 되지."

"좋아. 입학식이 끝나면 내가 다녀올게."

"그러지 말고 셋이 함께 가요."

"좋은 생각이에요, 산드라 양!"

우리는 화기애애한 분위기로 입학식장에 들어갔다.

'시작이 좋네.'

의자에 앉아 있으니 얼마 지나지 않아 입학식이 시작되었다. 교장의 입학 축사 뒤로 교수진의 소개, 입학생들이 알아야 할 주의 사항 공지 등이 이어졌다.

그리고 단상 위로 타이를 매지 않은 학생들이 올라왔다.

저들은 〈엘리시아노 클래스〉의 학생들. 즉, 오디스 아카데미 학생회의 임원들이었다.

보주의 칭호를 받은 내가 곧 들어가게 될 곳이자 왕국과 제국, 부족연맹의 왕과 장막 아래의 최고 권력자들을 배출한 황금 인맥 밭이었다.

"르브. 저기 봐."

에뮬린의 속삭임에 나는 그녀를 따라 시선을 돌렸다.

'앙리, 이샤크!'

앙리는 여느 때처럼 미소 짓고 있었고, 이샤크는 몹시 따분한 표정이었다. 두 사람 모두 나와 눈이 마주치자마자 얼굴이 밝아졌다.

순간, 강당 곳곳에서 신음이 터져 나왔다.

"이샤크! 전장의 귀신!"

"맙소사, 앙리 님……."

남녀노소 할 것 없이 두 사람을 보며 흥분했다. 왠지 가슴이 간지러워졌다.

'자랑스러워!'

이히히, 웃고 있는데 함성이 뚝 멎으며 마지막 〈엘리시아노 클래스〉의 학생이 단상 위로 올랐다.

만월의 빛을 그러모은 듯 달콤한 금발, 서늘한 눈매와 오뚝한 코, 단정한 입매. 3년 만에 보는 그 남자…….

"……아드리안."

내가 중얼거리기 무섭게 그가 학생들의 중앙에 자리했고, 교수가 그를 소개했다.

"자리를 비운 학생회장을 대신해 상반기 회장 대리를 맡게 된 아드리안입니다."

'회장 대리? 아드리안 열심히 했구나!'

단상 위 엘리시아노 클래스의 학생 중엔 이본느 황비의 아들인 안드레 황자도 있었다. 아드리안이 제 아들을 물리치고 회장 대리를 맡은 것을 안다면 이본느 황비가 어떤 표정을 지을지 상상이 간다.

엘리시아노 클래스의 학생들이 신입생을 향해 고개를 가볍게 수그렸고, 신입생들은 허리를 깊이 숙여 인사했다. 입학식이 곧 마무리된다는 신호였다.

그런데 그때.

교직원으로 보이는 남성이 종종걸음으로 단상에 올라가 마도구를 쥔 교수에게 속삭였다. 교수는 당혹스러운 표정으로 남성을 쳐다봤다. 이내 헛기침한 교수가 다시 입을 열었다.

“아울러, 특별 입학생을 소개합니다.”

특별 입학생?

강당이 다시 한번 소란스러워졌다.

에뮬린과 산드라도 의아한 표정을 지은 것은 마찬가지였다.

“오디스 아카데미에 특별 입학생이 있다고?”

“일국의 후계도 소개하는 경우는 없잖아요. 누굴까요?”

궁금한 건 나도 마찬가지였다.

오디스 아카데미는 전 세계의 시선이 집중된 곳이다. 그런 만큼 소문이 흘러나오기 쉬운데, 이전 삶에선 특별 입학생이 있다는 이야기는 들은 바 없었다.

또각, 또각.

구두 소리와 타이를 매지 않은 짙은 고동색 머리의 여성이 등장했다. 내가 아주 잘 알고 있는 그 사람…….

‘미나……!!’

쭈뼛거리며 교수에게 다가간 미나가 머리를 긁적이며 말했다.

“그, 정미…… 아, 여기는 성을 쓰면 안 된다고 했나. 미나입니다. 잘 부탁해요!”

대체 어떻게 된 거야. 미나가 왜 여기서 등장하는 건데!

나는 희멀겋게 질렸고, 단상 위의 앙리와 이샤크 또한 굳은 얼굴로 그녀를 바라봤다.

*　　*　　*

나는 입학식이 끝나기 무섭게 상황을 파악하기 위해 앙리와 이샤크에게 향했다. 엘리시아노 클래스 무리에 섞인 앙리와 이샤크가 막 학생회실로 들어가려던 때, 나는 소리쳤다.

“앙리, 이샤크!”

“꼬맹아!”

“르블레인.”

두 사람이 나를 붙잡았다.

“잘 있었어? 입학식 전에 찾아가려고 했는데, 네가 어떤 기숙사에 있는지 더럽게 안 가르쳐 줘서…….”

“그보다 ‘그 애’.”

앙리가 고개를 끄덕였다.

“우리도 지금 들었어.”

“대체 어떻게 된 건데?”

“우리가 제국에 있는 동안 엘리시아노 클래스에 고대 유물을 찾아오라는 과제가 있었는데, 유물을 찾자 저 애가 나온 문이 열린 모양이야.”

“그래서?”

“신전에 요청해 저 애를 검증하였는데, 너와 같은 질의 신성력을 가졌음이 판명되었어.”

통신석을 가지고 있지 않아 소식이 늦게 전달된 모양이었다. 내가 입술을 깨물자 이샤크가 서늘한 표정으로 학생회실 안을 쳐다봤다.

“말은 바로 해야지.”

“이샤크.”

“꼬맹이에게 숨기면 일만 더 복잡해질 뿐이야.”

"……."

"꼬맹아, 잘 들어. 저 여자의 신성력 말이야. 교황의 힘을 뛰어넘는다고 한다. 아니, 역사상 최강이라고 하는 편이 맞겠지."

"뭐?"

"건국 황제를 뛰어넘는 역사상 최강의 신성력 보유자. ……게다가 2월 29일생이지."

나는 굳어졌고, 한숨을 내쉰 앙리가 말을 이었다.

"오늘, 두 번째 운명의 아이 후보가 등장했다는 걸 발표할 거다."

미나의 신성력 보유량이 엄청나다는 건 알고 있었다.

'하지만 건국 황제를 뛰어넘는다니 그건 들어 본 적도 없다고.'

첫 번째 삶에서 최강의 신성력이라는 이야기를 들은 건 아드리안이었다. 미나의 힘이 아드리안을 뛰어넘었더라면 신전에서 그 이야기를 떠들지 않았을 리 없다.

'달라졌어…….'

나는 주먹을 꽉 말아 쥐었다.

'나 때문인 거야. 네리아드가 나를 흡수하기 위해 미나에게 이전보다 더 강한 힘을 허락한 거라고.'

엄청난 신성력의 이세계인.

그것도 고대 유물과 함께 등장했고, 2월 29일생이었다.

'신전이 군침을 흘릴 인물이지.'

지금까지 신전은 나로 인해 부흥하지 못했다. 번번이 나와 관련된 사건으로 민심을 잃은 것이다. 하지만 나를 운명의 아이라 발표한 탓에 나를 없앨 수도 없었다.

그런데 나를 뛰어넘는 신성력을 가진 2월 29일생의 이세계인이 등장했다.

신전에겐 미나가 진짜인지 가짜인지가 중요하지 않다. 내가 운명의 아이로서 행사하던 권한을 빼앗는 것으로 나를 얌전하게 만들 수 있는 인물이 있다는 게 중요할 뿐.

'진짜이면 더 좋고 말이야.'

그러니 내게 소식이 들어가지 않는 틈을 타 두 번째 운명의 아이가 등장했다고 발표부터 하는 게 분명했다.

"그런데 미나가 왜 오디스에 입학한 건데? 신전에서 보호하고 싶어 할 거 아냐."

"국적이 없는 녀석이니 온갖 나라에서 탐내고 있어. 그 때문에 중립 지역이나 마찬가지인 오디스 아카데미에서 보호하기로 한 거야."

앙리의 말에 이샤크가 입매를 비틀었다.

"신전만 신났겠지. 그만한 신성력 소유자이니 신전에서 데려와야 한다느니, 그러기 위해선 제국의 도움이 필요하다느니 떠들고 있을 것 아냐?"

앙리가 고개를 끄덕였다.

"신전이 그녀를 제국에 데려온다면 엄청난 공이 될 테니 제국 안에서 신전의 영향력이 다시 커질 테고 말이야."

"머리 아프게 됐군."

그때, 학생회실에서 구릿빛 피부의 사내가 얼굴을 내밀었다.

"언제까지 거기서 떠들 거야. 회의 안 해? 그쪽, 누이동생께선 돌아가시고. 여긴 엘리시아노 클래스만 입실 가능해서 말이야."

이샤크가 왈칵 인상을 찌푸리며 내 어깨에 팔을 걸쳤다.

"내 동생은 보주야! 곧 엘리시아노 클래스에 입반할 거라고."

"그야 1학기 성적이 나와 봐야 알 일이고."

엘리시아노 클래스는 천재들만 있다는 오디스 아카데미에서도 상위

1퍼센트만이 입반할 수 있다. 특별하게 왕족, 황족, 부족장 후계 등 최고 혈통의 자제들도 입반이 가능하다.

하지만 그들의 경우, 1학년 1학기 성적이 커트라인을 넘지 못하면 입반이 취소된다.

"내 동생은 천재야."

이샤크가 눈을 부릅뜨자 구릿빛 피부의 남자 위로 검은 뿔테 안경을 쓴 보라색 머리칼의 사내가 얼굴을 내밀었다.

"여긴 천재밖에 입학 못 해."

"신학교에서 매번 수석이었다고!"

"여기서 수석 못 해 본 사람 있어?"

허리를 쥔 채로 고개를 숙인 이샤크가 후욱, 한숨을 내쉬더니 천천히 고개를 올린다.

"죽고 싶다는 말을 길게도 하지, 응?"

그러곤 "잡히면 죽었어, 이 새끼들!" 하고 문으로 뛰어들었다.

나는 어안이 벙벙한 표정으로 눈을 깜빡였다. 그러자 앙리가 내 머리를 다정하게 쓰다듬었다.

"가 있어. 저녁에 갈게."

"으응……."

앙리까지 들어간 후, 나는 건물을 나섰다. 막 계단을 다 내려오자 에뮬린이 "르브!" 하고 외치며 달려왔다.

"어떻게 됐어? 아까 그 여자가 네가 말했던 '그 애' 맞지?"

"어……?"

"어, 는 무슨. 재작년 방학 때, 주스인 줄 알고 산딸기 술을 마신 그날. 만취한 네가 이전 삶 얘기했었거든?"

"그, 그랬었나……."

"맞아? 그런 거야?"

"아니, 뭐……."

내가 어물어물 말끝을 흐리자 에퓰린이 찰싹 어깨를 내리쳤다.

"나까지 속일래, 너? 학생들도 난리야. 제국은 더 하겠지. 벌써부터 너를 밀어낼 거라는 얘기가 나온다고."

그때였다.

"르블레인! 에퓰린!"

산드라가 한 무리의 학생들 사이에서 손을 흔들며 우리 쪽으로 다가왔다. 학생들의 타이가 모두 하늘색인 것을 보니 이들도 우리와 같은 신입생인 모양이었다.

'맞다. 함께 식사하기로 했었는데.'

에퓰린은 나와 단둘이 더 이야기를 하고 싶어 하는 것 같았지만, 나는 에퓰린의 팔을 끌어당기며 산드라에게 말했다.

"식사하러 가요."

산드라가 "자, 자." 하며 우리를 안내했다.

"학교 부지가 굉장히 넓죠? 까딱 잘못하면 길을 잃겠어요."

"그러게 말이에요. 웬만한 영지성보다도 크니……."

학생들과 함께 재잘재잘 떠들며 식당으로 향하던 중, 벤치에 앉아 있던 미나를 발견했다. 그녀는 나를 손가락질하며 "아!" 소리쳤다. 그러곤 후다닥 다가왔다.

"안녕."

"안녕, 르블레인!"

순간, 첫 번째 삶으로 돌아간 것만 같은 착각이 들었다. 놀란 내가 대답하지 못하자, 에뮬린이 내 손등을 툭 쳤다.

그제야 정신을 차리고 "아…… 예……." 하고 대답했다.

'정신 차려. 여기는 학교야. 신전이 아니야. 내 성(Family name)은 아미티에가 아니라 듀블레드야.'

미나는 환히 웃으며 말했다.

"미안, 모르는 사람이 말을 걸어서 놀랐지? 나는 널 알거든. 그, 사제? 신관? 하여간 하얀 옷을 입은 사람들이 너를 알려 줬어. 예쁜 갈색 곱슬머리에 보석 같은 푸른 눈을 지닌 아이가 나와 같은 운명의 아이라고."

그러곤 "사실 초상화도 봤어." 하고 명랑하게 속삭인다.

"모르는 사람들뿐이라 좀 불안했는데, 나랑 비슷하다는 너를 보니까 엄청 반가운 거 있지."

"그렇군요……."

"여기 식당이라는데 혹시 식사하러 가는 거야? 괜찮으면 나도 같이 가면 안 될까?"

에뮬린이 눈을 부릅뜨며 '안 된다고 해.' 하고 입을 벙긋거렸다. 에뮬린을 보지 못한 미나는 약간 긴장되는 듯한 표정으로 학생들을 쳐다봤다.

덩치 큰 남학생이 대답했다.

"물론이죠. 같이 갑시다."

"앨런, 당신 멋대로 대답하면 어떡해요. 르블레인 양이ㅡ"

"이 학교 오는 목적은 다들 인맥 쌓기잖아. 운명의 아이를 둘씩이나 알아 두면 우리도 좋고, 새로운 운명의 아이끼리 친해지면 저 둘도 좋은데 뭘?"

"아무리 그래도……!"

"그죠, 르블레인? 저분도 가도 되죠?"

사람들의 시선이 내게로 쏠렸다.

잠시 침묵하던 나는 천천히 고개를 끄덕였고, 미나의 표정이 밝아졌다. 반면에 에뮬린은 마뜩잖은 듯 한숨을 내쉰다.

미나는 학생 무리에 섞여 까르르 웃으며 식당에 들어갔다. 에뮬린과 나는 학생들과 몇 발자국 떨어졌는데, 에뮬린이 나를 흘겨봤다.

"벌써부터 새로운 운명의 아이라고 불리는데 냉큼 같이 식사하자고 하면 어떻게 해?"

"이 상황에서 싫다고 하면 내가 미나를 견제하는 줄 알 것 아냐. 그럼 더 신이 나서 입방아를 찧겠지. 운명의 아이들의 싸움이라면서. 이 소문이 제국까지 흘러들면 곤란해."

"저 계집애, 정말 마음에 안 드네. 왜 하필 네게 접근하는 건데? 더 소란스럽게 만들려는 것처럼."

"이세계에 떨어졌잖아. 불안할 테니, 저 애 말마따나 공통점이 있는 내가 친근하게 느껴지는 거야. 그리고 미나는…… 나쁜 애가 아냐."

> "피 한 방울 안 섞인 게 뭐 어떻다는 거야. 르블레인은 내 언니야. 앞으로 또 한 번만 이 애를 가짜라고 조롱하면 내가 가만히 있지 않겠어!"
>
> "르브, 나는 네가 노력하고 있다는 걸 알아. 그래서 널 존경하고. 그러니까 기죽을 필요 없어. 알겠지?"

첫 번째 삶의 기억을 떠올린 나는 고개를 수그렸다.

차라리 나쁜 사람이었다면 마음껏 미워하기라도 했을 텐데, 저 애는 좋은 사람이었다. 단지 진짜 운명의 아이였을 뿐인, 너무나도 좋은 사람.

에뮬린이 인상을 쓰며 말했다.

"나쁜 애가 아니긴. 그런 애가 널 제물로 삼아?"

"만약 입장이 반대였다면 저 애는 거리낌 없이 제물이 되었을걸. 그런 애거든. 정의롭고, 다정하고……. 그래서 진짜 아미티에 공작의 자식 같았지."

먼저 식당에 들어간 미나가 "빨리 와!" 하고 나를 향해 손짓했다. 식당에서 배식을 받은 우리는 커다란 테이블 하나를 통으로 차지하고서 식사를 시작했다.

"저는 산드라예요. 적성은 마법이에요."

"에뮬린이에요. 미리 말씀드리지만 평민이라 특별 입학했어요. 평민인 걸 숨길 생각은 없으니 알아 두세요. 적성은 행정이에요."

"아아…… 평민……."

학생들 사이에서 어색한 웃음이 터져 나왔다. 에뮬린은 아무렇지 않은 표정으로 샐러드를 먹었다. 이런 반응은 예상했다는 듯이. 나는 그런 에뮬린이 자랑스러웠다.

'에뮬린은 성장했네.'

거지 시절엔 아버지를 찾아 귀족이 되는 것이 목표였던 애였다. 신학교에서도 신분을 부끄러워해서 평민의 '평'자만 나와도 눈을 뒤집고 달려들었다.

그런데 이곳에선 자신이 평민임을 부끄러워하지 않고 당당하게 말한다.

나는 에뮬린에게 쏠린 시선을 돌리기 위해 내 소개를 하려 했는데, 나보다 먼저 미나가 입을 열었다.

"저는 미나예요. 여기는 같은 학년이어도 나이가 다 다르다면서요? 저는 열일곱 살이고, AB형, 물고기자리입니다."

이 애도 에뮬린에게 쏠리는 시선을 무마하기 위해 부러 쾌활하게 말한다.

학생 하나가 물었다.
"물고기자리요?"
"여기는 없어요? 별자리?"
"별자리 말고 수호성은 있죠. 태어난 날, 시간, 지역에 따라 같은 사람이 거의 없어요."
"아아, 들은 것 같아요."
미나가 품에서 신분 패를 꺼냈다.
철수가 [여권 같은 거로군요!] 하고 말하던 물건으로 국가와 생시, 수호성, 이름 등이 적힌 신분 증명 패였다. 미나는 이세계인인 만큼 국적란은 비어 있지만, 다른 부분은 기록되어 있었다.
"이거죠?"
"주신의 별……!"
미나의 신분 증명 패를 본 학생들이 크게 놀라 소리쳤다.
"주신의 별이라니, 처음 봐."
"제국의 건국 황제와 같은 수호성이잖아. 지금까지 나온 적 없는 그……."
미나가 눈을 동그랗게 뜨며 물었다.
"주신의 별이라는 게 뭔데요?"
"영웅의 별이라고도 불립니다. 건국 황제, 용왕 토벌을 한 전설의 기사 등, 위대한 영웅들이 타고나는 별이죠."
"아하……."
미나가 시큰둥한 목소리로 고개를 끄덕이자 오히려 주변에서 흥분했다.
"엄청난 거라니까요! 수호성이 주신의 별이면 태어나자마자 영웅으로 여겨진다고요!"

"음, 제 생각은 좀 다른데요."
"예?"
"그냥 그 시간에 태어난 것뿐이잖아요. 주신의 별을 타고난 아이가 어떻게 자라게 될지는 누구도 확신할 수 없어요. 어쩌면 주신의 별을 타고난 아이는 '영웅으로 태어난 운명이라니 영웅으로 살아야 한다'라는 의무감에 짓눌려 살았을지도 모르고요. 그래서 저는 주신의 별이라는 게 그다지 대단해 보이지 않아요."
미나는 포크 끝을 입에 문 채로 중얼거렸고, 주변이 고요해졌다.
어느 세계이든 그 세계만의 법칙이 있다. 철수의 말에 따르면 그와 미나의 세계에도 [어른을 공경할 것], [명절에 제사를 지내는 것], [장례식에는 검은 옷] 등의 관습이 있다고 했다.
너무나 당연해서 법으로 제정되지 않았더라도 이의를 제기하지 않는 문제들이라고 한다.
당연히 우리 세계에도 그런 것들이 있는데, 이세계에서 온 미나는 아무렇지 않게 당연한 일을 꼬집곤 했다. 그리고 그 점은—
"말씀 참 이상하게 하시네."
—이렇듯 처음엔 반감을 산다. 몇몇 학생들이 인상을 쓰며 미나를 쳐다봤다.
"방금 하신 말씀은 마치 저희가 미나 양에게 의무를 떠넘긴다는 것처럼 들리는데요."
"주신의 별을 지닌 아이는 평범한 아이들과 다른 권리를 누려요. 예를 들어 용왕을 토벌한 전설의 기사 리제토리스는 평민의 신분이지만, 태어나자마자 왕궁에서 교육받았죠."
"맞아요. 권리를 누린 자가 의무를 짊어지는 게 이상한가요?"
분위기가 묘하게 돌아가자 미나는 눈을 동그랗게 떴다.

"아니요. 제 말은 그게 아니라……. 사람은 수호성 같은 것으로 특별하다, 특별하지 않다 나눌 수 있는 게 아니라는 말이에요."

"뭐라고요?"

"주신의 별을 가지고 있지 않더라도 누구나 특별해요."

"예?"

"제가 아니라 권리를 누리는 자는 의무 또한 짊어져야 하는 것을 아는 산드라 양과, 앨런 군, 테너 군, 메리제인 양이 더 귀한 분이라는 거예요. ……그리고 에뮬린 양도 아주 특별하죠."

주변이 다시 한번 고요해졌다. 미나는 민망한 듯한 표정으로 헤헤 웃었다.

"이렇게 부르는 것 맞나요? 아, 제가 호칭에 익숙하지 않아서. 제 세계에서는 '양'이나 '군'은 좀 어색하거든요."

사람들은 대답도 잊고 정신없이 미나를 바라봤고, 산드라는 아차 하는 표정으로 얼른 말했다.

"맞아요. 이름을 기억해 주셔서 기쁘고요."

그러자 다른 사람들도 황급히 고개를 끄덕였다. 앨런이라는 이름의 덩치 큰 사내는 붉어진 귓불을 긁적이며 말했다.

"저는 아직 소개도 안 했는데 이름을 아십니까?"

"아까 식당에 들어오기 전에 들었지요. 그쵸, 에뮬린…… 양? 으아, 역시 이 호칭 민망해."

미나가 양손으로 뺨을 감싸며 말하자 웃음이 터져 나왔다.

이번 삶의 미나도 기억 속의 미나와 조금도 다르지 않다. 처음엔 반감을 사더라도 대화를 나누면 모두가 알게 된다. 이 애가 좋은 애라는 것을.

이 애에겐 신념이 있다. 그리고 그 신념은 언제나 이렇게 반짝여서 누구나 이 애의 빛에 매료되고 마는 것이다.

그 후, 대화는 미나를 중심으로 돌아갔다. 사람들은 이 세계에 대해 잘 모르는 미나에게 여러 가지를 알려 주려 했고, 분위기는 내내 화기애애했다. 식사가 파한 후엔 티 타임까지 가지기로 했다.

"르블레인도 같이 가자. 응?"

나는 고개를 젓고 일어났다.

"저는 오후에 있는 평가를 준비해야 해서요."

"평가요?"

그러자 앨런이 나 대신 대답했다.

"적성 검사를 통해 정해지는 건 '과'뿐입니다. 성적으로 반을 나누죠. 다른 학년 학생들은 지난 학기 성적으로 반을 나누는데, 신입생은 오늘 오후의 평가로 반을 나눕니다."

"아아, 그럼 방해하면 안 되겠네……. 응, 나중에 꼭 같이 차를 마시자. 앨런이 집에서 가져온 레몬 티가 그렇게 맛있대."

미나는 웃으며 손을 흔들었고, 나는 식당을 나섰다. 에뮬린이 종종걸음으로 나를 따라왔다. 식당을 나선 난 에뮬린을 돌아봤다.

"뭐야, 애들이랑 같이 차 마시지 그래? 인맥 쌓을 기회잖아."

"나도 오후 평가를 준비할 거야."

"나야 엘리시아노 클래스 때문이지만 넌 다르잖아."

엘리시아노 클래스 입반을 위해서는 이번 학기 성적이 매우 우수해야 한다.

이 학교에선 반 대항으로 시험을 치르는 경우가 있다. 그렇기 때문에 나는 오후 평가에서 무슨 수를 써서든 좋은 성적을 얻어 A반에 배정받아야 했다.

에뮬린은 아무렇지 않은 표정으로 내 곁에 바짝 붙어 걸었다.

“어쨌든 나도 좋은 반 들어가면 좋잖아. 나 같은 평민 특별 전형 학생은 커트라인을 못 넘으면 바로 집으로 돌아가야 하니까.”

“…….”

내가 눈을 가늘게 뜨고 쳐다보자 에뮬린이 부러 “왜, 뭐!” 하고 괄괄하게 소리쳤다. 나는 헹, 콧방귀를 뀌며 말했다.

“나 혼자 있을까 봐 걱정해서 그런 거겠지.”

“아니거든! 저 계집애가 마음에 안 들어서 그래. 사람은 누구나 특별하긴 무슨…….”

“하지만 듣고 싶은 말이었잖아.”

에뮬린이 흠칫, 나를 쳐다봐서 나는 쓰게 웃었다.

“미나는 쉽게 호감을 사는 애야. 상대방이 듣고 싶은 말을, 한 치의 거짓도 없이 진심으로 말하거든. 나랑은 다르지.”

에뮬린은 우뚝 걸음을 멈추었다. 잠시 주변을 둘러보던 그 애는 아무도 없다는 것을 확인하고서 입을 열었다.

“너 뭐야. 왜 그러는 건데.”

“뭘?”

“왜 저 애 앞에서 한마디도 못 하냐고. 싸우기도 전에 진 사람처럼!”

“내가 무슨 말을 해야 하는데? 미나는 틀린 말을 한 게 아니고, 싸움을 건 건 더더욱 아냐. 오히려 내게 호감을 보이고 있잖아. 그런데 바짝 경계하고 공격하면 나만 이상한 사람이 되는 거라고. 인맥을 쌓으러 온 곳에서 힐난받으면 그게 패배겠지.”

“내 말은……!”

씩씩거리며 소리치던 에뮬린이 입술을 꽉 깨물었다.

“됐어.”

“에뮬린.”

내가 손목을 잡자 그녀는 내 손을 탁, 뿌리치며 날 노려봤다.

"너는 반만 나쁜 계집애지만, 나는 완전히 나쁜 계집애야. 그래서 남 앞에서 기죽는 초라한 친구는 두고 싶지 않아!"

"……."

"미나는 네 영웅이었다고 했지? 나는, 내 영웅은…… 아비에게 버려진 꼬마에게 손을 내밀던 아홉 살배기 영애님이었다고!"

분에 찬 에뮬린이 뚝, 뚝, 눈물을 흘리며 나를 밀쳤다.

"너는 네 영웅 앞에서 계속 기죽어 살아! 나는 그런 초라한 내 영웅을 기억에서 지울 테니까!"

빽, 소리친 그 애가 나를 두고 기숙사로 달려갔다.

나는 기가 막혔다.

'아니, 내가 언제 기가 죽었다고…….'

에뮬린의 뒷모습을 쳐다보던 나는 한숨을 내쉬고, 기숙사로 향했다.

*　　*　　*

오후.

훈련복으로 갈아입고 제2 훈련장으로 향한 나는 와글와글한 신입생 가운데, 에뮬린을 찾아다녔다. 토라진 에뮬린은 어디에 숨어 있던 건지, 시험 전까지 머리카락 한 올 보여 주지 않았다.

학생들과 꽤 멀리 떨어진 곳에서 아이보리색 머리의 뒷모습이 얼핏 보였다.

'에뮬린이다!'

나는 얼른 그 애에게 다가갔다.

"에뮬린!"

"……."

"한참 찾았잖아. 어디 갔었어? 오늘 평가를 하려면 조를 짜야 하는데 널 찾아다니느라 학생들과 조도 못 짰다고."

"……."

"우리도 어서 조를 짜야—"

그런데 에뮬린을 둘러싼 공기가 이상했다. 점심 식사 때와는 달리 학생들은 매서운 눈초리로 에뮬린을 흘겨보고 있었다.

"뭐야. 무슨 일 있었어?"

에뮬린은 대답하지 않았고, 대신에 우리와 조금 떨어져 있던 남학생 앨런이 소리쳤다.

"르블레인."

"예?"

"이쪽으로 와. 우리 조에 끼워 줄 테니."

"……?"

"아, 너 미나와 동갑이라며. 내가 세 살 오빠다. 얼른 와. 그 미치광이는 상대하지 말고."

"무슨 말이에요?"

내가 인상을 찌푸리자, 앨런이 콧방귀를 뀌며 에뮬린을 쳐다봤다.

"난데없이 미나에게 시비를 걸잖아."

그러자 앨런 무리의 여학생이 빈정거리듯 에뮬린의 말투를 따라 했다.

"모두가 특별하다는 말, 저는 틀렸다고 생각해요. 듣기 좋은 말로 사람들을 회유하려 하는 건 알겠지만, 신분제 사회에선 무책임한 말이죠. 특혜를 누리고 있는 당신이 할 말은 더더욱 아니었고요."

에뮬린이 그런 말을 했다고?

나는 황급히 에뮬린을 쳐다봤고, 그녀는 입을 꾹 다문 채 정면만 바라보고 있었다.

'이 바보가!'

결국 참지 못하고 가서 미나에게 한바탕 쏟아부은 모양이다. 하지만 그건 남들이 보기엔 시비였다. 내가 듣기에도 시비가 명백했고.

미나는 쉽게 호감을 사는 아이였다. 점심 이후로 신입생 대부분과 친해진 모양인데, 이런 상황에서 그룹의 중심인 미나에게 시비를 걸면 적으로 찍힐 수밖에 없다.

주변에서 비웃음이 터져 나왔다.

"어이가 없어서. 평민의 자존심인가?"

"눈에 띄려고 별짓을 다 하는군."

신학원 때보다도 더 날카로운 시선이었다.

'시기도 안 좋아.'

지금은 막 그룹이 형성되는 시기다. 이런 때에 공공의 적이 생기면 유희거리로 딱이다. 조롱의 대상인 에뮬린이 이 시기를 잘 넘기지 못하면, 졸업 때까지도 물어뜯길 테고.

이건 단지 관계의 문제가 아니었다. 이 학교는 그룹 평가가 많다. 이대로 도태되면 좋은 성적을 얻기는 어려울 터. 더더군다나 평민 특별 전형으로 입학한 에뮬린은 성적이 몹시 중요하다.

'이런 상황이라면 미나가 정리해 줘야 하는데, 이런…… 미나는 아직 훈련장에 오지 않았나.'

앨런이 나를 향해 손짓했다.

"이리 와. 같이하자고. 조 이름은 '운명의 아이들' 어때?"

그러자 주변에서 웃음이 터져 나왔다.

"그거 교수 눈에 들기 딱 좋은 이름인걸."

"아, 저쪽 조는 비열하구만!"

분위기는 유쾌했다. 에뮬린 하나만 빼면.

"르블레인, 얼른 이쪽으로 오라니까. 조원 명단을 써서 넘겨야—"

"저는 이미 조를 정했어요."

"뭐?"

나는 에뮬린의 손을 잡았다.

"에뮬린과 함께할 거예요."

"……후회할 텐데. 다들 다섯 명 이상 조를 만들었어."

"조원은 열 명 이하면 상관없잖아요. 저는 에뮬린과 할 거예요."

"아, 그래? 그럼 해 보든가."

앨런은 기분이 상한 듯 입매를 비틀었다. 다른 학생들은 조금 당황한 표정이었지만, 앨런이 손뼉을 치며 소리쳤다.

"저쪽 운명의 아이께선 쓸모없는 병졸 하나 달고서도 우리를 전부 상대할 수 있으시다니까, 더 무시당하지 않도록 전력으로 상대해 드리자고!"

에뮬린을 향했던 힐난의 시선이 이번엔 내게로 넘어왔다. 에뮬린이 당황한 표정으로 내게 속삭였다.

"이 바보야! 너는 인맥 만들려고 이 학교에 왔으면서 무슨 짓이야?!"

"친구가 싼 똥은 같이 치워 줘야지."

"귀족 영애님이 무슨 그런 천박한 말을……!"

"자, 자. 조원 명단이나 작성하러 가자."

내가 재촉하자 에뮬린이 머뭇거리며 훈련장 한 편에 마련된 간이 책상으로 따라왔다. 나는 에뮬린과 내 이름을 나란히 적은 후, 조 이름을 적었다. 조 이름을 본 에뮬린의 눈이 커졌다.

[막스 패거리]

우리들의 거지 패가 불리던 이름이었다.

이윽고, 평가 시작 종과 함께 미나가 훈련장으로 뛰어왔다. 이마의 땀을 손등으로 훔친 그 애가 환히 웃으며 물었다.

"나, 안 늦었지?"

"그래. 겨우."

미나의 등 뒤로 중후한 목소리가 들려왔다. 어느새 훈련장에 들어온 교수였다. 교수는 "자리로 가라." 하며 간이 책상에 올려진 조원 목록을 읽으며 말했다.

"미나와 아이들?"

"네, 선생님! 저희예요!"

미나가 손을 번쩍 들자 교수가 실소를 흘렸다.

"교수님이겠지."

미나가 민망한 표정을 짓자, 훈련장에서 한바탕 웃음이 터져 나왔다.

"올해 반 배정 평가는 움직이는 결계 안에서 인질을 구해 내는 것이다. 인질은 생명체. 그러니 무턱대고 결계를 파훼했다간 인질이 무사하지 못하겠지? 인질을 구하는 데 걸리는 시간, 인질의 상태, 구해 낸 인질의 수, 파훼한 결계의 수준 등을 따져 종합 평가한다."

그가 허공에 손을 젓자 거대한 모래시계가 나타났다. 이윽고 훈련장의 형태가 미로 같은 모습으로 변했다.

"이번 평가에 한해 마나 제한을 해제한다. 그럼 시작."

금제 마도구를 풀 수 있다는 의미였다.

앨런이 가장 먼저 양 손목과 발목에 단 마도구를 풀었다. 쿵! 둔탁한 소리와 함께 마도구가 바닥에 추락하고 어마어마한 마력이 땅을 울렸다.

미나가 앨런에게 말했다.
"정말 네 말대로 인질을 구해 내는 게 시험이었네."
"그렇다니까. 우리 형이 족보를 다 줬다고. 일단 저 보라색 원이 가장 점수가 높아. 까다로운 결계거든. 우리는 저 보라색만 노릴 거야."
"어떻게 결계를 깨지?"
"사실 눈에 보이는 이런 결계를 깨는 건 별거 없어. 결계의 중심에 완벽하게 화살을 박아 버리면 되거든. 하지만 중심을 확실히 알 수도 없을뿐더러, 결계가 움직이고 있으니 파괴하기 힘들겠지."
"될 것 같은데? 저게 중심 아냐? 짙은 색 부근. 그리고 —"
"뭐라고?"
미나가 미로의 벽 위로 기어 올라가서 평가 시작 전에 나눠 준 활을 결계에 겨누었다.
"나, 양궁 선수 출신이거든!"
미나의 이야기를 들은 훈련장이 시끄러워졌다.
결계의 중심을 파괴하는 건 마법식을 완전히 이해하지 못하는 한 불가능하다. 오디스 아카데미에서 훈련용으로 사용되는 결계처럼 어려운 결계는 더더욱.
교수마저 놀란 얼굴로 미나를 쳐다봤다. 미나가 활을 쏘았다.
"앗! 빗나갔어. 생각보다 어렵—"
쾅—!!
미나의 화살이 빗나간 결계로 응축된 신성력의 구가 부딪쳤다. 결계의 중심에 정확하게.
"르블레인……!"
"르블레인 양!"
앨런과 산드라가 놀란 표정으로 허공에 부유한 나를 쳐다봤다.

'결계의 중심, 너만 볼 수 있는 게 아니거든.'
나는 빙그레 미소 지었다.
'게다가.'
신성력의 제한을 해제했다. 그 말인즉,

[야, 꼬마. 이번에 더 강하게 간다!]
[게임 이벤트 같군요! 오오오오―! 저걸 깨부수면 아이템을 드랍하는 겁니까?]
[주군, 상공부터 제압해야 합니다. 가시죠.]

나의 세 권속이 등장할 차례라는 것이다.
첫 번째 결계가 파훼되기 무섭게 훈련장을 둘러싼 관중석에 선배들이 등장했다. 가장 상석엔 엘리시아노 클래스의 사람들이 있었다. 이샤크와 앙리가 나를 향해 슬쩍 엄지를 들어 보인다.
에뮬린이 놀란 얼굴로 날 쳐다봤다.
"너 어떻게……!"
"내가 네 영웅이랬잖아. 영웅이 이쯤이야."
나는 히죽, 웃으며 말했다.
"잘난 척은."
에뮬린은 어이없다는 듯 웃었지만 싫은 얼굴이 아니었다.
'상공을 제압하려면…… 옳지! 푸르, 비를 내려!'

[준비됐다.]

푸르의 이능은 '우천'. 그는 악마 중에도 몇 없는 기후를 조종하는 악마로, 비를 자유자재로 내릴 수 있다.

저 미로는 인간의 마법으로 생긴 것. 인간의 마법은 악마처럼 존재하지 않는 것을 만들어 낼 수 없다. 예를 들자면, 천 없이는 우산을 만들 수는 없다는 것이다.

그래서 사람들은 마법을 '존재하는 것의 섭리를 비트는 기술'로 부르기도 한다. 즉, 저 미로는 이미 있는 풀과 나무를 마법을 통해 급속도로 성장시켜 만들어 내는 것이었다.

'그러니까 여기에 비나 햇빛 등, 예기치 못한 요소가 생기면—'

신성력을 끌어올리자, 주머니 속에 깊숙이 넣어 둔 에트왈이 뜨거워졌다.

이윽고, 하늘에 먹구름이 밀려오고 미로 부근에만 어마어마한 소낙비가 내리기 시작했다. 그러자 미로로부터 나뭇가지들이 상공으로 뻗어져 나오며 주전자 뚜껑을 덮듯 미로의 윗부분이 닫혀 버렸다.

'—이렇게 마법 시전자가 제 마법을 컨트롤할 수 없게 된다는 거지.'

미로 위에 올라타 있던 미나가 나뭇가지에 밀려 비틀거렸다.

"꺄악!"

"미나!"

당황한 앨런이 소리치기 무섭게 미나가 추락했다.

"으…… 아?"

눈을 꽉 감은 채 풀썩, 떨어진 미나가 슬그머니 눈을 떴다. 바닥에 응축된 공기가 쿠션처럼 그녀를 떠받치고 있었다. 산드라의 손등에 시동인이 빛난다.

'산드라가 마법으로 지켜 줬구나.'

산드라와 앨런 등의 미나 조 학생들이 얼른 그녀에게 달려갔다.

"괜찮나요?"

"으응. 이건 네가 한 거야?"
"네."
"고마워."
미나가 무사한 것을 확인한 앨런이 홱, 고개를 돌려 나를 노려봤다.
"이런 짓을 하는 게 어디 있어! 미나를 죽일 셈이야?"
그러자 에뮬린이 실소를 흘리곤 응수했다.
"뭘 그렇게 과민 반응이람."
"과－민? 학생이 다칠 뻔했는데 과민이라고?! 헛소리하지 마!"
"그렇게 높은 위치도 아니었을뿐더러, 바닥에 이렇게나 많이 잔디가 깔려 있잖아요. 산드라가 구해 주지 않았어도 다치지 않았을 텐데."
"아무튼 비열하게 다른 팀을 방해하다니, 이건 옳지 않아!"
"교수님은 과제에서 구해 내야 하는 생명체를 '인질'이라고 했어요. 즉, 이건 전투에 인질이 생겼을 때를 대비한 훈련이라고요. 전투에서 상대가 인지상정 봐주는 경우가 있습니까?"
"그, 그건……!"
앨런이 얼굴만 붉히고 말을 더듬거렸고, 에뮬린은 "오호라." 하며 말을 이었다.
"족보에 이런 상황은 안 적혀 있었나 봐요? 그래서 당황한 거죠? 사실 미나 걱정 같은 건 조금도 안 하고 본인 반 배정이 제일 걱정 되죠?"
"뭐야?! 어디서 감히－!"
"논리적으로 반박하지 못하는 걸 보니 정말인가 봐."
에뮬린이 얄밉게 "그렇지, 르블레인?" 하고 말했다. 나는 속으로 킬킬 웃었다.
'말싸움으론 절대 에뮬린을 못 이기지.'
개싸움이 난무하는 뒷골목에서도 에뮬린을 말로 이길 수 있는 사람이 없었다.

'어쨌든 이제 다른 조에 학생 수가 많은 건 이점이 되지 않게 되었어.'

통신석 없이는 의사소통할 수 없고, 결계를 깨 본 사람이라곤 내가 유일. 결계가 어느 수준이고, 몇 명의 마나가 있어야 해제가 가능한지 알려면 무리 지어 들어가 결계 하나를 처리해 봐야 한다는 것이다.

나는 에뮬린의 손목을 잡고 말했다.

"들어가자."

"그래."

우리가 미로 입구로 들어서자, 우왕좌왕하던 학생들이 우리 뒤를 따라 미로로 뛰어들었다. 미로 깊숙이 들어온 뒤, 나는 학생들의 기척을 살피면서 에뮬린에게 속삭였다.

"넌 가장 약하다는 노란색 결계를 찾아서 파훼해."

"난 너나 미나처럼 결계의 중심을 볼 수 없어."

"마법식을 읽어서 해체해."

결계의 색은 총 셋. 보라색, 빨간색, 노란색.

방금 내가 파훼한 결계는 빨간색이다.

"저 빨간색 결계부터는 학생들 수준으로는 절대 파훼할 수 없어. 다른 사람보다 월등히 마나 양이 많은 나조차 빨간 결계의 중심을 파괴하고 손발이 벌벌 떨린다고."

"그럼……!"

"애초에 다른 팀과 전투시키기 위한 판이었던 거야. 다른 팀과 전투를 벌여 노란색 결계를 차지하란 거지. 그러니까 내 생각엔……."

"노란색은 상대 팀과 전투 중에 해제할 수 있을 정도로 약한 결계다?"

"그래. 굳이 중심을 노릴 필요 없어. 마법식을 읽어서 파괴할 수 있는 수준일 거야."

"노란색을 찾는 게 관건이란 건데…… 그걸 어떻게 찾— 르브?"

턱을 쥔 채로 고민하던 에뮬린은 엉금엉금 미로 벽에 올라타는 나를 보고 눈을 동그랗게 떴다. 나는 옆구리에 찬 검집에서 검을 꺼내 미로의 지붕을 베어 냈다. 그리고 에뮬린에게 주머니에 있던 에트왈을 던졌다.

"가지고 있어. 남들에게 절대로 보이면 안 된다?"

"넌 어쩌려고!"

"내가 위에서 봐줄게. 소리칠 테니까 내가 불러 주는 대로 달려!"

"말도 안 돼. 그러면 다른 팀도 들을 것 아냐!"

기어이 미로 지붕에 올라탄 난, 씩 웃으며 소리쳤다.

"아네스 의상실!"

눈을 동그랗게 뜬 에뮬린이 핫, 숨을 들이켰다.

아네스 의상실은 막스 거지 패 소굴의 왼쪽. 에뮬린이 왼쪽 코너를 돌아 달려가기 시작했다.

'푸르, 내가 있는 곳 반경 1킬로미터 부근에만 비를 내려.'

비가 쏟아지고, 나는 거대한 나무줄기에 밀려나 미로가 한눈에 보이는 위치를 차지하게 되었다.

'노란 결계는…… 저기에 있다.'

결계에선 빛이 뿜어져 나오므로 나뭇가지 사이로 결계의 위치를 확인할 수 있었다.

'에트왈의 위치도 느껴진다. 이제 에뮬린이 어디에 있는지 확인할 수 있게 되었어.'

나는 최대한 집중해 철수에게 말을 걸었다.

'철수, 넌 에트왈에서 내게 보이는 걸 얘기해 줘.'

[2킬로미터 앞에 가로막혔습니다!]

마나의 응축원을 에뮬린의 이동 방향 2킬로미터 앞에 던졌다.

[벽이 파괴되었습니다. 에뮬린 선수, 당황하지만 곧 파괴된 부분을 뛰어넘습니다!]

"아리아 살롱!"
아리아 살롱은 막스 거지 패 소굴에서 8시 방향. 에뮬린이 8시 방향으로 달렸다.
에트왈과 너무 멀리 떨어지면 권속들과 소통할 수 없기에 나는 푸르의 이능을 이용해 최대한 에뮬린의 가까이로 나뭇가지를 증식시켰다.

[노란 결계, 발견!]

'에뮬린이 해체 가능한 수준이야?'

[그런 것 같습니다.]

5분쯤 뒤, 철수에게서 신호가 왔다.

[해체 완료! 인질은…… 귀여워…….]

'뭐?'

[강아지예요.]

“에뮬린! 내가 보호할 테니까 위로 올려 보내!”
“알겠어!”
나는 미로의 윗부분을 베어 냈고, 에뮬린은 벽면에 올라타 강아지를 지붕 위로 번쩍 들었다.
강아지는 꼬리를 정신없이 흔들며 내 품에 뛰어들었다.
“오구오구, 그래. 여기는 위험하니까 저기 안전한 곳으로 가자.”
푸르의 먹구름을 미로 끝으로 이동시켰다. 솟아오른 나무줄기를 칼로 잘 다듬어 강아지가 찔리지 않도록 케이지를 만들었다.
케이지 안에 강아지를 잘 놔두고 고개를 돌리는데, 미로 지붕으로 다른 학생들이 올라오고 있었다.
‘날 따라 해 보시겠다?’
막 위로 올라오던 앨런을 보고 나는 생긋 웃었다.
“이번엔 저를 족보 삼으시려고요?”
“시끄러워. 산드라, 정면으로 달려. 노란색이다!”
나와 에뮬린이 강아지를 구해 내는 동안 저 팀은 다른 색 결계를 해체해 본 모양이다. 그리고 우리처럼 알게 되었겠지. 학생들이 해체할 수 있는 건 노란색뿐이라는 걸.
나는 앨런의 어깨를 톡, 톡, 두드렸다.
“저기요.”
“뭐야. 바쁜 거 안 보여—?!”
“여긴 내 자리니까 꺼지세요.”
“뭐……?”
“꺼지라고, 인마.”

나는 앨런을 걷어차 그를 추락시켰다.

'바보야, 왜 나보다 약한 에뮬린에게 결계를 해제시키고 내가 여기 올라왔겠니.'

시간이 지나면 우리를 따라 하는 팀이 생길 거라는 걸 알기 때문이지.

"에뮬린, 아네스 의상실!"

[3킬로미터 앞에 가로막혔습니다.]

"강아지를 위로 보내!"

그리고 올라오는 학생들마다 추락시키기.

나와 에뮬린, 철수, 그리고 푸르는 손발이 잘 맞았다. 벌써 노란 결계의 해제가 다섯 번째. 2점짜리 붉은 결계도 처리했으니, 우리는 7점으로 선두를 달리는 중이다.

그런 와중에 미로 안에선 다른 팀끼리 전투가 발발했다. 움직이는 노란 결계를 찾는 것보다 다른 팀이 숨겨 둔 인질을 찾아 확보하는 게 더 쉽다는 걸 깨달은 모양이었다.

'좋아, 이제 30분가량 남았다.'

이제 내가 밑으로 들어가 다른 색 결계를 처리해야겠다.

그런데 그때였다.

"우와, 이게 진짜 되네."

익숙한 목소리와 함께 미로 위로 사람이 올라왔다. 산드라가 했듯 공기를 응축시킨 미나가 상공에 부유했다.

"미안, 르블레인. 우리 팀이 이제 시간이 없어서."

"시간이 없는 건 우리도 마찬가지인데."

"앨런과 산드라는 집안 때문에 꼭 A반에 들어야 한대. 나는 조장이니까 우리 팀원들을 위해 뭐라도 해야 해."
"그래서?"
검을 내게 겨눈 미나가 말했다.
"결투하자! 이긴 사람이 그동안 구해 놓은 인질을 모두 데려가는 거야. 어때?"
"내가 왜?"
"어?"
"싫은데. 우리 조가 너희 조보다 월등히 점수가 높잖아. 이대로 평가가 종료되어도 1등은 우리 조인데 왜 결투를 해야 해?"
그러자 미로 안에서 상공을 쳐다보던 앨런이 꽥 소리쳤다.
"결투 신청을 물린단 말이야?! 기사도를 모르는 거냐!"
"그러는 너는 기사도를 알아서 다른 조가 고생해서 모은 인질을 결투 한 번에 다 차지하겠다는 거야?"
"뭐, 뭐라고?"
나는 앨런의 말에 대꾸하지 않았다. 내가 막 등을 돌린 순간, 등 뒤에서 미나의 목소리가 들려왔다.
"피하는 거야? 질까 봐 두려워서?"
나는 고개를 돌리고 미나를 힐끗 쳐다봤다.
"있잖아, 미나."
"그래, 말해."
"너는 내가 손가락 하나만 튕겨도 죽어."
"……뭐라고?"
"정말이야."
고개를 기울인 나는 미나에게 한 발자국 다가갔다.
"네 안에 신의 힘이 전부 다 들었어도 너는 내게 못 이겨. 왜냐면 너는 그 힘을 쓰는 법을 모르니까."
"그건 네 생각이잖아. 겨뤄 봐야—"
"13년이야."
아니, 이전 삶까지 더하면 상상도 못 할 세월일 터다.
"나는 네가 상상도 못 할 세월 동안 죽을힘을 다해 수련했어."
"나는—"
"나와 승부하고 싶으면 이런 평가를 걸지 말고 더 값진 걸 걸어."
"……."
"그래야 내가 목숨 걸고 수련한 세월이 우습지 않잖아."
미나와 나의 시선이 허공에서 부딪쳤다.
"무엇을?"
나는 빙그레 웃으며 말했다.
"에트왈이라면 어때?"
"에트…… 뭐?"
"신전에서 보관 중인 성물. 진짜 운명의 아이에게 내려질 그것."
미나가 눈을 동그랗게 떴고, 나는 생글생글 미소 지었다.
"에트왈을 걸래?"
—하고 말하며.
나를 빤히 쳐다보던 미나는 이내 "음……." 신음하더니 고개를 저었다.
"그건 안 돼. 내 것이 아니니까 내 마음대로 걸 수 없어."
"피하는 거야? 무서워서?"
조금 전에 했던 말을 그대로 돌려주자 미나의 눈이 커다래졌다. 그러나 곧 픽, 실소를 흘리고선 손을 내저었다.
"아, 미안. 기분 나빠서라도 결투를 받아 주라고 했던 말이긴 한데, 그 말을 내가 들으니 생각보다 더 기분 나쁘구나 싶어서."

"그런데?"

"네 말이 맞아. 야비했지, 응."

미나가 고개를 끄덕이자 미로 안에서 원성이 터져 나왔다.

"무슨 소리를 하는 거야!"

"네가 그런 말을 하면 ─!"

미나가 "자, 자." 하며 같은 조의 사람들을 말렸다.

"르블레인의 말이 틀리지 않아. 이건 치사한 일이야. 우리는 우리대로 노력하자. 상대 팀이 노력한 결과물을 한순간에 빼앗는 건 옳지 않아."

"미나!"

앨런이 고함을 내질렀으나, 미나는 단호히 고개를 젓고 나를 쳐다봤다.

"미안해. 내가 비열했어."

"……."

"그리고 옳지 않은 일을 하려는 내게 가르침을 줘서 고마워."

"……."

"큰일이다. 점점 더 네가 좋아져서. 아, 곤란한데. 이러면 나 막 껌딱지가 되거든."

"그거 정말로 곤란하네."

에뮬린의 말이었다. 에뮬린이 미로 위로 올라오며 미나를 쏘아보았다.

"에뮬린, 친하게 지내자. 나, 너도 좋단 말이야. 아까 네가 똑 부러지게 말했을 때 엄청 감동했다고. 나와 다른 세상의 일을 함부로 평가할 수 없다는 걸 깨달았어."

에뮬린이 움찔, 그 애를 쳐다봤고, 미나는 에헤헤, 웃으며 머리를 긁적였다.

"나는 부족한 점이 많은 사람이니까 괜찮다면 앞으로도 내게 많은 것을 가르쳐 줬으면 좋겠어."

빙그레 미소 지은 미나가 미로 아래에서 들리는 원성을 듣고 아차, 하며 미로 안으로 폴짝 뛰어내렸다.

그러곤 나와 에뮬린을 향해 아래에서 손을 흔들었다.

"서로 힘내자!"

—하며.

1등은 뒤집히지 않았다. 우리는 마지막 순간, 노란 결계를 하나 더 처리해 8점으로 1등을 지켰다.

그리고 2등은…….

"대단해. 붉은 결계를 두 개나 처리했잖아."

"새로운 운명의 아이라……. 역시 평범한 사람과는 궤가 다른 능력이네."

30분 동안 미로 안에서 붉은 결계를 둘이나 처리한 미나의 조가 6점으로 2등을 차지했다.

* * *

평가가 끝나고 한 시간가량이 지났다.

반 배정 평가를 담당한 남교수와 몇몇 교수들이 양피지 뭉치를 들고 훈련장으로 들어왔다. 반 배정 평가를 담당한 교수가 양피지를 들고 학생의 이름을 불렀다.

"로시트라, 미겔스, 하탄. D반이다."

D반에 호명된 아이들은 희멀건 표정으로 어찌할 바를 몰랐다.

"미하일, 조디, D반. 그리고 산드라, 크리스, A반."

A반으로 호명된 학생들은 안도의 한숨을 내쉬었다.

"팔파티, 앨런은 B반."

"뭐라고요?!"

앨런이 꽥 소리쳤다. 사람들의 시선이 홍분으로 얼굴이 붉어진 앨런에게 집중되었다.

'앨런이 B반이라고?'

나와 에뮬린조차 의아한 표정으로 교수를 쳐다봤다. 교수는 무미건조한 표정으로 앨런을 쳐다봤다.

"배정에 불만이 있나."

"그, 그렇습니다! 앞서 A반에 배정받은 산드라와 크리스는 저와 한 조였습니다. 그런데 왜 저는 B반인 겁니까!"

"너는 평가에서 무엇을 했느냐."

"예?"

"산드라는 탐색 마법으로 적색 결계를 찾아냈고, 크리스는 결계의 암호를 해독해 두 차례 황색 결계를 해제했다. 너는 무엇을 했지?"

"저, 저는……."

"너는 너희 조가 점수를 얻는 일에 기여하지 않았을 뿐 아니라, 조원들이 상의해 결정한 일을 내내 반대했지. 족보를 명분으로."

"조, 족보를 얻은 건 저뿐만이 아닙니다!"

"족보를 탓하는 것이 아니다. 전쟁에서 정보만큼 귀한 것이 없지. 타국의 지도, 지휘관의 상태 등을 모두 고려했을 때야말로 뛰어난 전술이 나오는 법. 문제는 네가 정보를 무턱대고 신뢰한 것이다."

"예……?"

"이번 시험이 네가 가진 정보와 토씨 하나 다르지 않다고 어떻게 확신하지? 결계의 색이 다른 점으로? 결계를 파훼하여 인질을 구하는 것이 시험 내용이었던 점으로?"

"그, 그건……."

"너는 정보전에서 우위를 차지한 게 아니라, 무책임했던 것이다."

"교수님!"

"실제로 네 족보는 틀렸다. 지난 시험에선 보라색 결계는 너희 수준으로 파훼할 수 있었으나, 지금은 다르지. 보라색 결계는 공격 마법이 내재되었다. 무턱대고 공격했다간 그 안의 인질은 물론, 공격한 학생들조차 크게 다쳤을 테지."

"……."

"개인적인 관점에서 이번 신입생들은 대부분이 낙제점이다!"

교수가 벼락같은 노성을 내질렀다. 앨런이 꿀 먹은 벙어리가 되었고, 다른 학생들조차 당황했다. 교수가 매서운 시선으로 학생들을 둘러보았다.

"예기치 못한 일에 당황하여 휘하의 장수를 불안케 한 지휘관."

내가 미로에 지붕을 덮었을 때 어찌할 바를 모르고 고함만 꽥꽥 지르던 조장들이 흠칫했다.

"계획 없이 무작정 남을 따라 전투지로 들어간 자."

나와 에뮬린을 따라서 허겁지겁 미로에 들어왔던 학생들이 거무죽죽한 표정이 되었다.

"시험의 내용을 파악하기보다 점수에 치중해 상대측의 점수를 빼앗으려 한 자."

이번 평가는 타국에 인질이 잡힌 상황에서의 전투를 대비한 훈련이었다. 인질을 놓고 전투를 벌였던 학생들도 당황한 표정이 되었다.

"이번 신입생 중엔 쓸 만한 놈은 한 사람뿐이더군."

교수의 시선이 내게 꽂혔다. 자연스레 학생들 또한 나를 주목했다.

나를 빤히 쳐다보던 교수가 말했다.

"시험이 공지되자마자 전략을 떠올리고, 점수에 치중하기보다 내용을 꿰뚫어 훌륭히 과제를 수행했으며, 조원에게 정확히 지시하여 제한된 시간을 알뜰히 활용한 데다, 움직이는 조원을 지원하기 위해 상대를 제압했다."

"예?"

"훌륭하다, 르블레인."

훈련장을 지켜보던 선배들 사이에서도 동조하는 말이 나왔다.

"영리해. 수적 열세를 지형을 변화시켜 뒤집어 버렸잖아."

"고지를 독점해 상대 팀의 시야를 제한한 점도 굉장했지."

"신입생으론 보이지 않던걸. 바로 전투에 투입해도 쓸 만하겠어."

조금 얼떨떨해져서 손끝을 만지작거리자 에뮬린이 내 옆구리를 쿡 찔렀다.

"뭐 해. 잘했다잖아."

"어……?"

"내 생각에도 오늘 너…… 꽤 잘했어."

에뮬린은 칭찬에 몹시 인색한 편이었다. 그런 그녀의 입에서 잘했다는 말이 나오다니.

나는 교수를 보며 배시시 웃었고, 교수가 픽 실소를 흘렸다.

"르블레인과 에뮬린, A반이다."

나와 에뮬린이 숨을 크게 들이쉬며 서로를 바라봤다. 에뮬린은 애써 평정을 찾으려 했으나, 입술을 꽉 깨물고 손등으로 붉어진 눈을 감추는 것으로 봐서는 그녀 또한 매우 감격한 듯했다.

'사실 두 명뿐이라 엄청 불안했거든.'

내가 이렇게 기쁘니 에뮬린은 오죽할까.

고개를 끄덕인 교수가 말을 이었다.

"마지막으로 미나, A반이다."

"감사합니다!"

이로써 반 배정 평가가 끝났다.

나와 에뮬린은 A반에 입성하고, 가장 훌륭한 조라는 평가를 받아 멘토 선점권까지 얻어 냈다.

* * *

"그런데 멘토 선점권은 뭐지?"

저녁 식사 중, 내가 중얼거린 말을 들은 에뮬린이 기가 막힌다는 듯이 스푼을 탁, 내려놓았다.

"이 바보야! 어떻게 오디스 아카데미의 멘토제를 몰라! 학교에 오자마자 그 얘기로 시끄러웠는데!"

"귀족 영애님으로 살다 보니까……. 정보는 주변에서 다 얻어다 줘서 그런 걸 알아봐야 한다는 생각을 못 했다고. 대체 뭔데 그게?"

"네 오빠들이 말해 주지 않았어?"

"우리 오빠들은 집에선 학교 얘기 안 해. 뭘 알려 주기보단 물어보는 걸 좋아해서."

"오늘 뭐 했어?"

"뭘 먹었지?"

"누가 괴롭히진 않았어?!"

지난 8년간 르블레인의 팔불출들이란 별명을 얻은 오빠들을 떠올린 에뮬린이 질린다는 듯 고개를 저었다.

"그래, 네 오빠들이라면……. 멘토제는 간단하게 말하면 '학교 지정의 의형제'야."

"학교 지정의 의형제?"

"의형제를 맺고 선배는 후배를 이끌어 주지. 서로의 잘못으로 벌점을 얻기도 하고, 짝지어 전투에 나가는 경우도 있고. 그러니까 황금 인맥이 목표인 네게는 둘도 없이 소중한 제도란 말이야."

"멘토 선점이라는 건……!"

"오늘 밤 신입생 환영 파티를 시작으로 신입생들은 선배에게 멘토를 청할 수 있는데, 우리는 누구보다 먼저 선배를 지목할 수 있고, 선배가 학교에 정식으로 이견을 제기하지 않는 한 멘토 삼을 수 있지. 물론 엘리시아노 클래스의 학생들에게 멘토를 청할 수도 있고."

"그거 대단하잖아!"

나는 신이 나서 소리쳤다.

'누구로 하지? 누구로 할까.'

왕녀도 마음에 들고, 크로커스 부족의 부족장 후보도 괜찮다.

'부족장 후보는 타 대륙과의 교역로를 손에 쥐고 있으니까 역시 그쪽으로? 아니지, 상인의 나라를 만들기보단 일단 군사력을 다지는 게…… 그럼 쌍둥이 왕자가 괜찮으려나.'

흥분한 내가 포크를 쥔 채로 이히힛, 음흉하게 웃자 에뮬린이 픽 웃었다.

"에뮬린, 너는 멘토로 둘 선배를 정해 놨어?"

"난 처음부터 딱 한 분만 보고 있었다고."

"누구?"

"엘리시아노 클래스의 마녀, 줄리에트 님!"

에뮬린이 황홀한 표정으로 뺨을 감싸 쥐었다.

"제국에 쟈벨린이 있으면 모하스 왕국엔 줄리에트가 있다. 들어 봤지?"

"마녀, 줄리에트……. 응, 유명하지. 로베스 전투에서 지역 하나를 통째로 지워 버렸다는 악명의……."

"너무 멋지지 않니. 줄리에트 님의 멘티가 되어 쟈벨린 님이 계셨던 백마부대에 들어간다……. 아으! 게다가 줄리에트 님은 서출 출신 최초로 엘리시아노 클래스에 들어가신 분이란 말이야."

"아드리안이 있잖아?"

"아드리안 황자는 두 번째고. 아, 그 얘기 하지 마! 차인 생각만 하면 분하니까."

"아드리안을 꼬시려던 거 말이야?"

"어린 날의 수치지."

에뮬린이 질색하며 고개를 저어서 나는 웃음을 터뜨렸다.

'오빠들이 밤에 보자고 한 게 신입생 환영 파티가 있기 때문이었구나.'

멘토제도 중요하지만, 한 가지 깨달았다.

'정보를 물어다 줄 사람이 필요해.'

제국에선 듀블레드의 암조, 제국 최고의 상단으로 자리 잡은 호프 상단, 그리고 노회한 귀족들과 끈이 단단한 의장을 통해서 정보를 잔뜩 가지고 있었지만, 지금은 다르다.

'여기선 내가 제일 정보에 취약해. 회귀 전에 와 본 곳이 아니라서 잘 모르기도 하고.'

그에 반해 이세계에서 온 미나는 벌써 온갖 정보를 가지고 있었다. 나는 사람들이 잔뜩 모여 있는 미나의 테이블을 슬그머니 쳐다봤다. 미나는 사람들과 관계 좋은 산드라와 형들이 줄줄이 오디스 아카데미에 다니는 앨런을 옆에 두고 있어서 온갖 사람을 소개받고 있었다.

"그냥 둘 거야?"

에뮬린의 물음에 나는 "응?" 하며 고개를 돌렸다.

"저 계집애가 저렇게 사람들을 손에 넣고 있잖아."

"사람이 물건인가, 손에 넣게."

"요새 너답지 않은 말만 하는 거 알지?"

"좀 정의로운 말이었지? 아, 나랑 안 어울리는데. 미나를 보니까 아미티에 영애였던 시절이 막 떠올라서."

포크를 입에 문 나는 씩 웃었다.

"듀블레드 영애는 악독해야 하는데. 그치?"

"무슨 짓을 하려고……?"

나는 미나의 옆에서 시시덕거리는 앨런을 쳐다보며 씩 웃었다.

"나다운 짓."

마침 앨런이 막 접시를 들고 일어나서 나도 자리에서 일어났다. 에뮬린이 나를 붙잡고 물었다.

"뭘 어쩌려고?"

"나도 정보꾼 하나는 손에 넣어야지."

나는 그 말을 끝으로 접시를 정리하고 앨런을 따라갔다. 교내 벤치에 홀로 앉아 있던 앨런이 무언가를 꺼내 떠들기 시작했다.

"아, 글쎄 엄마는 나만 믿으라니까. 두 번째 운명의 아이가 나한테 푹 빠졌다고. 며느리로 두 번째 운명의 아이를 들일 생각이나 하세요. 첫 번째? 아, 그 계집애는 오만해서 내 취향이 아냐. 듀블레드 영애라고 얼마나 재는지—"

'저거 통신석이잖아.'

미친 건가. 학교에서 허가하지 않은 통신석을 마구 사용해?

'미나에게 친근하게 굴더라니 그게 목적이었구만.'

나를 적대하는 것으로 미나의 마음에 들어서 두 번째 운명의 아이를 아내로 들이려고.

"어, B반. 교수, 그 미친놈 때문에 내가ㅡ"

"안녕?"

통신석을 들고 떠벌떠벌 떠들던 앨런이 홱, 고개를 돌렸다.

"너, 너……!"

"통신은 종료하지 그래?"

앨런이 헛기침을 하며 통신을 종료했다. 주머니에 통신석을 넣은 그가 말했다.

"이건 형이 잠시 내게 맡긴 거다. 학교의 통신석이라고."

"안 물어봤는데."

"그럼 왜 날 쫓아온 건데? 왜 귀찮게……. 설마 너, 나 좋아하냐? 같이 있고 싶어서?"

이건 무슨 개소리람.

"그럴 일은 없어."

내가 한 말이 아니었다. 어둠 속에서 나타난 금발의 사내가 앨런을 지그시 쳐다봤다.

"아드리안……."

바람이 불었다. 흩날리는 결 좋은 금발 사이로 맹수 같은 눈빛이 엿보였다.

그리고 그때.

"리안!"

등 뒤에서 미나의 목소리가 들렸다. 마구 달려온 그 애가 무릎을 잡은 채로 숨을 몰아쉬었다.

“정말 너무해. 내가 얼마나 널 찾아다녔는지 알아? 날 여기로 끌고 온 사람이 이렇게 방치하는 게 어디 있— 르블레인?”

미나가 날 보고 눈을 동그랗게 떴다.

“넌 여기 왜…… 아, 잠깐만. 나중에 얘기하자. 내가 리안과 할 얘기가 있어서—”

그러던 찰나.

아드리안이 내게 다가왔다. 조심스럽게 내 뺨에 손을 올린 그가 말했다.

“여긴 왜 다친 거야.”

“어?”

“다쳤잖아.”

“어, 저기 미나가 할 말이 있다는데—”

“그게 네가 다친 것보다 중요한가?”

나는 눈을 도르륵 굴리며 눈을 동그랗게 뜬 미나와 그런 미나를 바라보는 앨런, 그리고 내게만 집중하는 아드리안을 둘러보았다.

‘이 분위기 대체 뭐죠?’

나와 아드리안을 번갈아 보던 미나가 물었다.

“둘이…… 아는 사이?”

“제국 출신이니까 당연히 알겠지. 저쪽은 황자님이시고, 이쪽은 그 듀블레드 영애이니.”

우리를 대신해 앨런이 대답했다. 미나는 “아…….” 하며 내 뺨을 붙잡은 아드리안을 빤히 바라보았다. 나는 얼른 아드리안의 재킷을 잡아당겼다.

‘뭐 해, 손 떼!’

현재 오디스 아카데미엔 이본느 황비의 아들인 안드레가 있다. 촉새인 앨런이 나와 아드리안이 친밀한 관계라는 것을 소문내면, 안드레의 귀에 들어갈 터. 그럼 이본느 황비 쪽에서 날 맹렬하게 경계할 것이다.

두 번째 운명의 아이가 나타난 이때, 이본느 황비의 견제를 받는 건 좋지 않은 일이었다. 이본느 황비가 날 견제하기 위해 미나와 결탁할 가능성이 크니까.

'미나와만 결탁하면 다행이지. 신전과도 손잡으면 난리 난다고.'

내가 눈을 부릅뜨며 눈치 주자 아드리안이 손을 거두었다.

"아하, 하하……. 황자님도 참. 우리 오빠들이 제 뺨의 상처를 보고 난리가 날까 봐 염려하셨군요!"

"……."

"아카데미가 발칵 뒤집어질 테니까 회장 대행 중인 황자님께서 걱정하실 만도 하지요! 네!"

"……."

"저희가 아무리 어릴 적부터 안면이 있던 사이라도 다 커서까지 덥석덥석 얼굴을 잡으면 사람들이 오해한다고요."

나는 앨런에게 보이지 않도록 슬쩍 아드리안의 허리를 쿡, 찔렀다.

'대답!'

"……그래."

내 강요에 아드리안이 어쩔 수 없이 대답하자 앨런이 흠, 신음했다.

"듀블레드 형제의 막내 사랑은 유명하지."

다행히 내 핑계를 믿어 주는 모양이었다.

'오빠들이 정상이 아니라 다행이다.'

속으로 안도의 한숨을 내쉬고 있는데, 미나가 아드리안에게 말했다.

"급한 일 아니면 얘기 좀 해. 물어보고 싶은 게 있단 말이야."

"내가 아니어도 네 질문에 답해 줄 사람은 많을 텐데."

"데려온 사람은 너잖아. 나는 돌아가고 싶다고……! 그 유물과 공명해서 네가 날 불러온 거랬잖아. 그럼 날 돌려보낼 수 있는 것도 너 아냐?"

"불러내려 한 적 없어. 내가 유물과 공명했는지도 확실하지 않다."

"나, 친구들도 보고 싶고…… 엄마도 보고 싶어……."

미나가 입술을 꾹 깨물며 고개를 수그렸다. 마치 힘들다는 말을 참는 사람처럼.

첫 번째 삶의 기억이 떠올랐다. 기둥 뒤에서 미나와 어린 신관이 나누던 이야기를 엿듣던 그때가.

"미나 님은 힘들지 않으십니까?"

"어?"

"신성력 수련, 각종 재해에서 제국을 구해 내는 일, 운명의 아이에게 가해지는 각종 외압……. 모두 벅찬 일일 텐데 힘들단 말씀이 없으셔서요."

"힘들지. 왜 안 그렇겠어. 하지만 말하고 싶지 않아. 입 밖으로 나가면 정말 힘들어질 테니까. 나뿐 아니라 내 주변 사람들도."

"미나 님……."

"어차피 힘들 거라면 나 혼자 힘든 게 낫잖아. 다른 사람들은 안심했으면 좋겠어. 미나는 잘 적응하고 있구나, 계속 이렇게 씩씩하게 헤쳐나가겠구나……. 그렇게 생각하도록."

그렇게 말하며 배시시 웃던 미나.

'처음부터 미나는 그런 사람이었지.'

뭐든 홀로 끌어안는 사람.

하지만 생각해 보면 모르는 세계에 떨어진 열일곱의 여자애가 불안하지 않을 리 없다. 지금껏 꼭꼭 숨기고 있었지만, 틀림없이 두렵고, 벅차고, 힘들었을 것이다.

나는 애써 눈물을 참는 미나를 보고 말을 잃었고, 앨런은 힐끗 나를 쳐다봤다.

"르블레인, 네가 양보하지 그래? 미나 쪽이 더 급한 볼일이 있는 것 같은데."

"내가 붙잡지 않았으니, 양보할 일이 아니지."

"그래서 못 보내 주겠다는 거냐?"

'이게 진짜.'

참자 참자 하니까 선을 모른다. 앨런은 미나에 대한 완벽한 호의로 나를 몰아붙이는 게 아니었다. 미나를 힐끔힐끔 쳐다보는 저 시선은 '내가 이만큼 너를 생각해 주고 있다'는 어필이었다.

"야."

내 말에 앨런이 울컥 인상을 찌푸렸다.

"야? 상스럽게 평민들이나 하는 호칭을—"

"편 갈라서 미나의 호의를 사려는 건 상스러운 행동이 아니고?"

"뭐라고?"

나는 훅, 한숨을 내쉬며 앨런에게 다가갔다.

"여기서 네가 미나를 정말 생각한다면 내가 아니라 아드리안에게 시간을 내달라고 했어야지. 그런데 너, 왜 날 물고 늘어지니?"

"그건—"

"아드리안과 미나가 정말로 둘만 있는 건 싫은 거잖아. 내가 자존심 상해서라도 아드리안을 보내 주지 않기를 바라는 거고."

"그렇게 생각한 적 없어!"

"그런 생각이 없으면 그냥 날 무시한 거겠지. 안 그래? 제국의 황자이자 엘리시아노 클래스에서 회장 대행 중인 아드리안은 무서우니까 대신 날 공격하는 거잖아."

"하……."

"새로운 운명의 아이에게 밀리는 르블레인. 엘리시아노 클래스 입반 때문에 이미지 관리하느라 제대로 대항도 못 할 터. 제국에선 새로운 운명의 아이에 관한 소문으로 벌써부터 떠들썩하니, 미나의 줄만 제대로 잡고 있으면 너도 함께 부상할 거라고 생각했겠지."

나는 앨런의 흔들리는 눈동자를 똑바로 봤다.

"내가 네 양팔, 양다리를 부러뜨려도 아카데미에서 퇴출될 뿐이야. 그런데—"

"……."

"퇴출당하고 나면 나는 그냥 르블레인이 아니라 듀블레드 영애일 거야. 그때의 나를 네깟 게 감당이나 할 수 있겠니?"

앨런의 얼굴이 새파래졌다. 나는 앨런의 목을 톡, 톡 치며 빙그레 웃었다.

"제국에서의 내 별명을 알려 줄까?"

아드리안이 픽 실소를 흘리며 말했다.

"미친개."

앨런과 미나의 눈이 커졌다. 나는 앨런의 목을 단숨에 틀어쥐며 으르렁, 선언했다.

"내 인내는 여기까지야."

내가 밀치듯 목을 놓자 앨런이 켁, 켁 기침하며 나를 쳐다봤다. 그의 시선엔 전에 없던 공포가 어려 있었다. 그는 슬금슬금 뒷걸음질 치더니 어느새 뒤돌아 허겁지겁 도망쳤다.

나는 손톱처럼 작아진 앨런의 뒷모습을 보며 손을 탁, 탁, 털었다.
"까 — 불고 있어."
등 뒤에서 쿡쿡, 하는 작은 실소가 들렸다. 나는 슬그머니 고개를 돌려 아드리안을 쳐다봤다. 그리고 볼멘 목소리로 웅얼거렸다.
"웃지 마, 창피하니까."
"왜? 멋졌는데."
"이씨, 나 아카데미에선 우아하게 지내고 싶었는데."
"제국에서도 충분히 우아하신데요, 영애님."
"제국에선 사람들이 나와 눈 마주치면 도망치잖아!"
"거야 광채가 눈부셔서 그러하지요."
아드리안이 빙그레 웃으면서 말해서 나는 그의 신코를 툭 치며 입술을 삐죽였다.
"안 본 사이에 농담만 늘었어?"
"보고 싶었어."
"……."
나는 민망한 표정으로 볼을 긁적였다.
'얘는 항상 난데없이 치고 들어온단 말이야.'
키가 훌쩍 크고 선이 굵직해진 아드리안에게선 이전과 다른 어른의 향기가 난다. 아빠나 오빠, 집안의 고용인들과는 다른 느낌이라 나는 조금 어색해졌다.
"르블레인, 이런 성격이었구나……."
미나였다. 그 애는 놀란 표정으로 날 쳐다봤다.
"아드리안과 할 얘기가 있으면 자리 비켜 줄까?"
"어…… 그러면 나는 좋지만 — "
때마침, 저녁 식사의 종료를 알리는 종이 뎅— 뎅— 울었다. 미나는 멀리 보이는 종을 힐끔 쳐다보며 말했다.
"신입생 환영 파티에 가 봐야 할 테니 리안과는 나중에 얘기할게. 르블레인, 너도 준비해야 하지?"
"응."
"파티장에서 보자. ……리안도."
미나가 우리에게 손을 흔들며 등을 돌렸다. 그 애가 사라진 후, 나는 아드리안을 돌아봤다.
"홀로 갈 거지?"
"널 데려다주고."
"혼자 갈 수 있어."
아드리안은 대답 없이 웃었다. 거절하기 힘든 미소였다.
"안 본 새 고집도 늘었어. 아, 너무 착해서 걱정되던 꼬마 도련님은 어디 가셨나."
내가 장난스럽게 말하며 걸음을 옮기자 아드리안이 내 곁에 붙어 걸으며 말했다.
"네가 원한다면 그렇게 할게."
"뭘?"
"너무 착해서 걱정되던 꼬마 도련님."
"……."
잠깐 당황한 나는 아드리안의 어깨를 찰싹 때렸다.
"어디 가서 그런 말 하지 말라고 했지. 내가 아니면 오해한다고!"
"오해 아냐."
"……."
"아닌 걸 너는 오래전부터 알고 있었잖아."
나는 아무런 말도 못 하고 아드리안만 힐끔힐끔 쳐다봤다.

아드리안의 풋사랑, 그 주인공이 나라는 건 내가 상점가의 허름한 골목에서 이 애의 생일 선물을 처음 챙겨 주었을 때부터 눈치채고 있었다.

하지만 외로운 시기에 손을 내민 사람에 대한 동경이라고 정리했었다. 그때의 그는 아주 어렸고, 나는 내 할 일로도 바빠서 이 애의 마음을 신경 쓰지 못했던 것이다.

한참을 조용히 걷던 난 어색한 공기를 견디지 못하고 우뚝, 걸음을 멈췄다.

"왜 나야! 훨씬 좋은 사람이 있을 텐데! 아드리안, 너 이렇게 여자 보는 눈이 낮으면 안 된다?"

"……."

"난 말이야. 못돼먹고, 어? 이기적이고! 내 할 일이 무조건 우선이란 말이야."

"그래서 좋아."

"……못 살아."

"내가 네 최우선이 아니어도 괜찮아. 내 최우선은 항상 너일 테니까."

가슴이 쿵, 발밑으로 꺼지는 기분이었다.

나는 눈을 도르륵 굴리다가 소리쳤다.

"나 이런 분위기 싫어! 어색해서 싫다고! 봐, 아드리안. 나는 듀블레드 공작의 딸이고, 너는 황제의 아들이란 말이야. 우리가 사귀지? 그럼 난리가 난다고!"

나는 듀블레드를 독립시켜야 하는데 제국의 황자랑 사귀어 봐라. 철수의 말을 빌리자면 로미오와 줄리엣이 되는 거다.

"그리고 이본느 황비와 마르슈는 어쩔 거야. 응? 귀족들과 신전은 또 어쩔 거냐고. 너는 신전에서 신성 황제로 만들려는 사람이고, 나는 신전이라면 치 떨리게 싫은 사람이란 말이야! 우리는 안 돼. 태생부터 될 수가 없는 사람이라니—"

"네가 내가 싫다는 말은 하지 않잖아."

"……뭐?"

"우리가 안 되는 이유에 네 감정이 없으면 됐어."

"……."

"르블레인, 나는 사실 아주 집요한 사람이야."

아드리안이 내게 다가왔다. 신코가 맞붙고, 그의 숨결이 코앞에서 느껴진다.

몸이 바짝 긴장되었다. 두근, 두근, 가슴의 고동이 더없이 크게 다가왔다.

아드리안의 손이 내 머리칼로 향했다. 머리에 붙어 있던 나뭇잎을 떼어 낸 그가 낮게 읊조렸다.

"엎드려 네 발등에 키스하래도 나는 해."

"……."

"네가 원하면 나는 뭐든 해."

"……미쳤나 봐."

내가 떨리는 눈으로 그를 쳐다보자, 그는 싱긋 웃었다.

그때였다.

"여, 그림 좋다? 빌어먹게."

"내 동생에게서 손 떼십시오."

등장했다. 건달들이…… 아니, 건달보다 무서운 우리 오빠들이. 양손과 어깨에 내 것임이 분명한 여성용 구두며 액세서리, 드레스를 짊어진 그들이 눈을 부릅뜨며 말했다.

으득, 이를 간 이샤크가 말했다.

"비켜. 오늘 신입생 환영회에서 꼬맹이에게 선택될 멘토는 나야."

"아니, 납니다."

고개를 든 아드리안이 말했다.

"아니, 나지."

……살려 주세요.

* * *

파티 홀.

300명이 넘는 학생들과 50명가량의 교직원을 수용하는 거대한 홀, 그 홀과 이어진 아름다운 아이리스 정원에 모인 학생들은 저마다 흥분한 표정으로 주변을 둘러보았다.

대륙을 넘어 세계에서 가장 이름 높은 오디스 아카데미는 적을 두는 것만으로도 황금 더미가 보장된 성공 가도였다. 무사히 성공 가도 안에 안착한 신입생들의 눈엔 전에 없는 욕망이 들끓었다.

"산드라, 멘토는 정했나요?"

"받아 주실지 모르겠지만 마음에 둔 분은 계신답니다."

"이름난 선배 곁엔 벌써 신입생들이 바글바글해요. 우리도 슬슬 나서야죠?"

신입생들은 선배의 이름과 그간 쌓은 공적, 가문 등을 따져 형제의 정을 청한다.

한미한 자작가의 자제였던 자가 오디스 아카데미에서의 인연으로 일국의 재상에 취임하고, 단승 작위의 부친을 둔 자가 왕자의 의형제를 거쳐 대장군직을 하사받은 것은 유명한 일화였다.

"르블레인 양과 에뮬린 양은 정말이지 부럽네요. 특히 에뮬린 양이 말이에요. 그녀는 평민이잖아요? 엘리시아노 클래스의 선배들께 멘토를 청할 수 있으니 얼마나 좋은 일인가요."
"멘토 선점권이 없는 학생들은 엘리시아노 클래스의 분들께 멘토를 청할 수 없는 게 관례니까요. 부러운 일이죠."
"에뮬린 양은 누굴 택할까요? 역시 듀블레드 공자 중 하나? 그녀가 동생과 절친하니 쉽게 거절하지 못하실 테죠."
"제국의 황자들도 있잖아요?"
"모르셨어요? 안드레 님께선 이미 멘티를 선택하셨답니다. 아드리안 황자님 쪽이 문제인데……."
잔을 고쳐 잡은 오렌지색 머리칼의 여성이 산드라에게 속삭였다.
"이 학교에서 그분은 신전이 내세우는 황자임을 모르는 자가 있나요? 벌써부터 그분의 선택이 곧 신전의 선택이라고 떠드는 사람이 있답니다. 과연 누굴 선택하실까요? 미나와 르블레인 양 중에서."
"미나 양은 멘토를 청할 수 없잖아요."
"아드리안 님께서 선택하실 수도 있잖아요. 신입생이 엘리시아노 클래스에 멘토를 청할 수 없다고 해도, 엘리시아노 클래스의 분들은 선택할 수 있으니."
키득키득 웃은 오렌지색 머리칼의 여성이 속삭였다.
"오늘 밤은 재밌겠어요. 정말로."
그러던 찰나, 사람들의 시선이 문 앞으로 모였다.
가슴 아래로 은사가 섬세하게 수 놓인 우아한 엠파이어 드레스를 입고, 머리를 꽃과 함께 하나로 땋은 미나가 홀 안으로 들어왔다.
"미나."
산드라와 오렌지색 머리칼의 여성, 팔파티가 그녀에게 다가갔다.
"드레스가 무척 아름다워요."
"유행하는 드레스는 아니지만……. 고풍스러워서 오히려 센스 있게 느껴지는걸요."

산드라와 팔파티가 차례로 말하자 미나는 활짝 웃었다.

"그래? 앨런이 도와줬어."

"아, 그렇죠. 드레스를 준비하기 어려웠겠어요. 제가 신경을 쓸 것을……. 미안해요."

"산드라도 참. 말만이라도 고마운걸."

회장의 온 시선이 미나에게 집중되었다. 1층의 신입생들, 그리고 2층을 차지한 학년 위의 선배들, 교직원들조차 미나를 바라보며 속삭였다.

"교황을 뛰어넘는 신성력을 가진 두 번째 운명의 아이……."

"이세계인이라 들짐승인가 싶었는데 생각과는 다른걸."

"두 번째 운명의 아이가 누굴 의형제로 택했는지 아는 사람 있어?"

떠들던 자 중엔 계단을 내려와 미나에게 다가가는 사람도 있었다.

"맙소사. 선배들이 1층으로 내려온다고? 새로운 운명의 아이가 대단하기도 하군."

"그보다 저길 봐. 엘리시아노 클래스다."

2층의 가장 호화로운 구역을 차지한 엘리시아노들이 난간에 기대 미나를 바라봤다. 짙은 구릿빛 피부의 사내가 샴페인 잔을 빙글빙글 돌리며 씩, 입꼬리를 올렸다.

"새로운 운명의 아이는 누굴 선택하시려나. 줄리에트, 들은 거 있어?"

"그런 걸 들을 시간이 어디 있어. 여기 있는 것만으로도 시간이 아까워 죽겠구만. 아, 빌어먹을!"

"엘리시아노 클래스로 개인 실험실, 개인 기숙 저택에 시중인, 실험 자금까지 받아먹었으면 이 정도는 양보해라. 여하튼, 정보에 가장 빠르신 우리 듀블레드의 둘째 공자께선 아직 들은 바가 없나?"

소파 한 편에 자리를 잡고 있던 앙리가 책을 탁, 덮으며 말했다.

"글쎄."
"막내 공자께서도 들은 게 없고?"
앙리의 옆에서 음울한 표정으로 잔을 젓고 있던 이샤크가 싸늘하게 말했다.
"건들지 마라. 죽고 싶지 않으면."
"뭐야, 듀블레드 공자님들은 오늘 왜 저렇게 기분이 저조하신 건데?"
그러자 만취하여 서로 기대 있던 백금발의 쌍둥이 형제가 말했다.
"여동생이 드레스를 거절했대."
"거절했대."
"고작 그걸로 화가 난 거지."
"난 거지."
"미친놈들."
"미친놈들."
구릿빛 피부의 남성이 낄낄 웃었다.
"답지 않게 온종일 드레스에 장신구까지 고르고 있더라니. 난 그럴 줄 알았지. 그런 핑크에 리본이 줄줄이 달린 드레스, 네 살배기 여자애도 거절할 거다."
"꼬맹이는 핑크가 어울려! 리본을 매면 얼마나 사랑스러운지 알아?!"
그러자 쌍둥이 형제가 또 한 번 "미친놈." 하고 중얼거렸다.
그때였다. 홀이 또 한 번 시끄러워지며, 구릿빛 피부의 남성이 씩 입꼬리를 올렸다.
"내가 보기엔 그 동생께는 검은색이 더 잘 어울리는 것 같은데."
끝단부터 화려한 금사와 보석이 빽빽하게 장식된 올블랙의 벨 드레스를 입은 르블레인이 회장에 등장했다. 누구보다 화려한 드레스의 르블레인과 검소한 차림의 미나는 그야말로 흑과 백처럼 대조되었다.

"샤런의 드레스야."

1층의 누군가 말하자, 구릿빛 피부의 남성 곁으로 다가온 검은 머리칼을 가진 여성이 소리쳤다.

"그 호프 상단에서 최고가라던 다이아 목걸이잖아! 나도 못 구한 건데 어떻게 구했지?"

그 말에 또 한 번 회장이 들썩였다.

"가홍의 왕녀도 못 구한 목걸이라고?"

"뭘 그렇게 놀라. 듀블레드 영애이시라고. 대륙에서 가장 많은 재화를 소유했다는 그 듀블레드 말이야."

"그랬지. 르블레인은 '그' 듀블레드의……."

두 번째 운명의 아이의 등장으로 가려졌던 첫 번째 운명의 아이가 다시 수면으로 모습을 드러냈다.

"안녕, 르블레인. 오늘 무척 아름답ㅡ"

"귀인의 안녕을 빕니다."

"어?"

"예법은 제대로 알아 두는 게 좋겠어, 미나."

회장이 고요해지며 흑과 백의 시선이 공중에서 조우했다.

* * *

나와 함께 회장에 들어온 에뮬린이 내 허리를 쿡 찔렀다.

"그렇지 않아도 미나와 네게 시선이 집중되어 있는데 너무 날카로운 거 아냐? 운명의 아이들의 전쟁이라고 신나게 떠들 게 걱정이었던 거 아냐?"

"전엔 그랬지만, 지금은 아니지."

걸음을 옮긴 나는 에퓰린을 보며 사악하게 웃었다.

"멘토제를 알게 된 지금은 시선이 집중되면 집중될수록 좋아."

"무슨 소리야?"

"미나에겐 미안하지만, 이번 멘토 선정은 저 애와 나의 싸움이야. 누구든 운명의 아이를 의동생으로 두고 싶을 테니까. 내 의지와 상관없이 싸울 거라면 기왕 시작된 거 이겨야지."

"……."

"자, 봐. 의형제로 들일 사람이 예법을 몰라. 그러면?"

"함께 벌점을 받을 수도 있다?"

"아, 첫 번째 운명의 아이에겐 돈 냄새가 나네. 돈 냄새가 나는데 오만하기까지 해. 그러면 어떻게 생각할까?"

"역시 듀블레드 영애라 오만하다고 생각하겠지."

"그 뒤엔 이런 생각이 드는 거야. '아, 듀블레드? 생각해 보니까 엘리시아노 클래스에 듀블레드 공자들도 있었잖아.' 하고."

"네 눈치를 보느라 미나의 손을 잡으려는 선배들이 생기지 않을 테지."

"미나가 이대로 제대로 된 멘토를 못 잡으면 학교 내외로 이런 소문이 돌 거야. 역시 두 번째 운명의 아이보다는 첫 번째다."

"그럼 미나를 이용해 널 말 잘 듣는 강아지로 만들려는 신전의 계획이 물거품이 되겠네?"

킬킬 웃은 에퓰린이 말을 이었다.

"넌 정말 못돼먹은 애야."

"칭찬 고마워."

나와 에퓰린은 마주 보고 사악하게 웃었다.

그때였다.

"좋은 밤입니다, 르블레인 양. 3학년의 덴버입니다. 괜찮으시면 멘토 선정 일로 상의하고 싶은 게 있는데요."

"아뇨. 저와 이야기하세요. 4학년의 프랑소와입니다."

보라. 벌써부터 '듀블레드 영애'를 연상한 선배들이 날 찾아오지 않는가. 반면에 미나의 곁엔 신입생들밖에 접근하지 않는다.

난 누군가에게 이용되느니, 누군가를 이용하는 사람이 될 거다.

'이젠 지난 삶처럼 안 당해.'

선과 정의를 믿었던 르블레인은 제단에 바쳐졌고, 여기 남은 건 악독한 듀블레드 영애였다. 하지만 내가 예상치 못한 문제가 발발했다.

"사내놈은 내 동생 반경 3킬로미터 안으로 접근하지 않는다. 썩 꺼져!"

"자리를 비켜 주시죠."

……건달들이 또다시 등장한 것이다. 물밀 듯이 밀려왔던 선배들이 썰물처럼 멀어졌다. 당황한 난 오빠들의 재킷을 잡아당기며 말했다.

"왜 이래. 나 의형제 정해야 한단 말이야!"

"정하면 돼, 르블레인."

"그래, 정해. 나로."

"아니, 나로."

그러자 교직원들 사이에서 웃음이 터져 나왔고, 나는 얼굴이 붉어졌다.

'근엄한 듀블레드 영애를 하려고 했는데 다 망했어.'

미치고 팔짝 뛸 노릇이었다. 두 사람이 딱 달라붙어 험악한 표정으로 남성들을 노려보는 바람에 내 주변엔 사람이 뚝 끊기고 말았다.

"진짜 이럴래?"

"야, 꼬맹아. 의형제가 얼마나 귀찮은 건지 알아? 어디 과제라도 나가면 밀실에서 붙어 있어야 한다고. 변태 같은 놈과 둘이 붙어 있는 걸 어떻게 봐?"

"변태는 내가 선택을 안 하지!"

"과제 중에 말 하나라도 잃거나 해 봐. 그럼 사내놈 허리를 끌어안고 같이 타야…… 빌어먹을!"

상상한 모양인지 이샤크가 분통을 터뜨려서 나는 머리가 지끈지끈해졌다.

그때였다.

"아무래도 르블레인 양은 선점권이 있어도 써먹질 못하겠는데?"

지난번 엘리시아노 클래스 회의실에서 본 구릿빛 피부의 남성이 클래스의 다른 사람들을 이끌고 다가왔다.

"귀인의 안녕을 빕니다. 이러면 예의를 제대로 차린 게 맞나?"

그가 씩 웃으며 말했다. 처음 봤을 때부터 생각했지만, 꽤 능글맞은 성격인 모양이었다.

"진입니다."

"꺼져."

이샤크의 말에 내가 눈을 가늘게 뜨며 "오빠." 하고 말하자, 이샤크는 칫, 혀를 차곤 그를 소개했다.

"아타르 부족 부족장의 후계."

구릿빛 사내 뒤에서 칠흑 같은 검은 머리칼의 여성이 얼굴을 불쑥 내밀었다.

"그 목걸이 어떻게 구했어? 나도 못 구했는데. 아, 나는 홍해라고 해. 류홍해."

"가홍의 왕녀."

이번엔 백금발의 쌍둥이가 내게 얼굴을 불쑥 내밀며 킁, 킁, 냄새를 맡았다.

"나쁜 사람 냄새는 아닌데. 못된 냄새가 난다."

"냄새가 난다!"

이샤크가 두 사람의 얼굴을 밀치며 버럭 소리쳤다.

"웨인스의 쌍둥이 왕자! 이스트와 웨스트, 네놈들 한 번만 더 주둥이 들이밀면 목을 따 버리겠어."

이들이 수인족의 나라 웨인스의 왕자들이로구나. 두 사람의 머리 위로 늑대 귀가 달려 있다.

"이샤크, 재수 없어."

"재수 없어."

그리고 저들의 맨 뒤에 보이는 사람은…….

'맙소사.'

나는 입가를 가린 채로 입을 떡 벌렸다.

쟤가 왜 여기에 있어!

Chapter 20.

내 시선에 걸린 사내를 본 가홍의 왕녀 류홍해가 말했다.

"저 녀석은 내 의동생. 4학년 A반이야. 이름은—"

"헤이턴 발루아!"

내가 소리치자 헤이턴이 씩 입꼬리를 올렸다.

"오랜만이다."

—하고.

나는 기가 막힌 표정으로 그를 쳐다봤다.

발루아의 몰락 이후, 나는 헤이턴과의 거래대로 그들 형제를 지원했다.

헤이턴의 동생인 닐스는 이전대로 지원을 받고 있는 반면, 헤이턴은 4년 전부터 연락을 딱 끊고 자취를 감췄다. 저 녀석이라면 알아서 잘 살겠

거니 생각해서 따로 알아보지 않았는데, 이 아카데미에 있던 모양이다.

나는 앙리와 이샤크를 흘겨봤다.

"왜 헤이턴이 여기에 있다고 말하지 않았어?"

"그냥."

"나 화나려고 해."

그러자 이샤크가 움찔, 나를 쳐다봤다.

"……발루아라는 단어는 네 귀에 들어가게 하고 싶지 않아서."

내가 두 번째 삶에서 발루아에게 학대당한 것을 알고 있는 오빠들은 내가 그때의 기억을 떠올리지 않도록 발루아라는 말을 꺼내고 싶지 않았던 모양이다.

"……그래도 다음엔 얘기해 줘?"

내가 입술을 삐죽 내밀며 말하자 앙리가 다정하게 미소 지었다.

"그래."

그런데 이상했다. 나와 앙리를 바라보던 엘리시아노 클래스의 사람들이 몹시 놀란 얼굴로 눈만 끔뻑이고 있었다.

내가 왜 그러냐는 듯이 쳐다보자, 아타르 부족장의 후계라는 구릿빛 피부의 진이 헛웃음을 흘렸다.

"이 녀석이 진심으로 웃을 줄도 아는군."

"우리 앙리는 항상 웃는데요?"

"진심으로 웃는 건 처음 봐서 말입니다."

"우리 오빠는 원래 진심으로 잘 웃어요. 엄청 예쁘게 웃는다고요."

내가 허리춤에 착, 손을 올리고 자랑스럽게 얘기하자 앙리가 쿡쿡 소리 내 웃었다. 엘리시아노 클래스의 사람들이 폭소했다.

"동생 둘 만하네?"

"원래 동생은 귀여운 거야! 나도 여동생이 있는데 엄청 귀여워. 볼래?"

진이 말하자 가홍의 왕녀 류홍해가 목에 건 펜던트를 보여 줬다.

"여동생이 아니라 펜던트인데요?"

"그래. 얘는 여자애야. 용맹하게 빛나는 씩씩한 애지. 우후후훗. 그리고 이 사파이어는 남자애야. 우아한 색이지?"

"저 녀석은 보석을 사람 취급하는 변태야."

이샤크의 말에 류홍해가 펜던트를 소중히 끌어안고 찌릿, 이샤크를 노려봤다.

"내 동생 앞에서 험한 말은 삼가라고 했지! 그런데 말이야. 그 목걸이 대체 어떻게 구한 거야? 응? 내가 막내로 점찍어 놨는데."

그야 이 목걸이는 호프 상단 것이고, 그 호프 상단은 내 거니까.

사실 목걸이가 너무 고액이라 거절했는데, 세리아가 몰래 짐에 넣어 줬다. 필요할 때 팔아 쓰든, 나눠 쓰든 하는 게 좋겠다고.

목걸이를 만지작거리던 나는 류홍해에게 물었다.

"드릴까요?"

"……뭐?"

잠깐 멈칫했던 류홍해는 이내 뒷걸음질 치며 입을 틀어막았다.

"자, 자, 자, 잠깐. 지, 지, 진짜야? 진짜로?"

"네."

"나는 의동생이 있어. 재가 이 펜던트를 줘서 의남매로 삼아 줬단 말이야. 그러니까 난 줄 수 있는 게 없는데?"

"이 애도 왕녀님, 아니, 선배의 동생이 되는 게 더 행복하지 않을까요?"

내가 목걸이를 건네며 말하자, 류홍해는 몹시 감동한 듯 울먹였다.

"듀블레드의 막내는 위의 형제들과 다르게 착하구나……."

"네, 저는 오빠들과 달리 착하답니다. 친하게 지내 주실래요?"

"물론이지~!"

류홍해가 나를 끌어안고 정수리에 얼굴을 마구 비볐다.

"내 저택에 초대할게. 동생들과 차를 마시자."

진이 픽 웃었다.

"잘됐네요. 홍해는 변태지만, 오디스 여성회의 회장이거든요. 여성 동문회와의 연락책이고요. 쟈벨린 님도 오디스 여성 동문회에 들어 계시죠?"

'맞다, 맞다! 고모도 오디스 졸업생이야.'

고모가 있는 동문회엔 이름난 여성 권력자들이 잔뜩 있다.

'류홍해를 통하면 재학생뿐만 아니라 졸업생들과도 인맥을 쌓을 수 있겠구나. 세리아 고마워!'

나는 세리아에게 마음 깊이 감사하며 류홍해의 손을 덥석 잡았다.

"저도 예쁜 동생들이 많답니다. 흑진주 동생, 레드 베릴 동생……. 소개해 드릴게요."

"세상에, 너무 기대된다!"

류홍해가 발까지 동동 구르며 기뻐했다.

'목걸이 하나로 가홍 왕녀의 마음에 들었네. 크, 엄청 싸게 먹혔어!'

나는 속으로 시시덕거렸고, 류홍해가 눈을 빛내며 말했다.

"이번 주 금요일 오후 어때?"

"금요일 오후엔 내 실험을 도와주기로 했잖아."

이건 검은 뿔테 안경을 낀 보라색 머리 소년의 말이었다. 지난번 엘리시아노 회의실 앞에서 진과 함께 보았던 그 사람이다.

"줄리에트."

줄리에트?!

류홍해의 말에 깜짝 놀란 난 눈을 부릅뜨고 소년, 아니, 소녀 줄리에트를 쳐다봤다.

'저 사람이 모하스 왕국의 마녀란 말야?'

소년인 줄 알았더니, 소녀였나 보다.

류홍해는 "흐응." 하고 신음하며 줄리에트를 힐끔 쳐다봤다.

"다음에 도와줄래."

"벌써 다섯 번째 미룬 거야, 인마!"

"그치만 레드 베릴 동생이 있다고 하잖아. 얼마나 귀엽겠니?"

"네가 귀여워지게 위아래, 좌우로 접어 버려 줄까?"

두 사람이 티격태격하고 있을 때, 나는 얼른 에뮬린에게 손짓했다. 나와 엘리시아노 클래스의 사람들에게서 몇 걸음 떨어져 있던 에뮬린이 눈을 동그랗게 떴다.

"에뮬린!"

마음이 급해져서 소리치자, 에뮬린이 주춤주춤 내게 다가왔다. 나는 그녀의 어깨를 잡고 줄리에트에게 말했다.

"선배님 말씀 많이 들었어요. 위명을 듣고 존경하고 있었습니다. 제 친구가 특히 말이죠."

'빨리 소개해.'

내가 눈에 힘을 주고 재촉하자 얼굴이 발그레해진 에뮬린이 말했다.

"에, 에뮬린입니다……. 모하스 왕녀님의 안녕을 빕니다."

"왕녀 아냐. 서출이라 작위 받고 쫓겨났거든."

줄리에트는 출신의 상처를 아무렇지 않게 말하며 머리를 벅벅 긁었다.

"죄, 죄송합니다……."

"남들 다 아는 일인데 뭐."

"아…… 네……. 그, 저어, 선배님. 제게 멘토 선점권이 있는데요. 그게, 그러니까…….”

“싫어.”

“……예?”

“나한테 의형제를 청하지 마. 이의 제기하기 귀찮으니까. 홍해, 넌 정금요일에 파티가 하고 싶거든 오늘이라도 와서 실험을 도와.”

그렇게 말한 줄리에트가 지나가는 사환에게 빈 잔을 건네고 걸음을 돌렸다.

“이 정도면 의무는 충분히 지켰어. 간다, 난.”

진이 어깨를 으쓱하며 손을 흔들었다. 그녀가 멀어질 즈음, 에뮬린이 소리쳤다.

“왜요?! 왜 거절하시는 건데요? 제가 평민이라서요?”

우뚝, 걸음을 멈춘 줄리에트가 고개만 비틀어 에뮬린을 쳐다봤다.

“방금 거절의 이유가 하나 더 추가됐네.”

그 말을 끝으로 그녀는 다시 고개를 돌렸고, 에뮬린이 입술을 꽉 깨물었다.

“에뮬린…….”

“…….”

조용해진 우리를 보고 이샤크가 칫, 혀를 찼다.

“줄리에트는 원래 외골수야. 마법에 조예 깊은 의형제를 원하면 4학년 A반의 지미를 추천 ─”

“……을 거야.”

고개를 푹 수그리고 있던 에뮬린이 무어라 중얼거렸다. 내가 “뭐?” 하고 묻자 그녀가 고래고래 소리쳤다.

“난 포기 안 해! 죽어도 줄리에트 선배를 내 의자매로 만들 거예요!”

막 문을 빠져나가려던 줄리에트가 헛웃음 터뜨렸다.

"해 보든가."

붕붕 손을 저은 그녀가 완전히 문을 빠져나가고, 에뮬린은 씩씩거리며 말했다.

"나는 선택했어, 르블레인. 이제 네 차례야. 난 줄리에트 선배를 따라갈 테니까 넌 잘해. 알겠지?"

눈을 부릅뜨고 성공을 빌어 준 그녀가 줄리에트를 따라 문을 나섰다.

'아니, 이렇게 시선을 집중시켜 놓고 가면 나더러 어쩌라고…….'

사람들의 시선이 비처럼 내게 쏟아졌다. 오빠들이 빛나는 눈으로 날 쳐다봤고, 엘리시아노 클래스의 사람들마저 나에게 집중했다.

"저는, 제가 형제의 정을 청하고 싶은 분은……."

그러던 찰나.

"내 거야!"

"내 거라고!"

"왜 항상 너는 내 음식을 탐내는 거야!"

"내가 먼저 잡은 걸 형이 탐내는 거야!"

웨인스의 수인족 쌍둥이 왕자가 다투기 시작했다. 진은 "그만, 그만." 하며 두 사람 사이를 갈라놓았다.

"중요한 순간이니까 형제 싸움은 다음에 하자. 응?"

"죽고 싶어, 웨스트?!"

"너나 죽어, 멍청한 이스트!"

"그만하라니까. 이스트, 넌 형이 되어서 동생에게 양보 좀 하라고."

진이 형인 이스트의 손에서 두 사람이 다투던 잔을 빼앗아 동생인 웨스트에게 건네줬다. 웨스트는 콧김을 뿡뿡 뿜으며 잔을 받았고, 이스트의 눈이 샛노랗게 빛났다.

"왜 형은 항상 양보해야 하는데. 왜 매번 나만 양보해야 하는 건데."

"인마, 무알코올 샴페인 한 잔 가지고 뭘 그렇게……."

진이 중얼거리던 그때.

쿠구구궁—

탁자에 놓인 잔들이 가늘게 진동하더니 이내 쾅—!! 날카로운 파열음과 함께 창이 우르르 깨지기 시작했다.

"르블레인!"

앙리가 나를 감쌌고, 이샤크가 빠르게 결계를 쳐 파편을 막았다.

"꺄아악—!"

"도망쳐! 수인화다!"

뭐?

깜짝 놀란 나는 앙리의 품에서 변화를 시작한 이스트를 바라봤다. 크르릉, 송곳니를 드러낸 이스트는 이내 거대한 늑대로 변해 울부짖었다. 샴페인 잔을 쥐고 있던 동생 웨스트가 안절부절못하며 말했다.

"형아, 줄게. 화내지 마! 화내지 마!"

샛노랗게 빛나는 눈으로 웨스트를 노려보던 거대한 늑대 이스트가 입을 쩍 벌렸다. 깜짝 놀란 웨스트가 움찔, 뒤로 물러나던 찰나.

"그만해!"

미나가 웨스트를 감쌌다.

엉망이 된 광경이 아주 느리게 느껴졌다. 웨스트를 향해 달려드는 이스트. 그리고…….

"꺄아아악—!!"

비명이 터져 나왔다.

웨스트를 끌어안은 미나의 어깨에 피가 철철 흐르고, 동시에 엘리시아노 클래스의 학생들과 교직원들이 마력의 사슬로 이스트를 제압했다. 그들 중엔 오늘 반 배정을 총괄했던 남성 교수도 있었다.

"실망이다, 이스트."

어느새 인간으로 되돌아온 이스트가 송곳니를 드러낸 채 크르륵, 신음했다.

"이스트 웨인스. 엘리시아노 자격을 박탈한다."

올해 신입생 파티는 이렇게 엉망으로 종료되었다.

* * *

이튿날, 웨인스 쌍둥이 사건으로 학교가 시끄러웠다.

"미친 게 분명해. 암만 수인족이 종족 특성상 발달이 늦다고 해도 그렇지 이성까지 없진 않잖아? 그런데 샴페인 한 잔에 동생을 공격해? 심지어 운명의 아이가 다쳤다고."

"운명의 아이가 아니었으면 난리가 났겠지. 소식을 듣고 웨인스에서 사신을 파견해 감사 인사를 한다잖냐."

"그야 그렇겠지. 가뜩이나 백랑, 흑랑으로 나라가 분열했는데 거기서 흑랑 왕자가 백랑 왕자를 죽이기라도 했어 봐. 난리가 났을 것 아냐."

"웨인스에선 흰 늑대가 영험한 힘을 가졌다고 생각하잖아. 그럼 백랑 왕자인 웨스트가 우위에 있는 거 아냐? 웨스트는 500년 만에 태어난 백랑 왕자라면서."

"일단 장남은 흑랑 왕자인 이스트니까. 그래서 장자 상속이 원칙이라는 흑랑의 귀족파와 신의 핏줄이 왕위를 이어야 한다는 백랑의 신도파로 나뉘었다지."

길을 지나는 와중에 사람들이 떠드는 소리를 들은 나는 한숨을 내쉬었고, 나와 함께 걷던 에뮬린은 혀를 찼다.

"어제 그 일로 멘토도 못 구하고 이게 뭐야."

"……이스트는 잘 있나?"

"갇혀 있다는데. 퇴학 될지도 모른대."

"웨스트는?"

"어제 일로 겁을 엄청 먹었나 봐. 미나에게 딱 붙어서 떨어지지 않는단다. ……저기 있네."

산드라에게 부축받으며 걷는 미나와 그런 미나를 쫄랑쫄랑 쫓아 걷는 웨스트가 보였다.

"아, 르블레인."

미나가 나를 향해 밝게 손을 흔들었다.

"잘 잤어?"

"어깨는 괜찮아?"

"응, 걱정해 줘서 고마워. 봐, 웨스트. 나 괜찮다니까?"

"그치만, 그치만……."

웨스트가 희멀건 얼굴로 안절부절 손을 꼬물거렸다.

"그래도 같이 있을 거야. 식사도 같이해."

"너는 엘리시아노 클래스 사람들과 식사한다고 했잖아."

"미나도 같이 가면 돼. 내가 '허가'하면 미나도 엘리시아노 결계를 통과할 수 있어!"

"그렇지만 나는 친구들과……."

미나가 힐끔 쳐다보자 산드라와 신입생들이 손을 내저었다.

"이런 좋은 기회가 있는데 우리 때문에 놓치면 안 되죠!"

"그래. 웨스트 님과 함께 식사해."

미나는 "어쩔 수 없나." 하며 한숨을 내쉬곤 웨스트에게 말했다.

"식사 메뉴는 뭔데?"

"고기!"

"고기 너무 좋아."
"와―!"
후훗 웃은 미나가 날 돌아봤다.
"르블레인, 너도 같이 갈래? 거기 오빠들이 있지?"
"형제의 초대를 받는 건 좀 그렇지."
"그럼 웨스트가 르블레인도 초대해 주면 어떨까? 괜찮지, 웨스트?"
"미나가 좋으면 그렇게 해!"
"같이 가자, 르블레인."
미나의 말에 나는 고개를 저었다.
"난 예정이 있어서."
"그래……? 나누고 싶은 얘기가 있었는데……. 그럼 어쩔 수 없지, 뭐."
내가 미나를 지나쳐 걷자, 종종걸음으로 따라온 에뮬린이 물었다.
"어디 가게?"
"이스트에게."
"가서 어쩌려고. 게다가 갈 수도 없어. 이스트를 맡고 있는 건 엘리시아노 클래스잖아. 이번에 네 오빠들 도움을 받으면 말이 나올 거야."
"오빠들 도움받지 않아도 돼."
"뭐?"
"넌 가서 식사해. 줄리에트 님에게 갈 거지?"
"그렇기야 한데……. 어휴, 말해 줄 생각이 아닌 것 같네. 알겠어. 잘 다녀와."
걸음을 멈춘 에뮬린이 손을 흔들었고, 나는 고개를 끄덕이고 목적지로 향했다.
목적지. 그러니까 4학년 A반으로. A반 교실로 간 나는 문을 두드리며 말했다.
"헤이턴, 나와."
"……뭐야?"
"네가 도와줄 일이 있어."
"어제는 제대로 아는 체도 안 하더니 도와달라고? 내가 호구로 보여, 넌?"
"그만큼 내 돈을 받아먹었으면 보은을 해야지."
헤이턴이 왈칵 인상을 찌푸렸다.
"누가 널 귀족 영애로 알겠어. 고리대금업자로 보지."
"너, 엘리시아노 클래스인 가홍 왕녀의 의형제니까 이스트 님이 갇힌 곳으로 들어갈 수 있지? 날 데려가."
"……."
눈을 가늘게 뜨고 날 쳐다보던 헤이턴은 한숨을 푹 내쉬었다.
"그래, 가자. 내가 널 어떻게 이기겠냐."
—하고 말하며.
나와 헤이턴은 함께 복도를 걸었다. 사람이 보이는 곳마다 과일에 날파리가 꼬이듯 우리에게 시선이 쏟아졌다. 우리를 보며 수군거리는 사람들을 힐끔 쳐다보자, 헤이턴이 빠르게 걸음을 옮기며 말했다.
"네가 의형제로 택할 사람이 나인가 싶어서 그러는 거다."
"당연히 엘리시아노를 택할 거라고 생각하는 줄 알았는데?"
"웨스트가 두 번째 운명의 아이에게 푹 빠졌잖아. 두 번째가 먼저 엘리시아노에 자리를 잡으면 네 자리가 없을 거라고 여기는 거지. 네 잘난 오빠들은 실제로 너와 남매 사이인 만큼 나설 수 없고."
"그래서 아쉬운 대로 A반에, 류홍해의 의남매인 너를 택했다?"
"나름대로 가능성 있는 추측 아닌가."

말하던 중, 목적지에 다다랐다. 헤이턴이 자신의 시동인을 마주 대자 결계가 슬라임처럼 녹아내렸다. 나는 눈앞에 보이는 방 문고리를 잡고서 말했다.

"가능성 없어."

"……."

"오늘 일은 고마워."

그리고 문으로 들어가려는데 헤이턴이 쾅! 도로 문을 닫았다. 그의 품에 갇힌 꼴이 된 내가 인상을 찌푸리며 돌아보자 헤이턴이 말했다.

"그럼 날 찾아오지 말았어야지. 기대하지 않도록."

"……."

"지난 세월 내가 어떤 마음으로 학업에 매달려 왔는지 너는 ─ "

"꼴값 떨고 있네."

내 말에 헤이턴이 움찔하더니 "뭐?" 하고 물었다.

"비련의 남주인공 행세하고 싶어? 그럼 다른 데 가서 해, 인마."

"너는 모르겠지만, 나는 너를 ─ !"

"알아."

"뭐?"

헤이턴이 당황한 표정으로 눈을 끔뻑였다. 나는 팔짱을 낀 채로 몸을 돌려 그를 쳐다봤다.

"네가 날 그렇게 애타게 쳐다보는데 어떻게 몰라."

"그럼 왜 지금까지……."

"네가 말하지 않는데 내가 뭐라고 할 수 있어? 대뜸 더는 날 좋아하지 말라고 할까? 그럼 무 자르듯 잘렸겠니?"

"……."

"아니. 너는 그럴수록 더 내게 집착했을 거야. 나는 널 잘 알아. 네 생각보다 더."

처음 그는 기댈 곳을 잃은 열여섯 살 소년이었다. 새로운 둥지를 찾듯 나를 보았고, 시간이 지날수록 시선의 깊이가 달라졌다.

후원자가 아니라 '나'를 알고 싶어 하고, 자신을 알려 주고 싶어 하고, 내 곁의 다른 이들을 질투하고, 종국엔 스스로 감정의 이름을 찾아냈다.

하지만 난 두 번째 삶에서 저 녀석과 십 년이 넘는 세월 동안 남매로 살았다. 그와 발루아 전 공작이 내게 벌인 짓이 아니더라도, 남매로 살았던 헤이턴은 내게 이성일 수 없다.

"그래도 말할게. 접어. 내가 네 손을 잡는 일은 없어. 이건 너와 네 상황 때문이 아니라 내 마음에 네가 조금도 없기 때문이야."

"여지도 주지 않는 거냐."

헤이턴이 짓씹듯 물어서 나는 단호히 대답했다.

"그래."

"……."

문을 잡았던 손이 스르륵, 떨어졌다. 나는 조금 멀어진 헤이턴을 지그시 쳐다보며 말했다.

"하지만 네 마음, 고맙게 기억할게."

헤이턴이 수그렸던 고개를 조금 들어 나를 바라봤다. 그의 동공이 가늘게 떨리고 있었다.

"좋은 남자가 돼라, 헤이턴."

"……."

"나보다 백 배는 좋은 사람을 만날 수 있도록."

그 말을 끝으로 나는 문을 열었다. 등 뒤로 헤이턴의 조그만 중얼거림이 들려왔다.

"포기가 안 돼……."

"……."

"안 된다고……."

나는 못 들은 체 문을 닫았다. 그에게 돌려줄 마음이 없기 때문이었다. 한숨을 푹 내쉬고 있을 때였다.

"헤이턴이 널 좋아해?"

헉!

소스라치게 놀란 나는 가슴을 부여잡았다.

"놀라지 마. 난 그냥 왕자님이야."

이스트였다. 양팔과 다리에 족쇄를 찬 그가 눈을 반짝이며 날 쳐다봤다.

"아, 예……. 왕자님……."

왕자님이 맞기는 한데, 본인에게서 직접 들으니 당황스러웠다.

"왜 왔어? 웨스트가 날 찾아? 밉대? 그래?"

"미움받을 짓을 왜 하셨어요."

"웨스트가 나빴어."

"왜요?"

"나는 웨스트보다 조금 일찍 태어난 것뿐인데 무엇이든지 웨스트에게 양보해야 해. 나는 형이기 때문이야."

"……."

"웨스트는 밤늦게 자도 되고, 뛰어다녀도 되지만 나는 아냐. 형이기 때문이야."

"……."

"어제 어마마마에게 혼이 났어. 웨스트가 다친 건 내가 보살피지 못해서래. 내가 형이기 때문이야……."

"……."

"수인화는 웨스트가 더 많이 했는데, 나는 한 번 수인화했다고 붙잡혀서 혼이 나. 형이니까. 형 싫어!"

"그래서 왔어요."

"응?"

"이스트를 보면 누가 생각나서."

"누가?"

"우리 큰오빠요. 그날, 웨스트를 공격하려고 하다가 멈칫했을 때의 표정이 우리 큰오빠를 떠올리게 하잖아요."

나는 이스트 앞에 쪼그려 앉아 무릎에 팔꿈치를 받친 채로 턱을 괴었다.

"제가 원래 엄청 이기적인 사람이라 남 일은 신경도 안 써요. 그런데 자꾸만, 자꾸만 오빠가 생각나는 거예요."

"……."

"저는 집안의 서류 같은 거 안 봐요. 왜냐면 큰오빠가 다 해 주니까. 저와 앙리, 이샤크는 자정이면 잠드는데, 큰오빠는 하루에 수면 시간이 고작 4－5시간밖에 안 돼요. 제일 큰형이라서요. 한 시간이라도 더 자면 동생들이 본인이 낭비한 시간을 떠맡아야 한다고 생각해요."

"……."

"앙리와 이샤크는 아카데미에서 잔뜩 사고를 치거든요? 이샤크는 말보다 주먹이 빠른 사람이고, 앙리가 안 그래 보여도 악의는 열 배로 돌려주는 사람이야."

"앙리는 그래 보여."

"아무튼요. 그런데 큰오빠는 엄청 조용히 아카데미를 다녔어요."

"능력이 좋아서?"

"첫째이기 때문이에요. 남매의 대표라 우리에게 부끄러울 일을 하면 안 되니까. 그런데 큰오빠가 딱 한 번 화를 낸 적이 있단 말이에요? 내가 입양되어서 처음 그를 봤을 때."

"왜 화를 냈어?"

"몸이 아픈 걸 제가 알아 버렸거든요. 장남은 강해야 하니까 들키기 싫었던 거죠. 그런데……."

나는 빙그레 웃으며 이스트를 빤히 쳐다봤다.

"화도 제대로 못 내는 거예요. 딱 파티 홀에서 이스트 님처럼 화내다가도 본인이 더 상처받은 표정을 짓는 거야."

"……그렇게 살았으니까."

"맞아요. 첫째는 동생을 배려하고, 양보해야 한다고 늘 들어 왔으니까. 화를 내는 것도 안 되는 일인 거죠."

이스트가 입술에 꾹 힘을 주었다. 턱이 일그러지고 눈이 울망울망하다.

"그치만 화내는 거…… 동생이 진짜 미워서 그런 거 아냐."

"네."

"다치게 하려던 건 아니었어……. 웨스트에게 화가 났는데, 그래도 다치게 하면 안 되는 건 아는데, 이번에도 누군가가 웨스트만 감싸니까, 나는 나쁜 형아로 보니까, 그래서, 그래서…… 잘못했어."

나는 이스트의 머리를 쓰다듬었다.

"알아요."

"으으……."

이스트는 이내 눈물을 터뜨렸다. 왜 서글프지 않았겠는가. 동생을 공격하려 하고, 사람을 상처입힌 죄책감, 갇혀 있다는 두려움. 모든 것을 참고 있었을 터다.

한참 그의 머리를 조심스럽게 헤집던 나는 그가 얼마 정도 진정된 후,

입을 열었다.

"있잖아요. 이스트 님, 퇴학당할지도 몰라요."

말하자 그가 겁먹은 표정을 지었다.

"아, 안 돼. 신하들이 흑랑 왕자를 폐위해야 한다고 할 거야. 백랑 왕자를 왕세자로 만들기 위해서. 그러면 어마마마가 울 거야……."

"그러니까 저와 거래하지 않으실래요?"

"어?"

"말했잖아요. 저는 이기적인 사람이라고. 기회를 놓치지 않는 하이에나죠."

이스트가 눈을 깜빡였고, 나는 씩 입꼬리를 올렸다.

"웨인스의 왕비님이 울지 않으시도록 제가 이스트 님을 도울게요. 그러면 이스트 님도 저를 도와주실래요?"

나를 빤히 쳐다보던 이스트가 활짝 웃었다.

"좋아. 너는 못된 냄새가 나지만, 나쁜 사람 냄새는 나지 않으니까!"

"거래 성립이에요."

우리는 서로를 마주 보며 이히힛, 음흉하게 웃었다.

* * *

이스트를 감금한 방을 나선 나는 문 앞에 있는 사람들을 보고 흠칫했다.

"오빠들?"

여기 왜 왔냐는 표정으로 보니 이샤크가 팔짱을 낀 채로 말했다.

"이스트가 왜 갇혀 있는지 잊었어? 수인족의 어린 개체들은 감정에 예민해서 수인화를 다스리지 못한단 말이야. 그래서 학생들이 위험해질까 봐 가둬 둔 거라 — 웁!"

나는 얼른 이샤크의 입을 틀어막았다.

"여기 벽이 얇더라고. 이스트 님한테 다 들려."

"웁! 웁!"

"가면서 얘기하자, 가면서."

나는 걸음을 옮겼고, 앙리와 이샤크는 한숨을 내쉬곤 나를 따라왔다. 건물을 나와 인적 드문 곳까지 이른 뒤에 오빠들을 쳐다봤다.

"이스트 님은 감정을 잘 다스리고 계시고, 위험하지 않았어."

"아무리 그래도……!"

"큰오빠 생각이 나서 안 갈 수가 없었단 말이야. 홀에서 웨스트 님을 보는 이스트 님의 눈이 우리에게 화조차 제대로 내지 못하는 요한 오라버니와 너무 닮아서."

"……."

이샤크가 합, 입을 다물었다.

"……비겁하게 그런 핑계를 대면 어떡해! 마음이 약해지잖아!"

"아무튼. 그래서 말인데 오빠들이 나를 좀 도와줘야겠어."

"뭘, 어떻게?"

내가 킬킬 웃자 앙리가 픽 실소를 흘렸다.

"나쁜 생각을 하는 표정인걸?"

"앙리는 눈치가 빠르다니까."

"그래서, 우리가 뭘 어떻게 도우면 되는데?"

"그러니까 말이야……."

내가 계획을 속닥속닥 말해 주자, 앙리와 이샤크의 눈이 커졌다. 이야기를 모두 들은 두 사람이 서로를 쳐다보며 말했다.

"꼬맹이는 정말 약아빠졌다니까. 과연 형의 동생이다."

"행동이 앞서는 게 딱 네 동생이지."
그러며 두 사람은 동시에 내 머리를 헝클어뜨렸다.
"좋아, 도와주지."
"그래."
나는 양 주먹으로 입가를 가리고 이히힛 웃었다.
그리고 그날 오후부터 난 작전에 착수했다.

교정을 돌아다니던 나는 끙, 신음을 흘렸다.
'웨스트 님은 대체 어디 계신 거야?'
제1 기숙사에서 봤다고 들어서 기숙사 근처로 가면, 엘리시아노 회의실로 갔다고 하고, 회의실 앞으로 가면 강의실로 갔다고 한다.
'미나와 함께 있을 텐데. 역시 미나는 너무 잘 돌아다녀서―'

[인싸로군요. 핵인싸.]

귓가로 철수의 목소리가 들려와서 나는 흠칫했다.
'깜짝 놀라게 하지 말아 줄래? 집중이 깨지면 안 된다고. 특히 지금은!'
앙리는 내게 교내에서 몰래 신성력을 쓸 수 있는 방법을 알려 줬다. 교내에 깔린 결계의 해석법이었다. 이 결계를 해석하면 힘을 쓸 수 있단다.

[중고딩이 교내 와이파이 몰래 쓰는 법과 같군요. 비밀번호를 몰래 알아내면 와이파이를 쓸 수 있거든요.]

'와이파이가 뭔데. 아냐, 질문 취소. 너 또 엄청 떠들 거지?'

하지만 이미 기회를 잡은 철수는 여느 때처럼 입에 나팔이라도 달린 듯 설명을 쏟아 냈다.

[와이파이는 말입니다. 무선 통신 기술인데 스마트폰, PC 등의 기기를 이용해 ―]

나는 포기하고 터덜터덜 걸었다. 그러던 찰나, 에뮬린이 내게 달려왔다.

"르블레인!"

"응?"

"한참 찾았잖아. 왜 여기에 있는 거야. 다들 산 아랫마을로 나갔는데."

"산 아랫마을로 나갈 수 있다고?"

"그래, 오늘부터 신입생들에게도 외출증을 준대. 외출 범위는 2관문까지 한정되지만."

"……혹시 미나도?"

"한참 전에 갔지."

"외출증은 어디서 받을 수 있는데? 시간 오래 걸리겠지?"

에뮬린이 씩, 입꼬리를 올리며 내 앞에 두 장의 외출증을 내밀었다. 한 장은 에뮬린의 이름, 다른 한 장엔 내 이름이 적혀 있었다.

"내가 받아 왔지."

"에뮬린, 멋져! 최고야! 눈부셔!"

나는 얼른 내 외출증을 잡아채서 뺨에 종이를 비볐다.

"가자. 줄리에트 님이 산 아랫마을에 계신대서 나도 얼른 쫓아가야 해. 아, 교문에선 이동진을 쓸 수 있다는데 걸어가려면 귀찮 ―"

이번엔 내가 주머니에서 이동진을 꺼냈다. 물론 장거리 이동진이었다.

"듀블레드 영애와 친구여서 영광이야."

"서로 잘 이용해 먹자고."

"가자!"

나와 에뮬린은 얼른 교문을 벗어났다. 그리고 이동진을 찢은 후, 눈을 뜨자…….

"뭐야, 여기. 에뮬린, 나한테 좌표 제대로 알려 준 거 맞아?"

"맞는데……."

다 무너져 가는 허름한 집들이 모인 골목. 슬럼가를 방불케 하는 곳이었다.

'설마 2관문을 넘어서 이동했나?'

큰일이다.

이렇게 되면 이스트의 퇴학이 문제가 아니었다. 내가 퇴학당할지도 모른다!

주변을 둘러보던 에뮬린이 잔뜩 긴장한 표정으로 말했다.

"대체 어떻게 된 거야. 아무리 장거리 이동진이라도 오디스의 경계 관문의 결계를 통과할 순 없을 텐데. ……일단 학교에 연락이라도 해야겠어. 경계 관문을 넘은 건 실수라고 해명해야 해."

"잠깐만."

"왜? 서둘러야 한다고! 이러다가—"

"저길 봐, 에뮬린."

내 손끝을 따라 시선을 돌린 에뮬린이 미간을 좁혔다.

학교가 보인다. 학교에서 1관문, 그러니까 가장 멀리 있는 경계 관문까지 거리는 상당히 멀다. 경계 관문을 넘었다면 학교가 보일 리 없다.

"좌표를 다시 확인해 보자. 지도 있어?"

"응."

우리는 에뮬린이 가져온 지도를 펼쳐 위치를 확인했다.

"제대로 왔네. 목적지에서 2킬로미터가량 벗어났지만."

"앨런, 이 쓰레기가……."

"앨런은 왜?"

"좌표를 그 녀석이 가르쳐 줬어. 미친 거 아냐?"

"심술이야. 내가 한 방 먹였었거든. 그리고 우리가 정말로 경계 관문을 벗어났으면 좌표를 잘못 가르쳐 준 책임을 물 수 있으니까 그렇게 하진 못한 거지. 또 경계 관문 결계를 빠져나갈 수도 없을 테고."

"비열한 놈……."

에뮬린이 칫, 혀를 차서 나는 어깨를 으쓱하며 말했다.

"가자. 그렇게 멀지 않으니까 걸어서 가도 되겠지?"

"그래."

우리는 함께 걸어 골목을 벗어났다. 목적한 곳에 다다른 우리는 "와!" 탄성을 터뜨렸다. 듀블레드 같은 거대한 영지나 제도 상점가와는 비교할 수 없지만, 산 중턱에 자리 잡은 마을이라곤 믿을 수 없게 화려하다.

"주점도 있고, 대장간에 스크롤 전문 상점에 제과점까지 있잖아!"

"축제 기간이라더라고. 르브, 저기 봐! 피에로야!"

죽마를 탄 피에로가 공 네 개로 저글링을 하며 비틀비틀 걸어갔다.

길을 따라 구불구불 놓인 장난감 철도. 철도를 달리는 장난감 기차엔 상점들의 홍보 깃발이 꽂혀 있다. 가판마다 군침이 나는 음식을 팔고 있고, 길 끝에선 신이 난 아이들에게 누군가 풍선을 나눠 주며, 오색의 빛나는 종이들이 허공을 날아다닌다.

우리는 어린 날로 돌아간 것처럼 신이 나 손을 잡고 마을을 뛰어다녔다. 정신 차렸을 땐, 양손에 사탕과 주스 등 군것질거리들이 잔뜩이었다.

"아차, 웨스트 님을 찾아야 하는데."

내가 흠칫해서 고개를 치켜들자 내 곁에서 마시멜로를 와구와구 씹고 있던 에뮬린도 멈칫했다.

"나도 줄리에트 님을 찾아야 하는데."

우리는 꿀꺽, 침을 삼키고 서로를 쳐다봤다.

'무섭다, 축제……. 우리를 정신 빠지게 하다니.'

우리는 정신 없이 잔뜩 산 과자를 지나가던 아이들에게 주어 처리했다.

"아직 먹지 않은 거야. 어때?"

"자, 이 바람개비도 가져. 공짜야."

마지막으로 마시멜로 가루가 묻은 손을 탁, 탁, 털어 낸 에뮬린이 투덜거렸다.

"이게 다 어려서 없이 산 탓이야. 어려서 못 즐겼으니 커서 정신이 팔리잖아."

"인정해."

"넌 이번 삶에 풍족하게 살지 않았어?"

"그럼 뭐 해. 지난 삶의 기억이 선명한데. 너는 아홉 살 때까지만 거지로 살았지? 나는 너보다 훨씬 오래 거지로 살다 죽었다고. 두 번째 삶에서도 첫 번째 삶에서도 축제 같은 건 상상도 못 했단 말이야."

"너나 나나 기구한 인생이다. 아, 맙소사. 목적도 잊고 놀다니 한심해. 이건 트리한테 절대로 말 못 해. 르브, 이 일은 트리에겐 비밀이다."

"물론이지. 저만 쏙 빼고 놀았다고 일주일은 토라질 거야."

우리는 악수로 맹세하고서 서로의 목표물을 찾기 위해 등을 돌렸다.

"학교에서 보자."
"그래."
나는 거리에서 만나는 신입생들을 붙잡고 미나의 행방을 물었다.
"꽃집에 있던데."
"기념품 상점에서 본 것 같아요."
"저 끝 가판대에서 주스를 사고 있었습니다."
물어물어 찾아간 가판대는 내가 처음 도착했던 그 슬럼가 근처였다. 그리고 골목 초입에서 마침내 미나와 웨스트를 발견했다.
"르블레인?"
웨스트와 손을 잡고 있던 미나가 날 쳐다봤다.
"여긴 무슨 일이야?"
"웨스트 님께 볼일이 있어서. 너와 함께 계실 것 같기에 널 찾아다녔어."
"웨스트에게?"
"나한테?"
웨스트가 의아한 표정으로 날 올려다봤다. 수인족인 그는 평범한 사람보다 성장이 느려서 나이는 스물이 넘었어도 나보다 한 뼘이나 작았다.
"이스트 님의 일로 드릴 말씀이 있어서요."
"이, 이스트가 왜……."
그가 기어들어 가는 목소리로 묻던 찰나였다.
우당탕!
골목 안에서 둔탁한 마찰음과 함께 고함이 들렸다.
"이 도둑놈의 새끼!"
미나와 나는 동시에 그쪽을 쳐다봤다.

험악한 인상의 덩치 큰 사내가 열셋쯤 되어 보이는 소년을 벽에 밀어붙이고 잔뜩 화를 내고 있었다. 소년의 곁엔 동생으로 보이는 왜소한 여자애가 있었는데, 척 보기에도 예닐곱 정도로 어려 보인다.

"거기! 뭐 하는 거예요!"

버럭 소리친 미나가 웨스트의 손을 놓고 골목 안으로 들어갔다. 웨스트가 "미나~!" 하며 따라가서 나도 어쩔 수 없이 웨스트를 쫓아갔다.

"아이를 놔줘요. 아이에게 무슨 짓이에요!"

"넌 뭐야."

사내가 미나를 위아래로 훑어보다가 인상을 찌푸렸다.

"오디스 학생이신가 본데 가던 길 가슈."

"이런 일을 어떻게 보고 넘기란 말이에요. 얘, 괜찮니?"

미나가 소년을 살피며 묻자, 남자는 코웃음을 쳤다.

"이 녀석이 내 가게에서 물건을 훔쳐 간 게 벌써 세 번째입니다!"

분위기가 소란스러워지자 골목 깊은 곳에서 얼굴이며 옷에 먼지가 묻은 사람들이 하나둘 나타나 우리 쪽을 구경했다.

"훔쳤어……?"

미나가 묻자 소년이 어깨를 움츠렸고, 소년의 동생인 듯한 여자애가 눈물을 터뜨렸다.

"오, 오빠 잘못이 아녜요. 내가 나빠요, 와아앙—! 내가 배고파해서……!"

소년의 손에 들린 건 빵이었다. 당황한 표정으로 아이들을 보던 미나는 이내 가게 주인이라던 사내에게 고개를 돌렸다.

"얼만데요. 제가 대신 낼게요."

"……그쪽이 말이오?"

돈을 낸다는 말에 사내의 태도가 달라졌다. 헛기침을 한 그가 말했다.

"100프랑이오."

미나는 주머니에서 돈을 꺼내 사내에게 건넸고, 사내는 소년을 한 번 노려보더니 미나에게서 돈을 받아 사라졌다. 미나는 한숨을 푹 내쉬고 무릎을 굽혀 빵을 훔친 남매와 시선을 맞췄다.

"괜찮은 거니?"

"……예, 감사합니다."

"동생을 걱정한 건 알지만, 남의 물건을 훔치는 건 나쁜 짓이야. 다음부터는 그런 짓은 하지 마, 응?"

"……."

대답하지 않는 소년을 보고 쓰게 웃은 미나가 주머니에서 지폐를 꺼냈다. 내가 보기에도 제법 많은 금액으로, 이런 허름한 골목에선 두어 달 생활비는 가뿐할 터였다.

"받아. 그리고 이젠 일을 찾아서—"

탁.

나는 미나의 손에서 돈을 빼앗았다. 놀란 미나가 나를 쳐다봤다.

"르블레인?"

"주지 마."

"아, 걱정하지 마. 이건 내 돈이야. 신전이라는 곳에서 나를 지원해 주기로 해서……."

"네 돈이니까 주지 말라는 거야."

"뭐?"

미나가 인상을 찌푸리며 일어났다.

"어려운, 아니, 그러니까 보호받지 못하는 아이에게 나눠 주는 게 뭐가 어떻다는 거야? 누군가 돕지 않으면 이 아이는 내일도 모래도 옳지 않은 일을 반복해야 해."

"네가 돈을 주는 게 이 아이들을 돕는 것 같아?"

"뭐?"

나는 골목을 빠져나가 바로 앞에 있던 가판대에서 음식을 샀다. 그리고 음식들을 남매에게 건넸다.

"오늘은 이걸 먹고, 내일부터는 빈민 구제소로 가."

"빈민 구제소는 1관문 쪽에 있다고 들었어. 아이 걸음으로 오가려면 하루가 꼬박 걸릴 거야."

"그래도 빈민 구제소로 가. 멀다고 훔치지 말고."

"르블레인!"

미나가 소리쳤지만, 나는 무시하고 남매의 등을 밀었다.

"얼른 가."

남매는 우리의 눈치를 보다가 사라졌고, 미나는 입술을 꾹 깨문 채 나를 쳐다봤다.

"대체 뭐야. 왜 가여운 아이를 돕는 것까지 방해해. 르블레인, 나는 애들 말대로 정말로 네가 나를 싫어해서 사사건건 방해하는 거라고 생각하지 않아."

"그래, 미나. 난 네가 싫어."

"……뭐?"

"네 짧은 생각이 싫어. 선한 일을 행하면 뭐든 해결될 거라고 믿는 오만이 싫어. 단지 뻣뻣하기만 한 네 신념이 싫어."

미나의 시선이 가늘게 떨렸고, 나와 미나를 번갈아 보던 웨스트가 버럭 소리쳤다.

"말이 심하잖아. 못된 냄새가 나더라니 넌 정말로 못된—!"

"저대로 아이들이 돌아가면 어떻게 될 것 같니?"

내 말에 웨스트와 미나가 눈을 깜빡였다.

"무슨 말이야?"

"네 말대로 보호받지 못하는 아이들이야. 그런 아이들 손에 큰돈이 떨어졌어. 그럼 어떻게 될 것 같으냐고."

"……사람들이 돈을 노리고 아이들을 해하기라도 한다는 말이야?"

한숨을 푹 내쉰 미나가 머리를 쓸어 넘겼다. 말을 고르듯 나를 빤히 쳐다보던 그 애가 다시 입을 열었다.

"르블레인, 세상은 그렇게 어두운 곳만은 아냐. 악의를 가진 사람이 있기는 하지만, 그렇지 않은 사람이 더 많아. 어려운 사람을 지나치지 못하는 사람들, 자원봉사하는 사람들, 사람의 선의를 믿는 사람들…… 그런 사람들 말이야."

"그래, 악의를 가진 사람은 분명히 존재해."

"내 말은 그런 게 아니라―"

"그 악의를 가진 사람이!"

내가 버럭 소리치자 미나의 얼굴이 굳어졌다. 나는 그녀의 얼굴을 빤히 보며 말을 이었다.

"방금 저 남매가 돈을 받는 것을 본 사람 중에 악의를 가진 사람이 없다는 걸 어떻게 확신해?"

"뭐?"

"저 아이들이 위험에 빠지지 않을 거란 걸 어떻게 믿지?"

"너야말로 왜 악의를 가진 사람이 있을 거라고만 생각하는 거야."

"그래야 하니까. 최선의 경우보다 최악의 경우를 떠올려야 하는 사람이니까, 너와 난!"

"……."

"네 말대로 권리엔 의무가 있어. 내가 누리는 것들엔 모두 의무가 있단 말이야. 귀족은 평민을 지킨다! 지켜야 하는 사람은 언제나 최악을 먼저 떠올려야 해. 부모가 자식을 걱정하듯이!"

"……."

"그래서 악인들보다 더 악독한 결과를 떠올려야 하는 거야. 그건 신전에서 지원받는다는 너도 마찬가지고."

"……너와 난 정말로 다른 사람이구나."

나와 미나는 서로를 똑바로 바라보았다.

미나는 말했다.

"일어나지 않은 최악이 무서워서 아무것도 하지 말라고? 아니, 난 뭐라도 할 거야. 내 호의가 세상을 바꿀 수 있다면 얼마든지 할 생각이야."

"그래서?"

"나는 네가 이 세상의 운명의 아이라고 생각했어. 난 돌아갈 사람이니까 이곳을 지킬 사람은 너라고. 그런데 이제 보니 아냐. 넌 그냥 겁쟁이야, 르블레인."

"서론은 됐으니 본론만 말해."

"이 세상을 네게 맡길 수 없어."

웨스트의 손을 꽉 잡은 미나는 단호히 말을 이었다.

"난 이제 내 의무에 최선을 다할 거야."

"그럼 난 최선을 다해 너를 막아 주지."

나는 입매를 비틀었다.

"죽을힘을 다해야 할 거야, 미나."

나의 네 번째 삶, 나와 미나가 등을 돌린 최초의 순간이었다.

* * *

나는 기숙사로 돌아왔다. 막 방으로 들어가려던 찰나, 에퓰린이 나를 불렀다.

"이제 왔어?"

"응. 넌 왜 이렇게 빨리 왔어?"

"줄리에트 님이 귀찮게 하지 말라고 날 학교로 날려 버리셨어. 까딱 잘못했으면 반쯤 죽을 뻔했지 뭐야."

"꼭 줄리에트 님의 의자매가 되어야겠니?"

그러다 죽겠다.

에뮬린이 열의에 불타는 눈으로 나를 쳐다봤다.

"절대 포기 못 해."

나는 고개를 절레절레 저으며 문으로 들어갔고, 에뮬린이 따라오며 물었다.

"넌 어떻게 됐는데? 웨스트 님을 이스트 님께 보낸다고 했잖아."

그랬다. 사방팔방 미나를 찾아다녔던 이유는 그것이었다. 미나 곁에 찰싹 붙은 웨스트를 갇혀 있는 이스트에게 보내는 것. 대화를 통해 이번 사태가 부드럽게 해결되길 바랐다.

웨스트를 공격하려 했던 이스트는 충분히 반성 중이고, 웨스트도 제 형이 사슬을 차고 갇혀 있는 것을 본다면 화를 내거나, 두려워하지 않을 테니 충분히 대화할 수 있을 터였다.

나는 테라스로 나가며 말했다.

"실패."

침대에 걸터앉은 에뮬린이 물었다.

"왜?"

"미나와 싸웠거든."

"음, 웨스트 님이 미나를 따르고 있으니 너를 곱지 않게 보겠구나. 그건 알겠는데 미나와 왜 싸운 거야?"

나는 마을에서 있었던 이야기를 해 주었다. 한참 이야기를 듣던 에뮬린이 하, 실소를 뱉었다.

"미나는 이세계에서 곱게 자란 아가씨였나 보지? 음지가 얼마나 잔혹한 곳인지 모르는 걸 보면."

"글쎄, 이곳으로 오기 전에 미나가 어떤 사람이었는지는 들은 적이 없어서."

"막스 거지 패에 있을 때에 그런 일이 있었어. 트리를 가엾게 본 귀족이 은화를 줬지. 우리는 구경도 할 수 없었던 은화를 말이야. 당연히 막스의 눈이 돌아갔고, 트리는 흠씬 두들겨 맞고 빼앗겼어."

안다. 이전 삶에도 있었던 일이니까.

그 일로 트리는 사흘 밤낮을 앓았고, 막스의 눈 밖에 나서 한동안 음식을 배분받지 못했다. 나와 에뮬린이 몰래 챙겨 주지 않았다면 트리는 어떻게 되었을지 모른다.

나는 난간 아래의 풍경을 바라보며 말했다.

"하지만 미나의 말이 모두 틀린 건 아냐."

최악의 상황이 두려워 있는 자들이 어떤 것도 베풀지 않을 순 없다.

거지에게 적선하려 하는 사람이 없다면 나와 에뮬린, 트리 같은 아이들은 살아남지 못하듯이. 그렇듯 사람의 선의가 매번 최악으로 흐르진 않는다.

"그래서 사실 내가 틀린 건 아닐까 하는 생각이 들어."

"세상에 맞다, 틀리다로 정확히 나눌 수 있는 일이 얼마나 있어? 모든 게 선과 악으로 나눠는 게 아니잖아."

"……뭐?"

"'틀리다'가 아냐. '다르다'이지."

"……."

"너와 미나는 그냥 다른 사람인 거야."

"……."

"너는 최악의 상황을 가정할 줄 아는 사람이야. 그래서 사람을 살리는 데 필요한 건 개인의 선의가 아니라 제도라고 생각하는 거잖아. 반면엔 미나는 다른 가치를 더 귀하게 여기는 거고. 좋게 말하면 제도가 마련될 시간에 스러질 목숨이 가엾다는 걸 테고, 나쁘게 말하면 책임감이 없는 거야."

침대에서 일어난 에뮬린이 내게 다가와 머리를 마구 문질렀다.

"너는 틀리지 않았어."

나는 멋쩍은 얼굴로 머리를 매만졌고, 에뮬린은 말했다.

"게다가 설혹 틀렸다고 해도 중요한 건 누구의 이상이 맞는지가 아니잖아?"

에뮬린의 흔들리지 않는 눈을 보고 나는 픽, 실소를 흘렸다.

"그래, 맞아."

첫 번째 삶에서 미나는 이상적인 세계를 만들기 위해 애썼다. 그러는 과정에서 정의라는 미명하에 수많은 불합리한 일들이 행해졌다. 책임지는 자는 없었고, 그림자 뒤에선 수많은 목숨이 스러졌다.

아미티에가 정의이며, 듀블레드가 악인 세상에서 듀블레드는 느리지만 분명하게 약화되어 갔다.

'첫 번째 삶을 반복하지 않을 거야.'

나는 위정자도, 철학자도 아니다. 틀리지 않았을뿐더러, 에뮬린의 말마따나 설혹 틀렸다고 해도 상관없다.

'내가 언제부터 정의로웠다고 대의를 고민한단 말이야. 중요한 건 내 목표야.'

살아남을 수 있다면, 우리 영지민에게 내일 끼니 걱정을 덜게 할 수 있다면 나는 기꺼이 악인이 되리라.

나는 테라스의 의자에 앉으며 말했다.

"일단 이스트, 웨스트 형제의 일을 해결해야 해. 이스트와의 거래도 있지만, 무엇보다 걱정되는 건 미나가 웨스트를 통해 엘리시아노에 자리 잡으면 곤란해지니까."

"방법이 있어?"

"애초에 웨스트를 설득하는 데 실패할 경우를 상정해 뒀다고. 두 번째 방법은 이미 진행 중이야."

'두 번째 방법까진 가고 싶지 않았지만.'

나는 씩, 악랄하게 웃었다.

*　　*　　*

이튿날, 엘리시아노의 식당.

웨스트는 샐러드를 깨작거리는 미나를 걱정스러운 표정으로 쳐다봤다.

"미나."

"……."

"미나!"

"어? 아, 잠깐 다른 생각을 하느라…… 응, 왜?"

"어제 그 일 때문에 그래?"

"아냐……."

미나가 고개를 젓고 음식에 집중하자, 엘리시아노의 진이 턱을 괴며 물었다.

"아닌 게 아닌 것 같은데. 어제 그 일이 뭐기에?"

부루퉁, 입술을 내민 웨스트가 종알종알 대답했다.

"듀블레드 형제의 동생이 미나에게 시비를 걸었어."

"시비?"

가홍의 왕녀, 류홍해가 묻자 웨스트는 고개를 끄덕였다.

"미나가 배곯은 아이에게 적선하니까 돈을 빼앗고 화를 냈어."

"웨스트."

미나가 그의 이름을 부르며 눈치를 주자, 웨스트는 시무룩한 표정으로 웅얼거렸다.

"맞잖아……."

"시비는 아니야. 르블레인의 말이 영 이해 못 할 말은 아니었고."

"그러면 왜 기운이 없는 건데? 아이들 걱정이 되어서?"

"응……."

"그러면 내가 아이들이 학교에서 일할 수 있도록 자리를 알아봐 줄까?"

"정말? 그렇게 해 줄 수 있어?"

"그럼! 미나가 날 도와줬으니까, 나도 미나를 도와줄게!"

웨스트가 히히 웃자 미나의 표정도 밝아졌다.

"그럼 말 나온 김에 당장 일을 처리하자. 나 사실 마음에 걸려서 잠도 제대로 못 잤거든. 아이들이 어디서 지내는지 아니까 내가 데려올게."

"응!"

접시를 들고 일어난 미나가 엘리시아노의 사람들에게 꾸벅 인사한 뒤 식당을 나섰다. 웨스트도 서둘러 그 애를 따라갔다.

두 사람이 떠난 자리를 본 진이 "흠……." 신음하며 은 식기를 매만졌다.

"뭐야. 진, 넌 또 왜 그런 표정이야?"

"……이스트, 웨스트 두 사람에게 시선이 집중되었을 때는 몸을 사리는 게 좋을 텐데.”

“뭐?”

“아냐. 넌 식사나 마저 해라.”

류홍해가 눈을 깜빡이자, 진은 어깨를 으쓱이며 여느 때처럼 진한 미소를 머금었다.

그날 오후에 미나는 가난한 남매를 학교로 데려왔고, 웨스트는 남매에게 교정의 청소와 교직원의 심부름 일을 맡겼다. 교정을 둘러본 남매의 동생 쪽이 상기된 표정으로 미나에게 말했다.

“정말로 오빠랑 제가 여기서 일하는 거예요? 그러면 급료로 2,000프랑이나 주고, 고용인 기숙사에서 살게 해 줘요?”

“그럼! 열심히 해야 해?”

“열심히 할게요, 성녀님!”

“성녀?”

“그치만……. 오빠, 성녀님은 저희같이 가난한 아이들을 구원하는 사람이라고 했지? 그러면 미나 님이 성녀님이잖아. 우리를 구원해 주니까. 맞지?”

오빠 쪽은 말없이 고개를 수그렸고, 미나는 쿡쿡 웃으며 무릎을 굽혀 동생과 시선을 맞추었다.

“너희를 도와준 건 웨스트고, 나는 성녀가 아니야. 그냥 미나라고 부르면 돼.”

“미나 님.”

“그래.”

머리를 쓰다듬은 미나가 환히 웃었다.

그 후, 교정에서 낙엽을 쓸거나, 조각상을 닦거나, 심부름을 하러 뛰어다니는 남매의 모습을 볼 수 있었다. 남매의 동생은 미나와 마주칠 때마다 헐레벌떡 뛰어와 나무 열매나, 쿠키 등을 주었다.

"미, 미나 님. 이거요. 소냐 님이 주셨는데요. 저기, 제가 미나 님을 주려고 남겨 놨어요."

반이 뚝 잘린 쿠키를 손수건에 싸서 조심조심 내미는 아이를 보고 미나는 다정하게 웃었다.

남매가 학교에서 일한 지 일주일.

미나는 산드라, 그리고 A반 학생 몇과 교정을 걸었다.

"논문을 제출해야 통신석을 준다니. 말도 안 돼!"

"이 수준의 수업을 받으면서 논문을 쓰라니. 차라리 그냥 학생 수가 너무 많아서 줄여야겠으니 몇 명 자살하라고 말하든가!"

볼멘소리를 뱉는 학우들을 보며 미나가 킥킥 웃었을 때였다. 미나의 주변을 지나던 사람들이 하나둘 모여 수군거렸다.

"두 번째 운명의 아이가 데려온 애들이라고?"

"그래. 웨스트를 통해 취업을 주선했다잖아. 암만 봐도 이거……."

"그래. 구린 데가 있군."

분위기가 이상했다.

미나가 걸음을 멈추고 주변을 둘러보았다. 그녀와 시선이 마주친 사람들은 마뜩잖은 표정으로 고개를 돌렸다. 미나의 무리가 어리둥절한 표정을 짓던 찰나였다. 저 멀리서 앨런이 허둥지둥 달려왔다.

"미나!"

"앨런? 무슨 일이야?"

"네가 취업시킨 남매가 교수의 연구실에서 물건을 훔쳤어."

"뭐?"

"시험지를 말이야!"

"……뭐?"

미나의 표정이 굳어졌다.

* * *

에뮬린에게서 남매의 이야기를 들은 나는 픽, 실소를 흘렸고, 에뮬린이 물었다.

"네 '차선책'이 이거였어? 네가 남매에게 시험지를 훔쳐 내게 한 거냐 말이야."

"그건 아냐."

"그러면……."

"그래, 미나의 선의가 최악의 상황이 된 거야. 그래서 미나는 지금 어디 있어?"

"교수가 열을 받을 대로 받아서 남매의 짐을 고용인 기숙사에서 빼서 교정에 버려 놨다나 봐. 거기에 있지 뭐."

"가 보자."

나는 교정으로 향했고, 에뮬린이 나를 쫓아왔다.

교정 한복판에선 에뮬린의 말처럼 미나와 남매, 그리고 웨스트와 학생들이 잔뜩 몰려 있었다. 미나는 교수를 붙들고 사정했다.

"이 애들이 시험지를 정말로 훔친 건지, 아닌지 확인해 봐야 해요. 짐을 빼는 건 그 후에 해도 늦지 않잖아요."

"내 연구실에서 시험지를 훔치는 걸 내가 직접 목격했어! 여기서 무슨 증거가 더 필요하다는 게냐. 제 동생을 이용해 망까지 보라고 한 놈이야!"

"그럴 리가……. 프라너, 너 정말로 시험지를 훔친 거야. 그래?"

"……."

남매의 오빠 쪽이 고개를 푹 수그렸고, 동생은 엉엉 울었다. 잔뜩 흥분한 교수가 미나에게 소리쳤다.

"조사를 해야 하는 건 너겠지."

"네?"

"네가 데려온 녀석들이 시험지를 훔쳤다. 훔쳐 내라 사주한 자가 너인 게 아니냐?"

"아니에요!"

"하면 저 남매가 왜 돈 되는 물건을 놔두고 시험지를 훔친 게냐!"

"그건…… 저도……."

미나는 혼란스러운 표정으로 남매를 쳐다봤다.

그때, 누군가 말했다.

"정말로 수상한걸."

그러자 다른 학생들이 응수했다.

"자격을 갖추지 못하고 학교에 들어왔으니 시험이 두려웠겠지. 제 능력이 까발려지면 어떻게 학교에 있을 수 있겠어? 그러니 시험지를 훔쳐 내라고 한 거야."

"웨스트를 감싼 것도 이상하지 않아? 일면식도 없던 상태에서 웨스트를 지키기 위해 뛰어들었잖아. 그게 어떻게 가능하겠어?"

"이런 상황을 노리고 웨스트를 지켜 준 거지."

"멍청한 웨스트. 그런 것도 눈치채지 못하고 좋다고 졸졸 따라다녔으니."

"수인족이 가엾군. 저런 멍청이를 백랑 왕자라며 따르다니."

"수인의 몰락이 얼마 남지 않았다는 뜻이 아니겠어?"

미나가 입술을 꽉 깨물었고, 웨스트가 버럭 소리쳤다.

"그만해! 미나는 잘못하지 않았어! 난 바보가 아냐!"

하지만 사람들의 입방아는 멈추지 않았다.

"역시 형만 한 동생이 없는 거야. 봐, 제 잘못도 모르고 흥분하는 꼴을. 제 형 덕에 엘리시아노에 들어간 멍청이. 엘리시아노의 명예를 실추시켰어."

"이스트가 가여워. 저런 동생을 두면 나라도 죽이고 싶었을걸."

웨스트의 몸에서 푸른 기운이 일렁였다. 샛노란 안광, 거친 숨결.

그리고…….

"꺄아아악 - !"

"수인화다!!"

일전의 파티장에서 이스트가 그러했듯, 잔뜩 흥분한 웨스트가 거대한 늑대로 변했다.

나는 에뮬린의 손목을 잡고 빠르게 도망쳤다. 등 뒤에서 "웨스트!!" 하고 소리치는 미나의 목소리가 들려왔다. 나는 허겁지겁 달려 앙리, 이샤크와 사전에 만나기로 했던 숲에 접어들었다.

나를 기다리고 있던 앙리, 그리고 이샤크가 물었다.

"상황은?"

"수인화했어."

"꼬맹이의 목적이 이뤄졌네."

그러자 에뮬린이 입을 떡 벌리며 물었다.

"뭐, 뭐야. 네가 수인화를 노리고 이 상황을 만들었어?"

"노린 건 맞지만, 내가 한 일이라곤 앙리의 사람에게 '정말로 수상한 걸' 딱 한 마디 시킨 것뿐이야."

"그럼 저건 대체 뭐야?"

"사람들의 질투 폭발이지 뭐."

"뭐……?"

"난데없이 등장한 운명의 아이. 신성력은 교황보다 더 강하다고 하고, 자격 없이 학교에 들어왔어. 지금까지 숨겨 왔지만, 기회를 잡자 질투가 폭발한 거야. 그런데 이런 상황에서 웨스트가 공공의 적이 된 미나를 옹호해. 그러면 어떻게 되겠어?"

"웨스트도 적이 되겠지."

"그래, 내가 너를 감싸서 공공의 적이 된 것처럼."

웨스트는 이스트처럼 수인. 감정을 다스리지 못한다. 사람들의 힐난을 받고 수인화한 것이다.

미간을 좁힌 에뮬린이 물었다.

"그렇지만 웨스트를 수인화시켜서 뭐 하게? 설마 너……."

"이스트와 웨스트에게 대화의 장을 마련해 줘야지. 갇혀 있는 이스트가 갈 수 없다면, 웨스트가 갇혀 있는 곳으로 가게 해야 하잖아?"

최악의 경우, 이스트가 퇴학당하더라도 그 곁에 웨스트가 함께할 거다. 그러면 흑랑 왕자를 욕하던 수인들도 입을 다물 거다. 왜? 백랑 왕자도 같은 이유로 퇴학당할 테니까.

'그러면 두 아들 모두 포기할 수 없는 수인족의 왕과 왕비가 내게 얼마나 고마워하겠느냐고.'

이로써 황금 인맥 하나를 손에 넣었다.

"넌 정말 사악한 애야."

에뮬린은 고개를 절레절레 저었고, 나는 웃었다.

"칭찬 고마워."

—하고 말하며.

사실 시기가 좋았다.

내가 나서서 웨스트의 평판을 깎아내려야 하나 싶었는데, 미나가 웨스트에게 부탁해 남매를 데려와 주고 심지어 그 남매가 이런 사고를 쳐 줬다.

'고마워, 미나.'

시간도 아끼고, 손도 덜 갔어.

나는 비명이 들려오는 곳을 바라보며 킬킬 웃었다.

그 후, 내 계획처럼 웨스트는 감금되었다. 물론 이스트가 있는 결계의 방에 말이다. 아마 지금쯤 두 형제는 깊은 이야기를 나누고 있을 터였다.

미나는 깊은 밤까지 교수들의 추궁을 받아야 했다.

남매의 오빠 쪽이 시험지를 훔쳐 내라 사주한 사람에게 돈을 받았는데, 그건 학교 내에서 이용되는 프랑(제국의 화폐)이 아니라, 셀라(마일스 왕국의 화폐)였다.

미나에겐 마일스 왕국의 화폐를 구할 방도가 없었으므로, 범인이 아니라는 결론이 났다. 더 파고들 수 있었겠지만, 소식을 들은 신전이 펄쩍 뛰며 미나를 비호했기에 이 정도 추궁에서 그친 것이었다.

이렇게 일이 일단락되었다.

* * *

소란이 지나간 깊은 밤.

교정에 있던 남매의 짐은 웨스트의 수인화로 도망치던 학생들에게 짓밟혀 있었는데, 미나는 그 애들의 짐을 챙겨 주고 있었다. 그 옆에서 남매가 두 손을 모은 채로 고개를 수그리고 있었다.

"미, 미나 님…… 죄송해요."

미나는 고저 없는 목소리로 물었다.

"……왜 그랬니."

"그게, 저희는, 어, 그게요……."

동생이 울먹이며 제 오빠를 쳐다봤고, 오빠는 입술을 꽉 깨물었다.

"믿을 수가 없어서요."

"너희를 도운 나를 믿을 수가 없었다고?"

"지금이야 미나 님이 계시지만, 졸업하시고 나면 저희는 언제 쫓겨날지 모르잖아요."

"그런 일은 없었을 거야. 혹시나 그런 일이 생긴다고 해도 그간 모아 둔 월급으로 새 삶을 시작할 수 있었어."

"이전에도 돈이 있었어요. 엄마가 돌아가시면서 남긴 집이 있었는데, 친척들이 모조리 가져갔어요. 처음엔 저희를 맡아 주기도 했는데요. 귀찮아지니까 버렸다고요. 그런데 저희가 생판 남인 사람들을 어떻게 믿어요?"

"너……."

"우리를 보호해 줄 사람이 필요했어요. 미나 님은 저희를 그저 호의로 도와주시지만, 미나 님의 마음이 변하면 언제든지 버려질 거 아네요? 그러니까 마음이 변하더라도 우리를 지켜 줄 수밖에 없는 사람이 필요했다고요."

"그래서 시험지를 훔쳐 주고 약점을 잡으려고 했다고……?"

미나의 얼굴이 일그러졌다. 눈이 파르르 떨리며 이윽고 동공에 눈물이 차올랐다.

"가."

"미, 미나 님. 오빠를 용서해 주세요. 오빠는요, 그냥 저를 위해서……!"

"가 버려!!"

"미나 님……."

동생 쪽이 엉엉 울며 붙들었으나, 그녀는 아이의 손을 쳐 낸 후 교정을 빠져나갔다.

"어려운, 아니, 그러니까 보호받지 못하는 아이에게 나눠 주는 게 뭐가 어떻다는 거야? 누군가 돕지 않으면 이 아이는 내일도 모레도 옳지 않은 일을 반복해야 해."

"네가 돈을 주는 게 이 아이들을 돕는 것 같아?"

르블레인과의 대화가 떠올랐다.

'내 선의가 저 아이들을 망친 걸까?'

내가 데려오지 않았더라면 저 아이들이 더 큰 죄를 저지르지 않았을까?

무릎에서 힘이 빠지고, 숨이 가빴다. 무릎을 쥔 채 헐떡이고 있던 찰나, 주변에서 인기척 소리가 들려왔다.

"이번엔 아버지나 큰형, 작은형에게 지면 가만 안 두겠어. 내 선물이 꼬맹이의 마음에 들어야 한다."

[그, 그럼 꽃과 케이크는 ─]

"시들거나, 먹어서 없앨 수 있는 것 말고 물건! 보면 나를 떠올릴 수 있는 그런 거 말이야. '막내 오빠가 제일이야' 하는 그런 ─ 뭐야."

울컥, 소리치던 이샤크가 미나를 보고 인상을 찌푸렸다.

[하면 역시 보석이 제일이겠습니다. 몇 년 전부터 보석을 모으고 계시니 ─]

"다시 연락하마."

통신을 종료한 그는 눈물이 고인 눈으로 자신을 바라보는 미나를 쳐다봤다.

"봤으면 꺼지든지, 말을 하든지. 왜 짜증 나게 그런 눈으로 보고 있어."

"내가 여기 있었는데 네가 지나간 거야."

"거야? 말이 짧다?"
"타이를 안 매고 있는데 신입생인지 선배인지 어떻게 알아."
"안 매고 있으니까 알아야지. 엘리시아노 클래스에 신입생 있는 것 봤어?"
"아……. 어쨌든 여긴 내가 먼저 있었어……요."
"그래도 꺼져."
미나는 울컥 인상을 찌푸렸다.
"우리 처음 본 것 같은데 왜 그렇게 날 싫어해?"
그야 네가 내 꼬맹이를 죽였으니까. 신전에게 속았든, 아니든 죽인 것은 맞고, 앞으로도 너 때문에 내 꼬맹이는 고생하게 될 테니까.
하지만 이유를 말할 수는 없었다. 아무리 이샤크라도 이런 일이 미나의 귀에 들어가선 안 된다는 것 정도는 알고 있었다.
"그냥."
"그냥……이라고?"
"척 보기에도 뻔뻔한 놈이라. 온갖 사고는 다 치고 그걸 잘못됐다고 생각하지 않을 사람인 게 보여서. 됐어?"
"……맞는 말이네."
손등으로 눈가를 닦아 낸 미나가 픽 웃었다.

"이샤크. 내 아들, 이리로 오렴."

이상한 일이었다.
눈물을 닦아 내는 저 애의 위로 이제는 얼굴조차 잘 기억나지 않는 여성의 모습이 겹쳐졌다. 눈가라든지, 웃는 모습이 그녀와 닮았다. 그 어떤 기사보다 강인하던 어머니를.

'정신이 나갔나?'

이샤크가 흠칫, 고개를 털어 냈다. 미나는 그런 이샤크를 빤히 보다가 눈매를 가늘게 좁혔다.

"아무리 그래도 말이 너무 심한 것 아닌가……요? 사람은 반성하고, 나아갈 수 있는 존재야……요."

"그런 소리는 다른 데에서 지껄여."

"나도 그러고 싶은데……."

관자놀이를 긁적인 그녀가 어색하게 웃으며 말을 이었다.

"여기가 어딘지 혹시 알아요? 정신없이 달려왔더니 어딘지 모르겠어요. 어둡기도 하고……. 이 학교는 왜 이렇게 크담."

"……천사 동상을 끼고 돌아서 오른쪽."

"네?"

"네 기숙사가 거기에 있다고."

그렇게 말한 이샤크가 먼저 자리를 떠나자, 미나가 얼른 따라붙었다. 이샤크는 인상을 찌푸리며 물었다.

"왜 따라와?"

"천사 동상은 어디에 있는데요?"

"방금 네가 있던 곳에서 왼쪽!"

"아……. 그런데 왜 자꾸 화만 내요. 친절하게 알려 주면 기왕 고마워할 거 더 고마웠을 거 아네요."

팔짱을 낀 미나가 입술을 삐죽였다.

"이자꾸, 나빠."

이번엔 어린 날의 르블레인이 토라지던 모습과 겹쳐졌다.

'진짜 미친 건가.'

이샤크가 다시 한번 머리를 털어 내고 으르렁거리듯 미나에게 말했다.

"알았으면 꺼져."

"어쨌든 고마워요. 다음에 보면 우리 반갑게 인사하기? 응? 아, 그런데 되게 잘생겼어요. 아세요?"

"알아."

미나는 아하하, 웃음을 터뜨리곤 고개를 끄덕였다.

그러곤 "안녕!" 하고 손을 흔들며 떠나갔다.

"안녕!"

"이자꾸 머시써! 최고야! 눈부셔!"

"역시 정신이 나간 게 맞다."

이샤크가 으, 신음했을 때였다. 익숙한 발소리가 들려왔다.

"무슨 소리야?"

"형."

"무슨 소리냐니까?"

"아냐. 이상한 게 떠올라서. 그런데 형은 왜 여기에 있어?"

"통신석 제대로 확인 안 해?"

앙리가 인상을 찌푸리자, 이샤크가 주머니 안에서 통신석을 꺼냈다.

"통신했어?"

"그래."

"무슨 일인데. 기다리지 못하고 날 다 찾아오셨어?"

"과제 공지 확인했어?"

"공지라니?"

"그 남매가 시험지를 훔쳐 낸 것 때문에 중간고사 투명성이 의심된다고 과제로 대체하기로 했어."

"설마……."

"그래, 신입생들도 전투에 투입된다."

즉, 르블레인이 전투에 나가 사람을 죽여야 한다는 소리였다.

동생은 남 앞에선 세상에서 제일 염세적이고 사악해 보이려 애쓰지만, 사실 마음 약한 녀석이었다. 남을 죽일 수 있는 사람이 못 된다.

이샤크의 얼굴이 굳어졌다.

*　*　*

새벽부터 오빠들이 찾아왔다.

나는 잠옷 차림으로 눈을 비비며 의자에 앉았다.

"과제가 전투인 게 뭐라고……. 그런 건 오디스 군사 학교에 왔을 때부터 각오했거든?"

"르블레인, 전장은 네 생각보다 더 끔찍한 곳이다."

"그야 그렇겠지만……. 그런데 이샤크는 왜 이렇게 조용해?"

평소 같으면 앙리보다 더 펄펄 뛰었을 이샤크가 조용하다. 내가 눈을 깜빡이자 이샤크가 두 손으로 내 얼굴을 잡으며 한숨을 내쉬었다.

"그렇지. 이 얼굴이지. 내가 이 얼굴을 어디다 겹쳐 본 거야."

"……뭐?"

내가 어리둥절한 표정을 지으니 이샤크는 씩 웃으며 내 뺨에 얼굴을 비볐다.

"하지 마! 으악! 더러워!"

내가 빽 소리치자, 그는 낄낄 웃으며 더 세게 얼굴을 비볐다. 그는 내가 싫어하는 장난을 치는 것을 매우 좋아했다.

"더러워? 이게 다 키워 놓으니까 사춘기가 왔다고 오빠를 홀대해?"

"나는 아빠가 키웠어! 이샤크를 내가 키웠지!"

"뭐야? 악!"

앙리에게 한 대 얻어맞은 이샤크가 칫, 혀를 차며 내게서 떨어졌다.

"여름도 아닌데 날파리가 기승이네, 르블레인."

"그러게 말이야."

내가 입술을 쭉 내밀자, 이샤크가 안심된다는 듯 고개를 끄덕였다. 오늘의 이샤크는 정말로 이상했다. 나는 이샤크의 앞머리를 걷어 내고 이마에 손을 대었다.

"뭐야. 정말 어디 아파?"

"전투, 괜찮겠어?"

"공지 보니까 신입생들이 전장에 투입되긴 하지만, 전투는 3학년부터 하던데? 우리는 후방 지원이야. 이민족에게 빼앗긴 성물을 찾아오래."

"그래도 검이나 마법 쓸 일은 있을 거야, 꼬맹아."

"사람을 죽이지 않도록 애써 볼게. 오빠들이 내가 다리 못 펴고 잘까 봐 이 — 렇게 걱정하시니까."

나는 씩, 웃었고 이샤크와 앙리가 내 머리를 쓰다듬었다.

그때.

"나, 언제까지 이 장면 봐야 해?"

에뮬린이 치가 떨린다는 듯 물었다.

'아차, 우리 어제 같이 잤지.'

기숙사는 남녀가 층으로 분리되어 있는데, 혹시 모를 상황을 대비해 일정 시간 이후 계단을 문으로 막아 둔다. 에뮬린과 나는 과제 때문에 새

벽까지 이야기하다가 계단 문이 닫혀서 내 방에서 함께 잤다.

나는 어색하게 웃었고, 에뮬린은 "팔불출……." 하며 소곤거렸다.

앙리가 내 머리에서 손을 떼며 말했다.

"혹시 모르니 권속을 추가해 두는 게 어때? 공격용은 푸르밖에 없잖아. 대녀에게서 받은 보석들이 모두 악마의 통로라면서. 쓸 만한 악마는 없나?"

"응……. 거의 조무래기야. 공격력이 뛰어난 악마는 없었고, 뭣보다 권속을 해제할 수 있을지, 없을지 잘 모르는데 정말 뛰어난 능력의 악마가 나올 때 자리가 없으면 어떡해."

"그렇긴 하네."

"일단 자수정이 있으니까 혹시 위험하면 불러낼게."

영지성 선대의 초상화에 걸려 있던 자수정의 악마는 아직 불러내지 않았다.

불러낼 만한 계기가 없기도 했고, 이따금 목소리가 들릴 때면 힘이 쭉 빠지는 게 다른 악마와는 궤가 다른 힘의 소유자인 듯하여 아껴 두고 있었다.

"위험하면 교칙이고 뭐고 장거리 이동진부터 찢어. 알겠어, 꼬맹이?"

"응."

나는 고개를 끄덕였다.

그리고 2주 뒤. 입학한 지 꼬박 한 달을 채우고 우리는 전장으로 떠났다.

군마에 올라탄 나는 입고 있던 갑주 안으로 손을 넣었다. 그리고 자수정 주머니가 있는 부분을 툭툭, 쳤을 때였다. 시야가 일그러지며, 삐이익—! 날카로운 이명이 머릿속을 가로질렀다

"……를, 너는…… 네리아드 님……."

"가, 꼬맹아, 얼른!"

"이샤크!! 안 돼!!"

나는 헉, 숨을 몰아쉬었다.

"르블레인?"

에뮬린이 괜찮냐는 듯 물었지만, 나는 대답하지 못했다.

'이게 뭐야.'

평소와는 전혀 다른 느낌이었다. 누군가 나를 부르는 게 아니라, 마치 미래를 엿보고 온 것 같은 기분이었다.

그때였다.

"매복이다!"

주변에서 비명이 터져 나왔다.

능선을 따라 빼곡히 자리한 궁병들이 활시위를 당기기 시작했다.

"마법 부대!"

부대의 앞뒤로 자리한 마법사들이 결계를 펼쳤다. 캉, 카앙―!! 날카로운 마찰음이 쉴 새 없이 이어졌으나 화살 대부분은 결계를 돌파하지 못했다.

이윽고 우리는 지휘관의 명에 따라 정면을 향해 빠르게 이동했다.

마법 부대는 부대장의 명에 따라 결계의 식(式)을 변화시켰다. 아마 적군은 우리의 모습이 점차 흐릿해지고, 종국엔 전혀 보이지 않을 터였다.

우리는 강가로 접어들었다. 이미 진지를 구축하고 있는 선발대에 합류하기 위해선 강을 건너야 했기 때문이었다. 원래는 산을 통해 이동하기로 했지만, 매복 때문에 강을 통해 넘어가기로 한 것이다.

그런데 계획과는 달리 강물이 불어 군마로는 도무지 강을 넘을 수 없었다.

"키클롭스(마법 부대 대장), 마력으로 강에 길을 놓을 수 있겠나?"

"현재로선 무립니다. 매복으로 인해 충분한 시전 준비를 하지 못한 상태로 고위 결계를 펼쳤습니다. 휴식이 필요합니다."

"빌어먹을, 진지가 코앞인데……."

우리 부대의 대장인 2학년의 선배는 곤란한 표정으로 마법사들을 둘러보았다. 마법사들은 한눈에 보아도 크게 지친 상태였다. 마력이 한 줌도 남지 않은 이는 새파란 얼굴로 말 고삐만을 겨우 쥐고 있었다.

기척을 살핀 대장은 결국 휴식을 선언했다.

"조를 나눈다. 마법사들은 휴식, 1조는 주변 경계, 2조는 나와 함께 일대를 탐색하겠다."

신입생들의 대부분은 경계조에 들었고, 우리 부대에 몇 없는 2학년 선배들이 탐색조가 되었다. 대장이 탐색조와 함께 떠난 후.

"과연 오디스의 마법 부대!"

앨런이 흥분된 표정으로 떠들기 시작했다.

"이만한 결계는 국가 간 전쟁에서도 잘 쓰이지 않는다고. 크으……! 오디스의 수준이란."

"자중해요, 앨런. 전투는 놀이가 아니에요."

"다들 너무 긴장했다고. 이만한 수준의 결계를 펼칠 수 있는 우리가 고작 야만족에게 당하겠어? 학교에서도 승률 높은 전투이니 우리를 내보낸 게 아니겠느냐고."

앨런의 말에 신입생들 몇이 동조하기 시작했다.

"사실 적군이 우습긴 하더라고. 매복은 예상치 못했지만, 무기의 수준하곤. 야만족의 화살촉은 우리의 결계조차 제대로 깨부수지 못했잖아."

"블루 스피넬이 뭔지도 모르겠지. 마법사의 결계를 깨기 위해선 신성력을 담은 블루 스피넬이 필요하다는 건 저 야만족은 상상도 못 할 거다."

"그래. 적군 중앙에 그－냥 메테오 한 방 때려 넣으면 끝이겠더군."

"맥이 풀렸지 뭐야. 야, 야, 이스톤. 긴장 풀라니까. 야만족의 수준을 보고도 그렇게 긴장되냐?"

신입생들 사이에서 낄낄 웃음이 터져 나왔다. 학생들의 이야기를 듣던 에뮬린이 내 옆구리를 툭, 쳤다.

"르브."

"……."

"르브!"

"어?"

"무슨 생각을 그렇게 해."

"그게……."

나는 눈을 가늘게 좁히고 주변을 둘러보았다.

'이상해.'

적군은 오디스 군사 학교와 인접한 부족인 쿠헬름족이었다.

이 근방의 땅은 풀 한 포기 나지 않는 버려진 땅이었다. 오디스는 네리아드교와 친교를 맺었고, 네리아드교는 오디스 군사 학교 관문 내의 땅을 정화해 주었다.

쿠헬름족은 정화된 땅을 노리고 수없이 공격해 왔다.

"에뮬린."

"응?"

"쿠헬름과의 전투가 작년에만 두 차례였다고 했지?"

"그래. 졸업반이 투입된 전투 한 번, 제일 최근엔 엘리시아노에게 박살이 났지."

"아무래도 이상해."

"뭐가?"

"너무 쉬웠잖아. 다른 부대도 아니고 엘리시아노 같은 최상위 학생들을 겪은 자들이야. 웬만한 전략과 무기로는 상대가 안 된다는 걸 알 텐데, 어째서 저런 무기로 공격을 감행했지? 게다가 어떻게 우리의 진로를 알고 매복했고?"

길은 하나만 있었던 게 아니다. 쿠헬름은 소수 부족이라 길마다 매복시킬 만한 병력이 없다.

에뮬린이 혼란스러운 표정을 지었다.

"무슨 말을 하고 싶은 거야?"

"우리 부대는 대부분이 신입생으로 첫 전투야. 햇병아리들만 두면 유사시 전투에서 맥을 못 춘다는 걸 알 텐데, 왜 대장은 본인이 직접 탐색조를 이끌고 간 걸까?"

"그야 휴식 마법사 중에도 선배는 있으니—"

그때였다. 산드라가 어깨에 담요를 걸친 채로 고개를 푹 수그리고 있는 마법사에게 다가갔다.

"선배, 괜찮으세요? 의료 부대, 선배를 봐줘요. 상태가 심각한 것 같은……."

산드라가 다가가는 방향에 있는 선배를 빤히 보던 나는 버럭, 소리쳤다.

"산드라, 도망쳐요!"

"네?"

달려가 내가 마법사 선배를 결계로 감쌌을 때였다.

쾅—!!

둔탁한 폭음과 함께 마법사의 육체가 폭발했다.

"꺄아아악—!"

"으아악—!!"

눈앞에서 사람이 죽자, 신입생들은 소스라치게 놀랐다. 몇몇은 바닥에 주저앉아 손바닥으로 엉금엉금 뒷걸음질 쳤고, 또 몇몇은 움직이지조차 못했다.

"서, 선배. 어떻게 해. 의료 부대! 당장 선배를!"

"놔둬!"

내 말에 산드라와 학생들이 놀란 표정으로 날 쳐다봤다.

나는 말했다.

"저건 '구체 관절 인형'이야."

레인을 소유한 나는 알고 있다. 저건 금술사가 만든 그릇된 사술의 결정체, 구체 관절 인형이란 것을.

"구, 구체 관절 인형이라면 그……. 그런데 왜 그것이 여기에……."

"쿠헬름인가? 쿠헬름이 바꿔치기한 거야? 대체 어떻게? 그럴 만한 틈이 없었잖아. 설마, 처음부터 구체 관절 인형을 우리 부대에 넣어 놨다고?"

"말도 안 돼! 야만족 따위가 어떻게 오디스에 그런 술수를 부린단 말이야!"

"설마 매복도 함정이었나?"

분위기는 크게 혼란스러웠다. 내가 막 입을 열려고 했을 찰나.

짝—!

손뼉 치는 소리가 들렸다. 미나였다.

"진정해, 얘들아. 일단 대장에게 이 일을 알려야 돼."

미나도 크게 놀랐는지 얼굴이 새하얬지만, 평정심을 찾기 위해 애쓰는 것이 보였다.

"산드라, 대장과 연락할 방법이 있을까?"

"전투를 위해 학생들마다 보급된 통신석이 있잖아요. 잠시만요."

산드라가 통신을 연결했다.

"안 될걸."

내 말에 미나가 나를 돌아봤다.

"무슨 말이야?"

"포기해. 내 생각이 맞다면 통신이 연결되지 않을 테니까."

학생들이 산드라를 재촉했다. 하지만 산드라의 낯빛이 점점 어두워졌고, 통신이 연결되는 일은 없었다.

'역시. 대장이 배신자가 분명해.'

미나가 떨리는 목소리로 물었다.

"산드라, 연결이 안 돼?"

"네. 대장뿐만이 아니라 통신석이 아예 먹통이에요."

출발 전 통신석을 나눠 준 건 대장이었다. 그가 배신자라면 통신석에 손을 써 놨을 터였다.

'아니, 이런 생각을 할 때가 아냐.'

중요한 건 우리가 배신당했고, 우리는 모두 처음 전투에 나선 햇병아리이며, 통신용 마도구 하나 없이 낙오되었다는 것이다.

"일단 이곳을 떠나야 돼."

내 말에 미나가 대답했다.

"대장이 돌아왔을 때 우리가 없으면 당황할 거야."

"모르겠어?"

"뭐?"

"귀중한 마법사들은 모두 탈진했고, 마법 부대 총괄자와 전투 경험이 있는 선배들은 수색조로 모두 대장을 따라갔어. 이게 무슨 소리인 것 같아?"

"……."

"우리는 배신당했어. 대장에게 버려진 거라고."

학생들의 얼굴이 새파랗게 질렸다. 그리고 때를 기다렸다는 듯 쿠헬름의 병사들이 나타났다. 호피를 두른 사내가 병사들 사이에서 나왔다. 그는 나와 미나를 바라보며 말했다.

"거금을 지불할 만하군. 거짓된 신의 딸들이 드디어 내 손에 들어왔구나."

그가 씩, 입꼬리를 올리자 새카맣게 썩은 송곳니가 드러났다.

미나는 흠칫, 어깨를 좁혔고 나는 헛웃음을 뱉었다.

"감이 나쁘더라니 내가 시장판 고깃덩이처럼 팔리고 있던 거구만."

내 인생의 첫 전투는 시작도 하기 전부터 꼬여 버렸다.

* * *

이샤크는 불안한 표정으로 막사의 입구를 젖혀 밖을 바라보았다.

"그러다 입구가 닳겠군. 뭐가 그리 걱정이야?"

진이 심드렁하게 묻자 이샤크가 낮은 목소리로 중얼거렸다.

"감이 안 좋아. 다른 후발대는 전부 합류했는데 왜 꼬맹이의 부대만 이렇게 늦는 거지?"

"그쪽 부대는 산을 통해서 오잖아. 기분 나쁜 소리 말고 앉아 있어. 넌 이번 전투의 지휘관이야. 사사롭게 흔들려서야 되겠어?"

그때, 진지로 익숙한 얼굴이 들어왔다. 르블레인 부대의 대장이었다. 허겁지겁 뛰어온 그가 엘리시아노의 막사에 다다라 소리쳤다.

"신입생들이 사라졌습니다!"

"뭐라고?"

진이 얼굴을 굳혔고, 앙리가 벌떡 일어났으며, 이샤크가 대장의 멱살을 잡았다.

"그게 무슨 소리야!"

"그, 그게……!"

"제대로 말해. 대체 뭐가 어떻게 되었느냐고!"

"쿠헬름의 병사들이 저희 부대 진로에서 매복하고 있었습니다. 무사히 빠져나왔지만, 강물이 불은 데다 마법사들의 상태가 좋지 않아 잠시 휴식하기로 했습니다. 저는 정찰을 나섰는데, 돌아가 보니……."

사내가 웅얼거리자 성큼성큼 걸어온 앙리가 그를 밀어붙였다.

"혀뿌리가 지져지고 싶지 않다면 확실히 말해. 그래서 내 동생이 어떻게 되었다는 거냐."

"모, 모두 사라졌습니다. 아무래도 쿠헬름과 전투를 벌인 듯 시, 싶습니다……."

앙리와 이샤크가 땅에 뿌리박힌 듯 딱딱하게 굳어졌다. 이 순간 그들이 떠올린 얼굴은 단 하나.

'르블레인.'

'꼬맹아…….'

사라진 동생이었다.

* * *

나와 미나는 학생들과 다른 곳에 갇혔다.

쿠헬름 부족의 여자들이 나와 미나의 갑주를 벗기고 그들과 비슷한 짐승 가죽으로 만든 옷을 입혔다. 그러는 동안 장정만큼 덩치가 큰 이들이 우리에게 각각 둘씩이나 달라붙어 움직임을 제압했다.

"이거 놔! 놓으라니까!"

미나가 소리쳤을 때였다. 문이 열리고, 강가에서 보았던 짐승 털가죽을 두른 사내와 그의 호위로 보이는 이들이 들어왔다.

"준비는 잘되어 가나."

"예, 족장님."

우리를 위아래로 훑어본 사내가 흡족한 듯 웃었다. 이를 악물던 미나가 말했다.

"대체 무슨 짓을 하려는 거야."

"해를 끼치지는 않겠다. 둘 중 하나는 나의 부인이 될 테니까."

"뭐?"

뭐라고?

우리의 표정이 일그러지자 족장이 말했다.

"기회를 주마. 둘 중 하나가 나의 아내가 되어 준다면 목숨은 살려 주마. 다른 쪽 운명의 아이와 붙잡힌 학생들 모두."

"하……."

족장은 물었다.

"누가 나의 부인이 되겠느냐."

족장을 노려본 미나는 말했다.

"그 누구도 네 부인이 되지 않아!"

"쟤요!"

나는 얼른 턱 끝으로 미나를 가리키며 말했고, 주변의 분위기가 잠시 싸해졌다. 족장이 헛웃음을 뱉으며 물었다.

"네겐 의리 같은 건 존재하지 않나?"

"그런 건 없지만, 다른 건 있죠."

"다른 것?"

"제가 돈이 아주 많습니다, 족장님."

헤헤, 웃는 나를 본 족장이 묘한 표정을 지었다.

이게 바로 인생 4회차의 처세력이다, 인마.

나를 빤히 바라보던 족장의 입매가 비틀렸다.

"신의 아들인 내게 인세의 재물이 무슨 가치가 있겠는가?"

그놈의 신에겐 뭐가 이리 많단 말인가. 신의 딸, 신의 종, 신의 피조물에 이어 신의 아들까지 등장했다. 나는 떨떠름한 속을 능숙하게 감추고 말했다.

"이전에는 가치가 없었을 수도 있으나, 지금은 아니지요."

"뭐라?"

"오디스 아카데미가 쿠헬름과의 전투에 햇병아리에 불과한 신입생들을 내보낸 까닭이 무엇이겠어요? 쿠헬름을 우습게 본 거예요. 오합지졸로도 능히 이길 수 있다고 생각한 거라고요."

부족을 헐뜯는 말에 족장과 부족 사람들의 표정이 험악해졌다. 족장이 고성을 내질렀다.

"하지만 오디스는 내게 운명의 아이들을 빼앗겼다!"

"예. 재물의 힘으로요."

"……."

"쿠헬름의 창과 검, 주술로는 상대가 되지 않던 오디스. 그 오디스의 전열을 재물의 힘으로 망가뜨렸어요. 그런데 정말로 재물에 가치가 없나요?"

족장의 눈이 가늘어졌다.

'됐다. 흔들리고 있어.'

나는 기회를 놓치지 않고 족장을 몰아붙였다.

"저는 이 대륙에서 가장 많은 재화를 소유했다는 듀블레드 공작의 딸입니다."

"네 가문에 연락하여 재물을 뜯어내라는 말이냐? 너를 돌려보내 주는 대가로?"

족장이 하, 실소를 터뜨렸다.

"세 치 혀를 믿고 나를 우습게 보는구나, 계집. 우리가 외세를 배척한다고 해서 세상을 모르는 것은 아니다. 내가 듀블레드에 연락한 순간, 듀블레드의 군마가 우리 부족을 짓밟을 것이라는 건 잘 알아!"

그가 고함을 내질렀지만, 나는 태연한 척 웃었다.

"제가 언제 듀블레드에 연락하라고 했던가요?"

"……하면?"

"대륙에서 제일 많은 재화를 소유한 듀블레드 공작의 딸이라는 건 재물을 버는 방법을 잘 알고 있다는 뜻이에요."

"……."

"저를 이용하세요."

방 안에 침묵이 감돌았다.

한동안 나를 빤히 바라보던 그의 입꼬리가 천천히 올라갔다.

"영악하구나."

"그렇습니다."

만족스럽다는 듯 껄껄 웃은 그가 방 안의 부족민들에게 말했다.

"쿠헬름의 귀인이다. 모시는 데 소홀함이 없어야 할 것이야."

"예, 칸."

"예."

부족민들이 고개를 수그렸다. 내 제안이 족장에게 먹혔음을 의미했다.

*　　*　　*

나와 미나가 쿠헬름 부족민의 안내를 받으며 학생들이 모인 곳으로 들어가기 무섭게 에뮬린과 앨런이 벌떡 일어났다.

쿠헬름의 부족민이 나를 향해 허리를 깊게 수그렸다.

“식사를 준비해 드리겠습니다. 다른 필요한 것이 있으시거든 편히 말씀해 주십시오.”

쿠헬름 부족민은 내게 과하게 예의를 지켰다. 부족민이 나선 후, 앨런이 기묘한 표정으로 날 쳐다봤다.

“무슨 일로 저 야만인들이 네게 저토록 친절하지?”

“족장과 거래했으니까.”

“뭐?!”

그가 버럭 소리치며 날 노려봤다.

“우리를 납치한 야만인들과 거래라고?! 넌 자존심도 없는 거냐? 오디스 학생이면 학교의 명예를 실추시키지 말고 차라리 죽었어야지!”

“헛소리하고 있네.”

“뭐, 뭐?”

“네 말대로 쿠헬름이 야만족이면 야만족에게 찍소리도 못 하고 붙잡힌 시점에서 이미 학교의 명예를 실추시킨 거거든? 너는 학교의 명예를 실추시킨 주제에 왜 살아 있어?”

앨런이 제대로 대꾸하지 못하고 어버버거리다가 버럭 고함을 내질렀다.

“그래도 난 저 야만인들과 거래 따위는 하지 않았―!”

그때였다.

문이 열리고 기름진 고기와 신선한 과일, 구운 생선 등이 가득한 상이 들어왔다.

“식사하시죠.”

부족장이 쿠헬름의 ‘귀인’인 나를 위해 음식을 아낌없이 베푼 모양이었다. 나는 아무렇지 않게 앉아 식사를 시작했다.

‘오, 꽤 맛있다.’

고기는 육즙이 가득하며 야들야들하고, 생선은 불 조절이 절묘해서 비린내가 하나도 나지 않는다. 무엇보다 과일! 과일은 제국에서 먹던 것보다 달다.

하루 종일 쫄쫄 굶었던 나는 정신 없이 식사했고, 마찬가지로 내내 물 한 모금 먹지 못했던 학생들이 그런 나를 보고 마른침을 꼴깍 삼켰다.

“먹지 그래?”

앨런이 흐, 흥! 콧방귀를 뀌었다.

“내가 너처럼 야만인에게 구걸할 것 같으냐? 안 그래, 다들?”

그렇게 말한 그가 학생들을 둘러봤다. 학생들은 난처한 표정을 지었다. 앨런에게 대꾸하지는 못하지만, 배가 몹시 고프긴 한 모양이었다.

나는 어이없는 표정으로 앨런을 쳐다봤다.

“너 말고.”

“뭐?”

“에뮬린, 와서 식사해. 뭐라도 속에 집어넣어야 도망치든, 공격을 하든 할 것 아냐.”

에뮬린이 냉큼 “그래.”라고 대답하며 내 맞은편에 앉았다.

“음, 맛있어!”

“그치?”

우리는 달랑 두 덩이 나온 고기를 모조리 해치우고, 입안에 남은 기름기를 새콤한 오렌지 주스로 넘겼다.

‘아, 살 것 같다.’

전장으로 투입되기 전에 몹시 긴장했던 데다가 이리저리 끌려다녔고, 검증을 거치지 않은 묵직한 금제구까지 달고 있어서 기절하기 일보 직전이었다. 여기에 음식이 들어가자 이제야 정신이 맑아진다.

학생들 사이에선 신음과 함께 꾸르륵, 하는 뱃소리가 흘러나왔다.

“야만인에게 죽기 전에 아사하겠다.”

“난 어제부터 한 끼도 못 먹었다고…….”

그건 앨런도 마찬가지였는지, 그가 큼! 헛기침하더니 말했다.

“뭐……. 야만인의 음식이라곤 하지만, 이대로 죽을 순 없으니까. 야만인에게 죽는 건 학교의 명예를 실추시키는 일이지. 배를 채우고 공격할 찬스를 기다려야 하니…… 우리도 음식을 먹어야겠지?”

앨런이 은근한 목소리로 말해서 나는 힐끔 그를 쳐다봤다.

“죄송합니다, 라고 해.”

“뭐?”

“조금 전엔 헛소리를 했습니다. 음식을 나눠 주십시오, 라고 말해.”

“동료들에게 음식을 나눠 주지 않겠다고? 너 혼자 살겠다는 말이냐!”

“누가 나눠 주지 않는댔어? 사과하랬지.”

“못 해!”

“그래?”

나는 문을 툭툭, 두드렸다. 그러자 문밖에서 쿠헬름의 부족민이 들어왔다.

“필요하신 게 있으십니까?”

“다 먹었어요. 치워 주세요.”

앨런의 표정이 굳어졌고, 학생들이 당황한 얼굴로 어쩔 줄을 몰라 했다. 나는 아무렇지 않은 표정으로 쿠헬름 부족민에게 말했다.

"디저트도 주시나요?"

해맑게 웃는 나를 보고 앨런은 기가 막힌다는 듯 입을 벌렸다.

식사 후, 얼마 뒤.

우리가 갇힌 곳에 부족장이 찾아왔다. 그는 부족민이 내어 준 디저트인 아이스크림을 먹는 나를 보며 빙그레 웃었다.

"나의 부족민이 소홀하게 대접하진 않은 모양이군."

"네. 아주 친절하게 대하셨어요. 그야말로 '귀인'처럼."

"하면 제대로 된 대화를 시작할 수 있겠군."

"그럼요."

"너는 내게 재물을 벌어 줄 수 있다고 했다. 알아보니 확실히 재밌는 계집이더군. 아주 특별한 것을 발명하여 듀블레드에 큰 기여를 했다고?"

아이스크림을 퍼먹던 손이 우뚝, 멎었다.

'장거리 이동진 이야기구나.'

하기야, 장거리 이동진은 군세에 큰 영향을 미치는 마도구다. 듀블레드가 장거리 이동진을 개발하자마자 제국엔 전쟁이 뚝 끊겼다.

그도 그럴 것이 이샤크의 말에 따르면—

"왜 전투의 빈도가 줄어들었냐고? 꼬맹아, 전쟁은 체스 같은 거야. 킹을 잡으면 끝이지. 그런데 우리한테는 장거리 이동진이 있단 말이야. 제국에 언제, 어디서나, 몇 칸이든 상관없이 이동할 수 있는 나이트가 있단 뜻이지."

"우리가 장거리 이동진으로 적국의 왕을 사로잡을까 봐 무서워서 덤비지 못한다?"

"그래. 좌표만 알면 어디든 이동할 수 있는 장거리 이동진이 우리 손에 있는데 어떤 바보 같은 왕이 전쟁을 걸겠어?"

—라고 한다.

물론, 이샤크의 말처럼 쉽게 적국의 왕을 사로잡을 순 없을 거다. 장거리 이동진이라고 해도 초고위의 결계를 쉽게 뚫지는 못하니까.

하지만 전쟁에서 엄청난 효용을 자랑하는 건 맞다. 황궁이나 왕궁에 있는 초고위의 결계를 전쟁 중에 쉽게 펼칠 수는 없을 테니까. 그래서 누구나 장거리 이동진을 만들어 내지 못해 안달하는 것이다.

"장거리 이동진을 만들어 다오. 모든 지원을 아끼지 않으마."

"……만들어 준다면 우리를 무사히 돌려보내 줄 건가요?"

"물론."

"……."

"네게 호위를 붙여 주마. 호위를 데리고서라면 우리 부족 마을의 어디든 갈 수 있고, 필요한 것은 뭐든 내어 줄 것이다."

"……."

"좋은 대답 기다리지."

족장이 뒤를 힐끗 쳐다보았다. 머리칼에 눈이 가려서 보이지 않는 더벅머리의 덩치 큰 사내, 그리고 얄쌍한 미청년이 앞으로 나왔다.

저들이 내게 붙일 호위인 모양이었다.

'호위는 무슨. 감시겠지.'

나는 속으로 혀를 찼다.

'시간을 번 건 좋은데 이제 어쩐다?'

장거리 이동진을 만들어 준다면 오디스는 큰 화를 입을 것이다. 장거리 이동진을 독점하는 것으로 권력을 누리는 듀블레드에도 여파가 미치겠지.

하지만 만들어 주지 않으면 내 목숨이 어떻게 될지 모른다.

오디스가 쿠헬름 부족 마을을 노리지 못하는 건, 이들의 마을이 어디에 있는지 알 수 없기 때문이었다. 즉, 좌표를 모르니 듀블레드에서도 군사를 보낼 수 없다는 말이다.

"재물을 버는 방법이 꼭 장거리 이동진뿐만은 아닌데요."

"아니, 나는 장거리 이동진을 원해."

"……."

"똑똑한 아이니 옳은 선택을 할 거라 믿지."

그렇게 말한 족장이 부족민들에게 명했다.

"오디스의 햇병아리들은 노역을 시켜라. 귀인께서 옳은 선택을 할 때까지."

그러곤 나를 쳐다봤다.

"귀인께선 햇병아리들이 노역하는 모습을 시원한 그늘에서 음료라도 마시면서 지켜보시고."

나를 특별 대우한다는 말이지만, 학생들이 괴로워하는 모습을 지켜보며 한시바삐 결단을 내리라는 속내가 느껴졌다. 그 말을 끝으로 족장이 문을 나섰고, 학생들은 부족민들에게 끌려 채석장으로 향했다.

'채석장이라니, 쿠헬름 마을은 생각보다 크잖아.'

학생들은 부족민들의 감시하에 허리 펼 시간도 없이 노역해야 했다. 체력이 약한 몇몇은 죽을 것 같은 표정으로 비틀거렸다. 미나가 족장이 감시 격으로 붙여 둔 미청년에게 말했다.

"애들을 조금이라도 쉬게 해 주세요."

"족장께서 노역을 명하셨다."

"이대로 있으면 죽을 거예요."

"족장께서 —"

"저는!"

미나가 입술을 꽉 깨물며 미청년을 노려봤다.

"저는 족장의 신부 후보가 아닌가요? 내가 신부가 될 수도 있는데, 내 부탁을 쉽게 거절할 수 있어요?"

"……."

"또, 잠시 짬을 주어야 '귀인'께서도 흡족해하실 텐데요? 그렇지, 르블레인?"

내가 대답하지 않자 미청년이 칫, 혀를 차고 선언했다.

"십 분간 휴식!"

그제야 학생들이 안도의 한숨을 내쉬며, 하나둘 주저앉았다. 가장 먼저 주저앉은 앨런이 나를 노려보며 말했다.

"역시 미나야. '누구'와는 차원이 다르다니까."

나는 입만 산 망아지를 아무렇지 않게 무시하며 일어났다.

"어디 가십니까."

"화장실이요. 에뮬린, 같이 가자."

"저 계집은 왜 함께 가야 합니까?"

"특별히 친한 친구라서요. 물을 먹이고 싶거든요."

"……호위하겠습니다. 이봐."

미청년이 더벅머리에게 눈짓하자 더벅머리가 어수룩한 표정으로 나를 따라나섰다. 에뮬린이 따라오는 더벅머리를 힐끔거리며 내게 속삭였다.

"도망칠까? 미련해 보이는데."

"저 남자 손을 봐."

굳은살이 잔뜩 박인 상처투성이 손. 그의 손을 본 에뮬린이 미간을 좁혔고, 나는 말을 이었다.

"살수의 손이야. 듀블레드의 '이리'들도 꼭 저런 손을 가지고 있다고. 내가 봤을 땐 이 부족에서 제일 강한 건 아마……."

"하기야, 족장이 네게 붙인 이유가 있겠지. 그럼 어떻게 하려고?"

"과제를 잊었어?"

"과제라니……?"

나는 히죽, 웃으며 대답했다.

"신입생의 과제는 '적군의 성물 찾기'잖아?"

이제 과제를 수행하러 갈 때였다.

에뮬린이 혀를 내두르며 말했다.

"너는 정말……."

나는 여상한 표정으로 더벅머리를 불렀다.

"저기요. 저ㅡ"

"벼, 병아리…… 병아리……."

뭐?

남자는 어수룩한 얼굴로 중얼거렸고, 나는 눈을 좁혔다.

'지능이 낮은 사람인가?'

"벼, 병아리, 병아리 드디어, 우리……."

"저를 아세요?"

"벼, 병아리……."

"그쪽은 누구신데요?"

"병아리 안녕, 병아리……."

묘한 기시감이 느껴졌다.

'이제 보니까 어디서 본 것 같기도 하고……. 이전 삶에서 만났나?'

기억에 있는 얼굴은 아닌데.

내가 고개를 갸웃하자 남자가 내게 가까이 다가왔다.

"병아리, 나 안다. 나, 수리르. 병아리, 우리 만났다……. 헤븐에서."

뭐라고?!

나는 깜짝 놀라 더벅머리 사내를 빤히 쳐다봤다.

'헤븐이라면…….'

듀블레드에 입양된 첫해, 앙리와 이샤크가 아이의 날 선물을 주겠다며 데려간 곳이 그 노예 경매장인 '헤븐'이었다.

제국에선 노예를 들이는 것이 불법이었지만, 타국엔 아직 노예제가 있는 나라가 많았던지라 대규모의 영지에선 '헤븐'과 같은 노예 경매장을 심심치 않게 볼 수 있었다.

그리고 그곳에서 경매에 나온 이로부터 공격당한 적이 있었다.

'그때 진행자가 뭐라고 했더라.'

"그건 정말로 특별한 물건이지요. 짐승과 인간이 교합하여 태어난 반인반수라고 합니다. 게다가 보기보다 어립니다. 오랫동안 가지고 놀 수 있을 겁니다."

그래, 반인반수. 게다가 보기보다 어리다고 했다.

'수인족인 거야. 엘리시아노의 이스트, 웨스트처럼.'

수인족은 평범한 인간보다 월등히 강하고 수명도 두 배에 이르지만, 지능의 성장이 느리다. 그래서 인신매매범에게 쉽게 속아서 납치되곤 했고, 노예 전사로 키워지기 위해 이리저리 팔렸다.

이 남자도 그런 경우였나 보다.

'그런데 수리르라니…….'

이전 삶에선 제국에서 최고의 기사를 꼽으라면 꼭 네 명의 이름이 거론되었다.

아미티에 공작.

이샤크.

자카리.

……그리고 전장의 악몽이라 불리는 수리르.

'수리르가 수인족이라는 건 알았지만, 노예 출신이었다니.'

이전 삶에서 수리르는 성기사였다. 그는 우연한 기회에 무도한 무리에게 노려진 교황을 구하고, 그것을 계기로 교황의 호위가 되었으며, 성마 대전에서 이름을 알리게 되었다.

'하지만 어떻게 된 거지? 이전 삶에서 수리르가 교황을 구한 게 내 나이 열다섯의 일이었는데…… 아아, 그렇구나.'

원래였다면 노예 경매장 헤븐은 망하지 않는다. 하지만 내가 이샤크, 앙리와 노예 경매장에 간 일을 계기로 미래가 바뀌었다. 헤븐이 망하고, 노예들이 풀려난 것이다.

나비의 날갯짓에 불과했던 그 일이 폭풍이 되어 수리르의 인생을 바꾼 것이다. 그래서 교황의 호위가 되었어야 할 수리르가 쿠헬름 부족에 있는 것일 터다.

"벼, 병아리…… 병아리……."

"아니, 그런데 왜 자꾸 병아리라고 하는 거지."

"벼, 병아리……."

"병아리가 필요해요?"

"병아리, 준다. 병아리, 수리르에게."

수리르가 헤헤, 순박하게 웃었다.

"……그래요. 내가 병아리를 구해 줄게요."

그러자 에뮬린이 흠칫, 나를 쳐다봤다.

"그럴 시간이 어디 있어. 이러고 손 놓고 있다간 성물을 찾기는커녕 장거리 이동진을 만들어 줘야 할 거야. 쿠헬름 족장이 언제까지 널 기다려 줄지 모르잖아."

"그러니까 이 남자가 필요한 거야."

"뭐?"

4기사들은 전략이나, 통솔력 등 종합 능력치를 따지면 우위를 매기기 힘들지만, 개인의 공격력만 따지면 누구나 수리르를 최강으로 꼽았다.

성마 대전에서 네리아드교가 수세에 몰렸을 때, 수리르가 단독으로 나서 200여 명의 적군을 죽이고 단숨에 승기를 잡도록 했다는 것은 유명한 일화였다.

"수리르를 우리 편으로 만들면 쿠헬름에서 빠져나가는 건 일도 아니라고."

나는 히죽, 음험하게 웃었다.

*　*　*

"병아리 줘요."

"예?"

쿠헬름 족장이 내게 붙인 호위인 미청년은 기묘한 표정으로 날 쳐다봤다.

"병아리는 무슨 일로 필요하십니까?"

"아, 당연히 장거리 이동진을 만들려는 거죠."

거짓말이야!

하지만 장거리 이동진의 제작법을 전혀 모르는 쿠헬름족은 크게 기뻐했다.

"병아리! 닭장에서 병아리를 찾아봐라!"

미청년의 말에 쿠헬름 부족민이 허둥지둥 뛰어다녔다.

"병아리는 없지만, 벼슬이 나지 않은 영계가 있긴 합니다. 영계로는 안 되겠습니까?"

나는 힐끔 수리르를 쳐다봤다.

"병아리, 노란, 병아리……."

그는 멍하니 병아리만 중얼거리고 있었다. 쿠헬름 부족은 내가 병아리를 언급하여 수리르가 무심코 단어를 반복하는 것이라 생각했다.

'영계는 안 되나 봐. 노란 병아리가 가지고 싶은가 보다.'

나는 미청년에게 단호히 고개를 저었다.

"영계는 안 돼요. 꼭 병아리여야 해요. 샛노란 걸로."

"……찾아보겠습니다."

"최대한 빨리!"

"……예."

쿠헬름 부족은 샛노란 병아리를 찾기 위해 마을을 이 잡듯 뒤졌다. 그리고 미청년으로부터 내가 장거리 이동진을 만들기 위해 병아리를 찾는다는 소식을 들은 족장이 찾아왔다.

"옳은 결단을 내렸군. 그래, 병아리와 또 무엇이 필요하지?"

"식사요. 장거리 이동진을 만들려면 신성력이 많이 필요하거든요. 그리고 말이랑 제 물건들을 돌려주세요."

이것도 거짓말이야!

체력과 식량, 말이 있어야 마을을 떠날 수 있다. 그리고 이곳에 잡혀 오며 가진 것을 깡그리 빼앗겼는데, 그러며 갑주 안에 숨겨 두었던 에트왈까지 빼앗겼다.

'다른 건 몰라도 에트왈 없이 갈 순 없어.'

"무기는 돌려줄 수 없다."

"물론이죠."
무기 따위 쓸데없지. 에트왈만 있으면 푸르를 소환해서 쑥대밭으로 만들 수 있는데, 뭐.
미나와 학생들 앞에서 악마를 소환할 순 없기에 얌전히 잡혔지만, 최악의 상황에선 어쩔 수 없이 푸르를 소환해야 할 거다.
족장이 눈짓하자, 내 물건을 빼앗아 갔던 여성 부족민이 옷가지와 에트왈을 가져왔다. 나는 학생들의 눈치를 보며 얼른 에트왈을 목에 걸고 옷 안에 감추었다.
그리고 손목에 수갑처럼 채워진 마나 금제구를 내밀었다.
"풀어 주세요."
"운명의 아이에게 금제를 풀어 줄 순 없다."
"아무리 제가 운명의 아이라지만, 혼자서 쿠헬름 부족 전부를 상대할 수 있나요?"
"건물을 불태워 아군을 불러들일 수도 있지."
"저는 여기가 어딘지도 모른다고요. 이곳이 아군의 진지나 학교와 멀면 그들이 오기도 전에 족장님께 죽을 거예요."
"흠……."
"저는 제 목숨을 아주 소중하게 생각하는 사람이라고요. 그렇게 안 보이세요?"
"너무 잘 보여서 께름칙할 정도지."
"그러니까요!"
"……금제구 대신 금제 공간을 만들지. 외부로 힘이 빠져나가지 않도록. 허용한 공간 안에서만 금제구를 풀어 주겠다."
'그것도 괜찮지. 어차피 너희들의 금제 결계 따위 푸르라면 한 방이야.'

몇 세기 동안 강화되어 완성형에 가까워진 황궁, 왕궁의 결계는 몰라도 쿠헬름족의 결계쯤은 푸르를 소환하기만 하면 된다 이 말이야.

"좋아요."

그가 껄껄 웃었다.

"말이 통하는 사람이라 다행이군."

'좋아. 호감의 물꼬는 열렸다.'

그렇다면 이제 본격적으로 저 족장을 휘어잡을 차례였다.

'어떻게 한다?'

고민하고 있던 찰나, 부족민이 족장에게 다가왔다.

"상단에서 온 사람이 족장님께 만남을 청합니다."

"또 마나석의 가격을 깎으려는 수작이겠지. 빌어먹을."

"도리가 없지 않습니까. 오디스의 눈치를 보느라 다른 상단은 접근하지 않으니까요."

두 사람의 말이 막 끝났을 때였다. 주변이 시끄러워지더니 다른 부족민들을 떨쳐 내며 챙이 큰 모자를 쓴 남자가 나타났다.

"아이고, 족장님. 오랜만에 뵙습니다."

"만남을 허락한 적 없다, 한니발. 이 무슨 무례냐."

"용서하십시오. 일전에 넘긴 식료품의 결제가 하도 미뤄지니 갑갑해서 말이지요."

"결제라니? 우리가 마나석을 넘기는 대가로 필요한 물건을 대주기로 하지 않았느냐."

"그야 정상적인 마나석을 대주셨을 때의 일이지요. 마나석의 품질이 형편없고, 넘어오는 수가 적어졌습니다. 부족한 마나석 수량만큼 돈을 받아야겠습니다."

"말도 안 되는 소리! 전투 때문에 수량을 맞추지 못한 것은 사실이지만, 품질은 이전과 같다."

"아이고, 족장님. 이리 시장에 어두우셔서야……. 아칼리아 반도에서 뛰어난 품질의 마나석을 대량 풀었습니다. 쿠헬름 마나석의 시장 가치가 떨어졌으니, 이전과 같은 품질로는 제값을 드릴 수 없지요."

"뭐, 뭐라……!"

족장이 당황한 표정을 짓자, 한니발이라 불린 사내가 씩 웃었다.

"저희가 쿠헬름의 사정을 모르는 것도 아니고, 오래 거래한 정이 있으니 최대한 값을 맞춰 드리겠습니다. 개당 3,000프랑에 거래하지요. 어떻습니까?"

"3,000프랑?! 헛소리하지 마라. 5,000프랑이던 마나석이 어찌 그리ㅡ"

"말씀드리지 않았습니까. 아칼리아 반도에서 기존보다 월등한 품질의 마나석을 대량 풀었다고요."

"……."

"정 싫으시다면 어쩔 수 없지요. 거래를 끊는 수밖에. 저희야 아쉬울 것이 없습니다. 아칼리아 반도와 거래하면 될 일이니. 하지만 족장님께선…… 곤란하지 않으십니까?"

한니발이 음흉하게 웃자, 족장의 표정이 어두워졌다.

"……3,000프랑은 안 돼. 최소한 4,000프랑으로 하세."

"3,500프랑."

"한니발!"

"그 이상으로는 쳐 드릴 수 없습니다. 손해가 이만저만이 아니라서요."

족장이 어쩔 수 없다는 듯 한숨을 내쉬었다.

"이거 사기꾼 아냐."

내 말에 사람들의 시선이 몰려들었다. 족장이 "뭐?" 하고 물었고, 나는 팔짱을 끼며 한니발에게 다가갔다.

"마나석을 개당 5,000프랑에 거래했다고?"

"뭐, 뭐야, 넌!"

"족히 20,000프랑을 받아야 하는 마나석을 네 배나 낮춰서 샀어?"

"허?"

"그리고 뭐, 아칼리아 반도? 아칼리아 반도에서 마나석이 대량 풀린 건 맞지만, 그거 전부 가짜잖아?"

한니발의 얼굴이 새하얘졌고, 족장이 눈을 부릅떴다.

"그게 무슨 말이냐, 한니발!"

"저, 저는 모르는 일입니다. 계집! 네가 뭘 안다고 헛소리를!!"

"왜 몰라! 내가 호프 상단의……!"

상단주!

—라고는 할 수 없기에 고개를 척, 치켜들고 말했다.

"—단골이다."

족장, 내가 돈 좀 벌어 줄 테니까 잘 봐주라. 수리르와 너희 성물을 빼앗아서 도망칠 수 있도록 말이야.

나는 속으로 씩, 웃었다.

두 달 전 아칼리아 반도에서 대량의 마나석이 발견되었다는 소식에 대륙이 들썩였다.

호프 상단은 소식을 접한 후 즉시 아칼리아 반도와 접촉했다. 악마를 유지하기 위해 대량의 마나가 필요한 내게는 천금 같은 기회였기 때문이었다.

하지만 확인 결과, 마나석은 광물에 마력을 주입해 인공적으로 만든 가짜였다. 그리고 현재, 웬만한 대형 상단에선 아칼리아 반도의 마나석이 가짜임을 파악하고 있었다.

"아칼리아 반도의 마나석은 마력을 저장해서 만든 가짜였어요. 마력석처럼 신성력을 가진 자들은 쓰지 못할뿐더러 주입한 마력이 공기 중으로 새 버린다고요."

나는 흥, 코웃음을 치며 팔짱을 꼈다.

"즉, 아칼리아 반도에서 대륙으로 옮겨 올 때쯤엔 아무짝에도 쓸모없는 돌멩이가 되는 거예요."

족장이 험악하게 인상을 찌푸리며 한니발을 쳐다봤다. 한니발은 당황한 표정으로 더듬더듬 변명했다.

"저, 저희는 모르는 일입니다."

"그래. 아칼리아 반도의 일은 너희가 무능해서 몰랐다고 치자, 그런데 20,000프랑은 받아야 하는 쿠헬름의 마나석을 5,000프랑에 거래한 건 뭐야?"

"그건—"

"눈탱이 치기."

내가 상단 사이의 은어를 말하자, 한니발의 표정이 새파래졌다. 나는 한니발에게 바짝 다가가며 말했다.

"애초에 제대로 된 거래를 할 생각이 없었지? 외부 소식에 둔한 쿠헬름 따위 속여 먹기 간단할 거라고 생각했지?"

"이, 이 계집이……."

"5,000프랑짜리 계약도 제대로 이행한 건 맞아? 어디 장부를 보자. 식료품으로 터무니없는 폭리를 취한 게 아닌지."

"족장! 이 계집이 나와 우리 상단을 모욕하고 있습니다! 대체 이 계집이 뭐기에 감히……!"

한니발이 버럭 소리치며 족장을 쳐다봤다. 족장은 싸늘한 표정으로 말했다.

"뭐 하는가. 쿠헬름의 외부 자문이 장부를 요청하지 않나."

그 말에 나는 깨달았다. 쿠헬름의 족장이 내 손에 반쯤 들어왔음을.

나는 속으로 킬킬 웃었고, 한니발의 표정이 새파랗게 변했다.

* * *

장부를 성의 없이 넘기던 나는 고양이 앞에 생쥐처럼 오들오들 떨고 있는 한니발을 쳐다봤다.

"장부 한 번 환상적으로 적었다. 여기서 유니콘만 등장하면 완벽한 소설이야. 응?"

"무, 무슨! 그건 밀가루 최대 산지가 홍수로 큰 피해를 입어서 가격을—"

"아저씨, 선수끼리 왜 이래. 암만 그래도 이 지경으로 가격이 오르지 않잖아?"

"……."

나는 문가에 선 족장을 힐끔 쳐다보고서 목소리를 낮췄다.

"그냥 100만 프랑으로 합의 봐. 남은 금액은 내가 맞춰 줄 테니까. 그리고 앞으론 가짜 장부라도 수량 정도는 맞춰. 그건 기본 중의 기본이잖아?"

"……너 대체 뭐냐?"

"뭐긴 뭐야. 탈세 명가의 막내지."

"뭐?"

"르블레인 듀블레드. 아저씨가 아무리 무능해도 내 이름 정도는 알겠지?"

"……!!"

입을 쩍 벌린 그가 황급히 입을 막았다. 다시 족장의 눈치를 본 그가 속삭였다.

"그걸 내가 어떻게 믿어."

"내 초상화야 여기저기 널렸으니까 확인해 보든가."

장부 끄트머리에 제국어로 무언가를 쓴 나는 장부를 탁, 덮으며 족장에게 말했다.

"속여 먹은 금액 88만 프랑에 사죄금으로 12만 프랑. 총 100만을 지급한다네요. 이쯤에서 용서해 주는 게 어떨까요?"

'어차피 쿠헬름은 한니발의 상단이 아니면 방법이 없잖아?'

그런 눈으로 쳐다보자, 족장이 큼! 헛기침을 하며 한니발을 쳐다봤다.

"상단주에게 전해라. 다시 한번 이런 일이 발생할 시 쿠헬름의 전사들이 너희를 용서하지 않으리라."

"예, 예…… 족장."

한니발은 새하얀 얼굴로 고개를 푹 수그렸고, 나는 그에게 장부를 던졌다.

"100만 프랑. 금주 내로 준비되겠지?"

"……."

"되겠지."

"예……."

한니발은 패잔병의 몰골로 족장에게 인사한 후 비틀비틀 방을 나섰다. 나는 오만한 표정으로 고개를 치켜들었다.

"봐요. 전 돈 버는 법을 잘 안다니까요."

"하여 내가 너를 이토록 귀히 대접하지 않느냐."

내가 오만한 표정으로 다리를 꼬자, 그는 껄껄 웃으며 고개를 끄덕였다.

"100만! 100만 프랑이라니! 이거 귀인 덕에 급한 불은 끌 수 있겠구나."

"저희를 납치하느라 많이 쓰셨나 봐요?"

"창고에 남은 보리 한 줌까지 죄 털어야 했지. 이 얼마나 비싼 몸이신지."

우리는 하하 호호 웃으며 방을 나섰다. 족장은 100만 프랑을 벌어 준 데다 오만한 상인의 콧대까지 콱 눌러 준 나에게 큰 호감을 보였다.

막 계단을 내려오자 오디스의 신입생들이 노역장에서 돌아오고 있었다. 얼마나 고된 노역이었는지 옷에선 쿰쿰한 땀 냄새가 진동을 하는 데다가 손은 새까맣고 얼굴은 누렇다.

뽀송뽀송한 나와는 천지 차이였다.

"에뮬린, 괜찮아?"

내가 에뮬린에게 묻자 족장이 다가왔다.

"그 애가 특별히 절친한 친구이냐?"

"네."

"저 애는 앞으로 노역장에 보내지 마라."

족장의 말에 내 호위이자, 학생들의 노역을 감시하던 미청년이 고개를 숙였다.

"예, 족장."

"귀인과 그 친구에게 식사를 준비해 주고―"

"저기요."

미나의 목소리였다.

미나는 지친 신입생들을 안타까운 표정으로 둘러보다가 족장에게로 시선을 돌렸다.

"저희에게도 식사를 주세요."

"……."

"어제부터 빵 한 쪽도 못 먹고 고된 노역에 시달렸어요. 이러다 죽을지도 모른다고요."

"너는 뭘 했느냐?"

"……네?"

"첫 번째 운명의 아이는 우리 부족에 돈을 벌어 줬다. 덕분에 다음 계절을 편히 날 수 있게 되었지. 너는 우리 부족에 어떤 도움이 되었기에 식량을 나눠 달라는 것이냐?"

"노역을 했잖아요."

"그래, 노역. 노역은 말 그대로 노역일 뿐이다. 너희는 우리가 사로잡은 적군이지, 부리는 일꾼이 아냐. 내가 너희에게 우리 부족의 식량을 나눠 줘야 할 이유가 없다."

"이러다 우린 다 죽을 거예요. 아무리 적군이라도 이렇게 인정 없이ㅡ"

"우리의 전사를 죽이기 위해 검을 들었을 때, 너희에게 인정이 있었나?"

"……."

"전쟁에 인정을 찾다니 어리석구나, 두 번째."

족장은 학생들에게 눈길도 주지 않고, 부족민들에게 말했다.

"첫 번째는 우리의 친구요, 나의 귀인이다. 첫 번째에게 필요한 것이 있다면 아깝게 여기지 말고 무엇이든 내어 주어라."

"예, 족장."

"예."

쿠헬름 부족민들이 일시에 고개를 수그렸다. 쿠헬름에서의 내 위치가 수직 상승하는 순간이었다.

*　　*　　*

신입생들은 다시 옥사에 갇혔다. 얼마 후, 나도 옥사에 들어갔는데 분위기가 어제와는 달랐다.

"르블레인!"

"르블레인 양."

학생들이 나를 몹시 반겼다.

"쿠헬름 부족장은 어떻게 구워삶은 거예요? 세상에, 대단하기도 하지."

"고생이 많았죠? 아, 여기 앉아요."

"아뇨, 제 옆으로 오세요."

"르블레인 양."

"르블레인 님."

쿠헬름 부족에서 내 위치가 변한 것을 눈으로 확인한 학생들은 내 마음에 들기 위해 안달이었다.

미나의 곁에 있던 앨런은 콧방귀를 뀌었다.

"적군에게 아양을 떨어 얻어 낸 권위를 그리도 나눠 받고 싶어? 자존심을 잃지 마! 우린 오디스의 학생이라ㅡ"

"제발 그 입 닥쳐요, 앨런!"

"뭐, 뭐?"

"르블레인 양에겐 자존심이 없겠어요? 르블레인 양은 우리를 위해 자존심을 버린 거라고요. 그게 얼마나 고귀한 희생인지 모르겠어요?"

다른 사람들도 앨런에게 마구 소리쳤다. 앨런은 이를 악물며 고개를 홱, 돌렸다. 그런 와중에도 미나와 산드라는 아무런 말이 없었고, 학생들은 내 눈치를 보며 웅얼거렸다.

"저…… 혹시 마른 빵이라도 얻을 수 없을까요?"

"제가 몸이 약해요. 노역하다 보니 손이 다 까져서……. 영영 쉬겠다는 건 아니고요, 오늘 저녁이라도 노역을 빼 주시면……."

에뮬린이 헛웃음을 터뜨렸다.

"어제는 앨런의 말에 한마디도 안 했으면서 이제야 르브를 옹호한다고? 귀족의 자존심 운운하더니, 정말 자존심이 없는 사람들은 여기 다 있었군!"

사람들을 노려본 에뮬린이 내 손을 잡았다.

"가, 르브. 소름 끼치는 곳에 있지 말고."

"쿠헬름 부족민들에게 음식을 달라고 할게요."

에뮬린의 얼굴이 굳어졌다. 반면에 학생들은 환호했고, 너나 할 것 없이 "고마워요, 르블레인!"이라고 외쳤다.

"가자, 에뮬린."

"……."

"나와 함께라면 나가도 돼. 가자니까?"

떨떠름한 얼굴로 나를 쫓아온 에뮬린이 말했다.

"저것들의 뭐가 예쁘다고 네가 열심히 해서 얻은 음식을 나눠 줘?"

"예뻐서 나눠 줄 리가. 나도 네 말처럼 저들이 싫어."

"그럼 왜."

"기억하라고."

"뭐?"

나는 옥사 쪽을 쳐다보며 말했다.

"누가 빵을 줬는지, 누구를 따라야 동전이라도 벌 수 있는지 깨달으라고."

내가 씩 웃자 에뮬린이 픽 웃으며 고개를 절레절레 저었다.

"저 철새들의 머리에 네가 콕 박히겠구나."

"그리고 학교로 돌아가면 깨달을 거야. 두 번째보다 첫 번째가 낫다는 걸. 그러면 신전이 미나를 이용해 나를 압박하려는 계획은 쉽게 이뤄지지 못하겠지."

"쿠헬름의 식량으로 그렇게 만들 수만 있다면 엄청난 이득이네."

우리는 사악하게 킬킬 웃으며 걸었다.

멀리서 나의 호위였던 미청년이 헐레벌떡 다가왔다.

"귀인! 말씀하신 병아리를 구했습니다."

그러며 그는 손안에 담아 온 병아리를 내게 보여 주었다.

'됐다! 이제 수리르에게 가면 되겠어.'

"수리르는 어디 있어요?"

"글쎄요. 오후부터 보이지 않습니다만."

"찾으러 다녀야겠네……."

"귀인, 혹시나 해서 말씀드리지만 족장께서 마을을 돌아다니게 해 주셨다고 해서 탈출할 생각은 마십시오. 입구마다 결계가 쳐져 있어서 도망치려 했다간 타 죽을 겁니다."

"그럼요. 족장님과의 신의가 있는데 설마 도망치겠어요?"

거짓말이야!

나는 절대로 도망칠 거다. 물론 수리르를 데리고.

나는 병아리를 조심조심 받아서 수리르를 찾아다녔다. 그런데 두 시간이 다 되도록 마을을 뒤져도 수리르의 머리카락 한 올 보이지 않았다.

"저기, 꼬마야."

지나가는 꼬마를 붙잡자 그 애가 고개를 돌렸다.

"귀인?"

"수리르를 보지 못했니?"

"마구간에서 보았던 것 같은데……."

"마구간은 어디 있어?"

"저쪽이요."

꼬마가 가리키는 방향을 보자 허름한 건물 한 채가 보였다. 나는 인사를 한 뒤 에뮬린과 함께 마구간으로 향했다. 하지만 그곳에 수리르는 없었다.

"대체 어디에 있는 거람……."

중얼거리던 때였다.

구우우우웅—!

기묘한 감각이 느껴졌다.

'이거 분명히……'

나는 서둘러 주변을 둘러보았다.

"르블레인?"

"악마의 통로……. 통로의 감각이야."

"뭐라고?"

나는 허겁지겁 진동의 진원지를 찾았다. 마구간 바닥에서 진동이 느껴진다.

'왜 바닥에서 느껴지는 거지?'

건초 더미에 깔린 바닥에서부터 분명히 진동이 느껴진다. 나는 허겁지겁 건초를 치우고 바닥을 더듬었다.

"바람이 느껴져……."

"바닥에서 바람이라니. 통로가 있는 것도 아닌데, 무슨 바…… 설마."

흠칫 서로를 쳐다본 나와 에뮬린은 얼른 바닥을 살폈다. 바닥을 더듬던 중에 손끝에 아주 작은 버튼 같은 것이 걸렸다.

눌러 보자…….

쿠구구구─!

둔탁한 마찰음과 함께 바닥이 열리며 계단이 나타났다.

"르브, 이거……."

"넌 여기에 있어. 혹시 사람이 올지도 모르니까 닫아 두고 있다가 내가 아래서 신호하면 열어 줘."

"혼자서 괜찮겠어?"

"응."

나는 에뮬린에게 병아리를 맡긴 후, 조심조심 계단을 내려갔다. 계단 끝엔 복도가 있었는데, 복도마다 횃불이 걸려 있어서 걷기 어렵지 않았다. 복도 끝에서 발견한 건 웬 거대한 문이었다.

내가 막 문고리를 잡으려던 찰나, 문틈 사이로 익숙한 목소리가 들려왔다.

[……기야.]

'어?'

[아기야.]

나는 흠칫, 문고리에서 손을 놓았고 목소리는 마치 통신의 연결이 끊어지듯 들리지 않았다.

'이 목소리…….'

이 목소리는 분명히…….

나는 떨리는 눈으로 문고리를 쳐다봤다.

절대로 잊을 수 없는 목소리. 고대에서부터 지금까지 언제나 나를 상냥하게 불러 주는 이 목소리는…….

나는 문고리에 손을 올렸고, 다시 한번 다정한 목소리가 들려왔다.

[아가야.]

"……부네!"

이건 분명히 부네의 목소리였다.

황급히 문고리를 돌렸지만, 안에서 잠긴 듯 문이 열리지 않았다.

쾅! 쾅!

나는 문을 두드리며 소리쳤다.

"부네! 나야, 열어 줘!"

[아가야, ……없이는 문이 열리지 않아…… 돌아…… 나의…….]

그의 목소리가 띄엄띄엄 끊겨서 들렸다.

"부―"

그때였다.

누군가 내 손을 확 끌어당겼다.

"여기서, 뭐 하는 거야?"

귓속으로 소름 끼치도록 낮은 목소리가 파고들었다. 소스라치게 놀란 나는 뻣뻣하게 굳어진 채로 고개를 돌렸다.

"수리르……."

혼탁한 색의 눈동자 속에 새파랗게 질린 내 얼굴이 비치었다.

"조, 족장, 싫어한다. 제단에 손대는 것."

"제단?"

"이, 이곳 쿠, 쿠헬름의 제단. 쿠헬름의 신과 이어지는 통로."

나는 숨을 크게 들이켰다.

이 문 뒤엔 부네가 있다. 그렇다면 쿠헬름의 신이 부네란 말인가?

'아아, 그래. 님프들도 푸르를 신으로 모셨지. 그러니 부네를 신으로 여기는 부족이 있는 게 이상한 일은 아니야.'

문득 '……없이는 문이 열리지 않는다'라던 부네의 말이 떠올랐다.

'부네의 통로를 찾아야 한다는 말일지도 몰라.'

푸르의 통로는 님프들의 제단에 있었다는 걸 떠올린 나는 서둘러 문 주변을 뒤졌다. 그러나 악마의 통로로 보이는 광물이나 보석은 찾을 수 없었다.

"수리르, 혹시 제사를 지낼 때 보석이나 돌이 쓰이지 않나요?"

"시, 신의 돌."

"그래! 그거 어디에 있는지 알아요?"

"조, 족장, 항상 가지고 다닌다."

"족장에게 있단 말이지……."

하기야 부족의 귀중한 물건이니 가장 안전한 곳에 보관되어 있을 터였다.

'몇 중이나 결계가 쳐진 곳에 있지 않아서 차라리 다행이긴 한데…….'

나는 잠시 그걸 어떻게 손에 넣을지 고민했다.

'거래? 아냐, 그런 걸 거래할 리 없어. 일단 돌아가자. 저들이 내가 사라졌다는 걸 알면 부네의 통로를 손에 넣기 더 어려워져.'

"수리르."

"으응."

"내가 여기에 있었다는 걸 비밀로 해 줄 수 있어요?"

"차, 착한 사람. 약속 지킨다."

"그래, 그래. 수리르는 착한 사람이에요."

나는 활짝 웃고 수리르의 어깨를 두드렸다. 그리고 그와 함께 문 앞을 떠났다.

마구간으로 돌아가자 에퓰린이 눈을 동그랗게 떴다. 어떻게 수리르와 함께 왔느냐는 표정이었다. 나는 우선 수리르에게 인사하고, 에퓰린에게 맡겨 두었던 병아리를 그에게 전해 주었다.

"벼, 병아리."

"원하는 병아리가 맞아요?"

동그란 눈으로 병아리를 빤히 쳐다보던 수리르의 입매가 나붓이 휘었다. 덥수룩한 머리칼 때문에 눈이 보이진 않지만, 기뻐하는 듯했다.

"다행이네요. 그럼 저희는 갈게요."

수리르에게 손을 흔들고서 에퓰린과 함께 마구간을 나섰다. 인적 드문 곳까지 이르고 나서야 에퓰린이 내게 물었다.

"뭐야, 어떻게 네가 저 남자와 함께 온 거야?"

"아래서 만났어. 그것보다 에퓰린—"

내가 아래서 있었던 일을 설명하자, 점점 눈이 커지던 그녀가 종국에 빽 소리쳤다.

"뭐?! 네가 처음 소환했던 악—"

—까지 말하던 에퓰린이 양손으로 입을 막고서 주변을 둘러봤다.

신학교에 다닐 적에 트리와 에퓰린에게 악마를 소환하는 능력에 관해 말한 적이 있었기에 그녀는 부네를 알고 있었다. 아무도 없다는 것을 확인한 뒤에야 에퓰린이 목소리를 바짝 죽이고서 말을 이었다.

"그자가 문 뒤에 있었다고?"

"응, 그래서 족장이 가진 '통로'가 필요해. 보석이나 광물 같은 건데 그게 있어야 악마를 소환할 수 있어."

"설마 그건가……."

에뮬린의 중얼거림에 나는 눈을 홉떴다.

"그거라니?"

"처음 이 부족 마을에 온 날 말이야. 너와 미나는 우리와 다른 곳에 갇혔잖아."

"그래."

"그날 족장이 우리를 보러 왔었거든. 그때 봤어. 족장의 목에 아주 신비한 색의 펜던트가 걸려 있는 것을."

"……그거일 가능성이 높겠네. 어떻게든 훔쳐 내야 돼."

"위험할 텐데. 차라리 이번엔 포기하고 다른 악마를 노리는 게 낫지 않겠어?"

"부네의 이능은 네크로맨시야. 죽은 자를 소환할 수 있단 말이야."

"그럼 우리 엄마나 너의 어머니도……."

에뮬린이 굳은 얼굴로 나를 쳐다봤다.

"그래. 너희 어머니도 말이야. 그리고 너나 나처럼 죽은 자를 그리워하는 사람은 수도 없이 많지. 이 능력이라면 얼마나 많은 거래에서 우위를 점할 수 있겠니."

"족장의 '통로'를 손에 넣어야겠네……. 하지만 어떻게?"

그러니까 그게 문제였다.

*　*　*

나는 에뮬린과 함께 학생들이 갇혀 있는 옥사로 돌아갔다. 우리가 없는 사이에 음식이 들어왔는지 깨끗하게 빈 식기가 나뒹굴고 있었다.

"르블레인."

학생들과 이야기하던 미나가 나를 불렀다.

"너희가 나간 틈에 애들과 이야기를 나누었는데, 지금이 적기인 것 같아."

"뭐가?"

"탈출 말이야. 언제까지 여기에 있을 순 없잖아. 식사를 해서 체력이 있는 틈에 탈출해야 해. 그래서 말인데……."

그때, 앨런이 미나의 말을 가로챘다.

"네가 좀 도와라. 쿠헬름의 시선을 네게 집중시켜. 우리는 그 틈에 일을 도모할 테니."

에뮬린이 버럭 소리쳤다.

"르브더러 미끼가 되란 말이야?!"

"잠깐 시간을 벌란 말이야. 그 틈에 금제구를 떼어 내고 우리가 널 도우러 갈 거야. 혹시 모를 사태를 대비해 발 빠른 자는 먼저 탈출시킬 테고."

"그게 그 말이잖아! 금제구를 떼어 내지 못하면? 너희가 약속을 어기고 르브를 두고 도망치면!"

"쿠헬름 부족장의 말은 잘만 믿고 부족에 도움을 주더니 우리 말은 못 믿겠다는 거냐?"

"설마 그런 비교가 말이 된다고 생각하는 건 아니겠지? 아니어야 할 거야. 맞다면 당신을 받아 준 학교의 수준이 의심 갈 테니까."

"뭐야?!"

앨런이 울컥 소리치자, 미나가 그를 말렸다.

"그만해, 앨런. 르블레인에게 강요할 순 없는 문제야."

"그렇지만……!"

"차선책이 있잖아."

한숨을 내쉰 미나가 내 손을 잡았다.

"모든 준비는 우리가 할게. 신호하면 함께 탈출하자."

"차선책이 뭔데."

"그건—"

앨런이 "말해 주지 마!" 하고 소리치며 나와 에뮬린을 마뜩잖은 눈으로 쳐다봤다.

"이번에도 알랑거리느라 우리 계획을 족장에게 고해바치면 어쩌려고."

"앨런, 르블레인은 그런 사람이 아냐."

미나가 인상을 찌푸린 후에야 앨런은 입을 다물었다.

나는 미나에게 말했다.

"그게 뭐가 됐든 하지 마."

"르블레인."

"금제구를 풀 수 있을지 확신하지도 못하면서 어떻게 탈출하려고. 마을 입구마다 결계가 쳐져 있어. 잘못했다간 탈출은커녕 타 죽을 거야."

"염려해 줘서 고마워. 하지만 이대로 아무것도 안 할 순 없어. 족장의 심사가 뒤틀리면 우리는 내일을 기약할 수 없다는 걸 알잖아."

"하지 마!"

"……."

"내게도 계획이 있어. 네가 정말로 날 믿는다면 쓸데없는 짓 하지 마."

미나는 한숨을 내쉬었고, 나는 학생들을 둘러보며 다시 한번 주의를 주었다.

"허튼짓 말고 가만히 있어."

학생들은 내키지 않는 표정을 지었지만, 별말은 없었다. 나는 에뮬린에게 '저 애들이 허튼짓할 수 없도록 잘 살펴라'고 당부한 뒤 옥사를 나섰다.

족장이 내게 마련해 준 방으로 향하자 내 호위 역인 미청년이 달려왔다.
"어디에 계셨습니까. 한참 찾았습니다."
"탈출할 생각은 없으니 걱정하지 마세요. 산책 후 옥사에 들렀어요."
"족장께서 찾으십니다."
'잘됐다. 부네의 통로를 내 눈으로 봐 두고 싶었는데.'
나는 고개를 끄덕이고 그를 따라 족장에게 향했다. 막 방으로 들어온 나를 본 족장이 몸을 일으켰다.
"오, 우리의 외부 자문이시로군."
그는 농담을 던지며 껄껄 웃었다. 처음 왔을 때와는 달리 몹시 친근한 태도였다. 내게 자리를 내어 준 그가 맞은 편에 앉으며 말을 꺼냈다.
"한니발의 상단에서 연락이 왔다. 금주 중으로 돈을 마련해 준다더군."
"잘됐네요."
"그래서 말인데 귀인에게 부탁할 일이 있다."
"말씀하세요."
"이와 비슷한 일이 다시 벌어지지 않도록 확실한 방지책을 마련하고 싶다. 도와주겠나?"
"재발 방지를 문서화하고 싶으시다는 건가요? 죄송하지만 제가 도울 수 있는 일이 아니에요."
"쿠헬름에 재물이 생기면 너희들을 납치한 것과 같은 일이 계속 일어날 거라 생각하는가? 그리 정의로운 인물로는 보이지 않는데."
나는 빙그레 웃으며 고개를 끄덕였다.
"맞아요. 저는 정의로운 인물이 아니에요. 도울 수 없다는 건 재발 방지를 서면으로 약속받아도 같은 일이 필시 또 일어날 것이기 때문이에요."

"……왜 그리 생각하지?"

"사람은 쉽게 변하지 않거든요. 쓰레기일수록 더더욱."

"무슨 뜻이냐?"

"한번 족장님을 속여 먹은 상단이에요. 제가 없으면 쿠헬름은 세계의 흐름을 알지 못할 테고, 저들은 기회가 생기면 또 족장님을 속이려 할 거예요."

"……."

"그러니까 새로운 거래처를 만드셔야 해요. 그건 제가 도와드릴 수 있어요."

"쿠헬름은 오디스, 그리고 오디스의 뒷배인 네리아드교와 척을 졌다. 어떤 상단에서 우리와 거래하려 들겠는가?"

"호프 상단."

족장이 하, 하고 헛웃음을 터뜨렸다.

"너는 나를 우습게 보는구나. 호프 상단은 네리아드교가 국교로 있는 제국의 상단이다. 그들이 나와 거래할 리가 없지 않으냐."

"있어요."

"어떻게 확언하지?"

나는 빙그레 미소를 머금고 대답했다.

"제가 호프 상단의 상단주니까요."

"……거짓말. 넌 거짓말을 하고 있어."

"호프 상단의 부상단주 세세와의 통신을 족장님께 들려드릴 수 있어요."

"……."

족장이 흔들리지 않는 내 눈을 바라보았다. 한참 동안 침묵하던 그가 실소를 흘렸다.

"빌어먹을, 사실이군."

"하면 제대로 협상을 시작할까요."

"널 살려 보내 달라는 것이냐? 좋아. 너와 네 친구, 오디스 학생들의 반을 돌려보내 주지. 하지만 전부는 안 돼."

애초에 전부 돌려보내 줄 거라고는 생각하지 않았다.

내가 파악한 바에 의하면 이들은 창고에 남은 한 줌 은화까지 모두 쓸어 담아서 우리를 납치해 왔다. 아무리 새로운 거래처가 탐나더라도 이번 납치의 목적을 잊지는 않을 것이다.

"거기에 하나 더."

"무엇이냐."

나는 족장의 가슴을 가리켰다.

"그 펜던트를 제게 빌려 주세요."

"뭐야?!"

족장이 버럭 소리치며 몸을 일으켰다.

"헛소리! 이건 신이 우리에게 내린 선물이자 족장의 증명이다 — !"

"완전히 달라는 게 아니에요. 딱 5분. 5분만 제가 그것을 살펴보게 해주세요."

어차피 '통로'는 악마가 소환되면 힘을 잃는다. 부네를 소환한 후 권속화한 뒤 그에게 펜던트를 돌려주면 될 일.

나는 치맛자락을 꽉 움켜쥐며 눈을 가늘게 뜨고 있는 족장을 바라봤다.

"진정 5분이면 되겠느냐?"

"제 방 주변으로 호위와 결계를 켜켜이 깔아 두셔도 됩니다."

"……좋아, 그렇다면 — "

그때였다.

쾅ㅡ!!

커다란 폭음이 울려 퍼졌다. 족장은 황급히 커튼을 치고 창문 밖을 내다보았다. 족장의 등 너머로 불길이 타오르는 마을이 보였다.

새파래진 그가 거칠게 문을 젖히며 소리쳤다.

"무슨 일이냐!"

내 호위 역이던 미청년이 헐레벌떡 달려와 소리쳤다.

"오디스의 놈들이 탈출을 시도했습니다!"

"뭐라?! 그들이 금제구의 코드를 어찌 알고!"

"코드를 알아낸 것이 아닙니다……."

미청년이 굳은 얼굴로 말을 이었다.

"두 번째 운명의 아이가 억지로 금제구를 파괴했습니다."

"마, 말도 안 돼. 우리의 금제구는 고대의 유산이야. 아무리 운명의 아이라고 해도 어떻게……."

새파란 얼굴로 중얼거리던 그가 나를 홱, 노려보았다.

"우리가 옥사를 살피지 못하도록 네가 시간을 끈 것이냐."

이게 무슨 헛소리야!

기가 막혀 입을 벙긋거리자 족장이 거칠게 검집에서 검을 뽑았다.

"빌어먹을 애송이!"

"아니라니까요! 얘기가 잘 풀렸는데 제가 왜ㅡ"

그러던 찰나, 문밖에서 익숙한 목소리가 들려왔다.

"르블레인에게서 손 떼!"

신성력을 얼마나 소진한 건지 시체처럼 파리한 미나가 앨런과 산드라에게 부축받으며 다가오고 있었다.

"자극하지 마, 이 바보ㅡ"

내 말이 끝나기도 전에 족장은 내 목에 칼을 겨누었다.

이것 봐라, 자극하면 이렇게 되어 버리잖아.

'미치겠네.'

목이 따끔하며 검 끝으로 핏물이 뚝뚝 흐르기 시작했다.

'이렇게 되면 하는 수 없다.'

나는 슬쩍 눈을 돌려 족장의 목에 대롱대롱 걸려 있는 펜던트를 바라봤다.

그리고.

"푸르—!"

에트왈을 잡은 채로 소리치니 주변이 환히 빛나며 방 안에 먹구름이 몰려왔다. 이윽고 콰르릉! 천둥과 함께 비가 쏟아지기 시작했다.

족장이 당황한 틈에 나는 그의 목에 걸린 펜던트를 잡아챈 채로 냅다 달리기 시작했다.

부네.

'부네, 대답해!'

신성력을 흘려보내자 눈앞에 새하얀 빛의 기둥이 나타났다.

"나는 스물두 번째 기둥……."

"……."

"……."

"……."

"보고 싶었다, 아가야."

나도 보고 싶었다. 나의 띨띨한 악마가 너무나도.

부네는 희미하게 웃으며 내 뺨을 가볍게 감쌌다.

"이리도 많이 컸구나. 인간은 어찌 이리 빨리 자라는지……."

그의 표정이 몹시 아련했다. 장장 13년 만의 재회였으니 그럴 만도 했지만, 나는 그의 손목을 홱 끌어당겼다.

"이야기는 나중에 하고 우선 내 권속이 되세요."

"아직 재회의 회포도 풀지 못했지 않니. 아가는 여전히 성격이 급하구나, 하하."

"얼른 대답부터 하세요."

"아가는 내가 보고 싶지 않았던 걸까……."

부네가 침울한 표정을 지었지만, 나는 등 뒤를 살피느라 여념이 없었다.

족장이 나를 쫓고 있을 거다. 부족의 소중한 보석까지 냅다 훔쳐서 튀었으니 이번에 잡히면 목을 분지르려 들 터였다.

나는 얼른 부네를 재촉했다.

"빨리요."

"아가……."

"아, 시간 없다니까!"

버럭 소리치자 부네가 움찔했다.

"악신, 아니, 세르가 신 휘하의 악마는 내가 원하면 권속으로 만들 수 있죠? 부네는 세르가 신 편일 거야. 그쵸? 내 권속이 될 수 있는 거죠?"

"……."

"아, 빨리 말해요!"

"아가의 생각이 맞단다……."

"좋아요. 자, 에트왈로 들어와요."

내가 에트왈을 꺼내자 부네는 시무룩한 표정으로 눈을 감았다. 그의 몸에서 실금 같은 빛이 떠오르더니 이내 그의 육체가 사라지고, 에트왈의 한 모서리에 새로운 보석이 생겼다.

내가 네 번째 권속을 손에 넣는 순간이었다.

'좋아, 이제 도망쳐야…… 아차, 에뮬린.'

나는 굳은 얼굴로 옥사 쪽을 바라봤다.
"그런데 왜 마을이 조용한 거지? 사람 불안하게끔……."

[뭐가 불안하단 말이냐?]

부네의 목소리가 들려왔다. 나는 달리기 시작하며 대답했다.
'애들이 부족민들과 전투를 벌일까 봐요.'
여긴 쿠헬름의 홈그라운드다. 가뜩이나 금제구를 달고, 적진의 한가운데서 싸우는 건 죽겠다는 시위나 다름없었다.
아무리 미나가 금제구를 떼어 냈다지만, 신성력 조절에 익숙하지 않은 지금은 떼로 달려드는 쿠헬름 부족을 이기지 못할 것이다.
'거기다 억지로 금제구를 파괴해서 상태가 아주 안 좋기도 하고.'

[아기가 아는 것을 저들이라고 모르진 않겠지.]

'그래, 설마 그럴 리가 없지.'
그렇게 생각을 정리한 나는 입술을 꽉 깨물었다.
이렇게 미적거릴 때가 아니다. 몸 상태가 점점 나빠지고 있었다. 푸르의 힘을 쓴 데다 부네까지 소환하여 권속으로 만든 탓이었다.
'일단 마을 입구의 결계를 해제해야 해.'
이렇게 된 거 무슨 수를 써서라도 도망쳐야 한다.

* * *

콰과과광―!!

폭음이 터지자마자 비명이 난무했다.

"꺄아악!"

"크악ㅡ!"

오디스의 학생들은 금제구를 단 채로 애썼지만, 금세 쿠헬름의 주술사들에게 포위되어 이러지도 저러지도 못한 채로 새파랗게 질려 버렸다.

"이, 이제 어떻게 해, 앨런……."

유약한 학생이 울먹이며 묻자 앨런은 굳은 얼굴로 마른침을 삼켰다.

'빌어먹을, 빌어먹을!'

야만족이라 괄시하던 자들의 힘이 이 정도로 강할 줄은 몰랐다.

처음 쿠헬름에게 납치된 것은 순전히 운이 나빴기 때문이라고 생각했다. 하필 쿠헬름과 결탁한 배신자에게 당했고, 하필 뒤를 잡혔으며, 하필 마법사들이 맥을 못 추던 시점이었다.

제대로 붙으면 야만적인 소수 민족 따위 단숨에 제압할 수 있으리라 여겼다.

그들에겐 고대의 유물이라는 쿠헬름의 금제구를 강제로 파괴한 운명의 아이, 미나가 함께였고, 미나를 앞세우고 옥사를 탈출해선 무기를 찾는 데에도 성공했다.

'그런데 어떻게 야만족 따위가 이렇게 강한 거냔 말이다!'

앨런은 식은땀이 배어 나오는 손을 바지춤에 문지르며 검을 고쳐 쥐었다.

"쿠헬름! 지금이라도 물러서면 이번 일은 불문에 부치겠다!"

앨런의 말에 쿠헬름 족장이 헛웃음을 내뱉었다.

"이 지경이 되어서도 입만 살았구나."

"뭐야?! 비열한 야만족의 족장! 이성적으로 생각하라. 우리가 죽으면 오디스는 너희 부족에게 응분의 대가를 치르도록 할 것이다."

"그게 두려웠다면 애초에 너희를 납치조차 하지 않았겠지."

입매를 비튼 쿠헬름 족장이 성큼성큼 다가와 바로 앞에 있던 학생의 손목을 움켜쥐었다.

"으윽……!"

"산드라!"

미나가 비명 같은 고함을 내지르기 무섭게 족장이 킬킬 웃으며 읊조렸다.

"너희야말로 천지 분간 못 하고 날뛴 대가를 치러야 할 것이다."

족장의 검이 산드라의 목전에 들어왔다. 희게 질린 산드라는 눈을 꽉 감았다. 몸이 사시나무처럼 떨렸다.

족장은 겁에 질린 학생들을 둘러보며 소리쳤다.

"첫 번째는 어디에 있느냐. 당장 내 앞으로 데려오지 않는다면 이 계집은 오늘로 명줄이 끊어질 것이다."

"이 비열한……! 산드라를 놔줘!"

"대답해. 너희는 첫 번째의 행방을 알 것이다. 어디에 있느냐, 그 계집은!"

"우리는 몰라. 정말이라고……!"

"그래?"

입꼬리를 비튼 족장이 벌벌 떠는 산드라에게 말했다.

"원망은 첫 번째의 행방을 토설하지 않는 네 친구들에게 하여라."

산드라의 목에 얼얼한 고통이 느껴진다 싶더니 핏물이 검에 배어 들었다.

산드라는 눈을 꽉 감았다.

'어머니, 아버지…….'

그때였다.

퍽—!!

어딘가에서 돌이 날아와 족장의 머리를 맞혔다.

딱, 소리와 함께 돌멩이가 머리에서부터 미끄러져 내렸다. 족장은 바닥에 떨어져 데구르르 구르는 돌멩이를 노려보다가 그것이 날아온 방향으로 고개를 돌렸다.

"날 찾았어?"

르블레인이었다. 한 손으로 새로운 돌멩이를 던졌다 받았다 반복하던 르블레인이 말했다.

"내가 왔으니 산드라는 풀어 줘."

"저 찢어 죽일 계집이……!"

"산드라를 풀어 주지 않으면 '이거' 파괴해 버린다?"

르블레인이 무언가를 번쩍 들자 족장을 비롯한 부족민들의 눈이 휘둥그레졌다. 그것은 족장의 소유였던 펜던트, 그러니까 '부네의 통로'였던 보석이었다.

"신의 유산입니다, 족장!"

"저, 저걸 어째……!"

부족민들이 어쩔 줄 모르고 발을 동동 굴렀고, 사색이 된 족장이 고함을 내질렀다.

"너, 너……! 당장 그만두지 못해?!"

"그러니까 내가 그만두길 바라면 산드라를 놓아주라니까. 그리고 애들을 이쪽으로 보내."

"이익……!"

"못 하겠다 이거야? 좋아, 그러면 너희 신이 남긴 유산을 내가 냅-다 던져 버릴……!"

르블레인이 정말 손에 힘을 주자마자 족장이 새파랗게 질려 소리쳤다.

"잠깐! 진정해라!"

"진정은 무슨. 콱 던져 버릴……!"

"보내마! 보낼 테니 신의 유산에 허튼짓하지 마!"

산드라를 밀쳐 낸 족장이 양손을 들었다. 르블레인은 학생들에게 고갯짓했다.

"이리 와."

족장과 부족민들의 눈치를 살피던 학생들이 슬금슬금 이동하기 시작했다. 조심스럽게 발을 내딛던 그들은 금세 정신없이 달려 르블레인의 뒤로 향했다.

학생들의 움직임을 주시하던 족장이 말했다.

"보내 줬지 않으냐! 어서 펜던트를 돌려줘!"

르블레인은 한걸음 뒤로 물러나며 미나와 산드라, 앨런에게 카드 몇 장을 건넸다. 그리고 학생들을 향해 무어라 중얼거렸는데, 그녀의 이야기를 들은 학생들이 눈을 동그랗게 뜨더니 곧이어 한데 뭉쳤다.

펜던트를 가볍게 던졌다가 받은 르블레인이 족장에게 말했다.

"돌려줘?"

"그, 그래. 부수지 말고, 온전히 내게 돌려다오."

"그래? 그러면…… 받아 보든지!"

그녀는 부족민 한가운데로 휙! 펜던트를 던졌다.

소스라치게 놀란 부족민들이 펜던트를 받기 위해 허둥지둥 움직였고, 그 순간 쿠헬름의 전열이 무너졌다. 그 틈을 타 르블레인이 소리쳤다.

"이동."

학생들과 르블레인이 일시에 카드를 찢었다. 순식간에 빛이 뿜어져 나오며 주변이 일그러지기 시작했다. 그리고 빛이 사그라들었을 때, 오디스의 학생들은 온데간데없이 사라져 있었다.

*　　*　　*

나는 헉, 헉, 숨을 가다듬었다.

'장거리 이동진을 숨겨 놔서 다행이다…….'

이동진이 아니었더라면 꼼짝없이 쿠헬름족에게 붙잡힐 뻔했다.

나는 어리둥절한 표정으로 주변을 둘러보는 학생들을 쳐다봤다.

"이, 이게 장거리 이동진인가."

"정말로 이동하는 데 부담이 없잖아……."

"내가 장거리 이동진을 써 보다니."

"그보다 우리 결국 탈출한 거라고!"

환희에 젖은 학생들이 와—!! 하고 함성을 내질렀다. 나는 기가 막혀서 말할 기분도 들지 않았다. 고개를 절레절레 젓던 난 문득 드는 생각에 학생들을 살폈다.

'에뮬린은 어디에 있지?'

에뮬린이 보이지 않는다. 순간, 불길한 기운이 발목을 타고 스멀스멀 올라왔다.

'그래, 이상했어. 미나와 앨런 무리가 탈출을 도모하는데 에뮬린이 아무것도 안 했을 리 없잖아.'

그녀라면 어떻게든 내게 소식을 전하려고 했을 것이다. 에뮬린이 내게 아무런 소식도 전하지 못하고, 이 지경이 된 후에도 모습이 보이지 않는다는 점이 불안했다.

"에뮬린은 어디에 있어?"

내가 묻자 학생들이 "어?" 하며 서로를 쳐다봤다.

앨런이 큼, 헛기침하며 말했다.

"그 녀석이 무슨 억하심정인지 끝끝내 미나를 방해하려고 하기에 잠시 치워 놨다. 일이 마무리되면 데리러 가려고 했는데 꼬이는 바람에……."

"바람에?"

"……데려오지 못했지."

"뭐라고?"

앨런은 어깨를 으쓱하며 말했다.

"이제 탈출했으니 병사를 보내서 데려오면 돼. 그보다 여기가 어디냐? 어서 학교에 연락해야…… 컥!"

나는 앨런의 멱살을 잡은 채로 그를 쏘아보았다. 열 살 이후로 이만큼 분노한 적이 없었다. 손이 벌벌 떨리고, 머릿속이 텅 비는 것 같은 느낌이었다.

"에뮬린 어디에 있어. 어디 가뒀어!"

미나가 내 손목을 잡으며 끼어들었다.

"진정해, 르블레인. 에뮬린은 내가 어떻게 해서든 구해 낼게. 내가 족장에게 가는 한이 있더라도 구해 낼 테니까 염려하지 마."

"네가 어떻게 에뮬린을 구할 수 있는데."

"우리의 원래 계획은 족장과 대화로 해결하는 거였어. 족장은 나를, 내 힘을 원하잖아. 그러니까 내가 있는 한 학생들에게 함부로 손댈 수 없어."

"너, 미쳤구나."

"……뭐?"

나는 미나의 손을 떼어 내고 등을 돌렸다.

"르블레인. 족장과 네가 너무 흥분해서 상황을 제대로 보지 못하는 거야. 대화로 해결할 수 있어. 비록 상황이 어그러졌지만—"

짝!

미나의 얼굴이 돌아가고, 내 손바닥은 불이 붙은 듯 뜨거워졌다.

주변이 차게 가라앉았다. 당황한 학생들이 어찌할 바를 모르고 미나와 나를 번갈아 쳐다봤다. 뺨을 감싼 미나가 믿을 수 없다는 표정으로 날 쳐다봤다.

“르블레인, 너…….”

“입 닥쳐. 에퓰린이 죽으면 여기 있는 사람 모두를 길동무로 보낼 거야.”

“르블레인, 너무 흥분했어. 진정하고—”

“네가 뭔데. 네가 뭐라고 네 만용에 에퓰린의 목숨을 걸어!”

“뭐……?”

“네가 여기서 뭘 할 수 있는데! 지금까지 네가 벌인 일이 뭐 하나라도 제대로 돌아간 적 있어? 넌 정의로운 것도, 이성적인 것도 아니야. 아무것도 모르는 주제에 스스로를 과신하는 바보일 뿐이야!”

미나는 굳은 얼굴로 날 쳐다봤다.

“날 좀 믿어 줄 수는 없니?”

“비켜. 너와 입씨름할 시간 없어.”

“나는—!”

소리친 미나가 딱딱하게 굳은 얼굴로 나를 쳐다봤다.

“나는 널 믿었어. 네가 동료를, 친구를 해칠지 모르는 이들에게 재물을 벌어 줘도, 사람들이 네가 우리를 납치시킨 배신자일지 모른다고 해도 나는 널 믿었어.”

“비키라는 말 안 들려?”

“이대로 가 버리면 우린 널 구하기 위해 또 한 번 위험해질 거야.”

“너희가 위험해진 게 누구 때문인데!”

“뭐?”

“처음부터 나는 다른 계획을 짜고 있었어. 쿠헬름과 거래하는 상단에 우리 위치를 학원과 듀블레드에 알려 주라고 지시했다고! 하루만 더 참았어도 너희가 이만큼 위험해질 일이 없었단 말이야!”

내 말을 들은 학생들은 당혹스러운 표정으로 서로를 쳐다봤다. 미나 또한 놀란 얼굴로 날 쳐다봤다.

“네가 우리와 계획을 상의했다면, 아니, 언질이라도 해 줬다면 우린 기다렸을 거야. 하지만 넌 모든 일을 독단으로 처리했잖아.”

“번번이 쓸데없는 말로 족장을 자극하는 너를 믿고 계획을 털어놓으라고?”

“…….”

나는 헛웃음을 터뜨렸다.

“차라리 솔직하기라도 하지 그래. 네가 날 믿어? 아니, 넌 처음부터 날 의심하고 있었어.”

“아냐, 르블레인. 나는 ─”

“그래, 알량한 말 몇 마디로 애들을 다독였겠지. 르블레인은 그런 애가 아니다. 믿어 보자. 하지만 결국 날 제일 믿지 않았던 건 너잖아. 그러니까 허튼짓으로 애들을 위험에 몬 걸 테지.”

“…….”

“알겠어? 넌 멍청한 위선자일 뿐이야.”

“…….”

“정말 한 사람, 한 사람의 목숨이 귀했으면 에뮬린을 어떻게 거기 놓고 와!”

“놓고 오려던 게 아니야. 나는…….”

“족장과 대화로 해결해서 에뮬린과 함께 돌아간다? 넌 전쟁이 무엇인지조차 모르고 있어.”

"……."

"오디스는 이 전투에 명예를 걸었지만, 저들은 부모 형제와 친구, 그리고 자신의 목숨을 걸었어. 그런 저들과 정의와 인의, 대의를 테이블에 놓고 거래하겠다고?"

나는 학생들을 노려보며 말을 이었다.

"앨런, 너는 네 어머니보다 도덕과 선을 우선할 수 있어? 산드라, 당신은 남동생보다 인의를 먼저 생각할 수 있어요?"

앨런과 산드라는 대꾸하지 못했다. 미나는 마른침을 삼켰고, 나는 그녀를 노려보았다.

"내게 책임을 전가하지 마. 저 애들이 위험해진 건 모두 네 멍청한 판단 때문이니까."

걸음을 옮기던 나는 멈칫, 앨런을 돌아봤다. 그리고 성큼성큼 걸어 그에게 다가가 짝! 뺨을 내리쳤다. 뺨이 붉게 달아오른 앨런이 어버버, 입을 벙긋거렸다.

"너, 너, 지금 뭐 하는……!"

"에퓰린을 가두기로 한 게 너지? 네 계획에 찬동한 미나가 맞았는데, 너만 맞지 않는 건 웃기잖아. 안 그래?"

"이 미친ㅡ!"

나는 그의 장딴지를 콱! 걷어찼다.

"앨런 구스터. 네 이름, 기억했어."

"무, 무슨 뜻이야?"

"아드리안이 말하지 않았나. 제국에서의 내 별명이 미친개라고. 난 한 번 물면 안 놔."

"……!"

"에퓰린 어디에 있어."

"오, 옥사 부근."

"정확히 말해."

"옥사 뒤편에 창고로 보이는 곳이 있었어. 웬 항아리가 가득하기에 거기에……."

나는 으득, 이를 갈고 앨런을 퍽, 밀쳤다. 새파랗게 질린 앨런의 뒤로 어쩔 줄 모르는 표정의 학생들이 보였다.

"마지막 경고야. 살고 싶으면 입도 벙긋하지 말고 여기 처박혀 있어."

가슴께를 꾹 누르던 산드라가 물었다.

"여기가 어디죠?"

"어디긴 어디예요. 쿠헬름 부족 마을이죠."

"뭐라고요……?"

"마을 입구마다 결계가 이중, 삼중 깔려 있는데 장거리 이동진으로 어떻게 도망쳐요. 나야 버틸 수 있겠죠. 신성력이 있으니까. 하지만 당신들은 통과하지 못하고 통구이가 되었을 거야."

"……."

"다시 한번 말해요. 경고는 이번이 마지막이야. 또다시 멍청하게 선동당해 움직인다면 절대로 구해 주지 않아."

"……."

학생들이 어깨를 움츠렸고, 나는 서둘러 달려 나갔다.

내가 학생들과 함께 이동한 곳은 쿠헬름 부족의 제단이 있던 곳이다. 부네의 목소리를 들었던 바로 그곳이었다.

'쿠헬름은 우리가 턱밑에 있는 줄은 꿈에도 모를 거야.'

지금쯤 마을을 수색하고 있을 터였다. 그렇다면 아직 시간이 있다. 에뮤린을 붙잡았어도, 우리의 위치를 불게 하기 위해 곧장 죽이진 못했을 터.

나는 마구간과 이어진 계단을 올라갔다. 마구간 안은 고요했으나, 바깥은 시끄러웠다. 횃불을 든 쿠헬름의 전사들이 정신없이 뛰어다니고 있었다.

나는 마구간 기둥 뒤에 숨어 에트왈을 잡았다.

'푸르.'

눈앞에 실금 같은 빛이 모이며 사슴형의 푸르가 모습을 드러냈다.

"시선을 끌어 줘. 그동안 나는 에뮬린을 데리고 올 테니까."

"무사히 데리고 온다고 해도 탈출할 수 있을지 모르잖아."

"버티면 오디스에서 지원군이 올 거야. 한니발에게 전해 준 장부에 위치를 전해 주라고 했으니까."

"넌 지금도 날 유지하기조차 벅차잖아. 저 멍청한 것들을 보호하면서 어떻게 버티겠다는 거야!"

"그건 내가 알아서 할 테니 넌 어서 시선을 끌어 줘."

"못돼먹은 게 왜 이럴 땐……. 죽으면 가만두지 않겠어. 지옥 끝까지라도 쫓아가서 또 죽일 테니까, 그러니까—"

나는 푸르의 머리를 쓰다듬으며 희미하게 웃었다.

"응, 절대로 죽지 않을게."

고개를 꾹 숙이고 있던 푸르가 이내 사라졌다. 그리고 얼마 지나지 않아 멀리서 고함이 들려왔다.

"몬스터다!"

푸르가 시선을 끌고 있는 모양이었다.

나는 서둘러 마구간을 빠져나가 옥사로 향했다.

'빨리……. 서둘러야 해.'

몸 상태가 점점 안 좋아지고 있었다. 손목 안쪽에서부터 새파란 핏줄이 불거졌는데, 시간이 갈수록 팔뚝을 타고 올라오고 있었다.

3년 전, 대녀가 준 보석에서 새로운 악마를 동시에 둘 불러냈을 때도 이런 상태가 되었다.

이것은 신성력이 얼마 남지 않았다는 신호였다. 목 끝까지 핏줄이 굵게 돋아나면 난 아마도 죽거나, 완전히 미쳐 버릴 것이다.

'제발 버텨 주라. 제발…….'

나는 가쁜 숨을 몰아쉬며 옥사 뒤편으로 접어들었다. 그곳엔 앨런의 말처럼 창고로 보이는 건물이 있었다. 안에 들어가자 짙은 고동색의 항아리가 가득했는데, 나는 하나하나 뚜껑을 열어 보며 안을 확인했다.

"에뮬린…… 에뮬……."

캉.

조그맣지만 분명한 인기척이었다.

얼른 소리의 진원지로 향해 뚜껑을 열자 손목과 발목이 묶인 채로 재갈을 물고 있는 에뮬린이 보였다.

항아리는 몹시 깊어서 에뮬린의 발목에 손이 닿지 않았다. 나는 당장 항아리를 민 후에 에뮬린에게 손을 뻗어 재갈을 풀어 줬다.

"앨런, 이 개자식. 죽여 버릴…… 뭐야, 너 상태가 왜 이래."

"가자."

손목과 발목을 묶은 천을 풀어 주자 에뮬린이 엉금엉금 항아리에서 기어 나왔다.

"시간이 없어. 일단 옥사를 돌아서 마구간으로 가자. 애들이 마구간 지하의 제단에 있어."

에뮬린은 거칠게 내 손목을 잡았다. 바짝 돋은 새파란 핏줄을 본 에뮬린이 입술을 꽉 깨물었다.

"악마를 불러낸 거지. 그렇지?"

"가자니까."

“이 바보가……. 이 지경이 되어서까지 날 구하러 오면 어떻—”

“혼은 무사히 학교로 돌아간 후에 날게. 그러니까 제발 가자.”

“……멍청이.”

나는 에뮬린을 잡고 창고를 나왔다. 옥사 쪽으로 가려는데, 발소리가 들려왔다.

“이쪽엔 없습니다!”

“창고 쪽은. 숨기 적당한 곳이니 샅샅이 뒤져라.”

미청년의 지휘에 따라 전사들이 포위망을 좁혀 오고 있었다.

‘옥사 쪽으로는 못 가겠어.’

나는 얼른 주변을 둘러봤다. 옥사와 이어진 길 반대로 작은 샛길이 나 있었다. 전사들이 오기 전에 얼른 샛길로 나갔다.

샛길은 광장으로 접어드는 길이었는데, 광장은 소란스러웠다. 얼핏 푸르의 몸을 감싼 빛이 모였다. 푸르는 쿠헬름 주술사들의 마력 사슬에 걸려 거칠게 발버둥 치고 있었다.

족장은 그런 푸르를 싸늘하게 바라보고 있었다.

“저건 네 악마잖아. 악마가 어떻게 인간에게 당한 거지?”

“내 신성력이 푸르를 겨우 유지하고 있기 때문이야. 인계에 모습을 드러낸 것만으로도 벅차서 공격도, 방어도 할 수 없는 거지.”

“어떻게 할 거야. 광장 쪽으로도 나갈 수 없잖아.”

나는 입술을 꽉 깨물고 주변을 살폈다. 앞엔 족장과 수많은 주술사가 있다. 뒤엔 미청년을 필두로 한 쿠헬름의 전사들이 가득하다.

‘어떻게 하지.’

이대로 잡히면 족장은 이전처럼 나를 호의로 대하지 않을 것이다. 호의는커녕, 당장에 제압하고 주술사들을 이용해 정신 지배를 하려 들 수도 있다.

만약 그렇게 되면 신성력이 없는 현재로선 저들의 정신 지배를 벗어나지 못하고 꼼짝없이 꼭두각시가 될 터.

“내가 시선을 끌게.”

에뮬린의 말에 나는 인상을 찌푸렸다.

“널 구하러 왔는데, 너를 미끼로 쓰라고? 말이 되는 소리야, 그게?”

“그럼 어떻게 할 거야. 방법이 없잖아.”

“…….”

“시간을 끌 테니까 애들에게 마나를 나눠 받아. 넌 사람의 마나로 신성력을 보충할 수 있다고 했잖아.”

“하지만—”

그때였다.

“여기에 있었구나. 벌레 같은 놈들.”

“……!”

소름 끼치는 목소리가 등 뒤에서 들려왔다. 에뮬린과 내게 바짝 붙은 미청년이 충혈된 눈으로 입매를 비틀었다.

“여깁니다, 족장.”

그가 소리치자 일시에 쿠헬름 부족민의 시선이 우리에게 집중되었다.

* * *

나와 에뮬린은 족장 앞에 꿇어 앉혀져 학생들이 쿠헬름 전사들에게 끌려오는 것을 지켜봐야 했다. 학생들은 제단에서 한차례 쿠헬름족과 사투를 벌인 건지 피투성이가 되어 있었다.

“젠장—!”

다른 학생들에 비해 다소 멀쩡해 보이는 앨런이 짓씹듯 욕설을 뱉고는 나에게 소리쳤다.

"우리를 팔아먹은 거냐, 르블레인!"

그러자 에뮬린이 팩, 고개를 돌리고 앨런을 노려봤다.

"내가 말했어."

그녀의 말이 맞았다.

족장은 내게 학생들의 행방을 물었고, 나는 답하지 않았다. 그의 주술사들이 시동인을 내게 겨누었을 때, 에뮬린이 소리친 것이다.

"말해! 이대로 죽을 거야?!"

"에뮬린."

"르브를 놔줘요. 제가 말할게요. 그 애들 마구간 지하에 있어요."

"뭐가 잘났다고 이게—!"

"너희는 나를 두고 도망치려 했고, 르블레인의 동의를 구하지 않은 채로 일을 진행해서 이따위로 망쳐 놨어. 그런 너희에게 우리가 무슨 의리를 지켜야 한다는 거야."

앨런이 무언가 소리치려는 듯 입을 쩍 벌렸을 때, 미청년이 그의 무릎을 걷어찼다. 휘청, 무너진 앨런이 새파란 얼굴로 에뮬린을 노려봤다. 학생들마저 밧줄로 묶인 채로 족장 앞에 무릎 꿇려졌다.

나를 싸늘한 얼굴로 쳐다본 족장이 말했다.

"비열한 계집. 너는 우리 부족의 호의를 조롱했다."

"제가 아니에요."

"또 너를 믿을 성싶으냐?"

"머리가 달렸으면 알 거 아냐. 우리는 말이 통하고 있었어. 그런데 내가 왜 뒤통수를 치겠어. 뒤통수를 맞은 건 나라고."

"하! 이제는 겁도 없이……."

내 멱살을 잡은 족장이 목전에 칼을 들이밀었다. 시린 통증과 함께 목에서 뜨거운 핏물이 뚝, 뚝, 흘러내리기 시작했다.

"그래, 운명의 아이가 둘씩이나 필요하진 않지. 머리 잘 돌아가는 계집보다는 멍청해도 강한 계집이 쓸모 있지 않겠느냐."

족장이 히죽, 웃으며 내 뒤의 미나를 쳐다봤다.

"그래, 죽여라 죽여."

내가 흥, 콧방귀를 뀌며 말하자 족장의 미간이 일그러졌다.

"뭐라?"

"죽여, 인마!"

이번에 회귀하면 너부터 찾아 죽일 거다.

'괜찮아. 다시 가족과 만날 수 있어. 할 수 있어. 그러니까—'

"지옥에 떨어져라, 첫 번째."

나는 눈을 꽉 감았다.

그러던 찰나.

쉭—!

날카로운 소리와 함께 내 옆으로 무언가 지나갔다. 화살이었다. 나는 천천히 고개를 돌렸다. 그리고 보인 건…….

산 위에서 활을 겨누고 있는 저 사람은…….

검은 망토가 바람에 흩날리고, 갑주에 새겨진 듀블레드의 문장이 달 아래에서 시리게 빛났다.

족장에게 활을 겨눈 남자는 말했다.

"르블레인."

—하고.

순식간에 눈시울이 붉어지고 말았다. 사실은 엄청나게 살고 싶었기에. 나는 어린애처럼 엉엉 눈물을 터뜨리며 그를 불렀다.

"아빠……!"

산등성을 가득 채운 듀블레드의 군사들. 그리고 아빠와 요한, 의장이 이 자리에 도착했다.

Chapter 21.

아빠가 활시위를 겨누는 것과 동시에 마법사들이 마을 입구마다 시동인을 띄웠다. 쿠헬름의 주술사들이 시전할 틈도 없이 마을 입구 결계에 폭격이 시작되었다.

쾅—! 쾅—! 쾅—!!

쉴 새 없이 폭음이 이어졌다.

이윽고 허공에 마을을 감싼 돔 형태의 결계가 모습을 드러냈다.

동문의 결계에 균열이 가장 두드러졌다. 쩌적, 쩍, 갈라지던 그것에 아빠의 화살이 박히기 무섭게 둔탁한 균열음과 함께 완전히 파훼되어 허공에 흩어졌다.

아빠가 손을 가볍게 들자, 군사들이 앞으로 나왔다.

바람을 타고 나부끼는 군청색의 망토, 망토에 새겨진 선명한 이리의 문양. 듀블레드가 자랑하는 최정예, 이리의 등장이었다.

이리들이 일시에 절벽 아래로 뛰어들었다. 허공에서 사라진 그들이 나타난 곳은…….

"모시러 왔습니다, 아가씨."

찢어진 장거리 이동진이 그들의 발밑으로 떨어지고, 눈 깜짝할 사이에 내 목에 칼을 겨누었던 족장이 바닥을 나뒹굴었다.

'살았다. 이제 살았— 아…….'

나를 감싼 이리들 사이로 익숙한 발소리가 들려왔다.

"……."

"……."

눈이 마주치기 무섭게 얼굴이 엉망으로 일그러졌다. 나는 처음 듀블레드에 갔던 네 살 어린애 때의 나처럼 훌쩍훌쩍 볼품없이 울었다.

"레아……."

나 죽는 줄 알았어. 저게 내 목에 칼을 들이밀었어.

할 말이 많았는데 목구멍에서 나오는 건 엉엉, 어린애 같은 울음소리와 그녀의 이름뿐이었다.

"레아, 어허어엉, 레아……!"

"예, 아가씨. 레아가 왔어요. 이제 걱정하지 마세요."

엄마를 만난 미아처럼 엉엉 우는 나를 보고 레아는 한쪽 무릎을 굽히고 나를 살폈다. 그러다 내 목에 흥건한 핏자국을 본 레아의 눈이 무섭도록 냉랭하게 돌변했다.

그녀가 고개를 팩, 돌려 쿠헬름 부족민을 돌아봤다. 그 사이에 족장은 엉금엉금 손바닥으로 뒷걸음질 치는 중이었다.

나는 얼른 울음을 삼키고 레아의 옷을 덥석 잡았다.

"저놈이야!"

재가 그랬어!

땅을 박차고 단숨에 달려 나간 레아가 족장에게 검 끝을 겨누었을 때였다. 재빨리 달려온 미청년의 검이 그녀의 검을 막았다.

레아가 몸을 낮추었다. 한 발로 무게 중심을 단단히 잡고 다른 쪽 다리로 미청년의 발을 걸자 그가 휘청, 무너졌다.

그 틈을 놓치지 않은 레아가 미청년의 몸을 지지대로 뛰어올라 팔꿈치로 단숨에 얼굴을 찍어 눌렀다.

"남자보다 체력이 약한 스승님이 어떻게 이리의 책임자가 되었냐고? 개싸움으로 이길 사람이 없거든. 이리 내 개싸움 최강자다, 네 일등 하녀는."

—라고 말하던 자카리가 떠올랐다.

나는 울던 것도 잊고 속으로 '오…….' 하고 감탄했다. 내가 조금만 체력이 남았더라도 짝짝, 손뼉까지 쳤을 거다.

미청년이 쌍코피를 터뜨리며 나가떨어지고, 레아의 짐승 같은 눈이 족장을 향했다.

"오, 오지 마, 오지……!"

손으로 땅을 딛고 허겁지겁 도망치려는 족장의 코앞에 검이 떨어졌다. 땅에 박힌 채로 시퍼렇게 빛나는 칼날을 본 족장이 "힉—!" 비명을 내질렀다.

"주, 주술사, 주술사—!"

그의 애처로운 고함에 주술사들이 우르르 몰려들었다. 그들 모두가 합세한 시동인에 레아가 밀려났다.

그때였다.

"일동 준비."

익숙한 저음과 함께 장신의 사내가 눈앞에 나타났다.

휘날리는 이리의 망토, 짙은 남색의 머리칼. 그러쥔 창끝에 일렁이는 오러. 이제는 진짜 오러 사용자가 된 자카리가 투 핸드급의 장창을 허공의 시동인을 향해 던졌다.

쩡 — !! 날카로운 소리와 함께 주문이 파훼되었다.

"자카리!"

내가 외치자, 그가 바닥에 떨어진 창을 주우며 여상하게 물었다.

"그래서."

"어?"

"이놈이 맞습니까, 아가씨 목에 상처를 낸 자."

"어…… 어! 맞아! 그놈이야!"

자카리의 창이 단숨에 족장의 손등에 내리꽂혔다.

"끄아아악 — !!"

처절한 비명과 함께 이리의 마기사들이 쿠헬름의 전사들에게 뛰어들었다.

오디스의 학생들, 즉, 아직 애송이에 불과한 이들과 접전을 벌여 온 쿠헬름이 피 냄새 물씬 나는 요람에서 성장한 최강의 마기사들을 상대할 수 있을 리가 없다.

그들은 금세 밀려났고, 그 틈에 동서남북 문의 결계가 완전히 파괴되었다.

그 말인즉, 이제 —

"너냐. 내 딸을 납치한 자가."

— 아빠가 등장할 차례라는 거다.

사방의 문을 통해 듀블레드의 군사가 우르르 몰려오고 장거리 이동진을 통해 여유롭게 마을 내로 들어온 아빠와 요한, 그리고 의장이 내 앞을 막아선 채 족장을 쳐다봤다.

레아와 자카리가 나를 일으켜 줬다.

"아빠……."

나는 훌쩍훌쩍 울며 아빠에게 다가갔고, 족장을 쳐다보고 있던 아빠가 물었다.

"저자가 네게 무슨 짓을 했느냐."

내가 족장을 노려보자, 족장은 새파랗게 질린 얼굴로 마른침을 삼켰다. 가엽고도 가여운 얼굴이었다.

마음이 약해진 나는…….

"세 치 혀라고 하고, 겁도 없는 계집애라고 하고, 지옥에 떨어지라고 했어요. 처음엔 막 저더러 신부라고도 했고요. 제 목도 저놈이 그랬어요!"

모조리 일러바쳤다.

듀블레드 사람들의 얼굴이 험악해졌다.

타작이 시작되는 순간이었다.

*　*　*

나와 쿠헬름족은 완전히 반대가 되었다. 쿠헬름족은 모조리 꿇어앉혀져 내게 살려 달라 애걸했고, 나는 오만한 얼굴로 팔짱을 끼고 있었다.

의장과 레아는 내 몸을 살피는 데에 여념이 없었다.

"아야야."

상처에 바르는 연고가 쓰라려 신음하자 레아가 펄쩍 뛰었고, 자카리가 족장의 머리를 쥐어박았다.

헉!

숨을 격하게 들이켜는 소리가 들려왔다. 오디스의 학생들이 몰려 있는 곳이었다.

"레아, 에뮬린도 봐줘."

"예."

내가 손짓하자 에뮬린이 우물쭈물했다. 정말 가도 되냐는 표정이라 나는 어깨를 으쓱하며 "당연하지." 하고 말했다.

신학교 때에도 종종 우리 집을 드나들었고, 졸업식에선 아빠와 식사까지 했으면서도 여전히 듀블레드 공작가가 불편한 모양이다. 그녀가 주춤주춤 다가오자, 레아가 상냥하게 웃었다.

"오랜만에 뵙습니다."

"말씀 놓으시래도요. 저는 귀족 영애도 아니고……."

"아가씨의 벗이라면 가문에 다시없을 귀인이시지요."

그러며 레아는 확인하듯 아빠를 쳐다봤다. 아빠가 고개를 끄덕였다.

"내 딸의 벗에게 듀블레드의 것을 나누어도 좋다."

빙그레 웃은 레아가 허리에 맨 작은 가방에서 연고 통을 꺼냈다.

"테일러 님의 연고는 효과가 좋지요."

"테, 테일러 님의 연고요?!"

테일러 특제 연고. 아무리 많은 돈을 짊어지고 와도 절대 살 수 없는 약이 등장하자 학생들이 기함했다.

의장은 오디스의 학생들에게도 아량을 베풀었다.

"다른 분들도 오십시오. 의료병, 아가씨의 동문을 살뜰히 살피게."

대륙의 패권을 손에 쥔 위그젠트라 제국, 그 제국에서도 피라미드 꼭대기에 군림하는 듀블레드의 보살핌을 받게 된 오디스의 학생들은 크게 감동했다.

요한, 의장, 노스를 힐끔힐끔 살피던 학생들이 슬그머니 그들에게 말을 붙였다.

"시스모아국, 위게 백작가의 록슨입니다. 그, 지난번 제국에 갔던 사신단에 제 어머니가 포함되어 있었는데 아실는지요."

"하트레라고 합니다, 공자님! 르, 르블레인 양과 다정하게 지내고 있지요. 르블레인 양이 한 달 전에 과제를 제게 물어보신 적도 있구요……!"

신학교 때부터 이런 상황은 익숙했다. 사람들은 아빠만 등장하면 언제 내 뒤에서 험담을 했냐는 듯, 세상에서 제일 절친한 사이로 돌변하곤 했다.

그러려니 듣고 있었는데, 한 사람은 의외였다.

"애, 앨런 구스터입니다, 각하!"

다른 사람들은 요한, 의장, 노스에게 맴도는데 앨런은 무려 아빠에게 직접 다가갔다.

"구스터 자작가의 막내입니다. 아버님은 항상 형님들보다 더 의지가 된다고는 하시지만, 하하."

"……."

"오래전, 듀블레드의 신무기 사업에 저희 가문도 투자를 했지요. 제가! 아버님께 이번 건엔 꼭 투자를 해야 한다고 말씀드렸습니다. 각하의 명성을 들었던 어린 날부터 지금까지 쭉 흠모하고 있었습니다."

"……."

"이렇게 만나게 되다니, 운명 같지 않습니ㅡ"

"친한 사이냐."

앨런의 말허리를 뚝 자른 아빠가 나를 보며 물었다. 앨런은 어색하게 하하, 웃었다.

"사소한 다툼까지 할 정도입니다. 아마 오디스 학생 중엔 제가 따님과 가장 많은 대화를 나누었을 겁니다."

"본론만 하지. 내 딸과 친하냐 물었다."

"그야—"

손마디로 미끈한 턱을 문지르던 아빠가 "그렇군." 하며 앨런을 돌아봤다.

"그래, 기억이 나는군, 네 아비."

"아아, 예! 아버님이 듀블레드와 이런저런 사업에 얽혀 있습니다. 능력 좋은 분이시니 기억하실 만도 하지요."

"변제 시일을 늦춰 달라고 애걸복걸했었지."

"……예?"

앨런의 얼굴이 수치로 붉게 달아올랐다. 학생들이 아빠의 말을 죄 들었을 테니, 저 자존심에 견딜 수 있을 리 없다. 그가 무어라 말하기도 전에 아빠가 입을 열었다.

"네 아비가 내게 빌려 간 돈이 꽤 크지. 아들 새끼 하나쯤은 바쳐야 이자가 해결될 정도로. 다시 묻지. 내 딸과 친한가."

"그, 그게…… 그게, 저는……."

아빠가 내게 시선을 돌리자 앨런이 입 모양으로 '제, 제발.' 하고 말했다. 아빠는 내 머리를 쓰다듬었다. 나는 그의 등 뒤로 보이는 새파란 앨런의 얼굴을 바라보며 입매를 비틀었다.

"하나도 안 친해요. 저는 앨런 구스터가 싫어요, 아빠."

"그래? ……그렇구나."

아빠의 시선이 짙어졌다. 아무래도 빠른 시일 내에 우리 저택으로 구스터 자작이 득달같이 쫓아와야 할 일이 생길 것 같았다.

아빠는 내 머리를 쓰다듬었다. 매우 안심되는 손길이었다. 나는 기분

좋게 웃다가 아차, 하고 아빠에게 물었다.

"그런데 어떻게 학교보다 일찍 오셨어요?"

"한니발이라는 자가 내게 먼저 소식을 알렸기에."

"학교와는 연락하셨어요?"

"노스가 처리했을 거다."

"다행 ─ "

그러던 찰나였다. 등 뒤에서 말소리가 들려왔다.

"감사합니다."

미나의 목소리였다. 그녀가 요한에게 허리를 깊게 숙인 후 헤헤, 어색하게 웃으며 말했다.

"구해 주셔서 감사해요. 르블레인에게도 정말로 고맙고요. 저 애 덕분에 살았어요. 그런데, 저기…… 혹시 저 모르세요?"

"……."

"이렇게 말하면 이상한 거 아는데요. 그런데, 저…… 당신을 알고 있어요."

미나가 물끄러미 요한을 바라보며 말을 이었다.

"이 세계에 오기 전부터 알고 있었어요. 항상 꿈에서 봤으니까. '미나야' 하고 불러 줬어요. '여동생이 있으면 이런 기분일까.' 하고 웃어 줬잖아요."

"널 알아."

뭐?

나는 깜짝 놀라 눈을 크게 떴고, 미나의 표정이 밝아졌다. 요한은 미나에게서 시선을 거두고 내게로 다가왔다.

"우리 막내와 같은 학교에 다니는 두 번째 운명의 아이."

"그게 아니라, 우리……!"

"막내야."

미나에게서 미련 없이 시선을 돌린 요한이 내게 말했다.

"이자, 너와 친한가?"

아빠와 아주 똑같은 질문을.

사람들의 시선이 내게 향했고, "어……." 하고 신음하며 눈을 도르륵 굴리던 나는 말했다.

"아니요, 하나도 안 친해요, 오라버니."

"그럼 더 대화를 나눌 필요는 없겠군."

그걸로 대화는 끝이었다.

이 부자는 누가 뭐래도 판박이였다.

나는 혼란스러운 표정의 미나를 힐끗 쳐다보았다.

'꿈에서 봤다고?'

여동생이 있었다면 이런 기분일까, 라니.

"요한은 '오빠가 있으면 이런 기분일까.' 하고 생각하게 해요. 그도 제게 '여동생이 있으면 이런 기분일까.' 하고 말했고요. 듀블레드 삼 형제와 함께 있으면 항상 즐거워요."

아미티에 공작의 무릎에 턱을 괴고 종알종알 떠들던 첫 번째 삶의 미나가 떠올랐다.

'첫 번째 삶의 일을 꿈에서 봤단 말이야?'

어디부터 어디까지 본 거지? 내가 그 전엔 아무런 힘도 없던 악신의 아이였고, 결국 제물로 바쳐져야 하는 존재라는 것도 알고 있는 걸까.

치맛자락을 쥔 손에 힘이 들어갔다.

"막내야."

"……."

"르블레인."

나는 흠칫, 놀라 요한을 쳐다봤다.

"아…… 네."

"무슨 생각을 그렇게 해?"

"……아니에요. 그냥…… 아, 이샤크와 앙리는요?"

두 사람이 먼저 도착할 줄 알았는데.

장거리 이동진이 있다면 거리는 문제가 아니기에 선후를 따질 수 없지만, 전투지에 있는 만큼 듀블레드의 군사들과 달리 준비 시간이 덜 걸렸을 거다.

"너희를 납치하고 쿠헬름이 전투에서 물러났어."

"처음부터 목적은 운명의 아이들이었구나."

"그렇겠지."

"그럼 두 사람은 학교로 돌아갔나요?"

"아니."

대수롭지 않게 묻던 난 요한의 대답을 듣고 멈칫했다. 왜인지 불길한 기분이 들었다.

"아니면 뭔데요?"

"너희를 수색하는 중에 몬스터 떼와 마주쳤다. 그리고 소식이 끊겼어."

"뭐라고요?!"

내가 버럭 소리치자, 사람들의 시선이 나와 요한에게로 집중되었다. 요한이 내 어깨를 잡으며 말했다.

"나와 아버지, 노스에 의장까지 듀블레드의 주축이 전부 이곳으로 온 건 너를 구하기 위해서이기도 하지만, 앙리와 이샤크를 수색해야 하기 때문이다."

나는 입을 틀어막았고, 나와 요한의 이야기를 들은 오디스 학생들의 표정이 새파래졌다. 에뮬린이 우리 쪽으로 달려왔다.

"줄리에트 님도요? 선배들이 전부 사라진 거예요?"

"그래, 엘리시아노 클래스는 물론 출전한 학생 전부."

나는 요한을 붙들고 정신없이 캐물었다.

"어떻게…… 언제 소식이 끊긴 건데요! 우리가 납치되고 바로? 그러면 두 사람은 살았는지 죽었는지조차 모른다는 ―!"

"르블레인."

"……."

"진정해. 오디스가 주변국에 수색을 요청했다. 위그젠트라의 두 황자, 가홍의 왕녀, 부족 연합인 아타르의 연합장 후보뿐만 아니라 대륙에 내로라하는 가문들의 자제가 모두 사라진 사건이야. 각 나라에서 눈에 불을 켜고 있으니 곧 찾을 수 있을 거다."

"……오디스에서 수색을 요청할 정도라면 몬스터 떼와의 격전이 엄청났다는 거잖아요."

순간, 출전 전에 불안을 느꼈던 일이 떠올랐다.

'이것 때문이었어…….'

온몸에 소름이 내달리고, 머릿속이 어그러졌다. 앙리와 이샤크, 그리고…… 아드리안의 얼굴이 일그러져 마구 뒤섞였다.

'이전 삶에선 이런 일이 없었어.'

오디스가 쿠헬름과 빈번하게 전투를 벌인 건 이전 삶에도 있던 일이다. 요한과 앙리, 이샤크가 오디스 아카데미에 입학하여 전투에 나간 것도 있던 일이었다.

하지만 몬스터 떼와 만나 실종된 적은 없었다.

'대체 왜 미래가 바뀐 거지? 나와 미나가 오디스에 들어가서?'

사람의 미래라면 나와 얽혀 바뀔 수 있다. 하지만 몬스터는 다르다.

'몬스터 떼를 사람이 만들 수 있는 게 아닌데 어떻게…… 사람이 만들어?'

거기까지 생각이 미치자, 자연스럽게 몇 가지 의문이 떠올랐다. 나는 마력의 사슬에 제압당해 무릎 꿇은 족장을 쳐다봤다.

"뭐, 뭐야……?!"

"어떻게 오디스의 학생과 결탁한 거야?"

"뭐?"

"결탁한 적 없다고 하지 마. 우릴 납치할 수 있었던 건 우리 부대에 배신자가 있었기 때문이란 걸 이미 알고 있으니까."

"도, 돈으로 회유했지."

"아니, 나는 네가 한니발과 거래한 장부를 봤어. 너는 명문가의 자제인 오디스의 학생을 구슬릴 만한 돈이 없어."

나는 그의 멱살을 잡으며 물었다.

"누구야. 누가 나와 미나를 납치하게 시킨 거야. 누가 몬스터 떼를 만든 거야!"

"……."

족장이 희멀건 얼굴로 마른침을 삼켰다. 나는 손에 꽉 힘을 준 채로 소리쳤다.

"뒤보스 자작!"

듀블레드 친공작파의 우두머리이자, 암조 총괄자인 뒤보스 자작이 나를 향해 다가왔다.

나는 족장의 눈을 똑바로 쳐다보며 말했다.

"내 가문에선 뒤보스 자작의 손에 넘어가면 알지 못할 일이 없어. 그는 고문의 프로거든."

"……!"

"내기할까? 네가 얼마 만에 입을 여는지."

나는 족장을 밀치며 일어나 뒤보스 자작을 쳐다봤다.

"자작, 실력을 보여 봐."

뒤보스 자작이 음험하게 웃었다.

"실망시켜 드리지 않겠습니다. 절대로."

족장이 뒤보스 자작의 손에 끌려가고 얼마 뒤, 마을엔 처절한 비명이 울려 퍼졌다.

* * *

그 시각, 어느 산어귀.

"진, 진……! 정신 차려……."

가홍의 왕녀 류홍해가 온몸이 피투성이인 부족 연맹의 후계자인 진을 잡고 소리쳤다. 몬스터의 이빨에 복부가 뚫린 진은 밭은 숨을 내쉬며 상처 부위를 잡았다.

"먼저 가란 소린 안 한다. 무조건 날 챙겨. 귀한 몸이란 말이다."

다 죽어 가는 목소리로 농담하는 그를 보며 이샤크가 허탈하게 웃었다.

"넌 이 상황에서도……. 됐다. 어차피 널 두고 가지도 못하니까."

몬스터들이 사방에 깔려 있다. 이번 전투에 투입된 7대대 중 한 부대는 이미 전멸. 시체조차 수습하지 못하고 몬스터에 살점이 뜯어 먹혔다.

저 이름 모를 몬스터들은 일반적인 몬스터와는 달랐다. 웬만한 마법도, 날붙이도 통하지 않는다. 심지어 저 몬스터들이 있는 곳에선 장거리 이동진 등의 보조 마도구도 사용할 수 없었다.

사용할 수 있는 마법은 오로지 결계 하나. 그것도 앙리 정도의 초고도의 마법을 사용하는 자가 아니라면 먹히지 않는다.

몬스터를 공격할 수 있는 날붙이도 오러를 담은 것뿐이다. 하지만 오러 사용자는 엘리시아노의 학생들뿐이라, 그들은 무용지물이 되어 버린 다른 학생들을 보호하는 것에도 벅찬 상황이었다.

그때, 온종일 결계를 펼치고 있던 앙리가 휘청, 무너졌다.

"형!"

핏기 없는 표정, 온몸에 돋아난 검붉은 핏줄. 앙리의 마력이 얼마 남지 않았다는 신호였다. 자연스레 앙리의 결계가 사라졌다. 그러자마자 몬스터가 하나둘 주변에 나타나기 시작했다.

킁킁, 냄새를 맡던 몬스터가 결계를 빤히 쳐다봤다. 이윽고 단숨에 달려들자, 쾅-!! 둔탁한 마찰음과 함께 줄리에트가 울컥, 피를 토했다.

류홍해는 사색이 되어 말했다.

"죽을 것 같겠지만, 그래도 결계 풀지 마. 죽어도 풀지 마……!"

두 마리의 몬스터를 상대하며 1부대가 전멸. 진은 배에 구멍이 뚫렸다. 지금 몰려든 다섯 마리의 몬스터를 상대할 수 있을 리 없다.

줄리에트는 이를 악물며 소리쳤다.

"저걸 친구라고……! 앙리는 어때?"

앙리를 살핀 이샤크가 쯧, 혀를 차며 말했다.

"죽지 않은 게 다행인 정도."

"빌어먹을……. 홍해, 진과 헤이턴, 그리고 아드리안을 챙겨. 다른 애들도 준비시키고."

류홍해는 피투성이가 되어 운신하지 못하는 진, 그리고 의식을 잃은 아드리안과 두려움에 오들오들 떠는 수많은 학생을 쳐다봤다.

"결계 풀려고? 안 돼, 이 상태로 어떻게 도망친단 말야. 두 마리한테서 벗어나는 것도 아드리안이 아니었으면 불가능했을 거라고……."

두 마리를 해치운 건 아드리안이었다. 인간과 궤를 달리하는 그의 힘이 아니었더라면 이미 오디스의 모든 부대가 전멸했을 터였다.

줄리에트가 중얼거렸다.

"푸는 게 아니라 풀릴 거야. 금방."

"어, 얼마나?"

"……길어야 30분."

"뭐?! 지원군이 올 때까지는 버텨야—"

쾅—!

쾅, 쾅—!!

몬스터들이 결계에 몸을 던졌다. 줄리에트가 그들을 겨우 막아 냈으나, 몸엔 앙리와 같은 핏줄이 돋아나기 시작했다.

"5분도 못 버티겠네."

이샤크는 서둘러 앙리를 부축했다.

"빠져나갈 방법, 없어?"

"……."

"몬스터 떼를 벗어나면 장거리 이동진을 쓸 수 있잖아. 벗어날 수 있는 방법, 정말 없겠어?"

"……사람의 힘으론 안 돼. 사람이 아닌 자의 힘이라면 모르겠지만."

결국 몬스터 떼를 맞닥뜨려야 한다는 얘기였다.

쾅! 쾅!

결계가 격렬하게 흔들리더니 곧이어 쨍—! 날카로운 파열음과 함께 줄리에트가 주저앉았다.

허공을 맴돌던 거대한 몬스터의 시선이 천천히 움직였다. 관자놀이까지 핏줄이 불거진 줄리에트에게로. 그그극, 소름 끼치는 목울음이 낮게 울려 퍼지고, 이내 그녀를 향해 달려들었다.

"줄리에트-!"

류홍해의 비명이 메아리치기 무섭게 까마귀가 푸드덕 날아올랐다.

그 순간.

"푸르. 부네."

그 목소리가 들려오고, 학생들의 머리 위에 거대한 시동인이 떠올랐다.

'이 목소리…….'

이샤크의 시선이 닿은 자리에 실금 같은 빛이 사람의 형태로 모여들었다. 이윽고 빛이 사라진 자리에 갈색의 머리칼이 나부꼈다.

"푸르, 부네……!!"

또 한 번의 고함이 산을 울리고, 땅 아래서부터 기묘한 연기가 피어올랐다. 연기는 사람의 형태로 뭉쳐지며 뿔이 달린 철 가면을 쓴 군사들이 무수히 나타났다.

역사에 기록된 유령 대군.

팬텀 군대가 최초로 이 땅에 나타난 순간이었다.

* * *

오디스 아카데미.

쾅-!!

사색이 된 이본느 황비가 아카데미 대회의장의 문을 열었다. 이미 테이블에 자리해 있던 학원장과 교수들, 그리고 오디스의 학부모들인 각국의 권위자들이 몸을 일으켰다.

거친 숨결의 황비가 학원장을 향해 소리쳤다.

"안드레의 소식은 어떻게 되었습니까."

"그것이……."

"내 아들이 어찌 되었느냐 묻지 않아!"

황비가 비명을 내지르듯 소리치자 학원장이 마경에 시선을 옮겼다.

"듀블레드에서 사라진 학생들의 위치를 찾았습니다. 한데, 듀블레드의 군사들도 저 몬스터와는 상대가 안 되는지라……. 일단 마경을 연결하여 상황을 보고 있으니 진정하시고……."

"진정?! 새끼가 사지에 있는데 어미가 어찌 진정을 해!"

학원장이 거무죽죽한 얼굴로 식은땀을 흘렸다.

듀블레드의 이리들도 상대가 되지 않는 몬스터들. 각국에서 군사를 지원했지만, 학생들의 생사를 확언할 수 없었다.

네리아드 신전의 추기경들까지 도착하고, 교수가 듀블레드의 도움을 받아 송출 준비를 완료한 마경을 시동했다. 마경에 피투성이가 된 학생들의 모습이 잡혔다.

듀블레드에서 시중에 푼, 몇 안 되는 장거리 이동진을 손에 넣어 아카데미에 도착한 각국의 권력자들은 크게 신음했다.

"아, 아아, 홍해야……."

가홍의 13비이자 류홍해의 친모인 주월비가 와들와들 떨리는 손으로 입을 틀어막았다.

아타르 부족 연맹장의 사위인 비샤르의 주먹에 굵은 핏줄이 돋았다. 그의 아들은 겉보기에도 제대로 된 상태가 아니었다.

그때였다.

[푸르, 부네……!]

익숙한 목소리가 들려온 것과 동시에 제국의 황제 알렉상드르를 대신해 상황을 보기 위해 나선 세실리아 황비가 회의장에 들어왔다. 마경을 본 그녀가 중얼거렸다.

"르블레인……?"

그녀의 말에 회의장 안의 사람들이 수군거렸다.

"르블레인? 듀블레드 영애란 말이오?"

"잠깐, 저게 뭡니까."

르블레인의 발아래로 모여든 연기가 사람의 형태로 변하고, 철 가면의 대군이 나타났다.

"장거리 이동진? 이동진으로 군사를 불러온 거요?"

"그래 봐야 인간은 저 몬스터와 상대가 되지 않는다고 하지 않았습니까. 차라리 마법사들을 이동시켜야……."

"아뇨, 보십시오!"

누군가 소리치자 사람들의 시선이 다시 마경에 모였다. 마경 안의 팬텀들이 몬스터에게로 뛰어들었다.

그런데…….

"인간은 상대가 안 된다고 하지 않았소?"

"그렇다고 들었습니다만……."

"하면 저건 뭐요?"

팬텀 군사들이 저 거대한 몬스터를 마치 종잇장이라도 다루듯이 쓰러뜨리고 있었다.

*　*　*

나는 서둘러 이샤크와 앙리에게 달려갔다.

"꼬맹이, 너 어떻게……."

"아빠와 큰 오라버니가 쿠헬름 부족 마을에서 날 구해 줬어. 그보다 앙리는 어떻게 된 거야?"

"온종일 결계를 펼치고 있던 탓에 마력을 전부 소진했어."

앙리의 목 끝까지 검붉은 핏줄이 굵게 두드러졌다.

나는 서둘러 쿠헬름 부족 마을에서 강탈해 온 마나석을 꺼냈다. 쿠헬름의 마나석은 평범한 마나석보다 훨씬 질이 좋았다. 다른 마나석이라면 족히 천여 개는 써야 신성력을 회복할 수 있었던 나도 백여 개 정도로 충분했다.

쿠헬름의 마나석을 통해 앙리를 회복시킨 후, 주변을 둘러보았다.

"학생 수가 꽤 많네. 이샤크, 앙리는 내게 맡기고 학생들을 지휘해 줘. 몬스터 토벌 대형으로. 조마다 마법사나 신성력을 가진 자를 꼭 포함해야 해."

"저들로는 몬스터를 이길 수 없어."

"아니. 할 수 있어."

"저 몬스터는 네 생각보다 강하다고."

"몬스터가 강한 게 아니야."

"뭐?"

"학생들이 약해진 거지. 모르겠어? 우린 한 번 이런 상황을 맞닥뜨린 적이 있잖아."

이샤크가 혼란스러운 표정을 짓자, 앙리가 굳은 얼굴로 날 쳐다봤다.

"님프의 산……."

"그래. 수원이 이리와 듀블레드의 병사들을 약화시켰던 그때처럼, 몬스터가 강한 게 아니라 학생들이 약해진 거야."

악마를 신으로 모시는 종족(부족), 처음 보는 강력한 몬스터, 마도구가 사용 불가한 영역. 모두가 님프의 산에서 겪었던 일이었다.

이샤크가 "그럼-!" 하고 소리치자 사람들의 시선이 우리에게 모였다. 앙리는 그의 입을 틀어막고서 내게 아주 작은 목소리로 속삭였다.

"그때는 산의 주인인 님프들로부터 '허가'받아야 마도구나 마력을 사용할 수 있었어. 르블레인, 넌 어떻게 이동진을 사용한 거지?"

"당연히 '허가'받았기 때문이지. 산의 주인으로부터."

내가 씩, 웃자 앙리가 묘한 표정을 지었다.

그때였다.

키에엑-!!

몬스터의 날카로운 울음소리가 울려 퍼졌다.

나는 학생들을 등지고 몬스터 떼를 바라보았다.

"일단 이것들부터 처리하자고."

그리고 주머니 속의 에트왈을 꽉 쥐었다.

'부네.'

그의 이름을 외치자 학생들을 감싼 팬텀들의 사기가 고양되었다. 철가면에 엑스 자의 문양이 새겨진 자가 소리치자, 팬텀들이 쿵! 쿵! 발을 구르기 시작했다.

내가 물러서자 전방의 기사들의 발밑에 연기가 몰려들더니 이내 군마가 되었다. 엑스 자 문양의 팬텀이 가장 먼저 말에 올라탔다. 연기가 또 한 번 그의 손으로 몰려들고 이번엔 대검이 되었다.

팬텀은 사납게 비명을 지르는 몬스터 떼를 향해 빠르게 파고들었다. 그의 대검이 허공을 갈랐다.

쿵—!

순식간에 몬스터가 바닥으로 무너졌다. 그 순간, 내 곁으로 빛의 기둥이 떠올랐다. 그리고 나타난 것은…….

"부네."

시리디 시린 은발이 바람에 흩어졌다. 내 발아래 무릎 꿇은 그가 말했다.

"명령을."

셀 수 없이 많은 팬텀이 동시에 나를 향해 무릎을 굽혔다. 몬스터를 일격에 쓰러뜨린 철 가면 또한.

부네와 공명한 탓일까. 감정이 고양되었다. 마치 악마에 홀리기라도 한 듯, 나는 섬멸을 외쳤다.

* * *

[섬멸하라.]

마경을 보는 사람들의 표정이 기묘하게 굳어졌다. 경악과 동경, 약간의 두려움. 한 가지로 정의할 수 없는 감정이 회의실 안을 휘몰아쳤다.

엘리시아노조차 상대가 되지 않던 몬스터들이 저 팬텀들의 손을 거치면 낙엽처럼 나뒹굴었다.

"첫 번째 운명의 아이가 두 번째보다 못하다던 자가 누구요."

누군가의 물음에 회장이 고요해졌다. 몇몇이 새파란 얼굴의 추기경들을 힐끔거렸다.

추기경들이 다급히 속삭였다.

"저, 저것, 저것은 분명히 '어둠'이 아닙니까."

"예, '어둠'입니다."

네리아드교가 세상에 숨긴 비밀인 어둠. 그러니까 악마가 드러났다. 그것도 각국의 권력자들 앞에서.

추기경 리달란테가 이마를 쥐었다.

'어째서 저것이 저 계집의 손에 들어갔단 말인가!'

어둠은 신이 인계에 내린 선물, 에트왈이 아니면 제대로 부릴 수 없는 존재였다. 간혹 발루아 전 공작처럼 삿된 방식으로 어둠을 불러내는 경우도 있으나, 사람의 힘으로는 어둠의 힘을 제어할 수 없었다.

그래서 필요한 것이 신전에 보관된 에트왈.

'에트왈은 분명 교황께서 보관 중이시다. 한데, 어째서……!'

두 번째 에트왈이 존재한단 말인가? 그것을 첫 번째가 손에 넣은 것이고? 대체 어떻게?

추기경들의 얼굴이 당혹으로 검게 물들었다.

"어찌 되었건 아기님을 모셔 와야 합니다."

"어떤 아기님 말입니까."

신랄한 목소리가 들려왔다. 추기경 블라시오였다.

일전에 어렵게 손에 넣은 '통로'를 잃은 벌로 권위를 잃을 뻔하였으나, 르블레인이 신탁을 해석해 준 덕분에 겨우 자리 보전을 한 남자. 추기경 중엔 유일한 친르블레인파의 사내였다.

다른 추기경들이 날카롭게 대꾸했다.

"이 상황에서 농담이 나오십니까. 첫 번째를 이르는 게지요."

"실례. 모두 두 번째만 챙기시기에. 두 분 모두 오디스에 계신데도 한결같이 두 번째께만 연락하시지 않았습니까."

"이보세—!"

"하여 제가 그리 주의 드리지 않았습니까. 첫 번째와 두 번째 모두 신탁의 아이들. 신성력엔 큰 차이가 없으니 누가 진짜일지 알지 못한다고.

한데 그리 차별하셨으니 첫 번째께서 얼마나 서운하셨을지요."

"……세, 세상을 구원하기 위해 신께서 안배하신 분입니다. 그런 사소한 이유로 신전에 등을 돌리신다면 사도와 다를 게 무엇입니까."

"듀블레드의 비호를 받는 첫 번째보다 두 번째가 더 입맛에 맞기에 차별하신 게 아니고요?"

"그만하세요."

"첫 번째를 챙기려던 저를 그리도 핀잔하시던 분들이 이제야 르블레인 님이 눈에 들어오시는가 봅니다."

"블라시오 님!"

추기경들의 언성이 높아지자 사람들이 미간을 좁혔다.

세실리아가 탁, 테이블을 내리치며 말했다.

"위급한 상황에 이 무슨 소란입니까."

추기경들이 입을 다물었고, 사람들은 다시 마경을 주시했다.

몰려든 몬스터 떼가 얼마 지나지 않아 전멸하고, 르블레인은 다친 학생들을 살폈다.

팬텀들이 열을 맞춰 빠르게 움직였다. 학생들의 상태를 상, 중, 하로 구분하고, 운신할 수 없는 자들은 부축, 중태의 빠진 자들은 르블레인이 직접 치료했다.

붕대를 맨 학생이 르블레인에게 물었다.

[지, 지원은 오지 않는 겁니까?]

[팬텀을 지원군에게 보냈으니 금방 올 거예요. 중태인 학생들은 장거리 이동진을 통해 학교로 바로 이동시키고, 다음은 운신할 수 없는 분들이 이동합니다.]

그때였다.

구석에 숨어 있던 안드레가 꽥! 소리쳤다.

[나부터 가겠어! 당장 이동진을 내놔!]

[걸으실 수 있잖아요. 걸으실 수 있는 분은 지원군과 함께 돌아갑니다. 마차로.]

[헛소리하지 말고 내놓으라면 내놔! 내가 누군지 알고……!]

몸을 일으킨 르블레인이 안드레를 똑바로 쳐다봤다.

[선배.]

[……뭐?]

[오디스에선 선배와 후배밖에 없죠. 안 그래요? 이만큼 기운이 넘치시는 걸 보면 아주 멀쩡하시네. 걸어서 돌아갑시다.]

[이게 어디서 감히……!]

[그럼 저는 돌아갈까요?]

[무, 무슨 소리야.]

[제가 심기를 불편하게 하였다니 돌아가야지요. 돌아가도 되나요? 몬스터가 우글거리는 이곳에 선배를 두고.]

르블레인이 생글생글 웃자 안드레의 얼굴이 썩어들었다.

그녀가 없이 이 산에서 살아남을 수 없다. 엘리시아노조차 상대할 수 없는 저 몬스터들을 단숨에 쓰러뜨린 저 힘이 아니라면, 금방이라도 몬스터 떼의 먹이로 전락할 터였다. 학생들이 안드레를 노려봤다.

마경을 통해 상황을 보고 있던 자들이 이본느를 힐끔힐끔 쳐다봤다. 평소의 이본느라면 제 귀한 아들을 협박한 자를 절대 그냥 두고 보지 않았을 터.

양손을 말아 쥐고 있던 이본느가 생긋 미소 지으며 학원장을 바라보았다.

"듀블레드 양이 돌아올 때까지 오디스에 머물겠습니다."

"……예?"

"제국의 황자들을 살려 준 고마운 아이가 아닙니까. 내 직접 치하하고 싶으니 배려해 주십시오."

"아…… 예, 알겠습니다."

방금 상황을 못 본 체 웃고 있는 이본느 황비의 속내를 짐작하지 못하는 사람은 이 자리에 없었다. 귀한 아들을 협박한 일은 아무렇지 않을 정도로 르블레인 듀블레드가 탐나는 인물이라는 것이다.

왜 안 그렇겠는가.

단신으로 이뤄 낸 승리. 아군이 된다면 저만큼 든든한 사람이 없었다. 반대로 적이 된다면…….

'그건 재해다.'

지금 권력자들의 머릿속을 차지한 단어는 단 하나.

르블레인 리세트 듀블레드.

이 세계의 흐름이 르블레인의 손에 들어간 순간이었다.

* * *

와아아아 — !!

학생들과 함께 귀환한 나에게 꽃잎과 함성이 쏟아졌다. 교문 앞에서 기다리고 있던 학부모, 형제들은 돌아온 학생들에게 달려갔다.

"아이고, 홍해야. 내 새끼……!"

"어마마마! 허어어엉!"

"누나! 산드라 누나!"

"파니……!"

재회의 기쁨을 나누는 가운데, 익숙한 얼굴들이 보였다.

'추기경들?'

하기야, 이만한 권력가의 학생들과 미나가 위기에 빠졌으니 달려오지 않을 수 없었을 거다.

미나가 반가운 얼굴로 "아!" 하고 소리쳤다.

나와 함께 납치되었던 신입생들은 모두 마차로 귀환했다. 몬스터 소굴에 떨어졌던 이들보다 상태가 훨씬 좋았기 때문이다.

부모 형제와 부둥켜안고 있던 학생들, 그리고 그들의 가족들이 모두 미나와 추기경들을 쳐다봤다. 미나가 헤헤 웃으며 말했다.

"오셨군요. 저 괜찮은데……. 그렇지 않아도 말씀드리고 싶은 게 있었어요. 이번 전투에서 배운 게 많—"

"르블레인 님!"

오디스에 온 내내 내게는 조금도 신경 쓰지 않던 추기경들이 꼬리 흔드는 개처럼 일시에 내게 달려왔다.

"귀환을 감축드립니다."

"이 얼마나 장한지……! 성하께서 크게 감격하셨습니다."

"귀한 몸에 상한 곳은 없으십니까. 치유 신관들을 모두 대기시켜 놓았습니다."

나는 생긋 웃으며 말했다.

"누구세요?"

내 말에 추기경들이 당혹을 감추지 못했다. 그들이 당황스러운 표정으로 눈치를 보고 있을 때, 블라시오가 빙그레 미소 지으며 한발 앞서 나왔다.

"오랜만에 뵙습니다."

"아하, 아는 얼굴이네요. 오랜만입니다, 블라시오 님."

내가 고개를 가볍게 수그리자, 다른 추기경들의 얼굴이 썩어들어갔다.

왜. 뭐.

블라시오를 제외한 추기경들이 하, 하하, 어색하게 웃었다.

"안 본 새에 농담이 느셨습니다."

"농담이어야 하나요?"

"아, 아기님."

"가뭄에 콩 나듯 오디스에 오실 적이면 늘 미나만 보고 가셔서 서로 모르는 척하기로 한 줄 알았지, 나는."

내가 아무렇지 않은 말투로 중얼거리자 추기경들은 식은땀을 흘렸다.

정말로 저놈들은 오디스에 왔을 때면 언제나 미나만 쏙 보고 돌아갔다. 일부러 나와 미나에게 차별을 두어 세간의 관심을 미나에게 집중시키려 한 것이었다. 나를 몰아붙여 말 잘 듣는 개로 교육하기 위해.

"이 지역 관할장이 가끔 아기님들을 살피러 왔나 봅니다. 한데 그리 괘씸한 짓을 했단 말입니까?"

"아뇨. 추기경님들도요."

"아뇨. 저희는……."

"미나한테만 통신하시던데. 학원장실에 통신을 연결해서."

"그, 그건……!"

"흐응, 진짜였구나. 농담이었는데."

내 말에 그들은 꿀 먹은 벙어리가 되어 안절부절못했고, 블라시오만이 입매를 비틀었다.

추기경 중 한 사람이 크흠! 헛기침하며 말했다.

"아기님. 이번 일을 마경을 통해 보았습니다. 묻고 싶은 것들이 있으니 잠시 이야기를 나누시죠."

"내키면 연락드릴게요."

"예?!"

"다음에 얘기하자고요. 제가 내키면."
"아, 아기님!"
"그럼."
나는 생긋 웃고 추기경들을 지나쳤다. 미나가 놀란 눈으로 날 쳐다보고 있었지만, 나는 그녀에게 말을 붙이지 않고 학교 내로 들어갔다.

*　　*　　*

추기경들 외에도 나와 이야기하고 싶어 하는 사람은 많았다. 마경을 통해 몬스터 토벌 건을 지켜본 각국의 권력자들, 그리고 내 덕에 목숨을 건진 학생들까지 모두 몰려와 대화를 청했다.
나는 신성력을 소진해 몸이 좋지 않다는 핑계로 그들을 떼어 놓고 기숙사로 향했다. 내 방 앞엔 반가운 사람이 기다리고 있었다.
"의장! 요한 오라버니!"
활짝 웃으며 달려가자 요한이 내 머리를 쓰다듬었다.
"어떻게 오셨어요? 비상사태가 해제되어서 학생들 외엔 교정 안으로 못 들어오게 했다던데."
"네 덕에 듀블레드가 오디스의 은인이 되었으니까. 은인의 특혜를 받았지."
"잘됐네요! 아빠는요?"
"학원장실에."
"그렇구나. 아, 들어가세요."
내가 문을 열어 주자 두 사람이 방 안으로 들어왔다. 우리는 소파와 침대 등에 둘러앉아 이야기를 나누었다.
의장이 물었다.

"어떻게 몬스터가 있는 산의 위치를 아신 겁니까."

"자수정 덕분에."

"자수정이라면 초대 가주의 초상화에 보관되었던 악마의 통로 말씀이십니까?"

"응. 내가 출전 전에 자수정을 만졌더니 이상한 광경을 봤거든?"

"……를, 너는…… 네리아드 님……."

"가, 꼬맹아, 얼른!"

"이샤크!! 안 돼!!"

그 장면에서 나와 이샤크가 착용한 갑주는 오디스의 것이었다. 그래서 나는 이게 혹시 자수정의 악마가 보여 준 미래인가 싶었다.

그 말을 하자 의장이 묘한 표정을 지었다.

"미래를 보셨다고요? 하지만 그런 일은……."

"맞아. 일어나지 않았지. 그래서 곰곰이 생각해 봤는데, 이런 게 아닐까 싶었어."

"무엇입니까."

"미래가 바뀌었다."

의장과 요한이 흠칫, 서로를 바라봤다. 나는 소파 등받이에 몸을 깊게 기대며 말했다.

"내가 이 장면을 보지 못했다면 쿠헬름의 마을에서 조급하게 굴지 않았을 거야."

"예. 한니발을 통해 구조를 이미 요청한 상태였으니까요."

"그래. 기다리면 구조단이 온다. 아카데미의 과제였던 성물은 그 후에 찾아도 충분해. 하지만 그 광경 때문에 마음이 조급해져서 마을 곳곳을 뒤졌어.”
최강의 검인 수리르를 곁에 두고, 조금이라도 빨리 마을을 벗어나기 위함이었다.
“그리고 난 부네를 찾았지.”
“거기서부터 미래가 바뀌었다는 겁니까?”
“그래. 그러니까 원래 미래는 이렇지 않았을까? 듀블레드의 구조단이 오고 그 후, 몬스터 떼가 있는 위치를 찾았지만 부네의 팬텀 군대가 없이는 상대가 되지 않았던 거야.”
“그럴싸한 추측이군요. 대체 자수정의 악마가 누구기에……. 스토라스의 기록을 보면 알 수 있지 않습니까?”
“추측이 가는 악마는 있어. 내가 알고 싶은 건 자수정의 악마가 보여 준 광경에서 네리아드를 불렀던 그 남자가 누구냐는 거야.”
“악마일 가능성이 높군요.”
“그래. 그리고 내 생각엔 이 자수정의 악마와 네리아드를 불렀던 그 악마는 고대의 기억을 가지고 있는 것 같아.”
의장이 흠칫했다.
고대의 기억을 가지고 있다는 건, 내가 악신의 아이라는 것을 알고 있다는 의미였다.
“자수정의 악마는 그 광경을 보여 준 것으로 봐선 악신 편인 선각자였던 것 같아. 거기다 그 악마의 통로인 자수정은 내 손에 있지. 그래서 괜찮지만 네리아드를 불렀던 악마는…….”
“신전의 손에 들어가면 아가씨가 악신의 아이라는 것이 온 세계에 드러날 겁니다.”
“그래. 그러니까 우리가 먼저 찾아야 해.”
그 악마를 내 손에 넣든, 통로를 없애 버리든.

"절대로 신전 손에 들어가선 안 돼."
"몬스터 떼가 나타났던 산 주변을 수색하겠습니다."
"서둘러."
"예."
의장과 이야기를 마친 나는 요한을 쳐다봤다.
"오라버니께 드릴 말씀이 있어요."
내가 고대의 르블레인, 즉, 네리아드의 동생이었다는 것을 알릴 때가 왔다.

* * *

내 이야기를 가만히 듣고 있던 요한은 한숨을 내쉬었다.
나는 조금 긴장된 표정으로 그를 쳐다봤다.
듀블레드는 나 때문에 폭풍에 휩싸이게 되었다. 다른 상대도 아니고 무려 제국의 모신을 상대해야 한다. 가족들이 나를, 내 운명을 부담스럽게 여길까 봐 걱정되었다.
요한이 내 머리에 가볍게 손을 올렸다.
"혼자서 고민이 많았겠구나."
"……죄송해요."
"네가 죄송할 일이 아니지."
"……."
"혼자서 고민하고, 너로 인해 우리가 곤란해질까 봐 지레 걱정하는 버릇은 언제쯤 사라지려나."
"죄송해요……."
"우리에게 미안하다면 절대로 겁먹지 마."

"……네?"

"네 뒤에 가족들이 있다는 것을 언제, 어디에서라도 떠올려야 해."

나는 손가락을 꼬물거리며 헤헤, 웃었다.

이제 내가 부담스럽다고, 귀찮다고 버릴 사람이 없다는 것을 알면서도 이럴 때면 늘 겁쟁이가 되어 버린다. 그리고 가족들은 언제나 겁쟁이인 나를 귀찮게 여기지 않고 늘 손을 잡아 줬다.

'이번엔 절대로 잃지 않을 거야.'

회귀가 신의 저주라고 생각했던 적도 있으나, 이제 와 돌이켜 보면 이건 축복이었다.

쓰러지고, 부서지고, 완전히 망가져도 다시 한번 시작할 기회를 얻는 것. 다음엔 다를 거야, 희망을 잃지 않게 하는 것. 그리하여 어제보다 조금 더 나은 내가 될 수 있는 귀하디귀한 축복이었다.

나는 창밖으로 보이는 네리아드 신상을 바라보았다.

'이번 생은 이전과 달랐어. 마침내 행복을 거머쥐었고, 그건 내가 달라졌기 때문이야.'

그러면 미나도 달라질 수 있지 않을까. 좀 더 온건하게, 전쟁을 하지 않고, 그 전쟁으로 인해 내 사람을 잃게 될까 봐 전전긍긍하지 않아도 되지 않을까.

'미나와 이야기를 해 보자.'

그 애가 달라질 수 있다면, 우리가 정말로 손을 잡을 수 있다면 시련은 없을지도 모르니까.

그날이 나와 그 애의 운명의 전환점이었다는 것을 알게 되는 건 머지않은 미래의 일이었다.

*　*　*

미나는 우두커니 벤치에 앉아 있었다. 멍하니 하늘을 바라보는 그 애의 머리 위로 어두운 그림자가 떨어졌다. 고개를 돌리자 보인 건 추기경 레지날드였다.

"왜 이리 얼굴이 어두우십니까."

미나가 "아……." 신음하곤 이마를 긁적였다.

"뭐랄까, 조금…… 바보 같다는 생각이 들어서요."

"예?"

"사실은 저 이 세계의 꿈을 자주 꿨어요. 나를 여동생 같다고 말해 주는 멋진 소년, 첫사랑, 그리고 소중한 새 가족……."

레지날드가 이해할 수 없다는 표정으로 미간을 좁혔다. 미나는 어색하게 웃었다.

"그래서 자만했었나 봐요. 원래 나의 세계에 돌아온 거야, 그러니까 나는 정말로 이 세계의 신이 내린 운명의 아이일지도 몰라. ……바보같이. 사실은 하나도 도움이 안 되는데."

"아뇨."

"네?"

"하실 수 있습니다."

그가 품 안에서 어떤 펜던트를 꺼냈다.

은색의 육망성.

그것을 본 미나가 눈을 깜빡이자 레지날드는 말했다.

"에트왈입니다."

"에트왈……."

"저는 당신이 우리의 신께서 안배한 영웅이라 믿고 있습니다, 미나

님. 부디 이것으로 세계를 구원해 주십시오."
미나가 조심스럽게 에트왈에 손을 뻗었다.
그 순간.

"……나. 미나! 무슨 생각을 그렇게 해?"
"이샤크, 앙리! 언제 왔어?"
"네가 멍하니 하늘을 바라보고 있을 때. 뭐야, 얼굴이 왜 이래. 누가 괴롭혔어? 누구야?!"
"그런 게 아니라……."
"또 그놈의 언니 때문이구만. 그 멍청이가 이번엔 또 어떤 사고를 쳐서 널 곤란하게 만든 건데?"

기묘한 기억들이 머릿속에 밀려든다.

"안녕, 미나."
"……네가 보고 싶어서."

은발의 소년과 금발의 소년이 그녀에게 손을 뻗는 기억까지도.
처음 보는 장면들이 순식간에 몰려들어 재빠르게 빠져나갔다.
'처음……?'
정말로 처음이던가. 눈물이 후드득 떨어지고, 다리에 힘이 풀렸다.
"아기님!"
레지날드가 서둘러 그녀를 부축했다.
"괜찮으십니까?"
"안 괜찮아요. 괜찮지 않은 것 같아, 나……."

"예?"

자꾸만 눈물이 솟구쳤다. 무엇인지 정의할 수 없는 슬픔이 밀물처럼 밀려들어 썰물과 같이 머릿속을 텅 비게 만들었다.

레지날드는 두 손에 얼굴을 묻고 애처롭게 흐느껴 우는 미나를 이해할 수 없는 표정으로 바라봤다.

*　*　*

저녁엔 오랜만에 가족들과 식사했다. 험한 일을 겪고, 학생들을 구한 나와 우리 가족을 위한 학교의 배려였다.

언제나처럼 너 나 할 것 없이 내 접시에 음식을 쌓아 주고, 앙리는 입가에 묻은 부스러기를 떼어 줬으며, 이샤크는 빵빵한 내 볼을 연신 찌르며 개구진 표정을 지었다. 아빠와 요한은 다정한 눈길로 그런 우리를 바라봤다.

식사가 끝난 후 나는 무척 아쉬워졌다. 교문에서 학원장, 교수진과 함께 아빠와 요한을 배웅할 때는 코끝이 붉어졌다.

"곧 방학이지. 방학하면 보자."

"……."

내가 입술을 삐죽이며 눈물을 참고 있으니, 이샤크가 킬킬 웃으며 놀렸다.

"우냐? 어?"

"아니거든."

"아니긴. 애기네, 애기."

"아니라니까."

손바닥으로 눈가를 문지른 나는 속으로 구시렁거렸다.

'왜 눈물은 나고 난리람.'

이래서 사춘기가 문제다. 이놈의 사춘기는 왜 회귀할 때마다 찾아와서 사람을 감성적으로 만든단 말인가. 어른의 사고를 잘할 수 있게 되면 뭐 해. 사춘기가 오면 난 한 마리 고독한 짐승이 되어 버린다.

이 고독한 짐승은 혼자 제일 어른인 줄 알고 고독을 자처하는데 하필 엄청나게 감성적이기까지 하다.

그때, 아빠가 팔을 펼쳤다.

"르브."

"……."

"이리 와."

꾸물꾸물 아빠에게 안겼더니 기어이 눈물이 터져 버렸다.

"어허어어엉……! 아빠 가는 거 아쉬워서 그러는 거 아니에요! 애기가 아니니까요! 어허엉!"

"그래."

"그냥 요전 일에 너무 놀랐는데 지금 눈물이 나는 거에요, 네? 어허어어엉!"

"그래."

아빠는 다정하게 '그래.' 하고 말해 주는데 다른 사람들은 고개를 푹 숙인 채로 격렬하게 어깨를 떨었다. 나는 "씨이……." 하며 오빠들과 노스, 이리들을 노려봤다.

나는 왜 발달이 늦어서 2차 성징이 열일곱에야 오고 난리란 말인가. 사람 창피하게.

'이게 다 네 살 이전까지 못 먹고 자라서 그래.'

"사춘기 때문이에요. 2차 성징 때문에요."

"그거 그냥 심리 효과라던데?"

"……정확한 건 아니거든?"

이샤크와 앙리가 다시 고개를 숙이고 미친 듯이 어깨를 떨었다.

아빠가 픽 웃으며 말했다.

"금방 보자."

"네……."

"그만 울어. 마음이 아프구나."

학원장을 비롯한 학교의 사람들이 아빠의 다정한 말을 듣고 입을 쩍 벌렸다. 찌르면 푸른 피가 나온다는 세기의 악당의 처음 보는 면모에 당황한 그들은 꿀떡꿀떡 마른침만 삼켰다.

나는 아빠와 요한, 그리고 가문 사람들과 눈물의 이별을 하고 교정으로 돌아왔다.

앙리, 이샤크와 함께 걸었는데 그들은 내내 짓궂게 나를 놀렸다. 터덜터덜 기숙사로 돌아가고 있는데 멀리서 익숙한 인영이 보였다.

"미나……?"

어두워서 잘 보이진 않지만, 아픈 사람처럼 몹시 초췌하다는 것만은 알 수 있었다.

"어디 아프니?"

묻자 그녀는 손등으로 뺨을 누르며 대답했다.

"괜찮아."

"아픈 것 같은데, 너ㅡ"

내가 막 입을 뗐을 때, 이샤크가 깍지 낀 손으로 뒷머리를 받치며 대수롭지 않게 말했다.

"괜찮다잖아. 안 괜찮아지면 알아서 하겠지. 우린 돌아가자."

그러곤 내 팔뚝을 휙, 잡아끌었다. 앙리도 상관하고 싶지 않은 표정으로 우리를 따랐다.

"쿠키."

등 뒤에서 미나의 목소리가 들려왔다.

오빠들은 아무런 말 없이 계속 걸었지만, 나는 우뚝 걸음을 멈추었다.

"그래서 쿠키가요. 아, 쿠키는 제가 이샤크에게 붙여 준 별명 인데요."

첫 번째 삶에서 아미티에 공작과 미나가 나누던 대화가 떠올랐다. 나는 치맛자락을 꽉 틀어쥐었다.

'잘못 들었나.'

굳은 몸을 겨우 움직여 그녀를 돌아봤다.

"뭐라고?"

"쿠키, 라고."

그때, 교정의 조명에 일제히 불이 들어왔다. 8시가 넘으면 자동으로 켜지는 조명이었다. 어스름하던 주변이 밝아지자 그녀의 목에 걸린 펜던트가 보였다.

'에트왈……!'

저건 분명 신전의 에트왈이었다.

내가 뻣뻣하게 굳어진 사이 미나는 물었다.

"그런데 르블레인."

"……."

"너는 그 말을 어떻게 알고 있는 거야?"

"……뭐가?"

"쿠키라는 말 말이야!"

미나가 입술을 꾹 깨물며 다가왔다.

“그건 나도 처음 보는 기억에 있던 단어야. 내가 이샤크를 부르던…… 그런…….”

미나의 목소리가 기어들어 갔다. 그렇게 말하는 미나의 얼굴은 처음 보는 것이었다. 자매로 살 때조차 한 번도 본 적 없는 서글픈 얼굴.

“에트왈을 잡자마자 이상한 기억이 떠올랐어. 내 것이 아닌데, 내 것인 것 같은 기억이야. 나, 너무 혼란스러워.”

“…….”

“네가 그 단어를 어떻게 아는 거야? 응?”

“그건—”

그때였다.

나를 가로막은 앙리가 말했다.

“그 단어를 모르는 사람도 있나.”

“……어?”

“밀가루 따위를 반죽해서 만드는 음식이잖아.”

“그런 게 아니라…… 저기, 앙리— 아, 이름을 어떻게 아냐면 내가 그 기억에서 봤는데, 우리는 아주 사이가 좋은—”

“상담이라도 받아 보지 그래. 르블레인을 귀찮게 하지 말고.”

“앙리!”

앙리가 날 끌어당기고 “가자, 르블레인.” 하고 말했다. 나는 그에게 끌려가며 미나를 뒤돌아보았다. 그 애는 교정에 홀로 남아 파리한 얼굴을 두 손에 묻고 가늘게 떨고 있었다.

“앙리, 이거 놔 봐. 앙리!”

미나가 보이지 않을 때가 되어서야 앙리는 말했다.

“하지 마.”

“어?”

앙리가 드물게 싸늘한 얼굴로 고개를 돌렸다.

“첫 번째 삶의 기억인 거지. 쿠키라는 말 말이야.”

눈치 빠른 앙리는 내 표정과 미나와의 대화를 통해 그를 유추한 모양이었다.

“……맞아.”

“그럼 절대로 저 애에게 말해 주지 마. 그러다 저 애가 네가 악신의 아이라는 것까지 떠올리면 그땐 어떻게 하려고.”

“…….”

“세상 모든 사람이 너를 죽이려 들 거다. 신전이고, 주변국이고, 제국까지 전부 너를 저희 불행의 원천으로 여길 거야.”

이건 네 살 적, 앙리가 학대당하고 있음을 알았을 때 보았던 그의 민낯이었다.

이샤크는 딱딱하게 굳어진 앙리와 나를 어쩔 줄 모르고 바라봤다.

“형, 꼬맹이에게 그렇게 소리치지 마. 꼬맹이도 알아들었을 거야. 그렇지?”

“하지 않겠다고 대답해, 르블레인.”

나는 어깨를 쭉 늘어뜨리며 그를 바라봤다. 그리고 양손으로 앙리의 뺨을 착, 하고 가볍게 때렸다. 앙리와 이샤크가 눈을 크게 떴다. 나는 희미하게 웃었다.

“나는 그런 거 하나도 안 무서워. 나를 대신해 두려움까지 끌어안는 오빠가 있는데 뭐가 무서워.”

“…….”

“그리고 듀블레드 자존심이 있지, 내가 그 애의 기억을 모른다는 쪼잔한 거짓말로 세상을 속이려고?”

내가 허리에 손을 착, 올리고 장난스럽게 흘겨보자 앙리와 이샤크가

"뭐?" 하고 물었다. 나는 오만한 표정으로 고개를 치켜들었다.

"속일 거면 더 악랄하게 속여야지. 미나나 신전의 말을 그 누구도 믿지 않도록 여론전을 펼치면서, 응?"

앙리와 이샤크가 놀란 얼굴로 서로를 쳐다보았다. 그리고 이내 픽, 웃음을 터뜨린다. 나는 히히 웃으며 두 사람의 손을 잡았다.

"내가 오빠들을 믿는 것처럼 오빠들도 나를 믿어 줘."

"그럼 절대 못 믿겠는걸. 꼬맹이 넌 우리를 믿지 않잖아?"

"맨날 귀족들 다리를 부러뜨리고 다니니까 그렇지. 나는 그런 사고는 안 친단 말이야."

이샤크가 "이게." 하며 내 머리를 마구 비볐고, 앙리는 웃으며 이샤크의 손등을 내리쳤다.

"미나와 이야기를 나눠 볼게. 날 믿어. 내가 언제 바보 같은 짓을 한 적 있어?"

"없지. 우리 꼬맹이는 그런 짓은 안 하지."

"그래."

두 사람의 대답에 나는 만족스러운 표정으로 고개를 끄덕였다.

"그 애의 반응이 이상하면 절대로 자극하지 않을 거야."

이샤크는 내 머리에 턱을 괴며 "그래." 하고 작게 중얼거렸고, 나는 앙리의 손을 꽉 쥐었다.

* * *

제국, 중앙탑.

제국의 4공자이 회의장에 들어오자 중앙탑의 의결권을 손에 쥔 귀족들이 몸을 일으켰다.

듀블레드, 아미티에, 마르슈, 그리고 그리모아르.

그들이 원탁에 자리하자, 고개 숙인 귀족들이 이어 착석했다.

발루아가 스러지고 신진 귀족가가 제도에 터를 잡았다. 신진 귀족의 구심점이 된 브리뵈 백작이 운이 뗐다.

"소식을 들었습니다, 듀블레드 공. 거두절미하고 묻지요. 귀댁의 영애께서 오디스의 학생들을 구하기 위해 불러냈다던 것. 정녕 정령이 맞습니까? 고문서에 기록된 악마라는 말이 있던데."

회장이 크게 술렁였다.

마르슈 공작과 그리모아르 공작이 테오도르 듀블레드를 힐끗 쳐다봤다. 듀블레드 공작이 입을 열었다.

"아니다."

"하면 뭡니까, 그토록 강대한 힘의 원천이!"

"천사."

"……예?"

세기의 악당이라 불리는 그의 입에서 판타지적인, 너무나 선량한 단어가 나오자 회장에 휘잉, 바람이 불었다.

"뭐, 뭐라고요?"

"천사처럼 귀여운 내 딸이 천사를 불러낸 게 이상한가?"

아버지 쪽이 이상했다.

*　　*　　*

아빠가 제도로 돌아간 지 한 달 하고도 보름 뒤.

기말시험 이후, 에뮬린과 함께 내 방에서 쉬고 있는데 창밖에서 새소리가 들렸다. 테라스로 나서자 흰 비둘기 한 마리가 허공에서 세 번쯤 원을 그리며 돌았다.

'성공했구나.'

저 전서구는 듀블레드가 아카데미의 관문 밖에서 날려 보낸 것으로 악마 소환을 잘 꾸며 냈다는 신호였다.

"요즘 시대에 전서구라니."

에퓰린이 고개를 절레절레 흔들며 잘 익은 청포도를 입에 쏙 넣었다.

"신입생들은 통신석을 쓸 수 없으니까."

"네 오빠들에게 빌리지 그래?"

"학교 통신석은 감청될 수도 있잖아."

"하긴……. 그래서? 악마는 천사로 잘 둔갑시킨 거니?"

"그런 것 같아."

"하여간에 듀블레드 대단하다. 고문서 위조에 대륙 학자들 포섭에, 그걸 또 이렇게 빨리 처리하고. 유진 노스의 솜씨겠지?"

"노스는 뛰어난 사람이니까."

아군이라 다행일 만큼. 내가 킬킬 웃자 에퓰린이 질린다는 듯 고개를 절레절레 흔들었다. 그러곤 내 입에 청포도 한 알을 넣어 주었다.

"달아! 맛있다!"

"그렇겠지. 대륙에서 제일 큰 농장을 소유한 데칼 백작가에서도 가장 좋은 과일인데. 데칼 백작이 외동딸을 구해 줘서 고맙다고 잔뜩 보내왔으니 열심히 먹어."

에퓰린이 방에 가득 쌓인 상자를 힐끗 쳐다보며 말했다.

그랬다. 이번 전투에서 내가 구해 준 학생들의 부모, 형제가 선물과 편지를 잔뜩 보내왔다.

방엔 다 들어가지 않을 정도라 학교의 창고를 빌릴 정도였다. 그것도 학교에서 1차 검토를 마친 선물들이었다. 상자 가득 금괴를 쌓아 보낸 가문도 있었다.

"금괴는 진짜 아까워. 제도에 저택 한 채는 샀을 텐데!"

에퓰린의 말에 나는 어깨를 으쓱했다.

"그건 고마움의 선물이 아니라 뇌물이잖아."

"엄 — 청난 힘을 가진 듀블레드 영애님께 '저희 가문 잘 좀 봐주세요.' 하는 선물 말이지?"

"뭐……."

나와 에퓰린은 잠시 침묵한 채 서로를 쳐다보다가 동시에 양 주먹으로 입가를 가리고 으헤헷 웃었다.

쿠헬름족에 납치된 일이나 몬스터 토벌은 정말이지 끔찍했지만, 결과적으로 엄청난 소득이 있었다.

"평민 특별 전형으로 입학했다고 험담하던 애들이 이젠 날 보고 아무 말도 못 하는 거 있지! 너랑 친하다고. 이게 바로 인맥의 꿀맛인가?"

"앨런이 나만 보면 꽁무니 빠져라 도망쳐! 시비 걸 생각도 못 한다니까?"

"그건 너보다 네 가문을 무서워하는 것 같지만. 어쨌든 네게도 기가 잔뜩 죽었을걸. 평소처럼 으스대며 분위기를 주도하려고 하는데, 씨알도 안 먹히더라. 애들이 다 네 눈치를 보는데 어떻게 주도할 수 있겠어? 앨런이 줄을 잘못 탔다고 난리야, 아주."

"신관들도 꼼짝을 못 하고."

"교수님들도 '르블레인 양은 불편한 게 없다던가……?' 하고 넌지시 묻잖아."

"아, 이 황홀한 권력의 맛!"

세상의 때에 찌든 우리는 사악하게 낄낄거렸다. 나는 소파에 털썩 주저앉았다.

“이제 미나 하나만 처리하면 되는데.”

“아직 얘기 못 했어?”

“수업도 안 나와. 방에만 있는 것 같더라고. 제바스티안 교수님(A반 담당 교수)이 기숙사에 찾아갔는데도 문을 열어 주지 않았대.”

“그 정도라고?”

에뮬린이 흠, 신음하며 선물 상자에 팔꿈치를 받치고 턱을 괴었다.

“계속 미나를 기다릴 순 없잖아.”

“그래서 오늘은 내가 찾아가 볼까 하고.”

“그래. 기말시험만 치르면 방학인데 그 전에 이야기를 끝내야지.”

나는 고개를 끄덕이고 몸을 일으켰다. 말이 나온 김에 미나를 찾아가 볼 생각이었다.

“먼저 저녁 먹어. 난 좀 늦을 것 같으니까.”

“다녀와. 문단속하고 갈게.”

고개를 끄덕인 뒤 방을 나섰다. 미나와 나는 기숙사가 다르다. 신입생 기숙사는 1동, 2동으로 나누어져 있는데 지하의 식당만을 공유하고 방으로 향하는 출입문은 멀리 떨어져 있었다.

나는 중앙 정원을 넘어서 미나가 있는 2동으로 가려다가 멈칫했다.

‘나와 미나가 함께 있다는 걸 사람들이 봐서 좋을 건 없겠지?’

최근 신전이 제일 우려하는 것이 우리가 결탁하는 것이었다. 학교에는 신전의 끄나풀이 곳곳에 숨어 있으니 나와 미나가 이야기를 나누면 금세 추기경들의 귀에 들어갈 거다.

‘길을 돌아서 뒷문으로 가는 게 좋겠어.’

그렇게 생각한 나는 인적 드문 산책로로 접어들었다. 그리고 뒷문과 이어진 길로 향했다. 멀리서 뒷문이 보이던 찰나였다.

“하면 저희는 이만 가 보겠습니다. 마음을 잘 추스르시길 바랍니다.”

"네, 와 주셔서 감사해요."

미나였다. 그녀가 처음 보는 사람들을 마주한 채 힘없이 웃었다. 상황을 보아하니 그녀를 찾아온 외부인을 배웅하고 있는 모양이었다.

나는 무심코 수풀 뒤에 숨어 그들을 훔쳐보았다. 외부인은 모두 로브를 입고 있었는데, 흰머리가 성성한 노년의 사내와 후드를 깊게 뒤집어쓴 장신의 사내였다.

'저 흰머리의 남자는 낯이 익은데.'

어딘가에서 본 것처럼 기시감이 느껴지는 사람이다.

"소중한 분을 한시바삐 뵙고 싶다는 욕심으로 귀찮게 한 건 아닌가 염려가 큽니다."

"아니에요. 뵙게 되어서 기뻤어요."

"하면."

노년의 사내가 고개를 숙이자, 미나는 후드를 깊게 뒤집어쓴 사내를 바라보았다.

"저…… 조금 전의 말씀은 사실이겠지요?"

"물론."

후드를 뒤집어쓴 사내의 목소리는 아주 듣기 좋은 저음이었다.

'아빠나 테일러 삼촌 연배의 목소리 같은데.'

미나는 밝은 얼굴로 그들에게 인사했고, 그들은 얼마 지나지 않아 자리를 떠났다. 미나는 그들이 사라진 자리를 빤히 쳐다보다가 교복 주머니에서 무언가를 꺼냈다.

구우웅—

익숙한 진동에 흠칫, 놀란 나는 수풀 속에서 나왔다. 나를 발견한 미나가 눈을 동그랗게 떴다.

"르블레인? 네가 왜……."

"그게 뭐야?"

"……신전에서 보낸 거야."

'확실해. 악마의 통로다.'

내 표정이 굳어지자 미나는 피곤한 듯 머리를 쓸어 넘기곤 말했다.

"다음에 얘기하자. 내가 좀 힘들어서—"

"너, 그게 뭔지 알고는 있는 거야?"

나를 빤히 쳐다본 미나는 말을 고르듯 입술을 꽉 깨물었다.

"그래, 너는 알아야겠지. 널 속이고 싶지 않아. 이건 '이계의 통로'야."

"아니! 그건—"

"'악마의 통로'라고 말하고 싶은 거야?"

"……뭐?"

"알아. 신전도 알고 있어. 네가 악마의 힘을 썼다는걸. 하지만 이 세계에선 악마와 천사의 구분이 확실하지 않다면서."

그녀의 말은 맞다. 발루아 공작이 글라샬라볼라스를 천사로 여긴 것처럼 악마를 천사로 여기는 사람들이 있기도 하다.

아무래도 신전이 역사에 개입하여 네리아드를 택한 선각자들을 천사, 악신을 택한 선각자를 악마로 규정한 듯싶었다. 그래서 듀블레드 또한 부네를 천사로 꾸미기 어렵지 않았던 것이다.

"신전에 돌려보내."

"……싫어."

"미나, 넌 신전이 그걸 네게 내준 의미를 몰라."

"나와 네가 서로를 견제하게 만들려는 속셈이라고? 나도 알아."

악마의 통로를 꽉 그러쥔 미나가 고개를 푹 수그렸다.

"나도 알아. 안다고……."

"그런 속셈도 있겠지. 하지만 제일 큰 건—"

"내가 겁이 나니?"
"……뭐라고?"
"정말로 신전의 말처럼 내가 겁이 나서, 너보다 신성력이 강한 내가 이계의 힘까지 손에 넣으면 상대가 되지 않을까 봐 나를 몰아붙이려는 거야?"
기가 막혀 헛웃음을 터뜨리자 미나는 주먹을 꽉 말아쥐었다.
"신전은, 그분은 내게 이계의 힘을 주는 게 미안하다고 하셨어. 이로써 신이 내린 짐을 확실하게 짊어지게 되는 거니까. 하지만 그럼에도 이 힘을 줄 수밖에 없는 건, 네가 신이 내린 구원자라 확신할 수 없기 때문이래. 만에 하나의 사태에 내 힘이 절실할 거라고."
"……."
"르블레인, 나는 꿈에서 너를 봤어. 내 세계에서는 이런 나를 아무도 이해하지 못했기에 말할 수 없었지만, 그래도, 아직도 나－"
"……."
"언니를 사랑해."

"언니를 사랑해. 내 가족이 되어 줘서 고마워, 르블레인."

첫 번째 삶에서 그녀에게 들었던 말이 떠올랐다. 첫 번째 삶의 바보 같은 르블레인은 아무런 말도 하지 못했지만, 그날 이불을 뒤집어쓰고 밤새도록 울었다.
아무것도 아닌 내가, 가치 없던 내 삶이 그녀의 말 한마디로 의미가 생겼기에. 내가 그녀의 언니일 수 있어서 너무나 행복하고, 감격스러웠던 그 날이 선명하게 기억난다.
그녀가 밉던 이유. 하지만 결국 진심으로 미워할 수 없던 그 이유.

나도 진심으로 동생인 너를 사랑했다.

"그래서 신전에 돌려주라는 거야, 미나. 신전이 정말로 나를 견제하기 위해, 내가 가짜일까 봐 그걸 네게 준 줄 아니? 아니, 그건 네 족쇄야."

"……."

"천사와 악마의 구분이 명확하지 않다는 건 네가 천사를 불러내도 악마로 뒤바꿀 수 있다는 말이야!"

나는 미나를 똑바로 쳐다보며 말했다.

"네가 진짜라 나를 물리치면, 그러면 끝인 것 같아? 네가 불러낸 천사를 악마로 둔갑시켜 이용할 자들이라고! 너는 결국 그들이 원하는 세상에 이용당할 뿐이란 말이야."

"바보 같다는 거 알아. 멍청하다고 생각해. 내 세계에서도 망상에 빠진 바보라는 말, 많이 들었어. 그런데 르블레인……."

"……."

"바보 같아도 나…… 이 세계가 좋아. 외로움도, 고독도 모두 그 꿈으로 버텨 왔어. 세상에서 제일 정의로운 아버지, 혈육 같은 다정한 오빠들, 사랑하는 사람, 나와 같은 신념을 공유하는 친구…… 모두가 여기에 있었어."

그녀의 뺨을 타고 굵은 눈물이 뚝, 뚝, 떨어지기 시작했다.

이상한 일이었다. 그녀를 가장 잘 이해할 수 있는 사람이 나란 게. 나에게도 이번 삶이 그토록 소중했으니까.

"신전이 그랬어. 네가 그런 말로 날 설득하려 들 거라고."

미나가 울며 내 손을 잡았다.

"르블레인, 제발 너를 믿게 해 줘. 나는 너를—"

"내가 죽어야 저들이 믿는 평화가 온다면 어떻게 할래?"

미나의 동공에 침착한 표정의 내가 비치었다. 입술을 달싹이던 그녀의 표정이 싸늘해졌다.

"나라면 이 세상을 위해서라면 기쁘게 죽을 테지. 그리고 너도 마찬가지일 거야. 나는 그렇게 믿어."

나는 깨달았다. 우리의 신념은 대척점에 있었고, 결국 우리는 절대로 손을 잡을 수 없다는 걸.

그녀가 갑자기 내 팔을 세게 끌어당겼고, 나는 중심을 잃었다.

"르블레인—"

넘어진 내 주머니 속에서 자수정이 튀어나왔다. 깜짝 놀란 미나의 손에 있던 통로도 떨어졌는데, 두 개의 통로가 빙그르르 돌며 겹쳐졌다.

그 순간.

팟—!

주변이 환히 빛나며 시야가 어두워졌다.

그리고 눈을 떴을 때, 나는…….

"아포! ……잉? (아파! ……어?)"

……어린애가 되어 있었다.

'이게 뭐야!!'

포대 자루라도 뒤집어쓴 듯 교복이 흘러내리고, 손이며 발은 네 살 때의 그것처럼 조그맣고, 팔뚝은 소시지를 엮은 듯 오동통하다.

'확실해. 어려졌어.'

[아가, 괜찮은 거니? 응?]

부네의 다급한 목소리가 머릿속에 울렸다. 숨이 턱 끝까지 차오르고 온몸에 식은땀이 흐르는 것을 보면 괜찮은 상태는 아니지만, 죽을 것 같으냐 하면 그건 아니었다.

나는 주변을 둘러봤다. 미나가 바닥에 널브러져 있었다. 서둘러 다가가 보니 미나는 숨을 헐떡이고 있긴 하지만, 위험한 상태는 아닌 것 같았다. 나처럼 어려지지도 않았다.

'왜 미나만 쓰러진 거지? 신성력은 미나가 훨씬 강하다면서.'

나는 미나의 에트왈을 살펴보았다. 첫 번째 삶과 달리 그녀의 에트왈 모서리는 텅 비어 있었다.

'설마 부네가 날 지켜줬어요?'

[그래, 파동이 심상치 않아서 준비하고 있었지.]

[나도, 나도! 이 멍청이보다 내가 더 빠르게 널 보호했다고!]

부네는 어딘가 으쓱한 목소리로 말했고, 푸르가 얼른 제 공이 더 크다며 끼어들었다. 나는 권속들이 지켜 줘서 기절하지 않을 수 있었지만, 미나는 권속이 없기 때문에 파동에 휩쓸려 기절한 듯싶었다.

'그런데 왜 나만 어려진 거야?'

굳은 얼굴로 미나를 살피고 있던 그때, 멀리서 인기척 소리가 들려왔다.

"얼른 학기가 끝나야지. 이번 신입생들은 도무지 정리할 줄을 몰라."

"작년에도 그렇게 투덜거리지 않았니."

메이드들이 세탁물을 끌어안은 채로 깔깔거리며 걸어오고 있었다.

'큰일 났다. 내가 어려진 게 들키면……!'

나는 허둥지둥 수풀로 뛰어 들어갔다. 그리고 한껏 웅크려 발발 떨고 있었는데, 뒷문에 다다른 메이드들이 쓰러진 미나를 발견하고 "꺄악 ─ !" 비명을 내질렀다.

"신입생이잖아!"

"누구 없어요?! 학생이 쓰러졌어요!"

사람들이 몰려들기 시작했다.

'미나는 저들이 살펴 주겠네. 그럼 난 어떻게 하지.'

내가 어려진 게 세간에 드러나면 무슨 일이 생길지 모른다. 호사가들은 내가 지난 전투에서 불러낸 게 사실은 천사가 아닌 악마였고, 악마의 저주로 어려졌다고 떠들 터였다.

"히잉……."

이게 뭐야. 이게 무슨 짓이야, 내 입!

나는 깜짝 놀라 단풍잎 같은 조그만 두 손으로 입을 틀어막았다.

'아뿔싸, 어려져서 다시 어른의 사고가 어려운 거야.'

슬슬 배가 고파 오고 있었다. 이런 상황에서 정신이 완전히 아이가 되어 버리면 수습할 수 없는 일들이 벌어질지 모른다. 나는 새파랗게 질려서 생각했다.

'일단…… 도망치자.'

그렇게 결정한 나는 까치발을 들고 살금살금 뒤돌았다.

* * *

고학년 기숙사, 앙리의 방.

이샤크는 뻐근한 목을 주무르며 앙리의 소파에 삐딱하게 앉았다.

"차라리 몇 놈 잡아 오라고 하는 게 낫지. 난 몇 시간씩 앉아서 입 놀리는 일은 영 못하겠어."

"회의다, 회의."

앙리가 이샤크를 바퀴벌레 보듯 하며 찻잔을 건넸다. 이샤크는 "아무튼." 하고 가볍게 대답하곤 잔을 받았다.

"쿠헬름 족장은 도무지 입 열 생각이 없는 것 같고. 이러다가 방학까지 깡그리 저놈 고문을 하며 보내는 것 아냐?"

"그건 안 되지."

"그래, 올해는 꼬맹이의 라스트 홀리데이라고!"

제국은 열여덟 생일부터 성인이 된다. 그래서 열일곱을 청소년기의 마지막 시기라 하여 장미가 질 즈음마다 큰 축제를 연다. 이것을 바로 라스트 홀리데이라고 불렀다.

"미리 말해 둔다. 꼬맹이는 라스트 홀리데이에서의 마지막 춤을 나와 출 거야."

"헛소리. 나겠지."

"빌어먹을, 얌전히 넘기지 않을 거라고 생각하긴 했다. 아버지와 큰형도 마지막 춤을 노리고 있겠지?"

"보통 라스트 홀리데이의 마지막 춤은 부친이나 집안의 장자와 추니까."

"이대로 마지막 춤을 뺏길 순 없어. ……동맹?"

"동맹."

이샤크와 앙리가 가볍게 손을 마주 잡으며 눈을 빛냈다.

그때였다. 똑똑, 작은 노크 소리가 들려왔다.

"누구냐."

물었는데, 한참 대답이 돌아오지 않았다.

이샤크가 미간을 좁히며 재차 물었다.

"누구냐 물었다."

방 밖에서 조그만 웅얼거림이 들려왔다.

"텅소히리 와씁니나. (청소하러 왔습니다.)"

"어린애 같은데?"

학교의 메이드 중에 이렇게 어린애가 있다는 이야기는 들은 바 없었다. 이샤크와 앙리가 의아한 시선을 교환했을 찰나, 문밖에서 다시 웅얼거림이 들려왔다.

"텅소요……. (청소요…….)"

이샤크가 소파에서 일어나 문가로 다가갔다. 확, 문을 열었는데 눈앞엔 아무도 보이지 않았다.

"뭐야. 없는 ― "

― 라고 말하며 아래를 내려다본 이샤크의 표정이 일그러졌다.

침대 시트라도 뒤집어쓴 듯 바닥에 천을 질질 끌고 온 조그만 여자애가 양손을 모은 채로 그를 올려다보고 있었다.

부스스한 연갈색의 곱슬머리, 작은 손, 말랑말랑해 보이는 오동통한 뺨, 겁에 질린 푸른 눈동자…….

"……꼬맹이?"

"뭐?"

앙리가 탁, 티 테이블에 찻잔을 급하게 올려 둔 채로 이샤크에게 다가갔다. 이샤크 등 너머로 보이는 어린애는 분명 어린 날의 르블레인이었다.

두 사람이 뻣뻣하게 굳어 있자, 르블레인이 두 손을 꼬물거리며 말했다.

"어려더또……. (어려졌어…….)"

* * *

앙리와 이샤크는 어이없는 표정으로 허겁지겁 빵을 먹는 날 쳐다봤다.

이샤크의 손만 한 빵을 벌써 네 개째 해치웠는데도 걸신들린 듯 허겁지겁 빵을 먹는 내가 나조차도 기가 막힌데 저들은 어떻겠는가.

"켁-! 켁, 켁!"

정신없이 빵을 먹다가 켁켁거리자 앙리가 우유 잔을 건넸다.

"천천히 먹어, 르블레인."

꼴깍꼴깍 소리를 내며 우유를 마시는 동안 턱을 괴고 있던 이샤크가 말했다.

"그래서 미나의 통로와 네 자수정이 겹쳐지더니 이 꼴이 됐다고?"

"녜. (네.)"

'……가 아니잖아!'

나는 얼른 근엄한 표정으로 다시 대답했다.

"우. (응.)"

'……는 더 아냐!'

심각하다, 심각해.

얼마나 어려졌는지 오빠들이 내 말을 알아듣는 게 용했다.

"대체 몇 살이 된 거야."

"네 살."

"아냐, 네 살 때보다 더 작아."

"네 살 마자."

"아냐. 네 살의 넌 콩알만 했는데 지금의 넌 좁쌀만 해. 네 살은 절대 아냐."

"구롬 셰 사링가……. (그럼 세 살인가…….)"

발음이 네 살 때보다 더 안 좋은 것 같기도 하고.

'나는 원래 성장이 늦었으니 나이를 가늠하기가 어려워.'

"그래서 이제 어떻게 할 건데."

"구게 뭉젠데……. 출썩은 오또카지? (그게 문젠데……. 출석은 어떻게 하지?)"

"이 와중에 학교 걱정부터 하는 게 신기하다, 난. 형은 어떻게 생각해?"

"……."

"형?"

앙리는 대답하지 않고 우유 잔을 붙든 내 손을 가만히 바라보고 있었다.

"……여워."

"뭐?"

"아니다."

앙리가 헛기침하며 내 옆에 앉았다.

"괜찮아. 방법이 있어."

역시, 앙리. 이샤크보다 의지 된다.

나는 눈을 빛내며 앙리의 대답을 기다렸다. 앙리가 상냥하게 웃으며 부스스한 내 머리를 쓰다듬으며 말했다.

"이대로 잘 자라면 돼."

"……머라고? (……뭐라고?)"

"한번 해 봤으니 두 번째엔 더 잘 키울 자신이 있어, 르블레인."

"이상하자나!"

나는 우유 잔을 쾅! 놓고 양팔을 마구 흔들며 항의했다.

"내가 어러져따고 하몬 난리가 날 고야. 숨어 디내야 하눈데 오또케 신분을 만들라구! (내가 어려졌다고 하면 난리가 날 거야. 숨어 지내야 하는데 어떻게 신분을 만들려고!)"

그러자 이샤크가 말했다.

"아버지의 사생아라고 하면……."

"미틴 고야? (미친 거야?)"

"농담, 농담. 나한테 다른 생각이 있다, 꼬맹아."

나는 이번에도 기대하는 눈으로 이샤크를 쳐다봤다. 이샤크는 의기양양한 표정으로 말했다.

"작은형의 사생아라고 하자."

"……."

"……."

나와 앙리가 흐리게 뜬 눈으로 이샤크를 쳐다봤다. 이샤크는 흐뭇한 표정으로 말했다.

"큰형은 안 돼. 너무 바른 생활을 해서 아무도 안 믿을 거야. 작은형이 딱이다. 뒤에서 몰래 헛짓할 것 같이 생겼잖아."

"이자꾸. (이샤크.)"

"응?"

"아푸로 구냥 생각하디 마. (앞으로 그냥 생각하지 마.)"

이샤크가 시무룩해졌고, 앙리는 고개를 끄덕였다.

"일단 넌…… 아니, 열일곱 살의 넌 휴학 신청을 해야겠어. 영지에서 요양한다고 하자."

"구래야게찌. 구롬 어린 나는 어떠케 해? (그래야겠지. 그럼 어린 나는 어떻게 하지?)"

"아버지와 형님이 계시는 저택으로 보낼 순 없겠지. 두 분은 저택에 붙어 있을 때가 없을 정도로 바쁘시니 살피기 어려우실 거다."

"꼬맹이를 영지에 보내는 건?"

"영지에 열일곱 살의 르블레인이 있다고 하면 접촉하려는 사람이 많을 테니 영지가 제도보다 더 위험해."

"그렇다고 꼬맹이를 오지에 숨길 수도 없잖아. 갑자기 듀블레드의 군사가 오지로 이동하면 수상하게 여겨 달라는 거라고."

나도 둘의 생각에 동의했다.

'이렇게 되면 어쩔 수 없나.'

나는 한숨을 푹 내쉬었다.

"나항테 방법이 이써. 그 전에……. (나한테 방법이 있어. 그 전에…….)"

"뭔데?"

"말해 줘."

"혹시 딸기 이써?"

……딸기부터 먹고.

[아기의 딸기!]

배가 고프면 어른의 사고가 어려우니까 그런 거야. 내가 꼭 딸기가 먹고 싶은 건 아냐.

아, 아니라고.

* * *

나는 기죽은 표정으로 나를 내려다보는 얼굴을 쳐다봤다. 피곤한 기색의 줄리에트가 싸늘한 눈으로 날 내려다보다가 까치집 진 머리를 벅벅 긁으며 이샤크에게 물었다.

"그래서? 나더러 요 콩알만 한 거로 뭘 하라는 건데?"

"네가 고용해 달라고."

"실험체로?"

"미쳤냐!"

이샤크가 버럭 소리쳤다. 그러자 줄리에트는 팔짱을 낀 채로 삐딱하게 문에 등을 기댔다.

"그럼 이렇게 작은 녀석을 어디다 써야 하는데? 많이 쳐줘도 겨우 걸음마를 뗀 것 같구만."

"네 실험실엔 어린 애들도 꽤 있잖아. 학교에 말해서 네 조수로 고용해 줘."

"네가 해."

이샤크가 "우리도 그러고 싶지." 하고 무심결에 중얼거리자 줄리에트의 표정이 이해할 수 없다는 듯 일그러졌다.

'바보!'

나는 얼른 이샤크의 소매를 쭉쭉 잡아당겨 뒤로 물리고 두 팔을 번쩍 들었다.

"아녜요. 나 커요!"

"그래, 엄청나게 크겠지."

입꼬리를 비죽 올린 그녀가 괄시하는 눈으로 날 쳐다봐서 나는 억울해졌다.

진짜다. 원래 나는 정말로 크다. 줄리에트와 류홍해가 훨씬 더 커서 그렇지.

그래도 이렇게 포기할 수는 없으므로 난 이샤크의 다리를 툭툭 쳤다. 떨떠름한 표정으로 줄리에트를 보던 이샤크는 내가 사전에 지시했던 대로 말했다.

"수인족과 인간의 쿼터다. 수인족의 피가 섞여서 육체 성장이 느리지만, 인간의 피가 많이 섞인 만큼 정신은 제 나이니 부리기 어렵진 않을 거야."

"그런 걸 왜 나한테 부탁하는 거지? 어린애가 가엾어서라는 말은 하지 마. 너희 형제 입에서 나올 소리가 아닌 건 너도 알지?"

"꼬맹이……가 아니라, 르블레인이 주워 왔어. 우리 남매가 거두면 지난번 두 번째 운명의 아이가 고아 남매를 주워 왔을 때와 비교될 텐데, 그건 귀찮잖아."

줄리에트도 그렇게 생각한 모양인지 팔짱을 풀고 쯧, 혀를 찼다.

"그 애는 휴학했다면서. 무슨 일로?"

"네가 묻는 거냐, 네 왕 아버지가 묻는 거냐."

"둘 다라면?"

"네 아버지에겐 세간의 관심이 부담스러워서, 너한테는…… 뭐, 몸이 좋지 않다고 대답하지."

몸이 진짜 안 좋다. 무려 이렇게 작아졌다.

줄리에트는 어깨를 으쓱했다.

"부왕껜 네 동생의 몸이 좋지 않다는 내색은 하지 않지. 그 아저씨 좋은 일을 덥석 물어다 바칠 만큼 좋은 사이는 아니니."

"그래."

'대답을 그렇게 하면 안 되지.'

나는 눈을 부릅뜨고 이샤크를 쳐다봤다. 이샤크가 움찔하더니, 몹시 못마땅한 표정으로 말했다.

"고맙……다."

나는 고마운 일엔 감사를 표할 정도로 성장한 이샤크를 뿌듯한 표정으로 쳐다봤고, 줄리에트는 뭘 잘못 들은 사람처럼 귀를 후볐다.

"지난번 전투 때문이지? 네 동생 말이야."

"뭐?"

"그때 유령 군사들을 불러낸 것 때문에 몸에 문제가 생긴 것 아냐?"

나와 이샤크가 슬그머니 눈을 마주쳤다. 그리고 동시에 고개를 크게 끄덕였다. 알아서 오해해 주면 더 고맙다.

"그런 거로 하자."

"뭐 그렇게 애매하게 대답해. 웃기는 놈."

줄리에트는 나를 힐끔 쳐다보곤 말을 이었다.

"네 동생에겐 목숨 빚이 있으니 고용해 주지. 하지만 엘리시아노의 조수도 학교의 녹을 받는 건 알지? 이것저것 귀찮은 일도 해야 할 거다."

암요, 암요. 알지요.

오빠들에게 말한 어린애로 사는 방법이 이것이었다. 제도나 영지로 가는 것보다 오디스에 있는 쪽이 보호받기 쉽다. 하지만 어린애가 학교에 입학할 방법은 없으니 고용인으로 일하는 쪽이 적당하다.

'거기에 엘리시아노 학생의 보호가 있다면 훨씬 편할 테고.'

"따라와."

그렇게 말한 줄리에트가 내게 문을 열어 주곤 먼저 들어가 버렸다. 나는 슬쩍 이샤크를 보고 손을 짤랑짤랑 흔들었다. 이샤크는 매우 불안한 표정으로 날 보았다.

"곡동 마. (걱정하지 마.)"

"좁쌀만 한 게……."

"잉! (이씨!)"

투덜거리려던 나는 헙, 입을 막았다.

잉이라니, 잉이라니!

'무슨 짓이야, 몸!' 하고 소리치고 싶은 마음이었다.

'아, 이 미숙한 몸이여…….'

나는 어릴 때의 서글픔을 느끼며 뽀짝뽀짝 그녀를 따라 들어갔다. 그리고 어린애에겐 너무 커다란 문을 닫기 위해 낑낑거렸다.

'뭐야, 이게 왜 이렇게 무겁지?'

내가 당황하고 있자 이샤크가 아련한 눈으로 날 보며 말했다.

"거봐. 좁쌀만 해서 문도 제대로 못 닫잖……."

그때였다. 문밖에서 우당탕탕! 소리가 들려왔다. 그리고.

"비켜, 비켜!"

소란스럽게 누군가 쾅―!! 문을 걷어찼다. 하마터면 문짝과 함께 날아갈 뻔한 나는 심장이 벌렁벌렁해졌다. 소란을 듣고 다시 돌아온 줄리에트가 세모꼴로 눈을 치켜떴다.

"평범하게 들어오라고 몇 번을 말해야겠어, 홍해!"

류홍해가 "미안~." 하고, 전혀 미안하지 않은 표정으로 말하며 사뿐사뿐 안으로 들어왔다. 줄리에트가 문짝을 살피며 으득, 이를 갈았다.

줄리에트의 문이 왜 이렇게 무거운지 알 것 같았다. 또 부술까 봐 무려 오리하르콘 문을 달아 놓은 모양이다.

"빌어먹을, 이번에도 우그러졌어. 대체 네 몸은 어떻게 되었길래 번번이 문짝을 부수는 거냐."

"그래도 이번엔 날아가지 않았네. 오리하르콘이 좋긴 좋다, 얘. 어머, 이 먼지만 한 건 뭐야?"

좁쌀, 콩알에 이어 먼지가 된 나는 떨떠름한 표정으로 홍해를 쳐다봤다. 열일곱 살의 몸으로도 느꼈지만, 홍해는 정말로 크다.

'거의 이샤크만 한 것 같네.'

180센티미터가 넘을 것 같은 홍해를 아이의 몸으로 보니 위압감이 굉장했다. 홍해는 머리에 맨 레이스 리본을 홱, 넘기곤 쪼그려 앉아 내 머리를 붙들었다.

"달못해떠요!"

무심코 사과가 튀어나올 만큼 무서웠다.

"귀여워~! 줄리에트, 이거 뭐야? 나 줘!"

줄리에트가 사색이 되어 날 번쩍 안아 들었다.

"미쳤어? 네가 데려가면 금세 찌그러질 거라고!"

"얘는. 사람은 찌그러뜨리지 않아. 강철이라면 몰라도."

강철을 찌그러뜨린다고?

나는 줄리에트에게 달랑달랑 들린 채로 마른침을 꿀꺽 삼켰다. 그러던 찰나, 홍해가 나를 빼앗아 들었다.

"그러니까 나 주라."

"안 된다니까."

홍해와 줄리에트가 나를 사이에 두고 서로 빼앗으려 들었다. 나는 두 눈이 팽팽 돌 지경이었다.

'살려 주세요!'

누군가 나를 그녀에게서 빼앗아 들었다. 진이었다.

"이봐, 공주님들. 얘는 연약하다고. 금방 죽어 버리니까 가만히 놔둬."

"그래? 이런 것도 못 버틴다고? 정말로 약하구나."

"네가 심각하게 강한 거다, 홍해."

"왕궁에서 자란 내가 어린애가 그 정도로 연약한 걸 어떻게 알겠어. 그런데 너는 어떻게 알아? 너도 대략 왕자쯤 되잖아, 진."

"우리는 너희와 사정이 다르니까. 자, 얌전히 서 있어라."

드디어 두 사람의 손에서 벗어난 나는 한숨을 푹 내쉬었다. 그리고 이샤크를 보자 그는 뻣뻣하게 굳어 있었다. 저까지 나서면 내가 정말로 죽을 것 같아서 어쩔 줄 몰랐던 모양이다.

"아무래도 안 되겠다. 가사, 촙쌀."

"내게 맡긴다며?"

"뭐야, 이샤크가 줄리에트에게 맡겼어? 내게 맡기지!"

"누구기에 이샤크가 직접 부탁할 정도야?"

이샤크와 줄리에트, 홍해, 진이 시끄럽게 떠들었다. 나는 슬쩍 뒷걸음질 쳤다.

"좁쌀."

"그냥 두고 가. 네가 어떻게 애를 본다고."

"네가 보는 것보단 낫겠어. 가자니까, 좁쌀."

"여기에 있어, 콩알."

이번엔 이샤크와 줄리에트가 다투기 시작했다. 두 사람이 어떻게 할 거냐는 듯 날 쳐다봐서 나는 우물쭈물 손가락을 꼬물거렸다.

그때였다.

"이샤크 님!"

학생 하나가 허둥지둥 뛰어왔다.

"뭐야. 바쁘니까 나중에 와—"

"쿠헬름 족장이 자진하였습니다."

"뭐라고?"

"일찍 발견하여 아직 숨이 붙어 있지만, 위험한 상태입니다."

이샤크가 칫, 혀를 차곤 줄리에트에게 말했다.

"금방 데리러 올 테니까 얌전히 놔둬."

줄리에트가 어깨를 으쓱했고, 이샤크와 학생은 서둘러 쿠헬름 부족장이 구금되어 있는 지하 옥사로 뛰어갔다. 이샤크가 멀어진 후, 홍해가 줄리에트에게 물었다.

"웬일로 네가 애를 맡겠다고 해?"

"수인족과 인간의 쿼터래. 이스트, 웨스트 등쌀 때문에 수인족은 조사할 기회가 없었는데 잘됐잖아. 두 사람이 조용한 사이에 살펴봐야지."

"이런 어린애로 실험하려고?!"
"마력 탐지만 조금 하려는 거야."
마력 탐지?!
나는 지금 앙리의 마법으로 얼굴을 조금 바꾼 상태였다. 마력 탐지를 하면 줄리에트가 내 본모습을 볼 수도 있었다. 나는 희게 질렸고, 줄리에트는 기지개를 켜며 말했다.
"얌전히 있어. 홍해의 피만 뽑고 올 테니까. 가자, 홍해."
홍해는 "저 애 나 주라. 응? 귀엽단 말이야." 하며 줄리에트를 쫓아갔고, 문 앞에 남은 난 입을 삐끔거렸다.
'이샤크가 맡기면 조사 같은 건 안 할 줄 알았는데. 어떡하지, 어떻게 하지?'
어쩔 줄 모르고 있는데, 옆에서 부드러운 목소리가 들려왔다.
"구해 줄까?"
진이었다. 나는 흠칫, 그를 쳐다봤고 그는 빙그레 웃었다.
"구해 줘? 물어볼 것도 있고."
나는 시무룩한 표정으로 말했다.
"네……."
지금은 주말이라 줄리에트가 조사할 시간이 나지만 평일엔 수업이다, 엘리시아노의 일이다 해서 시간이 없을 거다. 다음 주 주말이면 방학이니 오늘만 피해 있으면 된다.
진이 쿡쿡 웃고 나를 안아 들었다.
"공주님이 원하신다면."
"나 곤주 아닌데."
진은 픽 실소를 흘리고 내 이마에 툭, 이마를 붙였다.
"그래서? 간식은 뭘 좋아해?"

엘리시아노 중에선 진이 제일 연애 소문이 많다더니, 왜인지 알 것 같았다.

* * *

나는 진에게 안겨 그의 숙소로 향했다.

"잠깐 있어라."

그는 나를 소파에 앉히고, 소파에 올려져 있는 셔츠를 잡았다. 그리고 윗옷을 훌렁 벗었는데, 구릿빛 매끈한 피부에 잔근육이 잡힌 아름다운 등이 드러났다.

'으악!'

나는 얼른 손바닥으로 눈을 가렸다. 진이 그런 나를 봤는지 쿡쿡, 웃음소리가 들렸다.

"진짜 귀엽네. 그렇지 않아, 아드리안?"

뭐? 아드리안이 여기에 있어?

슬그머니 손을 내리자, 샤워를 마치고 나왔는지 가운을 입은 아드리안이 보였다.

"누구?"

훤히 벌어진 가슴, 탄탄한 가슴팍, 물이 뚝뚝 떨어지는 결 좋은 머리칼, 나른한 눈빛, 물기를 머금은 붉은 입술.

'엄마야…….'

눈을 가려야 할 것 같은데, 왠지 아까운 이 기분은 뭘까요.

아드리안과 눈이 마주쳤다. 나는 얼른 양손으로 눈을 가렸다가 슬그머니 손가락 사이를 벌렸다.

"그건 가린 게 아니지 않나."

진이 쿡쿡 웃는 소리가 들렸다. 쑥스러워진 나는 입술을 삐죽였고, 아드리안은 진을 돌아보고 재차 물었다.

"학교에 왜 애가 있는 거지?"

"나도 그게 궁금해서 데려왔지."

"뭐?"

"줄리에트가 데리고 있더라고. 그 녀석의 실험 보조가 어린애인 경우는 왕왕 봤지만, 재밌는 게 말이야……."

묘한 미소를 머금은 진이 아드리안의 어깨에 팔을 걸치며 말했다.

"이샤크가 줄리에트에게 부탁했더라고."

"이샤크?"

"그래. 눈앞에서 사람이 무더기로 죽어 나가도 눈 하나 깜짝하지 않을 녀석이 애를 데려와 줄리에트에게 부탁한 거다. 게다가 이 녀석 앞에선 꽤 안절부절못하더라고."

"그 형제들이 막내가 아닌 다른 사람에게 안절부절못할 리가."

"그래, 그럴 리 없지? 그런데 실제로 그러더라고. 게다가 진짜 동생이 사라지고 나서 나타났지."

"……."

"그래서 내 생각엔 말이야. 저 녀석 ㅡ"

아드리안의 어깨에서 팔을 푼 그가 나를 날카로운 눈으로 응시했다. 순간, 내 등에선 식은땀이 삐질 흘렀다.

내 앞으로 바짝 다가온 진이 한 글자, 한 글자 힘을 주어 말했다.

"너, 듀블레드 공작의 사생아지?"

……예?

팔짱을 낀 진이 씩, 입꼬리를 올렸다.

"그렇지? 듀블레드 공작의 사생아라 그 형제가 꼼짝도 못 하는 것 아냐? 그 녀석들은 원래 피붙이라면 끔찍하니. 르블레인이 영지로 떠난 것도 너 때문인가? 입양된 그녀에겐 공작의 진짜 딸인 네가 불편할 테니까."

"……."

"아니면 그 형제의 사생아라든가. 어딘가에서 사생아가 툭 튀어나왔고, 제 아버지에게 들키면 저세상행일 테니 여기 숨긴 걸 수도 있지. 르블레인은 그런 형제가 꼴 보기 싫어서 떠났을 수도 있고."

"……."

미친 게 아닌가?

굳어져 있는 날 본 진이 입꼬리를 바짝 끌어당기며 "네 아버지는 어느 쪽이냐?" 하고 재차 되물었다.

내가 사실은 진짜 르블레인이라고 말할 수는 없는지라, 나는 눈을 도르륵 굴리다가 대답했다.

"앙니."

"오호라, 앙리의 딸이구나."

……앙리 미안.

* * *

진이 간식으로 준 샌드위치를 네 개나 해치운 난 부른 배를 땅땅 두들겼다. 그리고 슬그머니 고개를 돌리자 맞은편의 아드리안은 무표정으로, 옆자리의 진은 싱글싱글 웃으며 날 보고 있었다.

"걱정하지 마라. 비밀은 지켜 줄 테니까. 안 그래, 아드리안?"

……그것참 고맙다.

난 속으로 절레절레 고개를 저었고, 아드리안은 한숨을 내쉬었다.

그때, 소파 테이블 한편에 놓여 있던 통신석이 깜빡였다. 학교의 문양이 새겨진 것으로 봐선 엘리시아노에게 내려지는 특별한 통신석인 모양이었다. 진이 툭, 통신석을 두드리자 곧 목소리가 들려왔다.

[쿠헬름 잔여 세력의 공격입니다. 족장을 되찾으러 온 모양입니다. 2관문을 통과했습니다.]

진이 벌떡 몸을 일으켰다.

"그럴 리 없잖아! 족장이 있을 때도 못 한 결계 돌파를 고작 잔여 세력이 성공했다니!"

[일전의 그 몬스터와 함께입니다.]

내가 알기로 2관문 보초 담당은 진과 이스트, 웨스트 형제였다.

[이스트 님과 웨스트 님께도 알릴까요?]

"됐. 그 녀석들은 아직 거취가 결정되지 않았으니 내가 나가지. 제4 부대 출전 준비하도록."

[예.]

통신이 끊어지자마자 진이 소파에 걸어 놓았던 재킷을 집어 들었다.

"그 녀석, 부탁해."

아드리안이 고개를 끄덕였고 진은 숙소를 뛰쳐나갔다. 나는 불안한 표정으로 그를 쳐다봤다.

'이샤크와 앙리도 갔으려나? 산이 아니니 몬스터를 없애기 어렵진 않을 테지만…….'

혹시나 하는 걱정이 들었다.

그때, 따뜻한 손이 차게 식은 내 손목에 닿았다.

"걱정하지 마. 지난 전투에서의 일로 오디스도 철저하게 대비했으니까."

"구치만……."

아드리안이 나를 안아 들었다. 순식간에 번쩍 떠오른 난 깜짝 놀라 눈을 깜빡였고, 그는 희미하게 웃었다.

"뭐 하고 놀고 싶지?"

'얘는 사람 간지럽게 웃는다니까.'

오랜만에 대화를 나누는 아드리안은 이전과는 약간 다른 느낌이었다. 내가 작아져서 그런지 조금 더 키가 큰 것 같고, 손이 더 커진 것 같고, 목소리는 더 달콤해진 것 같았다.

"너는 내 마음을 알잖아."

순간, 나를 애타게 바라보던 그의 시선이 떠올랐다. 나는 어쩐지 수줍어졌다. 콩닥콩닥 소리가 들릴까 봐 조그만 주먹으로 가슴을 꾹 누르자, 아드리안의 고른 잇새 사이로 나긋한 웃음소리가 흘러나왔다.

"정말 작네."

"……안 짜근데. (……안 작은데.)"

"그래, 그래서 아가씨는 뭐 하고 놀고 싶으실까요."

열일곱의 내가 '지금 한가롭게 이럴 시간 있어?!' 하고 다그치는 것 같았지만, 어린애인 난 손을 꼬물거리며 말했다.

"그러몬…… 으음, 쩌거."

내가 슬그머니 소파 테이블에 놓인 카드를 가리키자 아드리안이 "포커?" 하고 물었다. 나는 고개를 끄덕였다.

아드리안은 통신을 연결했다. 무얼 하나 싶었는데, 얼마 뒤 학생들이 숙소를 찾아왔다.

"부르셨습니까."

그들 중엔 헤이턴도 있었다. 그를 본 아드리안이 싸늘하게 말했다.

"너까지 부르진 않았는데."

"엘리시아노의 보좌들은 대부분 진 님과 함께 출전하여 저희밖에 남지 않았습니다."

"……."

"그 애는 뭡니까?"

헤이턴과 아드리안이 사이가 좋지 않다는 건 유명한 일이었다. 나는 불안한 표정으로 아드리안의 소매를 잡았다.

'싸우지 마.'

시선이 집중되면 '아드리안과 헤이턴이 싸웠대. 거기 어린애도 있었다는 거야', '어린애가 거긴 왜?'까지 연결될 수도 있었다.

날 힐끗 쳐다본 아드리안이 소파에 자리 잡았다. 그리고 날 무릎에 앉힌 뒤, 학생들에게 말했다.

"앉아라."

"무슨 일로……."

헤이턴이 아닌 다른 학생들이 묻자, 아드리안은 아무렇지 않은 표정으로 말했다.

"포커."

"……예?"

"아이가 포커를 하고 싶어 한다."

그가 '뭐 문제 있어?' 하는 표정으로 보자 그들이 당황했다. 남학생이 핫, 헛웃음을 터뜨렸다.

"이런 어린애와 카드라니요."

여학생도 아하하, 웃으며 머리칼을 한쪽 귀 뒤로 넘기며 나를 힐끔 쳐다봤다.

"저런 어린애가 규칙을 알까요?"

두 사람이 괄시하듯 팔짱을 끼고, 헤이턴은 어이없는 표정으로 날 쳐다봤다.

“카드도 실력이 맞아야 재미가 있는 것이지…….”

“아드리안 님의 부탁이니 들어드리고 싶지만 말이죠.”

“…….”

남학생은 큼, 헛기침을 하고 힐끗힐끗 아드리안을 쳐다봤다.

“저, 그보다…… 지난번에 보셨던 제 누이 말입니다. 아, 방학에 맞춰 아카데미에 절 데리러 온다지 뭡니까? 아드리안 님의 소식을 아주 궁금해합니다. 하하, 저희 고향에선 빼어난 교양과 미모로 이름 나서―”

“그래서?”

“저희에게도 이득이 있어야 카드 칠 재미도 나고 하지 않겠습니까? 제가 이기면 누이를 만나 주시겠습니까?”

나는 저 남자를 안다. 마일스에 터를 둔 백작가의 장남인데, 명맥밖에 남지 않아서 제국 황족과 혼맥을 맺기엔 한참 밑지는 가문이었다. 저 말은 버려진 황자라 칭해지는 아드리안을 무시하는 것이나 다름없었다.

“만나 주시는 겁니다? 예?”

‘이것 봐라.’

나는 싸늘한 시선을 능숙히 숨기고 해맑은 표정으로 카드 케이스를 잡았다.

“구롬 가치 놀아요?”

“그럴까?”

남학생이 하하하, 웃으며 자리에 앉자 여학생과 헤이턴도 어쩔 수 없다는 듯 소파에 자리를 잡았다.

*　　*　　*

“스트레이투 프러시! (스트레이트 플러쉬!)”

학생들과 헤이턴이 입을 떡 벌리며 카드를 내민 나를 쳐다봤다.

“내가 이겨찌. 돈 주쎄요.”

나는 사악하게 웃으며 양손을 쭉 내밀었다.

“주쎄요.”

“그, 어… 카드를 참, 음, 자, 잘하네……?”

여학생이 어색하게 웃었고, 남학생은 새파래졌다. 저 남학생은 벌써 내게 상당한 액수를 뜯겼다. 그가 부들부들 떨리는 손으로 돈을 건네고, 다음 판이 되었다.

이번 판은 남학생이 승기를 잡았다. 그가 껄껄 웃으며 “이거 미안해서 어쩌나.” 하며 패를 보였다.

“포 카드. 이번 판은 내가 이겼－”

나는 쾅! 그의 손목을 테이블에 찍어 버렸다.

“아자씨.”

“……뭐?”

“지금 장난 쵸?”

“무슨 소릴 하는 거야!”

“소매 까바.”

희멀게진 그가 버럭 소리쳤다.

“무슨 헛소리를 하는 거야!”

“아자씨 소매에 다른 카드 이짜나.”

내가 눈을 부릅뜨자 그가 부들부들 떨며 벌떡 일어났다.

“나 참, 더러워서! 말도 안 되는 소리－”

—라고 할 때였다. 그의 소매에서 툭, 카드 한 장이 떨어졌다.

"해머 가죠 와."

"이, 이……!"

"어디 할 찌시 없어서 신성한 도박판에……!"

자카리가 봤으면 손목, 발목을 똑똑 잘라 냈을 거다.

나는 그의 멱살을 잡기 위해 소파 테이블에 올라가 폴짝폴짝 뛰었고, 아드리안이 그런 내 허리를 끌어안았다.

"이번엔 봐주자."

"아냐, 이건 신성한 도박판에서 있을 수 없는 일이—"

"르블레인."

어……?

"오또케……!"

나는 깜짝 놀라 그를 쳐다봤고, 그는 희미하게 웃었다. 아드리안의 어깨 너머로 무언가 살랑살랑 움직였다.

'아망드!'

그렇지 참. 아드리안은 사람이 사라지고서 남은 미세한 마나에서도 질을 판단할 수 있는 특별한 힘을 가졌다.

'처음부터 알아봤구나.'

* * *

그 시각, 듀블레드 공작저.

노스는 허둥지둥 요한의 사무실로 뛰어들었다.

"앙리 도련님께서 편지를 보내셨는데, 그게, 그러니까, 아가씨께서……!"

답지 않게 허둥거리는 그를 보며 요한이 미간을 좁혔다.

르블레인에게 대체 무슨 일이 있기에?

* * *

나는 당황한 눈으로 아드리안을 돌아봤다. 저 애는 다정해서 내가 스스로 말할 때까지 물어보지 않은 모양이었다.

'아차, 다른 학생들……!'

혹시나 아드리안이 나를 '르블레인'이라고 부르는 걸 들었나 싶어서 얼른 그들을 쳐다봤다. 남학생과 여학생은 아무것도 듣지 못한 듯, 카드에 열중하고 있었다.

"부끄러워서 원……. 어린애를 이겨 먹겠다고 사기까지 치고 싶으니?"

"그냥 어린애가 아니잖아! 포커 규칙을 아는 애라고. 심지어 실력도 좋아!"

"어쨌든! 창피해, 진짜."

이렇게 코앞에서 얘기했는데 어떻게 아드리안의 말을 못 들었지?

생각하던 중에 아망드가 내 코에 살짝 부딪혀 왔다. 찰랑, 맑은 물소리가 마치 아망드의 웃음소리 같았다.

'네가 결계로 아드리안의 목소리가 들리지 않게 해 줬니?'

그렇게 생각하며 이히히, 웃는데 아망드가 마치 그렇노라 대답하듯 내 코앞에서 빙글빙글, 맴돌았다.

그때, 헤이턴이 입을 열었다.

"보좌들의 체면을 그렇게 구겨 놨으면 이제 그만 일어나지 그래?"

그의 말에 남학생의 표정이 새빨개졌다. 여학생이 "그래, 맞아!" 하고 소리쳤는데, 헤이턴은 그녀를 힐끔 쳐다보며 말을 이었다.

"너도."

"나, 나도?"
"자리 비켜 줘."
"……으응."
여학생이 슬그머니 일어나 아드리안에게 고개를 숙이고, 남학생도 그녀를 따라 일어났다. 남학생은 헤이턴을 지나치며 칫, 혀를 찼다.
"뭐야, 저 고압적인 태도는."
"공작가 도련님이시니까……."
"언제 적 공작가 도련님이야? 진작에 가문이 망하고, 제 아비는 사도 재판에 회부되어 사형당했는데. 아직도 제가 제일 잘난 줄 알지. 질린다, 질려."
"그만해……."
학생들이 나가고 나는 헤이턴을 슬쩍 쳐다봤다. 그는 여상한 태도로 나를 빤히 쳐다봤다.
"그래서?"
"우? (응?)"
"네 몸, 어떻게 된 거냐고 묻는 거다. ……르블레인."
나는 깜짝 놀라 아드리안을 쳐다봤고, 아드리안은 고저 없는 목소리로 대답했다.
"헤이턴 발루아는 마력의 질을 접촉 없이 확인할 수 있어. 홍해의 멘토가 된 건 보석을 바쳤기 때문만이 아니지."
'헤이턴이 그 정도의 능력을 가지고 있다고?'
두 번째 삶에선 그 정도까지 뛰어나진 않았는데.
"필사적으로 살아왔으니까."
그가 아무렇지 않은 표정으로 말했다. 발루아 공작가가 망하고 얼마나 노력했는지 알 것 같았다.

"몽스터 토버 때 문제가 생겨서— (몬스터 토벌 때 문제가 생겨서—)"

"거짓말을 할 거라면 성의라도 담지 그래? 네게 문제가 생겼다면 다른 학생들도 생겼겠지."

"……."

"몬스터가 아니라 악마를 불러낸 일 때문에 그런 일이 벌어졌다고 하면 믿었을 거다."

"앙마 아니구 턴사야. (악마가 아니고 천사야.)"

"나는 부친이 불러냈던 악마를 목격한 사람이야. 그런 날 속일 수 있을 거라고 생각해? 그날 봤던 빛의 기둥, 그건 악마 소환 의식에서 보았던 기둥이었어."

나는 쳇, 하며 팔짱을 꼈다.

"그러케 대따. 신고 하등가! 참고하라구 말해 주는 곤데 이 상항으로 협박하는 고는 앙 통해. (그렇게 됐다. 신고하든가! 참고하라고 말해 주는 건데 이 상황으로 협박하는 건 안 통해.)"

"넌 대체 날 어떻게 보는 거냐."

"……안 하꼬야?"

"말했잖아. 널 좋아한다고."

그렇게 말하는 헤이턴은 아드리안을 쳐다보고 있었다. 두 남자의 시선이 허공에서 맹렬하게 부딪쳤다.

"마음을 접으라 했을 텐데."

아드리안의 말에 나는 깜짝 놀랐다. 그런 말을 했어? 언제?

"마음이 생각처럼 움직인다면 전하 또한 그녀를 바라보지 않으셨겠죠. 아닙니까? 전하께선 그녀의 곁에 함께할 자격이 없으십니다."

"네겐 있다는 소리로 들리는군."

"적어도 저는 이 녀석을 위험에 빠뜨리진 않을 테니까요."

헤이턴이 아드리안을 지그시 응시하며 말을 이었다.

"듀블레드가 이 녀석 짝의 조건으로 신분과 권력을 볼 성싶으십니까? 아니요, 각하께서 바라는 건 하납니다. 이 녀석이 위험해지지 않을 것. 더불어 평생 품에 끼고 살 수 있도록 데릴사위로 데려올 수 있으면 금상첨화겠죠. 전하, 조건이 되십니까?"

"공작의 마음을 얻어 혼인할 거라면 굳이 르블레인일 필요가 있나. 그 결혼, 공작과 하지 그래?"

"자신이 없으시다는 뜻으로 알겠습니다."

"싸움에 진 개의 변론 따위 신경 쓰지 않는다, 난."

"두 사람 모하는 고야……?"

나는 차게 식은 눈으로 두 사람을 번갈아 쳐다봤다. 내가 핀잔을 주자 말은 멈췄지만, 시선은 서로를 찢어 죽일 듯하다. 헤이턴이 소파에서 일어나 내게 손을 뻗었다.

"나와 가자."

아드리안이 내 손을 잡았다.

"여기에 있어."

"가자니까, 르블레인."

"르블레인."

양쪽에서 날 잡아당겼다. 이쪽저쪽으로 기울어지던 나는 버럭! 소리쳤다.

"고만 모태!! (그만 못 해!!)"

내가 허리춤에 착, 손을 올리고 씩씩거리자 두 사람이 움찔했다.

"내 겨론은 내가 선택하꼬야! 너히들 자꾸 그러몬……!"

그때였다. 밖이 소란스러워지는가 싶더니 누군가 문을 박차고 들어왔다.

"막내, 너ㅡ"

나는 무심코 들어온 사람을 가리키며 소리쳤다.

"이 사람이랑 겨론하꼬ㅡ 잉?"

들어온 사람을 돌아본 나는 눈을 동그랗게 떴다.

'요한 오라버니?'

요한이 툭, 잡고 있던 책을 떨어뜨렸고 그를 따라 뛰어 들어온 앙리와 이샤크가 내 말을 들었는지 인상을 찌푸리며 나와 요한을 번갈아 보았다. 요한이 한 손으로 입을 틀어막았고, 이샤크가 어이없는 목소리로 물었다.

"큰형, 뭐 해?"

"……요새 턱시도는 누가 제일 잘 만들지?"

헛소리하는 요한을 보고 숙소는 고요에 휩싸였다.

* * *

숙소엔 아드리안과 세 오빠들이 남았다.

"작군."

"……."

"정말로 작아."

"……."

"원래 이렇게 작았나?"

"……손 노코 얘기하몬 안 되까요? (……손 놓고 얘기하면 안 될까요?)"

요한의 얼굴은 무표정하지만, 손으로는 연신 단풍잎 같은 내 손을 꼭 잡고 있다.

"……여워."

"네?"

"아니다. 말투는 어릴 때도 이랬나?"

"……."

오늘의 요한은 제정신이 아닌 것 같았다.

"비켜 봐. 이제 내가 손톱을 깎아 줄 거야."

"내가 먼저다."

이샤크와 앙리가 시끄럽게 떠들기 시작하자 요한이 내 양쪽 옆구리를 잡고 번쩍 들었다.

"막내를 귀찮게 하지 마라."

'음, 이제 제정신으로 돌아왔군.'

그렇게 생각하고 있는데 요한이 싸늘한 눈으로 아드리안을 보며 말했다.

"손톱깎이가 있습니까?"

……아직 완전히 제정신은 아닌 모양이었다.

나는 피곤한 표정으로 요한의 손에서 꾸물꾸물 빠져나와 소파에 앉았다.

"그래서 왜 옹 건데요?"

"네가 어려졌다고 하니까. 데리러 왔다."

"오라부미 바쁘자나요. 아바디도 바쁘구."

"오라부미……."

"네?"

"아니다."

자꾸 말이 다른 길로 새서 나는 두 손으로 요한의 뺨을 탁, 잡고서 인상을 찌푸렸다.

"가세요. 아바디도 바쁜데 오라부미까지 엄쓰면 어떠케요."

"괜찮아."

"오디스에 이쓸 고예요. 안전도 그렇고, 찾아야 할 거두 있고."

"찾아야 할 것?"

나는 한숨을 푹 내쉬며 의자에 널브러지듯 앉아 팔짱을 끼었다.

"언래 나이로 돌아가야 하자나요. 그러려몬 요기 이써야 해요. (원래 나이로 돌아가야 하잖아요. 그러려면 여기 있어야 해요.)"

"돌아갈 수 있나?"

"나를 어린애루 만든 걸 찾으면 가능하지 아늘까요? (나를 어린애로 만든 걸 찾으면 가능하지 않을까요?)"

"앙리에게 들었다. 네 자수정과 두 번째의 통로가 겹쳐진 후에 그렇게 되었다고. 두 통로가 두 번째의 손에 있나?"

"아녀. 구게 아니라……."

나는 시무룩한 얼굴로 말을 이었다.

"사라져써……."

그러자 이샤크가 버럭 소리쳤다.

"뭐?!"

"아니…… 나도 딱 집어올라 해꼬든요? 근데 엄써진 고야. 통로의 진동이 하꾜 내에서 느껴지는 거를 보면 요기 있눈데……."

미나의 통로라면 몰라도 자수정은 꼭 되찾아야 한다. 그건 내가 숨겨둔 비장의 카드나 마찬가지였으니까.

'부네나 푸르와는 궤가 다른 힘을 가진 통로야. 무슨 일이 있어도 찾아야 해.'

내 말에 오빠들과 아드리안이 시선을 교환했다. 앙리가 아드리안에게 말했다.

"교내를 수색해 주십시오. 우리보다 회장 대행 중이신 전하께서 나서 주시는 게 좋을 겁니다."

아드리안이 고개를 끄덕였고, 나는 다행이라고 생각하며 요한을 보았다.

"오라부미 가시꼬지요? (오라버니 가실 거지요?)"

"방학 전까지 학원에 머물 수 있도록 학원장에게 허가받았다."

"어떠케요?"

"나도 오디스의 졸업생이니까."

졸업생이 학교에 남는 방법이라면……. 방법을 떠올린 나는 어처구니없는 표정으로 그를 쳐다봤다.

* * *

"이번 선배와의 만남 말이야. 그분이라며?"

"그래, 듀블레드 백작님!"

"아아, 요한 님!"

서류 뭉치를 끌어안고 뽀짝뽀짝 걷던 나는 여학생들의 환호성을 듣고 고개를 절레절레 저었다.

'눈코 뜰 새 없이 바쁘면서 학생 상담까지 해 준다니.'

그렇게 말렸지만, 요한은 기어코 학교에 남았다. 한숨을 내쉬었더니 끌어안은 짐이 미끄러졌다. 나는 "아고고!" 소리치며 얼른 짐을 추슬러 안았다.

이건 행정처의 심부름 거리였다. 나는 줄리에트의 보조이지만, 학교에 고용된 몸이라 이런저런 심부름을 해야 했다.

"안녕, 아가야."

"안녕!"

"오늘도 씩씩하네."

이 학교에서 시동으로 일한 지 사흘. 학생들은 학교에서 제일 작은 시동이자, 붙임성 있는 나를 꽤 귀엽게 여겼다.

행정처장의 심부름대로 미나가 있는 제2 기숙사로 들어갔을 때였다. 기숙사장이 심각한 목소리로 누군가와 통신하고 있었다.

"예, 미나 양은 아직 깨어날 기미가 없습니다. 아, 그런데 신경 쓰이는 일이…… 예, 어젯밤 미나 양의 손에 없던 것이 생겨났습니다. 보석 같은 것인데—"

'보석? 혹시 통로인가?'

다른 사람들이 가져가기 전에 확인해야 한다.

'하지만 난 미나의 방에 들어갈 수 없는데 어떻게 하지…….'

고민하던 난 얼른 기숙사에 있는 학생을 잡고 물었다.

"듀레두 백잔미 어디써요?"

"뭐?"

"백잔미요, 백잔미!"

요한 말이야!

* * *

요한이 앙리의 숙소에 있다는 것을 들은 난 허겁지겁 달려갔다. 쿵! 문을 박차고 안으로 들어가자, 이야기를 나누고 있던 세 오빠가 날 쳐다봤다.

"……손에 그게 뭐야?"

이샤크가 양손에 간식거리를 잔뜩 들고 있는 날 쳐다보며 물었다.

"언니가, 아니, 하쌩이 조써. 그보다— (언니가, 아니, 학생이 줬어. 그보다—)"

"너, 남이 준 걸 함부로 먹으면 어떡하냐! 약이라도 들었으면 어쩌려고!"

이샤크가 빼앗으려 들었다. 간식 앞에 이성을 상실한 어린애의 몸은 얼른 두 주먹을 등 뒤로 숨겼다.

"아, 아냐. 언니가 '어머, 기여어' 해써!"

"백잔미 어디써요?"

"듀블레드 백작님이라면 이샤크 님의 숙소에 계신다고 들었는데."

"감사함미다."

"어머, 귀여워! 얘, 사탕이나 초콜릿 좋아하니?"

"……조아해."

그 언니는 아주 친절한 언니였다. 내가 우물쭈물 뒷걸음질 치자 앙리는 쿡쿡 웃었다.

"둬라. 르블레인, 먹고서 꼭 이를 닦는 거다?"

"녜!"

그러고 앙리가 사탕 포장지를 벗겨 주었는데, 이샤크가 그런 앙리를 마뜩잖은 눈으로 보았다.

"뭐가 들었음 어쩌려고."

"내 사생아라고 소문이 자자한데 허튼짓을 할 리가."

'그, 그걸 앙리가 어떻게 알았지?'

내가 사색이 되자 앙리가 내 이마를 툭, 건드리곤 여상하게 말했다.

"진을 믿었어? 그 녀석은 뱀보다 교활한 녀석이야."

"……미앙."

"그래서? 할 말이 뭐기에 이렇게 다급하게 뛰어 들어왔지?"

"마따!"

나는 다급하게 요한을 쳐다봤다.

"미나 손에 머가 생겨써요. 보석 가튼 거래요."

"……통로인가?"

"확인해 바야 할 거 가타요."

앙리와 이샤크가 나를 쳐다봤다.

"그건 우리가 하는 쪽이 낫지 않겠어? 아무리 큰형이 오디스를 졸업했다고 해도 지금은 외부인이잖아. 엘리시아노는 교직원의 구역을 제외한 곳을 자유롭게 다닐 수 있어. 무엇보다 학생을 책임져야 하는 위치라 홍해나 줄리에트도 미나를 살피기 위해 미나의 방을 드나들고 있고."

"여자애의 방인걸. 오빠들이 드나들면 이상하자나."

"그렇긴 하지만……."

"이상하니까 더 말이 나올 고야. 세간의 시선두 신경 쓰지 않구 드나든 고는 목쩍이 있어서라구. 학언장의 도움을 받아서 몰래 들어가는 게 조아. 재학생인 앙니나 이자꾸보다 두레두의 대표인 요항 오라부미가 학언장을 더 압박할 수 이쓸 고야."

"그래."

요한은 바로 학원장에게 연락했다. 그가 두 번째 운명의 아이를 살피고 싶다는 뜻을 밝히자 학원장은 난처해했지만, 완곡하게 거절하진 못했다.

지난 쿠헬름과의 전투에서 듀블레드에 은혜를 입은 일도 있고, 무엇보다 듀블레드의 후계자인 요한의 위세를 두려워했기 때문이다.

학원장은 결국 학원 사람과 동행, 남들 눈을 피해 5분 내외의 만남이라는 조건을 붙여 허가했다.

요한과 나는 즉시 미나의 방으로 향했다. 제2 기숙사가 있는 산책로로 가니, 학원 측의 사람이 우리를 기다리고 있었다.

"그 아이는……."

"수인족이라 마나를 기민하게 느끼지. 신성력이나 마력을 통해 억지로 재워 둔 것이라면 이 아이를 통해 확인할 수 있을 것이다."

"듀블레드에선 미나 님의 일을 누군가의 소행이라 보십니까?"

"두 번째가 쓰러진 것은 우리에게 중요하지 않아. 다만, 호사가들이 이번 일로 르블레인을 엮는 것을 두고 볼 수 없다."

요한은 나를 동행하여 미나를 살피는 일에 적절한 핑계를 댔고, 학원 사람은 납득했다.

"따라오시죠."

학원 사람이 우리를 데려간 곳은 산책로에 있는 천사 동상이었다.

"여기는……."

내가 의아한 표정으로 눈을 끔뻑이자, 학원 사람이 "비밀 통로다." 하고 대답했다. 그가 동상을 조작하자, 동상이 돌아가며 작은 지하 통로가 드러났다. 우리는 그곳을 통해 미나의 방으로 향했다.

미나는 여전히 의식을 찾지 못하고 있었다. 요한이 미나를 살피는 척 다가가 말린 손을 살폈다.

'통로가 없어? 설마 우리가 오기 전에 누군가 통로를 가져간 건가?'

나와 요한이 재빨리 시선을 교환했다.

'누군가 가져간 거다. 신전의 끄나풀인가?'

신전이 오디스에 끄나풀을 숨겨 두었다는 건 이미 예상하던 바였지만, 그게 누군지는 알 수 없었다.

'만약 미나의 손에 생겨났다던 통로가 나의 자수정이라면…… 큰일이다.'

그건 다른 통로들과는 궤가 다른 힘을 가진 통로였다. 어떻게 해서든 신전의 끄나풀을 알아내야 한다.

*　*　*

나와 요한은 기숙사로 돌아왔고, 앙리와 이샤크가 미나의 방을 드나든 사람들을 조사해 주었다.

"미나의 방에 드나든 사람이 꽤 있어. 청소부와 기숙사 사감, 산드라, 그리고 홍해와 줄리에트."

"산드라는 오째서?"

"수업 내용을 정리한 노트를 가지고 왔대. 신입생들을 대표해서 미나가 괜찮은지 확인할 겸."

"홍해 님이나 줄레트 님은?"

"홍해는 여성 재학생의 총책임자라 미나의 상태를 확인차 갔을 테고, 줄리에트는 미나의 회복을 돕고 있어."

청소부와 기숙사 사감이 제일 수상하다. 기숙사 사감은 신전 측에 미나의 상태를 알리는 것을 내가 목격했고, 청소부는 학원에 심어 두기에 적절한 패니까.

"청소부는 아니야."

앙리의 말에 나는 눈을 동그랗게 떴다.

"오째서 그러케 생각해?"

"내 사람이거든."

그가 사악하게 웃자, 이샤크가 "오." 하며 고개를 끄덕였다.

"역시 작은형. 교활한 짓은 제일 빠르다니까— 악!"

이샤크의 장딴지를 걷어찬 앙리가 말했다.

"청소부가 갔을 때까지는 통로를 쥐고 있지 않았다고 해."

"누가 숨겼눈지 내가 알아보께. 마침 줄레트 님 실험실에 갈 일이 이써."

오늘은 주에 한 번 있는 줄리에트 실험실의 청소 날이고, 마침 내가 당번이었다. 오빠들과 인사 후, 나는 즉시 숙소를 나섰다.

줄리에트의 실험실에 가기 전, 학생들에게 산드라의 위치를 물어서 그녀를 찾아갔다. 산드라는 벤치에 우두커니 앉아 있었다.

"안녕!"

내가 인사하자, 산드라가 흠칫 나를 쳐다봤다.

"너는……."

"요기서 일해요."

"들었어. 반가워."

산드라가 웃으며 내 머리를 쓰다듬어 줬다.

"저녁 시간인데. 식사해야 하눈데?"

내가 옆에 앉으며 말하자 산드라가 상냥한 손길로 내 옷깃에서 실밥을 떼어 주었다.

"입맛이 없네. 너는 식사했니?"

"이따가 머글 거예요."

"잘 챙겨 먹어야 해. 아이는 잘 먹어야 쑥쑥 큰단다."

"어떠케 아라요? 동생 이써요?"

산드라가 애지중지하는 어린 동생이 있다는 건 잘 알고 있었지만, 나는 모른 척 물었다. 그녀는 빙그레 웃곤 고개를 끄덕였다.

"그래, 내게도 동생이 있어서 잘 알지. 그 애는 식사를 잘 못 해서 아주

작거든."

"왜 식사를 모태요?"

"몸이 약해서."

산드라의 표정이 흐려졌다.

'몸이 약해? 그런 얘기는 들은 적 없는데.'

나는 의아함을 능숙히 숨기고서 물었다.

"나도 아팠눈데. 요기 무릎이요. 동생도 요기 아파요?"

"더. 더 많이 아파."

"그러면 신전에 가면 대요! 신전에 가면 다 낫눈다고 해써요!"

"이미 신관의 도움을 받고 있어. 언제나 애써 주시지. ……이만 가 봐야겠다. 만나서 반가웠다."

산드라가 얼른 몸을 일으켰다. 그녀는 내게 손을 흔들어 준 뒤에 자리를 떠났고, 나는 그녀의 뒷모습을 물끄러미 쳐다봤다.

'신전의 도움을 받고 있다면 그들의 명령을 거부하기 어려울 거야. 역시 산드라인가?'

그때였다.

"아기야!"

홍해의 발랄한 목소리가 들려왔다. 그녀는 저 멀리서 마구 손을 흔들며 다가왔는데, 곁엔 줄리에트가 함께였다.

"뭐 해?"

"줄레트 님 실험실에 갈라구요."

"그랬구나~! 우리도 실험실로 가려고 했어. 같이 가자!"

홍해가 생긋 웃고서 나를 한 팔로 번쩍 들었다. 순식간에 공중으로 들어 올려진 난 엄청나게 놀랐다. 줄리에트가 사색이 된 나를 보며 한숨을 내쉬었다.

"아무 데서나 힘자랑하지 말라고 몇 번을 얘기해야겠어. 애가 놀라잖아."

"그랬어? 미안, 미안."

"오늘은 왜 이렇게 기운이 좋은 거야. 사람 귀찮게."

"나는 늘 기분이 좋지. 언제나 운이 좋으니까! 가자, 아기야. 실험실에 진도 있어. 오늘 제2 관문의 전투를 마무리하고 돌아왔거든."

나는 홍해에게 달랑달랑 들려 실험실로 향했다. 실험실엔 정말로 진이 있었는데, 그는 나를 보며 손을 흔들었다.

"다시 보니 더 반갑네. 아드리안이 재밌게 놀아 줬나?"

"……고딋말쟁이. (……거짓말쟁이.)"

"내가?"

"말 안 한다구 해짜나요."

"아아, 그거. 미안."

그러며 전혀 미안하지 않은 얼굴로 내게 비스킷을 집어 줬다. 나는 그를 새초롬하게 노려보았다.

"왜? 토라져서 비스킷도 먹지 않으려고?"

"……."

"줄리에트의 추종자들이 만들어 오는 비스킷은 아주 맛이 좋기로 유명한데, 정말로 안 먹을 거야?"

"……머거. (……먹어.)"

비스킷은 죄가 없다.

내가 슬그머니 비스킷을 입에 물자 진이 쿡쿡 웃었다. 홍해는 깔깔거리며 내 볼을 마구 흔들었다.

"귀여워라."

"뭐야, 홍해는 오늘 왜 이렇게 기운 차?"

줄리에트는 고개를 절레절레 젓곤 실험 가운을 입었다.

"오늘 운이 좋단다."

"무슨 운?"

홍해가 나를 무릎에 앉히고서 대답했다.

"신경 쓰이던 일이 해결됐거든."

"홍해, 네가 신경 쓰는 것도 있었나?"

진의 물음에 홍해가 대답했다.

"모국에 비가 내리지 않은 지 한참 됐잖아."

"대기근 말이지?"

"그래, 백성들은 하루에도 수백씩 죽고 각지에서 봉기하고, 왕가에도 식량이 부족할 정도니까 말 다 했지, 뭐."

"비가 내렸어?"

"비 소식은 아직 없지만, 당분간 식량난 걱정은 끝. 이스트, 웨스트 쪽에서 지원해 주기로 했거든. 구휼미도 내릴 수 있겠어."

"대신 뭘 주기로 했는데?"

"퇴학을 저지해 주기로 했지. 그러니까 너희들 이스트, 웨스트 퇴학 회의가 열리면 전부 반대표를 던져 줘."

그러며 홍해가 나를 끌어안아서 나는 버둥거렸다.

"나 텅소해야 하눈데!"

"그래? 그럼 내가 도와줄게. 그러니까 너도 네 아버지와 삼촌에게 말 잘해 줘야 한다? 이스트, 웨스트 퇴학 회의에서 반대표를 던지라고 해줘. 응?"

그렇게 말한 홍해는 "자, 가자!" 하며 나를 끌고 실험실로 쏙 들어갔다. 밖에 있던 줄리에트가 신경질적으로 소리쳤다.

"또 부수기만 해, 홍해!"

홍해는 들은 척도 없이 룰루랄라 손을 움직였다.

'응?'

나는 놀란 눈으로 홍해를 쳐다봤다. 일국의 왕녀로 손에 물 한 방울 안 묻혀 봤을 텐데, 의외로 손끝이 야무지다.

먼지를 털고, 책상과 실험 도구를 닦고, 바닥 비질까지. 전문 고용인들보다야 못해도 이 정도면 귀한 공주님치고는 훌륭했다.

내가 눈을 끔뻑이자 홍해가 "왜?" 하며 빙그레 웃었다.

"텅소 잘해요."

"어렸을 때부터 종종 했거든."

"곤주님인데? (공주님인데요?)"

"뭐라도 해야 살아남으니까."

내가 의아한 표정을 지으니 그녀가 내 뺨을 가볍게 잡고 흔들었다.

"아기는 대륙의 패권을 차지한 제국 사람이라서 모르지? 어떤 나라는 말이야. 왕이 약자일 수도 있단다."

"왕이요?"

"그래. 저기 먼 검은 머리 사람들의 나라에선 때론 반정이라는 것이 생겨. 신하, 혹은 백성이, 그도 아니라면 왕태후가 왕을 바꾸기도 해."

"……."

"내 아버지는 성년이 되자마자 왕궁으로 잡혀가듯 왕이 되셨지. 태후께서 말 잘 듣는 어리숙한 왕을 원하셨거든. 태후께선 계승권을 가진 인척들을 부황의 앞에서 죄 도륙하시고 말씀하셨대. 필요한 사람이 되세요, 황상."

그렇게 말하는 홍해의 눈은 평소답지 않게 싸늘하게 가라앉아 있었다.

"그래서 아버지는 겁에 질려 결혼을 약속한 연인을 두고 왕이 되셨지. 태후의 뜻에 따라 처첩을 수십 명씩 두고, 아무것도 모르는 척 '어마마마의 뜻이 옳습니다'만을 반복하는 앵무새가 되셨어."

"……."

"태후께서 돌아가시곤 그분 조카인 재상의 앵무새가 되셨고 말이야."

"……."

"반복된 공포는 사람을 바보로 만드나 봐. 아무튼, 그래서 부황께선 늘 자식들에게 말씀하시지. 필요한 사람이 되어야 한다고."

"필요한 사람이 될라구 홍해 님도 텅소하신 거예요?"

"나라에 일이 생길 때마다 나가서 노역하지. 백성을 사랑하지 않으면서 사랑하는 척, 그들의 아픔이 내 아픔인 척. 구휼미를 퍼 주고, 시녀처럼 청소라도 도우면서."

"다른 곤주님과 왕자님들도요?"

"고매하신 이복 누이, 형제들과 나는 처지가 다르단다. 아버지가 왕이 되기 전인 어부 시절의 자식이거든, 난."

'어부 시절의 연인이었다던 사람이 홍해의 친모구나.'

홍해의 손에서 걸레가 사정없이 구겨졌다. 입술을 꾹 깨물던 그녀가 나를 돌아보며 여느 때처럼 헤헷, 웃었다.

"자, 얼른 끝내 버리자. 그러니까 꼭 너희 아버지와 삼촌에게 반대표를 던지라고 말해 줘?"

"……네."

나는 고개를 끄덕이고, 분주하게 손을 놀리기 시작했다.

* * *

청소가 끝난 후, 잉리의 숙소로 돌아갔다. 오늘 산드라, 홍해와 나누었던 이야기를 세 오빠에게 들려주자 이샤크가 고개를 끄덕였다.

"홍해의 가정사도 복잡한 편이지. 가홍의 왕이 홍해 모녀를 궁에 데려오려고 재상의 다리 사이를 기었다는 말도 있고."

"에엥? 정말로?"

내가 깜짝 놀라자, 앙리가 통신석을 종료하며 말했다.

"사실인지 아닌지는 모르지만, 그만큼 왕권이 약하다는 뜻이겠지. 남의 가정사야 신경 쓸 것 있어? 르블레인, 산드라를 알아봤어."

역시 듀블레드의 암조. 웬만한 대륙의 굵은 귀족가는 전부 섭렵하고 있다.

"산드라 동생 말이야. 태어날 때부터 폐병을 앓고 있는데 심각한 모양이야. 일 년의 반은 의식이 없다더군. 그나마도 신관의 치유 때문에 숨을 이어 가는 것 같아."

"그러몬 역시 신전의 부탁을 거절하지 못하게꾸나……."

"그래, 유명하다던 걸. 백작가의 잠자는 왕자 저스틴이라고 ─ "

"머?!"

"응?"

나는 벌떡 몸을 일으키고, 앙리를 붙들었다.

"방금 머래써?"

"백작가의 잠자는……."

"저, 저, 저스틴?"

"그래."

맙소사. 그 저스틴이 산드라의 동생이었단 말이야?

나는 단풍잎 같은 양손으로 입을 틀어막고 소리 없는 비명을 질렀다.

"르블레인?"

앙리가 의아한 표정으로 나를 불렀고, 나는 황홀한 표정으로 생각했다.

'철수, 이게 그거 맞지?'

언젠가 철수가 가르쳐 줬던 말을 떠올린 나는 양팔을 번쩍 들고 소리쳤다.

"심 바따! (심 봤다!)"

마음만은 심마니가 되어 격정적으로 소리친 나는 부르르 떨었다.

아아, 오디스에 오길 잘했어.

이곳은 정말이지 황금 인맥의 밭이었다. 이샤크가 어리둥절한 표정으로 앙리와 요한을 번갈아 보며 말했다.

"뭐지, 왜 꼬맹이가 작은형이 흉계를 꾸밀 때의 표정을 짓는 거지?"

그야, 내가 지금 흉계를 생각하고 있으니까!

나는 즉시 에믈린을 호출했다. 캄캄한 저녁에 내 닦달을 듣고 앙리의 숙소에 몰래 도착한 그녀가 나를 보며 입을 떡 벌렸다.

"작아졌다고 듣긴 했지만, 너 정말…… 쥐똥만 하구나."

"씨……. 아무튼 에물린, 산드라를 만나죠."

"……만나서 뭘 어쩌라고?"

"내가 말한 대루 하면 대."

나는 앙리가 자체 제작한(학칙을 깡그리 무시한) 통신석을 그녀에게 건네고서 음흉하게 웃었다.

* * *

통신석을 귀 안에 넣은 에믈린은 떨떠름한 표정으로 벤치로 향했다. 그곳엔 앙리의 사람으로부터 미리 연락을 받은 산드라가 나와 있었다. 등불 아래의 에믈린을 본 산드라의 표정이 딱딱하게 굳어져 있었다.

"이 편지, 에믈린 당신이 보낸 것이었나요?"

'편지?'

[내가 보낸 고야. 구냥 네가 보냈다구 해.]

에뮬린은 한숨을 삼키고서 대답했다.

"그래요. 나예요."

"내 비밀을 알고 있다는 게 무슨 뜻이죠?"

'뭐?'

에뮬린이 당황하여 멈칫하자 이번에도 통신석에서 어눌한 목소리가 들려왔다.

[내가 쓴 고야. 구냥 네가 썼다구 해.]

'이게 진짜……!'

에뮬린이 입술을 꽉 깨물자, 산드라가 재촉했다.

"당신이 쓴 편지가 아닌가요?"

"아, 내가 썼어요. 그래요, 내가 썼네요."

'두고 보자, 르브.'

산드라는 초조한 표정으로 재킷 끄트머리를 말아쥐었다.

"무슨 협박을 하려는 건지 모르겠지만, 이런 짓 내게 안 통해요. 비밀 같은 건 없으니까."

[이제부터 날 따라 해.]

에뮬린은 통신석에서 흘러나오는 말을 따라 했다.

"정말로 비밀이 없나요? 폐병에 걸려 신관에게 치유받아야 하는 남동생과 관련된 일도?"

"무슨 소리를 하는 거예요. 비밀 따위 없—"

"사실은 그 애는 산드라의 아들— 뭐?!"

소스라치게 놀란 에뮬린이 빽 소리치자, 통신석에서 투덜거림이 들려왔다.

[왜 흐름을 끊구 이써!]

'뭐야, 이게 무슨 소리야.'

산드라의 동생이 아들이었단 말이야? 정말? 유난히 예뻐하긴 했지만, 그럴 리가…….

고개를 수그리고 생각을 정리하던 에뮬린이 휙, 고개를 들어 산드라를 쳐다봤다. 산드라의 얼굴이 희게 질려 있었다.

'……맙소사.'

"저, 저는 무슨, 무슨 소리를 하시는 건지 모르겠어요. 말장난을 하자고 부르신 거라면 이만 가 보겠습니다."

[안 돼, 안 돼! 붙잡아. 그리고 다시 내 말을 전해!]

에뮬린은 황급히 그녀의 손목을 붙들고서 소리쳤다.

"기다려요. 할 말이 남았어요. 산드라의 마음을 이해해요. 그럴 수밖에 없었다는 것을 알아요."

"……."

"신관의 아이를 낳았으니…… 신관의 아이……."

에뮬린의 표정이 굳어졌다. 그녀 또한 신관의 숨겨진 아이였기 때문이었다. 산드라는 에뮬린의 손을 뿌리치고, 몇 걸음 물러나 중얼거렸다.

"알량한 거짓말은 됐어요. 당신 말은 사실이 아니고, 사실이라고 해도 절대로 내 마음을 이해하지 못할 테니까."

"……산드라를 이해하지 못해도 당신 아들은 이해할 수 있겠죠."

"뭐라고요?"

이건 르블레인의 말이 아니었다. 이를 악문 에뮬린은 이내 한숨을 내쉬며 차가운 목소리로 물었다.

"아버지는요? 아버지는 그쪽이 아이를 낳았다는 걸 알아요?"

"그 애는 내 아들이 아니라니까요."

"그놈이 뭐라고 구슬리던가요? 곧 너와 아들을 맞이할 거다, 뭐 그런 헛소리? 그러니까 말 잘 들으래요? 신전의 일을 잘 수행하라고는 안 해요?"

"네가 뭘 안다고……!"

"알아! 나도 신관의 자식이니까."

"……뭐?"

"혹시 자식 때문에 그놈을 버리지 못하는 거라면 착각하지 말아요. 그건 절대 자식을 위한 일이 아니니까."

"……네?"

"아버지가 없어도 잘 살 수 있어요. 그 애에겐 책임감 없고, 모든 위험을 제 연인에게 전가하는 아버지가 없어도, 좋은 어머니가 있으니까."

"……."

"나는 회귀한다면 엄마에게 말해 주고 싶어요. 제발 나 때문에 행복을 포기하지 말라고. 내 인생의 불행은 행복하지 않은 어머니였다고. 그래서 아버지에게 집착했다고."

에뮬린이 한숨을 내쉬며 귀 안의 통신석을 꺼냈다.

"같은 신세이니 하나 알려 주자면, 르블레인의 손을 잡아요."

"……."

"그 애는 결코 책임을 회피하지는 않으니까."

그렇게 말한 에뮬린이 등을 돌렸다. 그리고 통신석에 중얼거렸다.

"미안. 성질머리가 더러워서 일을 그르쳤네."

[아니, 아주 잘해써.]

"뭐?"

그때였다.

"제가 뭘 어떻게 하면 되죠?"

산드라의 간절한 목소리가 들려왔다.

*　　*　　*

통신을 종료한 나는 히죽 웃었다. 턱을 괴고 있던 이샤크가 물었다.

"대체 저스틴이 뭐 하는 녀석이기에 이렇게 붙잡으려고 안달인 거야?"

"최연소 마탑장 후보. 특기는 물품 복제야."

성물도 잘 복제하는데, 그게 들켜서 잡혀가지만, 그 능력이 너무나 탁월해 마탑에 들어가는 것으로 마무리되는 천재였다.

"미나의 에트왈. 복제하면 어떠케 될까?"

"자수정이 있으면 굳이 복제할 필요 없잖아? 어차피 통로는 일전에 신관에게 받은 것 하나였다며."

"자수정은 산드라한테 엄써."

……범인은 따로 있지.

'그럼 이제 내 자수정을 훔쳐 간 범인에게 복수하러 가 볼까.'

Chapter 22.

동이 어슴푸레 떠오르는 새벽녘.

로브를 푹 뒤집어쓴 자가 은밀히 움직였다. 산책로를 지나 아카데미의 서문으로 다다른 그는 돌담을 더듬었다.

수많은 돌담 중엔 딱 하나 고정되지 않은 벽돌이 있었는데, 그는 주변을 살피곤 그 벽돌을 밀었다.

툭, 잔디에 벽돌이 떨어지는 둔탁한 소리가 나고 얼마 뒤.

"물건은 가져오셨습니까?"

서문 밖에서 낯선 이의 목소리가 들려왔다.

"그래."

"첫 번째 쪽의 동태는 어떠하더이까."

"두 번째의 손에서 무언가 사라졌다는 것은 눈치챈 모양이다. 아직 범인을 특정하진 못한 듯하지만."

"서두르십시오."

로브가 품 안에서 조그만 가죽 주머니를 꺼냈다. 재차 인기척을 살핀 후 돌담 밖으로 그것을 내밀었다.

"이후 연락할 일은—"

그때였다.

돌담 밖의 상대가 로브의 손목을 재빨리 움켜쥐었다.

"무슨 짓이냐."

"그러니까."

이건 돌담 밖에서 나온 목소리가 아니었다. 귀에 익은 목소리. 익숙하디익숙한 이것은…….

로브의 등 뒤에서 등장한 사내가 싸늘히 웃으며 말을 이었다.

"이게 무슨 짓이야, 홍해."

사내가 거칠게 로브를 벗기자 흑단 같은 머리칼이 바람에 나부끼며 딱딱하게 굳은 홍해의 얼굴이 드러났다.

"이샤크."

로브를 잡은 이샤크를 향해 홍해가 말했다.

"대체 어떻게 나인 줄 안 거지?"

"그야 제일 수상해쓰니까."

결계 속에 숨어 있던 르블레인이 모습을 드러냈다. 앙리와 줄리에트가 함께였다. 줄리에트는 기가 막힌 얼굴로 홍해를 쳐다봤다.

"이 녀석들에게 이야기를 들었을 때만 해도 설마 했어. 그래서 네 추적을 도와준 거야. 너라고 믿지 않았으니까, 홍해!"

홍해의 표정이 희게 질렸고, 줄리에트는 두통이 인다는 듯 이마를 짚었다. 그러곤 르블레인을 쳐다봤다.

"홍해가 범인이란 게 사실이라면 네가 르블레인이란 것도 사실이냐? 아니, 그보다 넌 대체 홍해가 범인인 걸 어떻게 안 거지?"

"홍해 님은 내 정체를 알고 있었고든요."

"아기는 대륙의 패권을 차지한 제국 사람이라 모르지? 어떤 나라는 말이야. 왕이 약자일 수도 있단다."

"오디스는 중닙지에 있눈데 내가 제국인인 거를 어떠케 알아요? 나는 앙니의 사생아라구 했지 제국 사람이라구 한 적은 엄써요."

"그건……."

"웨인스에서 지원받은 거두 내 정보를 팔았기 때문이지요?"

"……."

홍해를 싸늘히 노려본 이샤크가 물었다.

"왜 그랬어. 어째서 꼬맹이의 정보를 팔고, 통로를 훔친 거야."

"그건……."

홍해가 말할 수 없다는 듯 말끝을 흐리자 르블레인이 손을 휘휘 저으며 말했다.

"대써요. 말하지 않아두 대요."

"……용서해 주는 거니?"

"아녀? (아니요?)"

"……뭐?"

"이미 일은 일어나꾸 홍해 님은 두레두를 적으로 만드러써요. 그론데 내가 변명에 불가한 애기룰 들을 필요 이써요? (이미 일은 일어났고 홍해 님은 듀블레드를 적으로 만들었어요. 그런데 내가 변명에 불과한 이야기를 들을 필요가 있어요?)"

르블레인이 '당연한 걸 묻고 있네' 하는 표정으로 쳐다보자 줄리에트가 헛웃음을 흘렸다.

"너는 정도 없냐?"

"홍해 님은 정이 이써서 생명의 은인인 내 정보를 팔아머겄대요?"

"그건…… 할 말이 없긴 하지……."

"구롬 되었지, 모. 앙니, 이자꾸."

르블레인이 부르자 두 사람이 그녀를 쳐다봤다. 르블레인은 가죽 주머니를 품 안에 넣고는 말했다.

"곤주님 저세상으로 잘 모셔. 줄레트 님, 요기서 입 한 번 잘못 놀리몬 어떠케 댈지 굳이 말해 주지 않아도 알게찌요?"

줄리에트가 당황한 표정으로 말했다.

"그래도 홍해는 가홍의 왕녀야!"

"날 팔아먹었눈데 앙녀인지 나발인지가 대수예여?"

르블레인이 홍해를 싸늘히 보며 말을 이었다.

"내가 못 할 것 같으몬 덤벼 바. 대륙 최강의 제국, 제국에서도 제1 가문인 두레두의 영애가 멀 할 수 있을지 보여 줄 테니까."

"……."

"참고루 덤비려면 제대루 해야 할 고야. 너 하나로 끝나지 않을 테니까."

르블레인이 싸늘한 표정으로 홍해를 쳐다보자, 그녀가 마른침을 삼켰다. 르블레인이 "잘 가." 하고 산뜻하게 손을 흔들고 뒤를 돌았고, 줄리에트는 다급히 말했다.

"홍해, 이 멍청아! 지난번 전투에서 저 녀석의 힘을 보고도 모르겠어? 저 말은 절대 허풍이 아니라고!"

"……."

르블레인이 몇 걸음 옮겼을 때였다.
"얘기할게!"
홍해가 황급히 소리쳤다.
"……사과할 테니 변명의 기회를 줘."
"줘?"
"……."
"그럼 저는 이만—"
"주세요……."
콧방귀를 흥! 뀐 르블레인이 양손으로 허리춤을 짚었다.
"구롬 어디 말해 보든가."
줄리에트가 어이없는 표정으로 르블레인을 쳐다봤다.
"……원래 네 성격이 이랬어?"
"진짜 내 성격대루 해쓰면 당신은 이미 이 세상 사람이 아닐골?"
홍해의 얼굴이 새파랗게 질렸다.

* * *

앙리의 숙소. 홍해는 주머니 안에서 구겨진 쪽지를 꺼냈다.

[르블레인 듀블레드의 펜던트를 훔쳐라. 거절한다면 네 주변이 하나씩 망가질 것이다. 종국엔 네게 가장 소중한 것까지.]

'펜던트라면…… 에트왈?!'
깜짝 놀란 나는 이후 쪽지 하단에 그려진 그림을 살폈다. 육망성의 별, 이건 분명 에트왈이 맞다.

'그렇다면 홍해를 협박한 건 신전이 분명해.'

악마 소환의 매개가 에트왈이고, 내가 악마를 소환할 수 있다는 걸 아는 적은 신전이니까.

굳어진 난 오빠들을 쳐다봤다.

"왜 이런 협박을 홍해에게 한 거지?"

"말했잖아. 진은 남학생들, 홍해는 여학생들의 책임자야. 그래서 둘은 각각 남학생, 여학생들의 반입 금지품, 혹은 반출 금지품을 검사하거든."

"방학 전이라 홍해가 내 반출품을 검사할 예정이어꾸나."

에트왈이라면 몸에서 떼어 놓지 않을 테니 고용인들에게 일을 맡기는 건 의미가 없었을 터다. 몸수색까지 하는 홍해가 적합하다고 여겼겠지.

"처음엔 무시했어. 그런데 모국에서 봉기가 일어났지. ……봉기가 일어나기 전엔 이런 쪽지가 왔었고."

홍해가 꺼낸 또 하나의 쪽지엔 이렇게 적혀 있었다.

[이번 일은 경고다.
다음은 단순한 경고로 끝나지 않아.]

홍해는 한숨을 내쉬고 말을 이었다.

"이건 에트왈이지? 나도 그 정도는 안다고. 그런 물건이 네 손에 있다면, 그걸 훔쳤다가 무슨 일이 일어날지 모르니까 일단 그들의 말은 따르지 않은 거야."

"구래서?"

"하지만 영 불안해서 일단 네 주변을 살폈어. 그리고 봤지. 네가 두 번째와 이야기를 나누던 중에 어린애가 된걸."

"……."

“그리고 내가 잘못하긴 했지만, 억울한 면이 있다고! 내가 네가 어린 애가 되었다는 걸 괜히 넘긴 줄 알아? 네가 르블레인이라는 걸 의심한 건 나뿐만이 아니란 말이야! 진도 그렇고, 헤이턴도……!”

홍해는 뚱한 얼굴로 다시 입을 열었다.

“네 에트왈을 훔치는 것보다는 다들 아는 정보를 팔아서 일단 수습하려고 한 거야. 하지만 또 경고장이 왔는데, 그때 미나의 손에서 ‘그걸’ 발견했어.”

“그거?”

홍해가 쥐고 있던 가죽 주머니를 열었다. 그 안에 든 건…….

“미나의 에트왈!”

내가 얼른 그것을 건네받고 소리치자 그녀가 고개를 끄덕였다.

“그래, 그 애 방에 이게 있었어. 그래서 네 것 대신 넘기려고 한 거라고. 그러니까 난 억울하단 말이야!”

줄리에트가 홍해의 머리를 쥐어박았다.

“두 번째의 것을 훔친 건 죄가 아냐?”

“그, 그래도 ─ ”

“그래! 듀블레드보다는 아직 뒷배 없는 미나의 것을 훔치는 게 안전하다고 여겼겠지. 하지만 그것도 나쁜 짓이야, 인마!”

“알아……. 하지만 나도 나름대로 궁리 끝에 한 일이라고. 생명의 은인의 소중한 것을 훔칠 수는 없잖아.”

난 얼른 홍해를 붙잡았다.

“보석은요? 미나 손에 보석이 엄썼어?”

“……이거 말이야?”

홍해가 품에서 자그만 자수정과 탁한 빛의 진주를 꺼냈다.

“자수정은 동생 삼고, 진주는 그 조카 삼으면 좋겠더라고~! 아, 그래도 제대로 값은 치르고 왔다? 그 애 방에 돈을 두고 왔단 말이야."

줄리에트가 또 한 번 버럭 소리쳤다.

"이 멍청아! 그렇게 가져오면 어떻게 해! 대체 몇 개나 훔친 거야!"

"이거 그렇게 비싸지 않아. 봐, 작잖아. 시세보다 열 배는 더 주고 왔 — 악!"

볼이 꼬집힌 홍해는 울상을 지었고, 줄리에트는 길길이 날뛰었다. 홍해가 볼을 문지르며 웅얼거렸다.

"아무튼 미안. 그러려던 건 아니었 —"

"……해써."

"응?"

"잘해써!"

나는 홍해의 뺨을 오구오구 두드려 주고 쾌재를 내질렀다.

'대박, 대박!'

자수정과 다른 통로, 거기다 미나의 에트왈까지 내 손에 들어왔다.

이게 웬 횡재란 말인가!

홍해와 줄리에트가 의아한 눈으로 서로를 쳐다봤고, 나는 얼른 방으로 들어가 에뮬린에게 연락했다.

[뭐? 산드라의 아들에게 복제를 시키라니? 산드라, 아들이 복제할 수 있어요?]

함께 있었던 건지 산드라의 목소리도 들렸다.

[우리 아이가 뒤집기 시작할 때부터 마법을 쓸 줄 알긴 해요. 장난감을 사 주지 않으면 토라져서 원래 있던 장난감을 몇십 개씩 복사해서 하녀를 혼절하게 한다니까요.]

[뭐…… 그럼 복세는 되겠시반…… 대제 뭘 복제하려고?]

"미나의 에트알."

[에트……! 그게 가능해?]

"가능해."

신의 성물을 복제했다가 재판에 회부된 다섯 살 꼬마를 분명히 기억하거든.

나는 산드라에게 부탁해 에트왈을 그녀의 본가로 보냈고, 방학 하루 전에 복제된 에트왈이 내 손에 들어왔다. 홍해는 내 명대로 복제 에트왈을 '누군가'의 손에 넘겼다.

'어디 한 번 제대로 엿 먹어 봐라.'

나는 킬킬 악랄하게 웃었다.

* * *

그 시각, 제2 기숙사.

미나의 방에 들어간 청소부가 소스라치게 놀라 빗자루를 떨어뜨렸다.

"미, 미나 님! 저기요! 누구 없어요?! 미나 님, 미나 님이……!"

문밖에서 시끄러운 발소리가 들려왔다. 뛰어 들어온 사내가 청소부를 밀치며 미나의 침대 가까이 다가갔다. 청소부는 어찌할 바를 모르며 미나를 살피는 사내를 바라봤다.

"과, 관리관님. 어쩌면 좋습니까? 의사를 불러와야 하는 게 아닐까요?"

"빌어먹을, 언제부터 상태가 이런 게야!"

"모, 모르겠습니다. 방에 들어왔을 때 이미 상태가 이상했습니다."

미나의 몸에서 떨림이 멈출 줄을 몰랐다. 짓씹듯 욕설을 뱉은 사내가 품 안을 뒤져 약병을 찾았을 때였다. 미나의 눈꺼풀이 가늘게 떨리며 발작하듯 몸이 튀어 올랐다.

쾅―!!

천지가 요동쳤다. 해가 구름에 가려지고, 세상이 고요에 휩싸였다. 눈을 홉뜬 사내가 창가를 바라봤을 찰나.

쇳소리 같은 신음이 흘러나오며 미나가 사내를 바라보았다.

"정신이 드십니까? 당장 의사를—"

그가 몸을 반쯤 일으키자 미나가 그의 옷깃을 붙들었다.

"……베네딕트인 거니?"

그가 흠칫 미나를 쳐다보았다.

순간, 주변의 소리가 일그러졌다. 세상은 시간을 빼앗기듯 모든 것이 기이할 정도로 느려졌다. 청소부의 목소리며 몸짓, 시계의 초침조차. 일그러진 세계 속에서 평소와 같은 것은 오직 미나와 사내뿐이었다.

'내 정체를 어찌 두 번째가—!'

그의 손등에 미나의 손끝이 닿자 마치 먹물이 번지듯 문신이 드러났다. 그것은 이윽고 홍반이 되었다. 30대 초반에 불과해 보이던 외모는 본래대로 돌아오고, 금술의 여파로 흉측하게 일그러진 민낯이 드러났다.

굳어진 사내가 미나를 정신없이 바라보았다.

"미나 님께서 저를 어찌 아십니까."

그의 정체는 오디스의 내부자는 물론, 추기경들조차 모르는 일이었다. 변모한 그를 알아보는 자는 없었다.

대륙의 마녀라 불리는 줄리에트, 궁정 마법사를 뛰어넘는 능력의 교수, 마나의 질을 알아낼 수 있는 아드리안 황자조차.

그도 그럴 것이 그를 감싼 결계는 네리아드의 신물을 매개로 교황이 내린 축복이었다. 의사 테일러와 접촉해서 꼬리가 잡혔던 때에도 듀블레드의 암조쯤 되는 이들조차 이 '축복'으로 인해 그의 행방을 찾지 못했다.

미나는 힘없이 중얼거렸다.

"어떻게 당신을 모르겠어. 아무것도 기억하지 못하는 시간 속에서조차 나는 당신을 꿈에서 봤다고 생각했는걸."

"……."

"내 기사이자 보호자. 언제, 어느 곳에서나 나를 지켜 주던 소중한 사람."

미나가 빙그레 웃으며 흉측하게 일그러진 그의 뺨을 쓰다듬었다.

"이번 생에도 내 곁에 있을 줄 알았어."

베네딕트의 표정이 가라앉았다.

"……송구합니다. 불민한 저는 도무지 미나 님의 말씀을 이해할 수 없습니다. 제가 모르는 것이 있는 겁니까?"

"모든 것은 곧 밝혀질 거야. 걱정하지 마. 너무 늦진 않을 테니까."

"……."

"그들을 봐야겠어."

"그들이라시면……?"

"사랑하는 사람, 남매와도 같았던 사람들, 그리고…… 내 가족."

침대 헤드에 의지한 그녀는 창밖을 지그시 응시했다.

'모든 것이 제자리를 찾을 거야. 이제 나 또한 너를 기억하니까. ……언니.'

신이 만든 촌극, 그 1막이 내려가는 순간이었다.

* * *

방학식이 끝났다.

나는 거울을 보며 제국으로 향하는 마차로 향했다.

'돌아갈 기미가 없네. 정말 이대로 자라야 하는 거 아냐?'

불길한 상상을 하니 오스스 소름이 돋는다. 나는 도리질 쳐서 애써 불안을 떨치곤, 뒤를 힐끔 쳐다봤다. 잔뜩 기가 죽은 홍해가 내 뒤를 졸졸 좇아오고 있었다.

"먼데."

"……내가 널 도와줬으니까 이제 우리 사이에 걸리는 일은 없는 거지?"

"걸리는 고가 왜 엄써? (걸리는 게 왜 없어?)"

"내가 가짜를 저 단체에 줬잖아. 네 부탁으로!"

"부탁이 아니라 명에 따른 고지."

"……무슨 뜻이야?"

나는 거울을 마부에게 넘기고 양손으로 허리춤을 짚었다.

"너, 내 노예."

"말도 안 돼!"

홍해가 펄쩍 뛰어서 나는 오만하게 웃어 줬다.

"너는 이미 가짜 에뜨알을 저쪽에 넘긴 순간부터 내 줄을 잡은 고고든?"

"뭐라고?"

"가짜를 넘긴 순간부터 너는 이미 저쪽 단체와는 결별이야~! 어짜피 내 손바께 못 잡눈다구. (가짜를 넘긴 순간부터 너는 이미 저쪽 단체와는 결별이야. 어차피 내 손밖에 못 잡는다고.)"

"그건 네가 시켜서 — "

"구니까. (그러니까.)"

저쪽, 그러니까 신전인 게 확실한 저들은 이제 홍해를 내 편으로 여길 거다. 홍해가 내 손을 놓고 저들에게 간다고 해도 저 음험한 집단이 홍해를 신뢰해 주겠는가.

철수의 말로 하자면, 홍해는 낙동강 오리알이 된 거다. 그것도 내가 지켜 주지 않으면 어떻게 될지 모르는 상태의 낙동강 오리알. 내가 그 점을 하나하나 짚어 주자 홍해의 낯빛이 희게 질렸다.

"그럼 난 어떻게 해?"

"구러니까 너 노예라구."

"……용서 안 해 줄 거야?"

"내 사전에 복수는 있어두 용서는 엄써."

"말이 짧아진 것 같은데……?"

"내 정보를 팔아넘긴 네게 반말밖에 안 하는 나는 참 조은 사람이지?"

홍해는 기죽은 얼굴로 한숨을 내쉬었다.

그때, 에뮬린이 짐가방을 끌고 마차 앞에 도착했다. 에뮬린은 고용인이나 마차는 물론이고 이동진도 없기 때문에 제국으로 돌아가는 데에만 한참이 걸릴 터라, 우리 남매와 함께 돌아가기로 한 것이다.

"홍해 님이 왜 여기에……."

"이제 내 노예가 대써."

"그렇구나."

신학교에서 내가 권력가의 자식이나 손주를 노예 무리에 차곡차곡 쌓아 가던 것을 심심치 않게 보았던 에뮬린은 당황하는 기색조차 없었다.

"지금 출발하는 거야?"

"우. (웅.)"

나는 홍해에게 손을 휘휘 휘저었다.

"연락 기다리구 이써."

"해 줄 거지? 꼭 해야 한다? 나 불안하단 말이야! 이런 기분으론 내 동생들과 고대하던 티 파티도 하지 못할 거야. 사파이어, 다이아, 토파즈,

그 귀여운 애들이 얼마나 실망하겠니?"

홍해가 우울한 표정으로 말해서 나는 고개를 절레절레 흔들고, 마차에 올랐다.

얼마쯤 지나고 학원장과 이야기를 마친 듀블레드 삼 형제가 도착했다. 이샤크는 여전히 "연락해 줘, 응? 그럴 거지? 르블레인~!" 하고 마차 문에 매달린 홍해를 멀찍이 밀쳤다.

"제발 좀 꺼져, 홍해."

"연약한 숙녀에게 무슨 짓을!"

"내가 더 연약해. 아, 제발 꺼져. 집으로 가자고, 좀!"

기어코 홍해를 떨어뜨린 후에야 오빠들이 마차 내에 들어왔다. 오빠들까지 모두 마차에 탄 후, 우리는 출발했다.

그립고 그리운 제국으로!

* * *

"아가씨!"

"꺄아아—! 아가씨!"

"아, 아, 아가씨!"

"아가씨."

나의 세 하녀와 로라가 헐레벌떡 뛰어와 나를 맞았다.

"세상에, 정말이야. 정말 어려지셨어."

"아아아, 이 단풍잎 같은 손, 귀여워라."

린다는 깜짝 놀라 입을 틀어막았고, 달리아와 유니가 양쪽에서 내 손에 뺨을 마구 비비며 "하아앙……." 신음했다. 나는 흐린 눈으로 그들을 보며 "이제 쫌 나줄래? (이제 좀 놔줄래?)" 하고 말했다.

그즈음, 레아와 고모가 다가왔다.

"이야기를 듣고 얼마나 놀랐는지 몰라요. 대체 오디스에서 무슨 일이 있었던 건가요?"

"어, 음, 그러니까, 그게…… 어! 몬스터를 토벌하다가 금술에 걸렸나 봐."

"오디스도 안전한 곳은 아니군요."

레아의 말에 고모가 고개를 끄덕이며 무릎을 굽혀 나를 바라봤다.

"그 외에 다른 문제는 없니?"

"녜. 건강해요."

"그렇다면 다행이지만……."

"정말루 갠차나요."

"그래, 들어가자. 너 좋아하는 음식을 잔뜩 해 뒀다."

"신난다!"

내가 팔을 번쩍 들었을 때, 앙리와 이샤크, 그리고 요한이 다가왔다. 이샤크는 눈을 가늘게 뜨고 고모를 쳐다봤다.

"우린 보이지도 않는 모양인데."

앙리가 어깨를 으쓱했다.

"늘 있던 일이잖아."

고모가 쿡쿡 웃고 몸을 일으켰다.

"너희도 별일 없었니?"

"별일이야 많았―"

"없어 보이는구나. 들어가자."

"진짜 너무하는 거 아냐?"

이샤크가 투덜거렸고, 앙리와 요한이 픽 실소를 흘렸다.

식당에 들어가자 그야말로 상다리가 부러질 정도로 음식이 가득했다.

어려진 터라 어른의 사고를 유지하기 위해 식욕이 왕성해진 난 우다다 눈을 반짝이며 식사에 돌입했다.

커다란 스테이크와 고소한 치즈가 잔뜩 녹아 있는 파스타, 신선한 멜론과 포도, 갓 딴 과일로 만든 새콤달콤한 주스. 배가 빵빵해질 때까지 먹고 있노라니 식당의 문이 열렸다.

"아빠!"

나는 반가움에 소리쳤고, 다가온 아빠가 내 뺨을 쓰다듬곤 상석에 앉았다.

"체하겠구나."

"갠차나요."

"괜찮긴, 꼬맹아. 고기는 양손으로 들지 않아도 먹을 수 있어."

이샤크가 핀잔을 줘서 난 입술을 삐죽였고, 식당엔 웃음이 터져 나왔다.

'정말 돌아왔구나.'

아빠는 헤헤 웃는 내 뺨에 묻은 음식 부스러기를 떼어 주었다. 그리고 고모에게 눈짓하자, 고모가 고용인과 기사들을 모두 내보냈다.

식당엔 내가 악마의 힘을 사용할 수 있는 악신의 아이라는 것을 아는 이들만이 남았다. 아빠가 말했다.

"두 번째가 깨어났다."

오빠들이 얼굴을 굳히고 아빠를 쳐다봤다. 식기를 내려놓은 앙리가 싸늘한 목소리로 물었다.

"출발 전에 살폈지만 별다른 동향이 없었습니다."

"오디스 제2 기숙사에 심어 둔 세작으로부터의 기별이다. 두 번째가 깨어났다는 기별 이후로 소식이 끊어졌고."

"들킨 겁니까?"

요한이 묻자 아빠는 "아마도." 하고 말했고, 나는 포도를 입에 쏙 집어넣으며 고개를 끄덕였다. 이샤크가 인상을 찌푸렸다.

"이 상황에서도 먹을 게 입에 넘어가, 꼬맹이?"

"계속 그대루 깨어나지 않진 않을 고 아냐. 어짜피 일어날 거였는데 불안해할 필요눈 엄찌. 무엇보다……."

"무엇보다?"

"일어나 주는 쪽이 더 반갑고."

나는 히죽, 입꼬리를 올리며 미나의 에트왈을 꺼냈다.

"미나의 에뜨알은 내 손에 있는데, 그 애가 힘을 사용하려고 하몬 어떠케 되게써?"

"사용할 수 없겠지?"

"신의 힘을 사용할 수 없으몬?"

"가짜라고 생각…… 설마, 너."

"미나가 제국에 오는 거가 기대대지?"

우리 가족의 얼굴이 모두 음험해졌다.

그러니까 이제 남은 문제는 나였다. 언제까지고 아이로 있을 순 없는 노릇이다.

'내가 아이가 되었다는 것을 아는 사람들이 있으니 더더욱 위험해.'

진과 홍해, 줄리에트, 거기에 쌍둥이의 나라 웨인스까지.

엘리시아노의 세 사람은 몰라도, 웨인스는 위험하다. 지금까지 웨인스의 행보를 보면 쉽게 입을 열진 않을 테지만, 나라의 정세에 따라 어떻게 나올지 모르니까.

저택에 세작이 숨어 있을 가능성도 배제할 수 없다. 지금은 내 상태를 숨기기 위해 신뢰할 수 있는 고용인들만을 남기고 다른 이들에겐 휴가를 준 상태였다. 하지만 휴가가 길어지면 이상하게 여길 터.

'하루빨리 본래의 나이로 되돌아가야 해.'

그렇게 결심한 나는 의장과 트리곤을 불러들였다.

* * *

"정말로 아이가 되셨군요."

트리곤이 놀란 얼굴로 나를 쳐다봤다.

"그 얘기 백 번쯤 들어써."

뚱한 표정으로 턱을 괴고 있던 난 한숨을 푹 내쉬었다.

"앙마의 자료는 차자 봐써?"

"예. 스토라스가 준 통로의 자료에 따르면 자수정을 통로로 둔 악마는 없습니다."

"자수정을 통로로 둔 앙마가 없다는 고는 옛날부터 알고 이써자나."

내가 자수정을 지금까지 사용하지 않은 이유가 그것이었다. 소환될 악마가 누구인지 모르기 때문에.

"차라리 자수정의 악마를 소환해 보시는 게 어떻습니까?"

"다른 앙마와는 궤가 다른 힘의 앙마자나. 무턱대구 불러냈다간 유지하는 것도 힘들 수 이써."

"세르가 신 쪽의 악마라면 악마의 의지와 상관없이 권속으로 삼을 수 있지 않습니까?"

"힘만 따지몬 스토라스가 헐씬 강해써. 그론데 내가 왜 스토라스가 아닌 부네를 권속 삼았게써?"

"예?"

트리곤이 의이한 표정을 짓자 의장이 나를 대신해 대답했다.

"중요한 건 악마의 힘보단 이능이란 뜻이다. 악마가 아무리 강대한 힘을 가졌든 간에, 아가씨께서 사용할 수 있는 힘은 오로지 이능뿐 아닌가."

"그렇군요……."

트리곤이 끄응, 신음했고 나는 팔짱을 끼며 의자에 깊게 기댔다.

"구로니까 부네의 경우와 같은 고가 아닐까 시퍼."

원래 부네의 통로는 듀블레드의 가보인 '잠든 광물'이었다. 그런데 쿠헬름에서는 전혀 다른 보석을 통해 소환되었다. 한 번 사용한 통로는 기능을 잃는다. 그러니까 다른 광물이 새로운 통로가 되는 게 아닐까.

'그러니까 스토라스의 기록에 없는 것이겠지. 기록과 달라졌으니까.'

내 이야기를 들은 트리곤이 고개를 저었다.

"하지만 통로를 통해 악마를 소환할 수 있는 건 운명의 아이들뿐입니다. 거기다 두 번째는 아직 악마를 불러낸 적 없지 않습니까?"

"아냐, 이짜나."

"누가."

"엄마."

"……!"

"이 자수정, 엄마가 불러낸 권속이었을 수도 이써."

"알아볼까요?"

"엄마가 성녀여꾸, 앙마를 불러냈다는 고는 신전의 기밀이야. 그걸 트리곤이 어떠케 알아봐? 그건 나한테 맡기구, 이 진주의 앙마를 알아바."

"두 번째에게 있던 진주를 말씀하십니까? 그건 짚이는 게 있습니다."

트리곤이 스토라스가 준 커다란 책을 펼쳤다.

"안드로말리우스입니다. 백색 진주를 통로로 둔 악마는 이자뿐입니다."

"이능이 먼데?"

"……본연. 사람의 정체를 알아보고, 본연의 모습으로 되돌리는 능력을 가진 악마입니다."

트리곤의 이야기를 멍하니 듣던 나는 벌떡 몸을 일으켰다. 그리고 얼른 거울을 꺼내 얼굴을 살폈다.

"내가 왜 이걸 몰라찌……. 이 모습, '내'가 아니었던 거야."

"예?"

"아가씨?"

의장과 트리곤이 무슨 말이냐는 듯 물었다. 스르륵, 거울을 놓친 난 뺨을 잡고 절규했다.

"나 지금 듀블레드의 르블레인이 아니라, 고대의 르블레인이야!"

그냥 어린애가 된 게 아니었다. 사실은 네리아드의 동생인 고대의 르블레인이 되어 버렸던 거다!

*　*　*

트리곤은 '이능을 제거할 수 있는 이능을 지닌 악마'를 찾겠다고 나갔고, 방 안엔 나와 의장만이 남았다. 나는 심각한 얼굴로 거울 속의 '나'를 뜯어봤다.

'고대의 나는 지금의 나와 너무 닮아서 몰랐어.'

꽝, 테이블에 머리를 박은 난 신음했다.

"바보야, 난……."

의장은 다시 한번 머리를 박으려는 나를 붙들고 고개를 절레절레 저었다.

"고대의 모습이라 해도 문제는 없지 않습니까? 다들 아가씨의 어릴 적으로 생각하는데요."

"……그야 그러치만."

"아가씨의 모습이 왜 이렇게 변했는지 알아낸 것은 큰 소득입니다. 안드로말리우스의 이능을 거둬 낼 수 있는 악마를 찾으면 되는 일이 아닙니까?"

"웅……."

의장이 탁한 진주를 들고서 살피며 말했다.

"한데, 자수정의 악마는 정말이지 대단합니다. 신의 아이가 아닌데도 안드로말리우스의 통로의 기능을 잃게 하다니요."

우리는 안드로말리우스의 이능을 알아내고서 깨달았다. 탁해진 진주. 그건 이 진주가 통로의 기능을 잃었다는 의미였다.

그리고 자수정은 이 진주의 통로의 기능은 잃게 했지만, 이능까지는 완전히 없애 버리지 못해서 내가 본연의 모습…… 즉, 고대의 르블레인이 되었다는 걸.

나는 테이블에 엎어져 자수정을 툭, 툭, 쳤다.

'기왕 없애 줄 거면 이능도 같이 없애 주지.'

"뻔뻔한 생각을 하는 표정이신데요."

"웅. 뻔뻔한 생각 하구 이써."

의장이 픽, 웃고서 내 맞은편에 앉았다. 그리고 한참을 주저하다가 입을 열었다.

"아가씨."

"웅."

"……아닙니다. 아가씨께서 원래 나이로 돌아간 후에 말씀드리겠습니다."

"구래. 그때엔 아들을 불러내자."

내가 빙그레 웃으며 말하자 의장의 눈이 커졌다.

"제 바람을 알고 계셨습니까?"
"아들이 보구 시퍼서 내 사람이 되어짜나."
"꼭 그런 것만은 아니었습니다……."
의장이 머쓱한 듯 말해서 나는 킬킬 웃었다.
"고마어. 나도 당장 불러내 주구 싶은데 지금 상태가 이상해."
"이상하다고요?"
"웅. 뭐랄까, 권속들과 연결이 잘되지 않는다구 해야 하나……."
오디스에 있을 때부터 권속들의 목소리가 잘 들리지 않는다. 가뭄에 콩 나듯 한두 번 짧은 문장이 들릴 뿐이었다.
'오디스 결계 안이라 에트왈의 신성력을 차단하고 있어서 그런 줄 알았는데, 저택에 돌아와 보니 확실히 알겠어.'
고대의 모습이 된 후로 권속들과 잘 '연결'되지 않는다.
'하기야 현재의 르블레인이 권속 계약을 맺은 건데, 고대의 르블레인이 되었으니 상태가 이상할 수밖에.'
"으장에게 아들과의 만남을 선물하구 시퍼서 부네를 부를라구 했는데 잘 안 되더라구."
"말씀만으로도 정말 감사합니다."
의장이 허리를 깊게 숙였다. 나는 그의 손을 잡고서 말했다.
"마르코시아스라는 앙마가 이써."
"물체를 돌로 바꾸는 악마 말이지요?"
"돌로 바꾸는 고가 아니라 내 생각엔 '무효'로 만드는 고 가타."
"그 말씀은……."
"마르코시아스는 본연 때문에 어려진 내 몸을 다시 되돌릴 수 있을 고야. 그땐 으장의 바람, 꼭 이뤄 주께."
"감사하고 또 감사합니다, 아가씨."

나와 의장은 마주 보고 웃었다.

'자, 그럼 이제 트리곤이 마르코시아스의 통로를 찾아오기만 하면 돼.'

무효의 악마가 마르코시아스라 얼마나 다행인지. 마르코시아스의 통로는 〈엔겔로트〉라는 하나뿐인 광물이다. 그리고 그건 황실에 있었다.

의장과 나는 손꼽아 트리곤의 연락을 기다렸다. 하지만 언제나 일은 술술 풀리는 법이 없었고, 적은 매번 등장한다. 이번 적은…….

[두 번째가 제국에 입국했습니다. 제국의 국민이 되는 대가로 요구한 것이 엔겔로트랍니다!]

……미나였다.

통신석에서 흘러나온 트리곤의 다급한 목소리를 들은 난 치맛자락을 꽉 틀어쥐었다.

* * *

미나는 약간 긴장된 얼굴로 황궁 복도를 둘러보았다. 추기경 레지날드가 인자한 미소를 지으며 미나에게 말을 건넸다.

"긴장하실 것 없습니다. 제국의 만민이 아기님을 환영하고 있어요."

"오랜만이라 그런지 좀 긴장은 되네요."

"오랜만이라고요……?"

"아니에요."

미나가 어색하게 입꼬리를 올렸다.

황궁 곳곳에 추억이 배어 있었다.

이전 삶에서 사람에게 상처받아 구석에서 홀로 눈물짓는 그녀를 보고 앙리와 이샤크가 크게 화를 내던 모습. 당장 그녀를 상처 준 사람에게 쳐들어가려는 두 사내를 다급히 말리며 쫓아가던 자신…….

'아, 바닥에 아직 홈이 남아 있네.'

저 홈에 발이 끼어 넘어지자 새파랗게 질려 달려오던 둘. 사람 목을 분지르러 가는 주제에 제 무릎의 상처엔 어쩔 줄 몰라 하는 것이 우스워 한참을 깔깔거렸다.

귓불이 붉어져 투덜거리던 이샤크와 한숨을 내쉬는 앙리의 모습이 눈에 선했다.

그때였다.

"어……?"

맞은편에서 정말로 앙리와 이샤크가 걸어왔다. 두 사람이 싸늘한 표정으로 레지날드를 쳐다봤다.

"엔젤로트를 요구하셨다고요?"

앙리의 말에 레지날드가 빙그레 미소 지었다.

"작은 공자님께서 인사도 없이 본론이 먼저 나오는 걸 보면 듀블레드도 그것을 노리고 있던 모양입니다."

"거두절미하고 말씀드리겠습니다. 포기하십시오."

엔젤로트는 건국 황제가 남긴 물건이었다. 그런 것이 미나의 손에 넘어가면 황실이 르블레인보다 미나에게 마음을 쓰고 있다며 떠드는 자들이 생길 터였다.

물론 이건 세간의 평가고, 앙리와 이샤크가 황궁에 득달같이 찾아온 이유는 르블레인의 부탁을 받았기 때문이었다.

"엔젤로트 내가 손에 너야대. 앙니, 이자꾸, 부타캐……."

르블레인은 두 손을 꼭 모으며 필살의 '간절한 어린이' 포즈로 부탁했다.

'기필코 꼬맹이를 실망하게 하지 않으리라.'

이샤크가 이글거리는 눈으로 레지날드를 쳐다봤다. 미나가 얼른 그의 팔을 잡았다.

"이샤크, 네가 무슨 생각하는지 알아. 하지만 그건 나와 르블레인의 자리싸움 때문에 필요한 게 아냐. 오히려 르블레인을 위해서 난—"

미나가 종알종알 떠드는 동안 이샤크는 굳어져 있었다. 평소라면 대번에 손을 뿌리쳤을 그가. 앙리가 미간을 좁히며 "뭐 하는 거야." 묻자 이샤크는 흠칫, 소리쳤다.

"이, 이 손 안 놔?"

"레지날드 님에게 소리치지 않겠다고 약속하면."

"이, 이거 놓으라니까!"

이샤크가 버럭 소리치자 미나는 미간을 좁히다가 이내 픽 실소를 터뜨렸다.

"어쩌면 너는 다른 게 조금도 없니. ……아, 상상과 다르지 않다는 뜻이야."

"뭐?"

"세상에서 제일 거칠 것 같은 애가 사실은 가장 다정한 마음을 가졌잖아."

"……."

"어때? 내가 딱 맞혔지?"

이샤크가 아무런 말도 못 하고 있던 그때였다. 그들의 한 발 뒤에 있던 앙리가 이샤크의 등허리를 걷어찼다. 퍽! 소리와 함께 휘청이던 이샤크가 가까스로 중심을 잡고 인상을 찌푸렸다.

미나는 눈을 홉뜬 채로 이샤크와 앙리를 번갈아 보았다.

"앙리, 위험하잖—"

"레지날드 님."

미나가 볼멘소리를 뱉자 앙리가 그녀의 말허리를 뚝 자르며 추기경 레지날드에게 시선을 돌렸다.

“정 두 번째가 제국에 터를 잡길 바라신다면 최소한의 예의 정도는 가르쳐 두는 것이 좋겠습니다.”

“황궁에서 지나치게 사사롭게 구는 것 또한 예의라고 보기엔 어렵지 않겠습니까.”

앙리가 이샤크를 걷어찬 일을 꼬집자, 앙리의 입가에 서늘한 미소가 걸렸다.

“지나치게 사사롭다.”

미나를 힐끗 돌아본 그가 말을 이었다.

“저도 동의하는 바입니다. 부디 더는 제가 예의를 잊지 않도록 두 번째에게 교양을 가르치십시오.”

미나의 표정이 흐려지고, 레지날드의 입가가 우그러졌다. 가볍게 묵례한 앙리가 이샤크를 이끌며 자리를 떠났다. 서로의 인기척이 더는 느껴지지 않을 때가 되어서야 앙리는 이샤크를 힐끗 쳐다봤다.

“정신이 나간 게 아니라면 미치광이가 된 것 같은데.”

“어?”

“귀족의 매너를 익히지 못한 들개가 있다 한들 너까지 휘둘리면 좋지 못한 소문이 꼬리를 물 거다. 제발 너 따위라도 가문의 문장을 짊어진 자라는 걸 기억해.”

“알아, 안다고요.”

“알면 주의하고.”

“이상하게 저 녀석은 뿌리칠 수가 없단 말이야. 형은 안 그래?”

“헛소리.”

“정말인데. ……아무튼 이상해.”

앙리는 우뚝 걸음을 멈추고, 이샤크를 노려보았다.

"너, 혹시—"

"무슨 생각을 하는지 짚이는데, 전혀 아니니까 사람 잡아먹을 듯이 보지 마."

"꿈도 꾸지 마라."

"방금 누명 쓴 죄인의 심정을 이해했어."

이샤크가 억울한 표정을 짓자 앙리는 가볍게 혀를 찼다. 지금은 멍청한 동생보다도 신경 쓰이는 것이 있었다.

"어쩌면 너는 다른 게 조금도 없니. ……아, 상상과 다르지 않다는 뜻이야."

미나의 말이 묘했다. 뒤에 덧붙인 말은 다급한 변명처럼 느껴졌다.

'다른 게 없다, 라.'

가볍게 턱을 문지르던 앙리가 통신석을 들었다. 몇 번 점멸한 후, 뒤보스 자작의 목소리가 들려왔다.

"그자는?"

[족제비를 이르시는 것이라면 막 임무에서 귀환하였습니다.]

"두 번째에게 붙여."

[어느 수준까지 진행합니까?]

"속눈썹 한 올까지도 놓치지 마라."

[예.]

만약 미나의 말 중간에 붙었을 말이 '첫 번째 삶'이라면 아무리 대비하더라도 부족했다.

*　*　*

나는 오후 내내 서재를 서성이다가 때때로 창문에 대롱대롱 매달려 돌아온 마차가 없나 살피기도 했다. 내가 조급하게 굴자 호위대장으로 붙은 자카리가 말했다.

"꽁지에 불붙은 새끼 돼지처럼 굴어도 시간이 빨리 가는 일은 없다, 아가씨."

"앙니와 이자꾸가 왜 이러케 늦는 고지? ……설마 일이 틀오졌나?!"

"틀어졌다면 통신하셨겠지. 얌전히 앉아서 기다려. 두 분 도련님께서 오시기 전에 네 기운이 다 빠지겠다."

"구치만……!"

나는 엔겔로트가 꼭 필요하다. 그것으로 마르코시아스를 소환해야 이 지겨운 어린애의 몸에서 벗어날 수 있단 말이다.

나는 입술이 삐죽 튀어나온 것을 느끼고 흠칫, 손끝으로 입을 쑥 밀어 넣었다.

보라. 어린애의 몸은 아주 잠시라도 긴장의 끈을 놓으면 감정을 숨기는 것이 어렵다.

"이대로 자라도 나쁠 것 같진 않은데?"

자카리가 대수롭지 않은 듯 말해서 나는 "잉?" 되물었다. 그는 어깨를 으쓱했다.

"그러니까 결국 이 모든 일은 신전이 네가 악신의 선택을 받은 르블레인이라는 것을 모르면 되는 거잖아. 너는 지금 전생의 몸으로 되돌아갔다면서, 어릴 때야 많이 비슷하지만 자라서는 꽤 다른 얼굴이 된다고도 했지."

"구래."

"그럼 그냥 르블레인 듀블레드가 아닌 다른 사람으로서 새 인생을 살면 되는 것 아냐? 아무리 오디스의 몇몇과 수인족의 나라에서 네 정체를 눈치채고 있다지만, 네가 르블레인이란 걸 증명할 방법이 없잖아."

"요점은 구게 아니라구."

"그럼?"

나는 자카리에게 눈을 가리키며 말했다.

"바, 내 눈은 하늘색에 가까었는데 지금은 파란색이자나. 어제부다 오늘 더 진해져써. (봐, 내 눈은 하늘색에 가까웠는데 지금은 파란색이잖아. 어제보다 오늘 더 진해졌어.)"

"더 좋은 거 아냐?"

"아냐―! 이대로 가면 현대의 르부레인이 아니라 완전히 고대의 르부레인이 된다구."

지난 7년 동안 호프 상단 내의 내 사람들과 자카리에겐 나의 전생이 네리아드의 동생이었음을 털어놓았기 때문에 편하게 말할 수 있었다.

시간이 가면 갈수록 몸은 고대의 르블레인이 되어 가고 있었다. 갈색의 머리칼도 점점 희게 세고 있었다.

고대의 기억 속 나와 네리아드는 눈처럼 흰 머리칼과 진한 청색의 눈을 가지고 있었는데, 마치 그때처럼 변해 가고 있는 것이다.

나는 고대에서 죽고 난 뒤 선각자로서의 이능, 그러니까 회귀를 발현했다. 그리고 현대에서 태어난 후 운명의 아이로서 악마를 소환하는 이능을 얻었다.

즉, 현대의 힘은 고대로 되돌아가면 갈수록 약해진다는 것이다. 지난주엔 아주 간혹이라도 들렸던 권속의 목소리가 지금은 전혀 들리지 않는다.

'미나의 에트왈이 내게 있다곤 하나, 에트왈은 힘의 분출을 쉽게 하는

매개에 불과하다.'

내가 에트왈을 손에 넣기 전, 부네를 소환했던 것처럼 미나 또한 에트왈 없이도 악마를 소환할 수 있을 것이다. 물론 에트왈 없이 소환하면 네 살 때의 나처럼 하루도 버티지 못할 테지만.

그러면 죽거나, 미치거나 둘 중 하나였다.

'거기다 권속화할 수도 없겠지만, 좌우지간 악마를 불러낼 수 있는 것과 없는 것은 차이가 크다고.'

미나가 불러낸 것이 하필이면 네리아드를 택한 악마라 그녀에게 호의적이라면, 행여나 미나가 나를 공격하라는 명을 내린다면.

'손도 쓰지 못하고 죽을 거야.'

글라샬라볼라스 때에 느끼지 않았던가. 인계에선 무력으로 1, 2등을 다투던 사람이라 해도 악마를 이기긴 어렵다.

자카리는 흠, 신음하며 고개를 끄덕였다.

"그 몸으로 자라기는 어렵겠군."

"구래, 구로니까 나는 엔겔로트가 꼭 피료해. 그리구 무엇보다……."

"뭔데?"

"이 몸으루 이쓰면 내가 가문의 식냥을 전부 다 해치울 고 같단 마랴. (이 몸으로 있으면 내가 가문의 식량을 전부 다 해치울 것 같단 말이야.)"

오늘만 해도 어마어마한 식욕을 자랑했다. 아빠가 배가 터질 때까지 먹을 것 같은 나를 달랑 들고 접시를 치우라 명할 정도로.

그때였다. 열린 창문 사이로 히힝, 말 우는 소리가 들려왔다. 잽싸게 창문을 내다본 나는 활짝 웃었다.

"앙니, 이자꾸!"

앙리와 이샤크가 내가 있는 2층 방을 올려다보아서 나는 얼른 창문가의 서랍장에서 엉금엉금 내려와 헐레벌떡 1층으로 내려갔다. 나는 두 손을 모으고 눈을 반짝이며 이샤크를 쳐다봤다.

"엥겔로투는 오또케 대써?"

"신전에서 가져가는 건 저지했지. 아버지와 큰형이 중앙탑(의결권을 가진 대귀족들의 회의)을 뒤집어 버렸고, 우리가 완벽하게 서포트했다고."

이샤크가 으스대듯 얘기해서 나는 두 팔을 번쩍 들었다.

"이자꾸 머씨써, 대단해, 눈부셔!"

"옳지. 난 눈부시지."

"그러몬 엥겔로투 우리가 받아써?"

"그……건……."

이샤크가 슬그머니 앙리를 쳐다봤다.

"이건 형이 말해."

"왜, 눈부신 네가 말하지 그래?"

"안 좋은 건 형이 해."

안 좋다고?

내가 불안한 표정으로 앙리를 쳐다보자 그가 한쪽 무릎을 굽히며 나와 시선을 맞췄다.

"대가뭄에 수원을 황궁에 넘기고, 매년 스피넬을 진상하는 대가로 엔젤로트를 원하노라 폐하께 말씀드렸어."

"웅."

"하지만 신전의 반발이 생각보다 거세서 폐하께서 크게 고심하셨다. 신전이 재작년부터 구제소를 세우고 치유 신관들을 각지에 보낸 것은 알지?"

"으응……."

"그들이 일시에 구제소를 닫으면 이미 구제소에 기대기 시작한 백성들이 크게 타격받을 거야. 그래서……."

"구래서?"

앙리가 곤란한 듯 말을 흐리자 이샤크가 어쩔 수 없다는 듯 칫, 혀를 차며 말했다.

"상품으로 걸어 버렸어."

"상품?!"

"올해 7가문의 모의전이 있잖아."

7가문의 모의전. 그것은 초대 황제인 프리드 1세가 7가문과 힘을 합쳐 제국을 건국한 일을 기념하기 위한 축제였다.

간단히 말하자면 가문 간의 가상전. 4년에 한 번 있는 17세 이하 소년, 소녀들의 가상전과는 달리 성인이 참여한다는 것이 다를 뿐.

여러 사건을 겪으며 7가문 중 살아남은 가문은 단 셋뿐이라 공작─후작─백작가의 지원을 받아 7가문을 골라내 가상의 전투를 치른다.

'7가문의 모의전은 10년에 한 번 건국 기념일에 치러지잖아. 가만있자, 올해가 10년째이고 건국 기념일은…….'

달력을 헤아리던 나는 흠칫, 앙리와 이샤크를 쳐다봤다.

"2주 뒤자나. 신청이 다 끝나쓰면 오또카지?"

"황제가 신청일만큼은 늘려 줬어. 신전에서는 미나를 가문에 임시로 이름을 올려 참여할 모양이더라고. 그 가문이 어딘지는 모르겠지만─"

"아미티에."

앙리, 이샤크, 자카리의 시선이 내게 집중되었다.

'그래, 기억났다.'

올해 7가문의 모의전에 아미티에가 참가한다는 것이.

"아미티에라고? 뭐, 기사 중의 기사라는 아미티에 공작이라면 우승의 가능성이 크긴 하지."

"구냥 쿤 고 아냐……."

나는 눈썹을 늘어뜨리며 세 사람을 바라봤다.

"뭐?"

첫 번째 삶에서 보았다. 왜인지는 모르겠지만, 이번 모의전에 멸문한 발루아를 포함 5공작가가 모두 참가했고…….

"아미티에가 우승해써……!"

곰곰이 생각해 보니 그때도 모의전의 참가 신청이 난데없이 길어졌던 것 같다.

참가할 마음이 없던 아미티에 공작이 황제의 부탁을 거절하지 못하고 모의전에 참가 신청을 했었는데, 그게 모의전 개막 닷새 전의 일이었다.

'왜지?'

그때는 엔젤로트가 상품으로 걸리지도 않았다. 애초에 엔젤로트를 가지려고 눈이 벌건 사람도 없었다.

'이럴 줄 알았으면 공작이 싫어해도 이유를 캐물어 볼 것을.'

아미티에 공작은 내게 권력이 얽힌 이야기를 하고 싶지 않아 했다. 나는 그에게 미움받고 싶지 않아서 감히 물어보지 못했고.

나는 끙, 하고 신음하며 후회했다. 하지만 후회가 무색하게도 그 이유를 알게 된 건 이튿날의 일이었다.

이튿날, 요한이 모의전 참가 신청을 완료하고 돌아왔다. 아빠와 나, 세 오빠는 둘러앉아 앞으로의 일을 논의했다.

앙리가 말했다.

"우선 시급한 것은 참가 병사 명단의 작성과 훈련이겠죠. 다른 가문들은 석 달 전 참가 신청을 마치고 모의전을 준비하고 있었으니 우리도 서둘러야 합니다."
이샤크는 삐딱하게 앉은 채로 팔걸이에 턱을 괴었다.
"이리만 투입해도 세 시간이면 끝날 일을 무슨. 지휘관은 누가 나갑니까, 아버지? 제가 나가서 싹 쓸어 버릴―"
그때였다.
"각하!"
"단주!"
노스와 세리아가 헐레벌떡 달려왔다.
"실례합니다, 각하. 시급한 건이―"
"송구합니다, 아가씨. 급히 전해 드릴 이야기가―"
동시에 열린 문 앞에 선 노스와 세리아가 서로를 보고 눈을 크게 떴다.
"설마 자네도 그 이야기인가?"
"들으셨습니까?"
대체 무슨 일이기에 두 사람이 저렇게 다급하지? 아빠는 두말하지 않고 둘에게 입실을 허락했다. 희게 질린 노스와 거무죽죽한 세리아가 말했다.
"각하, 황제 폐하께서 엔겔로트 이전에 모의전 우승 상품으로 거신 나단 평야가 말입니다―"
"예, 아가씨. 버려진 땅으로 작년에야 정화를 했던 그 땅에서―"
주거니 받거니 이야기하던 두 사람이 동시에 소리쳤다.
"엘자 나무 싹이 자라났습니다!"
"대량의 마력석이 매장되어 있었습니다!"
그리고 두 사람은 서로를 어리둥절한 표정으로 쳐다봤다.
"아니네. 분명 엘자 나무 싹이…… 설마?"

"아닙니다. 대량의 마력석이…… 혹시?"

나는 입을 떡 벌렸다. 엘자 나무 싹이 자라나고 대량의 마력석까지 발견되었단 말인가? 순간 머릿속에서 철컥, 철컥, 땡—! 하는 소리가 들리더니 온갖 공의 향연이 펼쳐졌다.

노다지도 이런 노다지가 없었다.

엘자 나무가 뭐냐 하면 근처에만 가도 약간의 신성력을 얻을 수 있는 신성한 나무로 이파리는 빻아서 약에 쓰고, 껍질은 장거리 이동진의 재료가 되며, 밑동에선 메리아 풀이 자라나는…… 말 그대로 버릴 게 하나 없는 신의 선물이었다.

그러면 또 마력석은 무엇이냐.

블루 스피넬은 신성력 마도구를 만들고, 마력석은 마력 마도구를 만들 수 있다. 신성력을 충전해야 하는 블루 스피넬과 달리 마력석 자체에 순도 깊은 마력이 잠들어 있었다. 거기에 자연에서 미량이나마 자체 충전이 되는 마법사들의 보물이다.

나는 벌떡 몸을 일으켰다.

'아아, 그랬구나. 그래서였어!'

5공작가가 모두 모의전에 참가한 이유가 그것이었던 거다. 그 둘이 다 있는 넓디넓은 평야가 상품이라면 다들 눈이 돌아갈 만했다.

'아미티에 공작은 아마 황제의 부탁으로 참가했겠지.'

황제 체면에 아쉬워도 상품을 바꿀 순 없었을 터. 거기다 황제는 가뜩이나 수전노로 손가락질받고 있었다. 그러니 욕심 없는 아미티에 공작을 불러들여 우승하게 하고, 상품을 다시 황궁에 자진 반납시키려던 거다.

'어쩐지 듀블레드가 아닌 아미티에가 우승한 게 이상하더라니!'

아미티에가도 뛰어난 병사를 대거 보유한 가문이지만, 듀블레드에 비할 바는 아니었다.

가상전의 방식을 정하는 황제가 아미티에를 우승시키기 위해 공작이 가장 자신 있어 하는 전투지와 방식을 채택한 것이 틀림없다.

이샤크가 쯧, 혀를 찼다.

"한바탕 난리가 나겠군."

틀린 말이 아니었다. 정말로 제국이 들썩였다. 온갖 가문에서 너나 할 것 없이 가상전 참가 신청을 제출하고, 황제는 부리나케 영지에 있던 아미티에 공작을 제도로 불러들였다.

모의전을 2주 남겨 두고 대부분의 가문이 열의에 불타고 있었다.

* * *

우리 가족은 테이블에 둘러앉아 가상전 준비를 시작했다.

"그리모아루를 제애하구 3공자까가 전부 참가 신청을 했다눈 고지? (그리모아르를 제외하고 3공작가가 전부 참가 신청을 했다는 거지?)"

"그렇습니다. 우수한 병사력을 자랑하는 슈헤일, 베릴 후작가, 월트로, 디몽테, 거기에 로카르 대공까지도 참가 신청을 마무리했습니다."

대모님의 아들인 대공까지? 하기야 나단 평야는 대부인도 욕심이 날 만한 상품이었다.

노스는 간단하게 모의전의 규칙을 설명했다.

"7가문 모의전의 지휘관은 대개 가문의 후계가 맡습니다. 가주가 직접 나서는 경우가 없지는 않습니다만, 불명예로 여겨지죠. 후계가 없는 가문에서나 가주가 직접 나섭니다."

아미티에가는 공작이 직접 참가했있다.

그는 자식이 없고, 양녀 둘이 전부였는데 모두 운명의 아이였다. 미나를 참가시키면 신전이 펄쩍 뛰었을 테고, 나는 완전히 가짜로 못 박혀 평민이나 다름없는 상태. 본인이 직접 나가는 게 이상한 상황이 아니었다.

"우리는 요한 오라부미가 나가겐네?"

"그렇습니다."

"웅, 설명 계속해."

"17세 이하의 가상전과 달리 병사의 나이에 제한이 없습니다. 다만 참가 인원은 40명으로 제한. 그리고 시합 중 교체가 가능합니다."

'인원 제한만 아니라면 진짜 전쟁이나 마찬가지네.'

그렇게 생각한 나는 손을 번쩍 들었다.

"선새미 질문이요!"

"말씀하십시오."

"교체가 가능하몬 모의전은 오또케 끈나요?"

"좋은 질문입니다."

노스가 지휘봉 끝으로 나를 콕, 찌르고는 열의 넘치는 눈으로 말했다. 한 편의 연극을 찍는 우리를 보고 가족들이 쿡쿡 웃었다.

"참가 병사들은 모두 어깨에 표시 끈을 매고 있습니다. 1명이 끈을 잘렸다고 치면 병사 수는 39명으로 줄어들고, 39명 안에서만 병사의 교체가 가능합니다."

"그러쿠나."

"40명의 병사의 끈을 전부 잘라 내거나, 가문의 문장을 빼앗긴 가문은 패배합니다."

"마지막에 남는 가문이 승리?"

"똑똑한 학생이로군요."

노스가 몹시 흐뭇해해서 나는 오만하게 턱을 치켜들어 줬다. 우리는 즉시 참가 병사 선정에 들어갔다.

그리고 시간이 지나 2주 뒤. 모의전이 시작되었다.

*　　*　　*

각 가문의 가주, 참가 신청을 하지 않은 귀족, 그리고 주변국의 귀인들이 하나둘 황궁에 모였다. 지난 모의전 때와 같이 거대한 마경을 통해 모의전 관전이 가능한 까닭이었다.

사뿐사뿐 걸어 들어온 홍해가 주변을 둘러봤다.

"줄리에트! 너도 제국에 초대받았구나?"

귀찮아 죽겠다는 표정으로 샴페인 잔을 들고 있던 줄리에트가 고개를 끄덕였다.

"내 모국의 왕께선 천덕꾸러기 공주라도 이런 데엔 아주 잘 쓰시거든. 부왕은 제국의 황제와 함께 저쪽에 계시다."

"난 재상과 함께 왔어."

"너나 나나 고생이구만."

"진도 아타르 부족을 대표해서 왔던걸. 이스트와 웨스트도."

마침 두 사람을 발견한 진이 이스트와 웨스트를 이끌고 다가왔다.

"잘들 있었어? 오늘도 사이가 좋네. 저쪽 폐하들께선 기 싸움이 한창이신데. 그렇지, 이스트, 웨스트?"

이스트는 고개를 끄덕였고, 웨스트는 제 형의 눈치를 보다가 시무룩하게 고개를 숙였다. 이 쌍둥이 왕자는 지난 사건으로 인해 완전히 사이가 멀어져 버렸다.

그때였다. 마르슈 공작과 듀블레드 공작이 입실했고 회장 안의 시선이 모두 그들에게 모였다.

"오, 듀블레드 공."

무미건조한 표정으로 걸던 테오도르가 반가운 체 인사를 건네는 마르슈 공작을 흘끗 돌아보았다.

마르슈 공작이 말했다.

“여전히 신수가 훤해 보이는군. 별고 없었던 모양이야. 하기야, 최근 그리 위세를 자랑하는데 별고가 있을 리가.”

“공은 더 젊어지신 듯합니다. 나이대로 사시는 게 좋으실 듯한데.”

“하하, 여전히 공치사를 재밌게도 하는군.”

“공치사가 아닙니다. 칭찬은 더더욱 아니고요.”

두 사람은 매우 점잖은 체 대화를 나누었으나 주변의 분위기는 차게 식어 갔다. 그러던 찰나였다.

“아미티에 공작입니다.”

“그가 왜 모의전 구역에 있지 않고 관람 회장에 온 거죠?”

“모르셨습니까? 금번 모의전에서 아미티에의 깃발을 수호하는 자는 두 번째 운명의 아이랍니다.”

“정말이에요? 세상에……. 신전이 대체 무슨 짓을 했길래 저 딱딱한 인사가 제 가문의 깃발을 남에게 넘긴단 말이에요?”

수군거리는 소리와 함께 등장한 아미티에 공작이 마르슈 공작에게 가볍게 묵례했다.

“격조했습니다.”

“오랜만에 제도 구경을 나오셨군.”

마르슈 공작과 짧게 인사를 마친 아미티에 공작이 테오도르에게 시선을 돌렸다.

“잘 지냈나.”

“자네를 보기 전까진.”

“자네는 나이가 들어서도 좀처럼 매너를 익힐 수 없는 모양이지.”

"어디 어린 시절부터 지금까지 한결같이 사람 기분을 더럽게 만드는 자네만 하겠나."

마르슈 공작이 껄껄 웃으며 분위기를 정리했다.

"모의전은 아직 시작도 하지 않았는데 아비들이 먼저 전쟁을 치러서야 되겠나. 아무래도 이번에 폐하께서 우리에게 큰 선물을 하신 모양이야. 어디 이만한 구경거리가 있으려고."

목소리는 유쾌하지만, 눈빛만은 냉랭하기 그지없었다. 물론 듀블레드와 아미티에 공작의 시선도 곱지 않았다. 신하들의 사나운 눈초리를 받은 수전노 황제는 뜨끔한 표정으로 슥, 고개를 돌렸다.

그리고 얼마 지나지 않아 마경에 화면이 들어왔다. 모의전의 시작이었다. 마경 속에서 단연 빛을 발하는 사람이 있었다. 듀블레드의 문양이 새겨진 붉은 색 로브를 두른 요한, 그리고…….

"저 소녀가 두 번째 운명의 아이입니까?"

"그렇습니다."

"두 번째 아기님은 생각보다……."

말끝을 흐리지만 모두 귀부인의 말을 이해했다. 이계에서 왔다는 소녀는 아름다웠다.

결 좋은 흑발, 사슴 같은 크고 반짝이는 눈망울, 오뚝한 콧날과 보기 좋은 곳에 자리 잡은 유려한 선의 입술까지.

거기다 뭐라 콕 집어 말할 수 없지만 신비한 분위기가 있었으며, 밝고 명랑한 미소는 보는 사람으로 하여금 기분을 좋아지게 만들었다.

마경 속의 미나가 으차! 하는 소리와 함께 긴 머리를 질끈 동여맸다.

[그럼 정정당당하게 자웅을 가려 봐요!]

상대를 향해 양팔을 든 미나의 옷깃 사이로 무언가 반짝였다.

"에트왈!"

누군가 비명 같은 고함을 내질렀다.

신전의 보물이자, 선택된 자를 위해 신께서 내리신 선물. 그 에트왈이었다. 첫 번째조차 받지 못한 에트왈이 두 번째의 손에 있다고?

회장이 크게 들썩였다.

망원경을 통해 미나의 모습을 지켜보던 슈헤일의 후계, 에드거가 헛웃음을 흘렸다.

"두 번째는 생각이 없는 겁니까, 우리를 우습게 보는 겁니까."

모의전의 지휘관이 제 위치를 훤히 드러내는 건, 내가 여기에 있으니 당장 폭격 마법이라도 쏟아 내 달라는 의미나 다름없다.

슈헤일과 동맹을 맺은 윌트로 백작가의 공자는 하하하, 호탕하게 웃었다.

"아니면 다른 생각이 있을 수도 있지요. 그 옛날 듀블레드 영애가 가상전에서 본인을 미끼 삼았던 것처럼."

"그때 일은 왜 언급하십니까."

그 가상전에서 르블레인에게 패배한 가문이 슈헤일. 지휘관은 본인이었다. 윌트로 공자는 어깨를 으쓱하며 말했다.

"어쨌든 섣부른 선제공격은 꺼림칙합니다. 우선은 주변부터 정리하는 게 좋겠군요. 듀블레드와는 확실히 이야기를 나누셨습니까?"

"예, 경기장(모의전의 전투지) 내의 가문이 다섯 이하로 줄어들지 않는 한, 서로를 공격하지 않겠다는 서약을 했습니다."

"우리가 듀블레드와 손잡은 것처럼 두 번째, 아니, 아미티에도 결탁한 가문이 있을 겁니다. 정보가 있으십니까?"

"글쎄요. 보안이 워낙 철저했던지라."

그때였다.

쾅—!

슈헤일과 윌트로의 주둔지인 산 입구에서 커다란 폭음이 들려왔다. 슈헤일 공자와 윌트로 공자가 눈을 홉뜬 찰나, 각각의 군사가 막사 안으로 뛰어 들어왔다.

"서쪽 결계에 마르슈 공작가입니다!"

"동쪽 결계에 브리뵈군이 나타났습니다!"

"하늘에 디몽테의 마도 부대가……!"

그들이 모두?

그건 있을 수 없는 일이었다.

슈헤일과 윌트로가 듀블레드와 동맹을 맺은 것처럼 다른 가문들도 암약을 맺었을 수 있으나, 마르슈와 브리뵈, 디몽테는 서로 협력할 수 있는 가문이 아니었다.

마르슈는 1황자 안드레의 외조부인 이고르 마르슈가 이끄는 가문, 디몽테는 2황자 아드리안의 외조부인 샤틀레 후작의 충복이었다.

'각각 1황자와 2황자를 황제로 옹립하려는 가문인데 서로 손잡을 리가 없잖아.'

거기에 브리뵈는 신진 귀족의 구심점. 구(舊) 대귀족과는 벌써 몇 년째 서로를 견제 중이었다.

'대체 이게 무슨 일이란 말이야!'

답을 준 건 마지막으로 뛰어 들어온 군사였다.

"성기사 조나단이 저들을 지휘하고 있습니다!"

성기사 조나단이 누구이던가. 교황청을 수호하는 일등 기사, 신전 성기사의 대표 격인 사내였다.

윌트로 공자가 쯧, 혀를 찼다.

"신진을 주축으로 손잡은 모양이군."

성기사 조나단은 교황이 두 번째 운명의 아이를 지원하기 위해 아미티에의 군사 명단에 넣어 둔 자였다.

그렇다면 2황자 아드리안을 손주로 두고 있는 샤틀레 후작이 저들과 결탁한 것이 이해가 되었다.

신전은 아드리안을 신성 황제로 만들려는 자들이었으니까. 브리뵈 백작도 최근 신전 친화적인 정책을 펼치는 인사였다.

슈헤일과 웰트로의 두 공자가 검을 거머쥔 채로 막사를 뛰쳐나갔다.

"듀블레드에 상황을 알려라."

"지원을 요청하고!"

하지만 듀블레드가 이들을 지원하는 일은 없었다. 지원군이 도착하기 이전에 슈헤일, 웰트로의 깃발이 적군의 손에 넘어간 것이다.

모의전이 시작된 지 한 시간이 되지 않아서 두 가문이 사라졌다.

성기사 조나단의 손에서 넘어온 슈헤일과 웰트로의 깃발을 본 미나가 고개를 끄덕였다. 그리고 고개를 돌려 마르슈, 디몽테, 브리뵈의 후계들을 바라봤다.

"정말 잘해 줬어요. 여러분의 용기는 우리에게 커다란 도약이 되었어요. 조나단의 공이 커요."

조나단이 "과찬이십니다."라고 말하며 고개를 수그렸다.

"자, 앞으로도 빠르게 깃발을 손에 넣읍시다."

그 시각, 황궁.

[정말 잘해 줬어요. 여러분의 용기는 우리에게 커다란 도약이 —]

마경에 떠오른 미나의 주둔지를 본 사람들이 소리 없는 비명을 내질렀다.

미나의 진영엔 그들과 동맹을 맺은 각 가문의 지휘관들이 모여 있었다. 마르슈, 디몽테, 브리뵈 외에도 엄청난 수. 모의전에 참가한 가문의 과반수, 아니, 대부분이었다.

"대단하기도 하지. 두 번째 아기님은 어떻게 저 가문을 모두 설득하여 휘하에 두었을까요?"

"교황 성하께서 힘을 실어 주신 거라고 볼 수밖에 없지요."

"……성하의 행보가 첫 번째 아기님 때와는 너무나 다릅니다."

미나의 주가는 하늘 높은 줄을 모르고 상승했다.

오디스의 엘리시아노들과 함께 마경에 집중하던 홍해가 미간을 좁혔다.

"왜 저렇게 흥분한담. 미나가 한 일이라곤 칭찬 몇 마디가 전부고, 일은 모두 성기사가 했잖아."

"그 성기사가 미나를 위해 일을 했다는 게 중요하니까."

"응?"

"너희 나라는 바다 너머에 있어서 잘 모르겠지만, 대륙에서 네리아드의 세는 엄청나거든. '첫 번째 때는 뒷짐만 지고 있던 교황이 미나를 위해 전면에 나섰다'가 포인트인 거지."

"그런가."

"그래, 이제 대륙의 귀족들은 미나의 줄을 잡기 위해 아우성일 거다."

홍해가 흐응, 신음하고선 중얼거렸다.

"왜지? 나 같으면 르블레인에게 더 집중할 것 같은데. 그 대단한 교황이 직접 나서 견제할 정도로 엄청난 아이라는 거잖아."

"……."

"……."

줄리에트와 진이 빤히 쳐다보자 홍해는 눈썹을 늘어뜨렸다.

"내가 또 뭐 잘못했어?"

"……이 녀석은 평소엔 멍청한 소리만 하는데 가끔 맹점을 제대로 꼬집을 때가 있단 말이야."

"뭐, 홍해가 운으로 엘리시아노에 들어온 것은 아닐 테니까."

줄리에트와 진이 차례로 말했고 홍해는 칫, 소리 내며 팔짱을 끼었다.

"이래 봬도 복마전 같은 궁에서 살아남은 공주님이시거든, 나."

"그래, 그래, 너 잘났다."

그렇게 말한 줄리에트가 툭, 벽에 등을 기댔다.

"이제 요점은 듀블레드가 얼마나 잘해 주냐, 인데."

줄리에트의 말에 진이 고개를 끄덕였다.

"지금 상황을 제대로 뒤집지 못한다면 모의전을 계기로 미나는 르블레인을 밀어낼 거다."

"하지만 그게 쉬울까. 듀블레드가 거의 고립되다시피 한 상황에서."

그리고 얼마쯤 후.

"듀블레드를 향한 아미티에 연합의 선제공격이오!"

아미티에 연합이 성기사 조나단을 선두로 연합군을 끌고 듀블레드의 영역을 넘었다.

"천마 부대……!"

듀블레드에 이리가 있다면 신전에는 천마 부대가 있다. 날개가 있는 신성한 백마를 모는 성기사들이 상공에 펼쳐진 듀블레드의 결계를 향해 맹렬한 공격을 퍼부었다.

콰과과과곽 — !!

폭음이 연이어 터지고, 결계의 균열이 신성력과 마력을 가지지 않은 자들의 눈에까지 보였다. 그리고 얼마 지나지 않아 챙강, 날카로운 파열음과 함께 듀블레드의 결계가 파훼되었다.

[진격하라 — !]

조나단의 목소리가 마도구를 통해 울려 퍼지고, 무려 듀블레드의 결계를 파훼하였다는 사실에 사기가 고조된 아미티에 연합이 결계를 넘었다.

듀블레드의 이리들이 용맹하게 맞섰으나, 역부족이었다.

이리 한 사람당 상대해야 하는 적의 숫자가 수십. 그것도 이리와 마찬가지로 오러를 발현한 천마 부대를 상대해야 한다.

거기에 이번 모의전은 황제가 아미티에 공작을 밀어주기 위해서 그들이 가장 자신 있어 하는 지형을 골랐다.

듀블레드는 수적으로도 지형적으로도 열세인 상황이었다. 듀블레드는 사방에서 조여 오는 아미티에 연합을 견디지 못하고 점점 중앙으로 몰렸다.

그러나 그 찰나에 쾅—!! 격렬한 폭음과 함께 경계를 넘어온 군사의 일부가 뒤로 밀려났다.

마경을 지켜보던 누군가가 탄성을 내질렀다.

"듀블레드 백작입니다!"

요한 듀블레드. 오디스의 최연소 졸업생이자, 고작 열여덟의 나이에 작위를 부여받은 듀블레드의 장자. 그의 머리 위로 거대한 진이 떠오르더니 그 속에서 안개비가 내리기 시작했다.

안개비를 맞은 적군이 사색으로 변하며 컥, 신음했다. 마치 목이 졸리듯이.

"그렇죠. 여기선 백작이 나서 줘야지요! 저기서 조나단을 상대할 수 있는 사람은 백작뿐이지 않습니까."

흰머리가 성성한 귀족이 소리치자, 다른 이들 또한 흥미진진한 표정으로 마경을 주시했다.

그때였다.

마경 속의 요한이 입을 틀어막았다. 입을 틀어막은 손가락 사이로 새빨간 선혈이 줄줄 흘러내린다. 거기다 손끝이 마치 나무토막처럼 기이하게 변하고 있었다.

마경을 통해 모의전을 지켜보던 사람들이 크게 술렁였고, 듀블레드 공작과 앙리, 이샤크의 표정이 굳어졌다.

"뭐야, 큰형이 어째서……."

이샤크가 당황스러운 표정으로 중얼거렸을 때, 테오도르가 소리쳤다.

"베로니카 뒤보스에게 연락해라!"

"예? 아버지, 베로니카는 왜……."

이샤크는 어리둥절한 표정으로 물었으나, 눈치 빠른 앙리는 부친의 말뜻을 이해했다.

"금술입니까?"

"……."

"모의전 밖에서 누군가 형님에게 금술을 사주한 것입니까?"

"……."

"아버지!"

테오도르의 주먹에 핏줄이 불거졌다.

"그래."

그가 선대의 손에서 자식들을 지키기 위해 개로 살던 시절, 목격한 적이 있다. 선대의 눈 밖에 났던 가신 하나가 요한과 같은 상태가 된 것을. 범인은 그의 부친인 선대였다. 그가 금술사에게 사주해 가신을 암살한 것이었다.

"당장 큰형을 불러들여서 금술을 파훼해야 합니다. 지체했다간 어떻게 될지 몰라요."

이샤크의 말에 앙리가 짓씹듯 말했다.

"하면 지휘관이 사라진다."

"지금 그게 문제야?!"

"너와 나는 교체 군사 명단에 이름을 등록해 두지 않았고, 다른 군사들은 밀리고 있어."

"그럼 등록되어 있는 놈 중에 지휘할 만한 자로 교체를—"

"저쪽엔 미나가 있잖아!"

"뭐?"

"두 번째가—"

—까지 말하던 앙리가 주변을 살피며 목소리를 바짝 죽였다.

"두 번째가 에트왈을 쓸 수 없다고 신성력까지 못 쓰는 건 아냐. 교황급의 신성력이다. 등록된 군사 중에 두 번째가 나섰을 때 막을 수 있는 건 형님이 유일하다고."

르블레인을 교체 군사 명단에 등록해 두긴 했지만, 그건 어디까지나 눈속임이었다. 어려진 그 애가 앞으로 나설 수는 없는 일이었다.

미나가 모의전에 나온 이상 르블레인이 군사로 등록되어 있지 않으면 의심을 살까 봐 등록만 해 둔 것뿐이었다.

'형님을 교체하면 패배한다.'

패배하면 이능을 무효화하는 악마를 얻을 수 없고, 르블레인은 평생 고대의 모습으로 살아야 한다. 르블레인이 악마를 불러낼 수 없으면 신전에 맞서는 건 불가능하다.

'……꼬맹이는 죽게 될 거야.'

이도 저도 할 수 없는 상황. 듀블레드 일가의 표정이 무너졌을 때였다.

[군사를 교체합니다.]

모의전 상공에 뜬 마도구에서 교체를 알리는 목소리가 들려왔다. 듀블레드 군사 중 한 사람의 어깨끈이 빛을 잃었다.
그리고 등장한 것은,
"산 위를 보세요!"
누군가 소리치자 사람들의 시선이 마경 끝에 머물렀다.
휘날리는 갈색의 머리칼.
듀블레드의 문양이 새겨진 망토를 걸친 어깨.
"르블레인 듀블레드……."
진정한 모의 전쟁의 개막이었다.

*　　*　　*

한 시간 전.
세실리아 황비의 방에 설치된 마경을 통해 모의전을 지켜보던 나는 미간을 좁혔다. 내 앞에 찻잔을 내려 주던 세실리아가 물었다.
"아가씨, 불편하신 곳이라도 있으셔요?"
"이모, '아가씨'는 안 돼요. 또 혼이 난다고요."
제도에서 모의전을 관람할 수 있는 마경이 설치되는 곳은 황궁과 광장뿐이다.
어려진 나는 귀족들이 모여 있는 황궁에 홀로는 갈 수 없었다. 그래서 트리에게 부탁해 그녀의 하녀로 분장해 세실리아의 궁에 들어왔다.
트리가 "그렇지?" 하고 의기양양하게 말하자 세실리아는 한 손으로 뺨을 감싸곤 곤란한 표정으로 중얼거렸다.
"시간이 꽤 지났는데도 좀처럼 입에 붙지 않는구나."
"듀블레드의 종자부터 시작하셨다고 했죠, 이모?"
"그래. 트릴로니, 너도 궁에선 호칭을 제대로 해야지."

"아차, 그렇지. 이모님, 이모님……."

트리는 외우듯 중얼거렸고, 그러는 동안에도 마경에만 집중하는 날 보고 세실리아가 다시 한번 물었다.

"영애?"

"……오라부미가 이상해요."

"음?"

"표정두, 혈색두 이상해. 왜지요?"

"글쎄요, 본궁이 보기엔 딱히 나빠 보이진 않는걸요."

요한은 아파도 내색하는 법이 없어서 나는 평소에 다른 오빠들보다도 요한을 자세히 살펴야 했다. 그런 나는 확신할 수 있었다.

'저 표정. 분명히 고통을 참을 때의 표정이야.'

대체 왜?

꼼꼼한 그가 이런 중요한 무대 전에 컨디션 조절을 하지 않았을 리 만무하다.

모의전 시작 전만 해도 멀쩡하지 않았는가. 각 가문의 지휘관들과 모여서 황제 앞에 충성의 서약을 할 때까지만 해도 그는 아픈 기색이 없었다.

난데없이 느껴지는 격통. 그것도 이토록 중요한 행사에서.

"……금술."

"예?"

세실리아가 깜짝 놀라서 눈을 동그랗게 떴고, 나는 서둘러 통신석을 꺼냈다.

[예, 누아노크입니다.]

"내가 나설 일이 생길지두 몰라. 준비했던 그것을 전투지루 보내."

[서두르겠습니다.]

통신을 종료하고서 나는 그것의 '핵'을 꽉 쥐었다.

혹시 모를 사태를 대비해 준비한 그것은 구체 관절 인형 레인. 베로니카와 트리곤의 손을 거쳐 완벽하게 르블레인 리세트 듀블레드의 모습으로 변한 그것이 전장으로 향하고 있었다.

그리고 다시 현재.

레인을 가동시킨 후, 핵을 잡자 인형의 시야를 통해 전장을 볼 수 있었다. 듀블레드의 군사들이 사방에 포위되어 있고 그 앞에 선 요한이 각혈했다.

"요한!"

성기사 조나단의 곁에 있던 미나가 비명을 내지르듯 소리쳤다. 조나단은 금방이라도 뛰쳐나갈 것 같은 미나를 붙들었다.

"진정하십시오, 아기님."

"요한이, 요한이……!"

그때였다.

[군사를 교체합니다. 다시 알립니다. 군사를 교체합니다.]

상공에 부유한 마도구로부터 듀블레드의 군사 교체를 알리는 소리가 연이어 울려 퍼졌다. 사람들의 시선이 산 위에 선 나, 아니, 나의 모습을 한 레인에게 몰려들었다.

그러는 동안 조나단을 뿌리친 미나가 요한을 향해 손을 뻗었다. 동시에 나는 이동진을 통해 이동, 미나의 손목을 틀어쥐었다.

그 애가 떨리는 목소리로 "……르블레인." 하고 중얼거렸다. 허공에서 나와 그 애의 시선이 부딪쳤다.

"너, 어떻게 ㅡ"

미나가 무어라 말하려 할 때였다. 조나단이 소리쳤다.

"아기님을 놓으십시오!"

"누구를?"

"예?"

"그러니까 어떤 아기님 말이냐고. 네 말은 마치 여기 아기님이 하나만 계시는 듯한걸."

주변에 묘한 분위기가 감돌았다. 미나와 연합했던 가문의 지휘관들이 흘긋, 조나단을 쳐다봤다. 헛기침한 조나단이 말했다.

"……두 번째 아기님을 놓아주십시오."

그리고 나는 딱 잘라 말했다.

"싫어."

"무슨……!"

"적진으로 뛰어든 멍청한 지휘관을 놓아주는 바보가 어디에 있단 말이야."

"아기님!"

나는 우리 군사들이 이동진을 사용할 수 없게 만들었던 적들의 결계를 파괴했다.

쾅―! 쾅, 쾅, 콰과과과광!

결계는 마치 폭죽이 터지듯 상공에서 터져 가루가 되어 버렸고, 적들이 당황한 순간 나는 미나의 손목을 확, 치켜들며 말했다.

"너희가 술래야. 나 잡아 봐라~!"

그리고 나는 사람 열받게 낄낄 웃으며 뿅, 이동해 버렸다.

*　*　*

황궁.

[나 잡아 봐라~!]

마경을 통해 르블레인의 목소리가 흘러나왔고, 홀은 고요에 감싸였다. 입을 떡 벌린 사람이 있는가 하면, 붕어처럼 뻐끔거리는 사람도 있었다.

르블레인이 결계를 파괴하고 미나와 함께 이동하자마자, 요한을 부축한 듀블레드의 군사들이 재빨리 이동진을 찢었다.

눈앞에서 거의 다 몰아붙인 듀블레드의 군사들을 놓친 아미티에 연합군은 약이 바짝 올라 고함을 내질렀다.

“이걸 뭐라고 해야 할까. 음, 첫 번째 아기님은 참으로…… 그러니까…….”

귀부인이 말을 흐렸지만, 그녀의 말을 이해하지 못하는 사람은 없었다.

약아빠졌다. 전투지에서, 그것도 7가문의 모의전이라는 커다란 무대에서 이런 짓이라니.

‘내가 아미티에 연합군이었으면 억장이 무너졌겠구나.’

마른침을 삼킨 귀족이 중얼거렸다.

“하지만 실로 엄청난 능력입니다. 듀블레드의 이리들조차 파훼하지 못한 저만한 결계를 단신으로 뚫어 버리고 이동진 사용이라니.”

“능력이 뒷받침되지 않고서야 저토록 대범하기 어렵지요.”

궁지에 몰렸던 듀블레드군을 등장하자마자 탈출시켰다. 다소 우스운 광경이긴 했지만, 그렇기에 더 강렬한 인상을 주었다. 실실 웃으며 아미티에 연합군을 뒤집어 버린 저 실력. 적이 되고 싶지 않은 저 사악함.

이샤크는 허탈하게 웃었다.

“기왕이면 일찍 좀 등장해 줄 것이지.”

내내 굳어 있던 앙리 또한 쿡쿡 실소를 흘렸다.

“구체 관절 인형이겠지. 미리 준비해 둔 건가?”

“며칠 내내 베로니카와 창고에 틀어박혀 살더라니. 하여간에 저 꼬맹이 사람 간 떨어지게 한다니까.”

그렇게 말한 이샤크가 정신없이 마경을 바라보는 테오도르를 힐끗 쳐다봤다.

“이 기회에 큰형을 교체하시죠? 마경은 그만 보시고요. 눈에서 꿀 떨어집니다.”

테오도르는 큼, 헛기침했고, 홀에 모인 사람들은 다시 마경에 집중했다.

듀블레드군이 이동한 곳은 레드거스산이었다. 사로잡혀 밧줄에 묶인 미나가 인상을 찌푸렸다.

[르블레인, 이건 비열해.]

[참가 가문의 대부분과 손잡고 전장을 휘젓던 넌 비열하지 않고?]

[이건 모의 전쟁이잖아. 전쟁에선 나라 간에 손잡는 일은 흔하다고 조나단이 그랬어.]

[전쟁에서 인질 잡는 일도 흔하단 건 조나단이 가르쳐 주지 않았나 보지?]

르블레인이 어깨를 으쓱하자 할 말이 없다는 듯 입술을 잘근잘근 깨문 미나는 말했다.

[차라리 어깨끈을 잘라 줘.]

[내가 왜?]

[……어?]

[널 잡고 있으면 저들이 공격해 오지 못할 텐데 내가 왜 네 어깨끈을 자르니.]

그렇게 말한 나는 우리 군사들을 쳐다보며 소리쳤다.

[앞으로 아미티에 연합군이 공격해 올 것 같으면 미나를 방패 삼아라!]
[예!]
[예!]
듀블레드군은 우렁차게 대답했고, 르블레인은 킬킬 웃었다.
[어디 한번 공격해 보라지.]
[르블레인!]
[너, 앞으로 그렇게 소리 지를 힘 없을걸. 얌전히 있어. 그래야 고문을 버티지.]
[고, 고문? 나를 고문하겠다고?]
[조나단은 대체 왜 전쟁에서 협력을 얻는 건 흔하다는 것만 네게 가르친 거야? 고문이 흔하다는 것도 가르칠 것이지.]
그렇게 말한 르블레인이 미나의 앞에 쪼그려 앉아 깃털을 척, 꺼냈다. 그러자 듀블레드군이 미나를 빙 두르곤 깃털을 꺼냈다.
간질간질.
르블레인이 코를 간질이자 미나가 [악마들!] 하고 소리치며 절규했다.
황궁 홀엔 웃음이 터져 나왔다. 쿡쿡 소리 죽여 웃은 대부인이 테오도르에게 말했다.
"언제나 유쾌한 아이입니다."
"최악의 상황에서도 유머를 잃지 않는 아이죠."
"자랑은. 딸 없는 사람은 서러워 살겠습니까."
테오도르와 대부인은 하하호호 웃었고, 사람들이 "암요!" 하며 따라서 폭소를 터뜨렸다.
하지만 그렇지 않은 사람들도 있었다. 마르슈 공작이 아미티에 공작에게 속삭였다.
"이런 상황은 대비했나."

"계책은 모두 조나단이 구상했습니다. 그자에게 '유머'가 있었는지는 모르겠군요."

"……두 번째 때문에 일이 어려워지겠군."

아미티에와 연합한 가문들의 가주들은 모두 표정이 어두워졌다. 그들 머릿속에는 악마의 날개를 단 르블레인이 눈앞에 바짝 다가왔던 나단 평야를 들고 총총, 도망치는 꼴이 그려지고 있었다.

* * *

쾅!

마르슈 공작의 장남이자, 이본느 황비의 터울 많은 남동생 에슬론이 테이블을 내리쳤다.

"여자애 하나 때문에 이게 무슨 꼴이야! 입이 있으면 말해 보지 그래, 조나단!"

조나단은 꿀 먹은 벙어리가 되어 마른침을 삼켰다.

연합군의 분위기가 좋지 않다. 요한 듀블레드가 교체, 새로운 군사가 투입되었다는 공지에도 딱딱한 분위기는 좀처럼 풀릴 줄을 몰랐다.

"아직 우리에게 기회는 남았습니다. 다른 가문은 모두 낙오했고, 남은 것은 듀블레드와 아미티에 연합군뿐. 듀블레드에선 함부로 공격조차 못 하는 실정입니다."

"하여 우리는 공격할 수 있나?"

"그건……."

"저 사악한 듀블레드 영애라면 우리가 공격하는 곳마다 두 번째를 방패로 세울지도 모른다. 그때 네놈은 제대로 공격이나 할 수 있겠는가?"

"……."

“두 번째를 교체한다. 이대로 계속 흔들릴 수는 없어.”

“불가합니다.”

교황은 명했다. 이번 모의전을 통해 미나의 이름이 널리 울려 퍼져야 한다고. 미나를 통해 르블레인을 몰아붙이는 것이 신전의 목표였다.

‘하지만 멍청한 두 번째를 데리고 무슨 일을 하겠는가.’

그때였다. 쾅―!!! 폭음이 울려 퍼졌다. 모의전 최초의 듀블레드 선공이었다.

쾅―! 쾅, 쾅, 쾅―!!

공중에서 조각난 운석이 쏟아져 내렸다. 운석에 맞은 천막이 주저앉았다.

아미티에 연합군의 군사들에겐 전열을 가다듬을 시간조차 없었다. 오합지졸이 되어 운석을 피하는 데에 기를 썼다. 그 틈에 듀블레드군이 아미티에 연합군의 진지를 습격했다.

와아아아―!

우렁찬 기합 소리와 함께 등장한 그들을 본 에슬론 마르슈가 칫, 혀를 차고는 소리쳤다.

“마도 부대!”

마도사들이 허둥지둥 나섰다. 그러나 시전할 시간이 부족한 탓에 제대로 된 결계를 펼치는 자는 없었다. 오히려 시전에 집중하다가 듀블레드군을 피하지 못했다.

눈앞에서 험악한 듀블레드의 군사를 마주한 마도사는 아뿔싸! 하고 소리치며 질끈 눈을 감았다.

‘당한다―!’

그런데 이상했다. 시간이 지나도 고통이 느껴지지 않았다. 어깨끈조차 잘리지 않았다. 마도사가 눈을 슬그머니 뜨자,

"읍?!"

자루가 몸에 쑥, 씌워졌다. 그리고 듀블레드의 군사는 자루에 담은 마도사를 들고 냅다 도망치기 시작했다.

"읍? 읍읍!"

마도사는 어리둥절해져서 버둥거렸고, 눈앞에서 제 군의 마도사가 납치된 에슬론 마르슈의 눈이 휘둥그레졌다. 그런데 납치당한 건 마르슈의 마도사뿐만이 아니었다.

"어, 어어?! 우리 마도사가ㅡ"

"내 마도사에게 무슨 짓이야!"

듀블레드군은 다른 군의 마도사들까지 쏙쏙 납치하고는 짠 듯이 도망쳤다. 에슬론 마르슈와 조나단은 기가 막힌 얼굴로 도망치는 듀블레드군을 쳐다봤다.

'저것들이 대체 무슨 수작이란 말인가.'

메테오 같은 초 고등 마법을 시전한 주제에 공격하기는커녕, 마도사를 데리고 도망쳐?

에슬론은 저 멀리에 있는 르블레인을 쳐다봤다. 그녀는 양 주먹으로 입가를 가리고 킬킬거리는 중이었다.

'설마 저 미친 자가……!'

에슬론이 사색이 되어 소리쳤다.

"잡아! 놓치면 안 돼!"

하지만 이리는 재빠르게 르블레인에게 향했고, 르블레인이 장거리 이동진을 찢자 눈앞에서 사라져 버렸다. 메테오 공격도 끊겼다.

주변이 고요해지자 아미티에 연합군의 지휘관이 납치된 마도사를 체크했다. 그리고 굳어 있는 성기사 조나단에게 물었다.

"뭐지? 왜 마도사들을 데리고 도망친 건가?"

"당장 빼앗긴 자들을 교체하십시오. 서두르셔야 합니다!"

"뭐? 하지만 저들은 모의전을 위해 일부러 거금을 주고 데려온 자유 마도사들이다. 그런 자들만 골라 갔어."

"그러니까 데려간 것입니다. 가문에 배속되어 충성심이 남다른 자들이 아니라 자유 마도사들이라면 쉽게 변절할 테죠. 그들을 회유해서 제 편으로 만들려고 데려간 것이란 말입니다!"

지휘관들의 눈이 휘둥그레졌다. 그들이 허둥지둥 교체를 위해 상공에 부유한 마도구를 향해 지휘관의 증표를 들려고 했을 때였다.

[듀블레드, 군사 1인을 교체합니다.]

[듀블레드, 군사 2인을 교체합니다.]

[듀블레드, 군사 1인을 교체합니다.]

[듀블레드, 교체 인원 총 5인. 다시 알립니다. 듀블레드에서 5인의 군사를 교체합니—]

펑—!!

상공에 부유했던 모의전 공지용 마도구가 일시에 터져 버렸다.

"어, 어어, 어?!"

누군가 소리치기 무섭게 아미티에 연합군의 낯빛이 거무죽죽해졌다.

'저게 없으면 군사 교체는 어떻게 하지?'

새파란 표정의 지휘관이 에슬론 마르슈에게 물었다.

"이제 어찌합니까, 공자. ……공자?"

"……."

"공자, 마음을 굳건히 하십시오. 아직 패색이 짙은 것은 아닙니다. 왜 이리 표정이 어두우십니까."

"……저게 메롱 했어."

"예?"

"저게 우리 마도사들을 끌고 가면서 날 조롱했단 말이다!"

자신과 눈이 마주치자 르블레인은 눈 밑을 끌어당기며 혀를 쏙 빼물었다.

감히 이 에슬론 마르슈를 조롱해? 마르슈 공작의 후계인 나를?

에슬론 마르슈가 포효하듯 고함을 내질렀다.

황궁.

[저게 메롱 했어.]

황궁의 홀이 뒤집어졌다. 대부분의 사람들이 교양을 잊은 채 배를 잡고 소리 높여 웃었고, 점잖기로 유명한 인사들마저 손등으로 입가를 가리곤 어깨를 떨었다.

이 속에서 표정이 어두운 사람은 소수였다. 레지날드 추기경과 아미티에 연합군에 속한 가문의 가주들. 사람들은 주먹을 움켜쥔 마르슈 공작을 힐끔힐끔 쳐다봤다.

"마르슈 공자의 꼴이 우스워졌군요."

"쉿, 공작 각하께 들립니다."

레지날드가 헛기침하며 말을 붙였다.

"빼앗긴 마도사의 수가 스물도 되지 않습니다. 그에 반해 우리 군의 수는 백오십이 넘지요. 심려치 마십시오."

"경에겐 마르슈의 이름이 우스워진 것이 별일이 아닌가."

"……그런 뜻이 아닙니다, 각하."

아미티에 연합군의 가주들이 싸늘한 눈으로 레지날드 추기경을 바라봤다.

"일이 이리될까 봐 연합을 망설였던 거요. 이계에서 온 운명의 아이가 대륙의 전쟁을 어찌 알겠소. 전쟁을 모르는 이가 모의 전쟁 연합군의 우두머리가 되어 무얼 하겠느냔 말이오."

"조나단이 타개책을 마련할 겁니다."

"마르슈 공자에 이어 내 아들까지 우스워진 후에 말이오?"

레지날드가 침묵했고, 연합군의 가주들이 울화통을 터뜨렸다.

"성하께 확실히 전하셔야 할 거요. 내 가문과 후계의 명예가 바닥에 떨어지는 것은 그 어떤 것으로도 보상할 수 없으리라고."

내로라하는 가문들이 단독도 아니고 연합한 상태로 듀블레드에 패배한다면 후폭풍이 상당할 것이다.

그때, 내내 말이 없던 아미티에 공작과 테오도르 듀블레드의 시선이 마주쳤다. 테오도르의 입꼬리가 슥, 위로 올라가자, 아미티에 공작이 말했다.

"기사도를 잊었나. 우위를 점했다고 해서 책임을 다하고 있는 아이들을 조롱하지 마라."

"염려하지 마라. 조롱은 네게 했으니."

기어이 아미티에 공작의 표정이 구겨졌다.

*　　*　　*

나는 내 앞에 무릎 꿇려진 마도사들을 지그시 쳐다보았다.

"변절해라."

"아무리 가문에 묶여 있지 않다지만 저희에게도 신의가 있습니다. 돈에 눈멀어 선계약을 어긴다면 누가 다시 저희를 찾겠습니까?"

"열 배 줄게."

"내 아미티에 연합군을 요절내리라!"

마도사들이 내 앞에 납작 엎드렸다. 나는 흐뭇한 얼굴로 돈에 눈먼 마도사들을 쳐다봤다.

'이래서 욕심쟁이가 좋다니까.'

다루기 편하잖아.

나는 '저쪽 진영에 메테오부터 쏠깝쇼?' 하며 열의에 불타는 귀여운 욕심쟁이들을 뒤로하고 이리의 부단장에게 손짓했다.

"아미티에 연합 쪽 인원이 거슬려. 와해시켜야겠어."

"공격하실 겁니까?"

"아니, 휘젓기만 하는 거야. 제대로 붙지 않고."

"제대로 붙어도 승산은 있습니다. 우리에겐 아가씨가 있지 않습니까. 아가씨께서 나서시면—"

나는 공중에 있는 영상석을 힐끔, 쳐다본 후에 목소리를 바짝 죽였다.

"그게 안 돼."

"예?"

"나, 한 번만 공격당해도 부서질 테니까."

"예?!"

이건 레인의 몸을 나와 닮도록 급하게 개조한 것이라 본래의 레인보다도 약하다. 거기에 제대로 말하기 위해 말할 때마다 한 번씩 마법을 거친다. 즉, 가뜩이나 연약한 몸에 과부하까지 온 상태인 거다.

레인은 부서지면 복구되지만, 지금 상태로는 복구되는 데 상당한 시간이 소요될 터.

'그렇게 되면 내가 인형을 통해 참전한 것이 만천하에 드러나겠지.'

오디스를 휴학한 것까지 있으니 내 신상에 문제가 생겼다는 것을 쉽게 알아차릴 것이다.

'지들이 뒤를 캐다가 내가 이려졌다는 걸 알게 되면 망하는 기야.'

내가 어려진 걸 아는 사람들이 있지만, 증거는 없었다. 내가 다시 커져서 딱 잘라 부정하면 어떻게 할 수 없다.

그러나 증거가 생긴다면…….

'신전이 내 몸 걱정을 하는 척, 조사해야 한다면서 별짓을 다 할 거라고.'

조사 결과를 조작해 악마를 불러냈다고 선언하거나, 가족들의 손이 닿지 않는 곳에서 말 잘 듣는 진짜 인형으로 만들 거다. 내가 처음부터 레인의 몸으로 모의전에 참전하지 않은 이유가 그것이었다.

부단장이 마른침을 꼴깍 삼켰다.

"하면 어찌합니까?"

"걱정하지 마. 방법은 있으니까."

"어떻게 말입니까?"

나는 정말로 악당처럼 사악한 미소를 머금고서 속삭였다.

* * *

몇 시간 뒤, 듀블레드 진영의 다른 막사.

미나는 르블레인과 떨어진 막사 안에 갇혀 있었다. 묶인 손목에 희미한 빛이 떠오르고, 이마엔 송골송골 식은땀이 맺혔다.

'조금만. 조금만 더…….'

미나가 이를 악물었다. 이윽고 툭, 손목의 밧줄이 끊어졌다.

'신성력의 조절이란 거 생각보다 어렵구나.'

힘을 한 번에 터뜨리는 것보다 남들이 눈치채지 못하도록 밧줄을 아주 조금씩 태우는 것이 더 어려웠다.

그건 마치 어린아이가 물을 바닥에 콸콸 쏟아 내는 것과 작은 잔에 물을 조절해서 따르는 것 같은 차이다.

'그래서 르블레인이 그랬던 거야. 비록 신성력은 내가 더 강하더라도 절대 그 애를 이기지 못한다고.'

상냥한 신의 힘으로 이전 생에 다녀오지 않았더라면 그 애의 말마따나 상대가 되지 않았을 것이다.

몸을 일으킨 미나는 제가 갇힌 막사 주변을 둘러보았다.

'이제 빠져나가야 하는데 결계가 엄청나게 강해. 뭐 좋은 수가 없을까?"

"응?"

잘 보니 곳곳에 웬 부대 자루가 있다. 안을 살피니 포춘 쿠키처럼 생긴 얇은 나무 조각이 잔뜩 들어 있는 게 보였다.

"조나단, 이건 뭐예요?"

"보급입니다. 모의 전쟁은 실제 전쟁을 대비한 가상의 전쟁. 전쟁에 없어선 안 될 것이 보급이죠. 다만 귀중한 물자를 낭비할 수는 없기에 이것을 보급 삼습니다."

"아! 학교에서 배운 것 같아요. 보급선이 끊어진 군은 패배한다고."

"예, 군사들은 일정 시간마다 이것을 부러뜨려야 하고, 하루 이상 부러뜨리지 못한 군사는 어깨끈이 잘리지 않아도 탈락합니다."

듀블레드는 아미티에 연합의 공격에 대비해 급하게 진지를 옮겼다. 인력이 없는 듀블레드는 이만큼 강한 결계를 둘씩이나 만들 순 없을 터.

지금 막 막사를 만드는 중이라 잠시 임시 결계를 세우고 인질인 자신과 보급품을 함께 둔 모양이었다.

'내가 스스로 끈을 풀 줄은 상상도 못 한 거야. 르블레인은 내가 과거에 다녀온 줄 모르니까.'

기껏해야 꿈을 꾼 줄 알겠지.

'내가 이 보급을 전부 불태우면 판을 뒤집을 수 있어.'

미나의 손에서 화르륵, 불길이 솟았다.

자루에 불이 붙자마자 자루는 순식간에 불타올랐다. 미나가 콜록콜록 기침하며 몸을 물리기 무섭게 바깥에서 시끄러운 고함이 들려왔다.

"불이다!"

"보급 창고에 불이……!"

'온다. 도망쳐야 해.'

그녀는 손등에 시동인을 띄운 채로 막사 밖을 뛰쳐나갔다.

그런데.

'어?'

군사들의 행색이 이상했다.

7가문의 모의전에선 가문을 구분하기 위해 제복을 달리했다. 듀블레드 군사들은 금색의 갑주에 검은 망토를 착용하고 있었는데, 막사로 달려온 이들의 차림은…….

'브리뵈군?'

그녀가 어리둥절한 표정으로 주변을 둘러보던 찰나에 사색이 된 브리뵈 공자가 막 막사에 달려왔다.

"약탈당한 우리의 보급은 어찌 되었…… 아기님?"

"공자가 어떻게 듀블레드군의 진지에 있는 거죠?"

"무슨 말씀을 하시는 겁니까? 여긴 브리뵈의 진지입니다."

뭐? 그럴 리가 없다. 듀블레드의 군사들이 자신을 이곳으로 옮기며 나누던 말을 기억한다.

"준비도 없이 진지를 옮겨도 되는 거야? 제대로 된 결계 하나가 없는데."

"하지만 기존 진지에 있을 수도 없는 노릇이지 않나. 이미 위치가 발각되었는데도 그곳에 계속 있는 것은 급습을 기다리는 꼴이지."

"그래도 너무 서두른 게 아닌가. 사람 하나가 아쉬운 판국에 창고나 짓고 있으니……."

똑똑히 들었다. 듀블레드군이 급하게 진지를 옮긴 거라고 말하는 것을.

'설마.'

미나는 얼른 브리뵈 공자를 바라봤다.

"여기가 브리뵈의 진지라면 설마 저 보급은……."

"당연히 우리의 것이죠!"

속았다.

미나의 얼굴이 딱딱하게 굳어졌다.

* * *

망원경을 통해 브리뵈군의 진지를 살피던 나는 불길이 타오르는 것을 확인하고 낄낄 웃었다.

'그래, 넌 속았단다.'

그러니까 일이 진행된 순서는 이렇다.

회유한 자유 마법사들을 통해 브리뵈의 진지를 알아냈다.

아미티에 연합의 눈을 돌리기 위해 급습한 뒤.

연합이 전투를 치르느라 정신없는 틈을 타 미나를 브리뵈의 진지로 옮겨 두었다.

그리고 미나가 브리뵈의 보급을 불태운 것이다.

히죽히죽 웃는 나를 본 이리의 부대장이 물었다.

"이게 과연 잘한 일일는지……. 인질을 풀어 준 것이나 마찬가지가 아닙니까."

"미나가 보급을 불태운 걸 알고도 브리뵈 공자가 저 애를 풀어 줄 것 같아?"

"보급을 불태운 게 우리라고 생각할 수도 있지 않습니까? 그리되면 두 번째를 옮겨 둔 건 우리의 이간책이었다고 여길 테고요."

"아니, 미나는 본인이 불태웠다고 말할 거야."

"창고 안엔 영상 전송을 위한 마도구가 없었고, 불을 놓는 것을 본 사람도 없습니다. 증거가 없는데 알아서 오해해 주는 브리뵈군에게 뭐 하러 진실을 이야기하겠습니까?"

"할 거야. 미나니까."

"……예?"

"남을 속이는 일은 절대로 못 하는 애거든."

고결하고도 고결한 성품. 제가 우스워질지언정 거짓말은 못 하는 저 정의로운 성격이 연합군을 와해시킬 것이다.

* * *

"보급을 불태운 건 저예요."

미나의 말에 브리뵈 공자는 어처구니없는 표정으로 그녀를 쳐다봤다.

브리뵈의 진지가 고요에 뒤덮였다. 브리뵈군의 험악하게 일그러진 얼굴을 마주한 그녀가 입술을 꽉 깨물었다.

"죄송하게 생각해요. 하지만 저는 듀블레드의 보급인 줄로만 알고……."

"어떤 멍청한 지휘관이 인질을 보급과 함께 두겠습니까!"

벼락같은 노성이 터져 나왔다. 희게 질린 미나가 고개를 수그렸으나, 브리뵈 공자의 고성은 멈추지 않았다.

"이제 어떻게 할 겁니까."

"그건 걱정하지 마세요. 연합군이 보급을 나눠 줄 거예요. 급한 대로 보급을 나눠 받고—"

"서약하십시오."

"어떤 상황에서든 서약만은 절대로 하지 마십시오."

"어째서요, 조나단?"

"서약을 지킬 수 있다면 상관없지만, 서약을 어기게 된다면 연합군의 신뢰가 깨질 겁니다. 듀블레드의 군사는 강력하죠. 연합이 공고하지 않으면 쉬이 이길 수 없는 상대입니다. 무엇보다 서약은 신의 이름을 걸고 이뤄지는 것. 그런 서약을 어기는 것이 마경을 통해 퍼진다면 신전과 미나 님의 명성에 큰 타격이 갈 겁니다."

"깨질 만한 서약은 하지 않아요."

"모의전은 가상의 전쟁입니다. 전쟁에선 어떤 것도 확신하지 마십시오."

조나단은 몇 번이나 서약만은 해선 안 된다고 주의 주었다.

"서약은 하지 말라고 조나단이……."
"책임을 회피하시는 겁니까?"
"회피하는 게 아니라 먼저 약속했어요. 조나단은 제게……."
"조나단, 조나단! 본인이 직접 생각하지 못하는 겁니까!"
"……."

브리뵈 공자는 이마를 잡은 채로 의자에 주저앉았다. 그러곤 미나를 가리키며 손을 휘휘 저었는데, 눈치 빠른 군사들이 미나를 사령관 막사에서 내보냈다. 그녀가 나선 후, 브리뵈군의 부단장이 물었다.

"어찌하시겠습니까."

"어찌하기는. 이렇게 되면 연합군이고 뭐고 우리 살길부터 모색해야지."

"두 번째를 연합군의 진지로 데려가면 그들이 우리를 아주 외면하지는 못할 겁니다. 급한 대로 보급을 나눠 받고, 경계소(모의전 전투지에 설치된 보급을 가져올 수 있는 장소)에서 새로운 보급을 가져오는 것이 낫지 않겠습니까?"

"우리가 경계소로 갈 때쯤엔 듀블레드가 터뜨린 후일걸. 그 영악한 듀블레드 공녀라면 이미 이러한 상황은 모두 예측했을 테니."

"예?"

"모르겠어? 이건 듀블레드가 내민 손이다."

부단장이 의아한 듯 눈을 동그랗게 뜨자, 브리뵈 공자가 목소리를 낮추었다.

"소중한 인질을 우리에게 보냈어. 손을 잡으라는 것이겠지."

"하면 어찌하시겠습니까?"

"흘러가는 방향을 봐. 요한 듀블레드를 잡지 못한 시점에서 연합군은 승리를 장담할 수 없게 되었다."

"하시면……."

"무너지는 배에 매달릴 수는 없지."

브리뵈 공자의 눈이 날카롭게 빛났다.

그리고 얼마 뒤, 듀블레드와 연합군이 다시 한번 부딪쳤다. 선봉에 선 건 브리뵈 공자였는데, 그가 듀블레드 이리의 부대장을 향해 소리쳤다.

"아기님을 돌려줘라!"

"두 번째를 돌려달라느니 말하면 브리뵈가 우리 손을 잡겠다는 의미야. 제 손에 미나가 있는데 보란 듯이 그런 말을 하는 건 우리의 세작이 되겠다는 거지."

'아가씨의 말씀대로다.'

브리뵈 공자와 이리 부대장의 비열한 시선이 허공에서 조우했다.

연합군이 흔들리고 있었다.

* * *

시간이 갈수록 연합군은 수세에 몰렸다. 오전엔 회유한 마법사들을 통해 진지가 발각되었고, 듀블레드의 공격을 받아 몇몇 가문이 무너졌다.

그리고 오후, 급히 진지를 옮겼으나 어찌 된 까닭인지 듀블레드는 이동 경로를 정확히 알고 있었다. 뒤를 잡힌 가문은 어깨끈이 모조리 잘려 모의전에서 자취를 감추었다.

오후의 일은 세작인 브리뵈 공자의 활약이었으나, 연합군은 아직 세작이 누구인지조차 확신하지 못했다. 사기가 땅을 뚫고 들어가기 직전. 막사 안에 모인 후계들의 표정이 어두웠다.

마르슈 공자가 말했다.

"이리되면 총공격을 감행하는 수밖에 없소."

팔짱을 낀 디몽테 공녀가 마뜩잖은 듯 말했다.

"우리가 지금까지 총공세를 못 해서 안 했습니까? 저쪽에 듀블레드 공녀가 있으니 못 한 게지요. 공녀가 오디스와 쿠헬름의 전투 때와 같이 유령 군사들을 불러들일까 봐서요."

본래 이들의 계획은 르블레인이 신성력을 소진할 때까지 이리저리 몰아붙인 후 단숨에 듀블레드를 꺾는 것이었다.

"듀블레드 공녀는 머리카락 한 올 보이지 않고, 듀블레드 군사에게마저 농락당하는 실정이니……."

"그러니 더 때가 늦어선 안 된다는 겁니다."

조나단의 말이었다. 그는 지휘관들을 둘러보며 말했다.

"최후의 방법을 씁시다."

"최후?"

"최후의 방법이 있다고?"

다른 지휘관들은 어리둥절한 표정이었지만, 마르슈 공자와 디몽테 공녀가 일시에 눈을 흡떴다.

디몽테 공녀가 말했다.

"그 마법은 아직 술식이 완벽하지 않다면서. 실패하면 우리는 단숨에 패배할 것이다."

"이제 물러설 곳이 없지 않습니까."

디몽테 공녀와 성기사 조나단이 미나를 대신해 연합군의 총책임을 맡은 마르슈 공자를 바라봤다. 잠시 신음하던 마르슈 공자가 무겁게 고개를 끄덕였다.

모의전에서의 마지막 페이지가 넘어가는 순간이었다.

날이 저물고 어둠이 찾아왔다. 횃불을 든 연합군의 대군이 모두 듀블레드의 진지를 향해 출정했다.

듀블레드의 군사들과 마주한 순간, 마르슈와 디몽테, 그리고 아미티에의 군사들이 선봉에 나섰다.

하늘에 커다란 시동진이 떠올랐다. 듀블레드 군사들이 검을 거머쥐었을 찰나, 선봉에 선 세 가문의 군사들의 피부가 기묘하게 일그러지기 시작했다.

입이 튀어나오며 부리가 생긴 이들도 있는가 하면, 목에서 갈기가 생긴 이들, 피부에 비늘이 돋아나는 이들도 있었다.

"키에엑—!"

거대한 몬스터로 변한 세 가문의 군사들이 듀블레드의 군사를 향해 뛰어들었다. 르블레인 듀블레드가 모의전에 참가하는 경우를 상정하여 만든 최후의 수.

성수화(聖獸化).

지옥도가 펼쳐지는 것은 순식간이었다.

"뒤로 물러나라! 성수의 앞에 나서지 마라!"

조나단이 소리치자, 연합군의 군사들이 허둥지둥 물러났다. 디몽테 공녀가 희게 질린 얼굴로 몇 걸음 물러났다.

'뭐, 뭐야.'

끔찍한 광경이었다. 성수화된 군사들은 마치 이지를 잃은 것처럼 인간의 육체를 발견하는 족족 물어뜯었다. 듀블레드의 군사들은 목이 물어뜯기거나 배가 뚫리는 등 참혹한 상처를 입고 주변에 널브러졌다.

"조나단, 내 군사들에게 무슨 짓을 한 거야!"

"시연에서 보여 드리지 않았습니까. 보시고도 모의전의 승리를 위해 이 방법을 택한 것은 공녀님이십니다."

"시연 때 본 성기사에겐 이성이 있었었어!"

조나단이 소름 끼치게 웃었다.

"하여 말씀드렸지요. 완성되지 않았노라고."

조나단이 듀블레드의 군사 뒤에 선 르블레인을 가리켰다. 그러자 몬스터화된 군사들의 시선이 일시에 그녀에게 향했다.

"아가씨—!"

그들이 르블레인을 향해 달려들던 그 순간.

크르릉—!!

거대한 무언가가 그녀의 앞을 가로막았다.

은빛 갈기를 가진 거대한 늑대. 수리르의 등장이었다.

'자, 수리르의 데뷔전이다.'

수리르는 르블레인에게 달려든 인수(人獸)의 목덜미를 물어뜯은 뒤, 커다란 앞발로 땅을 박차고 뛰어올라 적들의 앞을 가로막았다.

사람의 손을 타서 만들어진 인수와 태생부터 야수인 수리르는 크기에서부터 엄청난 차이가 있었다.

'마치 도베르만 앞의 치와와, 호랑이 앞의 고양이!'

르블레인은 양 주먹으로 입가를 가리고 연신 킬킬거렸다.

인간과 수인은 지능에 차이가 있다. 그런 까닭에 인간은 수인을 우습게 여기지만, 기실 일대일로 붙으면 수인의 필승이다.

특유의 부드러운 관절과 인간보다 족히 열 배는 강하다는 체력, 완력, 육체의 강도. 수리르는 그런 수인 가운데서도 극소수의 강자였다. 대신에 지능은 그만큼 낮지만.

즉, 그를 제대로 컨트롤할 수 있는 사람이 곁에 있다면 웬만한 장정 기백이 달려들어도 상대가 되지 않는다는 소리다.

르블레인의 첫 번째 삶에서 수리르를 컨트롤한 것은 아마 저 성기사 조나단일 것이다. 생각해 보면 수리르가 있는 곳엔 항상 조나단이 있었으니까.

그리고 이번 삶에서 수리르를 맡은 사람은…….

"수, 5시 방향이다."

낮은 목소리를 들은 수리르의 귀가 쫑긋 움직였고, 멀리 나무 위에서 감청색의 머리칼이 바람에 나부꼈다.

"전열을 가다듬어라. 일동 원진!"

듀블레드의 군사들이 우르르 몰려들어 르블레인의 주변을 원형으로 감쌌다. 그리고 나무 위에 있던 사내가 풀썩 뛰어내려 르블레인의 앞을 가로막았다.

전략으로는 타의 추종을 불허한다는 최강의 창기사, 자카리. 이번 삶에선 그가 수리르를 맡는다.

4인의 기사들은 모두 뛰어나지만, 강점과 약점이 분명하다. 수리르는 육체 능력이 뛰어난 대신에 지능이 떨어진다. 자카리는 그 반대였다.

'그런데 두 사람이 서로의 약점을 보완하고, 강점은 더 강력하게 만들어 준다면…….'

철컥, 철컥, 땡-!

두 사람의 가치를 매기던 머릿속의 계산기에서 0이 셀 수 없이 많이 그려졌다.

'혼쭐을 내주려무나.'

인수들은 수리르의 상대가 되지 못했다. 오히려 이지를 잃은 인수가 된 것이 적군의 패착이었는데, 수리르를 피해 물러나다가 마주친 적군들을 성냥개비처럼 우수수 쓰러뜨렸다.

인수가 된 몸을 유지하는 시간도 턱없이 짧았다. 한 시간가량의 전투 후, 아미티에와 마르슈, 베릴의 군사들이 정신을 잃고 널브러졌다.

듀블레드의 완벽한 승리였다.

* * *

나는 모의전이 끝나기 전, 복구된 공지용 마도구로 군사를 교체하고 레인과의 연결을 끊었다. 레인의 핵을 놓은 나는 한숨을 길게 내쉬었다.

"르브, 괜찮아?"

트리가 걱정스러운 얼굴로 땀을 삘삘 흘리는 나를 바라봤다. 세실리아가 얼른 내게 찬물을 건넸다.

핵으로 레인의 몸을 조정하는 것 또한 마나를 크게 소모하는 일이었다. 수리르가 적군을 물리친 후부터는 거의 몸이 늘어지다시피 했다.

"이, 이모, 의사를 불러야 하는 게 아닐까요?"

세실리아는 고개를 저었다. 괜히 사람을 불렀다가 나를 의아하게 여기는 자가 생기면 곤란하다. 의사를 대신해 세실리아가 나를 살폈다.

"몸이 엉망입니다. 서둘러 돌아가시는 게 좋겠어요."

"녜……. 구론데요."

"예?"

나는 단풍잎 같은 두 손으로 빽빽한 눈가를 비비다가 초췌한 표정으로 세실리아를 쳐다봤다.

"나 잘해찌요?"

"예?"

"모이전이요. 나 잘해찌요?"

눈을 동그랗게 뜬 세실리아는 이내 웃음을 터뜨렸다.

“너무나도 훌륭하셨습니다. 오늘 모의전을 본 사람 중 어떤 이가 영애의 이름을 외치지 않겠습니까. 신전의 계획은 완벽하게 엉망이 되었어요.”

나는 히죽 웃었다.

‘좋아, 그럼 고생한 게 위로가 되네.’

7가문의 모의전을 통해 미나의 이름을 널리 알리려던 교황의 계획은 물거품. 신전이 우스워지는 결과만을 낳았다.

“르브, 브리뵈만 처리하면 모의전이 끝나니까 그 전에 황궁을 나서자. 내가 업어 줄…… 르브?”

머릿속이 몽롱해지면서 트리의 목소리가 점점 멀어졌다. 시야가 좁아지고, 나는 트리의 “르브! 이모, 르브가……!”라는 목소리를 마지막으로 정신을 놓았다.

* * *

정신을 차렸을 땐 온몸이 욱신거렸다. 떠지지 않는 눈꺼풀을 억지로 들어 올리자, 보인 건…….

“악!”

나는 고개를 불쑥 내밀고 있는 테일러를 보고 비명을 내질렀다.

“귀청 떨어지겠다.”

“놀라짜나요!”

“널 살피는 중이었어. 네 아버지의 명으로. 고마운 삼촌을 보자마자 비명은 너무하잖아. 난 네가 어려졌다는 것도 비밀로 해 줬다고.”

“……하마터면 따귀를 날릴 뻔 핸네.”

내가 아효, 한숨을 내쉬며 놀란 가슴을 쓸어내리자 테일러는 어처구니없는 표정으로 날 쳐다봤다. 그런 테일러를 본체만체한 나는 으그그, 소리를 내며 기지개를 켰다.

'얼마나 쓰러져 있던 거지? 몸이 완전히 돌덩이 같네.'

그렇게 생각하며 어깨를 주무르자, 테일러가 다리를 꼬며 말했다.

"2주다. 네 아버지와 오빠들이 얼마나 극성이었는지 봤어야 하는데."

"우리 아빠랑 오빠들은 언래 극성이에요. 구론데 2주요? 정말루 2주요?"

"그래."

"7가문 모의전은 오또케 되써요?"

"당연히 듀블레드의 우승이지. 연합군은 한동안 고개도 들지 못하고 숨어 지냈다."

나는 "오또케, 오또케!" 소리치며 펄쩍 뛰었다.

7가문의 모의전이 끝났으니 부상을 받으러 황궁에 갔어야 했는데! 지휘관이 나였는데 가지 않았으니 사람들이 얼마나 이상하게 봤을까.

내가 울상을 짓자 테일러는 내 이마를 꾹 눌러 베개에 눕히곤 말했다.

"무슨 걱정 하는지 알겠는데, 앙리가 잘 처리했다. 요한이 금술에 당했고, 모의전 후반엔 너 또한 금술로 몸이 좋지 않았다고 황궁에 알렸지."

"구로몬 지금쯤 밖은 범인이 누구냐고 시끄럽겠네요."

"그래. 황제가 감히 신성한 모의전에서 금술을 사주한 자를 잡아내라 명했다. 네 아비의 압박이었거든. 그런데……."

"구론데?"

"조사단 단장이 아미티에다."

뭐라고?

아니, 아미티에 연합군과 듀블레드가 붙었고, 듀블레드의 지휘관 둘이 금술에 당했는데 왜 아미티에 공작이 조사단장을 맡아?

'미친 거 아냐?'

내가 오만상을 찌푸리자 테일러가 픽 실소를 흘렸다.

"황제의 총애를 입는 게 너만인 줄 알면 안 되지. 네가 태어나기 이전부터 아미티에는 황제의 검이요, 방패였다. 즉위 이전, 수없이 침실에 암살자를 맞이해야 했던 황제를 번번이 구했던 게 그야."

"구것도 이찌만, 조사단이 꾸려지몬 아미티에 곤작가가 가장 위험할 테니까 구론 것두 있겠지요."

테오도르 듀블레드라면 아미티에를 무너뜨릴 절호의 찬스를 놓치지 않을 테니까.

제국은 거의 듀블레드 천하였다. 이 상황에서 저지할 수 있는 몇 없는 가문인 아미티에가 사라지면, 듀블레드의 위세가 황궁을 범람한 터였다.

'권력의 균형이 깨지는 것은 좌시하지 않겠다는 뜻인 거지.'

황제, 이 노랭이가…….

나는 칫, 혀를 찼다.

"아무리 그래두 아미티에 공잔미가 조사단장인 건 이해를 모타게써."

내가 아득, 이를 가니 테일러는 픽 웃었다.

"아가, 네 아비는 무정해. 네 생각보다 더. 실제로 아미티에 공작이 조사단장이 되기 전부터 그를 끌어내리려 물밑 작업 중이었고."

"당연한 일을 왜 말해요?"

"뭐?"

"아니, 기회가 이쓰몬 끌어내려야지! 기회를 준 놈이 나쁜 고지, 기회를 잡은 아빠가 나쁜가?"

"팔이 안으로 굽는다는 말 아나? 넌 아주 심하게 굽는 모양인데."

"팔이 안으로 굽지 밖으로 굽는대요?"

내가 헛소리라도 들은 것처럼 테일러를 쳐다보니, 그는 헛웃음을 터뜨렸다.

"누가 널 테오도르 듀블레드의 친자가 아니라고 생각할까. 자, 네 오빠가 챙겨 온 모의전의 부상이다."

그가 건넨 것은 엔젤로트였다. 단숨에 얼굴이 밝아진 난 얼른 엔젤로트를 끌어안았다. 테일러가 "그리 좋으냐?" 물어서 나는 몇 번이나 고개를 끄덕였다.

좋지, 그럼.

이제 우따따하던 말투와는 안녕! 고대의 몸과 이별하고 현생의 내 몸을 찾아올 시간이었다. 얼른 테일러를 내쫓고서 엔젤로트에 신성력을 불어넣었다.

쿠르르릉—

천지가 진동하고, 눈앞에 빛의 기둥이 나타났다.

[나는 서른다섯 번째 기둥, 마르코시아스. 나를 불러낸 자가—]

"나예요. 나! 나! 나다! 내가 불러내따!"

[……아직 말도 끝나지 않았다.]

"아유, 구론 게 모가 중요해요. 내게 남은 앙마의 이능을 없애 조요!"

소원을 들어줄 테니까. 우리 빠르게 처리하자고. 알겠지?

[나의 이능을 얻길 바란다면 그만한 대가를 내어다오. 내가 원하는 것은…….]

두근두근. 설레는 얼굴로 그의 말을 경청하던 난 점점 표정이 어두워졌다.

세상사 마음대로 되는 일이 없다더니—!

* * *

이튿날.

세리아와 함께 상점가를 찾은 난 기둥 뒤에 숨어 한 남자의 등을 노려봤다.

"아가씨, 몸도 좋지 않으신데 저택으로 돌아가시지요."

세리아의 걱정스러운 말을 들은 난 고개를 붕붕 젓고 우울한 목소리로 말했다.

"안 대. 앙마의 소원을 들어줘야 하니까."

"대체 소원이 무엇이었습니까?"

나는 이를 악물었다.

[내가 원하는 것은 가장 정의로운 자의 눈물. 신의 아이야, 내가 원하는 바를 이루어 준다면 나 또한 네 욕망을 이뤄 줄 것이다.]

"세리아, 너는 세상에서 제일 정의로운 자가 누구라고 생각해?"

"그야—"

세리아는 머뭇거리다가 대답했다.

"-아미티에 공작이 아닐는지요."

"구로니까……!"

길 가던 사람을 잡고 물어봐도 하나같이 그렇게 대답할 거다. 그래서 나는 아침부터 아미티에 공작을 쫓는 중이었다.

'기사들에게 아미티에 공작을 때려서 눈물만 가져오라고 할 수도 없고.'

우는 순간에 마르코시아스의 통로를 든 내가 곁에 있으면 그걸로 어떻게 되지 않을까?

'하필이면 고대의 몸이라 에트왈을 사용할 수 없어서 마르코시아스를 권속화하지도 못하고…….'

나는 한숨을 푹 내쉬며, 얼굴을 벅벅 문질렀다.

"어, 어! 아가씨, 공작이 건물 안으로 들어갑니다."

나는 얼른 포다다닥, 달려가 건물 외벽을 잡고 고개를 쑥 내밀었다.

그때.

"끄악-!"

누군가 나를 번쩍 안아 들었다. 허리가 잡힌 채로 대롱대롱 흔들리던 난 잔뜩 굳은 얼굴로 나를 안은 상대를 쳐다봤다.

아미티에 공작이 눈을 가늘게 뜨고서 물었다.

"왜 아침부터 나를 쫓아다녔지?"

나는 지진이 난 듯 흔들리는 눈으로 아미티에 공작을 바라봤다.

"누구?"

"웬 아이인가."

"아이가 각하의 뒤에 따라붙었다고?"

주변이 시끄러웠다. 그도 그럴 것이 아미티에 공작은 금술 시전자를 찾기 위한 조사단과 함께 움직이고 있는 데다가, 7가문의 사건으로 시선이 집중된 상태였다.

잡아뗄까? 이렇게 어린애가 뒤쫓는 게 특별히 수상한 일은…… 맞다. 맞지. 수상하지.

종종 제 나이보다 어려 보이는 수인족을 첩보원으로 보내는 일이 있다. 감이 뛰어나고 몸이 날렵한 데다가 어린애 같은 외양에 목표물이 방심하기에 십상이기 때문이다.

또는 쳐 죽일 쓰레기들이 어린애를 금술의 매개로 삼아 목표물에게 달라붙게 하는 경우도 있다. 철수의 말을 빌리자면 인간 폭탄 같은 것이다.

난 겉보기엔 서너 살. 서너 살짜리 어린애가 공작의 뒤를 쫓을 만한 이유는 없다.

'수인족 첩자로 여겨지든, 인간 폭탄으로 여겨지든 조사받게 될 거야.'

불안이 가지처럼 쭉쭉 뻗어나갔다.

조사한다. → 내 안에 강력한 신성력이 잠재되어 있다는 것을 알게 된다. → 신전에 넘어간다. → 신전에 정체가 들킨다?

거기까지 생각이 미치자 나는 사색이 되었다.

"왜 아침부터 줄곧 내게 따라붙었느냐고 물었다."

마른침이 꼴깍 넘어갔다. 이렇게 되면 다른 방법이 없었다.

"……빠."

"뭐라고?"

"아빠!"

이허이어어엉!

아미티에 공작을 아빠라고 부르며 자지러지게 울자 아미티에 공작이 굳어졌고, 주변에선 숨넘어가는 소리가 터져 나왔다.
"아빠? 아빠라고?"
"그럴 리가! 각하는 총각이라고……! 나이는 많지만!"
"그래, 아주 많지만."
"설마 사생아?"
"지금껏 결혼하지 않은 이유가 사생아가 있었기 때문?"
주변이 한바탕 난리가 났고, 아미티에 공작은 기가 막힌 듯이 헛웃음을 터뜨렸지만, 나는 냅다 울기만 했다.
"아빠, 보구 시포소! 엉엉!"
힐끗 뒤를 돌아보자 세리아가 입을 떡 벌리고 있는 것이 보였다.

* * *

나와 아미티에 공작이 제과점 테이블에 앉자마자 시선이 화살 비처럼 쏟아졌다. 그는 내 앞에 우유 잔과 빵이 든 쟁반을 내려놓았다.
"아버지를 잃어버렸다고?"
대답하지 않았다. 그렇지 않아도 잔뜩 긴장했던 탓에 배가 엄청 고팠던 나는 허겁지겁 빵을 뜯어 먹느라 정신이 없었기 때문이다.
나를 힐끗 쳐다본 아미티에 공작은 이내 한숨을 크게 내쉬었다. 그러곤 메뉴판으로 얼굴을 가리고 이쪽을 힐끔힐끔 쳐다보는 조사단의 기사들에게 말했다.
"너희가 생각하는 그런 게 아니니 눈들 돌리지."
흠칫한 조사단의 기사들이 얼른 고개를 수그렸다. 그러는 동안 나는 아미티에 공작을 훔쳐봤다.
'여기서 어떻게 빠져나가지.'

아, 왜 하필 울다가 꾸르륵 소리가 나서는! 그렇지 않았으면 미아보호소에 데려갔을 텐데.

꾸르륵 소리가 나자 그는 어쩔 수 없다는 듯이 나를 제과점으로 데려왔다.

'차라리 잘됐어.'

뒤를 밟는 것보단 옆에 붙어 있는 게 낫지. 기회를 봐서 눈에 모래라도 뿌릴 수 있을지 모른다.

"이름은?"

우물우물.

"나이는 몇 살이고?"

우물우물우물.

"부모와는 어떻게 헤어졌지?"

우물우물우물우물.

대답하지 않고 빵을 꼭꼭 씹는 날 보며 아미티에 공작이 이마를 짚었다. 아닌 척해도 난생처음 받아 보는 '혹시 아미티에 공작이 사생아를 만든 인간 말종일지도 몰라.'의 시선이 당혹스럽긴 한 모양이었다.

"말을 못 알아듣나. 역시 미아보호소에 보내는 게 ─"

"엄마 일하러 가써요."

냉큼 대답하자 공작의 눈이 약간 커졌다.

"나이는 네 ─"

네 살이라고 말하려다가 나는 멈칫했다.

'네 살은 너무 어리지 않나. 대화가 안 통할지도 몰라.'

"다섯 살."

다섯 살이라고 하기에 내 몸은 너무 작았지만, 애를 키워 본 적 없는 아미티에 공작은 이상하게 여기지 않았다.

"……이름은?"

"이름은…… 이름……."

식은땀이 삐질 나왔다.

'르블레인이라고 할 수도 없고 어떻게 하지.'

"이름…… 이름은…… 구로니까……."

"옳지. 부, 잘하는구나."

문득 나를 '부'라고 부르며 알파벳을 가르쳐 주던 첫 번째 삶의 아미티에 공작이 떠올랐다. 누군가가 나를 그토록 다정하게 불러 준 것은 처음이었다. 내 머리를 쓰다듬어 주는 것도, 달콤한 칭찬도.

그는 나의 처음이었고, 그래서 나는 착한 아이가 되어야 했다. 나를 부라고 부르던 그의 다정한 목소리를 잃고 싶지 않았으므로.

"아가?"

"……부."

"부?"

"부예요……."

당신이 나를 그토록 다정하게 불러 주던 시절이 있었어.

"부……."

그는 픽 웃으며 내 머리를 쓰다듬었다.

"특이한 이름이구나."

나는 어쩐지 목이 꽉 메는 기분이었다. 내 자리가 아닌 것처럼 이곳이 불편해지고, 가슴이 갑갑했다. 처음 신관과 함께 아미티에 공작저에 갔을 때처럼.

"좋아, 부. 네 어머니가 어디서 일하는지 알고 있나?"

"……아녀."
"어머니와 헤어진 장소는?"
"몰라."
아미티에 공작이 곤란한 표정으로 신음했다. 그때, 아미티에 공작가의 제복을 입은 기사가 들어왔다.
"각하."
"이 아이를 본 사람이 있다 하더냐."
"상점가 정문 부근에서 웬 여자와 함께인 것을 본 자가 있었습니다."
정문 부근이라면 호프 상단의 사무실이 있는 곳이다. 누군가 세리아와 함께 있던 나를 본 모양이었다.
혹시 몰라서 세리아를 분장시켰던 게 다행이었다. 호프 상단은 듀블레드와 함께 벌이는 사업이 많은 만큼, 그녀가 호프 상단의 부단주라는 것이 드러나면 수상하게 여길 수도 있다.
아미티에 공작이 말했다.
"아이를 데려가서 부모를 찾아봐라."
"예. 자, 아가야, 가자."
기사가 내게 손을 뻗었는데, 나는 "시러!" 하고 소리치며 아미티에 공작의 팔을 끌어안았다.
'어떻게 잡은 기회인데 내가 놓칠 줄 알고.'
아미티에 공작은 울기 전엔 나랑 못 떨어진다.
"아자씨, 무셔."
기사는 상처받은 표정을 지었고, 아미티에 공작은 쿡쿡 웃었다.
"오스왈렌 경은 무서운 사람이 아냐. 그는 좋은 사람이다."
"이냐. 무셔. 이 아자씨랑 가치 있을 고야."
아저씨라는 말에 기사가 어색하게 웃었다.

“아가야, 아저씨가 아니라 공작님이다. 아주 높으신 분이니 무례를 범해선 안 돼.”
“……공잔미.”
“그래.”
“공잔미랑 이쓸 고야.”
기사는 당황하였고, 우리에게 쏟아지는 시선은 점점 흥미진진해졌다.
‘놓아줄 줄 알고.’
나는 그 옛날 대부인의 손자 리오넬이 하던 필살의 떼쓰기 포즈를 떠올렸다.
‘정 안 되면 바닥에 엎어지리라!’
그렇게 생각하고 있는데, 공작이 입을 열었다.
“아이 부모는 내가 찾아볼 테니 너희는 조사를 계속해라.”
“예? 하지만…….”
정말?
공작이 나를 안아 든 채로 일어났다.
“해가 지기 전에 합류하지.”
“예, 알겠습니다.”
그리고 나와 공작은 제과점을 나왔다.
나는 조금 신기한 기분이었다. 그에게 안겨서 걷는 것은 처음이었다. 아미티에 공작 영애였던 시절엔 상상도 못 할 일이다.
아미티에 공작은 엄한 사람이었다. 미나에게 다소, 아니, 꽤 많이 유하긴 했지만 나를 키울 땐 선을 정해 두고 절대 그 선을 넘게 하지 않았다.
첫 번째 삶의 내 아버지였던 사람이 맞나 싶을 정도로 얼떨떨한 기분이었다.

* * *

그 시각, 듀블레드 공작저.

테오도르가 황제와 독대를 마치고 귀가했다. 집사에게 재킷을 건넨 그가 중정을 둘러봤다. 평소라면 제가 문 앞에 들어서자마자 '아빠!' 하고 소리치며 달려 나왔어야 할 르블레인이 보이지 않았다.

"르브는?"

묻자 집사와 함께 중정에서 그를 기다리던 의장이 큼, 헛기침했다.

분위기가 이상하다. 테오도르는 미간을 좁히고 의장을 바라봤다.

"르브는."

"그게……."

"누아노크."

"상점가에 계십니다. ……아미티에 공작과 함께."

누구?

테오도르의 표정이 험악해졌다.

그자가 왜 내 딸과 함께 있단 말인가.

"마차 대기시켜. 상점가로 간다."

듀블레드 공작저에 전에 없던 전운이 감돌았다.

* * *

"여기도 아닌가?"

아미티에 공작의 물음에 나는 냉큼 고개를 끄덕였다.

그는 한 시간 꼬박 나를 데리고 다니며 '엄마와 헤어진 장소'를 찾았지만, 소득이 없었다. 내가 그가 묻는 곳마다 시침을 딱 떼며 아니라고 대답했기 때문이다.

그러던 찰나, 아미티에 공작의 부탁으로 주변을 둘러보고 온 인근 과일 가게의 주인이 돌아왔다.

"각하, 주변에 죄 물었는데 아이를 찾는 부모는 없었습니다요."

"대체 어떤 부모가 아이를 잃어버린 줄도 모른단 말인가."

우리 아빠는 아마 지금쯤 귀가했을 거다. 내가 남의 자식이 된 줄 모르고.

'아빠가 걱정하실 텐데. 왜 나갔는지 알려 주고 올 걸 그랬나 봐.'

과일 가게 주인이 난처한 기색으로 말했다.

"저, 혹시 버리고 간 건 아닐깝쇼?"

"뭐라고?"

"그런 부모가 종종 있습니다."

아미티에 공작의 얼굴이 왈칵 일그러졌다.

그때였다.

"공작님!"

익숙한 목소리와 함께 누군가 우리에게 달려왔다.

"여기 계신다고 해서…… 저택에 계속 찾아갔는데 만나 뵐 수가 없어서요, 그래서 ― 어?"

미나였다.

그녀는 아미티에 공작의 품에 안겨 있는 나를 보고 표정이 굳어졌다. 허공에서 조우한 시선이 가늘게 떨렸다.

"네가 왜……."

'나를 알아?'

아무래도 통로가 겹쳐졌을 적 혼절하기 전에 내가 어려진 모습을 본 듯했다.

나는 아홉 살이 되어서야 제도에 올라와서 내 어린 모습을 아는 사람이라고는 극소수의 신관과 황태후뿐이다. 그런데 어린 나를 한 번도 본 적 없는 미나가 날 알아볼 수 있을 리 없다.

'앙리가 수상하다고 하더라니…….'

통로가 겹쳐지며 나와 미나는 파동에 휩쓸렸다. 쓰러지기 전에 어려진 날 본 모양이다.

미나가 나를 빤히 바라보자 아미티에 공작이 물었다.

"이 아이를 아나."

"그게 ─ "

나는 흠칫했다.

'쓸데없는 말을 못 하게 해야 하는데 어쩌지.'

고민하고 있는데, 멀리서 익숙한 남자가 달려왔다. 한 시간 전, 제과점에서 보았던 아미티에의 기사였다.

"주군, 금술사의 꼬리를 잡았습니다."

미나와 내가 동시에 눈을 동그랗게 떴다.

'모의전에서 요한을 공격했던 그 금술사?'

아미티에 공작의 표정이 삽시간에 달라졌다.

"어디냐."

"상점가 뒷문의 대장장이가 금술 의뢰를 연결해 주고 있었습니다. 모의전에 맞춰 저주를 의뢰한 자가 있었다고 합니다."

공작이 나를 내려놓고 미나에게 말했다.

"무슨 연유로 날 찾았는지는 다녀와서 듣지. 아이를 데리고 있어 다오."

공작이 기사와 함께 사라졌고, 미나는 입술을 꽉 깨물었다.

"다치면 어쩌시려고……. 넌 여기에 있어."

"머?"

"어디 가지 말고. 알겠지?"

그렇게 말한 미나가 공작의 뒤를 좇았다. 우두커니 서서 두 사람의 뒷모습을 보던 난 끙, 신음했다.

'어떻게 하지? 여기서 있을까?'

하지만 내가 모르는 새에 미나가 아미티에 공작에게 허튼 말을 하면?

최악의 경우, 아미티에 공작이 미나를 믿고 내 정체를 알아내려 들지도 모른다. 그렇게 되면 눈물을 얻을 기회는 영영 사라질 테고…….

'에라, 모르겠다.'

철수가 그랬다. 모 아니면 도라는 말이 있다고. 눈물을 얻을 틈도 보고, 미나를 감시도 하고, 겸사겸사 요한을 저주한 금술사도 찾자.

나는 허겁지겁 공작과 미나를 쫓아 달렸다. 하지만 성인보다 월등히 다리가 짧은 나는 미나보다 한참 늦게서야 상점가 뒷문으로 갈 수 있었다.

'대장간, 대장간이…… 뒷문에만 대장간이 셋인데 어디지?'

미로세의 대장간인가? 아냐, 미로세 할머니는 겉으론 괴팍해 보이지만 사람이 좋아서 금술사와의 중간다리 역할을 할 사람이 아니다.

그럼 메이슨? ……도 아니야. 그는 덩치만 크지 제도 상점가 제일가는 겁쟁이다. 금술사라면 그림자만 보여도 가장 먼저 도망칠 터.

'옳거니, 매튜의 대장간이다!'

도박에 빠져서 항상 돈이 궁한 남자이니 금술사의 앞잡이 노릇을 할 수도 있다.

'서둘러야 하니 샛길로 가자.'

제대로 된 길을 통해 가면 내 다리로는 한세월이 걸릴 거다. 나는 거지 패로 살던 때의 기억을 떠올리며 건물 사이로 들어갔다. 말이 건물 사이지 예닐곱 아이들이 겨우 들어갈 만한 틈새였다.

수풀을 마구 헤집어서 골목길로 들어서려고 할 때였다.

'어?'

검은 로브를 뒤집어쓴 자들이 축 늘어진 남자를 질질 끌어서 옮기고 있었다.

나는 얼른 수풀 사이에 숨었다. 끌려가는 남자의 얼굴이 낯익었다.

'막스?!'

트리와 에뮬린, 그리고 내가 있던 거지 패의 대장 막스였다. 그는 멀쩡한 상태가 아니었다. 온몸이 피범벅이고, 입에 물린 재갈의 틈으로 거품이 인 침이 질질 흘러나왔다.

"그으, 으, 으으……."

'뭐지? 막스가 왜 끌려가는 거야?'

막스는 멍청하고, 난폭해서 적이 많긴 하지만, 건드리는 사람이 없었다. 그도 그럴 게 힘이 무소처럼 강하고, 거지 패 시절에 찾은 외삼촌이 뒷골목을 주름잡는 사채업자였다.

로브의 사내들이 막스를 끌고 사라진 뒤, 나는 조심조심 골목에 들어섰다. 그때, 골목길 코너 뒤에서 고함이 들려왔다.

"허튼소리! 네놈의 대장간에서 금술사를 보았다던 제보가 있었다!"

'아미티에 기사의 목소리다.'

나는 얼른 코너를 돌아 매튜의 대장간으로 달려갔다. 대장간 앞엔 미나가 있었고, 그녀는 나를 보고 "너……!" 하고 눈을 동그랗게 떴다. 그러나 곧 대장간에서 또 다른 고함이 들려왔다.

'매튜의 목소리다.'

나는 얼른 미나의 입을 막고 대장간 안을 훔쳐보았다. 기사들 앞에 무릎을 꿇은 매튜가 억울한 표정으로 소리쳤다.

"저는 아니라지 않습니까! 모의전 전후로 저는 대장간에 잘 들르지도 않았다고요!"

"도박장에도 들르지 않았다는 것을 확인했다. 금술사와 함께 있던 것이 아니냐?"

"모의전을 관람하러 우리 애들이 몇 년 만에 제도에 올라왔습니다. 아내와 헤어진 뒤로 애들을 통 볼 수 없었기에 그날만을 고대하고 모의전 일주일 전부터 집 청소를 했다고요!"

"증인이 있느냐?"

"그러니까 새로 들인 일꾼이 증인이라니까요. 그자를 찾아 물어보십시오. 돼지우리 같던 집을 치우고 이만하면 아이들이 자기에 불편하지 않겠느냐고 부른 적이 있습니다."

"하면 그 일꾼은 어디에 있지?"

"그게, 그러니까, 그 일꾼이……."

매튜는 난처한 표정으로 우물거리다가 힐끗 아미티에가의 기사를 쳐다봤다.

"……사라졌습니다."

"뭐야?"

"정말입니다. 오늘 출근하였는데, 분명히 그랬는데 변소에 다녀와 보니 온데간데없이 사라져서……."

"누가 그 말을 믿겠느냐. 각하, 이자를 심문장으로 옮겨야겠습니다."

나는 얼른 소리쳤다.

"막스예요? 일꾼이요. 막스여써요?"

"그걸 네가 어떻게 알지? 아니, 너는 대체 누구냐?"

매튜가 어리둥절한 표정으로 날 쳐다봤다.

'큰일이다.'

아미티에 공작이 나와 미나를 보며 인상을 찌푸렸다.

"너희가 왜 여기까지—"

"막스 저기써요. 잡혀가써!"

"뭐?"

"내가 봐써요. 검은 아저씨들이 막스 끌고 가써. 막스 피 많이 흘려써! 쩌기 골목 안쪽!"

아미티에 공작과 그의 기사가 재빨리 시선을 교환했다. 조사단의 기사들이 서둘러 대장간을 뛰쳐나갔다. 나도 후다닥 그들의 뒤를 쫓았는데, 그곳엔 아직 핏자국이 남아 있었다.

그런데 얼마 남지 않은 핏자국의 주변에 불씨가 생기더니 감쪽같이 사라지기 시작했다.

'마법이다. 추적을 못 하도록 누군가 마법을 건 거야.'

그것을 본 나는 순식간에 돌아가는 상황을 추측할 수 있었다. 금술사의 앞잡이는 매튜가 아니었다. 막스였던 것이다.

막스가 매튜의 대장간을 의뢰소로 써먹고, 꼬리가 잡힐 것 같자 금술사가 그를 처리하기 위해 사람을 보낸 것이 틀림없다.

아미티에 공작의 굳어진 표정을 보아하니, 그 또한 내막을 눈치챈 모양이었다. 아미티에의 기사가 당황하여 공작을 돌아보았다.

"어찌합니까. 마법사를 데려오기 전에 흔적이 모두 사라질 겁니다."

아미티에 공작은 오러를 사용할 수 있지만, 무력 특화형으로 아빠와 달리 마법을 사용할 수 없다.

'이 금술을 깨야 하는데…… 그래야 요한을 저주한 자를 잡을 수 있어.'

하지만 여기서 내가 마법을 쓰면 이상하게 여기는 자들이 분명히 있을 것이다.

만에 하나 아미티에 공작이 나를 수상하게 여겨서 신관이라도 데려오면…… 그 신관이 내 신성력의 질을 판단할 수 있다면…….

'어쩌지. 어떻게 해야 하지?'

고민하던 차에 멀뚱멀뚱 서 있는 미나가 눈에 들어왔다. 나는 얼른 미나를 가리켰다.

"언니 알아. 언니 운명의 아이지? 운명의 아이는 대단한 거라고 그래써. 그치?"

"어?"

일시에 아미티에 공작과 기사들의 시선이 미나에게 향했다.

"그렇지. 운명의 아이가 있지 않습니까, 각하."

공작이 물었다.

"파훼할 수 있겠나?"

"파훼…… 배우긴 했지만……."

"할 수 있는지, 없는지 정확히 해."

"……할 수 있어요."

미나가 손으로 땅을 짚었다. 땅에서부터 균열이 이는 것처럼 빛이 뻗어나갔다.

끼기긱, 소름 끼치는 소리가 들리더니 불길 앞에서 빛이 가로막혔다. 나는 깜짝 놀라 눈을 동그랗게 떴다.

'미나의 힘을 막았다고?'

미나는 교황급의 신성력을 가진 아이였다. 초고도의 술식이 아니라면 미나 정도의 힘을 가로막을 수 없다.

'대체 누가…….'

역시 신전인가? 추기경 정도의 사람이 얽히지 않은 한, 미나의 힘을 밀어낼 수 없다.

'그렇다면 이건 기회다.'

제국에서 신전의 영향력을 저 멀리 밀어 버릴 수 있어.

'어쩔 수 없어.'

나는 미나의 손등에 손을 올렸다. 미나와 나의 시선이 허공에서 마주쳤다. 그리고 난 힘을 불어넣었는데, 쨍—! 불길 속에서 날카로운 파열음 소리가 들렸다.

'됐다. 파훼했—'

그때였다.

콰과과과광—!!

커다란 폭음과 함께 땅이 격렬하게 흔들렸다.

"꺄악!"

"끄악……!"

나와 미나가 동시에 비명을 내질렀다.

'머리가 깨질 것 같아!'

눈앞이 새빨개지며 온몸의 힘이 빠져나가는 기분이었다. 나와 미나의 몸에 새파란 핏줄이 불거지기 시작했다.

아미티에 공작이 소리쳤다.

"손을 떼!"

하지만 뗄 수 없는걸. 이미 여러 차례 떼려 했지만, 두 손이 붙은 양 떨어지지 않는다.

아미티에 공작이 서둘러 내 손목을 잡았다. 그때, 미나의 눈이 조금씩 새카맣게 변하기 시작했다. 그리고 주변이 고요해지며, 세상이 어둠에 뒤덮였다.

쩌적, 쩍…….

육체가 조각나듯 귓가에서 무언가 부서지는 소리가 들린다. 나는 이 감각을 알고 있다.

'제물이 되었을 때.'

성검을 가슴에 꽂은 채로 단상에 누워 있던 내가 미나의 신성력을 받아 내야 했을 때.

[아직 때가…… 오지 않았……]

귓가로 일그러진 목소리가 들려왔다. 머릿속에 첫 번째 삶의 기억이 파노라마처럼 스쳐 지나갔다. 그때, 쾅―!! 소리와 함께 마력의 파동이 나를 감쌌다. 그리고 보인 것은…….

'아빠.'

아빠가 나를 끌어안고 미나와 떨어뜨렸다.

"괜찮으냐. 숨을 쉬어. 르브, 어서!"

나는 그의 품에서 쉴 새 없이 기침하며 널브러진 미나를 보았다.

'머리카락이…… 어?'

흑단처럼 새카맣던 머리카락이 금발이 되어 있었다. 그러한 순간, 아미티에 공작이 나를 쳐다봤다.

"르블레인……."

마치 무언가를 깨달은 사람처럼.

아미티에 공작이 나를 향해 손을 뻗었지만, 아빠에 의해 가로막혔다.

"손대지 마."

"……."

나는 아빠의 옷깃을 잡은 채로 말했다.

"집에 가고 시퍼요……."

몸 상태가 정상이 아닌 데다가 이만한 마나의 파동이 있었으니 황실과 신전에서 사태를 파악하기 위해 조사단을 보낼 것이다. 이 자리에 있었다간 무슨 일이 일어날지 모른다.

아빠는 고개를 끄덕이곤 나를 안아 들었다. 내가 그의 품에 안겨 돌아가는 와중에도 아미티에 공작은 혼란스러운 표정으로 정신없이 나를 바라보고 있었다.

* * *

내가 희게 질린 채로 아빠에게 안겨서 돌아오자 저택이 발칵 뒤집혔다. 이샤크와 앙리, 그리고 저택에서 요양 중이던 요한까지 사색이 되어 뛰어왔다.

"꼬맹아! 작은형, 의사! 의사를……!"

이샤크가 허둥지둥하자, 아빠가 단호히 말했다.

"의사가 아냐. 트리곤을 불러라."

"트리곤을 왜……. 설마 신성력의 문제입니까? 상점가에서 일어났다는 파동이 꼬맹이와 얽힌 일이었던 거예요? 예?"

아빠가 고개를 끄덕이자 앙리와 이샤크의 표정이 굳어졌다. 오빠 중에서 가장 먼저 이성을 찾은 건 요한이었다.

"앙리, 너는 트리곤에게 연락해라."

"예."

"즉시 저택의 문을 닫아라. 발소리 하나 새어 나가선 안 될 것이다. 제도군은 비상 체제에 돌입한다. 상점가 파동 건으로 신전에서 찾아온다면 손님이라 여기지 말고, 철저히 경계하라."

요한의 명에 따라 사람들이 일사불란하게 움직였다.

아빠는 서둘러 나를 방으로 옮겼고, 얼마 지나지 않아 트리곤이 이동진을 통해 도착했다. 앙리로부터 이야기를 들은 모양인지 그는 당장에 나를 살폈다.

"힘의 흐름이 어떠십니까? 토기가 일진 않으십니까?"

"웅……. 조금 피곤한 정도야."

"잠시 손목을 주십시오."

트리곤이 내 손목을 잡자 따뜻한 기운이 느껴졌다. 마력으로 내 안에 있는 힘의 순환을 확인하는 것이었다. 한참 내 손목을 쥐고 있던 트리곤이 미간을 좁혔다.

"이게 대체……."

"뭔데? 무슨 일인데? 심각한 거야? 그래?"

이샤크가 다급하게 캐물었고, 나는 작게 숨을 몰아쉬며 그의 등을 툭툭 두드렸다.

"이자꾸 정신 사나어……."

"하지만 —"

"갠차나. 구냥 조금 피곤한 거야. 갑자기 힘을 많이 써서 그런가 바."

"……정말이냐, 트리곤?"

"자세한 건 검사를 해 봐야 알겠지만, 현재로선 목숨에 지장이 있는 징후론 보이지 않습니다."

나는 힘 없이 웃으며 "그것 바." 하고 말했다. 그제야 오빠들이 한숨을 푹 내쉬었다. 이샤크가 내 머리를 흐트러뜨리며 말했다.

"매번 쓰러지니 걱정을 안 할 수가 있어야지."

"나 건강해."

"너 2주나 쓰러져 있다가 깨어난 지 얼마 안 됐거든?"

그러며 그가 밉살맞은 표정으로 내 코를 쥐고 가볍게 흔들었다. 내가 입술을 삐죽이자 앙리와 요한이 동시에 그의 다리를 걷어찼다. 오빠들이 티격태격하는 동안, 나는 생각에 잠겨 있었다.
'상점가에서 있던 일은 대체 뭘까.'
제물이 되었을 때의 감각이 느껴진 것, 때가 되지 않았다는 목소리, 금발이 된 미나.
그리고—

"르블레인……."

—아미티에 공작의 눈빛.
아빠가 날 데리러 왔으니 내 정체가 르블레인 듀블레드라는 것을 추측했을 수도 있다. 하지만, ……하지만.
'첫 번째 삶에서 나를 부르던 목소리 같았어.'
신성력의 파동이 일었을 때, 파노라마처럼 첫 번째 삶의 기억이 떠올랐다. 그때, 아미티에 공작이 나와 미나를 잡고 있었는데 혹시 그가 나처럼 첫 번째 삶의 기억을 보았다면…….
"……인."
"……."
"르블레인 듀블레드!"
나는 흠칫, 고개를 들었다. 아빠와 오빠들이 나를 쳐다보고 있었다.
"무슨 생각을 그렇게 해?"
"어?"
"트리곤이 스피넬에 신성력을 담아 달라잖아. 자세한 검사를 해 봐야겠다고."
"아…… 웅."
나는 허둥지둥 트리곤이 내민 스피넬에 힘을 불어넣었다.

'복잡하게 생각하지 말자.'

미나에겐 암조를 붙여 두고, 아미티에 공작은 신경 쓰지 말자. 공작이 회귀한 것도 아닐 텐데 어떻게 나의 첫 번째 삶을 기억하겠어? 만약 기억했다고 하더라도 어쩔 거야.

위협이 되는 일이라고 해 봤자 내가 악신의 아이라고 고발하는 것인데, 그에겐 증거가 없다.

그가 정의롭다고 해서 바보는 아니었다. 증거도 없이 나를 악신의 아이라고 떠들면 본인만 우스워진다는 것을 알 것이다.

'그래도 껄끄러우면 피하면 되지. 응, 그래. 피해 버리자!'

눈물을 얻는 건 조금 위험하지만 강경책을 써야겠다. 나는 내가 알고 있는 최고의 강경책, 그러니까 아빠와 오빠들을 쳐다봤다.

"아미티에 공잔미의 눈물을 가져오는 사람에게 소언을 들어주게따!"

순식간에 가족들의 눈빛이 불타올랐다.

*　　*　　*

일주일 후.

아미티에의 기사가 연신 기침을 하며 조사단의 사무실로 들어왔다.

"대체 무엇을 태우기에 이곳까지 연기가 들어온단 말이냐."

눈물 콧물을 줄줄 쏟고 있던 기사가 대답했다.

"인근에 불이 나서 화재 진압 중입니다."

"재수가 없다 싶더라니 별일이 다 생기는군."

"다른 일이 있었습니까?"

"식당에서 급사가 후추를 눈에 뿌리질 않나, 어린애들이 눈을 찌르려 들질 않나. 얼마나 운이 심하게 나쁜지 곁에 계시던 각하까지 번번이 말려드신다네. 그렇지 않습니까, 각하? ……각하."

몇 번을 부른 뒤에야 아미티에 공작이 기사를 쳐다봤다.

"무슨 생각을 그리 하십니까?"

"별일 아니다. 용건은?"

"그 막스라는 자 말입니다. 어제저녁에 의식을 회복했답니다. 그를 심문하면 금술사의 꼬리를 잡을 수 있을 겁니다."

"금술……."

그가 중얼거리자 기사들이 어리둥절한 표정으로 시선을 교환했다.

본래 아미티에 공작은 자신에게마저 지나칠 정도로 엄격한 사람이라 어느 순간에도 긴장을 풀지 않았다. 그런데 최근엔 자주 생각에 잠겨 있었다.

기다란 손가락으로 턱을 매만지던 아미티에 공작이 재킷을 집어 들었다.

"잠시 다녀오지. 심문은 예정한 대로 진행해라."

"호위할까요? 어디로 가시는지 말씀해 주시면 — 각하! 각하!"

등 뒤에서 기사의 목소리가 들렸지만, 아미티에 공작은 바삐 걸었다. 목적지는 듀블레드저였다. 듀블레드저 앞에 이르자 아미티에 공작을 본 경비병이 난처한 표정을 지었다.

"부디 그만 찾아오십시오. 듀블레드저에 어린애는 없다고 몇 번이나 말씀드리지 않았습니까."

아미티에 공작이 듀블레드저에 찾아온 것만 사흘째였다. 가주인 테오도르에게 초대를 청했으나 무시당했고, 이제는 그의 얼굴조차 볼 수 없었다. 쟈벨린이며 듀블레드 공자들도 마찬가지였다.

"듀블레드 영애에게 전하게."

"아가씨께서는 영지성에 계신다고도 계속해서 말씀드렸습니다, 각하."

"이렇게 피하고만 있으면 금술 조사에 진전이 없을 것이다."

"저는 명 받은 대로만 움직이고 있습니다. 외부인 사절, 진실만을 말할 것. 각하께선 저택에 들어가지 못하시고, 어린애와 아가씨는 저택에 안 계십니다."

"금술사와 연결해 주던 대장간의 일꾼이 정신을 찾았네. 곧 심문이 있을 테지. 나는 심문 중에 '모의전에 금술을 시전한 자는 테오도르 듀블레드냐'고 물을 것이네."

듀블레드 공작에게 죄를 뒤집어씌우겠다는 말과 마찬가지였다. 경비병의 안색이 희멀게졌다. 그는 인상을 찌푸린 채로 한참 고민했고, 얼마쯤 지난 후에야 입을 열었다.

"각하와 도련님들께선 정말로 집에 계시지 않습니다. 오늘은 중앙탑 회의(귀족 최고 의결기관)와 가문 회합이 있는 날입니다."

"하여."

"……아리에쥬 백작께 각하의 말씀을 전하도록 하겠습니다."

경비병은 끙, 신음하고서 저택 안으로 들어갔다.

* * *

암조가 전해 준 며칠간 미나의 행적 보고서를 읽던 난 미간을 찌푸렸다.

"아미티에 공잔미가 심문에서 아빠를 언급할 고라고 해딴 마랴?"

경비병에게서 공작의 말을 전해 들은 의장이 고개를 끄덕였다.

"전해 듣기론 그렇습니다만, 신경을 두지 마십시오. 각하께서 계신 중앙탑과 요한 도련님께서 계신 제도 외곽 요양소에 급히 소식을 전하라 일렀습니다. 두 분께서 처리하실 테니 염려를 거두십시오."

"구래."

나는 양피지 끄트머리를 매만졌다.

'신경 쓰지 말자. 피하기로 했잖아.'

아미티에 공작이 누군데 남에게 죄를 뒤집어씌우겠는가?

첫 번째 삶에서 백이 넘는 마기사 무리를 만나 죽을 뻔한 적이 있었다. 다들 듀블레드의 짓이라 말했지만, 정작 당사자인 아미티에 공작은 증거 없이 타인을 몰아붙일 수 없다고 한 사람이다.

'그랬던 적도 있어. 맞아, 신경 쓰지 마. 신경…….'

나는 신경질적으로 양피지를 내려놓았다.

'……쓰지 않을 수 있을 리가!'

저 뒷골목 건달들도 부모는 건드리지 않는다.

치사하게 아빠를 걸고넘어져?

"공잔미 지금 어디 이써?"

"그의 눈물을 얻어서 본래의 몸으로 돌아간 후에 만나겠노라 하지 않으셨습니까."

"그고는 아미티에 공잔미가 아빠를 가지구 협박하기 전의 일이고. 으장은 내가 아빠와 오빠들로 협박하는 사람 가만히 둔 고 본 적 이써?"

"……없긴 하지만요."

나는 눈을 매섭게 치켜뜨고 정문을 노려봤다.

'첫 번째 삶의 아버지라고 그냥 둘 줄 알고? 내 가만두지 않으리라.'

"그래두 아빠랑 오빠들하테 내가 아미티에 공잔미를 만난다구 전하기는 해. 곡종할 테니까."

"예."

나는 뒷눈을 통해 나가서, 벽을 빙 둘러 정문에 있는 아미티에 공작에게로 향했다. 내가 험악하게 인상을 찌푸리고 있자, 그가 실소를 흘렸다.

"드디어 널 보는구나."

말투만으로 직감했다. 역시 내가 르블레인이라는 것을 알고 있는 것이다. 잡아떼도 먹힐 만한 상황이 아니었다.

'마력이나 신성력 감지 안 됨. 마도구도 보이지 않음. 좋아. 증거를 만들 만한 것은 없다.'

주변을 살핀 나는 말했다.

"우리 아빠하테 허튼짓을 해따간 절대루 가만이 있지 않을 고예요. 경고예요. 돌아가세요."

그렇게 말한 내가 휙, 등을 돌렸을 때였다.

"네 아비가 진정 테오도르냐."

"……네?"

"아닌 것 같은데."

"……."

"그게 맞다면 내가 나를 아버지라고 부르는 네 환상을 지금까지 보고 있을 리 없잖아."

Chapter 23.

나는 굳은 얼굴로 아미티에 공작을 쳐다봤다. 혹시나 하긴 했지만, 정말로 첫 번째 삶의 기억이 그에게도 있다는 것을 확인하고 나니 심장이 덜컥 내려앉는 것만 같았다.

상점가에서 파동이 일었을 때, 아미티에 공작이 내 손목을 붙들고 있었다. 그때 내 머릿속에 떠오른 주마등이 그에게도 보인 걸까? 아니면 주마등보다 더한 것들도 알고 있는 건가?

환상은 무슨 얘기지? 주마등을 계기로 첫 번째 삶이 조금씩 떠오르고 있나? 어디서부터 어디까지 알고 있는 거야? 설마 어째서 가짜 주제에 진짜 행세로 백성을 희롱하냐고 따지러 왔나?

질문과 불안이 머릿속에서 마구잡이로 엉켜 들었다.

'진정해!'

나는 눈을 부릅뜬 채로 불안을 쫓아내려 애썼다.

"무슨 말씀이신지 모루게써요."

잡아떼면 그만이다.

아미티에 공작은 거짓을 말하면 죽는다는 소문까지 도는 인사지만, 아무리 그래도 '환상 속에서 내가 봤는데 아무래도 듀블레드 영애가 내 딸인 것 같아.'라는 말까지 믿는 사람은 없을 거다.

'아미티에 공작이 제정신이면 절대로 그런 말을 할 리가 없고.'

본인이 나서서 나는 미치광이라고 광고하는 꼴이나 다름없지 않은가.

"네가 나를 아버지라 부르는 환상을 본다."

……미친 게 맞는가 본데?

나는 기가 막힌 척 공작을 쳐다봤다. 진심으로 기가 막혔으므로 표정을 꾸며 내는 게 그렇게 어렵진 않았다. 이만하면 멋쩍어서라도 입을 닫을 만한데, 아미티에 공작은 정말이지 강적이었다.

"바른 아이였다. 지금의 너는 상상도 못 할 만큼."

"……."

"백성의 아픔을 네 아픔으로 여길 줄 알고, 네 품 안의 빵 한 쪽도 나눌 줄 알며, 개인적인 욕망보다 주변의 간절함을 먼저 생각할 줄 아는 아이였다."

"……."

"그런 네가 나를 아버지라고 불렀어. 진정으로 행복한 표정으로."

그는 정신없이 나를 바라봤다. 첫 번째 삶의 나와 지금의 나를 겹쳐서 보듯이.

"르블레인, 그러니까 내가 하고 싶은 말은……."

"제가요."

"뭐?"

"제가 각하께소 무슨 말씀을 하시는 곤지 하나두 모르겠지만요. 그래두요."

"……."

"각하의 환상 속에 있는 제가 정말 행복했을까요?"

아미티에 공작의 눈빛이 흔들렸고, 나는 힘없이 중얼거렸다.

"난 아닌 것 같은데."

"……."

그때 나는 정말로 착한 아이였다.

처음 생긴 부모가 너무나 소중하여, 필사적이던 너무나도 착한 아이. 이번 생의 나는 아마도 나쁜 아이겠지. 아니, 필시 그럴 것이다.

나는 남보다 내가 중요해졌고, 남의 간절함 따위보다 내 가족의 미소가 더 중요하고, 정의나 희생 따위의 말에 알레르기가 있으니까.

그래도 나는 지금이 더 행복했다. 착한 아이일 때보다, 나쁜 아이인 것이 좋았다.

"공잔미의 정의가 얼마나 어려운 일인지 알아요. 정의로운 것, 선한 것은 어렵기에 찬사를 받는 거란 것두요. 그래서 공잔미는 정말루 멋진 사람이지만, 그렇지만요."

"……."

"당신은 우리 아빠처럼 내가 아플 때 열 일을 제쳐 두고 밤새도록 이마를 짚어 주지 않을 거예요. 왜냐면 나 말고 다른 가치가 훨씬 중요한 사람이니까."

"……."

"우리 아빠는 비록 세간엔 나쁜 사람이지만요. 나를 위해서 바보가 되어 주는 사람이에요. 그 어떤 가치도 자식보다 소중하진 않은 사람이라서."

"……."

"그래서 난 공작님의 딸이 되기 싫어요."

아미티에 공작은 말이 없었다. 묘한 표정으로 나를 바라봤다. 당황스러운 듯도 했고, 억울한 듯도 한 아주 혼란스러운 표정이었다.

"르브."

멀리서 들려오는 목소리에 나는 고개를 번쩍 들었다. 아빠였다.

"아!"

순식간에 표정이 밝아진 난 후다닥 그에게 뛰어갔다. 무릎에까지 다 가가자 그가 나를 번쩍 안아 들었다.

허공에서 아빠와 아미티에 공작의 시선이 부딪쳤다. 아빠의 품에 안긴 나를 보는 공작의 시선이 가늘게 떨렸다. 몇 번인가 입술을 달싹이던 그가 내게 말했다.

"또 보자."

나를 대신해 아빠가 대답했다.

"헛소리."

"……네 가문에서 내게 필요한 게 있던 모양인데."

'뭐라고?'

그걸 어떻게 알았지?

나는 눈을 크게 떴고, 아미티에 공작은 내게 시선을 고정한 채로 아빠에게 말했다.

"내게서 무엇을 얻어 내려는 것인지 모르겠지만, 주마."

진짜? 그럼 울어 달라면 울어 주나?

내가 눈을 동그랗게 뜨자 아미티에 공작이 마치 내 질문에 답하듯 고개를 끄덕였다.

"단, 조건이 있다."

이어지는 말을 들은 나와 아빠 사이에 휭, 찬바람이 불었다.

*　　*　　*

그날 밤. 나는 가늘게 뜬 눈으로 귀가한 오빠들을 쳐다봤다.

'아무리 생각해도 이샤크다.'

아미티에 공작에게 들킨 사람 말이다. 요한과 앙리는 지나칠 정도로 철저한 사람들이었다. 아미티에 공작이 눈치를 챘을지언정, 듀블레드라 확신할 수 없도록 만들었을 것이다.

이샤크가 어리둥절한 표정으로 나를 쳐다봤다.

"왜?"

"아미티에 곤작한테 머해써?"

"뭘 하다니. 눈물이 필요하다면서. 그래서 눈물이 날 만한 짓을 했지."

"구니까 정확하게 머해써."

"아미티에 공작이 어떻게 하지 못할 것이 분명한 아이들을 매수했지. 눈알을 찌르라고 했어."

"머라구?"

"불을 내거나 후추를 뿌리면 눈물이 조금 나긴 하겠지만, 병에 담아 올 정도는 아닐걸. 하지만 눈알을 찌르면 피든, 눈물이든 뭔가 하나는 줄줄 흐른다."

그는 아주 의기양양한 기세였다. 나는 기가 막혀서 입을 뻐끔거렸다.

"바보! 구러니까 아미티에 공작이 수상한 거를 눈치채지!"

내가 씩씩거리자 이샤크가 억울한 듯 손을 내저었다.

"내가 들킨 거 아냐. 애들을 아주 철저하게 입단속했다고."

그렇지만 나를 비롯한 가족들은 불신의 표정으로 그를 쳐다봤다.

나는 한숨을 푹 내쉬며 오늘 있었던 일을 오빠들에게 말해 주었다.

아미티에 공작이 나를 찾아왔고, 환상 속에서 첫 번째 삶의 나를 본다고 한 것. 그리고 듀블레드가 그에게 필요한 것이 있다는 걸 알고 있으며, 원한다면 주겠노라 했다는 것과 그 조건까지도.

"……꼬맹이와 하루 동안 같이 있겠다고?"

이샤크가 기가 막힌 듯 인상을 찌푸렸고, 다른 가족들의 표정도 좋지 않았다.

나는 흐음, 하고 한숨을 내쉬었다.

"온종일은 아니구, 해 떴을 동안만이니까 정확히는 반나절."

"반나절이든 뭐든 헛소리하지 말라고 해."

"반경 2킬로미터 밖이라면 호위는 몇 명이든 붙여두 상관엄구, 이동진을 소지하고 있어도 댄다구 해써. 공작이 의심 가면 언제든지 도망쳐두 된다구."

미간을 좁힌 앙리가 물었다.

"설마 갈 셈이야?"

"조건이 조은걸?"

"뭐?"

"봐 바. 공작이 의심 가면 언제든지 도망쳐두 된다고 해짜나."

나는 씩, 웃으며 킬킬거렸다.

"의심은 주관적인 거란 마랴. 대충 한 시간쯤 같이 있다가 별 이상한 이유를 갖다 붙여서 도망쳐두 공잔미는 어쩔 수 엄딴 말이라구."

고작 한 시간 투자해서 눈물을 얻어 내면 나는 다시 예전의 몸으로 돌아갈 수 있다.

이샤크는 뚱한 표정으로 말했다.

"공작이 말을 바꿔서 못 들어주겠다고 하면?"

"절대 말 바꿀 수 엄쓸 골."

그는 목숨을 버릴지언정 절대 거짓말을 하지 못하는 사람이다. 자신의 이상이 너무나 소중해서.

앙리가 아빠를 쳐다봤다.

"아미티에의 말을 믿으십니까?"

"나는 아미티에를 믿지 않아. 다만."

그가 나를 바라봤다.

"내 자식을 믿는다."

나는 이히히 웃으며 아빠의 목을 끌어안았다.

'거봐, 난 지금이 훨씬 행복해.'

내가 원한 것은 만인이 칭송하는 영웅 아버지가 아니었다. 본인은 불안하고 두려울지언정 자식을 믿어 주는 아버지를 원했다.

그래서 나는 절대로 오늘의 나를 잃고 싶지 않았다.

* * *

아미티에 공작은 치과에라도 끌려가는 어린애처럼 시무룩한 표정으로 터덜터덜 걸어 나오는 아이를 바라봤다. 아이는 숲의 입구에서 기다리는 자신을 보고 한숨을 푹 내쉬었다.

나무에 기대 있던 공작이 자세를 바로 하며 물었다.

"잠을 설쳤나 보구나."

"녜. 나오기 시러서."

"……."

아이는 지나치게 솔직했다. 정말 나오기 싫었다며 오만상을 찌푸리는가 하면, 멀찍이 떨어져 걸었다. 오늘의 만남을 좋아하지 않을 줄은 알았다. 그럼에도 확인이 필요했다.

환상 속의 아이를 볼 적마다 느껴지는 애틋함이 착각인지, 진짜인지.

상점가 사건 이후로 자꾸만 아이의 환상이 보였다.

신전을 지나갈 때면 책 꾸러미를 끌어안고 눈치 보며 걷는 열다섯쯤의 아이가 떠오른다. 제 저택의 비워 둔 방에선 저와 눈이 마주치자 배시시 웃는 아이가 떠올랐다.

상점가에서도, 황궁에서도, 그리고 제단에서도…….

[오, 오셨어요, 아버지.]

[갑자기 비가 오길래…… 죄송해요. 말씀드리지 않고 찾아와서…….]

[아, 아버지! ……아니에요. 별말 아니었어요. 죄송해요.]

그럴 때면 이상하게 마음이 시린 것이다. 도무지 연유를 알 수 없었기에 그는 아이와의 시간이 필요했다.

이 숲은 환상이 튀어나오는 곳 중에서도 가장 가슴을 갑갑하게 하는 곳이었다.

웬턴 숲.

상점가에 들어갈 만한 돈은 없지만, 먹고살 길이 필요한 자들이 작은 오두막이나 가판대에서 장사를 하는 곳이었다.

"식사부터 할까."

"식사하구 와써요. 아빠랑."

"주스라도 마시겠나?"

"마셨어요. 아빠랑."

"근처에 서점이 있는데 서점에 갈까?"

"책 많이 사 줘써요. 아빠가."
도무지 말 붙일 구석이 없었다.
한참을 말없이 걷던 아미티에 공작이 힐끗, 아이를 쳐다봤다.
"너는 내가 그리도 싫으냐."
"네."
"……."
"왜여?"
"……아니다."

*　　*　　*

나는 떨떠름한 표정으로 아미티에 공작을 쳐다봤다. 거래 때문에 어쩔 수 없이 나왔는데 싫지, 좋겠는가?

공작은 말이 없었다. 한참 나를 빤히 쳐다보던 그는 이내 앞장서 걸었다.

난 뒤에서 그를 쫓아갔다. 우리 사이엔 어색한 침묵만이 감돌았다. 자리가 불편하다. 거기에 내 다리는 짧은 데 비해 공작은 너무 길어서 쫓아가려니 힘이 들었다.

"우리 오디 가요?"
"검은 고목으로."

검은 고목. 그건 정확하게 말하면 밑동만 남은 죽은 나무로, 이름만 검은 고목으로 불리었다. 검은 고목엔 전설이 있다.

언젠가 천년을 산 나무에 천둥이 내리쳤다. 나무는 새카맣게 타서 밑동만 남았다.

그런데 놀랍게도 죽은 나무 밑동에서 언젠가부터 싹이 자랐다. 그 싹이 조금씩 조금씩 번져 가며 이 웬턴 숲이 만들어졌단다.

그런 전설 때문에 사람들은 검은 고목을 성스럽게 여겼는데, 아이를 가진 산모, 시험을 앞둔 자, 병을 앓는 자 등등이 모여 성스러운 나무에 소원을 빌곤 했다.

'거긴 왜 가는 거야.'

나는 속으로 투덜거렸다. 그곳은 내게만은 좋은 기억이 없는 곳이었기 때문이다.

공작과 나는 검은 고목 앞에 이르렀다. 고목의 주변엔 언제나처럼 얕은 물구덩이가 있었다. 구덩이 안엔 사람들이 소원을 빌며 던져두고 간 돈이 있다.

아미티에 공작은 은화 한 닢을 웅덩이에 던졌다.

'은화?!'

나는 깜짝 놀라서 얼른 공작이 던진 은화를 주워 들었다.

"이곳의 돈을 꺼내면 저주받는다."

아미티에 공작이 엄히 말해서 나는 속으로 콧방귀를 뿡 뀌었다.

저주는 무슨.

"다 고짓말이에요. 숲지기가 맨날 건지자나요."

"하여 가장 불행한 자를 숲지기로 두지."

"지금 제일 불행한 곤 저니까, 저는 건져두 되겠네요."

"나와 함께 있는 것이 불행하냐?"

"그것도 구렇구……."

나는 입술을 꽉 깨문 채 고집스럽게 고개를 돌렸다. 아미티에 공작이 나를 빤히 쳐다봤다. 마치 무언가를 확인하려는 듯이.

"……."

"……."

우리 사이엔 긴 침묵이 감돌았다.

아, 나는 정말이지 이 숲이 싫다. 정확히 말해 이 숲에서의 기억이 싫다. 이곳은 첫 번째 삶의 내가 가장 소중하게 여기던 추억이 있는 곳이니까.

"아버지, 이 나무는 뭐예요?"

"성스러운 나무다. 고민 있는 자들, 바람이 있는 자들이 찾는 곳이지. 부모들이 때때로 이곳을 찾아 자식의 무운을 빌곤 한단다. 내 아버지께서도 이곳에 나를 데려와 행복을 빌어 주셨어."

"……."

"나는 네 행복을 빌마."

"……."

"네가 아프지 않도록, 매일이 더없이 행복하여 때로 맞이할 불행이 단지 내일의 시시한 대화거리가 되도록."

그때 바보 같은 르블레인은 어찌할 바를 모르고 아미티에 공작의 뒷모습을 가만히 바라보고만 있었다.

감사하거나, 기쁘다는 말도 못 한 채 밤늦게 저택에 돌아와선 이불을 뒤집어쓰고 하염없이 울었더랬다. 너무 행복해서.

내게도 아버지가 있다는 것이, 행복을 빌어 주는 사람이 있다는 것이 사무치도록 벅차서.

첫 번째 삶의 미련한 르블레인은 그 추억 하나만을 끌어안고 죽었고, 그래서 나는 이곳이 싫다.

그때의 바보 같은 나를 떠올리기 싫고, 내가 여전히 몇 없는 추억을 붙들고 있다는 것이 싫고, 이곳까지 오면서 아미티에 공작의 발걸음이 아이의 걸음에 맞춰 조금씩 느려졌다는 것을 깨닫는 게 싫다.

결국, 저 사람을 완벽하게 미워하지 못하는 내가 싫은 것이다.

“환상 속의 나는 내 말에 어찌할 바를 모르던 너를 알고 있었으나, 끝끝내 다독여 주지 못했어.”

“……갈래요.”

“처음 생긴 딸에게 다가가는 법을 몰라서.”

“갈 거라고 했자나요.”

“지금도 나는 네게 다가가는 법을 모르겠구나.”

“갈 거야!”

나는 빽 소리쳤다.

갈 거야. 우리 아빠한테 갈 거야. 공작님 말고 우리 아빠. 나를 슬프게 하지 않는 아빠한테 갈 테야!

이런 말을 해선 안 된다는 걸 알면서도 아이의 몸은 생각하기 전에 소리를 내질렀다. 서럽고 서러워서 자꾸만 눈물이 났다. 입술을 삐죽 내민 채로 못나게 울었다.

왜 그랬어?

나는 그냥 가족이 간절하던 어린애였을 뿐인데.

처음 생긴 가족을 실망시키고 싶지 않아서 어쩔 줄 모르는 아이였을 뿐인데 왜 나를 한 번도 돌아봐 주지 않았어? 왜 내 앞에선 다정하게 웃어 주지 않았어?

그때의 미련한 르블레인이 원한 것은 아버지의 미소뿐이었는데.

원망스러운 얼굴로 노려보는 나에게 그는 말했다.

“그것 봐. 나는 네 눈물이 이처럼 애틋한데, 어떻게 환상뿐일 수 있겠어.”

*　*　*

나는 뚱한 표정으로 공작이 웬턴 숲 상점에서 사 온 소시지를 쳐다봤다. 마음 같아선 공작이 내민 소시지 따위 딱 잘라 거절하고 싶지만, 한참 울고 나니 배 속에서 꼬르륵, 꾸르륵 비명을 지르고 있었다.

'이러다 어른의 사고를 못 하게 되면 큰일이니까. 그러니까 받는 거야.'

우물쭈물하던 나는 슬그머니 손을 내밀며 말했다.

"……공잔미가 조아서 받는 고 아니에요."

"그래."

"배가 고파서 그런 고예요. 어린애 몸은 많이 먹어 조야 해서."

"알고 있다."

나는 소시지를 채가듯 받았다. 그리고 슬그머니 그의 눈치를 보다가 와구와구 입에 넣었다.

그는 놀란 얼굴로 나를 쳐다봤다. 식사 매너가 귀족답지 않은 점에 놀란 듯했다. 그도 그럴 게 아미티에 공작은 환상 속에서 귀족의 식사 매너를 완벽하게 숙지하고 있는 나를 봤을 거다.

그에게 자랑스러운 딸이 되고 싶어서 식욕이 남다른 내가 필사적으로 참은 줄은 모르고.

공작은 거의 확신하고 있었다. 환상이 단지 환상뿐인 것이 아니란 걸.

'거기서 우는 게 아니었는데. 바보, 바보.'

내가 고목 앞에서 어떤지를 확인하려고 웬턴 숲에 데려온 게 틀림없다. 알고 있지만 원망스러워서 눈물을 참을 수가 없었다. 고대의 몸은 본래 내 몸보다 훨씬 감정에 예민하기도 하고.

'게다가 공작이 확신한다고 해서 누가 그걸 믿겠어?'

나는 소시지를 우걱우걱 먹으며 공작을 새초롬하게 노려봤다.

“이제 집에 갈 고예요.”

“그래.”

공작이 기름기 묻은 손을 손수건으로 닦아 주려고 들어서 홱 손을 뿌리쳤다. 어쩐지 그가 시무룩해진 것 같다는 착각이 들었다.

나는 공작과 함께 웬턴 숲을 나섰다.

이동진을 통해서 돌아갈 순 없었다. 모의전 저주 사건 조사단의 책임자가 된 아미티에 공작에겐 세간의 시선이 쏠려 있다.

눈코 뜰 새 없이 바쁜 그가 억지로 시간을 내서 만나는 아이라면 누구나 궁금해할 텐데, 이동진까지 쓴다는 것을 알면 이곳저곳에서 나를 조사하려 들 것이다.

“마차는?”

“상점가 쪽에서 대기하구 이써요. 통신하면 올 고예요.”

“내 마차로 이동하지.”

“서 있는 게 조아요.”

“하면 함께 기다려 주마.”

“누가 보면 오또케요.”

“내게 필요한 것이 있는 게 아닌가.”

“…….”

나는 잠깐 고민했다.

‘그래. 원하는 것을 주겠다는 핑계로 다시 만나자고 하는 것보다 오늘 끝내는 게 낫다.’

백주 대낮에 밖에서 울어 달란다고 쉽게 울어 주진 않을 텐데, 마차 안에서 울어 달라고 하자.

나는 떨떠름한 표정으로 아미티에 공작의 마차로 향했다.

'마차가 이렇게 허름했던가?'

멀리서 보이는 아미티에의 마차를 보고 나는 깜짝 놀랐다.

첫 번째 삶에선 허름한 줄도 몰랐는데. 남보다 월등하게 좋은 것들만 가지고 있는 우리 아빠는 가진 것 중에서도 최고만 내게 내주었다.

흑단목으로 만든 데다가 이런저런 마법까지 걸린 내 마차를 타고 다니다 보니까 아미티에의 마차는 허름해 보인다.

그때였다.

"주인님."

아미티에가의 마부가 종종걸음으로 그에게 다가왔다.

"무슨 일이냐."

"그러니까 그게…… 저……."

마부가 난처한 기색으로 어물거리던 찰나였다.

"공작님."

익숙한 목소리가 들려왔다.

'미나?'

걔는 아미티에 공작만 쫓아다니나 보다.

'첫 번째 삶에서 둘도 없는 부녀였으니까 애틋할 만도 하지만. ……그런데 머리 색이 원래대로 돌아왔네?'

상점가 파동 때, 분명히 머리 색이 금발로 바뀌었는데 다시 본래의 검정으로 되돌아왔다.

'파동의 여파로 잠시 색이 변했던 건가? 하지만 머리카락이 마나 감지기도 아니고 휙휙 색이 바뀐다고?'

그렇게 생각하던 중에 미나가 나와 아미티에 공작을 번갈아 쳐다봤다. 표정이 좋지 않았다.

"어제 조사단 건물 인근에서 화재가 있었다는 이야기를 들었어요. 걱정이 되어서 계속 연락드렸었는데 답변이 없으셔서……."

"……."

두 사람의 분위기가 묘했다. 상점가에서 보았을 때와는 전혀 다른 기류였다.

'하긴 환상 속에서 나만 본 건 아닐 테니까. 미나를 그토록 사랑했다는 것도 봤는가 보다.'

미나가 치맛자락을 꽉 틀어쥐고서 물었다.

"공작님은 제가 이상해 보이시겠지만요. 그치만 너무 걱정이 돼서…… 괜찮으신지만 확인하면 갈게요……."

"걱정할 것 없다."

"다행이에요. 연기가 심했다고 들어서 신전에 약재를 부탁했어요. 상한 목에 좋대요. 마차에 옮겨 두었으니까, 그러니까……."

미나의 눈에 눈물이 핑 돌았다. 그녀를 가만히 쳐다보던 아미티에 공작이 조심스럽게 손을 뻗었다.

"야위었구나."

"……."

"식사는 잘하고 있는 게냐."

나는 으, 하는 표정으로 고개를 절레절레 저었다.

첫 번째 삶에서 늘 겪었던 '부녀만의 세상'이었다. 둘이서 또 얼마나 애틋한 부녀가 되든 나와는 상관없지만, 나는 돌려보내고서 애틋해졌으면 좋겠다.

그러던 중에 내 통신석이 깜빡였다. 나는 통신석을 개량한 마도구를 귀에 꽂은 채로 두 사람에게서 조금 떨어졌다.

[트리곤입니다.]

"응."

[상점가 파동 때 아가씨의 상태가 기묘했던 이유를 찾았습니다.]

"몬데?"

[두 사람의 신성력이 아가씨의 내부에서 섞인 것이었습니다.]

"모라구? 말도 안 대!"

신성력이 섞일 수 있을 리 없다. 아드리안처럼 상대에게 맞출 수 있는 특별한 질의 신성력을 가진다면 모를까.

신관들이 서로 신성력을 나눠 쓸 수 없는 이유는 같은 신성력이라고 질이 다 똑같을 수 없기 때문이다. 철수는 이를 가리켜 '서로 다른 혈액형의 피처럼 섞여선 안 되는군요!' 하고 말했다.

[그런 경우가 없지는 않습니다. ……부모 자식 간의 경우라면요.]

'이게 무슨 소리야? 내가 미나를 낳았다는 거 뭐…… 잠깐만.'

나는 홱, 미나를 돌아보았다.

그러니까 요약하면 미나와 내게 같은 피가 흐르고 있을 가능성이 있다는 거다.

나는 미나와 이야기를 나누는 아미티에 공작을 쳐다봤다. 미나는 주머니 안에서 무언가를 주섬주섬 꺼냈다.

"약을 꼭 챙겨 드세요. 그리고 이건 항상 가지고 계시고요. 스피넬에 제 신성력을 담아 온 건데 회복을 도와줄 거예요."

"미나야, 이리 신경 쓸 필요 없다."

"레지날드 님이 그러셨는데, 제 신성력은 매우 순도가 높아서 이걸 가지고만 있어도 웬만한 상처 정도는 쉽게 나을 거라고 했어요."

"괜찮대도. 약재까지는 고맙게 받으마. 부지런히 먹고, 남은 것은 백성들과 함께 나눌 테니 스피넬은 넣어 둬라."

"하지만……."

"돌아가라."

그가 미나의 어깨를 두드리고, 나를 쳐다봤다.

"데려다주마."

나는 고개를 끄덕였다. 그가 먼저 마차에 들어간 후 나도 뒤를 따랐는데, 미나는 아쉬운 표정으로 마차를 애타게 바라보고 있었다.

"내가 전해 주까?"

"어?"

"기왕 만들어 온 고니까."

"그럴래?"

미나의 얼굴이 단숨에 밝아졌다. 내게 스피넬을 맡긴 그 애는 내 손을 잡고 몇 번이나 고맙다는 인사를 했다.

나까지 마차에 오르자, 마부가 말을 몰기 시작했다. 창을 통해 마차를 지켜보는 미나의 모습이 보였다.

* * *

듀블레드저에 도착한 나는 아미티에 공작에게 대충 인사한 후에 얼른 저택에 뛰어 들어갔다.

빨리, 빨리!

우다다다 달려오는 나를 보고 고용인들이 눈을 동그랗게 떴다.

가족들은 함께 서재에 모여 있었다. 내가 벌컥, 문을 열고 들어가니 오빠들이 몸을 일으켰다.

"잘 다녀왔어?"

"아미티에 공작이 헛짓을 하진 않았냐? 어땠어, 그 작자가 또 쓸데없는 말로 꼬맹이 널 열 받게 하진 않았어?"

"간식을 준비해 두라고 했—"

나는 오빠들의 말을 끊고서 아빠에게 소리쳤다.

“아빠, 바람 핀 적 이쓰세요? 구니까 엄마가 살아계실 때!”

오빠들이 일시에 아빠를 쳐다봤다.

“뭐?”

“뭐라고?”

“무슨 소리야?!”

표정이 하나같이 험악했다. 요한은 북풍이 저리 가라 할 만큼 서늘한 표정이고, 앙리는 마치 쓰레기를 보는 듯했으며, 이샤크는 당장에라도 멱살잡이로 패륜을 실천할 것 같았다.

아빠의 손에서 펜이 툭, 떨어졌다.

“…….”

“네? 바람 펴써요?”

“……그럴 리가 없잖아.”

나는 흠, 하고 팔짱을 끼었다.

‘그치, 아빠가 그럴 리가 없지.’

아빠를 믿기도 했지만, 일단 엄마가 너무 강했다. 아빠가 바람을 피우는 걸 못 잡아낼 분이 아니셨다. 그리고 들켰다면…….

‘아빠는 척추든, 목뼈든 하나는 부러졌을 거야.’

세실리아의 말론 엄마는 보통 사람이 아니라고 했다. 전쟁터에서 사선을 넘나들던 아빠도 엄마가 화를 낼 적이면 꼼짝도 못 했단다.

‘그럼 대체 뭐야. 왜 미나와 내 신성력이 섞일 수 있었던 건데?’

엄마가 미나를 낳았을 리도 없다. 미나는 제국력으로 나와 같은 연도 2월 29일에 태어났다. 그때엔 이미 엄마는 돌아가신 후가 아니던가. 그건 내가 이미 과거에서 확인하고 왔다.

이전에 낳아서 미나가 다른 차원으로 간 건가? 아냐, 그럴 틈이 없었다. 엄마는 영지에만 계셨으니 몰래 아이를 낳을 수 없다.

'그리고 엄마는 그럴 분도 아니란 말이야.'

내가 고민하고 있던 중에 오빠들이 아빠를 몰아붙였다.

"솔직하게 말씀하십시오, 아버지. 지금이라도 솔직해지신다면 쓰레기 정도로 여기겠습니다."

요한이 말했고,

"그렇다고 해서 더러운 과거가 없어지는 건 아닐 테지만요."

앙리가 싸늘한 눈빛으로 아빠를 봤으며,

"그래! 평생 안 보고 사는 정도로만 하겠다고요!"

이샤크가 소리쳤다.

아빠는 이마를 짚었다.

"……아니라니까."

"그럼 막내가 왜 저런 말을 하는 겁니까."

"나야말로 궁금하군."

아빠와 오빠들의 시선이 내게 향했다. 나는 으으음, 소리 내며 소파에 털썩 주저앉았다.

"신성력이나 마력이 섞일 수 있으려면 혈족이어야 하지요?"

"그래. 그래서 친자를 확인할 적에 신성력이나 마력의 질을 살피지."

그랬다. 그래서 그 옛날 미레유가 아기새 행세를 할 수 있었던 것도 요한과 마력의 질이 비슷했기 때문이다.

이샤크가 물었다.

"아버지와 마력의 질이 비슷한 사람이라도 있었던 거야?"

"아니, 나랑. 내 신성력의 질이 미나와 비슷한 고 가타."

"인제 애 넣은 적 있어?"

요한과 앙리가 동시에 이샤크의 다리를 걷어찼다. 이샤크는 악! 비명을 내질렀는데, 아빠마저 길가의 지렁이를 본 것 같은 표정으로 이샤크를 쳐다봤다.

"혹시 선대의 피가 섞인 곤가……?"

내가 중얼거리자 아빠가 대답했다.

"듀블레드의 피가 흐르고 있는지 확인하고 싶은 것이라면 방법이 있다."

"하지만 듀블레드는 대대로 마력을 가지구 태어나자나요. 마력과 신성력은 같은 질인지 비교할 수 엄꾸……."

신성력을 가진 건 내가 유일하다.

"하나 있지 않으냐."

"누구요?"

"카틀레아 윌스턴."

나는 눈을 번쩍 떴다.

'그래, 그 애가 있었지!'

가신들이 본가로 입적시키려고 했던 아이. 그 애 때문에 '잠든 광물'로 부네를 불러냈었다.

'미나가 듀블레드 혈족이라면 조금이라도 카틀레아의 신성력과 비슷할 거야.'

아빠는 고개를 끄덕이고선 덧붙였다.

"물론 두 번째를 데려와서 신성력 확인을 할 수 있을 때의 일이지만."

"그건 갠차나요. 이게 있고든요!"

나는 미나가 아미티에 공작을 위해 가져왔던 블루 스피넬을 꺼냈다.

'내가 진짜 전해 줄 줄 알았냐?'

혹시 몰라서 중간에서 가로챘지!

나는 씩, 사악하게 웃었고 아빠는 고개를 끄덕이곤 노스를 호출했다.

"카틀레아 윌스턴과 스피넬 안의 신성력의 질이 비슷한지 확인해라. 베로니카 뒤보스의 협력을 받아도 좋다."

"예."

노스는 이동진을 통해 즉시 영지로 이동했다. 턱을 괴고 앉은 이샤크가 칫, 혀를 찼다.

"별일이 다 생기는군. 그런데 꼬맹아, 만약 듀블레드 혈족과도 비슷하지 않다면 어떻게 되는 거야?"

"구로몬 두 가지 경우밖에 남지 않게찌."

"두 가지 경우라니?"

"나는 지금 고대의 몸으루 변해 가고 있짜나. 미나의 신성력 질이 고대의 나와 비슷하다는 곤 네리아드의 피가 섞인 육체를 가지고 있다는 걸 수두 있구, 그도 아니라면……."

"아니면?"

"……아냐."

최악의 가정은 입 밖으로 꺼내지 않았다.

'차라리 카틀레아와 비슷한 질을 가져 줘.'

* * *

이튿날, 신전.

추기경 레지날드는 넋이 나간 듯한 미나를 보며 한숨을 내쉬었다.

"아기님."

"……."

"아기님!"

"네?! 아, 죄송해요. 잠깐 다른 생각이 들어서……."

"수련에 집중하십시오. 아무리 아기님께서 성하와 같은 수준의 신성력을 가지고 있다고 해도, 제대로 된 사용법을 터득하지 못하면 무용지물입니다. 7가문의 모의전에서 확인하지 않으셨습니까."

그 많은 양의 신성력을 가지고도 르블레인에겐 상대가 되지 않았다. 교황이 미나의 이름을 널리 알리기 위해 심혈을 기울였던 모의전은 결국, 듀블레드의 위세를 과시하는 장이 되었다.

나날이 빌어먹을 듀블레드 계집애의 영향력이 커지고 있었다. 이런 와중에 수련에 집중조차 하지 않는다니.

'대체 생각이 있는 건지.'

레지날드는 한숨을 내쉬곤, 책을 펼쳤다.

"추기경들이 어렵게 짬을 내어 아기님의 수련을 돕고 있습니다. 잘 따라오신다면, 신성력을 제대로 이해하지도 못하는 마법사들에게 수련받은 첫 번째 따위는 아기님의 상대가 되지 않을 겁니다."

"알아요. 그런데, 저……. 내일부터 더 열심히 하면 안 될까요?"

"……."

"부탁드려요."

레지날드는 짜증 섞인 손길로 책을 닫았다.

교황은 명했다. 두 번째가 원하는 것은 뭐든 들어주라고. 그녀가 신전이 든든한 아군임을 아로새겨야 훌륭한 꼭두각시가 될 것이라 말했다.

"또 아미티에 공작저에 가십니까?"

"네."

"수행자들을 붙이겠습니다. 아기님의 안전을 위한 일이니 이해해 주십시오."

"……그럴게요."

레지날드가 고개를 수그리자, 미나는 얼른 수련장을 나섰다. 마차를 타고 아미티에 공작저에 향하는 내내 표정이 밝았다.

'공작님이…… 아버지가 다정해지셨어.'

그도 소중한 기억을 떠올린 걸까?

자신이 그의 딸이었고, 둘도 없는 다정한 부녀였으며, 그와 그녀가 부녀이던 세상이 얼마나 아름다웠는지 그도 기억하고 있는지도 모른다.

푸스스, 웃음이 났다. 만약 그가 정말로 기억을 떠올린 것이라면 하고 싶은 말이 많았다. 하고 싶은 일도 너무나 많다.

산책을 하거나, 무릎을 베고 자거나, 세상을 위해 그들이 할 수 있는 일이 무엇인가 함께 골몰하며 좀 더 나은 내일을 위해 노력할 수 있었다.

'아버지…….'

오늘은 솔직하게 말해야지. 나도 기억하고 있다고. 사실은 르블레인을 먼저 찾아서 어제 조금 서운했었다고. 언니를 찾을 때 자신도 함께 불러 주길 바랐다고. 우리는 다시 가족이 될 거라고.

그러고 나면 다른 사람들에게도 말하자. 사랑하는 연인과 친구, 오빠 같던 그들에게 말할 것이다. 믿지 못할 일이라 선뜻 말할 수 없어서 미안하다.

하지만 내가 당신들이 이전에 그토록 소중하게 여기던 미나다. 우리는 다시 예전처럼 다정하게 지낼 수 있을 것이다.

마차가 아미티에 공작저 앞에 멈추었다. 공작은 이전처럼 그녀를 피하지 않고 만나러 나와 주었다. 미나가 밝은 표정으로 입을 열었다.

"마멀레이드 잼을 좀 가져왔어요. 좋아하시잖아요. 아, 어제 잘 주무셨어요?"

"미나야."

"네. 아, 참! 데이빗(아미티에저의 집사)은 여전히 허리가 아픈가요? 신관들에게 부탁해서 허리를 봐 달라고 할까요? 다들 제게 친절해서 제가 부탁하면 들어줄…….”

그녀가 종알거리던 그때였다.

“정미나!”

익숙한 목소리가 들려왔다.

‘르블레인?’

그녀가 고개를 돌렸다.

“네가 여긴 무슨 일로…… 아, 같이 들어가자. 잼을 가져왔거든. 스콘에 발라서 차와 함께 마시면—”

쾅!

신성력의 파동이 미나를 벽으로 밀어붙였다. 아미티에 공작이 미간을 좁혔고, 깜짝 놀란 미나가 굳어졌다.

“이, 이게 무슨 짓이야. 당장 놔줘, 르블—”

“너, 무슨 짓을 한 거야.”

“무슨 짓은 네가—!”

“리세트 님의 시체에 무슨 짓을 한 거냐고!”

“네가 무슨 말을 하는지 모르겠어. 리세트가 대체 누군데!”

미나는 당혹스러운 표정으로 벽에서 벗어났다. 거세게 부딪친 바람에 등이 다 얼얼했다.

“대체 무슨 오해를 하는지 모르겠지만, 다짜고짜 이러는 거 예의가 아냐. 놀라셨죠, 공작님? ……공작님.”

이상했다. 아미티에 공작이 딱딱하게 굳어진 채로 자신을 빤히 응시하고 있었다.

“왜 저를 그렇게 보세요? 설마 르블레인의 말대로 제가 무슨 짓이라도 했을까 봐요?”

“…….”

"아니에요! 리세트가 누군지도 모른다고요, 저는!"

미나가 크게 충격받은 듯 헐떡였지만, 공작의 표정은 풀어질 줄을 몰랐다. 르블레인은 그들을 빤히 바라보았다.

'옳거니.'

확인은 완료했다.

*　　*　　*

몇 시간 전.

노스가 듀블레드령에서 돌아왔다.

"말씀하신 대로 카틀레아 윌스턴과 스피넬에 담겨 있는 신성력을 비교해 보았습니다."

"오또케 됐는데……?"

"두 번째 아기님과 듀블레드는 완벽하게 타인입니다."

소거실에 모여 있던 듀블레드 일가의 표정이 얼어붙었다. 르블레인의 신성력과 섞일 수 있을 정도로 비슷하지만, 그녀의 친가인 듀블레드와는 전혀 상관없다?

그렇다면…….

'모계 쪽 혈통이라는 거야.'

이샤크가 인상을 찌푸리며 테오도르를 쳐다봤다.

"외가 쪽에 미나와 엮일 만한 사람이 없잖아요. 어머니를 신전에 팔아버린 뒤, 마을에 전염병이 돌아서 다 죽었다면서요."

"그래."

"그럼 대체 어떻게 된 거냐고요. 두 번째와 엮일 만한 사람이 없는데 대체 왜—"

"엄마의 시체……."
르블레인의 말에 모두가 일시에 그녀를 쳐다봤다.
"꼬맹이, 너 무슨 소리를 하려는 거야. 어머니의 시체가 왜."
"……."
"설마 두 번째의 육체가 어머니의 시체로 이뤄졌을 거라는 소리를 하려는 건 아니지? 그럴 리가 없잖아! 두 번째는 이계에서 온 사람이야. 네 권속 중 하나와 같은 세계서 왔을 게 분명하다며. 그런 녀석이 어떻게 어머니의 시체에 들어갈 수 있어!"
흥분한 이샤크가 소리를 내질렀다. 끔찍한 상상이다. 끔찍한…… 정말로 말도 안 되는…….
앙리가 천천히 입을 열었다.
"우리는 그 방법을 알고 있잖아."
"……뭐?"
"미레유의 영혼이 희망의 집 아이의 육체에 옮겨졌던 것."
"그럴 리 없어. 헛소리하지 마."
"이성적으로 생각해라."
"그 말이 맞다면 어머니는 죽어서까지 신전, 그 빌어먹을 놈들에게 농락당했다는 거잖아."
"……."
"우리는 어머니의 시체가 무슨 꼴을 당하는지도 모른 채 멍청하게 있었다는 거란 말이야ㅡ!!"
이샤크의 목소리가 소거실에 메아리쳤다.
듀블레드 일가와 함께 있던 노스와 의장은 당혹함에 말을 잇지 못했고, 듀블레드 일가의 표정은 깊게 가라앉았다. 치맛자락을 움켜쥔 르블레인의 손이 가늘게 떨렸다.

르블레인은 입을 틀어막았다. 그녀는 발루아 공작이 미레유를 만들어 듀블레드에 보낸 것이 자신을 협박하기 위한 거라고 생각했었다.

진짜가 돌아오면 너는 가족을 잃을 것이다. 그러니 누구의 손을 잡아야 하는지 잘 생각해 보라.

그런 뜻으로 여겼다.

'협박당한 건 내가 아니었던 거야. 발루아 공작은 신전을 협박한 거였어!'

영혼을 옮길 수 있다는 것을 듀블레드에 보여 줌으로써 신전을 불안하게 하려던 것이다.

'당시에 발루아는 신전과 함께 중거리 이동진을 개발 중이었어. 신전이 자료만 제시했던 발루아 공작에게 유통을 맡겼던 이유가 그거였던 거야.'

협박당했기 때문에. 신전이 리세트의 시체로 미나의 육체를 만들어 냈다는 것을 듀블레드에게 알릴까 봐서!

르블레인의 눈가가 붉게 달아올랐다.

'진짜 운명의 아이와 가짜 운명의 아이라고? 웃기는 소리.'

결국 진짜는 어디에도 없었다. 모든 것이 가짜였던 거다.

이샤크가 미간을 좁히며 말했다.

"두 번째가 신전에서 만든 가짜라는 것만 밝혀내면 네리아드교를 이 대륙에서 완벽하게 몰아낼 수 있어."

팔짱을 낀 앙리가 소파 등받이 깊숙이 몸을 기대며 말했다.

"증명할 방법이 없다."

"증거?"

"그래, 첫 번째 운명의 아이를 데리고 있는 우리가 두 번째는 가짜라고 주장하면 누가 믿겠어."

"꼬맹이와 섞일 수 있을 정도의 신성력을 가지고 있다는 걸 공개하면—!"

"그럼 신전은 '두 사람 모두 운명의 아이라 비슷한 것이다'라고 말하겠지. 전례가 없는 일이니 조작하기 어렵지 않아."

"정말로 방법이 없는 거야?"

이샤크가 이를 악물었을 때, 르블레인이 말했다.

"있어, 방법."

치맛자락을 꽉 움켜쥔 그녀가 말했다.

"가짜인 당사자가 직접 털어놓는다면."

"그러면 간단하겠지. 하지만 두 번째가 그걸 털어놓을 리 없잖아."

"어쩌면 말이야. 어쩌면…… 미나는 자신이 가짜라는 걸 모르구 있을 수도 이써."

"뭐?"

"미레유도 그래써. 죽기 직전까지 고문하고, 종국에 죽을 때까지도 본인은 금술로 인해 외형이 변한 거라구 생각해써. 그래서 우리는 미레유의 영혼이 희망의 집 아이의 몸에 들어갔다는 걸 세리아에게 확인받구서야 알아짜나."

"거짓말을 한 것일 수도 있잖아. 신전이 두려워서."

"신전이 두려운 건 자길 죽일지두 모른다고 생각해서야. 그런데 죽어가면서두 사실을 말하지 않았다고?"

"……미레유가 세뇌당했다는 거야?"

그때, 의장이 대화에 끼어들었다.

"악마 중에 그런 이능을 가진 자가 있습니다. '오세'입니다. 그는 신체를 변화시킬 수 있고, 변화된 당사자는 제 몸이 아니라는 것을 평생 모르고 살지요."

"그럼……."

"예, 영혼을 육체에 집어넣고 악마의 이능을 통해 외모를 변화시켰다면 모를 수도 있다는 겁니다."

르블레인의 시선이 날카로워졌다.

'확인해 볼 가치는 충분해.'

일이 잘 풀린다면 미나의 도움을 얻어 신전을 완전히 몰아낼 수 있다. 도움을 얻지 못한다고 해도 흔들어 놓을 순 있다.

* * *

나는 미나와 아미티에 공작을 지그시 응시했다. 그 애의 표정이 아프게 일그러졌고, 나는 확신했다.

'미나는 아무것도 모르는 거야.'

미나와 나는 세상에 다시없을 악연이지만, 그렇기에 나는 저 애를 누구보다 잘 알고 있었다. 미나는 저런 표정으로 거짓말을 하는 사람이 아니었다.

"다음에, 다음에 이야기하자. 오늘은 르블레인에게 들어야 할 이야기가 있어."

"뭐가요. 대체 무슨 얘기를 들으시려고요? 제가 리세트라는 사람에게 어떻게 해를 입힌 건지 듣고 싶으세요?"

"미나야."

"어떻게…… 어떻게 아버지가 저를 의심하세요? 제가 남에게 해를 끼칠 리 없잖아요!"

나는 소리치는 미나를 빤히 쳐다봤다.

"구름 신전에 물어봐."

"……뭐?"

"너는 해를 끼친 적이 없는데, 피해를 받은 사람은 존재해. 구름 답은 하나뿐인 고 아냐?"

"……."

"물어바! 리세트 님의 시체를 어떻게 했냐구! 너를 위한다는 핑계로 그분 시체에 무슨 짓을 했는지 교황에게 가서 물어보란 말이야!"

"대체 무슨 얘기를 하는 거야. 그 사람 시체가 나와 무슨……."

"지금 와서 궁금해지는데, 너희 세계에 마법이 이써?"

"뭐?"

"너, 그 세계에서도 마법을 쓸 수 있어써?"

"……."

"마법을 쓸 수 없던 몸이었는데 어떻게 이 세계에 넘어와선 쓸 수 있게 된 걸까?"

미나의 눈이 잘게 흔들렸다. 제 손을 내려다본 그 애가 흠칫, 신전의 첨탑을 돌아보곤 서둘러 달려갔다. 나는 미나가 사라질 때까지 그 애의 등을 바라보고 있었다.

통신석이 울렸다. 앙리였다. 나는 통신을 연결하고 말했다.

"미나가 가써. 신전의 동태를 파악해 둬."

그렇게 말하고 뒤돌려던 때, 아미티에 공작이 나를 붙잡았다.

"설명해 다오. 너희에게 무슨 일이 있는 건지－!"

"공잔미한테 중요한 게 우리에게 일어나는 일이에요? 첫사랑에게 무슨 일이 일어난 건지 궁금한 게 아니라요?"

"……."

"리세트 님이었구나. 미나와 닮았다던 그 첫사랑."

"……."

"처음으로 미나가 불쌍해져요. 나는 항상 저 애가 부러웠는데, 부러워서 매일 숨이 콱 막히는 것 같았는데, 이제는 그냥 불쌍해. 그 애나 나나 리세트 님의 대신이었을 뿐이자나."

"……."

"이번 생엔 내가 리세트 님과 닮았던가요? 대신할 수 있을 것 같았어요? 아, 닮았던 게 아니라 내가 아빠의 딸이기 때문이었구나. 빼앗긴 리세트 님 대신에 나를 데려오면 위안이 될 것 같았던 거야."

"그만해라. 그런 게 아냐. 나는 그저…… 르블레인, 난……!"

"위선자."

"……!"

아미티에 공작의 표정이 딱딱하게 굳어졌다. 나는 입술을 꽉 깨물었다.

"당신을 아버지로 존경하던 때가 있었어요."

"르블레인……."

나는 그의 손을 뿌리치고서 말했다.

"이제 안 할 거예요. 아마도 평생."

정신없이 나를 바라보는 그를 뒤로하고 나는 걸었다. 등 뒤로 파편이 떨어지는 것만 같았다. 내가 그를 존경하고, 그의 애정을 간절히 바라던 시절이 유리 조각처럼 흩어져 버린다.

'안녕, 아버지.'

안녕.

*　*　*

깊은 밤.

테라스 의자에 앉은 미나는 혼이 빠진 표정으로 하늘을 응시했다. 홍반의 사내 베네딕트가 미나의 앞에 무릎을 굽힌 채로 반쯤 넋이 나간 미나를 올려다보았다.

"미나 님."

"……."

"말씀을 올리도록 허락하여 주십시오."

"……당신도 알고 있었어?"

베네딕트가 고개를 수그렸고, 미나는 실소를 흘렸다. 그녀의 표정이 점점 일그러졌다.

낮에 르블레인에게 기묘한 소리를 들은 후 즉시 교황청을 찾았다. 교황의 측근에게 '리세트라는 사람을 알고 있느냐.'라고 묻자마자, 얼굴을 보기 힘든 교황을 만날 수 있었다.

교황은 인자한 미소를 머금고 있었지만, 그의 표정을 마주한 순간에 깨달았다.

"정말이군요. 르블레인의 말이 사실이었던 거야."

"……아기님, '그것'은 신께서 안배하신 육체입니다. 저는 본래의 주인에게 돌려주었을 뿐이지요."

"그게 말이 되는 소리예요? 시신을 희롱한 거예요. 해선 안 되는 짓을 한 거라고요! ……설마 이 사람, 나 때문에 죽인 건가요?"

"말씀드리지 않았습니까. 본래의 주인에게 돌려드려야 했노라고."

교황의 미소가 소름 끼쳤다. 아무것도 모른 채 세상은 아름답다고 생각하던 자신이 끔찍하게 여겨졌다. 미나의 동공에 눈물이 고였다. 그녀는 이를 악물고 베네딕트를 노려봤다.

"왜 나를 속였어? 어째서 나를 이렇게 끔찍하게…… 내 이상과는 정반대로 만든 거야!"

"절망 없이는 희망이 생기지 않으니까요."

"……."

"미나 님께서 이 세계의 희망이십니다. 사소한 희생은 불가피한 일이었지요."

"당신……."

"하지만 원하신다면 세상에 발표하겠습니다."

미나의 표정이 굳어졌다.

"뭐라고?"

"신전이 시체로 가짜 운명의 아이를 만들었다. 사실은 정미나는 신이 내린 영웅이 아니다. 끔찍한 금술의 결과물일 뿐이다. ……원하신다면 이리 발표하겠습니다."

"……."

"진정 원하십니까?"

"……."

"모두가 당신에게 실망할 테지요. 아무도 당신을 사랑하지 않을 겁니다. 당신의 정의는 퇴색되고, 당신께서 원하는 모든 이상이 걸레짝이 될 거예요."

"……."

"겨우 얻은 이 세계를 포기하실 수 있겠습니까?"

'내 정체가 밝혀진다면…….'

아드리안도, 요한과 앙리, 이샤크, 그리고 아버지마저 제게 등을 돌릴 것이다. 사랑하는 친구들 또한 그녀를 믿지 않을 테고 또다시 사무치는 외로움 속에서 헤맬 터였다.

베네딕트가 빙그레 미소 지었다.

"자, 미나 님. 어찌할까요? 정말로 정체를 발표하는 것을 원하십니까?"

"난, 나는……."

"이대로 입을 다무신다면 사소한 오점은 잊히고, 미나 님은 신께서 내린 사명을 다할 수 있습니다."

"……."

"자, 미나 님. 말씀해 주십시오. 누가 감히 미나 님께 삿된 소리를 지껄이더이까."

치맛자락을 움켜쥔 미나가 입술을 달싹였다.

"말해 준 건, 그건……."

"예."

미나의 눈동자가 검게 물들었다.

"……르블레인."

그 애만 없으면 계속 정의로운 운명의 아이일 수 있었다.

* * *

다음 날 오전.

새파란 얼굴의 노스가 아빠의 집무실로 뛰어들었다.

"각하!"

"무슨 일이냐."

"추기경 블라시오의 전언입니다. 교황청의 모든 추기경이 연명하여 황궁 앞에서 시위를 시작했습니다."

나와 아빠가 동시에 서로를 쳐다봤다. 나는 인상을 찌푸리고 노스에게 물었다.
"이유는?"
노스는 품에서 양피지를 꺼냈다.

[두 달 전부터 듀블레드령에서 시작된 음산한 기운이 각지로 흘러들어 제국을 혼탁하게 만들고 있으니, 청컨대 폐하께선 정화를 허락하시어 혼란한 제국을 바로 세워 주십시오.]

교황청 연명장의 사본인 듯한 그곳엔 전 추기경의 서명과 함께 교황의 날인이 찍혀 있었다. 내 손에서 양피지가 구겨졌다. 집무실에 함께 있던 이샤크가 인상을 찌푸렸다.
"감히 어떤 놈이 이따위 선동을……!"
"두 번째겠지."
앙리의 대답이었다. 그는 싸늘한 시선으로 창밖의 첨탑을 바라보았다.
"두 번째가 제 입으로 어머니의 시신을 이용하여 살아왔다고 밝히는 대신, 그걸 알고 있는 우리를 신전에 발고한 것이다."
"우린 듀블레드야. 제국의 제1 가문이라고! 지나가는 사람을 잡고 물어봐도 듀블레드 위에 어떤 가문도 있을 수 없노라 말할 거야. 그런데 이따위 짓이 말이 돼?"
"이따위 짓이라도 가능하도록 하는 것이 국교의 힘이지."
네리아드교의 영향력은 이전 삶과 다르게 약해졌으나, 그렇다고 하더라도 귀족은 교황 앞에 고개를 숙인다.
황제마저 교황을 사사로이 교체할 수 없고, 교황청은 사형까지도 가능한 사도 재판의 판결권을 갖는다. 그것이 국교의 존엄이었다.

소파 팔걸이를 손끝으로 툭, 툭, 두드리던 요한이 아빠를 쳐다봤다.

"교황청이 궁지에 몰리긴 한 모양이군요. 이만한 일을 벌이려면 저들도 상당한 타격이 있을 텐데요."

종교의 힘은 민심에서 나온다. 다시 말하면 민심을 잃은 종교는 힘을 잃는다. 그랬기에 네리아드교는 명분 없이 듀블레드에 해를 미칠 수 없었다.

우리는 지금껏 어떤 명분도 내주지 않았고, 저들이 주장하는 '삿된 기운'이라는 명분을 믿는 자는 얼마 없을 터.

"척추뼈를 내줄 각오로 듀블레드를 밀어내겠다……."

요한의 입에서 실소가 흘러나왔고, 이어 앙리가 말했다.

"하지만 성공하면 네리아드교의 세상이 될 겁니다."

요한은 고개를 끄덕이고 아빠를 쳐다봤다.

"저들이 정화 허가를 받도록 두어선 안 됩니다. 듀블레드 안에 들어온다면 무슨 짓을 할지 모르지 않습니까."

"요한."

"예, 아버지."

"너는 중앙탑 1의 귀족들을 소집해라. 나는 황궁으로 향하겠다."

"저두 갈래요!"

내가 말하자, 가족들이 흠칫했다. 이샤크는 "안 돼, 안 돼." 말하며 손을 내저었다.

"위험해. 누가 널 알아보기라도 하면 어떻게 하려고."

"미나가 날 발고했잖아. 그럼 이제 신전두 내가 어려진 걸 안다구 봐야지. 어차피 들킨 고 이제 편하게 움직일 수 이써."

"하지만—"

이샤크가 인상을 찌푸리던 찰나 아빠가 말했다.

"그래."

"아버지!"

"싫든 좋든 르블레인이 이 모든 사건의 중심에 있으니 이 아이 또한 진행 과정을 알 필요가 있다."

나는 밝아진 얼굴로 방문을 향해 달려갔고 오빠들이 한숨을 내쉬었다.

"꼬맹이, 호위를 곁에서 떼어 놓지 마. 넌 지금 권속도 불러내지 못하잖아."

"그래두 신성력은 쓸 수 있눈데."

"그래서 떼어 놓겠다는 거냐?"

"아니, 아니. 절대루 안 떨어지겠다구."

나는 히히 웃으며 방을 나서는 아빠의 뒤로 따라붙었다. 그러고 오빠들의 눈치를 보고 아빠의 소매를 잡아당겼다.

"아빠, 부탁이 이써요."

"부탁?"

내가 귀에 무언가 속삭이자 아빠의 표정이 굳어졌다.

"르브, 그건―"

"저를 믿어 주세요. 제가 온제 듀레두에 해가 되는 방법을 제시한 적이 있나요?"

"너를 걱정하는 것이다. 내 딸을 걱정하는 거야."

"그러타면 더더욱."

아빠는 결기 어린 내 눈을 바라보곤 한숨을 내쉬었다. 무릎을 굽혀 나와 시선을 맞춘 그가 말했다.

"그래, 넌 언제나 옳지."

"……."

"난 내 딸을 믿는다."

나는 아빠의 목을 끌어안았다.

'절대로 지지 않을 거야. 빼앗기지 않을 거야.'

절대로.

*　　*　　*

황궁 앞.

추기경들은 한 손은 가슴에 올리고, 또 한 손을 등 뒤에 물린 채로 말없이 닫힌 황궁의 문을 바라보았다. 읍소하거나, 소란스럽게 굴지 않는데도 주변에 사람이 빼곡히 몰려 있다.

"뭐요, 대체 무슨 일이기에 추기경씩이나 되는 분들이 황궁 앞에서 진을 치고 있는 거요?"

"듀블레드령에서 삿된 기운이 퍼지고 있다지 않소."

"한데 왜 황제를 찾아가지 않고 황궁 앞에서 내내 저러는 거요?"

"황제가 만나 주지도 않는 모양이지. 듀블레드가 어디 보통 가문이오? 허가하면 나라가 두 쪽이 날까 봐 꼬리 말고 숨어 있는 게지."

오히려 시위의 당사자들보다도 구경꾼들이 시끄러웠다.

'이걸 노리고 황궁 앞에서 진을 치고 있는 거겠지.'

전례가 없는 일이 아니었다. 초대 황제 때부터 이어져 온 신전의 시위 관례였다. 그 속에 미나가 있었다.

그녀는 불안한 표정으로 손끝을 비비고 있었는데, 곁에 선 추기경 레지날드가 인자한 목소리로 말했다.

"신께서 내리신 하교를 황궁에 고하십시오."

"……."

"아기님."

"시, 신께서 꿈에 강림하시어 눈물지으셨습니다. 연유를 물으니 인세에 아, 악이 도래했노라 말씀하시곤 신의 종께 명하셨습니다. 좋은 갸륵한 피조물을 보호하고…… 보호하고……."

미나의 목소리가 점점 기어들어 갔다. 창백한 표정, 떨리는 어깨, 어찌할 바를 모르고 흔들리는 눈. 모든 게 저 말이 신전이 그녀에게 거짓말을 사주한 것을 증명했다.

이샤크의 입에서 하, 실소가 터져 나왔다.

"헛소리!"

순식간에 사람들의 시선이 이샤크와 우리 가족에게 모였다. 나는 가족과 멀찍이 떨어진 채 상황을 지켜보았다. 이샤크가 사람들을 헤치고 추기경들 무리에 다가갔다.

"네가 신을 봤는지 어떻게 증명할 건데."

"무례하십니다, 공자—!!"

레지날드가 벼락같은 고함을 내질렀다. 추기경들 또한 날 선 눈빛으로 이샤크를 몰아붙였다.

"신께서 인세에 내린 운명의 아이가 신의 말씀을 듣는 것은 이상할 일이 전혀 아닙니다."

그러자 이번엔 앙리가 말했다.

"그건 진짜 운명의 아이가 맞을 때의 일이죠."

"말씀 삼가십시오. 미나 님은 신전이 보증한……."

"신전이 보증한 운명의 아이가 두 번째 한 사람뿐입니까!"

"……."

"르블레인 또한 신전이 보증한 운명의 아이. 두 번째에게 없는 신의 문양을 발현한 그 아이가 듀블레드령을 지키고 있습니다. 그곳에서 삿된 기운이 흐르는 것은 말이나 됩니까?"

레지날드가 빙그레 입꼬리를 끌어당겼다.

"저희도 그것이 궁금하던 참입니다. 운명의 아이가 지키는 듀블레드령에 어째서 삿된 기운이 흐르고, 신께선 다른 아이에게 만민을 보호하라 명하셨을까."

"……."

"거리끼는 것이 없다면 각하께서 듀블레드의 문을 열고, 첫 번째 아기님과 영지를 조사케 하시면 명명백백히 밝혀질 겁니다."

"신전이 의문을 제시하고, 신전이 조사한다……? 결과의 투명성을 우리가 어떻게 신뢰할 수 있겠습니까?"

"신전을 의심하십니까. 공자, 신전은 건국 이래로 줄곧 제국을 수호해온……!"

앙리와 레지날드가 날카롭게 대립했고, 나는 아빠에게 신호를 보냈다.

"듀블레드의 조사를 허락하겠다."

아빠의 말에 오빠들의 표정이 굳어졌다.

"아버지!"

"옳은 판단이십니다, 각하."

레지날드의 입꼬리가 히죽 벌어지던 찰나, 아빠가 한 마디를 덧붙였다.

"두 번째가 신의 계시를 받을 만한 자라는 것이 밝혀진다면."

"무슨……."

"듀블레드의 영지와 나의 딸을 조사할 생각이라면 두 번째 또한 외부기관의 검증을 받아야 할 것이다. 그녀가 진짜 운명의 아이고, 신께서 진정 그녀를 통해 듀블레드의 위험성을 경고하셨다면, 우리는 조사를 피하지 않겠다."

"……!"

'조사를 하면 위험한 건 미나도 마찬가지야.'

저 애의 육체는 엄마의 신체를 금술로 재구성한 것. 금술은 어떻게든 흔적을 남긴다.

구경꾼들이 술렁이기 시작했다.

"공작님의 말이 틀리지 않소."

"그래, 첫 번째와 듀블레드를 조사하려면, 조사를 주장한 두 번째 또한 조사해야겠지."

"신전의 말이 사실이라면 조사를 피할 이유가 없어."

추기경들의 표정이 어두워졌다. 레지날드가 새파란 표정으로 빼끔거릴 무렵이었다.

"각하."

누군가 황궁 앞에 나타났다.

'……!!'

"찾았다."

"그간 쥐새끼처럼 잘도 도망쳤구나. 더러운 계집, 감히 계시를 받은 몸을 진창에 굴렸으니 그분이라 할지라도 너를 구원하지 못하리라."

"미친…… 이 미친 계집이……!"

심각한 화상의 흔적으로 일그러진 얼굴, 단련한 듯 풍채 좋은 몸, 그리고, 손등의 문신과 그 주변에 홍반…….

'베네딕트―!'

"새로 임명된 추기경 베네딕트입니다, 각하."

베네딕트. 이름을 곱씹던 가족들의 표정이 얼어붙었다. 아빠의 표정에 살벌하도록 짙은 노기가 어렸다.

"감히, 네가, 감히 내 앞에."

"감히!"

버럭, 소리친 베네딕트가 비열한 표정으로 말을 이었다.

"감히, 고하겠습니다. 신전은 두 번째 아기님의 조사에 응하겠습니다. 다만, 그렇게 된다면 첫 번째 아기님 또한 같은 시각, 같은 곳에서 조사받아야 합니다."

"……."

"거리끼는 일이 없다면 르블레인 님께서도 조사에 응하시겠지요?"

어려진 내가 나설 수 없을 거라고 여기는 것이다.

정말 곤란한 일이었다.

'—라고 할 줄 알았냐.'

나는 씩, 입꼬리를 올렸다.

그 순간, 황궁의 문이 열리고 트리곤을 대동한 세실리아가 나왔다.

"폐하께서 결단을 내리셨습니다. 그 검증, 황궁에서 맡겠습니다."

나는 이 순간을 위해 지금껏 황궁에 공을 들였다. 황비를 만들고 궁정 수석마법사를 내 휘하에 두었다. 내 사람들이 조사를 담당한다.

'자, 그리고…….'

"각하, 막스가 모의전에 금술을 사주한 자를 털어놓았습니다!"

시간에 맞춰 말을 타고 달려온 노스가 소리치자, 레지날드의 표정이 얼어붙었다.

즉, 판이 뒤집혔다는 소리였다.

순간, 레지날드의 동공이 크게 흔들렸다. 나는 그를 빤히 쳐다보다가 등을 돌렸다.

전쟁의 시작이었다.

*　　*　　*

교황청.

추기경 베네딕트와 레지날드를 비롯한 몇몇 추기경들이 급히 대사문(교황의 집무실이 있는 건물)으로 향했다.

성전(聖典) 속 천사들이 조각된 거대한 상아 문. 스테인드글라스 사이로 스며든 오색 찬란한 햇살이 바닥을 적시고, 천장부터 이어진 파이프 오르간의 장엄한 선율이 석주를 더듬고 내려왔다.

"성하!"

"성하."

가슴에 손을 얹은 추기경들이 무릎을 굽히자, 묵묵히 신상에 시선을 고정하고 있던 사내가 입을 열었다.

"소란합니다."

레지날드가 조급한 투로 말했다.

"듀블레드에서 미나 님의 검증을 요구했고, 황제는 그들의 요구를 받아들였습니다. 어찌합니까. 이대로 조사가 진행되면 미나 님의 정체가 탄로 날 겁니다."

"……."

"성하!"

레지날드가 채근하자 베네딕트가 그를 향해 고개를 저었다. 레지날드는 이를 악물었다.

'대체 언제까지 뒷짐만 지고 계시겠다는 말인가.'

미나의 정체가 탄로 나면 지금껏 준비했던 모든 일이 어그러진다.

다른 추기경들은 교황과 그의 최측근들이 사술로 운명의 아이를 만들어 냈다는 것을 알아차릴 테고, 반교황파의 추기경들이 중앙 신전과 함께 교황 크리스티앙을 끌어내리려 혈안일 터다.

교황의 교체로 일이 마무리되면 차라리 다행이었다. 최악의 경우 네리아드교는 존속을 위협받을 것이다.

"태평하게 계실 일이 아닙니다, 성하! 우리는 사술을 행했습니다. 그것이 들통나면……!"

"무엇이 문제입니까."

"예?"

"미나 님께서 신께서 우리의 세계를 위해 점지하신 영혼임은 사실입니다. 우리는 이 세계의 구원자를 담아낼 그릇을 만들어 낸 것뿐이지요."

"하지만 그건 사술이었습니다. 그것도 듀블레드 공작 부인을 이용해서요!"

"그녀는 본래 구원자의 태가 되기 위해 태어난 몸. 우리가 기른 것을 돌려받은 게 문제일 리 없습니다."

"하, 하지만……."

교황이 레지날드의 어깨를 짚었다.

"레지날드."

으으윽…….

레지날드의 잇새로 신음이 흘러나왔다. 교황이 잡은 어깨가 바스러질 듯 고통스러웠다.

교황의 손은 도무지 인간의 것 같지 않았다. 수십 년 전 악마를 토벌한 여파로 살갗이 헤지고, 핏줄과 근육이 마구잡이로 튀어나왔으며, 손톱마저 몬스터의 그것과 같이 기이하게 변모했다.

"예, 예, 성하……."
"마음을 바로잡으세요. 신심이 흐트러집니다."
"으윽, ……예."
레지날드에게서 손을 거둔 그가 걸음을 옮겼다. 고요한 방 안에 구둣발 소리만이 메아리쳤다. 신상 앞에 무릎을 굽힌 교황이 고저 없이 읊조렸다.
"미나 님께 완벽한 몸을 선사하여 드렸다면 더없이 좋았을 테지만, 성녀의 딸은 놓쳤고, 성녀로 하여금 그 역할을 대신하게 하였습니다."
레지날드와 베네딕트, 그리고 두 사람의 추기경이 낮게 엎드렸다.
교황이 신상을 지그시 바라보며 말을 이었다.
"우리는 마침내 신의 딸을 맞이했고, 이제 그분을 대신하던 것은 소용을 잃었습니다."
낮게 엎드린 베네딕트가 입을 열었다.
"명하십시오. 성하의 뜻이 어디에 있나이까."
"가여운 아이입니다. 가장 비천한 곳에서 피어 거짓으로 점철된 생애를 전부라 여긴."
"……처리합니까?"
"신의 품 안에서 평안토록."
빙그레 미소 지은 그가 제단 위에 올려진 술병을 집었다. 나무 술잔을 향해 보리술이 추락하고, 교황은 입을 열었다.
"두 번 실패는 용납하지 않습니다."
"맡겨 주십시오. 이 몸, 목숨 바쳐 신의 뜻을 수행하겠습니다."
술잔을 든 교황이 말했다.
"신을 위해."
낮게 엎드린 사내들이 고개를 치켜들었다.

"신을 위해."
"신을 위해."
해가 구름에 삼켜지고, 세상에 어둠이 도래했다.

*　*　*

며칠 후.
가족들이 모였다. 종일 회의에 회의, 노회한 귀족들과 줄다리기를 한 가족들은 피곤에 전 표정이었다.
가장 먼저 입을 연 건 앙리였다.
"신전에서 일자를 정하는 즉시, 조사를 시작하기로 했어."
"신전의 반응은 오똔데?"
"피하려고 안간힘을 쓰겠지. 금술의 잔재가 남은 미나의 육체를 조사시키고 싶지 않을 테니까."
요한이 고개를 끄덕였다.
"어떻게든 시간을 끌어 일을 무마하고 싶을 거다. 우리는 그동안 모의전에서 금술을 사주한 놈을 잡을 테고. 문제는 연결책인 막스란 놈이 어디까지 알고 있느냐인데……."
"그고는 걱정하지 마."
나는 히죽 입꼬리를 끌어당겼다.
막스가 어떻게 추기경들의 시위가 벌어졌던 시각을 맞춰 토설했겠는가.
'다 내가 조작한 거지.'
막스는 토설한 게 아니다. 정확히 말하면 거짓말을 한 것이었다. 추기경들이 연명했다는 것을 들은 직후, 나는 에뮬린과 트리를 막스가 갇힌

지하 감옥으로 보냈다.

"잘 들어. 거지 패였을 때의 정이 바퀴벌레 눈물만큼은 남아서 해 주는 말이니까."

"에뮬린 네가 나한테 정? 지나가던 개가 웃겠군!"

"그 지나가던 개가 네 시체를 뜯어먹게 하고 싶지 않으면 멍청하게 굴지 마. 너, 이대로 있으면 쥐도 새도 모르게 죽어."

"난 의뢰인이 누군지 모른다고. 정말이야!"

"르블— 이 아니라, '그 사람'이 그랬어. 진실은 중요하지 않다고."

"뭐?"

"중요한 건 그냥 네 입에서 나오는 놈이 범인이라는 거야. 그러니까 외워. 네가 지목해야 하는 사람은 추기경이야. 그의 인상착의는……."

어떤 자가 금술을 의뢰했든, 당사자가 직접 막스에게 찾아갔을 리 없다. 연락책에 불과한 막스에게 왜 금술을 사주했고, 제 정체가 무엇인지 불었을 리도 없다. 당연히 아랫놈을 보냈겠지.

그러니까 범인이 누구든 중요하지 않다. 어차피 신전에서 한 일일 테고, 신전이 한 일이라면 제일 높은 놈을 엮겠다.

내 말을 들은 이샤크는 헛웃음을 흘렸다.

"듀블레드에서 제일 악당은 꼬맹이 너일지도 몰라."

"칭찬 고마오."

"나 참, 누굴 닮아서 이렇게 영리한 거야."

그러자 앙리와 요한, 그리고 아빠가 동시에 "나지." 하고 말했다. 나는 그들의 말을 가볍게 무시했다.

"추기경 한 놈을 금술루 엮구서 신전에 관한 소문을 내야 해. 신전이 그간 벌인 악행을 전부 터뜨려 가지구 그들을 믿지 못할 집단으루 만들자!"

여론전의 귀재인 앙리가 "내가 맡을게." 하고 답해서 나는 고개를 끄덕였다.

"웅, 그러케 신전을 압박해서 미나를 조사받을 수바께 엄께 할 고야. 지금으로서는 신전을 이길 방법이 구거뿐이니까."

"그럼 꼬맹이 너도 조사받아야 할 거 아냐."

"여론전을 벌일 동안 시간이 이짜나. 난 정의로운 자의 눈물을 계속 찾을 테니까, 아빠랑 오빠들 잘 부탁함미다."

내가 고개를 푹 수그리자 네 사람이 픽 웃으며 날 쳐다봤다. 이샤크는 내 머리를 마구 흐트러뜨리며 말했다.

"호위 꼭 붙여 다녀. 너, 지금은 권속을 아예 소환할 수 없지?"

"웅……."

"빌어먹을, 그놈의 눈물. 내가 대신 받아 올 수 있으면 좋을 텐데."

눈물로 약병 하나를 채우려면 눈알이 백 번쯤은 찔려야 하지 않을까.

만약 가장 정의로운 자가 아미티에 공작이라면 이샤크로도 그만큼 눈물을 쏟게 할 수 없을 것이다.

내가 직접 가는 게 낫지.

'그런데 정말 아미티에 공작이 맞기는 한 걸까.'

가장 정의로운 자라니. 너무 애매한 조건이라 확신할 수가 없었다. 내 개인적인 감상으로 그는 위선자일 뿐이었지만, 일단 대부분의 사람들에게는 가장 정의로운 사람으로 불리니 그를 선택지에 넣었다.

'혹시 모르니까 다른 사람들의 눈물도 얻어 보자.'

세리아가 기획한 눈물이 쏙 빠지는 연극이 상점가에서 진행되는 중이었다. 난 우는 사람들 주변을 돌아다니다가 얻어걸리기를 소망했다.

"구롬 다녀오겠습니다!"

"그래. 조심해서 다녀와라."

"조심, 또 조심! 알지?"

"조심해야 해."

"다녀와라."

가족들의 배웅을 받으며 저택을 나섰다. 마차에 오르려는데 레아가 다가왔다.

"아가씨."

"녜아."

"자카리와 함께 나가시나요?"

"웅. 녜아는 영지루 가지?"

혹시 몰라 영지군을 제도로 데려오기로 했다. 이리의 대장인 레아가 군의 인도를 맡는다.

"그런데 옷을 왜 이렇게 얇게 입으셨어요? 챙겨 드린 외투는요? 저녁엔 날이 쌀쌀한데요."

"카디건 답답해……."

아이의 몸은 참을성이 부족하다. 내가 눈썹을 착, 늘어뜨리자 레아가 말했다.

"아가씨께서 아프시면 레아의 마음이 찢어질 거예요."

"추우면 일찍 들어오께. 약속!"

레아가 어쩔 수 없다는 듯 웃고 내 뺨에 입을 맞춰 주었다.

"오늘도 좋은 하루 되세요."

"웅!"

나는 밝게 대답하고 마차에 올랐다.

*　*　*

상점가에선 연극이 한참이었다. 비극적인 연인의 사랑이 주제인 거리 연극은 1막이 끝나기도 전에 구경꾼들의 눈에서 눈물이 쏙 빠지게 했다.

나는 열심히 주변을 돌아다녔지만, 악마의 통로가 반응하는 일은 없었다.

'역시 아미티에 공작의 눈물인가.'

내가 한숨을 내쉬자, 세리아가 한 손으로 뺨을 감싸며 신음했다.

"아미티에 공작을 납치해 올까요?"

"군사들이 납치하러 갔다가 되레 잡힐 것 가튼데."

"그렇긴 하지요……."

"좀 정의롭게 살 걸 그래써!"

내가 정의로웠더라면 간단하게 해결될 일이었는데. 듀블레드는 하필이면 왜 죄 악당들이라 근처에서 정의로운 눈물을 찾을 수도 없단 말인가.

해가 다 저물 때까지 돌아다녔지만, 결국 통로는 조금도 반응하지 않았다.

"아미티에 공작저루 가자……."

울어 달라고 해 봐야지.

'으으, 보기 싫었는데.'

나는 우울한 표정으로 자카리, 세리아와 함께 걸었다. 사람들을 헤치고 걷던 찰나였다.

'어?'

무언가 기묘한 기운이 스멀스멀 느껴졌다. 나와 자카리가 동시에 하늘을 쳐다봤다.

쾅—!!

웬 운석들이 떨어지기 시작했다.

'메테오다.'

쾅, 쾅, 쾅—!!

"꺄아아악—!!!"

비명이 난무했다. 조그만 운석들이 떨어지고, 하늘 위에 커다란 운석이 모습을 드러냈다. 떨어지는 그것이 향한 곳은.

'나다……!'

자카리가 나를 끌어안고 운석을 피했다.

쾅—!!

"아가씨!"

세리아는 사람들에게 쓸려가 보이지 않고, 목소리만이 메아리쳤다. 그나마도 난무하는 비명에 뒤섞여 사라졌다. 상점가는 그야말로 아비규환이었다.

'미친……!'

상대를 특정한 메테오 같은 초고위 마법은 시전할 수 있는 자가 몇 없다. 내 주변에선 트리곤이나 베로니카, 오디스 아카데미의 줄리에트 정도나 겨우 사용할 수 있을 터였다.

'신전이다.'

미나로부터 내 정체를 들은 신전이 나를 없애기 위해 마법을 시전한 것이 틀림없었다.

'이런 미친……!'

정신이 나간 걸까. 황궁의 코앞에서, 그것도 사람이 이렇게 많은 상점가에 광역 마법이라니.

신전이 정체를 알고 있다는 걸 눈치챈 상태로도 상점가에 나올 수 있었던 건 그들이 사람 많은 곳에서 나를 노려 올 거라 생각하지 않았기 때문이었다.

듀블레드와 신전이 존속을 건 신경전을 벌이고 있다는 것을 모르는 대륙인은 없다.

전쟁의 중심은 나와 미나. 이러한 상황에서 내가 이런 초고위 마법에 희생된다면 범인으로 지목되는 것은 당연히 신전일 터였다.

빠르게 달리던 자카리가 품에서 이동진을 꺼냈다.

"뭐 하는 고야!"

"하지만 저택으로 돌아가지 않으면 네가 죽어! 저택의 결계 안에 숨지 않고서 어떻게 저런 걸 감당하려고!"

"저택의 결계로 막을 수 있는 수준이 아냐. 그리구 저 메테오는 나를 향해 떨어지는 고란 마랴. 그런데 내가 저택으루 돌아가면 저택 안의 모두가 위험해질 거라구!"

운석이 다시 한번 날아왔다.

쾅ㅡ!!

자카리가 급히 몸을 틀어 피했지만, 그 바람에 중심이 무너졌다. 자카리에게서 떨어진 내가 바닥을 데굴데굴 굴렀을 때였다.

"자카리!"

운석의 파편이 자카리를 향해 날아들었다.

쾅, 쾅, 쾅ㅡ!!

자카리는 쉴 새 없이 떨어진 파편에 깔렸고, 그의 이마에서 선혈이 흘러나왔다.

"자, 자카리."

나는 엉금엉금 자키리를 향해 기어갔다. 그가 소리쳤다.

"도망쳐!"

"하지만 넌……!"

"어서!"

그는 도저히 움직일 수 있는 처지가 아니었다.

'가야 해.'

운석은 나를 향해 떨어지고 있다. 내가 이곳에 없는 것이 자카리를 위한 일이었다.

자카리가 나를 향해 무언가를 던졌다. 이동진이었다. 나는 허겁지겁 이동진을 주워서 달렸다. 저택으로는 갈 수 없다. 어디든 멀리 가야 한다. 저 메테오가 쫓아올 수 없는 곳으로.

'영지. 영지로 가야 해.'

시전자는 이 주변에 있을 것이다. 장거리 이동진 없이는 날 쫓아오지 못할 터. 나는 서둘러 이동진을 찢었다. 눈부신 빛이 주변을 감쌌다. 그리고 눈을 떴을 땐, 영지성이었다.

* * *

영지성 내 방에 도착한 나는 숨을 몰아쉬었다. 주변이 고요하다. 메테오에서 무사히 벗어난 모양이었다.

나는 밭은 숨을 내쉬었다. 안심하자 그제야 넘어진 상처가 아려 왔다.

'다리를 단단히 접질렸나 봐.'

조금 전엔 겁에 질려 억지로 움직일 수 있었지만, 아프단 것을 깨닫고 나니 꼼짝도 못 하겠다.

'영지에 누가 있지?'

내가 어린애로 변했다는 것을 아는 사람 중에 영지에 있는 자가 누구더라.

가족들이야 말할 것도 없이 제도에 있고, 세 하녀도 나를 수행하기 위해 제도에 있으며, 베로니카도 혹시 모를 불상사를 대비해 제도로 불러들였다. 의장은 일찌감치 제도로 터를 옮기게 했고, 지금은 나를 대신해 호프 상단을 총괄 중이다.

레아는 지금쯤 영지군을 통솔하여 제도로 떠났을 것이다. 장거리 이동진이 있으니까 오래 걸릴 일이 아니다.

사람들을 헤아리던 나는 뒤보스 자작을 떠올렸다.

'맞다, 그가 영지에 있어.'

나는 얼른 주머니를 뒤져 통신석을 꺼냈다.

'통신이 안 되잖아.'

넘어질 때 망가진 건가?

나는 한숨을 내쉬었다.

'어차피 신전까지 내가 어려졌다는 걸 아는데, 더는 숨길 필요가 없지.'

나는 침대 근처의 설렁줄을 잡아당겼다. 그런데 이상했다. 한참을 지나도 사람이 오지 않는다.

'빈방이라고 생각해서 오지 않는 건가?'

그럴 리는 없는데.

빈방에서 신호가 온다면 오히려 의아해서라도 와 볼 것이다. 거기다 우리에게 장거리 이동진이 있다는 것을 아니, 내가 잠시 돌아온 줄 알 텐데.

나는 고개를 갸웃하고서 방문으로 향했다. 폴짝 뛰어 문고리를 열었다. 복도가 고요하다.

"아무도 엄써?"

대답이 돌아오지 않았다.

방에서 나온 나는 다리를 질질 끌며 주변을 걸었다. 그러다 무언가에 툭, 부딪쳤다. 성의 총집사였다.

"집—"

"오셨습니까, 아가씨."

"……."

"아니, 아가씨 행색이……. 무슨 일이라도 있으십니까?"

"……."

"아가씨?"

내가 무심코 한 걸음 물러나자, 집사가 턱을 쓰다듬었다.

"어린 것이 눈치는 빠르단 말이야."

"……."

나는 아직 그에게 내가 르블레인이라는 걸 말하지 않았다. 어린애가 된 후로 점점 고대의 몸으로 변화한 몸은 이제 가족들조차 쉬이 알아볼 수 없게 변했다.

아무리 고대의 몸이 지금의 나와 비슷하다고 하더라도 단번에 내가 어려졌다고 생각하진 못할 것이다.

'변절자.'

영지 내에 변절자가 있다는 것은 어렴풋이 눈치채고 있었다. 하지만 그가 영지성 총집사쯤 되는 거물일 줄은 상상도 하지 못했다.

나는 서둘러 이동진을 찢었다. 하지만 이동은커녕, 펑—! 폭음과 함께 폭발해 버렸다.

"이런, 듀블레드의 결계를 우습게 보지 마십시오. 이동진을 개발한 베로니카 뒤보스와 정예 마도부대가 30년에 걸쳐 만들어 낸 수식이 적용된 상등 중의 상등의 결계란 말입니다."

"아빠의 명도 없이 1급 결계를 발동했단 마랴?"

"물론 충성스러운 마도부대는 각하의 명이라 알고 있지요."

총집사의 짓이구나. 아빠의 명으로 가장해서 긴급령을 내린 것이다.

'메테오는 처음부터 나를 영지로 이동시키기 위한 수작이었어.'

현재 영지는 비어 있다시피 했다. 가족들의 손이 닿지 않는 곳에서 나를 처리하려는 속셈이다. 통신이 되지 않는 것도 사전에 통신을 방해하는 파장을 성 곳곳에 퍼뜨려 놓은 것이 분명했다.

"고용인들을 어떠케 한 거야."

"염려하지 마십시오. 잠들었을 뿐이니. 아기님의 장례식에서 눈물 흘릴 조문객은 있어야지 않겠습니까."

"멍청한 생각 하지 마. 너 하나쯤은 나 혼자서두……!"

'뭐, 뭐야.'

시동인이 떠오르지 않는다.

"말씀드리지 않았습니까. 베로니카 뒤보스와 정예 마도부대가 30년에 걸쳐 완성한 상등 중의 상등이라고. 결계를 깨지 않는 한 이 안에서 마법은 사용하실 수 없습니다."

"내 신성력이면 결계 따위……!"

"예, 결계를 깨실 수도 있겠지요. 하지만 뒷일을 감당하실 수 있겠습니까?"

"……뭐?"

"영지 주변에 몬스터가 득시글합니다. 결계가 깨지는 즉시, 몬스터 떼가 영지를 덮치겠지요."

그때.

키에엑—!!

날카로운 울음소리가 들려왔다. 홱, 고개를 돌려 창밖을 바라보자 상공에 몬스터 떼가 보였다.

'한, 두 마리가 아니다.'

이대로 결계가 깨지면 저 몬스터 떼가 민가를 공격할 터. 죄 없는 사람들이 죽어 나갈 것이다.

마법을 사용할 수 없는 난 그저 어린애일 뿐이다. 성인 남성을 상대할 수 있을 리 없다. 나는 주춤주춤 뒷걸음질 쳤다. 그러나 곧 장식장에 등이 부딪혔다. 더는 도망칠 곳이 없었다.

천천히 걸어온 그가 내 앞에 바짝 다가왔을 때였다. 나는 냅다 장식장 위의 촛대를 내던졌다.

"크윽!"

그의 얼굴을 맞고 떨어진 촛대가 바닥에 널브러졌다. 나는 부리나케 내달렸다.

'일곱 번째 탑. 일곱 번째 탑에 있는 마도사들을 만나야 해!'

통신을 방해하는 파장을 없애고 아빠에게 연락해야 한다. 허겁지겁 달렸지만, 접질린 다리 때문에 점점 뜀박질이 느려졌다. 총집사가 뒤를 바짝 추격해 왔다.

"빌어먹을 계집애!"

그가 나를 향해 손을 뻗었다. 나는 방향을 틀어 눈앞에 보이는 방으로 뛰어들었다. 자수정을 찾은, 초대 가주의 초상화가 걸려 있는 방이었다. 나는 재빨리 서랍 안으로 숨었다.

주변에서 발소리가 들려왔다.

'하나가 아니잖아.'

적어도 두 사람의 발소리다.

"계집애는?"
"이 안으로 도망쳤습니다, 베네딕트 님."
'베네딕트라고?'
총집사가 그를 은밀히 성에 들인 모양이었다.
차게 식은 손발이 덜덜 떨리었다. 입을 틀어막은 나는 눈을 꽉 감았다.
또각, 또각.
구둣발 소리가 점점 가까워졌다. 그러나 곧 사라져 버렸다.
'갔나? 간 건—'
덜컹!
문이 열리고 흉측하게 일그러진 얼굴의 사내가 나를 향해 씩 웃었다.
"찾았다."
"……!"
베네딕트가 내 목덜미를 잡고 나를 끌어냈다. 총집사는 베네딕트의 손에 붙들려 버둥거리는 나를 보고 미소 지었다.
"영악한 쥐새끼."
"이고 놔!"
베네딕트가 내 목을 향해 손을 뻗었다.
"그 손 놔!"
익숙한 목소리였다.
눈을 뜨자 보인 건,
"레아……."
땅을 박차고 도약한 레아가 총집사의 머리를 걷어차고 떨어졌다. 이어 베네딕트의 다리를 걸어 넘어뜨린 후, 떨어진 나에게 허겁지겁 달려와 끌어안았다.

"괜찮으세요?"
그녀의 손엔 내 외투가 들려 있었다.

"카디건 답답해……."
"아가씨께서 아프시면 레아의 마음이 찢어질 거예요."
"추우면 일찍 들어오께. 약속!"

어릴 때 내가 좋아하던 옷이었다. 답답하지 않고 따뜻해서 매일같이 이 옷만 입고 다녔던 기억이 있다.
레아가 베네딕트를 노려봤다.
"넌……."
"비, 빌어먹을 계집. 어, 언제나 날 방해하는구나."
베네딕트가 이상했다. 눈이 새카맣게 변한 그가 부르르 몸을 떨었다. 이윽고 그의 피부가 마치 조류의 살갗처럼 기분 나쁜 모양으로 변하기 시작했다.
"키익—"
입이 튀어나오며 새의 부리로 변하고, 눈알이 액체가 되어 흘러나왔다. 빈 자리에서 곧 피를 굳힌 것 같은 새로운 눈이 생성되었다. 기이한 몬스터로 변한 그것을 나는 본 적이 있다.
'쿠헬름과의 전투에서 보았던 몬스터!'
엘리시아노들도 상대가 되지 않던 그 몬스터 사이에서 저러한 모습을 한 비행형 몬스터가 있었다. 순간, 모의전에서 보았던 인간의 '성수화'가 떠올랐다.
'설마 그 몬스터들이…….'
거대한 몬스터가 된 베네딕트가 레아를 향해 달려들었다. 그녀가 재빨리 미간에 검날을 박아 넣었지만, 피부는 순식간에 재생되어 검을 삼켜 버렸다.

"크ㅡ!"

힘에 떠밀린 레아가 벽에 부딪혔다. 이윽고 몬스터의 시선이 나를 향했다.

키에에엑ㅡ!!

울부짖은 그가 나를 향해 날아올랐다. 나는 눈을 꽉 감았다.

'죽는다!'

싫어. 죽기 싫어. 살려 줘.

'엄마ㅡ!'

그러나 시간이 지나도 격통이 느껴지지 않았다. 누군가 날 감싸 안았기 때문이었다. 눈을 뜨자 몬스터의 발톱에 꿰뚫린 레아가 보였다. 몬스터의 입에서 또 한 번 소름 끼치는 울음소리가 터져 나왔다.

"아, 아아, 레아."

"괜찮으세요?"

"레아!"

몬스터가 발톱을 빼내자 피가 분수처럼 솟구쳤다. 심장과 폐 부근을 꿰뚫렸다. 흘러나오는 피의 양이 심상치 않다.

희게 질린 나는 레아를 끌어안았다. 아무리 꿰뚫린 부분을 틀어막아도 피가 멈추지 않는다.

그런 와중에도 레아는 미소 지었다.

"괜찮으신 거예요?"

저는 하나도 괜찮지 않으면서 자꾸만 내게 괜찮으냐고 물었다.

"아가씨."

"괘, 괜찮아. 나는 괜찮아. 그러니까 레아……!"

"그럼 됐어요."

"……."

"그러면 됐어."

레아가 다정히 미소 지었다. 빼빼 마르고 빗자루처럼 머리가 헝클어진 나를 처음 마주한 순간처럼.

그녀의 눈에서 툭, 눈물이 떨어졌다. 눈물이 내 치맛자락을 적셨을 무렵, 나는 눈부신 빛에 휩싸였다.

"가장 정의로운 자의 눈물."

아, 나는 왜 몰랐을까. 내게 가장 정의로운 사람은 당신이었는데.

아무것도 없는 초라한 아이에게도 다정하고, 가장 커다란 마음을 내주면서도 조금도 아까워하지 않던 네가 내겐 그 누구보다 멋진 영웅이었는데.

나는 베네딕트를 노려보며 소리쳤다.

"부네 – !!"

순식간에 방 안이 희뿌연 안개로 뒤덮였다. 마치 심야의 공동묘지처럼.

쿵, 쿵, 쿵, 쿵.

사방에서 워커 소리가 마치 북인 양 울려 퍼졌다.

"뭐, 뭐야!"

인영을 분간할 수 없는 방 안에서 총집사의 고함이 들렸다. 안개가 걷힌 건 그 순간이었다.

방 안을 빼곡히 채운 유령 군사들이 몬스터와 총집사를 향해 제각기 창과 검, 활을 겨누고 있었다.

내 등 뒤엔 어느새 빛의 기둥이 나타났다. 또각, 또각. 구두 굽 소리가 들리는가 싶더니 새카만 슈트를 갖춰 입은 부네가 내 앞으로 걸어 나왔다.

그의 모습은 평소와 달랐다. 뺨에 비치는 비늘, 흰자위는 새카맣고, 이마 정중앙에 유령 군사들과 비슷한 기괴한 형태의 뿔이 돋아 있었다.

그가 무어라 고성을 내질렀다. 알아들을 수 없는 말이었으나, 나는 어렴풋이 그것이 고대의 말이라는 것을 알 수 있었다. 재빠르게 몸을 낮춘 유령 몇이 날렵하게 몬스터에게 파고들었다.

"키에엑—!!"

찢어지는 듯한 비명이 메아리쳤다.

몬스터가 날갯짓하자 챙, 챙—!! 날카로운 파열음과 함께 창문이 깨지기 시작했다. 커다란 파편이 나를 향해 날아오던 찰나, 방 안에 기이한 바람이 휘몰아치며 날아오던 파편이 총집사를 향해 날아갔다.

푸르의 힘이었다. 수사슴의 형상으로 나타났는데, 그 또한 부네와 같이 평소의 모습이 아니었다. 털은 새카만 오물처럼 일렁이고, 눈은 새빨갛고 송곳니가 범과 같이 날카롭게 튀어왔으며 거대한 녹각은 가시나무인 양 거칠었다.

웅, 웅, 기묘한 진동이 내 머릿속을 가로질렀다. 눈앞이 붉어지고 분노만이 내 안에 넘실거린다. 내 감정에 동화하듯 부네와 푸르, 유령 군사들의 모습이 점점 더 소름 끼치는 형상으로 변했다.

유령 군사들의 얼굴을 가렸던 철 가면이 깨지며 툭, 발밑에 떨어지자 연기가 되어 사라졌다. 얼굴이 드러나고 눈알은 검은 눈물이 되어 흘러내리고, 그 자리에 짐승의 것과 같은 소름 끼치는 눈이 생성되었다.

이윽고 새로 생겨난 눈이 새빨갛게 빛나며 내 시동인과 같은 형태의 인이 떠올랐다.

방 안은 아비규환이 되었다. 몬스터에게 달려든 군사들이 검이며 창을 내지르고 화살을 쏠 때마다 소름 끼치는 비명이 터져 나왔다. 그들은 몬스터의 살점을 저미고, 피를 마셨다. 지옥도와 같은 광경이었다.

가늘게 경련하던 몬스터가 점점 작아지며 바닥에 어떠한 시동인이 떠올랐다. 시동인은 마치 몬스터, 그러니까 베네딕트를 삼키듯 하였다.

"안 돼. 안 돼……."

안 돼, 보내지 않을 거야!

베네딕트에게 달려들었으나, 내 손이 닿기도 전에 베네딕트는 온데간데없이 사라졌다. 바닥에 주저앉은 나는 시동인이 떠올랐던 자리를 내리쳤다.

쾅! 쾅!!

몇 번이고 내리치는 동안 손이 깨져 후드득, 피가 떨어졌으나 아픈 줄도 몰랐다. 그때, 총집사가 주저앉았다. 실금한 그가 손바닥으로 뒷걸음질 쳤다.

"으, 으…… 으아악!"

그가 비명을 지르며 도망치려는 때에 나는 레아가 떨어뜨린 검날을 쥐었다.

'죽여야 해.'

저 남자는 놓칠 수 없어.

나는 정신없이 총집사에게 달려갔다.

"아, 아가씨. 살려 주세요. 살려 주세요, 아가씨."

"……."

"혀, 협박당한 겁니다. 그러니까, 아, 그래. 가족이 인질로 잡혀 있어서, 그래서……! 아가씨, 이 늙은이가 무슨 힘이 있다고 저들의 명을 거부하겠습니까. 살려 주세요, 살려 주십시오."

총집사의 말을 알아들을 수 없었다. 머릿속을 점령한 건 오직 살의뿐이었다.

죽어. 죽어. 죽어 버려!

칼날을 막 총집사의 가슴에 박아 넣으려던 찰나, 무언가 내 발목을 잡았다. 레아의 손이었다.

"……."

정신을 잃은 레아의 손이 내 발목에 얽혀 있었다.

그제야 새빨갛던 시야에 제 색이 되돌아오기 시작했다. 나는 멍하니 방을 둘러봤다. 유령 군사와 부네, 푸르의 기세는 조금도 사그라들지 않았다. 기운이 실로 사악했다. 형태는 그야말로 마물처럼 끔찍했다.

'아…….'

저들이 내 감정에 동화되었다는 것을 나는 그제야 깨달았다. 지금 멈추지 않는다면, 다시는 멈출 수 없다는 것 또한.

내 손에서 검날이 툭, 떨어지자 부네와 푸르, 유령 군사들이 조금씩 희미해졌다.

방 밖에서 시끄러운 소리가 들려온 건 그 순간이었다.

"아가씨?"

성의 고용인들이었다. 총집사의 수작에서 빠져나온 자들이 수상한 것을 눈치채고 저마다 방망이나, 괭이, 식칼 따위의 무기 할 것을 쥐고 달려온 것이다.

"세상에, 샤바놀 경!"

"이봐, 누가 의사를 데려와! 아가씨와 레아 님이……!"

고용인들이 내게 달려왔고, 그때에야 눈물이 터져 나왔다.

"레아, 레아를…… 누가 레아를 좀……."

"……."

"아아, 레아……."

레아에게 엉금엉금 기어간 나는 서럽게 오열했다.

* * *

성이 발칵 뒤집혔다.

총집사가 붙잡혔고, 소식을 들은 듀블레드 공작은 즉시 총집사가 거짓 명령으로 발동한 1급 결계 해제령을 내렸다. 듀블레드의 사람들은 그 후에야 영지로 들어갈 수 있었다.

장거리 이동진을 통해 성으로 이동한 공작과 쟈벨린, 그리고 듀블레드 형제들이 정신없이 성내 병동으로 달려갔다.

벌컥, 문을 열자 의식을 잃은 채 침대에 누워 있는 레아, 그리고 르블레인이 보였다. 르블레인은 혼이 나간 사람 같았다. 앙리가 병실 내 고용인에게 레아의 상태를 물었다.

"듀블레드의 의료 기술과 마법을 이용하면 외상은 치료하기 어려운 상태가 아니라고 합니다만, 문제는……."

그가 흐린 얼굴로 말을 이었다.

"몬스터의 발톱에 독이 있었던 모양인데 파악되지 않는 불명의 독입니다. 해독이 불가능합니다."

"마법사는? 해독제가 아예 없는 것이냐?"

"현재 존재하는 약 중에서는요."

"만들 수도 없고?"

고용인이 고개를 저었다.

"몬스터를 찾아 독을 조사하지 않고서는 힘들답니다. 의사의 말로는 오래 버티지 못할 거랍니다. 폐가 완전히 괴멸하면……."

이샤크가 눈을 꽉 감았다. 다른 가족들 또한 더는 입을 열지 못했다. 레아가 르블레인에게 어떤 의미인지 잘 알고 있었다.

가장 친한 친구이자, 세상에서 가장 신뢰하는 사람, 어머니…….

모두가 넋이 나간 듯한 르블레인에게 말조차 붙이지 못하고 있을 때, 그녀가 중얼거렸다.

"……내가 죽었어야 했는데. 내가……. 레아, 내가 뭐라고……."

"르블레인 듀블레드!"

벼락같은 노성이 터져 나왔다. 요한이었다. 요한은 처음 상처를 숨겼던 사건 이후로 단 한 번도 르블레인에게 소리친 적이 없었다.

이샤크와 앙리가 당황한 표정으로 그를 돌아봤고, 요한은 르블레인의 앞으로 걸어갔다. 그녀는 고개를 푹 수그린 채로 웅얼거렸다.

"나 때문이에요. 나를 지키려고, 내가 바보같이 영지로 이동해서, 옷을 제대로 입고 다니지 않아서……."

"태어난 건? 네가 듀블레드에 온 건? 왜, 그것도 죄라고 하지 그래."

이샤크가 "형!" 하고 소리쳤지만, 요한은 굳은 얼굴로 르블레인을 가만히 쳐다볼 뿐이었다.

"네 탓이 아니란 걸 너는 알고 있잖아."

르블레인이 천천히 고개를 들었다. 충혈된 눈에 눈물이 고였다. 요한은 무릎을 굽혀 동생과 시선을 맞추며 다시 입을 열었다.

"끝없이 불행을 헤매던 네가 이곳에 도달할 수 있었던 이유가 무엇이지?"

고여 있던 눈물이 후드득 떨어졌다. 르블레인이 어린애처럼 엉망으로 얼굴을 일그러뜨리며 말했다.

"포, 포기하지 않아서."

"그래, 너는 포기하지 않는 법을 아는 사람이잖아."

요한이 그녀를 끌어안았다. 가늘게 떠는 동생의 머리를 한 손으로 받친 채 그는 다정하게 말했다.

"상대에게 곱절을 더해 돌려줘라. 가장 비열한 방식으로, 듀블레드의 혈족답게."

제 오빠의 옷깃을 꽉 말아 쥔 르블레인의 눈에 빛이 돌아왔다.

절대로 포기하지 않으리라. 레아도, 자신도.

*　　*　　*

다음 날.

레아는 제도 저택으로 옮겨졌다. 테일러가 있고, 마탑과 트리곤이 있는 제도 저택이 영지보다 치료에 적합하기 때문이었다.

고모와 뒤보스 자작이 영지를 관리하고, 총집사의 심문을 맡기로 했다. 우리가 떠나오기 전부터 지하 옥사에선 총집사의 비명이 들려왔다.

아빠와 오빠들, 그리고 나는 제도 저택에 돌아왔다. 우리를 마주한 건 황군이었다.

"르블레인 리세트 듀블레드. 상점가 메테오 사건의 피의자로 추포한다."

나는 헛웃음을 흘렸다.

'신전이 상점가 사건을 조작한 거야.'

베네딕트가 큰 상처를 입고 돌아갔으니, 일이 틀어졌다는 걸 신전에서도 알았겠지.

'내게 덮어씌워서 상점가 메테오 사건을 수습하겠다?'

가문의 모의전에서 나는 마법사들에게 메테오를 지시했었는데, 그건 황궁 마법사들이나 쓸 수 있는 초고등의 마법이었다.

하지만 나는 첫 번째 삶에서 궁리 끝에 보다 쉽게 메테오를 시전하는 수식을 만들었고, 그를 통해 모의전에서 메테오를 시전했다.

'왜 하필 다른 마법도 아니고 메테오였나 했더니.'

사람들 머릿속에 '르블레인=메테오'라는 공식이 잊히지 않은 것을 노리고 혹시 일이 잘못되더라도 내게 덮어씌울 생각이었나 보다.

"내가 무슨 이유로 상점가에 메테오를 시전한단 말이에요?"

"상점가에 두 번째 운명의 아이가 있었다는 것을 확인했다. 상점주들 또한 운석이 두 번째를 노리고 떨어졌다는 것을 증언했고, 너를 본 자가 있으며 네가 듀블레드령에 없었다는 것 또한 확인했다."

'완벽하게 조작해 놨네.'

"그것만으로 내가 범인이라고 할 순 없죠. 미나가 나를 노리고 메테오를 시전했을 수도 있고요."

"두 번째 또한 조사 대상이다. 두 사람 모두 추포령이 내려졌으니 순순히 따르는 것이 이로울 것이다."

이샤크가 울컥, 앞으로 나서려 했다. 나는 그를 가로막았다.

'억울하다고 조사를 받지 않으면 오히려 수상하다고 여길 거야.'

"좋아요. 가죠."

"꼬맹아!"

"르블레인."

이샤크와 앙리가 굳은 얼굴로 나를 쳐다봤지만, 나는 어깨를 으쓱했다.

"다녀올게. 아, 그 전에……."

나는 요한에게 무어라 속삭였고, 요한의 눈이 커졌다.

"막내야."

"부탁해요."

"……그래."

말을 마친 난 황군을 따라 저택을 나섰다. 등 뒤가 소란스러웠다.

황궁에 도착하자, 복도 맞은편에서 추기경 레지날드와 함께 걸어오는 미나가 보였다. 그녀는 아주 불안한 표정이었다. 나와 눈이 마주치자 흠칫, 손을 말아 쥔다.

"아기님."

레지날드가 인자한 표정으로 내게 말을 붙였다.

"황궁에 오시지 않으면 어찌하나 염려했습니다. 조사받지 않으신다면 괜한 의심을 사실 테니까요."

내 표정이 싸늘해지자, 레지날드는 껄껄 웃었다. 나는 그를 본체만체 걸음을 옮겼다. 미나를 막 스쳐 지나가던 찰나, 나는 "아." 하며 걸음을 멈추었다. 그리고 속삭였다.

"미나."

"……."

"세상엔 말이야. 참 나쁜 사람이 많아. 가령 자신의 신념을 지키기 위해 죄 없는 사람을 희생시키려 하는 사람이라든가…… 화풀이를 위해 상대의 가장 소중한 것을 망가뜨리는 사람이라든가."

"뭐?"

나는 빙그레 웃으며 말했다.

"아미티에 공작님은 잘 지내신대?"

미나의 표정이 딱딱하게 굳어졌다.

"너 설마……."

"네가 보기에 나는 어때? 나쁜 사람 같아 보이니?"

레지날드가 소곤소곤 이야기를 나누는 우리를 의아한 표정으로 쳐다봤다.

"미나 님?"

그 순간, 미나가 황급히 달려가기 시작했다. 조사실의 반대쪽으로.

"미나 님!"

레지날드가 잔뜩 당황하여 미나를 쳐다봤다. 나는 손뼉을 짝, 치며 외쳤다.

"어쩌나. 조사받지 않으면 괜한 의심을 살 텐데."

레지날드의 표정이 딱딱하게 굳어졌다.

난 저택을 떠나오며 요한에게 아미티에 공작의 납치를 부탁하며, 그를 납치할 수 있는 방법 또한 알려 줬다. 아미티에 공작이라면 '그 방법'에 걸려들 터.

'어디 제도를 전부 뒤져 봐라. 아미티에 공작을 찾을 수 있나.'

나는 레지날드와 미나를 뒤로하고 조사실로 들어갔다.

* * *

상황이 재밌게 되었다.

미나에겐 재추포령이 떨어졌는데, 처음처럼 말뿐인 유한 추포가 아니었다. 처음 우리는 추포령을 받긴 했지만, 우리를 데려온 황군들은 무장 군사가 아니었다.

하지만 이번엔 무장 군사가 제도를 이 잡듯 뒤지고 있었다. 정말로 범인을 찾듯이. 심증뿐인 용의자에게 내려질 만한 추포령이 결코 아니었다.

소식을 들은 추기경들이 득달같이 황궁에 달려왔다.

"제정신이오! 무장 군사가 제도를 뒤지게 하다니! 세상 사람이 모두 미나 님을 범인이라 생각할 거요!"

"두 번째 운명의 아이는 추포령을 무시하고 황궁에서 도주했소. 폐하께서 즉살령을 내리지 않은 것에 감사하시오."

"이……!"

미나가 황궁의 배려를 짓밟고 도망친 것은 사실. 추기경들은 별말을 하지 못했다. 신전은 미나를 제대로 보필하지 못한 레지날드를 맹비난했다. 레지날드가 어쩔 줄 몰라 하는 것은 꽤 재미난 볼거리였다.

도망친 미나와 달리 얌전히 황궁에 와서 시키는 대로 조사받고, 대답을 잘하는 내게 조사관들은 온화했다.

"확인해 보니 영애께선 듀블레드령에 계시지 않았더군요. 어디에 계셨습니까?"

"제가 제도에 있던 건 사실이에요."

"이동진을 통하지 않고 제도에 은밀히 들어오셨단 말입니까?"

"네, 전 줄곧 제도에 있었어요. 큰 오라버니께서 저주를 받으셨는데 어떻게 영지에 있겠어요? 하지만 7가문 모의전으로 제게 너무 시선이 집중되어 있었고, 접촉하려는 고위 귀족이 많았기에 몸을 사렸을 뿐이에요."

"상점가에 계셨단 말입니까?"

"네. 하지만 결코 메테오를 시전한 적은 없어요."

"목격자들은 아기님께서 마법을 시전하셨다고 하던데요."

"저도 그게 참 이상해요. 운석이 떨어지는 와중에 마법을 시전한다면 방어 마법일 가능성이 크지 않나요? 그런데 왜 그들은 저를 범인으로 지목했을까요? 마법사도 시전 마법이 뭔지 겉만 봐선 알 수 없는데 어떻게? 누군가 저를 노리고 목격자를 만들어 냈을 가능성이 크지 않나요?"

조사관들도 그렇게 생각하는지 시선을 교환하며 고개를 몇 번 주억거렸다.

꼬박 이틀이 걸린 조사는 그렇게 끝이 났다. 물론 용의선상에서 완전히 제외된 것은 아니었다. 그런 초고등 마법을 시전할 수 있는 신성력을 가진 자는 얼마 없었으니까.

하지만 제대로 조사받고, 도주 우려가 없는 난 저택으로 되돌아가게 되었다. 조사관들이 나를 배웅했다. 분위기는 화기애애했다.

"송구합니다, 영애. 조사가 마무리될 때까진 저택 밖으로 나가실 수 없습니다."

"경들의 입장을 알고 있어요."

"헤아려 주시니 감사할 따름입니다, 하하."

나와 조사관들이 하하호호 웃으며 대화를 하고 있을 때였다. 멀리서 황군들에게 끌려 오는 사람이 보였다. 미나였다.

미나는 초췌했다. 이틀간 한숨도 자지 못했는지 얼굴이 새하얗고, 눈 밑이 온통 새카맣다. 언제나 곱게 손질했던 아름다운 머리칼도 부스스했다. 뒤로 난처한 표정의 추기경들이 몇이나 보였다.

미나와 내 시선이 마주쳤다. 그 애가 황군을 막무가내로 뿌리치고 내게 달려와 멱살을 잡았다. 그 자리를 지나던 시종들이며 조사관, 황군, 거기에 추기경들마저 크게 당황했다.

"미나 님!"

"놓으시오!"

추기경과 황군이 득달같이 미나를 붙들었다.

"어디 있어! 공작님을 어디에 숨긴 거냐고!"

나는 일부러 어깨를 움츠리며 눈썹을 늘어뜨렸다.

"네가 무슨 소리를 하는지 모르겠어."

"무슨 말을 하는 건지 난 모르겠어, 르블레인……."

언제나 그녀가 하던 말을 되돌려 주자 미나의 얼굴이 엉망으로 일그러졌다.

"그러면 안 돼. 너, 그러면 안 돼. 어떻게 네가 어떻게 아버지에게…… 그분이 우리에게 어떤 사람인데……."

"내 아버진 저택에 계시지."

"르블레인!"

나는 아무것도 모르는 표정으로 미나의 손을 뿌리쳤다.

"대체 왜 이러는 거야?"

"네가 공작님을……!"

"그러니까 어떤 공작님을 내게서 찾는 거냐고. 우리 아빤 아닌 것 같고, 그리모아르? 마르슈? 아니면…… 아미티에?"

"아미티에 공작님을 말한다는 걸 알잖아!"

"왜?"

"……뭐?"

나는 어처구니없다는 듯한 표정을 가장하며 실소를 터뜨렸다.

"그러니까 네가 대체 왜 아미티에 공작님을 그렇게 애타게 찾는 건데?"

"그건 그분이 내……!"

"미나 님!"

레지날드가 새파랗게 질린 얼굴로 미나의 말을 막았다.

'그래야지.'

미나가 '아미티에 공작이 내 아버지이다'라는 둥의 말을 하면 미치광이로 찍힐 것이다.

그러면 아주 불리해지겠지. 최악의 경우엔 신전과 아미티에가 결탁하여 운명의 아이를 만들어 냈다고 여겨질 수도 있었다.

레지날드가 어색한 표정으로 미나의 앞을 가로막았다.

"두 번째 아기님께서 아미티에 공작님을 매우 동경하십니다. 그분이 사라진 탓에 이성을 잃으신 모양입니다."

조사관들이 기가 막힌 표정으로 말했다.

"누가 보면 부친이라도 사라진 줄 알겠군."

"일련의 사건들로 며칠째 잠을 이루지 못하고 곡기도 제대로 넘기지 못하십니다."

"제정신이 아니라는 말로 알면 되겠소?"

"경……!"

"참으로 괘씸하오. 폐하의 호의를 짓밟고 무장 군사에게 잡혀 오고서도 여전히 날뛰는 것이."

"아직 미령한 나이인 점을 헤아려 주십시오. 본래 총명하신 분입니다."

조사관들이 냉랭한 표정으로 미나를 쳐다봤다. 나는 굳어 있는 추기경들을 보며 픽, 실소를 흘리고 미나를 지나쳤다. 그리고 아주 작은 소리로 속삭였다.

"찾고 싶다면 내게 베네딕트를 데려와."

"……!"

미나가 흠칫, 나를 쳐다봐서 나는 빙그레 웃어 줬다.

"아미티에 공작은 언제까지 살아 있을 수 있을까?"

미나의 동공이 파르르 흔들리고, 나를 쏘아보는 눈에 눈물이 고였다.

"나쁜 계집애…… 나쁜, 이 나쁜…… 르블레인!"

미나가 다시 한번 악을 내질렀다. 추기경들이 허겁지겁 그녀의 입을 틀어막으려 들었으나, 주변의 시선은 점점 더 싸늘해졌다.

나는 다시 한번 생긋 웃어 주고서 미나와 추기경들을 향해 손을 흔들었다.

"기운 내."

—하고.

그래, 나는 나쁜 계집애야. 그리고 최선을 다해서 더 나빠질 생각이고.

*　　*　　*

저택.

돌아온 내게 저택의 사람들이 다가왔다.

"아가씨, 몸은……."

"괜찮으세요? 괜찮으신 거예요?"

걱정 어린 말을 뒤로하고 나는 계단을 오르며 행정관들에게 말했다.

"국경에 인접한 마을부터 수원의 지원을 끊어."

노스가 흠칫하여 나를 쳐다봤지만, 나는 개의치 않고 말을 이었다.

"장거리 이동진의 유통을 금한다. 듀블레드에서 이동진을 비축 중이라는 소식이 온 대륙에 퍼져나가도록 만들어라. 물론 전투 지역에도 이동진 한 장 보내지 마. 블루 스피넬 또한."

"……."

"듀블레드에서 하는 모든 후원도 마찬가지야. 빈민굴, 재해 지역, 인재 지원, 모든 후원을 멈춰."

"사람들이 버티지 못할 겁니다."

"버티지 못하게 만들라는 말이야."

"아가씨……!"

나는 걸음을 우뚝 멈추고 노스를 쳐다봤다.

"두 번 명하는 일이 없도록 해. 유진 노스."

"……예, 영애."

노스를 두고 온실로 올라갔다. 문을 열자 미리 불러 둔 의장과 세리아, 트리곤이 일시에 고개를 숙였다.

"듀블레드가 제국의 모든 지원을 끊었다. 버티지 못하는 자들이 생길 거야. 고리대금으로 돈을 빌려주고, 고혈을 쥐어짜 수금해라."

세리아가 움찔하며 "아가씨……!" 하고 입을 열었지만, 의장이 한쪽 팔로 그녀를 가로막으며 고개를 저었다. 나는 무감한 표정으로 창가에 다가가 창틀을 잡았다.

"호프 상단은 고리대금 외의 모든 일에서 손을 놓는다."

나는 정말로 최선을 다해서 악해질 생각이었다.

제국이 뒤집어지는 것은 한순간이었다. 제국에서 가장 부유한 가문인 듀블레드의 문이 닫히고, 호프 상단이 모든 사업에서 손을 거두었다.

가장 심각해진 건 당연히 경제였다. 듀블레드와 호프 상단이 언제 다시 사업을 재개할지 기약이 없었고, 그런 상황에서 상단들이 가장 먼저 취한 행동은 직원 해고.

물론 대귀족들 또한 상당한 위기를 겪고 있었다.

장거리 이동진이 유통되지 않자 단거리 이동진의 가격이 천정부지로 상승하고, 블루 스피넬의 가격 또한 꼭짓점을 모르고 상승했다. 국경에 인접하여 이민족들과 크고 작은 전투를 벌이는 귀족들은 버티지 못했다.

대귀족들 또한 위기를 짐작하고 재물을 비축하자, 연일 성황이던 상점가가 황량해졌다.

내게 차를 내주던 세리아가 걱정스러운 듯 중얼거렸다.

"듀블레드와 호프 상단에 대한 원망이 커질 겁니다."

"세리아는 그렇게 생각해? 나는 아닌데."

"예?"

"잠깐은 우리를 원망할 수도 있겠지. 하지만 결국 저들의 분노 대상은 신전이 될 거야."

"무슨……."

"호프 상단과 듀블레드가 없는 지금, 블루 스피넬을 소량이나마 채굴하고 단거리 이동진을 유통할 수 있는 건 신전이 유일하잖아. 그런데 가격은 누가 올렸어?"

"그건 시장 원리에 따른 불가피한 가격 상승이 아닙니까. 신전 또한 원하는 바가 아닐 텐데요. 찾는 사람은 많고 유통할 수 있는 수는 적으니 어쩔 수 없이 가격이 오를 수밖에……."

"하지만 사람들 눈엔 신전이 가격을 올린 것으로 보일 것 아냐."

그때였다.

창문 밖에서 소란스러운 소리가 들리기 시작했다.

쾅ㅡ!! 쾅!!

거대한 통나무를 든 사람들이 중앙 신전의 문을 박살 내는 소리였다.

봐, 시작했잖아.

그리고 통신석이 미친 듯이 울렸다. 발신자는 교황청. 통신을 연결하자 레지날드의 고함이 들려왔다.

[대체 어디까지 가려는 생각이십니까!]

나는 어리둥절한 척 말했다.

"뭘 물어요? 당연히 너희들이 성난 군중들에게 맞아 죽을 때까지지."

[아기님!]

"아우, 시끄러워, 정말."

[뭐라고요?]

"진정되면 다시 연락해요."
안녕~!
사람 속 터지게 해맑은 목소리로 인사하고 통신을 뚝 끊어 버렸다. 다음번 통신에서 레지날드는 억지로 목소리를 낮추었다.
[제가, 저택으로, 가겠습니다.]
내가 다시 통신을 끊을까 봐 참기는 해도 분통이 터지는지 목소리에 바짝 힘이 들어갔다.
"무서워서 안 되겠네."
안녕~!
다시 통신을 뚝 끊었다.
또 한 번 통신석이 울었다. 세리아는 쿡쿡 웃었고, 나도 씩 웃으며 통신을 연결했다.
[제발 만나 뵙고 이야기하게 해 주십시오. 저택 앞입니다…….]
"지금 저택에 없는데요?"
[뭐라고요? 황궁의 금족령을 어겼다는 말입니까?]
"금족령이 해제된 게 언젠데요. 폐하께서 친필로 직접 듀블레드에 서신을 보내셨는걸. 나를 의심하지 않는다고."
금족령의 해제를 뜻하는 말이었다. 물론 황제는 '그러니까 제발 이 시위를 멈추어라.' 하는 속내겠지만, 조사관들의 말도 한몫했을 거다.
조사할 적에 그들은 내게 매우 유했다. 그들 또한 내가 메테오를 시전한 범인이라고 보진 않았기 때문이었다.
"이런, 미나는 금족령이 해제되지 않았나 봐요? 아, 그렇지. 그 애는 옥사로 갔지~! '도주 위험'이 있어서!"
황태후의 속 터지는 화법을 따라 하자 통신석에서 이 가는 소리가 들려왔다.

[아기님.]

“그런데 이럴 시간 있어요?”

[예?]

“아니, 막스라는 사람이 7가문 모의전에서 저주를 쓴 사람을 기억해냈다잖아요. 인상착의를 봐선 추기경이던데.”

[…….]

막스가 저주를 털어놨다는 것을 들었던 순간, 파르르 떨리던 레지날드의 눈을 기억한다.

‘범인은 십중팔구 이놈이다.’

나는 생글생글 웃으며 말을 이었다.

“이대로 가다간 뺨에 점이 있고, 쇄골가에 흉터가 있는 추기경이라는 걸 기억해 낼지도 모르는데.”

너 말이야 너. 뺨에 점이 있고 쇄골가에 흉터가 있는 레지날드, 너.

[……영애가 그자에게 추기경을 지목하라 사주했음을 압니다.]

“무슨 소리인지 모르겠는데요?”

[그만하십시오. 신의 품으로 돌아오신다면 제가 나서서 성하와 영애의 사이를 조율하겠습니다.]

“있잖아요, 레지날드 님.”

내가 사근사근한 목소리로 말하자 레지날드는 그의 말이 먹힌 줄 알았는지 한숨을 내쉬며 [예.] 하고 대답했다.

“개수작 부리지 마세요.”

[예, 예?!]

“허튼소리 말고, 듀블레드와 내가 여기서 멈추길 바란다면 베네딕트를 내 앞에 데려오세요.”

[불가합니다.]

"상황 파악을 못 하시네."

난 하하, 웃으며 말했다.

"이봐요, 레지날드 님. 메테오 사건 때 상점가에 남은 잔여 마나는 신성력이었어요. 그러니까 상점가에 있던 사람 중 가장 강한 신성력을 지닌 나와 미나가 용의자가 된 것이고."

[…….]

"그런데 나는 아무도 범인이라고 생각하지 않아. 그러면 당연히 미나가 되겠지? 교황이 미나가 범인이 되도록 두고 볼 것 같아요?"

미나는 대체 불가능한 '운명의 아이'. 그녀를 잃을 순 없으니 교황은 적당한 자 하나를 황궁에 넘겨 사건을 수습하려 할 거다.

"그때, 막스가 레지날드 님을 범인으로 지목하면 어떻게 될까요?"

어차피 죄인이 된 레지날드에게 메테오 건까지 뒤집어씌우려고 할 테지.

"베네딕트를 데려와. 시간이 얼마 남지 않았어."

그렇게 나는 통신을 종료했다.

"세리아."

"예, 아기님."

"그곳으로 갈 거야. 마차 준비해."

"아미티에 공작을 숨겨 둔 곳 말입니까?"

"그래."

나는 소파에서 몸을 일으켰고, 세리아와 함께 그곳으로 향했다.

신전과 미나가 이 잡듯 뒤져도 찾을 수 없던 아미티에 공작이 있는 곳. 그러니까 '황궁'으로.

'황궁에 숨겨 둔 줄은 꿈에도 몰랐지?'

나는 히죽 웃었다.

*　　*　　*

베릴궁.

세실리아는 자신이 기거하는 궁에 사랑하는 언니의 이름을 붙였다. 내가 베릴궁에 들어가자, 세실리아가 나를 맞이했다.

"그자는요?"

"지하에 있습니다."

나는 세실리아를 따라 그녀의 궁 깊숙한 곳으로 내려갔다. 쇠창살 속에 갇혀 있는 아미티에 공작은 재갈을 문 채로 양 손목이 결박당해 있었다.

"왜 저 꼴이 되었어요?"

내가 묻자 세실리아가 한 손으로 뺨을 감싸며 말했다.

"밧줄을 치아로 물어뜯질 않나, 오러로 쇠창살을 박살 내질 않나. 그냥 두면 죽을 것 같기에 보호하기 위한 조치를 취했지요."

그 조치 한번 참 살벌하다.

나는 허허 웃고 쪼그려 앉아 쇠창살 안으로 손을 뻗었다. 재갈을 내리니 버럭! 고함이 터져 나왔다.

"이게 무슨 짓이냐!"

"공작님이야말로 무슨 짓이에요. 시끄럽게."

"뭐?"

그가 인상을 찌푸린 채 눈을 꽉 감았다. 겨우 화를 참는 표정이었다.

"풀어 준다면 이번 한 번만은 과한 장난으로 생각하겠다. 사람은 실수하며 배우는 것이니—"

"무슨 소리를 하는 거예요. 납치가 어떻게 실수가 된담?"

공작의 입으로 차마 하지 못하던 '납치'라는 말을 꺼내자 그가 헛웃음을 터뜨렸다. 나는 허리춤에 양손을 착, 올리고 말했다.

"내가 다 죽어 간다고 거짓말해서 공작님을 불렀고, 우리 군사들이 덮쳤고, 금제구에 묶인 채로 황궁에 몰래 옮겨졌는데 그게 납치죠!"

납치는 절대로 실수가 될 수 없다며 에헴, 말하자 아미티에 공작은 어처구니없는 표정을 지었다.

"나를 납치해서 뭘 하려고."

"미나를 불안하게 하려고요. 그래야 신전이 미나에게 휘둘리느라 내게 제대로 대응하지 못할 것 아녜요? 그래서 말인데요, 공작님."

아미티에 공작이 크게 한숨을 내쉬었다.

"미나가 네게 무슨 잘못을 하였기에. 르블레인, 미나와 네 사이가 이렇게 된 것은 그 애의 악의 때문이 아니야."

"꼭 악의가 있어야 적이 되나요. 미나는 악의가 있어서 저를 파멸시키려는 게 아니잖아요."

"르블레인."

"악의가 없다고 죄가 없어요? 어쩔 수 없다고 해서 남을 망쳐도 돼요?"

"왜 이렇게 변한 것이냐."

"……."

"테오도르냐. 테오도르가 네게 악심을 심어 준 거야? 르블레인, 티 없이 맑고 순수했던 본래의 모습으로 돌아와라."

"정말이지. 헛소리를 나불거리는 건 레지날드나 당신이나 똑같네."

"……뭐라고?"

나는 쇠창살을 우악스럽게 잡았다.

"창, 검을 든 상대에게 맞서지 말라는 건 그냥 죽으라는 거잖아. 저들은 나를 해하려고 죄 없는 사람까지 수도 없이 죽이는데, 나는 용서하고 이해하라고?"

"너……."
"차라리 그냥 죽으라고 해."
"……."
"그런데 난 그냥 죽어 줄 생각이 조금도 없어. 맞아요. 이번 사건에 미나는 죄가 없죠. 하지만 나도 죄가 없잖아."
"……."
"악의엔 악의로 맞설 거예요. 죄 없는 사람을 엮는 것에 조금도 후회하지 않을 거예요. 나는 악인이 맞고, 대가를 치러야 한다면 치르겠어요. 물론 악인답게 할 수 있는 한 온 힘을 다해 회피해 보려고 하겠지만."
공작의 눈이 가늘게 흔들렸다.
"아무튼 제가 여기 온 건 말이죠. 부탁이 있기 때문이에요."
"부탁?"
"머리카락 좀 잘라 갈게요. 많이. 아니면 손가락 하나만 잘라 주세요!"
그걸로 미나 좀 제대로 흔들어 보게. 미나가 흔들려야 신전도 흔들릴 게 아닌가!
'교황이 보통이 아니라 웬만해선 흔들리지가 않더라고.'
내가 해맑게 웃자 공작이 '허…….' 헛웃음을 터뜨렸다.

*　　　*　　　*

나는 흥얼흥얼 콧노래를 부르며 베릴궁을 나섰다. 그리고 세실리아와 함께 가벼운 발걸음으로 미나가 있는 옥사로 향했다.
추기경이며 신관들이 옥사 앞에서 엎드린 채 곡하고 있었다. 어떻게든 불쌍하게 보여서 민심과 황제의 마음을 흔들어 볼 생각인 듯했다. 그래야 미나를 볼 수 있을 테니까.

난 고개를 절레절레 흔들며 말했다.

"바보들. 시간 아깝게 무슨 짓이야. 나처럼 쉽고 빠른 방법을 취해야지."

그러자 세실리아가 눈을 동그랗게 떴다.

"쉽고 빠른 방법이라니요?"

"황제 폐하에게 뇌물을 바치면 쉽고 빠르잖아요!"

"뇌물……?"

"호프 상단이 블루 스피넬 유통을 끊어서 아쉽잖아요? 폐하께 블루 스피넬을 바치고 미나를 만나게 해 달라고 했어요."

"들어주던가요?"

"네!"

"이분이 정말……."

세실리아가 인상을 찌푸렸다.

'물론 그게 전부는 아니겠지만.'

황제는 하루빨리 운명의 아이 간의 전쟁이 끝나길 바랄 터였다. 그 때문에 제국이 몹시 혼란해졌으니까.

나는 세실리아에게 인사하고 옥사로 향했다. 미리 명받은 옥지기가 두말없이 문을 열어 줬고, 추기경과 신관들은 아무리 애써도 들어갈 수 없었던 지하 감옥에 아무렇지 않게 입실하는 나를 보고 입을 떡 벌렸다.

나는 그야말로 고삐 풀린 짐승이나 마찬가지였다. 티끌만큼이나마 남아 있던 양심을 모조리 버리니 일이 이렇게 쉬울 수가 없었다.

이따금 첫 번째 삶의 기억이 '정말 이래도 되는 거야?' 하고 물었지만, 그때엔 쓰러져 있는 레아를 떠올리면 된다.

옥사 안에 있던 미나는 고장 난 인형처럼 망가져 있었다. 샛노란 얼굴, 새빨갛게 충혈된 눈동자, 결 좋은 머리칼은 이전보다 더 엉망으로 흐트러져 있었다.

나를 본 미나가 중얼거렸다.

"……내가 네게 나쁜 짓을 해서 그런 거지. 날 벌주려고 거짓말을 한 거지? 그렇지? 아버지를 어떻게 하진 않은 거지?"

주저앉아 있던 미나의 눈에 눈물이 차올랐다.

나는 쇠창살 밖에서 무감한 얼굴로 그녀를 바라보다가 무언가를 툭 던졌다. 머리카락 뭉치였다.

"……!"

미나는 한눈에 그것이 아미티에 공작의 머리칼이란 것을 알아봤다.

"너, 너……!"

"다음은 팔이야."

"르블레인 - !!"

"그다음은 다리."

미나가 온 얼굴을 일그러뜨렸다. 바닥에 엎드려 오열하는 그녀를 보자, 또 한 번 첫 번째 삶의 내가 속삭였다.

[넌 나쁜 애야.]

알아.

[이 악당.]

알고 있어.

나는 아무렇지 않은 표정으로 가슴을 쥐어뜯는 미나를 쳐다봤다.

"심장이라도 가져다줄게, 미나. 나를 멈추고 싶다면 베네딕트를 내놔."
그녀의 눈이 살의로 일렁거렸다.
"나쁜 계집애! 이 나쁜……! 죽여 버릴 거야!"
옥사에 찢어지는 듯한 비명이 메아리쳤다.

* * *

르블레인이 돌아간 뒤, 못 보던 옥지기가 옥사를 찾았다. 엎드린 채 오열하고 있는 그녀에게 낯선 옥지기는 말했다.
"성하의 전언이십니다."
"……."
"이 상황을 반전시킬 수 있는 건 오직 아기님의 결단뿐입니다."
미나가 천천히 고개를 올렸다.
"할게요. 그게 뭐든 할래요."
그 애, 절대로 가만두지 않을 테니까.
'이건 전부 네 탓이야, 르블레인.'
왜 죄 없는 나를, 가여운 아버지를 이렇게 몰아붙였어.
'전부 네 탓이야.'
낯선 이는 말했다.
"성하께서 증명의 자리를 만들 겁니다. 그 자리에서 아기님의 에트왈로 천사를 소환하십시오. 완벽한 운명의 아이가 되어 첫 번째를 단죄해야 합니다."
미나가 고개를 끄덕이자, 옷깃 사이로 은색의 에트왈이 반짝였다.
산드라의 아들이 만든 가짜 에트왈이.

*　*　*

며칠 후.

물수건으로 레아의 손등을 닦던 나는 의장을 힐끗 쳐다봤다.

"교황이 황제에게 미나의 구금 중지를 청했다고?"

"그렇습니다."

나는 흠, 신음하며 물수건을 내려놓았다.

"무슨 명분으로?"

"모레 월식에서 증명 의식을 한답니다."

그렇게 말한 의장이 내게 양피지를 건넸다. 교황이 황제에게 보낸 서신의 사본을 암조(듀블레드의 정보 기관)에서 확보한 모양이었다. 내용을 읽은 나는 헛웃음을 터뜨렸다.

그러니까 내용을 요약하면 이렇다.

[신탁이 내려온 운명의 아이는 한 사람뿐.

이 땅이 뒤숭숭해진 건 그릇된 아이가 신의 사자를 참칭하고 있기 때문.

두 사람의 운명의 아이 중 하나는 진정한 신의 사자가 아니니 신의 힘이 가장 강력한 월식에서 진짜를 가려내야 함.]

"미나가 진짜 운명의 아이라면 죄가 있든 없든 대체 불가능한 사람이니 벌할 수는 없겠지."

"예. 그렇게 메테오 사건을 유야무야 넘어가려는 겁니다."

"이 기회에 방해만 되는 나를 완벽하게 밀어낼 수도 있을 테고. 그런데 대체 어떻게 가려내겠다는 거야?"

"월식 의식에서 신의 문양을 발현시켜 천사를 소환한답니다."

나는 팔짱을 끼며 입매를 비틀었다.

"천사는 무슨. 악마겠지."

이계에 있는 존재는 오직 고대에 선각자들이었던 이들이다. 그들은 하나도 남김없이 악마가 되었는데, 사람들은 악마 중에서 비교적 선량한 존재를 천사로 착각해 왔다.

그러니까 애초에 이 세계에 천사는 존재하지 않는 것이다.

"그래서 소환하겠다는 천사, 아니, 악마는 누군데?"

"전 대륙인이 아는 천사를 불러내려 하겠지요."

"그렇다면……."

"예."

우리는 동시에 말했다.

"아슬란."

"아슬란입니다."

제국 건국기에 기록된 천사, 아슬란.

건국 황제가 이반과의 전투에서 패배하여 물러났을 적에 인세에 강림하여 죽어 가는 제국군 10만을 살렸다는 전설을 가진 천사였다.

"아슬란…… 아슬란이 어떤 악마의 이명일까."

"치유의 이능을 가진 악마 중, 그만한 힘을 가진 자는 하나뿐이지 않습니까."

"그래, 그레모리야. 신전에서 그레모리의 통로를 확보한 게 분명해."

그레모리. 그레모리라…….

몇 번이나 악마의 이름을 중얼거리던 나는 레아를 쳐다봤다.

"그 통로, 우리가 손에 넣을 순 없나?"

내가 레아를 정신없이 바라보자 의장이 약간 고개를 수그렸다.

"아가씨의 마음을 이해하지 못하는 건 아닙니다. 베네딕트를 찾아도 해독제를 만들 수 있을지 모르고, 시간이 늦을까 봐 조급하시겠지요. 하지만 아가씨……."

"……."

"신전에 쳐들어가 교황의 목을 따지 않는 한 어려운 일입니다."

"……."

"현재 상황은 우리 편이에요. 이루지 못할 일에 욕심을 낸다면 거기서부터 균열이 생길 테죠."

의장은 드물게 걱정스러운 표정을 숨기지 못했다.

레아가 이렇게 된 후 나는 철저하게 계획을 세워 움직였지만, 선을 완전히 잃었다.

듀블레드의 그 누구도 나를 탓하지 않았다. 그건 가문의 성향 때문이 아니라 내게 레아가 어떤 사람인지 모두 알고 있었기 때문이다.

의장은 내가 혹여라도 레아에 집중해 가문과 내 목숨이 걸린 일을 그르치게 될까 우려스러운 것일 터다.

"아가—"

"알고 있어."

"……."

"나, 그 정도도 모르지 않아."

내가 생긋 웃자 의장은 긴장이 풀린 듯 입가에 희미한 미소를 띠었다.

"레아는 어떻습니까?"

"나의 레아는 늘 멋지지! 지금도 멋지게 견뎌 주고 있다고. 테일러가 말이야, 생각보다 괴사의 진행이 느리다고 했어."

내가 에헴, 하며 잘난 체하니 의장이 쿡쿡 웃었다.

"이게 말이야. 환자의 의지가 아닐까!"

"예. 아가씨의 레아는 언제나 훌륭하죠."

난 다시 물수건을 들어 레아의 얼굴을 조심스럽게 닦아 주었다. 젊은 레아가 꼬질꼬질한 어린애를 씻겨 줬듯, 정성을 다해서.

"어쩜 이렇게 얌전하실까."

"르부, 차카니까!"

"그럼요. 우리 아가씨께선 세상에서 제일 상냥하시죠."

다정하게 나를 끌어안아 주던 손길을 기억한다. 간지러워서 까르르 웃으면 레아는 내 뺨에 얼굴을 비비며 속삭였다.

내가 그녀의 보물이노라고.

창밖에서 스며든 햇살이 레아의 속눈썹을 간질였다. 나는 그 시절의 어린애처럼 웃었다.

* * *

세실리아는 교황과 독대를 마치고 이동하는 황제에게 따라붙었다.

"어찌 되었습니까. 증명 의식을 허락하신 건 아니시지요?"

"……."

"폐하!"

그녀는 초조한 기색으로 말했다.

"신전이 두 번째를 지지하는 것은 지나가는 개조차 아는 일입니다. 그들은 진짜 운명의 아이를 가려내려는 게 아닙니다. 입맛에 맞는 자를 운명의 아이로 앉혀 놓고 제국을 좌지우지하려는……!"

"짐이 그를 모를 것 같은가."

"윤허하지 않으신 거죠?"

우뚝 걸음을 멈춘 황제가 굳은 얼굴로 세실리아를 응시했다.

"자네는 제국의 국모인가, 듀블레드의 사람인가."

"예?"

"짐의 비가 맞느냐는 말이야!"

"……제국은 듀블레드 없이 이만한 부흥을 이루지 못했을 겁니다."

"그것이 문제 ─!"

울컥 소리친 황제가 주변을 둘러보고 목소리를 낮췄다.

"그것이 문제란 말이다."

"듀블레드의 영향력이 황궁을 범람한 것이 우려되십니까. 황제의 권위를 잃으실까 봐요?"

세실리아의 미간에 주름이 잡혔다. 물러서지 않는 그녀를 보며 황제의 눈길이 점점 싸늘해졌다.

"신전과 듀블레드의 전쟁으로 내 백성이 시름하고 있다."

"……."

"짐이, 자네가 지금껏 이 황궁에서 배불리 먹고 원 없이 자는 동안 백성은 병들고, 배곯고 있지."

"……."

"내가 어찌 듀블레드에 마음이 기울지 않겠는가. 그러나 짐은 아니다. 짐과 비는 백성을 지키고 아우를 책임이 있는 자들이야."

"……."

"입장을 분명히 하게. 자네가 국모가 아닌 듀블레드의 옛 기사로 남겠다면, 사내인 나는 당신을 잡겠지만 황제인 짐은 비를 배웅할 테니."

황제가 서늘한 표정으로 다시 걷기 시작하자, 세실리아가 다시 입을 열었다.

"신전이 폐하를 겁박했군요."
황제가 홱, 고개를 돌렸다.
"자네는……!"
세실리아가 황제의 옷깃을 홱, 거칠게 끌어당겼다.
"뭡니까. 무슨 협박을 하였기에 벽을 두르셨습니까."
"……."
"폐하."
그때였다.
"폐하."
맞은 편에서 이본느 황비가 빙그레 미소 지으며 다가왔다.
"식사를 하지 않으셨다기에 염려되어 왔습니다만, ……때를 잘못 맞춘 듯하군요."
"아닐세. 가지."
황제는 세실리아를 뒤로하고 이본느 황비와 함께 걸음을 옮겼다.
멀리서 우물쭈물하던 트리가 황제의 뒷모습을 바라보고 있는 세실리아에게 다가갔다.
"이모……."
"……."
트리가 조심스럽게 제 이모의 손끝을 잡았다.
"저는 알아요."
"내가 오늘 이곳에 온 건 듀블레드의 옛 기사이기 때문이 아니라……."
"응, 폐하의 아내로서 왔다는 걸 저는 알아요."
"……."
트리가 억지로 웃으며 두 손으로 세실리아의 손을 쓰다듬었다.

"폐하께서 오늘을 후회하지 않길 바라셨다는 걸 알아요. 더 외로워지지 않기를 바라신다는 것도 알아요."

"……."

"'그 일' 때문이죠? 르블레인은 모르는 그 일……."

세실리아가 트리의 뺨을 쓰다듬으며 쓰게 웃었다. 그리고 주변을 살피며 속삭였다.

"에뮬린을 통해 르블레인에게 전하려무나. 네가 직접 듀블레드와 접촉해선 안 돼."

"예."

"폐하께서 월식 의식을 허락했고, 두 번째가 천사를 소환하게 되면 일이 걷잡을 수 없어진다는 것 또한 전해라. 저들이 절대로 '천사'를 소환하게 두어선 안 돼."

고개를 끄덕인 트리가 서둘러 뛰어갔다. 조카의 뒷모습을 바라보던 세실리아가 한 손으로 얼굴을 덮었다.

'제발, 아가씨.'

폐하를 구해 주세요.

폐하를…… 홀로 버티고 있는 그분을 제발.

이튿날, 미나가 풀려났다.

월식 의식은 이틀 뒤, 밤.

세상의 시선은 온통 의식이 이뤄질 제단에 집중되었다.

* * *

월식 의식의 밤.

듀블레드는 몹시 고요했다. 태풍을 맞이하기 전처럼.

나는 외출 준비를 마치고 에트왈을 목에 걸었다. 달리아와 린다, 유니가 그런 내 어깨에 듀블레드의 문양이 새겨진 망토를 걸쳐 주었다.

몇 년 전인가 영지성에 걸릴 내 초상화를 그릴 적에 레아가 내게 둘러 주었던 망토였다.

"이제 많이 커서 안 맞을 줄 알았는데."

내가 웃자 달리아와 린다, 유니가 헤헤 웃었다. 그들 손에 반창고가 빼곡하다. 밤을 새워 수선한 모양이었다.

"레아 님께서 깨어나셨다면 오늘 꼭 이 망토를 입혀 드렸을 것 같아서요."

"응."

"다녀오세요, 아가씨. 무사히 귀가하세요."

"그래."

망토를 걸친 나는 저택을 나섰다. 아빠와 오빠들이 마차 앞에 서 있었다. 우리는 서로를 한 번 바라보고서 말없이 마차에 올랐다.

마차는 고요히 달렸다. 제단을 향해서.

유난히 깊은 어둠을 달려 도착한 제단 앞엔 사람이 빼곡했다.

귀족들과 백성들이 제단을 감싸고, 제단 위엔 장식 없는 흰 드레스를 걸친 미나가 서 있었다. 첫 번째 삶의 내가 그러했듯이.

교황이 손을 올리자 제단 주변의 성 위에서 깃발이 나부꼈다. 그리고 달그림자가 조금씩 짙어지기 시작했다.

미나가 천천히 에트왈을 들어 올렸다. 에트왈이 가늘게 진동했다.

그러니까 미나의 손에 들린 에트왈이 아니라, 내 품 안에 있는 미나의 진짜 에트왈이.

달이 조금씩 가려질 무렵, 이샤크가 긴장 어린 목소리로 말했다.

"분위기가 묘한데. 정말 소환할 수 있는 거야?"

앙리와 요한도 나를 쳐다봤다. 나는 미나의 에트왈을 꾹 말아쥐었다.

"계산대로라면."

"뭐? 하지만 저 녀석은 에트왈이 없잖아!"

"에트왈이 없어도 소환할 수 있어. 나는 네 살 때 에트왈 없이 부네를 소환했었어."

에트왈은 권속을 담아 둘 수 있는 도구다. 추가로 악마를 유지하기 수월하도록 도와주는 유지 장치 같은 것이었다.

"하지만 악마를 소환할 체력이 없을 거야."

미나는 오랜 시간 지하 옥사에 갇혀 있었던 터라 정상적인 상태가 아닐 것이다. 황제가 그녀를 풀어 준 건 이틀 전 저녁. 몸을 정비할 시간은 만 하루에 불과했다.

'저런 상태로 에트왈 없이 악마를 소환할 수 있을 리 없…….'

그때였다.

"……!"

달이 완전히 어둠에 종먹히자 미나가 파드득 전율하며 고개를 치켜들었다. 동시에 기이한 파장이 제단에서 뻗어 나왔다.

거센 바람이 불었다.

이샤크와 앙리가 나를 막아서며 한쪽 팔로 머리를 가리던 찰나, 곳곳에서 신음이 터져 나왔다.

"그으, 그, 그, 그그그극ㅡ!"

온몸에 오스스 소름이 돋는다. 나는 황급히 주변을 둘러보았다. 제단 주변을 빼곡히 감싼 사람들 틈에서 몇몇이 기이한 형태로 변하고 있었다.

굽은 등에서 튀어나온 척추뼈가 순식간에 갈고리 형태로 거대해지는

가 하면, 표범 같은 송곳니를 드러내거나, 피부가 조류처럼 오돌토돌해지고 팔에 깃털이 돋아나는 이들도 있었다.

"꺄아아악!"

"이게 무슨, 아버지……!!"

제단 주변이 혼란스러워졌다. 사람들은 주변을 마구 밀치며 도망쳤고, 밀려 넘어진 자들이 비명을 지르며 살려 달라 외쳤다.

"르블레인."

요한이 서둘러 나를 로브 속에 감추고 기사들을 향해 눈짓했다. 듀블레드의 기사들이 우리 가족을 에워싸던 찰나.

제단에서 희뿌연 빛이 퍼져 나왔다.

쾅—!!

귓속이 웅웅 울리는 굉음과 함께 나타난 건 빛의 기둥. 거대한 날개가 제단을 감싸고, 건물 한 채는 우스울 크기의 무언가가 나타났다.

일렁이는 적발의 머리칼, 양손으로 잡은 대검, 날렵한 곡선의 갑주를 찬…… 여성. 나는, 아니, 이 제단을 바라보는 모두는 그녀의 정체를 한눈에 알아보았다.

성서에 기록된 신의 사자 아슬란, 그러니까 그레모리의 모습 그대로였으니까!

'소환했단 말이야?'

나는 딱딱하게 굳어 인세에 강림한 악마를 바라봤다. 악마가 검을 땅에 내리꽂자 철컹, 하는 둔탁한 소리와 함께 검 끝에서부터 기묘한 빛이 나뭇가지처럼 뻗어져 나왔다.

기이한 형태로 변해 가던 사람들이 일시에 쓰러졌다. 뿔이 난 자는 도로 줄어들고, 날개가 난 자는 깃털이 우수수 떨어진다.

누군가 소리쳤다.

"……천사."

그러자 혼이 나간 표정으로 주변을 둘러보던 자들이 하나둘 동조하기 시작했다.

"천사가 강림했다!"

"운명의 아이가 천사를 강림하여 저주받은 제국의 백성을 구원했다!"

천사 강림? 저주받은 제국의 백성?

나는 속으로 실소를 흘리며 단상 쪽에서 얼핏 보이는 교황관을 바라봤다.

'연출 한번 제대로 했구나.'

방금 괴물로 변하던 사람들은 저주받은 게 아니다. 듀블레드령에서 괴물로 변한 베네딕트를 본 나는 확실히 알고 있다. 저건 7가문 모의전에서 저들이 선보인 성수화의 최종 단계인 게 분명하다.

"르블레인."

요한이 내게 말했다. 고개를 돌리자 가족들이 고개를 끄덕였다.

사람들은 미나의 영험함을 목격했다. 그녀를 진짜 운명의 아이로 여길 터. 그럼 자연히 나는 가짜라 생각할 테니 이 자리에 있는 것은 위험하다.

서둘러 등을 돌리려던 중에 단상 위에 있던 미나와 시선이 마주쳤다. 그 애의 뺨에 첫 번째 삶에서 보았던 신의 문양이 새겨져 있었다. 우리는 잠시 서로를 지그시 응시했다.

미나의 눈빛은 이전 삶과는 너무나 달랐고, 추측하건대 나의 눈빛 또한 첫 번째 삶과는 다를 것이다.

그때 존재하던 우애나 얼마간의 우정 따위는 조금도 남아 있지 않겠지. 우리는 이미 서로의 목숨을 저울의 양 끝에 달았으니까.

네가 이기면 내가 죽는다.

내가 이기면 네가 죽는다.

서로의 감정 따위는 이제 중요하지 않았다. 이곳은 우리에게 단지 생사를 건 전쟁터일 뿐이었다.

*　　*　　*

저택.

이샤크가 재킷을 소파에 내던지며 씨근거렸다.

"대체 어떻게 된 거야. 미나가 어떻게 그 몸 상태로 악마를 소환한 건데!"

우리 모두가 고요한 가운데, 아빠가 천천히 입을 열었다.

"요한, 최근에 인신매매가 성행하지 않았느냐?"

인신매매?

눈을 동그랗게 뜨던 나는 핫, 숨을 들이켰다.

'맞아, 신전은 마나를 뽑아내서 신성력화하는 방법을 알고 있었어.'

첫 번째 삶에서 미나가 에트왈의 권속들을 아무렇지 않게 써 왔던 게 다 그 덕이 아니었던가!

요한이 서둘러 암조가 보내온 제국 전역의 기록들을 살펴보았다.

"있습니다."

"있다고?!"

이샤크가 소리치자 요한이 고개를 끄덕였다.

"노예상에서 최근 2주간 경매를 열지 않았습니다. 필시 거금을 들여 단번에 구매한 자들이 있는 것이겠지요. 모두 젊거나 어린 노예들을 매매하는 곳입니다."

이샤크가 인상을 찌푸렸다.

"정말 더러운 놈들이야."

팔짱을 끼고 있던 앙리가 아빠를 쳐다봤다.

"그래서 이제 어떻게 하실 겁니까. 미나가 결국 천사를 소환하지 않았습니까."

"두 번 다시 빼앗길 수 없지. 전쟁을 불사할지언정."

오빠들의 표정이 가라앉았다. 소파 끝을 쥔 이샤크의 손에 힘이 들어가고, 앙리와 요한의 눈이 검게 일렁였다.

그때, 나는 입을 열었다.

"꼭 그러지 않아도 돼요."

"뭐?"

이샤크가 미간을 좁히며 되물었다. 나는 고개를 끄덕이고 소파에 앉았다.

"이번 사건을 무마시키고, 계획대로 독립할 수 있는 방법이 있어요."

"……방법이라니?"

이번에 물은 것은 앙리였다. 나는 생긋 웃었다.

"미나가 소환한 존재가 아슬란이 아닌 그레모리임을 밝혀내는 것."

"하지만 그걸 밝히면 사람들은 꼬맹이, 네가 소환한 존재들이 악마라는 것도 알게 될 거야."

"되도록 그 점은 드러나지 않는 선에서 밝혀내야지."

요한이 고개를 끄덕였다.

"그런 방법이 아예 없는 건 아냐. 성서에 기록된 아슬란과 지금 소환된 그레모리의 다른 점을 짚어 백성들 사이에 의심을 심어 준다면 가능하지."

아빠와 오빠들, 그리고 나의 시선이 악랄해졌다. 그런 방법이라면 우리 쪽에 승산이 높다. 우리에겐 여론전의 귀재가 있지 않은가.

특기는 협박, 무기는 미모, 그리고 취미가 탈세에서 여론전으로 바뀐 악랄하디 악랄한 듀블레드의 둘째 앙리가 말이다. 소파에 앉은 앙리가 빙그레 웃으며 말했다.

"맡겨 주십시오."

—하고.

*　　*　　*

세상이 들썩였다.

제국뿐 아니라 대륙인 모두가 천사를 소환해 낸 신전의 '운명의 아이'에 주목했다.

진짜 운명의 아이, 신의 사자로 천사를 불러낸 자, 세상을 구원하기 위해 인세에 내려온 신의 딸…….

지금껏 미나를 향했던 시선이 뒤바뀐 건 순간이었다. 자연히 듀블레드의 운명의 아이인 르블레인 가짜설에 힘이 실렸다.

신전 앞엔 신의 은총을 바라는 백성들이 인산인해를 이루었고, 운명의 아이를 만나게 해 달라 아우성이었다. 각국에서도 천사 알현을 청하는 편지가 줄을 이었다. 네리아드교 내부는 오랜만에 들뜬 분위기였다.

중앙 신전의 21사제가 교황청을 찾았다.

"오늘은 아기님을 뵐 수 있겠지요? 아슬란께 감사의 기도도 올릴 겸—"

"곤란합니다."

추기경 레지날드의 말에 21사제들의 표정이 구겨졌다.

"대체 뭡니까. 아슬란께서 이 땅에 강림하신 지 벌써 나흘이 되었습니다. 한데 아슬란께는커녕 아기님께 인사 한마디 드리지 못한다니요."

"천사를 강림시키기 위해 미나 님께선 신의 힘을 대부분 소진하셨습니다. 안정이 필요한 상태입니다."

"그러니 더더욱 저희가 필요하지요. 치유력이라면 교황청 추기경들보다 저희가 낫지 않습니까."

"정신 사납게 하지 마시고 부디 신전으로 ㅡ"

"성하와 추기경들께선 진정 중앙 신전을 우습게 여기시는 겁니까!"

21사제들이 목에 핏대를 세우고 항의했다. 천사를 알현한 것은 교황청의 추기경뿐, 중앙 신전의 알현 요청은 사흘 내리 거절하고 있었다.

"교황청으로 갑시다. 중앙 신전에서 기다려 봐야 천사님의 머리카락 한 올 못 볼 겁니다."

"하지만 중앙 신전은 네리아드교의 중심이잖아요?"

"못 들었소? 교황청에서 부패한 중앙 신전을 잘라 내고, 추기경들이 규합하여 새로운 구심점을 만든다더이다."

"민간에서 무어라 떠드는지 모르시진 않으실 테지요."

"어찌 아둔한 백성들의 말에 흔들리십니까."

"말이야 바로 하지요. 중앙 신전이 부패했다? 말도 안 되는 소리! 부패의 온상은 추기경들이 아니오!"

"토마스 님!"

추기경들과 21사제가 날카롭게 대립했다.

추기경과 21사제 사이에서 레지날드가 슬그머니 걸음을 옮겼다. 빠르게 복도를 지나 미나의 방에 도착한 그가 한숨을 내쉬며 문을 열었다.

"끄으…… 끅……."

"미나 님!"

침대에서 떨어진 미나는 마치 마비된 사람처럼 몸을 움직이지 못했다. 전신에 새파란 핏줄이 불거졌다. 신성력이 턱없이 부족하다는 신호였다.

레지날드가 다급히 품 안에서 일렁이는 액체를 미나의 입안에 흘려보냈다. 그제야 미나의 숨이 되돌아왔다.

미나와 천사를 보여 줄 수 없는 이유는 교황청과 중앙 신전의 알력 싸움 따위 때문이 아니었다.

'빌어먹을, 빌어먹을……!'

에트왈에 악마를 담을 수 없다. 악마를 담을 수 없으니 엄청난 양의 신성력이 숨 쉴 때마다 빠져나가고 있었다.

그러니까 즉,

'이 계집애는 가짜다.'

에트왈을 사용할 수 없는 운명의 아이가 어디 있단 말인가!

하지만 보란 듯이 천사를 소환하고 가짜 문양을 드러냈다. 이제는 가짜라고 해도 이 계집을 어찌할 수 없다.

'이제 마나 수급도 제대로 되지 않는 지경이다. 황실은 계속해서 미나와 천사를 봐야겠다 말하고…… 이 일은 어쩐단 말인가.'

레지날드가 이마를 짚었다.

그 시각, 듀블레드저.

의장이 권속들을 현신시켜 놓은 르블레인을 보며 물었다.

"무슨 일로 권속들을 불러내셨습니까? 푸르에 세기의 군사, 거기에 철수까지…… 유지할 수 있으십니까?"

"응, 수련도 계속해 왔고 쿠헬름족에게서 마나석을 잔뜩 가져왔잖아. 혼자서 머리 쓰는 것보단 권속들의 도움을 받는 게 나을 것 같아서 그랬어. 그런데 바깥 분위기는 어때?"

"황실에선 어서 미나와 천사를 만나게 해 달라 채근하고 있고, 21사제와 추기경들은 크게 사이가 틀어지는 중입니다."

"역시 앙리. 이간질은 최고라니까."

나는 히죽 웃으며 일어났다.

그때 푸르가 철수의 뒷머리를 퍽! 내리쳤다.

"낙서하지 말고 생각하라니까, 생각! 그레모리가 악마라고 밝혀낼 방법!"

"아야야……. 푸르 님은 무식하게 힘만 세서서 진짜……."

"뭐, 무식? 저는 글자도 모르는 주제에."

"제가 왜 글자를 모릅니까! 한국어도 알고, 어? 한국어도 알고, 한국어도……. 그리고 영어도 조금 해요. 보세요!"

철수가 푸르에게 제가 낙서하던 종이를 보여 줬다.

[Aslan]

"봐요. 이게 영어로 아슬란이라고요. 거꾸로도 쓸 수 있어요!"

[Alza]

"아이고, N이 빠져서 엘사가 되어 버렸네."

그러자 부네가 말했다.

"엘자겠지. S를 잘못 썼다네."

"부네 님, 영어를 아십니까?"

"내 권속 중에도 네가 있던 세계에서 온 자들이 있거든."

나는 흠칫 부네를 쳐다봤다.

“방금 뭐라고 했어요?”

“내 권속 중에도 저들 세계에서 온 자들이 있어서 영어를 안다고…… 핫, 혹시 내가 멋진 게냐?”

부네가 환히 웃었고, 나는 얼른 철수의 손에서 종이를 빼앗았다.

엘자 나무.

엘자 황후.

아슬란.

‘……아드리안.’

월식 의식 전, 에뮬린이 날 찾아왔다. 트리의 부탁으로 내게 말을 전하기 위해서였다.

“세실리아 황비께서 아슬란 소환을 저지해 달라고 했다고?”

“트리도 아주 간절하던걸.”

“신전이 미나를 이용해 천사를 소환하지 않기를 바라는 건 나도 그렇지만…… 황비님과 트리는 왜?”

“나도 이유를 물었는데 대답할 수 없다고 했어. 트리, 그 물렁한 녀석이 우리에게 말할 수 없다는 게 있단 말이야. 믿어져?”

“…….”

“한 마디 남겼을 뿐이야. ‘아슬란은 안 돼. 아슬란은…….’이라는 말을.”

“내가 트리를 만날 수 있어?”

“세실리아 황비님은 금족령이 내려졌고, 날 만난 날 이후 트리에게도 사람이 붙은 것 같아. 나도 트리와 거지 패 아이들을 통해서만 소통하려고 해.”

"신전과 듀블레드의 싸움에 황실은 끼어들지 말라는 황제의 뜻인가……. 어쨌든 알겠어. 트리에게 미나의 체력상 천사 소환, 아니, 악마 소환은 어려울 거라고 전해 줘. 그레모리쯤 되는 강력한 악마라면 더더욱."

세실리아와 트리는 신전에 의해 언니이자 어머니인 베릴을 잃었다. 신전을 증오하고 있으니 천사 소환을 바라지 않는 건 당연하다.

그렇게 생각했었는데, 그런데 만약 소환되어선 안 되는 대상이 천사가 아니라 '아슬란'이었다면?

나는 의장을 쳐다봤다.

"황제가 왜 증명 의식을 허락했지?"

"듀블레드에게 세가 몰리는 것을 저지하려는 게 아니겠습니까?"

"나도 그렇게 생각했는데…… 내가 가짜가 되면 듀블레드가 나를 지키기 위해 신전과 전면전을 벌일 수 있다는 걸 황제가 예측하지 못했을까?"

"예측했겠지만, 그만큼 '운명의 아이'란 존재가 중요한 게 아니겠습니까? 신이 인세를 위해 내린 딸이라 불리잖습니까."

"황제가? 티끌만큼도 종교에 믿음이 없는 사람이?"

"어떤 황제라도 본인 통치기에 신의 딸이 내려와 천사를 강림시켰다는 말이 기록되길 바랄 겁니다."

나도 그렇게 생각했다.

현 황제 알렉상드르는 욕망으론 역대 황제 중 다섯 손가락 안에 드는 사람이니까. 그런데 만약…….

"신전이 황제를 협박한 거라면?"

"설마요. 지금까지 신전에 얼마나 많은 위기가 있었습니까. 그때까진 협박거리를 써먹지 않다가 이제야? 저라면 듀블레드를 수색하게 해 달라 농성할 적에 협박거리를 써먹었을 겁니다."

"신전도 쉽게 이용할 수 없는 협박거리가 있잖아."

"예?"

"악마."

신전의 제1 존재 의의는 이 땅을 악마로부터 보호하는 것이다. 만약 황실이 악마와 얽혀 있다면 신전은 결코 세간에 밝힐 수 없을 것이다.

'만약 황실에 아슬란과 얽힌 비밀이 있다면 신전이 알고 있을 수도 있어.'

천사나 악마, 신과 관련한 자료라면 신전이 가장 많이 보유하고 있으니.

"……신전이 황제를 협박했다. 아슬란의 건으로."

"예?"

나는 미간을 좁힌 채로 종이를 빤히 바라보았다.

"엘자 황후와 엮였을 수도 있어."

나는 황급히 의자에 걸쳐져 있던 외투를 잡았다.

"어디 가십니까!"

의장이 물어서 나는 소리쳤다.

"엘자 황후와 엮인 일이라면 아드리안이 가장 잘 알고 있을 거야!"

* * *

나는 황궁으로 향했다. 미리 입궁 허가를 받지 않았지만, 황제가 내린 보주의 칭호가 도움이 되었다. 준황족의 신분이란 건 허가 없이 입궁이 가능하게 만드니까.

그런데 이상했다.

"송구합니다. 2황자께선 미령하신 터라 알현이 어렵습니다."

"황자께 묻지도 않고 거절한다고요?"

아드리안의 궁 앞을 지키던 시종이 나를 보자마자 출입을 제한한 것이다.

"아무도 들이지 말라 명하셨습니다."

"듀블레드 영애가 왔노라 말씀 여쭈세요."

"송구합니다."

나는 미간을 좁힌 채로 팔짱을 끼었다.

"몸이 어떻게 아프신데요?"

"황족의 상태는 말씀드릴 수 없습니다."

나는 한숨을 푹 내쉬었다.

'통신이라도 하고 올 걸 그랬네.'

마음이 급해서 냅다 황궁부터 와 버렸다. 아드리안이라면 날 거절하지 않을 거라는 생각도 있었고.

'왜 그렇게 생각했지. 바보.'

한 번 아드리안을 거절한 주제에 너무 뻔뻔한 생각이 아닌가.

"알겠어요. 쾌차하길 바란다고 전해 주세요."

그렇게 말한 나는 뒤돌아 걸으며 무심코 "그럼 샤틀레 후작가(아드리안 외조부의 가문)로 가야 하나……." 하고 중얼거렸다.

그때였다.

"잠시만요!"

시종이 버럭 소리쳤다. 고개를 돌리자 얼굴이 약간 희어진 그가 마른 침을 삼키며 말했다.

"황자께 말씀 여쭈겠습니다."

"……갑자기?"
"생각해 보니 듀블레드 영애라면 황자님께서 반가워하실 거란 생각이 들어서 말입니다."
그는 애써 말을 수습하려는 듯 어물거렸다. 그러곤 서둘러 궁 안으로 뛰어갔다. 나야 아드리안을 만나는 게 좋으니 얌전히 있긴 했지만, 이상했다.
'샤틀레 후작가의 이름이 나오자마자 저런다고?'
시종은 얼마 지나지 않아 돌아왔다.
"들어오십시오."
"……."
나는 시종을 미심쩍은 표정으로 쳐다보며 궁 안에 들어갔다. 거대한 문 앞에 서자 시종이 문을 두드렸다. 이윽고 문이 열리며 의자에 앉아 있는 아드리안이 모습을 드러냈다.
그는 시종을 향해 눈짓했고, 시종이 문을 닫았다. 방 안엔 나와 아드리안만이 남았다.
"왔어?"
그가 미소 지으며 물었다.
정말 아팠던 모양인지 약간 야위어 있었다. 턱선이 더 날렵해지고, 약간 흐트러진 차림이었다.
"아팠어?"
내가 묻자 그는 고개를 끄덕이고 의자를 내주었다.
"아니."
"그런데 입실도 허락하지 않고?"
"피곤했을 뿐이야."
내가 밖에서 신전과 서로 물어뜯는 동안 아드리안 또한 황궁 안에서 전쟁을 겪었을 것이다.

1황자 안드레와 2황자 아드리안이 스물을 넘었지만, 아직 황태자마저 정해지지 않았다.

두 진영이 얼마나 살벌한지는 세실리아에게 들어 잘 알고 있었다. 신전과 나의 싸움보다 더하면 더했지 결코 덜하지는 않단다.

"이본느 황비가 무슨 짓을 한 건 아니지?"

"세실리아 님께서 계시는 한 쉽지 않지."

"……."

"네 덕이야, 르블레인."

나는 치맛자락을 매만졌다.

'뭐라고 말을 꺼내야 하지?'

너희 어머니 비밀 있지? ……는 아냐.

네 아버지 구린내가 나더라니 협박당하고 있지? ……도 절대 아냐.

에뮬린에게 했다간 뺨 맞을지도 모를 말이다. 시비 거냐면서.

나는 좋게 돌려서 할 질문을 떠올리며 눈을 빙그르르 돌렸다. 그러다 책상 위에 있는 만년필을 발견했다. 갈색과 푸른색이 섞인 것. 내가 아드리안에게 주었던 생일 선물이다.

"아, 저거."

"만년필?"

나는 헤헤 웃으며 고개를 끄덕였다.

'잘 가지고 있었구나.'

그렇게 생각하고 있는데 아드리안이 만년필을 잡았다.

"줄까?"

"……어?"

"네가 원하면 가져가도 좋아."

그렇게 말한 아드리안은 부드럽게 웃었다.

'뭐?'

이걸 어떻게 받아들여야 하지? 고도의 핀잔인가? 아무리 어렸다고 해도 황자한테 줄 만한 선물은 아니라는 걸까? 부득불 궁에 밀고 들어온 게 불쾌했던 거야? 그래서 어릴 적의 기억 때문에 특별하게 여기지 말라는 건가? 이제 우리의 추억이 소중하지 않다는 뜻?

귀족, 황족이 구사하는 우아한 화법, 그러니까 돌려 말하는 방식으로 나를 밀어내는 건가.

고민하던 나는 이내 실소를 흘렸다.

'아드리안이? 내게?'

저 애는 아마 목전에 칼을 들이밀어도 내게 그렇게 말하지 않을 거다.

그런 믿음이 있었다. 사람을 믿지 못하는 나 같은 사람에게 아드리안은 10년이 넘는 시간 동안 그런 믿음을 주었다.

"내가 준 선물을 내게 돌려준다고?"

내가 쿡쿡 웃으며 말하자, 만년필을 쥔 아드리안의 손에 힘이 들어갔다. 그는 빙그레 웃으며 고개를 끄덕였다.

"농담이었어."

"재미없었어. 무슨 뜻이 있는 건가 싶어서 나 엄청 고민했단 말이야."

"그래. 재미없는 농담이었네."

아드리안이 도로 내 맞은편에 앉았다.

"응, 이건 줄 수 없지. ……이건 내 것이니까."

"……."

"네가 준 선물……."

순간, 이상했다. 나는 미간을 좁히며 아드리안을 빤히 쳐다봤다.

"내가 그걸 언제 줬어?"

"……생일."

"언제, 어디서."

"……."

"아드리안!"

"탄신연."

표정이 완전히 굳어졌다. 내가 입을 열지 않자 아드리안이 애써 웃으며 말했다.

"기뻤어."

"……그래. 기뻐했어, 너. 기뻐했지. 뒷골목에 있는 허름하디 허름한 가게에 있던 싸구려 만년필을 받은 사람답지 않게."

아드리안의 표정 또한 굳어졌다. 만년필을 잡은 손엔 다시 한번 핏줄이 불거졌다.

"뭐야, 너. 왜 기억을 못 해."

"어렸을 때 일이니까."

"그렇다고 황자님께서 성을 탈출해 뒷골목에서 생일 파티를 연 걸 기억 못 해?"

"……."

"생일 선물이라고 한 것도 추측한 거지? 우리 사이에 선물을 줄 만한 기념일은 생일뿐이니까. 그래서 탄신연에 받았나 했던 거지?"

"……."

"아드리안, 너 정말 무슨 일 있는 거 아냐?"

나는 의자에서 일어나 아드리안에게 다가갔다. 그의 얼굴을 잡은 채로 자세히 들여다보았다. 아드리안은 제 얼굴을 잡은 내 손을 잡곤 미소 지었다.

"걱정할 만한 일은 아냐."

“거짓말.”

“정말이야. 그냥…… 기억이 안 날 뿐이지.”

그냥 기억이 안 난다고?

순간, 신과 나누었던 대화가 떠올랐다.

부네와 파이몬, 푸르 등의 인물이 고대의 나를 기억하지 못하는 건 손에 피를 묻혔기 때문이라는 것.

‘선각자들은 손에 피를 묻힐수록 기억이 사라져 간다.’

신전에 협박받은 황제.

악마와 얽혔음이 분명한 황실의 비밀.

아슬란만큼은 소환해선 안 된다던 세실리아의 전언.

엘자 황후.

그녀의 피를 이어받은 아드리안에게 기억이 사라진 일.

“……엘자 황후가 아슬란, 이었다.”

아드리안의 눈이 잘게 흔들렸다.

Chapter 24.

아드리안의 표정이 달라진 것을 난 놓치지 않았다.

"맞구나."

아드리안은 대답하지 않았지만, 그의 시선이 깊게 가라앉은 것만으로도 충분한 대답이 되었다.

엘자 황후가 아슬란이다. 즉, 그녀가 악마인 그레모리였던 것이다.

그러니 결코 이 이야기가 밖으로 새어 나가선 안 되는 황실의 비밀이 된 터였다. 신전으로서도 궁지의 궁지까지 몰리지 않는 한 입을 열 수 없는 이야기임이 분명하다.

신전의 첫 번째 존재 의의는 악마로부터 이 땅을 수호하는 것. 한데 전 황후가 악마였고, 그들이 신성 황제로 만들려고 한 아드리안이 악마의 핏줄이라는 것을 어떻게 밝힐 수 있겠는가.

'맞아, 엘자 나무의 효능.'

잎은 갈아서 약으로 만들 수 있고, 나무껍질은 사람의 몸을 보호하는 데 쓸 수 있으며 마나의 기원인 신성력을 높여 주는 엘자 나무. 모두 그레모리의 이능인 치유와 관련이 있었다.

"어째서 기억을 잃은 거야? 이번 사건과 관련이 있어? 혹시 누군가를…… 그러니까……."

죽인 것이냐는 물음이 차마 나오지 않았다. 한, 두 사람의 목숨 정도로 기억을 잃지는 않았을 것이다.

헤아릴 수 없이 많은 목숨을 빼앗은 부네조차 고대의 나에 대한 정만은 어렴풋이 기억하고 있었다. 그러니 나를 고대처럼 아가라고 부르며 처음부터 다정했던 것이겠지.

"아드리……."

"말했잖아."

그가 나를 빤히 바라보며 말을 이었다.

"나는 사실 네가 생각하는 사람이 아니라고."

"……."

처음 보는 눈빛이었다.

내게 아드리안은 바보처럼 상냥하고, 다정하고, 제 것을 챙길 줄 모르는 사람이었다. 그래서 내가 챙겨 줘야 한다고, 이 애는 너무 착하니까, 그러니까…….

아드리안이 피곤에 젖은 듯 굳어 있는 나를 느릿하게 둘러봤다.

"너는 속은 거야, 르블레인."

"……."

"돌아가. 내가 해 줄 이야긴 없으니까."

그가 제 몸에서 내 손을 떼어 냈다. 나는 어떤 말도 하지 못하고 물러났다. 이런 때에 무슨 말을 해야 하는지 나는 배우지 못했다. 내가 아는 것이라곤 싸움에 지지 않는 법 따위의 호전적인 것뿐이었으니까.

우리의 시선이 허공에서 맞물렸다. 나는 몇 번이나 입술을 달싹이고 한 걸음 물러났다.

"어, 그…… 많이 피곤해 보인다. 쉬어."

"조심해서 가."

"……응."

나는 고개를 수그린 채로 터덜터덜 방을 나섰다. 그와의 거리가 너무나 멀어 보였다. 어두운 표정으로 문을 나서자 쿵, 문 닫히는 소리가 복도에 낮게 울려 퍼졌다.

'아드리안이 왜 기억을 잃었을까.'

얼마나 많은 사람을 죽였을까. 그렇게 많은 사람을 죽일 일이 뭐가 있지?

그때였다. 귓가에 찰랑, 작은 물소리가 들려왔다. 순간 눈앞에 무언가 스쳐 지나갔다.

'아망드?'

아드리안이 만든 신성력의 권속이 떠올랐다. 나는 걸음을 멈추고 방문을 돌아봤다.

한동안 방문을 빤히 쳐다보다가 치맛자락을 꽉 비틀어 쥐었다. 그리고 후다닥 뒤돌아 달려 다시 방문을 벌컥 열었다.

의자에 고개 숙이고 있던 아드리안이 요란한 인기척에 고개를 들었다. 나는 쾅! 문을 닫고서 쿵쿵 발을 구르며 그에게 다가가 또 한 번 얼굴을 쥐었다.

"내가 가지 않길 바란다고 해."

"……."

"나를 속인 게 아니라 멀어지길 바라지 않았던 거라고 말해."

권속은 만들어진 당사자의 감정에 영향을 받는다. 아드리안은 나를 속였다고 하지만, 그랬다면 아망드가 그처럼 순수한 존재일 리 없다.

나를 차마 붙잡지 못하고 곁에서 맴도는 것도 분명 제 주인에게서 영향을 받은 것일 터다.

나는 울먹이며 말했다.

"사람을 죽인 데 이유는 필요 없어. 나도 알아. 그치만 듣고 싶어."

"……."

"네 일이니까, 아드리안."

아드리안의 시선이 가늘게 흔들렸다.

"너를 지키고 싶었어."

"……!"

나는 기어이 울고 말았다.

'아, 나는 정말 바보야.'

아드리안은 오늘 내게 아무것도 묻지 않았다. 신전과 내가 맞붙고 있다는 것을 알 텐데도 내막이라든지, 진행 상황 같은 일은 하나도 묻지 않았다. 알고 있던 것이다.

"내 주변을 살피고 있었던 거지."

"……."

"신전이 궁지에 몰렸는데도 내가 암살자 하나 맞지 않은 건, 신전이 암살자를 보내지 않은 게 아니라 네가 날 지켜 왔던 거야. 그렇지."

"……."

"나를 지키기 위해 사람을 죽인 거지. 그래서 기억을 잃은 거지."

"……."

"아드리안!"

"……응."

내 품에 고개를 묻은 아드리안은 결국 토설했다.

"맞아."

너를 어떻게 해야 할까. 너에게 가장 소중한 나를 잃더라도 차마 내게 마음의 짐을 지우지 못한 너를.

"계산이 안 돼. 너는 도무지, 도무지도……."

내가 울며 말하자 그가 허리를 끌어안았다.

"네 곁에 있게 해 줘."

사랑한다는 말조차 하지 못하는, 이토록 바보 같은 너를 나는 어떻게 해야 하는 걸까.

결국, 두 손을 든 건 나였다. 진심이란 말에 코웃음 치던 내가 결국 패배를 선언한 건 아이러니하게도 그의 진심 때문이었다.

"사랑한다고 말해."

나는 여전히 겁쟁이고, 타인의 손을 잡는 게 아직 두려워서 마지막 한 발을 내딛지 못하는 사람이지만.

"사랑해."

이렇듯 언제나 내 마지막 한 마디를 네가 대신해 주니까 우리는 괜찮을 거야.

나는 울면서 웃었다. 바보 같은 그처럼.

"나도 그래."

내 목을 가볍게 잡은 그가 천천히 다가왔다. 내 인생에 사내의 숨결이 가까워진 건 처음이었다. 신기하게도 나는 자연스럽게 눈을 감을 수 있었다. 내가 눈을 감기 무섭게 그의 입술이 다가왔다.

네 번의 삶을 통틀어 첫 입맞춤은 아주 달콤했고 동시에 아주 뜨거웠다.

* * *

코가 새빨개진 나를 본 아드리안이 픽 웃으며 손수건을 건네주었다. 나는 뾰로통한 표정으로 손수건을 가로채듯이 집어 왔다.

나는 손수건에 코를 팽 풀고 말했다.

"너도 울었잖아."

"맞아."

"왜 자꾸 웃어. 놀리는 것처럼."

그는 여전히 웃는 얼굴로 나를 끌어당겨 제 무릎에 앉혔다.

"뭐 하는 거야, 남사스럽게!"

나는 얼른 벗어나려고 했지만, 그가 허리를 안는 바람에 다시 주저앉을 수밖에 없었다. 그가 헝클어진 내 머리칼을 귀 뒤로 넘겨주며 말했다.

"우리밖에 없잖아."

"누가 들어오면 어떡해?"

"누가 내 허락 없이 입실하겠어?"

"오……."

"애인이 황자라 좋은 구석도 있지?"

그가 빙그레 웃으며 말해서 나는 고개를 갸웃했다.

"애인?"

"입 맞췄잖아?"

"입 맞췄다고 다 애인이 되는 건 아니잖아."

네 번의 삶을 통틀어 첫 입맞춤이라고 하지만, 그런 것도 모르진 않는다.

"르블레인."

"응?"

"네 상단에선 한 번 사용한 물건도 환불해 줘?"

"그야 아니지."

"그렇지?"

"응, 절대."

"나도 환불 불가야."

뭐라고?

나는 기가 막혀서 아드리안을 빤히 쳐다봤다.

"입술은 물건이 아니잖아. 사용감도 없고!"

"그럼 사용감이 생기도록……."

그가 다시 다가와서 나는 그의 입술을 찰싹 때렸다.

"미쳤나 봐!"

내가 펄쩍 뛰자 아드리안은 쿡쿡 웃었다.

'놀렸구나!'

나는 그를 새초롬하게 노려봤다.

"성격 좀 변하지 않았어?"

"네가 구매하기 전에 미리 설명했던 것 같은데. 난 네 생각과는 다른 사람이라고."

그러며 그가 내 어깨에 얼굴을 기댔다. 숨결이 느껴진다. 웃는 것 같기도 하고, 안심하는 것 같기도 한 숨결이었다. 나는 킥킥거리며 그의 머리를 끌어안고 쓰다듬었다.

"네가 나한테 잘도 달라지겠다."

"곁에 있어 줄 거야?"

다시 착해진, 아니, 순해진 아드리안의 목소리를 듣자 약간 장난기가 생겼다.

"글쎄, 생각해 보고."

"어떻게 하면 있어 줄 건데?"

그가 나를 보며 눈썹을 늘어뜨렸다. 기죽은 강아지 같은 얼굴을 보고 마음이 조금 약해졌다.

미모가 무기라는 말은 거짓이 아니었다. 아빠나 오빠들에게 그런 말이 붙을 땐 코웃음을 쳤는데, 아드리안을 보자 나도 모르게 인정하게 되고 만다.

'아씨, 너무 잘생겼어.'

손끝에서 녹을 것 같은 부드러운 블론드, 투명한 적색의 눈동자는 정말이지 환상적인 조합이었다. 옆으로 긴 단정한 눈매 하며 오뚝한 콧날, 보기 좋게 자리 잡은 입술까지 신이 정성 들여 세공한 것 같다.

오만한 투로 장난치자 그가 다시 눈썹을 축 늘어뜨렸다.

"남의 것이 된다고 생각하면 너무 아깝단 말이야."

"맞아, 난 네 거야. 버리면 안 돼."

"그건 생각해 보고."

"어떻게 하면 버려지지 않는지 알려 줘."

이쯤 되면 알고서 이러는 게 분명하다. 이런 표정에 이성의 마음이 약해진다는 걸 아는 것일 터다.

나는 아이 어르듯 그의 뒷머리를 쓰다듬으며 말했다.

"아슬란의 이야기를 해 줘."

"……."

"미나가 불러낸 아슬란이 네 어머니가 맞는 거지? 너는 악마의 피를 타고났고."

"후자는 맞고, 전자는 틀려."

뭐?

내가 눈을 동그랗게 뜨자, 그가 내 눈을 빤히 바라봤다.

"엘자 황후가 그레모리라는 이름의 악마이고, 내가 그의 피를 타고난 것은 맞아. 하지만 지금 소환된 아슬란은 모후가 아니야."

"아슬란이 그레모리가 아니란 소리야? 아니면……."

"……."

나는 핫, 숨을 들이켰다.

"혹시 미나가 소환한 아슬란이 가짜인 거야?"

"두 번째의 체력으로 그레모리급의 대악마를 소환할 수 있을 리 없다는 건 네가 제일 잘 알고 있잖아."

"……."

"르블레인, 소환된 존재는 아슬란이 아냐. 하지만 기록 속의 아슬란, 그러니까 모후와 아주 비슷한 모습을 하고 있지. 그럼 저 존재는 뭘까?"

순간, 스토라스에게 받았던 악마의 기록이 떠올랐다.

[58번째 기둥. 이능은 〈둔갑〉. 계약자가 원하는 모습으로 둔갑하여……]

"악마, 아미."

"……."

"잠깐만, 아미라면……!"

아드리안이 고개를 끄덕였다.

'맙소사, 아미가 그냥 권속이 아니었단 말이야?'

처음 그와 만났을 때, 그의 권속은 하나가 아니었다. 아미와 아망드, 두 권속이 있었고 아미는 나와 그가 처음 만났던 신전에서 사라졌다.

'그래, 아망드는 10년이 훌쩍 지난 지금까지도 존재하는데 아미만 사라진 건 이상하잖아.'

그런데 대체 어떻게 아드리안이 악마를 권속으로 둘 수 있었던 거지?

그렇게 생각하자, 부네가 떠올랐다. 부네를 처음 소환했을 때 그의 소원은 악마의 통로인 보석 '여신의 눈물'을 찾는 것이었다.

'부네는 여신의 눈물이 통로인 악마에게 주인님이라고 했어.'

"혹시 아미가 네 어머니, 그러니까 엘자 황후를 주인으로 섬기는 악마였던 거야?"

"그래. 죽고 사라진 어머니를 대신해 아미가 나를 지켜 줬어."

"운명의 아이가 아닌 네가 어떻게 아미를……."

"아미를 이 땅에 불러낸 건 모후였어. 그래서 돌아가시기 직전에 모든 힘을 소진하셨지."

"그럼 유지는 어떻게 한 거야?"

"인신 공양."

"뭐?"

"샤틀레 후작이 모후를 자식으로 둔갑시켜 이 땅에 붙들어 놓았듯, 아미 또한 인신 공양으로 붙들어 놓은 거야."

아드리안이 나를 고요히 바라보았다.

"내가 징그러워도 버리지 말아 줘."

"……."

"버리지 마, 르블레인."

나는 그를 가만히 끌어안았다.

"그동안 힘들었겠다."

그는 버팀목 하나 없는 세계에서 살아남기 위해 얼마나 발버둥 쳤을까.

내 어깨에 얼굴을 기댄 그가 중얼거렸다.

"네가 있어서 괜찮았어."

"응."
"네가 있으면 난 괜찮을 거야."
"그래……."
나는 그의 머리를 쓰다듬었다.

*　*　*

아드리안은 황궁 밖까지 나를 배웅해 주었다. 나는 그와 아쉬운 이별을 하고서 물러섰다.
먼저 가. 네가 먼저 가.
몇 번이나 실랑이를 반복한 뒤에야 아드리안이 졌다는 듯이 먼저 성내로 되돌아갔다. 내가 그의 뒷모습을 물끄러미 바라보던 찰나에 누군가 다가왔다. 의장이었다.
"시작되었습니다."
신전의 공격이 시작되었다는 의미일 터였다.
"우리에게 꽤 시간을 줬네. 증명 의식으로 미나가 진짜가 되었으니, 가짜를 몰아내야 한다고 당장에라도 나설 줄 알았는데."
"미나의 상태가 심각한 모양입니다. 에트왈 없이 악마를 소환한 것이 이토록 무리한 일이었습니까? 아가씨께선 부네를 소환하고도 그 정도로 심각하진 않았던 것으로 기억하는데요."
"소환한 게 문제가 아니겠지. 에트왈 없이 악마의 이능을 썼기에 그 꼴이 된 거야."
"이능이라니요?"
"미나가 소환한 건 그레모리가 아니야."
"예?!"

나는 크게 놀란 의장을 쳐다보고서 말했다.

"미나가 소환한 악마는 58번째 기둥, 아미. 그의 이능인 둔갑을 이용해 그레모리로 보이게 만든 거야."

"……!"

"가자. 공격할 방법을 찾았어."

나는 먼저 마차로 향했다.

저택.

저택 밖은 가짜를 단두대에 세워야 한다는 시위로 한창이었다. 시위가 어찌나 격렬한지 모른다. 마차를 향해 토마토나 썩은 달걀을 던지는 자들도 있었고, 불 지른 피켓을 내던지는 자들도 더러 있었다.

내가 저택으로 들어가자마자 가족들이 달려왔다. 황급히 나를 살핀 이샤크와 앙리의 표정이 딱딱하게 굳어졌다.

"꼬맹아, 너 꼴이……."

마차에서 내리다가 토마토에 맞았더니 행색이 엉망이 되었다. 머리부터 줄줄 흘러내리는 잔해를 본 이샤크는 어쩔 줄 몰랐고, 앙리가 문을 향해 홱, 몸을 돌렸다. 나는 밖으로 나가려는 앙리를 붙들었다.

"무슨 짓을 하려고! 가지 마!"

"……놔줘, 르블레인."

"저들에게 해를 입히면 타깃은 나에서 듀블레드로 바뀔 거야."

"이미 저들 타깃은 듀블레드야. 그렇지 않고서야 듀블레드 영애에게 이런 짓은 못 해."

"앙리."

"가만두지 않겠어. 이거 놔!"

앙리가 소리 지르는 건 정말로 드문 일이었다.

‘앙리는 이럴 땐 이샤크보다 더 공격적이란 말이야.’

나는 한숨을 푹 내쉬고 단호히 고개를 저었다.

“저들에게 나는 듀블레드 영애가 아니야. 실제로 그렇게 될 예정일 테고. 봐, 내가 듀블레드에 입양된 이유는 운명의 아이이기 때문이잖아. 가짜란 게 들통나면 자연히 파양될 수밖에 없다고 여기는 거야.”

“하지만—!”

“오빠 마음 다 알아. 걱정해 줘서 고마워.”

내가 생긋 웃자 가족들의 표정이 흐려졌다.

“그치만 불을 더 크게 번지게 하기보단 완벽한 복수를 해야지!”

나는 애써 밝은 체했고, 앙리는 주먹을 꽉 말아 쥐었다. 아빠와 오빠들이 어둡게 가라앉은 사이, 익숙한 목소리가 들려왔다.

“수건을.”

고모였다. 나는 깜짝 놀라 고모에게 달려갔다.

“언제 영지에서 오셨어요?”

“금방.”

“그럼 영지의 책임자는 누구예요?”

“뒤보스 자작에게 일임하고 왔다. 나를 대신해 요한이 곧 내려갈 예정이고.”

앞으로의 전쟁을 생각하면 분가의 통솔자인 고모보다 후계인 요한이 내려가는 게 나을 것 같긴 하다.

반가운 표정의 나를 본 고모는 쓰게 웃고, 하녀가 가져온 수건으로 머리를 닦아 주었다.

“너를 이 꼴로 만든 자들의 얼굴을 하나하나 기억해 두렴.”

“그럼요!”

“그래.”

"네. 그래서 말인데, 드릴 말씀이 있어요. 모두 함께 서재로 가요."

"무슨 일로?"

"복수해야죠."

내가 사악하게 웃자 가족들의 표정이 어리둥절해졌다.

우리 가족과 의장, 그리고 노스가 함께 서재로 이동했다. 소파에 둘러앉은 사람들을 본 나는 숨을 가볍게 들이켜고서 이야기를 시작했다.

엘자 황후와 그레모리, 그리고 아드리안에 얽힌 이야기를. 물론, 아드리안과 첫 키스를 나눈 건 쏙 빼고서. 그의 목숨이 걱정되었기 때문이다.

* * *

르블레인이 이야기를 마치자, 듀블레드의 성을 가진 자들과 쟈벨린, 그리고 의장, 노스 모두 믿을 수 없는 표정이었다.

엘자 황후가 악마 그레모리라니.

미나가 아미를 소환하여 가짜 그레모리를 만들어 냈다는 것보다 믿을 수 없는 이야기였다.

"자, 잠깐, 그레모리는 악마인데 어떻게 성장할 수가 있어?"

이샤크가 기함하며 말하자 굳은 얼굴로 소파의 팔걸이를 툭, 툭, 두드리던 테오도르가 말했다.

"어릴 때의 엘자 황후를 본 사람들은 많아. 나도 마찬가지고. 그녀는 몸이 매우 약하긴 했지만, 제 아비의 명에 의해 사교 생활을 계속해 왔으니까. 다만……."

"다만?"

"19세 즈음 2년간 영지성에 틀어박힌 적이 있지. 병이 위중했다고 들었다."

앙리가 흠칫, 고개를 들었다.
"선황이 샤틀레 후작과 약조를 나눴다고 했죠? 샤틀레 후작의 적녀를 황태자비로 들이겠다는 약조 말입니다."
"그래."
"만약 샤틀레 후작 영애가 죽었고, 황후 자리에 욕심을 버릴 수 없었던 후작이 악마를 소환해 딸과 바꿔치기했다면?"
르블레인이 제 권속들에게 물었다.
'푸르. 이게 가능한 일이야? 부네는 어떻게 생각해요?'

[그레모리의 권속이 아미라면야 뭐…….]
[그래, 아가야. 주인과 종은 권속 계약을 하며 서로의 힘을 일부나마 교환하거든. 나와 내 주인님도 그러하지.]

"가능한 모양이에요."
이샤크가 헛웃음을 흘리며 팔짱을 꼈다.
"확실해졌네. 샤틀레 후작이 혼맥을 위해 죽은 제 딸을 그레모리와 바꿔치기한 거야."
요한이 고개를 끄덕이고 르블레인을 쳐다봤다.
"그래서? 이걸 어떻게 이용해서 복수하려는 거지? 아미의 이능으로 그레모리로 둔갑했다면 밝혀낼 방법이 없잖아."
"방법, 있어요."
"있다고?"
"우리가 진짜 그레모리를 소환하면 되지."
"하지만 한 번 소환된 악마잖아. 악마를 소환한 통로는 기능을 잃고 다른 광물이 통로가 되지."

그렇게 되면 기존의 통로를 기록해 놨던 스토라스의 기록은 소용이 없어진다. 즉, 통로를 찾기 위해선 엄청난 시간이 든다는 의미다.

르블레인이 말했다.

"두 가지 방법이 있어요."

"두 가지?"

"첫 번째는 아미를 찾아가는 것. 악마의 권속은 주인의 통로를 알아보는 것 같거든요."

"신전에 접촉하겠다고? 당장에 너를 죽이려 들 텐데?"

"그래서 두 번째 방법도 있는데, 이게 더 어려울 것 같기도 해서……."

르블레인이 어물거리자 턱을 괸 이샤크가 재촉했다.

"뭔데."

"엘자 황후에게 의미가 있던 보석 위주로 조사해 볼까 봐. 보석이 무작위로 새로운 통로가 되는 건 아닐 것 아냐."

"그렇기야 하겠지만 전 황후에게 의미가 큰 보석을 황궁에서 내줄까 싶은데."

그때였다.

"내게 있다, 그녀에게 의미가 깊은 보석."

르블레인이 흠칫, 쟈벨린을 쳐다봤다.

'맞아, 고모는 엘자 황후의 호위대장이었지!'

"어디에 있어요?"

"이 저택에. 가져오마."

쟈벨린이 향한 곳은 그녀의 방이었다. 리세트가 쓰던 허름한 방. 쟈벨린은 손때 묻은 탁상용의 서랍장을 가만히 바라보았다. 서랍장을 여는 손끝에서 회한이 묻어났다. 그녀와 나눠 가진 펜던트의 중앙에 있는 다이아몬드는 여전히 영롱하게 빛이 난다.

"말해, 쟈벨린. 내가 우리가 나눠 가진 이상을 버려두고 나 홀로 다른 길로 가도 괜찮은가?"

"……."

"내가 황제와 결혼해도 너는 괜찮나?"

"……."

"진정 너 홀로 괜찮겠는가."

펜던트를 쥐는 손이 떨려 왔다.

그때, 누군가 문틈 새로 고개를 빼꼼 내밀었다.

"고모……."

"왜 거기 있지 않고."

"고모가 슬퍼 보여서요. 그래서…… 혼자 두기 싫어서……."

"쟈벨린 님은 항상 슬퍼 보이니까. 그래서 혼자 두지 못하겠거든."

쟈벨린은 눈썹을 늘어뜨린 조카를 정신없이 바라봤다.

너는 왜 이토록 그녀들과 꼭 닮았을까. 나 같은 건 비교도 되지 않을 만큼 강렬하고, 강렬하던 그녀들과 어쩌면 이토록.

쟈벨린이 쓰게 웃으며 르블레인의 손에 펜던트를 건넸다. 르블레인의 손에 다이아몬드가 닿았을 때.

쿠구구구구궁 ─ !!!

땅이 격렬하게 진동했다.

*　　*　　*

사흘 후, 신전.

침대에서 눈을 뜬 미나는 주변을 둘러보았다. 멍하니 낯선 천장과 벽을 둘러보던 그녀의 귓가로 익숙한 목소리가 들려왔다.

"깨어나셨습니까."

침대맡에 향을 놓고 있는 교황을 본 미나가 벌떡 몸을 일으켰다.

"성하!"

"몸은 어떠신지요."

"괜찮아요. 그보다 제가 왜 여기에……."

"혼절하신 후 사흘 내내 사경을 헤매셨습니다. 신관들의 치유로도 호전되지 않는 탓에 제가 직접 아기님을 살폈지요."

이마를 쥔 미나가 마지막 기억을 더듬었다.

폐가 타들어 가듯 고통스러워 한참을 호흡하지 못하다가 까무룩 쓰러졌었다.

'쓰러지며 기이한 목소리를 들었던 것 같은데…….'

[보…… 줘.]

미나가 흠칫 이불을 끌어안았다.

그래, 바로 이 소리.

기이하게 일그러진 소름 끼치는 소리가 연이어 들려온다. 눈앞에 불이 붙은 형상의 사내가 나타났다. 불에 타 피부가 온통 녹고, 눈알이 바닥으로 곤두박질치기 직전의 흉측한 꼴이었다.

[보…… 줘. ……보내 줘.]

'뭐?'

[보내 줘. 보내 줘.]

보내 줘. 보내 줘. 보내 줘. 보내 줘. 보내 줘. 보내 줘. 보내 줘. 보내 줘. 보내 줘. 보내 줘.

순간, 사내가 미나를 향해 달려들었다.

"꺄아악—!!"

비명을 내지른 그녀가 머리를 끌어안았다. 시간이 지나도 고통이 느껴지지 않았다. 슬그머니 눈꺼풀을 들어 올리자, 제 앞을 막아선 나무토막 같은 붉은 팔이 보였다.

"성하……."

교황은 "이런, 이런" 하고 중얼거리며 물고기의 형상으로 변한 무언가를 틀어쥐었다.

그의 팔은 도무지 인간의 것으로 보이지 않았다. 핏줄이 튀어나오고, 군데군데 일그러져 사람의 것이라기보단 악마의 것으로 보였다. 그의 손에 잡힌 채 퍼덕거리던 물고기가 이내 재가 되어 사라졌다.

미나는 마른침을 삼키며 물었다.

"방금 그건 악마인가요? 그러니까 제가 소환한……."

"천사지요."

미나는 로브를 깊게 눌러쓴 교황을 바라보았다.

'거짓말.'

그녀의 눈에 담긴 불신을 읽은 교황이 입매를 나붓이 휘었다.

"두려우십니까."

"……사람들을 속이고 있으니까요. 저는 방금 사라진 저 존재가 악마란 걸 알아요. 이 세계의 역사에 기록된 아슬란, 그러니까 그레모리가 아니라—"

한 차례 입술을 꽉 깨문 미나가 속삭였다.

"아미인 것도요."

"그래서요?"

"우리는 사람들을 속이고 있는 거라고요! 이건 결코 정의롭지 못한…… 정의가 아닌……."

미나의 표정이 흐려지자, 교황은 그녀의 어깨를 가볍게 잡곤 다독이듯 말했다.

"당신께서 가지신 심중의 고통을 제게 말씀해 주십시오."

"……."

"미나 님."

"……불안해요."

교황의 로브를 꽉 말아 쥔 미나가 중얼거렸다.

"성하, 제가 사실은 틀린 게 아닐까요. 사실은 모든 게 과욕이었을까 봐 저는……."

미나 앞에 무릎을 굽힌 교황이 천천히 로브를 벗었다.

"……!"

그의 얼굴을 본 미나의 표정이 딱딱하게 굳어졌다.

"어, 어떻게—!"

세상에 드러난 모습과 지금의 외양은 너무나 달랐다.

'그러고 보니 목소리도 미묘하게 달라.'

그녀가 알기로 교황은 중년을 넘어 노년에 접어들던 나이였다.

20대의 활기와 젊은이의 생기가 도는 얼굴. 그는 많이 쳐줘 봐야 20대 후반으로 보였다. 날렵한 턱선과 부드러운 곡선의 입매. 목에 닿는 새하얀 머리칼이 창을 통해 들어오는 바람에 가볍게 나부꼈다.

흐트러진 머리칼 사이로 보이는 금색과 자색의 눈동자는 사람을 홀릴 듯하였다. 그의 외모는 연예인이나 배우에 비할 바가 아니었다. 미나의 인생에 손꼽힐 만큼 아름다운 외양이었다.

빙그레 미소 지은 교황이 그녀의 손을 쥐었다.

"미나 님, 이 미력한 몸은 당신을 아주 오랫동안 기다렸습니다. 신께서 당신의 영혼을 이 땅에 내려 주신다는 것을 안 순간부터 지금까지 줄곧."

"……."

"저는 제가 신께서 인도한 영혼을 맞이할 것이란 걸 아주 오래전부터 알고 있었지요. 제가 채 여물지 못한 소년이었을 적부터 말입니다."

"……."

"제가 당신을 얼마나 오랫동안 그려 왔는지 모르실 겁니다. 어느 하나 가진 것 없는 초라한 소년이 산지옥이 도래한 것 같은 이 인세를 버티게 해 준 것은 오직 당신이십니다."

"……."

"이 감정이 어찌 남녀의 애정, 부모의 애정, 벗의 애정보다 못하겠습니까."

미나의 손등에 이마를 맞댄 그가 아름다운 미성으로 속삭였다.

"저는 진정한 신의 딸을 위해 못 할 것이 없습니다."

"……."

"미나 님께서 이 길이 정도(正道)가 아니라시면 이 미력한 몸이 세상의 모든 길을 없애 목적지로 향할 수 있는 유일한 길로 만들지요."

"성하……."

그가 미나를 끌어안았다. 그의 향이 떨리는 몸을 안심시킨다.

"당신은 우리의 신께서 이 땅을 위해 안배하신 존재. 당신께서 가는 모든 길이 정도(正道)입니다."

그의 옷깃을 쥔 미나가 가쁜 숨을 토해 냈다. 이제야 안심이 되었다.

한참 그녀를 다독인 후, 침대에 누인 교황이 다정한 목소리로 물었다.

"진정 몸은 괜찮으십니까?"

"네……."

"신성력에 이상이 생긴다면 지체 말고 말씀하셔야 합니다."

"그럴게요."

"당신의 몸보다 타인을 먼저 걱정하시는 다정한 분이라 불안을 떨칠 수 없습니다."

교황은 잠시 미나의 이마에 머리를 맞댄 후, 방을 빠져나왔다. 문가에 대기하고 있던 레지날드가 교황을 향해 고개를 수그렸다.

"미나 님의 머리카락 한 올 상하지 않도록 세심하게 살피십시오."

"예, 예……."

교황이 레지날드를 힐끗 쳐다보았다.

"그대의 발을 이 땅에 붙여 놓는 것은 오직 신의 딸을 위해서임을 명심하십시오."

"……예, 성하."

교황이 떠난 후 레지날드가 입가를 감쌌다. 희게 질린 손이 발발 떨렸다. 몇 번이고 마른침을 삼킨 그가 방문을 열었다.

이불 끝을 매만지던 미나가 그를 보고 반가운 듯 미소 지었다.

"레지날드 님! ……어? 혈색이 안 좋으신데요."

"몸은 괜찮으십니까."

"저는 성하께서 살펴 주셔서 괜찮아요. 몸에 신성력이 가득 고여 있는 게 느껴져요. 성하의 힘이죠? 역시 성하는 대단하세요."

"하면 아미를 언제까지 유지하실 수 있겠습니까."

"레지날드 님, 그런 얘기보다 몸을 먼저 살피셔야 할 것 같아요. 혈색이 너무 안 좋아서—"

"얼마나 악마를 유지할 수 있는지 묻잖아—!!"

레지날드가 고함을 내질렀다. 미나의 손이 굳어졌고, 레지날드는 머리를 쥐어뜯듯 잡았다.

'빌어먹을, 빌어먹을!'

저 계집은 가짜다. 악마를 유지할 수 없다.

교황청도 모르게 마나를 신성력화하여 주입하지 않으면 금세라도 아미는 사라질 터였다. 금제에서 벗어나 저 가짜를 찢어발기고서.

교황은 저 계집이 가짜라는 것을 믿지 않는다. 미나를 대체할 수 있는 존재가 없기 때문이었다. '신의 딸'에 대한 교황의 집착이 이다지도 집요했다. 마치 이성을 잃은 듯 신의 딸을 신봉했다.

'아미를 소환하여 아슬란으로 둔갑시켜서 겨우 판도를 뒤집었다. 그런데 아미가 사라지면…….'

증명된 운명의 아이를 쥐고 있다는 건 황제마저 어찌하지 못할 권력이었다.

보라, 신이 내린 운명의 아이 덕에 신전을 향해 있던 백성들의 불신의 시선이 사그라들었다. 거기다 각종 사건의 조사가 중지되었다. 7가문의 모의전에서 요한이 저주를 받았던 일 또한.

레지날드는 그 덕분에 아직까지 추기경직을 유지하는 것이나 마찬가지였다. 하지만 레지날드는 알고 있었다.

'저 계집은 가짜다.'

에트왈에 이계의 존재를 담아 둘 수 없다. 신의 문양 또한 르블레인 듀블레드에게서 본 문양을 따라 만들어 냈을 뿐.

'들켜선 안 돼.'

절대로.

"레지날드 님……."

미나가 중얼거리자 레지날드가 애써 옷매무새를 다듬으며 말했다.

"몸 상태가 나쁘지 않으시다면 오늘은 외출이 가능하실는지요."

"거기까지는 힘들 것 같아요……."

"아미티에 공작이 르블레인 듀블레드에게 붙잡혀 있다고 하시지 않았습니까."

그 말에 미나의 표정이 다시 한번 굳어졌다. 레지날드는 겉옷을 챙겨 주며 말했다.

"그 계집을 하루빨리 제국에서 몰아내어야 아미티에 공작을 되찾을 수 있을 겁니다."

"제가 어떻게 하면 되죠?"

"중앙 신전에서 기도회가 열립니다. 그곳에서 천사를 보여 주십시오."

그 계집애가 설 자리가 없도록. 미나가 가짜인 것이 밝혀져도 그 계집애로 인해 신전과 제가 위험해질 일이 없도록 말이다.

미나가 고개를 끄덕였다.

* * *

대예배당.

중앙 신전은 교황청에 반발하기 위해 전무후무한 대예배를 계획했다. 신관만이 출입 가능한 대예배당에 일반인의 출입을 허가하고, 황족과 대귀족, 걸출한 성시민을 초청했다.

약 1만 명이 수용 가능한 대예배당엔 사람이 가득했다. 몇 시간 전에 미나가 대예배에 참가한다는 소식이 들어왔기 때문이었다.

로브를 푹 뒤집어쓴 나는 은밀히 대예배당으로 향했다.

예배당의 1층은 초청된 황족과 대귀족, 거상 등의 성시민이 자리를 빼곡하게 채웠다.

"마르슈에 슈헤일…… 하, 그리모아르 공작까지 왔군요."

마찬가지로 로브를 눌러쓴 세리아가 말하자 의장이 고저 없는 목소리로 대답했다.

"신전이라면 이를 가는 황태후마저 왔으니 당연하지. 이본느 황비는 안드레 황자까지 대동하고 오지 않았던가."

"……이곳에 있는 모두가 아가씨의 적인 거죠."

세리아가 침잠한 목소리로 중얼거렸다. 의장은 대답하지 않았지만, 침묵은 그 어떤 대답보다 무거운 동의였다.

나는 여상한 표정으로 거대한 단상을 바라보았다. 얼마 지나지 않아 단상 위로 사람이 올라왔다. 커튼이 일시에 창을 가리고, 단상 위의 조명이 신관을 동행한 채로 걸어 나오는 사람을 가리켰다.

미나였다.

우레와 같은 함성이 터져 나왔다.

단상의 중앙까지 걸어 나온 미나는 수줍은 표정으로 고개를 수그렸다.

"부족한 제가 여러분께 어떤 말씀을 드릴 수 있을지 모르겠습니다만, 제 진심을 전달해 보겠습니다."

기도회의 시작이었다. 그녀가 두 손을 모으자 등 뒤로 빛무리가 모이기 시작했다. 그리고 나는 천천히 몸을 일으키고서 로브를 벗었다. 신의 문양을 이마에 띄우고서.
"르블레인 듀블레드……!"
누군가 소리치자 예배당의 모든 사람이 나를 바라보았다.
미나마저도.
대예배당의 사람들은 마치 유령이라도 본 것 같은 표정이었다.
회장이 크게 술렁였다.
어떻게 감히. 가짜 따위가.
수군거리는 소리에도 아랑곳하지 않고 나는 단상 위의 미나를 똑바로 바라봤다.
"거짓말쟁이."
"……!"
미나의 시선이 가늘게 흔들린다. 그녀가 떨리는 손으로 옷깃을 꽉 말아 쥐자, 황급히 달려온 레지날드가 미나를 부축했다.
"미나 님!"
"르블레인이…… 저 애가……."
레지날드는 희게 질린 미나를 살피다가 날카로운 눈빛으로 나를 돌아봤다. 그러곤 대예배당을 지키는 성기사들을 향해 소리쳤다.
"끌어내라!"
성기사들이 막 나를 향해 다가오려던 찰나, 나는 입매를 비틀었다.
"무슨 명분으로."
내 말에 레지날드의 표정이 일그러졌다. 나는 구겨진 후드를 손끝으로 펼치며 여상한 투로 말했다.
"민간에까지 공개된 기도회에 운명의 아이인 내가 못 올 까닭이 있습니까?"
그러자 레지날드가 발작하듯 소리쳤다.

"신의 딸을 참칭하지 말라!"
"우습습니다, 레지날드 님."
"뭐라?"
레지날드가 인상을 찌푸리자, 단상을 에워싼 신관들의 표정 또한 험악해졌다.
"저, 저, 무도한……!"
"지금껏 우리의 시야에서 진정한 신의 딸을 밀어내려 한 것을 수치스러워하기는커녕, 신성한 자리마저 망치려 드십니까!"
나는 어깨를 으쓱하며 말했다.
"저를 신의 딸로 만든 것은 네리아드 신전이 아닙니까? 아무것도 모르는 어린 나를 운명의 아이로 점찍어 오늘날의 나로 만든 것은 신전일진대 어찌하여 제가 신의 딸을 참칭한 것이 됩니까?"
"뭐요?!"
신관 하나가 붉으락푸르락한 표정으로 소리쳤다.
"하여 우리는 귀하를 신의 딸로 발표한 실수를 바로잡기 위해 몇 차례나 검증을 요구했소!"
"그러하오! 지금까지 제대로 된 검증을 할 수 없던 이유가 무엇이오! 듀블레드와 귀하가 공모하여 유년 시절부터 신전에서의 교육과 검증을 강력하게 거부하였지 않소."
"우리는 최근 듀블레드령에서 흘러나온 삿된 기운을 확인할 수 없었소."
"애초에 본인이 운명의 아이가 아니란 것을 알고 있지 않고서야 10년이 넘는 세월 동안 그토록 신전과의 접촉을 거부하진 않았겠지!"
예배당은 또 한 번 술렁였다. 몇몇이 신관들의 말에 동의했고, 얼마 지나지 않아 사람들은 나를 향해 손가락질하기 시작했다.

"거짓말쟁이!"

"신의 딸의 자리를 탐한 소름 끼치는 계집!"

레지날드의 입에 조소가 떠올랐다. 미나는 그에게 부축받은 채로 나를 쳐다봤다. 나는 그들의 시선을 피하지 않은 채로 말했다.

"신전이 나를 운명의 아이가 아니라 확신하는 까닭이 뭡니까."

레지날드가 대답했다.

"신께서 진정한 운명의 아이를 보내 주셨기에."

"그럼 내 죄는 뭐죠? 대체 내가 무엇을 잘못했기에 손가락질받아야 하나요?"

"스스로의 신성을 의심한 순간 신전에 털어놓았어야 하오. 권력을 쥐기 위해 가짜를 자처한 순간, 당신은 죄인이 되었소."

나는 킥킥 웃으며 단상으로 다가갔다. 미나가 흠칫했고, 신관과 성기사들이 나를 가로막았다. 레지날드의 손등에서 시동인이 떠올랐다.

"다가오지 마시오. 신의 딸에게 위해를 가하려 한다면 좌시하지 않겠소."

나는 자리에 멈춰선 채 미나를 똑바로 응시했다.

"미나."

"……."

"이들은 네가 있기에 내가 가짜라고 하는데, 너도 그렇게 생각해?"

"……."

"이들은 내가 신성을 의심하고서도 입을 닫고 있었기에 죄인이라는데, 너는 네 신성을 의심한 적이 없어?"

"……."

"너는 네가 진정한 운명의 아이라고 생각하니?"

"……."

"대답해, 미나!"

고요한 대예배당에 내 목소리가 울려 퍼졌다.

희게 질린 얼굴로 옷깃을 말아 쥐고 있던 미나가 나를 바라봤다. 눈의 떨림은 어느새 멈추어 있었다. 미나는 마른침을 삼킨 후, 천천히 입을 열었다.

"그래."

그 애는 웅크리고 있던 등을 펴고 단상 아래의 나를 쏘아봤다.

"운명의 아이는 하나뿐이야."

"……."

"나만이 이 세계를 구원할 수 있어!"

이 말을 기다리고 있었다. 나는 지금껏 숨기고 있었던 나의 에트왈을 꺼내며 소리쳤다.

"아슬란!"

쾅―!!

거대한 굉음과 함께 예배당이 흔들렸다. 그그그그, 벽이 울리는 소리에 당황한 사람들이 주변을 둘러보았다.

"황비님과 황자님을 보호하라!"

"폐하!"

황군이 서둘러 귀빈석의 이본느 황비와 안드레 황자, 그리고 황태후를 둘러쌌다. 마르슈 공작과 슈헤일 후작과 공자, 그리모아르 공작, 그 외의 대귀족들이 굳은 표정으로 나를 바라봤다.

그 순간, 눈부신 빛의 기둥이 떠올랐다. 빛 속에서 누군가의 그림자가 흔들렸다.

굵게 물결치는 적발, 해안선에서 부서지는 물결처럼 너울너울 흔들리는 엠파이어 라인의 드레스, 백색의 천으로 눈가를 가린 그녀가 천천히 나를 향해 걸어오기 시작했다.

맨발로 땅을 디딜 때마다 땅속에서 굵은 가지가 뻗어 나왔다. 가지에서는 이내 초록이 자라기 시작했다. 엘자 나무였다.

그녀가 막 내 옆에 다가온 순간 눈가를 가린 백색의 천이 툭, 바닥을 향해 떨어졌다. 눈꺼풀을 들어 올리자 태양을 그러모은 듯한 아름다운 황금의 눈동자가 드러났다.

그녀는 아슬란의 전설 속 용맹한 모습과는 전혀 다르지만, 이 자리의 누구 하나 그녀가 아슬란임을 의심하는 사람은 없었다.

갑주를 차지 않은 것을 제외하면 미나가 불러냈던 악마, 아미와 본뜬 듯이 똑같았으니까.

레지날드의 표정이 무너지고, 미나가 떨리는 손으로 입을 틀어막았다.

나는 말했다.

"너와 나, 둘 중에 누가 진짜 아슬란을 불러냈을까?"

나와 미나의 시선이 허공에서 부딪쳤다.

*　　*　　*

르블레인이 떠나고 홀은 터져 나갈 듯 혼란스러웠다.

진상을 요구하는 사람들로 신관들이 허둥거리는 틈에 레지날드는 도망치듯 미나를 데리고 대예배당을 빠져나갔다.

교황청으로 돌아온 레지날드가 미나를 방으로 데려갔다. 미나는 사시나무처럼 떨고 있었다.

"어떻게…… 대체 르블레인이 어떻게……."

"진정하고 들으십시오."

미나가 황급히 레지날드를 붙잡았다.

"어떻게 된 거예요? 어떻게 르블레인이 그레모리의 통로를 가지고 있는 거예요, 네?"

"미나 님."

"불안해요. 저, 너무 불안해서……!"

"닥치고 내 말을 들으라고 하잖아ㅡ!!"

레지날드가 날카롭게 소리쳤다. 미나가 흠칫, 어깨를 좁히자 그가 험악하게 일그러진 얼굴로 미나의 어깨를 잡았다.

"멍청한 계집, 지금 널 달랠 틈이 있을 것 같아?"

"레지날드 님……."

"묻는 대로 대답해."

"……."

"저 계집이 황금의 에트왈을 가지고 있던 걸 본 적이 있나?"

"아, 아니요."

"이전 삶에서는? 넌 이전 삶을 볼 수 있다고 했잖아."

"본 적 없어요."

"그럼 이게 대체 어떻게 된 거냐고ㅡ!!"

레지날드가 머리를 쥐어뜯으며 고성을 내질렀다.

"빌어먹을, 빌어먹을……!"

겁먹은 표정으로 자신을 쳐다보는 미나를 찢어 죽일 듯 노려본 레지날드가 잔뜩 흥분한 목소리로 중얼거렸다.

"처음부터 이따위 계집을 택하는 게 아니었어. 첫 번째의 줄을 잡았어야 했는데."

"제가 진짜라고 했잖아요. 가짜의 손을 잡다니요. 신과 가장 가까운 공간에서 그, 그런 말씀은……."

"진짜?"

핫, 조소를 터뜨린 레지날드가 새빨갛게 충혈된 눈으로 미나를 노려봤다. 그가 악귀라도 씐 것 같은 표정으로 다가오자 미나는 주춤, 주춤, 뒷걸음질 쳤다.

미나의 이마를 손끝으로 쿡, 누른 그가 사납게 뇌까렸다.

"네 정체를 아는 자 중에 운명의 아이를 믿는 건 빌어먹을 교황 하나뿐이야."

"……네?"

"신이 인도한 영혼? 진짜 운명의 아이? 헛소리하지 마라."

"……."

"아직도 신이 너만을 이 세계에 인도했다고 믿느냐?"

"……뭐라고요?"

"저쪽 세계에서 인도된 영혼은 너까지 열셋이야. 우리의 세계와 이어진 순간, 죽은 자나 저쪽 세상에 미련이 없는 자들이 이곳으로 넘어온다."

"……."

미나의 눈이 크게 일렁였다.

"이 땅에 제국이 세워지고 네리아드교가 생긴 후 지금까지 열두 명의 아이가 차원을 넘어왔지만, 그 누구도 '힘'을 갖지 못했다. 그래서 우리는 너를 만든 거야."

"……."

"시작과 끝의 태가 되리라는 신탁을 받은 육체에 너를 집어넣은 거라고!"

"거짓말……."

미나의 눈에 눈물이 차올랐다. 눈 한 번 깜빡이지 않고 레지날드를 바라본 미나는 입술을 꽉 깨물었다.

“아냐! 나는 이 세계를 위해 선택된…… 선택받은……!”

미나가 비명 같은 고함을 내지르며 주저앉았다. 그녀는 귀를 틀어막은 채로 “나는 진짜야. 가짜는 르블레인이야.” 끊임없이 중얼거렸다. 레지날드는 미나의 팔뚝을 우악스레 끌어당겼다.

“잘 들어. 이대로 있다간 너나 나나 끝장이야.”

“…….”

“네가 결국 가짜로 밝혀졌을 때 교황이 너를 지켜 줄 것 같나? 아니, 그가 간절히 바라는 것은 신이 사랑하는 존재야.”

“신이 사랑하는 존재?”

“진짜 신탁의 존재. 성모란 신탁을 받은 리세트가 낳았어야 할 자. 세상의 시작과 끝이란 사명을 부여받은 그 존재.”

“…….”

“르블레인을 밀어내고 네가 진짜가 되어야 해.”

“……어떻게 하면 내가 진짜가 될 수 있는데요?”

레지날드가 속삭였다.

“르블레인 듀블레드를 죽인다. 우리가 살아날 수 있는 유일한 방법이다.”

“하지만 그 애는 제 언니예요. 이전 삶에서 우리는 자매였다고요…….”

“현재엔 네가 보았던 것들이 존재하지 않아. 언제까지 허상을 바라볼 테냐.”

“…….”

떨리는 손으로 마른세수를 한 미나가 헐떡이며 말했다.

“제가 어떻게 하면 되는데요……?”

"그리모아르 공작을 찾아가라."

"네?"

"네가 리세트의 딸이라고 말해."

"그게 무슨……."

"그리모아르의 선대는 리세트의 친부야."

미나의 눈이 잘게 흔들렸다.

"뭐라고요?"

"그리모아르 공작이 리세트와 이복 남매라고 말하고 있는 거다!"

증명하기 어렵진 않을 것이다. 그리모아르는 듀블레드가 리세트를 죽음에 이르게 하였노라 원망하니 그들의 말을 믿지 않을 테고, 미나의 육체는 본래 리세트의 것이다.

'속일 수 있다.'

리세트의 딸이 살아 돌아오지 않는 한.

리세트 셰이먼의 불행은 모친으로부터 이어졌다. 그녀의 모친은 악신의 첫 번째 피조물이던 셰이먼 부족에서 태어났다.

셰이먼 부족에선 그들의 특별한 힘을 유지하기 위해 혈족 간의 결혼이 성행했다. 셰이먼의 아이들은 뛰어난 신체 능력을 가지고 태어나는 대신 어머니의 자궁에서부터 결혼할 상대가 정해진다.

리세트의 모친 또한 마찬가지였다. 1킬로미터 밖의 소리도 알아들을 수 있는 괴물 같은 청력을 가진 대신 그녀는 태어나자마자 절름발이 사촌 오라비의 아내로 내정되었다.

부족의 규칙을 지긋지긋하게 여기던 그녀는 결혼식 전야에 마을을 탈출했다. 마을을 탈출한 후 만난 사내와 사랑에 빠졌는데, 그가 바로 그리모아르 선대 공작이었다.

하지만 '바깥'은 그녀의 생각과는 너무나 다른 곳이었다.

거추장스러운 옷, 이해되지 않는 관습과 예의. 사회의 규율을 따르지 않는 자는 완벽하게 배제되는 치열함. 바깥에 실망한 그녀는 극심한 향수병을 앓다가 그리모아르 공작에게 이별을 선언하고 마을에 돌아간다.

리세트를 임신한 채로.

남편이 될 사내는 그녀가 임신했다는 것을 알고도 그녀를 받아 주었다. 피차 마을의 규율에 의해 정해진 상대, 사랑 없는 결혼에 사생아 따위는 문제가 되지 않았던 것이다. 그렇게 태어난 리세트는 지독하게 외로웠다.

계부는 나쁜 사람이라곤 할 수 없었다. 리세트를 사랑해 주진 않았으나, 부친으로서 의무를 다했다.

문제는 친모가 계부의 아이를 낳은 후에 발발했다. 계부는 제 피를 이은 자식을 몹시 사랑했다. 극심한 가뭄이 찾아오자, 제 자식에게 감자 몇 알을 먹이기 위해 리세트를 신전에 팔아넘길 만큼.

리세트가 기억하는 부모의 마지막 모습은 그것이었다.

신전에게 받은 돈으로 산 감자를 친자식에게 먹이며 환히 웃는 아버지와 신관들에게 끌려가는 자신을 힐끗 쳐다보다가 먼 산으로 고개를 돌리는 모친이 마지막이었다.

가족들은 리세트를 팔아넘겨서 목숨을 보전했으나, 그로부터 몇 년 후 홍수에 잠겨 사망한다.

그리모아르의 선대가 제게 딸이 있음을 알게 된 것은 그즈음이었다.

연인의 죽음을 애도하기 위해 물에 잠긴 마을을 찾았다가 리세트의 모친이 사생아를 낳았고, 그 사생아가 자신과 같은 선명한 녹색의 눈동자를 가지고 있다는 것을 듣게 된 것이다.

그리모아르의 선대는 딸의 시체라도 찾기 위해 혈안이었다. 홍수에서 겨우 살아남은 아이를 수소문해 찾아가자, 아이는 말했다.

"붉은 벽 집의 여자애요? 글쎄요……. 잘 몰라요."

"한 마을 사람이지 않으냐."

"마을 어른들이 붉은 벽 집의 애들과는 놀면 안 된다고 했어요. 붉은 벽 집의 아주머니가 '바깥'에서 오염되어 왔다고 했거든요. 아, 그러고 보니까 촌장님과 붉은 벽 집의 아저씨가 크게 싸우는 것 본 것 같기도……."

"싸웠다고?"

"부족의 아이를 빼돌렸으니 신께서 용서하지 않을 거라고 했어요. 아저씨는 주빌레에게 음식을 먹일 수만 있다면 신이 아니라 신의 아버지라도 배반할 수 있다고 했고요. 아, 주빌레는 붉은 벽 집 남자애의 이름이에요."

어쩌면 계부가 제 친자식에게 음식을 먹이기 위해 딸을 팔아 버렸을 수도 있다. 딸이 살아 있을 수도 있는 것이다.

"여자애는? 여자애의 이름은 무엇이냐."

"그건 몰라요. 붉은 벽 집의 아주머니와 아저씨가 그 애를 이름으로 부른 적이 없어서. 아저씨와 아주머니는 그 애를 '얘'라든가, '이봐'라고 불렀어요."

딸이 살아 있을지도 모른다는 생각에 벅차올랐던 기쁨은 온데간데없이 사라졌다.

어째서 너를 몰랐을까. 그녀가 살아 있을 적에 한 번이라도 살폈다면,

걸레짝처럼 버려졌다는 것에 자존심 상해하지 않았다면 제 손으로 키울 수 있었을 텐데.

죄책감은 족쇄가 되었다. 그 아이를 찾지 않고서는 풀리지 않는 지독한 족쇄가.

하지만 그리모아르의 선대는 끝내 리세트를 만나지 못했다. 리세트가 신전에 팔려 갔다는 것을 알았을 때, 그녀는 이미 죽은 후였으니까.

그리모아르의 선대는 그녀를 지키지 못한 듀블레드를 증오했다. 아버지와 아들의 권력 싸움에 제 딸을 희생시켰다고 믿었다.

하지만 제일 용서할 수 없는 것은 자신이었다. 분노와 죄책감은 그 어떤 것으로도 채울 수 없는 공허를 만들었다. 그리모아르의 선대가 아들에게 작위와 가주 위를 물려주고 자취를 감춘 건 그 때문이었다.

레지날드에게 리세트와 그리모아르에 얽힌 이야기를 들은 미나는 입술을 꽉 깨물었다.

"그런……."

"그리모아르는 노예로 팔릴 뻔한 제 딸을 신전이 거두어 키워 줬다고 믿는다."

"그래서 저를 입양하겠다고 한 건가요?"

"그래, 은혜를 갚기 위해서."

"……."

"그리모아르의 선대는 만나기 어려운 인사지만, 신전에 은혜를 입었다고 생각하니 네가 만나자면 거절하지 않을 것이다. 그러니 너는 내가 시키는 대로—"

"시, 싫어요. 그런 분께 거짓말을 할 순 없어요."

"뭐?"

"그렇잖아요. 죽은 딸이 안타까워 마음의 병을 앓는 분에게 죽은 딸의 육체를 빼앗은 제가 손녀라고 거짓말을 하는 건……!"

"하면 모든 것을 버리고 떠날 것이냐?"

"……네?"

"원한다면 본래의 세상으로 돌려보내 주지. 어차피 르블레인 듀블레드가 진짜 운명의 아이가 되면 넌 이 세계에 있을 수 없어."

미나의 얼굴이 희게 질렸다.

'돌아간다고? 원래의 세상으로?'

피가 차게 식는 기분이었다.

그곳엔 그녀를 이해해 주는 사람이 없었다. 그녀의 이상을, 꿈을 지지하는 사람이 없다. 하지만 이곳엔…….

"내게 기대 줘, 미나. 네가 원한다면 무슨 짓을 해서든 원하는 것을 쥐여 줄 테니까."

꿈을 지지해 주는 앙리가 있고,

"누구야. 누가 감히 널 울렸어!"

제 일이라면 물불을 가리지 않는 이샤크가 있었으며,

"나는 네게 실망하지 않아."

"……."

"네가 무슨 짓을 해도 난 네게 실망하지 않는다. 약속해."

요한이 있었다.

그리고…….

"내 딸."

아미티에 공작의 목소리를 떠올린 미나가 두 손에 얼굴을 묻었다.

이전 삶의 기억은 소중한 보물이었다. 포기할 수 없는 아주 소중한 보물. 정미나의 세계로 돌아가면 이전 삶으로 돌이킬 수 있을 거란 희망조차 가지지 못할 것이다.

'그렇게 되면 나는…… 난…….'

레지날드가 그녀의 어깨를 강하게 잡았다.

"이건 단지 과정일 뿐이다. 이 세상에 영원한 평화를 선사하기 위한 과정."

"과정……."

"고통을 안고서야 비로소 영웅이 되지. 지금 네 고통이 너를 이 세계의 영웅으로 만들 것이다."

마른침을 삼킨 미나가 레지날드를 바라보았다.

"……하겠어요."

그래, 이건 희생이다. 평화를 위한 고통스러운 희생.

레지날드의 입가에 비틀린 미소가 떠올랐다.

"훌륭하십니다, 아기님."

* * *

다음 날.

레지날드가 그리모아르 선대 공작에게 보낸 편지에 답장이 돌아왔다. 답장엔 오늘 밤이라면 짧게나마 대화를 나눌 수 있다는 말이 쓰여 있었다.

미나의 어깨에 로브를 걸쳐 준 레지날드가 말했다.

"어떻게 말해야 하는지 기억하고 계시겠지요?"

"저는 리세트 님의 죽은 딸이 환생한 영혼이고, 신의 힘으로 이 세계에 돌아왔다고요. 그리고 그리모아르 공작가의 힘을 빌려 세계의 평화를 도모하고자 한다고……."

"영민하십니다."

두 사람이 대화를 맺었을 무렵, 창밖에서 시끄러운 고함이 들려왔다.

"신전은 진상을 털어놓으라!"

"운명의 아이는 누구인가!"

"천사의 존재를 확인시켜 달라!"

르블레인은 천사를 소환한 후, 보란 듯이 이능을 행하고 있었다. 대예배에 참여하지 않은 귀족 가문의 사람 중, 병든 자들을 치유한 것이다.

그녀가 숨이 넘어가기 직전의 이도노에 백작을 치유했다는 소문에 광신도들은 타깃을 바꾸었다.

레지날드는 쯧, 혀를 차고 신경질적으로 커튼을 쳤다.

"신경 쓰지 마십시오."

"하지만……."

"그리모아르는 마탑을 소유한 가문입니다. 그리모아르의 가주들은 대대로 강력한 대마법사이지요. 그들의 도움이 있다면 아미를 완벽한 아슬란으로 만들 수 있습니다."

"……우리 쪽에서도 그레모리의 이능인 '치유'를 쓸 수 있다는 말인가요?"

“치유가 아니라 언데드로 만드는 것이겠지만요.”

“뭐라고요?”

미나가 흠칫, 고개를 들자 레지날드가 히죽 웃었다.

“병마에 고통받던 자들에게서 고통을 잊게 한다면 그것이 축복이나 마찬가지가 아닙니까.”

“…….”

“우리 목적은 그뿐만이 아닙니다. 그리모아르는 강력한 금술을 시동시킬 수 있는 인물. 도움을 받는다면 르블레인 듀블레드의 힘을 전부 앗아 올 수 있을 겁니다.”

그렇게 말한 레지날드가 미나를 방 밖으로 인도했다.

어느새 해가 저물었다.

달마저 구름에 가려진 어두운 밤. 미나는 교황청의 뒷문을 향해 걸음을 내디뎠다. 그녀가 그리모아르의 선대와 약속한 장소로 가기 위해 막 교황청을 나섰을 무렵이었다.

“어……?”

빗방울이 하나둘 땅을 적시기 시작했다. 레지날드가 의아한 표정으로 하늘을 올려다보았다.

‘오늘 비 소식이 있었던가.’

그때였다.

콰―!!

천둥소리와 함께 교황청을 감싼 비구름에서 억수 같은 비가 쏟아져 내렸다.

“무슨…….”

미나가 당황한 표정으로 주변을 둘러봤다.

기이한 일이었다. 비는 교황청에만 내리고 있었다. 교황청 밖으로 한

발만 벗어나도 빛줄기가 닿지 않는다. 미나가 굳은 얼굴로 주변을 둘러봤다.

"레지날드 님, 이거 아무래도 이상한……."

그때, 군사들의 워커 소리가 빠르게 울려 퍼졌다. 그들과 함께 등장한 것은…….

"르블레인!"

"설마, 당신……!"

기습? 기습을 하겠다는 것인가? 감히 교황이 있는 교황청에?

생긋 웃은 르블레인이 말했다.

"내가 말했잖아. 인내가 짧다고, 난."

"뭐……?"

"베네딕트를 아무리 기다려도 보내 주지 않기에 데리러 왔어. 겸사겸사—"

"……."

"너도 납치하고."

'저 미친……!'

레지날드는 기함한 표정으로 르블레인을 쳐다봤다.

"이 무도한 작자 같으니! 그 어떤 사악한 역당도 교황청을 범한 적은 없소!"

"그래서 신전은 허구한 날 듀블레드를 범했나? 우리 쪽에선 선제공격을 못 할 줄 알고?"

"이 일이 세간에 알려지면 당신은……!"

"아우, 정말."

르블레인이 인상을 찌푸리곤 손을 살랑살랑 흔들었다.

"네리아드교는 만날 날 가지고 물고 늘어졌잖아. 어떻게든 나를 밀어

내 보겠다고, 어? 그런데 내가 아슬란을 불러내자마자 신전이 습격당했대. 그런데 신전에선 범인이 나래. 당신이라면 신전의 말을 믿을 수 있어?"

"뭐, 뭐라고?"

"사람들이 그걸 믿겠느냐고. 저것들이 또 듀블레드 영애를 궁지에 몰려고 수작을 부리는구나 하겠지."

"이……!"

"머리가 달렸으면 생각이란 걸 하고 살아야지, 응?"

르블레인이 약 올리듯 이마를 툭툭 치자 레지날드의 표정이 붉으락푸르락 달아올랐다.

"급습했다고 해서 승산이 있다고 생각하나?"

저 계집애가 대동한 군사의 수는 얼마 되지 않을 것이다. 황궁이 위치한 제도엔 일정 수 이상의 사병을 배치하는 것이 불가능했다. 군사 훈련조차 황제의 인가가 필요하니, 사사롭게 움직일 수 있는 수는 최대 30인.

"듀블레드가 자랑하는 이리라 하여도 30명이 안 되는 수라면 교황청 담의 벽돌 하나에도 생채기를 남기지 못할 것이다."

"그러니까 제발 좀 생각을 하라니까?"

르블레인이 팔짱을 끼며 한숨을 푹 내쉬었다.

"내가 미쳤다고 신전을 급습하면서 고작 30명을 데려왔겠니?"

그녀의 발밑에서부터 스멀스멀 검은 안개가 퍼졌다. 당황한 레지날드와 미나가 주변을 둘러보았다.

검은 안개는 이내 사람의 형상으로 응축되었다. 얼굴을 가린 철 가면, 철 가면에 돋은 악마와 같은 형상의 뿔, 소름 끼치도록 음험한 기운…….

"유령 군대……!"

레지날드는 사색이 되었다. 르블레인이 불러낸 저 존재들은 필시 쿠헬름 부족 마을 인근 산에서 몬스터를 몰아냈던 유령 군대가 틀림없다.

그때, 강력한 신성력의 파동을 느낀 성기사들이 뛰쳐나왔다. 뒤이어 추기경 몇몇 또한 헐레벌떡 나섰다.

"이게 무슨……."

그들이 당황한 얼굴로 유령 대군과 비의 벽, 그리고 뻔뻔한 표정의 르블레인을 바라보았다.

레지날드는 중얼거렸다.

"말도 안 돼……."

교황청을 감싼 저 비의 벽은 르블레인이 만들어 낸 것일 터였다. 분명 신성력이 느껴지니까. 그리고 그가 아는 한 듀블레드에서 이 정도의 강력한 신성력을 가진 자는 오직 르블레인뿐이었다.

하지만 그 힘은 고위 신관 정도였다. 이 세계에서 가장 강력한 신성력을 가진 교황이나, 미나에 비하면 평범한 수준이란 말이다.

그런데 어떻게, 대체 어떻게……!

"거짓말……. 이게 현실일 리 없다."

아슬란을 소환하고도 이만한 마법을 쓸 수 있고, 거기다 유령 군대를 불러냈다니.

"그럴 리가…… 그럴, 그럴 리가……."

추기경들은 정신 나간 사람처럼 중얼거리는 레지날드를 흔들며 소리쳤다.

"뭡니까, 이게 대체 무슨 일이에요?! 저 악마 같은 군사들은 뭐고…… 설마 쿠헬름 전투에서 첫 번째가 불러냈다는 유령 군사입니까?"

"저 비의 벽은 대체 뭐고요, 예? 레지날드 님!"

레지날드는 대답조차 하지 못하고 멍하니 르블레인을 바라봤다.

유령 군사들이 레지날드와 미나를 향해 발을 내디뎠다. 주춤, 주춤,

물러서며 어찌할 바를 모르는 두 사람을 보고 르블레인은 씩 웃었다.

'놀랐지? 그치?'

심장이 튀어나올 것 같을 것이다.

'아드리안에게 신성력을 잔뜩 받아 왔다, 이거야.'

"빨리 처리하자. 나 바쁘거든?"

아드리안이 한계까지 신성력을 넘겨주고 기절해 버려서 제 침대에 잘 눕혀 놓았다. 늦으면 듀블레드의 사내들이 그녀의 침대에 누운 아드리안을 죽일지도 모른다.

르블레인이 미나를 가리키며 유령 군대에게 소리쳤다.

"저거 데려와!"

지목당한 '저거'의 표정이 희게 질렸다.

* * *

'푸르, 교황청 내에서 지원군이 오지 못하게 이들 주변에도 비의 벽을 만들어 줘.'

에트왈이 뜨거워지며 반경 1킬로미터 안에 새로운 비의 벽이 만들어졌다. 물론 결계를 치는 것도 잊지 않았다. 내가 후방 지원을 하는 사이, 유령 군사들은 훌륭하게 명을 수행했다.

추기경들이 어떻게든 미나를 지키기 위해 혈안이었지만, 인간이 악마의 힘을 이길 수 있을 리 없다.

한 명, 한 명이 추기경급의 힘을 지닌 우리 가족조차 글라샬라볼라스의 공격을 막아 내지 못했던 적도 있지 않은가?

성기사의 검이나 창은 유령 군사를 통과했고, 추기경들의 마법은 무용지물이었다.

나는 성기사와 추기경들이 어찌할 바 모르는 사이 유령 군사가 데려온 미나를 착착 묶었다. 그 순간, 통신석에서 가는 진동이 느껴졌다.

[확보 완료.]

상점가 메테오에 당했던 부상을 회복하고, 레아를 대신해 이리의 총책임을 맡은 자카리의 전언이었다.

'내가 유령 군사들만 불러낸 줄 알았지?'

이리는 정문을 통해 유유히 교황청에 들어갔다. 교황청 내에선 미나와 레지날드, 그리고 몇 명의 추기경과 성기사들이 전투를 벌이는 이곳에 집중하느라 이리의 존재를 몰랐을 것이다.

설마 정문을 통해서 들어올 줄은 상상도 하지 못했을 것이고.

[전략의 시작은 상대의 눈을 가리는 것입니다.]

세기의 군사의 말대로였다. 전략으로는 타의 추종을 불허한다는 내 권속 세기의 군사와 이리의 총책임을 맡은 자카리는 정말이지 완벽한 조합이었다.

"좋아, 완료."

나는 그렇게 말하며 유령 군사에게 당해 다 죽어 가는 성기사와 추기경들에게 인사했다.

"나 이제 갈 테니까 열까지 세고서 쫓아와."

복장이 터지는 말로 말이다.

'가자, 푸르!'

순식간에 결계가 해제되며 비가 그쳤다. 그리고 나는 냅다 도망쳤다.

미나를 질질 끌고서.

*　　*　　*

듀블레드저.

가족들은 미나의 멱살을 잡고 돌아온 나와 베네딕트를 둘러메고 있는 자카리를 보고 기가 차다는 듯 헛웃음을 터뜨렸다.

"이게 대체……."

"꼬맹이, 대체 무슨 짓을 하고 온 거야? 산책 간다면서."

"……."

순서대로 앙리, 이샤크, 요한이었다. 그들은 재갈을 물고 "웁, 웁!" 난리가 난 미나와 초주검이 된 얼굴로 겨우 숨만 내쉬는 베네딕트를 쳐다봤다.

나는 아무렇지 않은 얼굴로 말했다.

"산책 갔다 온 거 맞는데?"

"……교황청으로 산책을 갔나 보지?"

요한의 말에 나는 "네!" 하고 밝게 말했다. 나는 미나를 휙, 바닥에 던져 버리고 얼이 빠진 노스에게 말했다.

"비상 경계령 내려. 신전에서 미나를 되찾으려고 혈안일 테니까."

"예? 아……. 알겠습니다."

"그리고 미나는 지하 옥사에 가둬 놓고. 이 녀석 차례는 다음이야. 우선은 베네딕트 저 망할 자식부터."

나는 사악한 표정으로 자카리에게 둘러메진 베네딕트에게 다가갔다.

"이렇게 보니까 되게 반갑네. 정말로 애타게 찾았거든."

"크흑……."

“겨우 만났으니까 멀쩡하게 신전으로 돌아갈 생각은 말아. 애타게 그린 만큼 온 마음을 다해 상대해 줄 테니까?”

“흐…….”

“걱정 마, 걱정 마. 우리 쪽엔 고문의 프로가 있거든.”

뒤보스 자작이라고.

나는 그의 머리채를 휘어잡고 머리를 들어 올리며 말했다.

“일단 손톱 단장부터 하자고. 노스!”

“예, 아가씨.”

“추기경님의 손톱 예쁘게 뽑아 줘.”

“맡겨 주십시오.”

듀블레드에 온 걸 환영해, 쓰레기.

음험한 표정의 우리를 본 베네딕트의 표정이 새파랗게 질렸다. 베네딕트를 지하 고문실로 보낸 다음, 즉시 테일러를 호출했다. 레아의 해독약을 만들기 위해서였다.

그 후에야 나는 가족들과 대화를 할 수 있었는데, 오빠들의 표정이 좋지 않았다. 소파에 앉아서 아무렇지 않은 얼굴로 오렌지 주스를 마시는 나를 본 이샤크는 머리가 아프다는 듯 이마를 짚었다.

“대체 무슨 짓을 한 거야, 꼬맹아…….”

이샤크가 골치 아프다는 표정을 짓다니. 언제나 골치가 아팠던 쪽은 나였던지라 나는 조금 신기한 기분이었다.

이샤크는 한숨을 크게 내쉬며 훈계했다.

“레아를 살려야 해서 마음이 급했던 건 알아. 하지만 이런 사고를 치면 어떻게 해? 생각이 짧다고!”

정말로 신기한 기분이었다.

“이샤크가 내게 잔소리를 들을 때마다 이런 기분이었구나…….”

"뭐?!"

이샤크가 버럭 소리쳐서 나는 조금 기가 죽었다. 앙리 또한 한숨을 내쉬었다.

"이번엔 네 잘못이 맞아, 르블레인."

"아빠랑 상의했단 말이야……."

"아버지가 허락하셨다고?"

오빠들이 미친 사람 보듯 아빠를 쳐다봤다. 아빠는 아무렇지 않은 표정으로 오빠들을 힐끗 쳐다봤다.

"좋은 역발상이라고 생각했기에."

내게는 한없이 유한 아빠를 보고 오빠들은 여전히 기가 막힌 표정을 지었다. 하지만 나는 아빠를 보고 헤헤 웃었다.

"아, 그런데요. 이상한 게 있었어요."

"이상한 거라니?"

"미나가 뒷문으로 나와 있지 뭐야. 외출하려고 했나 봐. 나야 그 덕에 생각보다 쉽게 납치할 수 있었지만."

사실 오늘의 목표는 베네딕트뿐이었다.

나의 역할은 신전에 나의 힘을 과시하고, 자카리가 내부에 침투할 수 있게 저들의 시선을 집중시키는 것이었다. 미나가 마침 뒷문으로 나와 있기에 냉큼 계획을 변경해서 납치해 온 것이고.

"이 시기에 외출을 한다고?"

앙리가 묘한 표정으로 턱을 쓰다듬다가 말했다.

"……그러고 보니 이상한 일이 하나 더 있었지."

"이상한 일이라니?"

"그리모아르의 선대가 제도에 들어왔어."

그러자 이샤크가 "엥?" 하며 턱을 괴었다.

"황명도 나 몰라라 하는 엉덩이 무거운 인사가 왜?"
"글쎄, 암조의 보고는 그가 제도에 들어왔다는 것뿐이야."
나는 흠, 신음했다.
'미나의 외출. 그리모아르 선대의 제도행이라…….'
"어?"
내가 오디스 아카데미에서 아기가 되었던 날, 미나를 찾아왔던 사내들이 떠올랐다.
'그리모아르의 사람들이었어.'
아무래도 이상하다.
"……그리모아르를 만나 봐야겠어."
대체 뒤에서 뭔 짓을 하는지 알아내야겠다.

*　　*　　*

가족들과 이야기를 마친 나는 슬그머니 시계를 바라봤다.
'슬슬 아드리안에게 가고 싶은데.'
침실에 있는 아드리안이 걱정되어서 상태를 확인하고 싶다. 나는 가족들의 눈치를 보다가 슬쩍 소파에서 엉덩이를 떼었다.
"저는 그럼 이만……."
"어디 가려고?"
"어?!"
아뿔싸.
나도 모르게 뭐에 찔리기라도 한 사람처럼 부리나케 대답해 버렸다. 이샤크가 묘한 표정으로 나를 바라봤다.
"뭐야? 방금 수상했어."

나는 재빨리 아무렇지 않은 체하며 고개를 갸웃 기울였다.
"뭐가?"
'진정해야 해. 들키면 죽는다.'
내가 아니라 아드리안이.
애써 아무렇지 않은 척하자 이샤크가 팔짱을 끼며 소파에 깊숙이 몸을 기댔다.
"그렇게 놀랄 필요가 있는 질문이었어? 다시 교황청에 산책 가려고 한다거나, 방 안에 네게 엉겨 붙은 날파리라도 숨겨 둔 게 아니라면."
심장이 덜컥했다. 방 안에 네게 엉겨 붙은 날파리라니.
정말이지 짐승 같은 감이었다. 상점가 메테오 사건으로 조사받을 때도 이렇게 긴장되진 않았다. 내가 변명하려 입을 열려던 찰나였다.
"그럴 일은 없겠지만!"
이샤크가 산뜻한 표정으로 두 손으로 뒤통수를 받쳤다.

[감은 좋아도 단순하군요.]

철수의 말이었다.
'이샤크는 단순하지만, 다른 가족들은…….'
앙리와 요한은 여전히 미심쩍은 표정으로 날 보고 있었다. 난 재빨리 변명했다.
"이제 슬슬 아미티에 공작을 풀어 주려고."
"아미티에 공작?"
"응."
"좀 더 붙잡아 놔도 되지 않겠어? 세상 사람들은 그가 납치당한 줄은 꿈에도 모르잖아."

나는 그를 납치할 적에 그의 필체를 조작하여 아미티에 공작저에 편지를 남겼다.

[조사해야 할 일이 있어 당분간 제도를 떠나 있을 예정이네. 최대한 은밀히 진행되어야 하는 일이니 주변에서 내가 부재중이란 것을 눈치채지 않도록 처신해 주게.

제도 저택은 자네들에게 부탁하지. 영지의 일은 시슬렉 자작의 도움을 받게.

추신, 17일에 코르테주 자네가 나를 대신해 유모의 무덤에 붉은 백합을 전해 주었으면 하네.]

쪽지엔 일부러 아미티에 공작이 어린 시절 집사를 부르는 애칭을 써 놓고, 남들은 모르는 아미티에 공작 유모의 기일까지 챙겼다. 아미티에저의 고용인들은 공작이 편지를 남겼다고 철석같이 믿도록.

그런 까닭에 우리가 아미티에 공작의 신변을 구속하고 있다는 것은 아무도 알지 못했다.

"지금이야 그렇지만 계속 모습을 보여 주지 않으면 의심하는 사람이 생길걸."

이샤크는 흠, 침음하곤 나를 쳐다봤다.

"아미티에 공작을 계속 살려 둘 필요가 있을까?"

"……이샤크는 이럴 때 보면 정말 악당 같다니까."

나는 한숨을 푹 내쉬고 말했다.

"지금 그를 죽였다간 괜히 역풍을 맞을 수도 있어. 거기다 아직 그를 써먹을 일이 있고."

"하지만 풀려난 그가 무슨 말을 하고 다닐 줄 알고?"

"그건……."

"꼬맹아, 재수 없지만 그가 백성들에게 엄청난 영향력을 가진 사람이란 것만은 인정해야 해."

"……."

"아미티에 공작이 민심이라는 말이 괜히 있는 줄 알아? 그는 백성들의 영웅이자 가장 사랑하는 귀족이라고."

그런 사람이 '듀블레드에 납치당했다.'고 말하면 아마 신전과 듀블레드의 판도가 뒤집힐 것이다.

〈듀블레드는 영웅에게 위해를 가한 악당. 악당이 하는 말은 믿을 수 없다. 신전이 듀블레드를 공격해 왔던 건 역시 이유가 있을 것이다.〉

이야기는 이렇게까지 비약할 수 있다. 그렇게 되면 애써 만든 판이 한 번에 뒤집힐 수도 있는 노릇.

이샤크가 걱정 어린 표정으로 날 쳐다봤고, 나는 생긋 웃었다.

"반대로 생각하면 어때?"

"반대?"

"예를 들어 아미티에가 만약 내 편을 든다면?"

"그야 아미티에를 철석같이 믿는 백성들은 신전에서 완전히 등 돌리고…… 설마 너."

"아미티에 공작을 써먹을 데가 있겠지?"

그렇게 말한 나는 얼른 문고리를 돌렸다.

"그럼 난 아미티에 공작을 만나러 가야 해서 이만!"

얼른 복도를 나섰다.

아드리안을 만나러 갈 핑계를 대려고 아미티에 공작 얘기를 꺼낸 것이긴 하지만, 생각해 보니 그는 정말 요긴하게 써먹을 수 있는 인물이다.

'아미티에 공작을 회유하고, 그리모아르 공작을 만나서 미나와 무슨 짓을 벌이려고 한 건지도 알아봐야 하고, 아드리안도 돌려보내야 해.'

바쁘다, 바빠!

내 방문 앞에 도착해서 샥, 샥 주변을 둘러봤다.

'좋아, 아무도 없어.'

하녀들에게 부탁해서 내 방 주변으로 아무도 오지 못하도록 해 달라고 했지만, 영 불안하단 말이지.

난 문을 열고 들어갔다. 아드리안은 여전히 잠들어 있었다. 나는 침대 맡에 쪼그려 앉아서 그의 얼굴을 빤히 쳐다봤다.

"바보."

신성력 좀 달라고 했다고 기절할 때까지 퍼 주면 어떻게 해.

난 살짝 그의 속눈썹을 만져 봤다.

"어쩌면 속눈썹이 이렇게 길담."

"……."

"코는 엄청 오뚝하고. 베이겠네, 베이겠어. 입술도……."

손이 스르륵 그의 입술로 내려갔을 때였다.

"악!"

그에게 손가락을 물렸다. 입술에 물린 거라 하나도 아프지 않았지만, 하던 짓이 있는지라 나는 소스라치게 놀랐다. 내가 황급히 손을 빼내자 그는 가는 실소를 흘렸다.

"뭐, 뭐, 뭐야! 깨어 있었으면서 왜 자는 척을 해?"

"미안."

몸을 일으킨 그가 침대 헤드에 기댔다. 아직 많이 피곤한지 표정이 나른하다.

"해야 한다던 일은 잘 마쳤어?"

“어? 어어, 덕분에.”
“잘됐네.”
“몸은 괜찮아?”
“응.”
그가 가볍게 손을 뻗었다. 내 헝클어진 앞머리를 매만져 주고, 피곤한 듯 눈으로 날 바라봤다.
“다행이네.”
약간 쉰 듯한 목소리, 나른한 표정, 반쯤 감긴 눈.
“보지 않았으면 좋겠어.”
“뭐라고, 르블레인?”
“꼬시려는 듯이 쳐다보는 것 말이야.”
“……그렇게 보였어?”
“엄청!”
약간 커진 눈으로 나를 보던 그는 이내 쿡쿡 웃음을 터뜨렸다.
“들켰네.”
—하는 맞장구가 마치 나를 쑥스럽지 않게 해 주려는 것 같아서 가슴이 살랑거린다.
“아드리안, 내가 생각해 봤는데 말이야.”
“응.”
“순서는 이렇게 하는 게 좋겠어.”
“순서?”
나는 진지한 얼굴로 고개를 끄덕였다.
“100일까진 손을 잡고, 200일엔 손등에 입맞춤, 1년째에 입술에 입맞춤을 하는 거야.”
“…….”

"내가 이런 걸 처음 해 봐서 그런 건 아니고, 자료를 조사해 보니까 평균적으로 이렇게 하는 것 같더라고."

"……그게 정말 평균이야?"

"살짝, 아니, 많이 느린 것 같긴 하지만, 원래 이런 건 신중한 게……."

"하지만 우린 이미 입을 맞췄잖아."

"그래서 하는 말이야."

나는 진지한 표정으로 고개를 끄덕이고서 말을 이었다.

"내가 조사해 봤는데 너무 진도가 빠르면 육욕에 빠질 가능성이 높다고 하더라고."

"대체 어디서 조사한 건데?"

"팜파르지."

"……혹시 도색 잡지인 팜파르지를 말하는 거야?"

"맞아."

아드리안은 드물게 당황한 표정으로 나를 쳐다봤다.

"그건…… 그런 이야기만 모여 있는 잡지를 봤기 때문에 나온 분석 오류가 아닐까."

"도색 잡지에 수록된 글에도 우리 같은 관계가 있더라고."

"……."

"권력가의 자제들인데 가문의 이상이 다르지만 서로 사랑하게 된 거야. 여자 쪽 가문의 반대 때문에 자주 만날 수 없어서 애틋했던 연인은 짧은 시간을 유용하게 쓰기 위해 육체적인 관계에만 집중했고, 두 사람은 마음을 제대로 나누지 못했지. 그리고 남자는 바닷가에서 만난 여자와 바람이 나는데, 분노한 여자가 회의를 느끼고 오페라 가수로 데뷔―"

"〈애프리콧 영애의 화려한 불장난〉을 말하는 거야?"

"맞아! 그런 제목이었어! 어떻게 알아?"

"진이 좋아해. 그거 미성년자 관람 불가 소설이야."
"우리 로라가 그러는데 그 전작도 인기가 많대."
"〈애마귀부인〉."
"맞아! 어떻게 알아?"
"진이 좋아해."
나는 '아하, 진은 야한 걸 되게 좋아하나 보다.'라고 생각하며 고개를 끄덕였고, 아드리안은 웃음을 터뜨렸다.
"신중한 거야, 겁이 나는 거야?"
"뭐?"
"나와의 관계 말이야."
내가 움찔하자 그는 이마에 제 이마를 가볍게 붙인 채로 속삭였다.
"평균 같은 건 상관없어. 우리는 우리의 속도로 가면 돼."
"……나 연인 삼기에 귀찮지 않아? 화 안 내?"
"안 내. 걸림돌 많은 관계가 두려운 건 당연한 거야."
나는 기죽은 표정으로 그를 보며 웅얼거렸다.
"나 사실은……."
"나와의 관계가 네 가족들에게 상처가 될까 봐 걱정되었다고?"
"……."
"상관없어, 르블레인. 난 두 번째라도 괜찮아. 네가 내 유일한 존재니까."
"날 만나기 전에 다른 사람을 많이 사귀었지?"
아드리안이 무슨 소리냐는 듯 쳐다봐서 나는 눈을 가늘게 뜨고 말했다.
"나는 초보인데 너는 경력자 같잖아. 억울해."
그가 졌다는 듯이 나를 끌어안고 웃음을 터뜨렸다.

그때였다.

쾅, 쾅—!

노크 소리가 들려왔다.

"꼬맹이! 들어간다!"

헉.

머리카락이 쭈뼛 서도록 놀란 난 아드리안을 이불 속에 파묻었다.

이샤크의 노크가 점점 더 과격해졌다.

쾅! 쾅! 쾅쾅!

"문 열어 봐. 내가 기분이 더러워서 그래."

저 짐승 같은 감이라니…….

나는 울상이 되어 허둥거렸다. 아드리안을 이불에 파묻듯이 하다가, 정신을 차리고 그를 얼른 끌어당겨서 드레스 룸 안에 숨겼다. 그리고 방 밖을 향해 소리쳤다.

"아, 아미티에 공작을 만나러 갈 준비를 해야 해!"

"준비해. 난 보고 있을 테니까."

큰일 났다. 아드리안이 죽는다!

나는 될 대로 되라는 심정으로 눈을 꽉 감고 소리쳤다.

"이샤크가 기분이 더러운 게 나랑 무슨 상관이야!"

"꼬맹이, 어떻게 그런 말을……. 난 널 이렇게 매정한 애로 키운 기억 없어!"

"이샤크가 언제 날 키웠어. 내가 이샤크를 키웠지!"

"네가 동생인데 내가 키운 거지! 어? 어른스러운 내가 어린 너를……!"

"어른스럽긴! 이샤크, 당근도 못 먹었잖아!"

그가 충격받은 듯 조용해졌다. 그 틈에 나는 헐레벌떡 드레스 룸에 뛰어 들어가서 아드리안에게 말했다.

"테라스로 뛰어내릴 수 있어?"

"……."

"몸이 안 좋아서 못 하겠어? 어떡하지. 내 방엔 강력한 결계가 있어서 이동진을 쓸 수가 없는데."

그래서 아드리안도 뒷문으로 몰래 데려오지 않았는가. 지금은 내가 비상 경계령을 내려서 경비가 더 삼엄해졌을 거다.

원래는 아미티에 공작을 보러 간다는 핑계로 아드리안을 마차에 숨겨 나가려고 했다. 내가 울상을 짓자 아드리안이 픽 웃었다.

"뛰어내릴 수 있어."

"정말? 그러면 테라스에서 뛰어내리자마자 냅다 푸른 지붕을 향해 뛰어. 별채인데 거기만 결계가 약하거든. 거기서 이동진을 써야 해."

"응."

"그리고 아드리안."

"말해."

"나, 네게 보여 주고 싶은 게 있는데……."

나는 에트왈을 만지며 그를 올려다봤다.

'그레모리와 아드리안을 만나게 해 줘야 하는데.'

아드리안은 고개를 저었다.

"무슨 뜻인지 알겠는데, 나중에."

"하지만……."

"오늘은 다시 악마를 불러낼 체력이 되지 않잖아."

"……빠른 시일 내에 꼭 그레모리를 보여 줄게."

"그래."

나는 아쉬운 표정으로 에트왈을 주머니에 넣었다. 그리고 테라스로 뛰어가 아래를 내려다봤다.

'좋아, 아무도 없다.'

"지금이야."

말하자 아드리안이 휙, 테라스로 뛰어내렸다. 방 밖에선 다시 이샤크의 목소리가 들려왔다.

"내가 당근을 못 먹은 게 아니고 안 먹은 거야! 기분 나쁜 맛이라 상대해 주지 않은 거라고!"

"그게 못 먹은 거야."

"아, 아니거든."

이샤크와 말하는 동안에도 나는 아드리안을 보고 있었다. 그가 빙그레 웃으며 입 모양으로 "들어가." 하고 말했다.

나는 얼른 가라며 손을 저었는데, 아드리안은 내가 들어간 후에야 갈 모양인지 움직이지 않았다.

어쩔 수 없이 난 테라스 유리창을 닫았다. 하지만 그는 한참을 더 나를 보다가 돌아갔다.

'으으, 간지러워.'

가슴일지, 입천장일지, 그도 아니면 옆구리일지 모를 곳이 간지러웠다. 굉장히 묘한 기분이었다.

나는 한숨을 내쉬고 방문을 열었다.

"왜 그렇게 내 방이 보고 싶은 건데?"

문을 열자마자 이샤크가 총알같이 내 방으로 들어와 안을 샅샅이 살폈다.

"……없네."

나는 눈을 가늘게 뜨고 그를 흘겨봤다.

"내가 뭐라도 숨겨 둔 줄 알았어?"

뻔뻔하게 거짓말을 하자 이샤크는 흠, 신음했다.

"뭐가 숨어든 줄 알았지."
"뭐가?"
"어느 금발의 쥐새끼라든가."
나는 흠칫했다.
'어떻게 알았지.'
아드리안을 철저히 숨겨서 데려왔고, 범죄의 프로들인 로라와 세 하녀가 철통같은 수비로 방을 지켰는데.
나는 아무렇지 않은 척 말했다.
"아드리안을 말하는 거야? 그는 황궁에 있지. 왜 듀블레드저에 와?"
"……그럼 다행인데."
여전히 미심쩍은 표정으로 방을 살핀 이샤크가 이내 내 어깨를 잡았다.
"잘 들어라, 꼬맹아."
"응?"
"얼굴이 반반한 놈, 느끼한 말을 아무렇지 않게 지껄이는 놈은 절대 믿으면 안 돼. 죄다 바람둥이야, 그런 것들은."
"이샤크는 내가 못생긴 남자를 만났으면 좋겠어?"
"미쳤어?! 네 짝이라면 당연히 세상에서 제일 잘생겨야지!"
"그러면 다정한 말 같은 건 못 하는 사나운 남자를 만났으면 좋겠어?"
"행여나 그런 놈을 데리고 오기만 해. 목을 비틀어서 뽑아 버릴 테니까."
"그러면 나는 어떤 남자도 못 만나는 거 아냐?"
'잘생기고 다정한 말을 잘하는 사람은 만나지 말라며?' 하는 눈으로 쳐다보자 이샤크가 잠깐 침묵했다. 그는 생각을 정리하듯 눈을 굴리다가 말했다.

"말을 잘못했다. 얼굴이 반반하고, 느끼한 말을 잘하는 놈을 만나."
"그럼 딱 아드리안이네."
"조건은 그것뿐만이 아니야."
그는 진지한 얼굴로 내 신랑감이 될 수 있는 조건들을 열거하기 시작했다.
"잘생기고 느끼한 말을 잘하는 건 기본이야. 거기에 능력도 있고, 재산도 있어야지. 감히 꼬맹이 널 굶기면 안 되잖아."
"……."
"그리고 몸도 좋아야지. 2세를 위해서. 물론 네가 낳기 싫다면 이 조건은 제외해도…… 아니, 제외할 수 없어. 널 지킬 수 있는 남자라면 듬직해야지. 또, 여러 방면의 지식이 있어서 대화가 즐거울 수 있어야 해. 그러려면 유머도 필수지. 그리고……."
르블레인 남편의 조건을 58번까지 듣던 나는 질린 표정으로 이샤크를 쳐다봤다.
"이샤크……."
"59번째 조건은…… 응?"
"그냥 결혼하지 말라고 해."
"할 수 있어. 포기하지 마라."
그는 몹시 엄숙하게 선언했다.
"세상을 다 뒤져서라도 내가 찾아 주마."
"그런데 이샤크가 찾은 남자가 나랑 결혼하기 싫다고 하면 어떻게 해?"
이샤크는 헹, 코웃음을 쳤다.
"그럴 리가 없잖아. 세상에 너와 결혼하고 싶지 않은 남자는 없어."
길가의 개미도 나와 결혼하고 싶어 할 거라고 말할 기세라 나는 그에게서 몇 발자국 물러났다.

"어디 가서 그런 말 하지 않기로 해. 약속이야?"

"왜?"

"사람들이 이샤크만 욕하지 않고, 나까지 욕할까 봐."

그렇게 말한 나는 고개를 절레절레 젓고 방을 나섰다.

"아미티에 공작한테 갈 거라며?"

"피곤해졌어. 집에 있는 미나나 보러 갈래."

"더 피곤해질 텐데?"

"지금은 이샤크가 날 제일 피곤하게 하는걸."

"거짓말이지? 아까 남편의 조건 말인데, 59번째 조건은 발 냄새가 나지 않아야 한다는 거야."

"제발 그만해……."

나와 이샤크는 티격태격하며 계단을 내려갔다.

1층에 내려갔을 때 지하에서부터 비명이 들려왔다. 미약하지만 이건 분명 비명이다. 베네딕트의 비명이 분명했다.

노스가 대체 어떤 고신을 하는 건지 모르겠지만, 엄청난 모양이었다. 지하 깊숙이 있는 고문실에서 1층까지 들릴 정도인 걸 보니.

나는 깊게 가라앉은 눈으로 비명이 들려오는 곳을 바라보다가 걸음을 옮겼다.

지하 옥사.

빛 한 점 들지 않아 어두운 조명만이 주변을 비추는 옥사엔 쿰쿰한 냄새가 났다. 철창 안에 웅크려 있는 미나가 보였다. 나는 그녀의 철창 앞에 쪼그려 앉았다.

"……날 어떻게 하려는 거야."

"내가 묻고 싶은 말인데. 넌 날 어떻게 하려고 했니?"
미나가 나를 날카롭게 노려봤다.
"여기까지 해, 르블레인. 내가 널 용서할 수 있는 건 여기까지야. 제발 선을 넘지 말아 줘."
나는 쿡쿡 웃었다.
"네가 날 용서하면 어떻게 되는데? 이 전쟁이 끝나는 거야?"
"끝낼 수 있어. 우리가 힘을 합치면."
"어떻게?"
"힘을 합쳐서 듀블레드와 신전의 전쟁을 중재하자. 그러면 분명 돌파구가 생길 거야."
"그러니까 중재된 후에는 어떻게 되는 거냐고."
"……."
"중재된 후엔 결국 내가 죽어야 할 거야. 왜냐면 너와 신전은 악신 봉인을 포기하지 못하니까. 아니야?"
미나의 표정이 애절해졌다.
"그건…… 그건……."
"그럼 이렇게 하자."
"……뭘?"
"아무리 생각해도 나는 혼자 죽기 너무 억울하거든. 그러니까 네가 죽어 준다면 나도 죽을게. 어때? 네가 좋아하는 공평함이야."
"르블레인, 너……."
"네가 죽어 준다면 나도 제물이 될게. 그럼 듀블레드와 신전은 더 이상 전쟁할 필요가 없는 거잖아."
"……."
"평화가 찾아올 거야. 네가 그토록 바라던 평화 말이야."

"……."

"지난번에 한 말 기억하지? 네가 내 입장이 된다면 기꺼이 죽겠다고 했던 것."

나는 짝, 손뼉을 치며 어린애처럼 까르르 웃었다.

"자, 이제 네가 선택할 시간이 왔어."

"……."

"왜? 왜 대답이 없어? 응? 너는 나라를 위해, 평화를 위해 기꺼이 죽겠다고 했잖아."

"나는, 난……."

나는 순식간에 표정을 바꾸고 매섭게 그녀를 노려봤다.

"못 하겠지?"

"……."

"무섭지? 목숨이 소중하지? 남을 위해 죽는다는 거 생각보다 훨씬 억울하고 괴로운 일이지? 그치!"

"……."

미나의 표정이 얼어붙었다. 그녀는 딱딱하게 굳은 얼굴로 나를 바라봤고, 나는 입안의 여린 살을 꽉 깨물며 말했다.

"여기까지 와서도 모르겠어? 결국 이 전쟁에 정의는 없어."

"아니야, 나는…… 난…… 이 세계를 위해……."

그녀가 고개를 수그렸다. 차가운 바닥에 뚝, 뚝, 눈물이 떨어졌다.

"위선자."

그녀의 어깨가 흠칫했다.

"입만 산 거짓말쟁이."

가녀린 어깨를 파르르 떨던 그녀는 두 손에 얼굴을 묻었다.

"난 말이야. 너 같은 사람이 제일 싫어. 그래, 이전 삶이 있었어. 너는 사랑받았고, 나는 철창 안에 갇혀 있었지."

그녀가 홱, 고개를 들었다.

"역시 네가 내 것을 빼앗은 거야?"

"그래. 내가 다 빼앗았어. 나는 네 말대로 정말 악당이거든. 기분이 어때, 미나?"

미나가 입술을 꽉 깨물었다. 말라붙은 입술에서 새빨간 피가 흘러내렸다. 미나가 악을 내질렀다.

"나쁜 계집애. 이 못된…… 끔찍한 계집애! 네가 싫어!"

"나도 그래. 너를 증오해, 이 위선자."

"그래! 난 위선자야! 네가 죽길 바랐어. 그래서 신전이 시키는 대로 다 했어! 하지만 이건 다 너 때문이야! 너 같은 나쁜 계집애를 없애기 위해서……!"

"좋아. 컷."

미나의 눈이 커졌고, 지하 옥사에 불이 환히 들어왔다. 옥지기들이 옥사 주변에서 무언가를 들고 있었다.

미나가 중얼거렸다.

"영상석……?"

미나의 떨리는 시선이 자리에서 일어난 나를 따라 이동했다. 그는 한참 입술을 달싹이고는 겨우 목소리를 냈다.

"너, 대체 뭘 하려는 거야."

"영상을 만드는 이유는 간직하려거나, 보여 주려거나 둘 중 하나겠지. 그런데 아쉽게도 우린 간직할 추억을 만들 사이는 아니고."

"르블레인!"

벌떡 일어난 미나가 창살을 잡고 고함을 내질렀다. 새빨갛게 충혈된 눈에서 분노를 읽을 수 있었다.

"졸렬하고 천박한 수작이야."

"……."

"어디까지 가려고 이러는 거니? 그래, 인정해! 내가 알던 너는 죽고, 여기 남은 건 비열한 쓰레기뿐이야!"

"……미나."

미나가 날 살벌하게 쏘아봐서 나는 고개를 삐딱하게 젖힌 채 말했다.

"내 수단이 마음에 들지 않는다는 건 방금 쏟아 낸 말들이 너 스스로 부끄러웠다는 뜻 아냐?"

"그건……!"

"아니면 이렇게까지 분노할 이유가 있어?"

창살을 쥔 손에 새파란 핏줄이 불거졌다. 나는 입술을 꽉 깨문 채로 파르르 떠는 미나를 보며 말했다.

"어느 부분이 부끄러웠는지는 잘 생각해 봐."

몸을 돌리던 나는 "아." 하며 힐끗 미나를 돌아봤다.

"그 말 돌려줄게. 네가 알던 내가 죽었다는 말."

"……."

"너도 내가 알던 사람은 아냐. 네가 그토록 지겹게 부르짖던 정의가 이런 건 아니었을 것 같거든."

이제 이 이상 무엇이 우리를 이렇게 만들었냐는 질문은 하지 않기로 했다. 결국 이 모든 건 스스로의 선택이었고, 책임을 타자에게 돌리기엔 내가 만든 늪은 너무나 깊었다.

*　*　*

영상석을 가지고 돌아오자 트리곤과 의장이 나를 기다리고 있었다.

소식을 전해 들은 트리곤이 말했다.
"마경을 준비하겠습니다."
지난번 신관이 에퓰린을 아기새로 만들어 듀블레드를 주무르려 했던 것을 고발했듯, 마경을 이용해 퍼뜨리자는 의미였다.
"미나를 납치했다고 자수할 일 있어?"
"하면 이 좋은 찬스를 버리시겠다고요? 신전이 아가씨를 노리고 숱한 수작을 부려 왔음을 증명할 수 있습니다."
"누가 찬스를 버리겠대?"
나는 고개를 절레절레 젓고 의장을 쳐다봤다.
"트리곤 좀 말려 봐. 흥분해서 머리가 안 돌아가나 봐."
"그를 이해하십시오, 아가씨. 신전에 원한이 깊지 않습니까."
"아무리 그래도 머리까지 근육이 되면 어떻게 해?"
나와 의장이 농담을 주고받자 트리곤이 울컥 인상을 찌푸렸다.
"이 와중에 농담이 나오십니까. 저는 한시가 급한데요!"
"알아, 알아."
"해가 뜨면 세상이 뒤집힐 겁니다. 신전은 운명의 아이와 추기경을 빼앗겼으니 총공세가 있을 거라고요. 그 전에 납치를 수습하지 않으면……!"
"그러니까 이걸로 수습하겠다고."
"……예?"
"트리곤, 바보야? 어차피 이걸 바로 터뜨려 봤자 역공 찬스만 주는 거라고."
신전은 미나를 납치한 내가 그녀에게 거짓 토설을 받기 위해 잔혹한 고문을 감행했다고 여론전을 펼칠 것이다.
그러면 애써 만든 신전의 의혹은 가라앉고, 사람들은 르블레인 듀블레드의 도 넘은 행보에 대해 떠들겠지.

내 말을 가만히 듣던 트리곤은 의아한 듯 물었다.

"하면 어떻게 그것으로 납치를 수습하시겠다는 말입니까?"

나는 씩 입꼬리를 올리고서 말했다.

"트리곤, 일전에 내가 말했지. 아카데미에 산드라라는 학생이 있는데 그 애 아들이 복제의 귀재라고."

"예."

"가서 이 영상석을 복제해 와. 신전에 보낼 거야."

"예?!"

꽥, 비명을 지르듯 소리치는 트리곤을 보며 나는 킬킬 웃었다.

"그리고 복제한 영상석엔 또 하나의 기능이 있었으면 좋겠는데 트리곤은 베로니카와 함께……."

그날 트리곤은 산드라의 저택으로 향했고 그녀의 아들이 복제한 영상석을 가지고 돌아왔다. 그리고 나는 정말로 영상석을 신전에 보냈다.

*　　*　　*

교황청.

"레지날드 님—!"

성기사 하나가 뛰어 들어왔다. 초조한 얼굴로 방 안을 거닐던 레지날드가 신경질적으로 소리쳤다.

"이 상황에 무슨 경망을……!"

"탑으로 가셔야겠습니다."

"……추기경들이 결론을 낸 것이냐? 무어라 하더냐. 듀블레드를 무력 돌파하겠노라 한 것이지? 하면 나는. 나는 어찌 되는 게야."

"논의는 중지되었습니다."
"중지되었다고? 화급을 다투는 사안을 두고 대관절 무슨 까닭으로 논의를 중지해!"
"첫 번째의 이름으로 영상석이 도착했는데……."
성기사가 말을 잇자 레지날드의 표정이 샛노래졌다. 그는 당장에 문을 박차고 탑을 향해 내달렸다. 레지날드가 숨이 턱 끝에 찬 채로 탑에 도착하였을 땐, 영상석이 재생되는 중이었다.

[그래! 난 위선자야! 네가 죽길 바랐어. 그래서 신전이 시키는 대로 다 했어! 하지만 이건 다 너 때문이야! 너 같은 나쁜 계집애를 없애기 위해서……!]

'진정이었구나.'
사색이 된 레지날드가 떨리는 손으로 이마를 짚었다. 멍청한 두 번째가 결국 사단을 낸 것이다.
추기경들은 크게 술렁였다. 누군가는 크게 신음했고, 또 누군가는 성호를 그렸으며, 다른 누군가는 분에 차 어찌할 바를 몰랐다. 이 중 유일한 친르블레인파의 블라시오가 테이블을 내리쳤다.
"이제 이 일을 어찌하시겠소!"
그의 시선은 시체 같은 안색의 레지날드를 향하고 있었다.
"기어코 두 번째를 끌어내 이 꼴을 만든 레지날드 님께서 말씀하십시오. 듀블레드에서 영상석을 보내온 건 우리가 그녀를 고발하는 즉시 맞대응하겠다는 엄포요."
"하, 하지만 모두 생각해 보십시오. 이건 우리에게 기회입니다. 이건 그 계집애가 아기님을 납치한 증좌가 된단 말입니다."

"레지날드 님께서 신전의 이름을 빌려 벌어 온 것이 사실이란 증거도 되겠지."

'내가 신전의 이름을 빌려 벌인 짓이라고?'

레지날드의 표정이 얼어붙었다. 그 말은 모든 죄를 자신에게 뒤집어 씌우겠다는 말이나 다름없었다.

'빌어먹을, 빌어먹을!'

숱한 세월 신전에 헌신한 결과가 고작 이것이었다. 제게 죄가 있다면 신전의 부흥을 위해 이 한 몸을 내던진 것뿐이다.

'이대로 모든 것을 뒤집어쓰고 사그라지진 않을 것이다.'

평생이었다. 평생 신전을 위해 안 해 본 일이 없었다. 고작 어린 계집애 하나로 인해 피땀 흘려 움켜쥔 것들을 놓칠 순 없다.

"해결하면 되겠습니까."

"대체 자네의 무얼 믿고 다시 일을 맡긴단—"

추기경 하나가 버럭, 소리쳤을 때였다. 소리 없이 원탁에 앉아 있던 사내가 입을 열었다.

"레지날드 님께 마지막 기회를 주시지요."

추기경 스테파노였다. 올해로 추기경이 된 지 6년째 된 이 사내는 교황청의 민심이라 불렸다.

신전과 얽힌 여러 사건이 터지는 동안에도 백성들로부터 '교황청은 믿을 수 없어도 스테파노만은 믿을 수 있다.'라는 말을 듣곤 했다. 신전에 대한 백성들의 신뢰가 부서진 최근엔 가장 센 입김을 발휘하고 있었다.

추기경들이 난색을 표하며 신음했다.

"하지만 레지날드 님은 지금껏 모든 사건의 원흉이었습니다."

"또 한 번 일이 어그러진다면 누가 책임을 진단 말입니까?"

추기경들의 날 선 질문에도 스테파노는 침착한 얼굴이었다.

"저는 레지날드 님을 믿겠습니다."

"스테파노 님……."

감격한 표정으로 스테파노를 바라보던 레지날드는 가슴을 탕, 두드렸다.

"이번 일이 어그러진다면 신복을 벗고 스스로 완성수가 되어 네리아드교를 수호하겠습니다."

7가문 모의전에서 보였던 성수화는 완벽하지 않은 방법이었다. 그래서 신전에선 세간에 밝혀진 성수화를 반성수라 불렀다.

완성수. 즉, 완벽한 성수가 되는 방법은 추기경들만이 아는 비밀이었는데, 아주 잔혹했기에 조건을 만족할 수 있는 자가 없었다.

"진정입니까?"

묻는 말에 레지날드가 고개를 수그렸다.

"예."

결국, 신전의 검이 다시 레지날드의 손에 주어졌다. 교황청은 레지날드의 지휘 아래 움직였다.

* * *

나는 펜대의 꼭지를 문 채로 양피지를 노려봤다.

"음, 으으음, 음."

한참을 끙끙거리는 날 보고 세 하녀가 의아한 표정을 지었다.

"무슨 편지를 쓰시기에 그렇게 고심하셔요?"

고리대금업자 출신의 유니의 말이었다. 나는 양피지를 든 채 책상에 엎어져서 말했다.

"그리모아르 선대와 만나고 싶은데 어떻게 써야 만나 줄지 모르겠어."

성폭행범 연쇄살인범인 달리아가 김이 모락모락 올라오는 찻잔을 책상에 내리며 대답했다.

"아들인 공작 쪽을 공략하는 게 어떨까요? 주인님께 부탁해 보시지요."

"아빠에게?"

"네. 주인님과 함께 별칭이 붙은 분이었으니 서로 꽤 친분이 있지 않을까 싶은데요. 블루 로즈의 그대, 풉, 와 검은 제비꽃의 그대, 풉."

달리아가 참지 못하고 낄낄거렸다. 그러자 세 하녀의 곁에서 부지런히 움직이던 린다의 사촌 동생, 로라가 말했다.

"아유, 그런 말씀 마세요. 제가 들었는데 꽃의 세 공작님들은……."

"꽃의 세 공자 아니었어?"

"이제 공작님들이라고 불리시더라고요. 아무튼 세 분은 서로 엄청 싫어하셔서."

"그래?"

나는 흠, 신음했다. 그리고 "모르겠다!" 소리치며 편지를 냅다 끄적였다.

"유니, 이거 보내 줘."

그렇게 말하고서 일어나 외투를 잡자 하녀들이 눈을 동그랗게 떴다.

"외출하세요?"

"응, 황태후가 불러서. 아슬란이 진짜인지 확인하고 싶은가 봐. 진짜라면 치유의 힘으로 피부병을 완치시킬 수 있잖아."

황태후가 미나의 대예배에 간 것도 피부병 때문일 것이다.

하녀들은 걱정이 가득한 얼굴로 말했다.

"하지만 이런 시기에 외출은 위험하지 않을까요……."

"어쩔 수 없잖아. 안 오면 쳐들어오겠다는데. 미나가 있는 저택에 오는 것보다 내가 가는 게 나아."

세 하녀와 로라가 주르륵 서서 똑같은 표정으로 입술을 삐죽였다.

나는 킥킥 웃고 말했다.

"다녀올게. 저택, 잘 지켜 줘?"

"네!"

"예!"

"걱정하지 마세요!"

"그럼요, 아가씨!"

나는 그 어떤 기사보다 든든한 네 명을 두고 저택을 나섰다.

오늘은 날씨가 무척 좋았다. 하늘은 높고, 바람은 선선하고.

'날씨가 엄청 좋네. 나들이 나온 사람이 많겠는걸.'

마차를 타고 황궁에 가는 내내 나는 창밖을 구경했다. 그런데 황궁으로 가기 위해 산을 넘으려던 찰나.

히이이잉—!!

말이 날카롭게 울며 마차가 덜컹! 심하게 흔들렸다. 나는 깜짝 놀라 창밖을 바라봤다. 검은 복면을 쓴 자들이 마차를 에워싸고 있었다.

바닥엔 시동인이 떠올라 있었는데, 문양을 보자 소름이 확 돋았다.

'금술……!'

저들 모두 금술사인 게 분명하다.

"컥!"

창밖에선 금술사들에게 잡힌 마부가 목이 졸린 채 허공에서 버둥거리고 있었다. 나는 황급히 마차를 뛰쳐나왔다.

"누구냐."

묻는 말에 들려온 것은 익숙한 웃음소리였다.

"세상에서 가장 미련한 자가 누구인지 아십니까?"

레지날드의 목소리. 고개를 돌리자 금술사들 사이에서 로브를 깊게 뒤집어쓴 그가 보였다.

"세상에서 가장 미련한 자는 너지, 레지날드."

"여전히 겁을 모르십니다."

"그렇게 당하고도 또 기어 나온 너야말로 겁을 모르는 듯한데."

하하, 레지날드는 낮게 웃었다. 정신이 반쯤 나간 양 소름 끼치는 웃음소리였다.

"아기님, 세상에서 가장 미련한 자는 젖값을 되돌려 받을 줄 모르고 날뛰는 망아지입니다. 바로 당신처럼."

나는 서둘러 에트왈을 잡았다.

"물러서지 않으면 공격한다."

"자랑하시는 유령 군사들로 말입니까?"

"……."

"아아, 아기님. 당신은 얼마나 멍청한지. 아슬란을 소환하며 그만한 힘을 쓰신 분이 다시 유령 군사들을 불러낼 수 있겠습니까?"

"……오지 마."

위협에도 레지날드는 뚜벅뚜벅, 내게 걸어왔다. 천천히 다가온 그가 내 어깨를 우악스레 잡았다.

"윽……!"

"네년을 얼마나 찢어 죽이고 싶었는지 모를 것이다."

나는 바짝 목소리를 낮추고 속삭였다.

"내가 죽으면 미나도 죽을 텐데."

"영상석을 내놓으십시오."

"이거 놔."

"영상석을 내놔!!"

그가 선득한 고함을 내질렀다.

"빌어먹을 계집, 빌어먹을……! 네년 때문에 내가 얼마나, 신전이 얼마나……!"

그때였다.

공중에서 소음이 들려오기 시작했다. 웅성거리는 소리와 함께 족히 400명쯤은 되는 사람들이 하늘 위에서 레지날드를 주목하고 있었다.

"무슨 소리야. 영상석이라니?"

"추기경님의 목소리가 아닌가?"

내가 말했잖아. 오늘 날씨 참 좋아서 나들이 오는 사람이 많겠다고.

레지날드가 당황한 표정으로 나를 쳐다봤고, 나는 산뜻하게 대답했다.

"아, 저거? 듀블레드의 자원 행사."

일명, '떠나요, 하늘로!'

"……뭐?"

내가 영상석을 유출한다고 사람들이 믿겠니. 믿을 수밖에 없는 상황을 만들어 줘야지.

"너, 너 이 계집……."

"스테파노가 편들어 줘서 감동했어?"

스테파노도 감동했을걸. 딸인 에뮬린이 너무 잘 자라서.

"제게 미안한 마음이 조금이라도 있다면, 저를 일말이나마 딸이라고 생각했다면 부탁을 들어주세요."

"……."

"레지날드를 지지해 주세요, ……아버지."

르블레인 감독, 에뮬린 주연의 연극이 레지날드의 마음에도 들면 좋겠다.

상공 위를 유영하는 15척의 배를 본 레지날드와 검은 로브들은 기함했다. 함정에 빠진 건 내가 아니라 레지날드였다.

나는 미나의 납치를 준비할 때부터 이러한 공격이 있을 거란 것쯤은 충분히 예상하고 있었다. 그래서 영상석을 준비해 두고, 에뮬린의 도움을 받아 그녀의 친부인 스테파노를 움직인 것이다.

뻣뻣하게 굳은 레지날드가 하늘 위에서 둥둥 날아다니는 배를 바라봤다. 장거리 이동진이 개발되기 이전, 대귀족들의 이동 수단으로 흔히 쓰던 천공 마차를 개조해 배로 만들었다.

배에는 특수한 마도구를 잔뜩 들였다. 철수의 세계에 있었다던 '스피커'라는 것을 베로니카의 힘을 빌려 만들어 놨다.

'그리고 내 옷엔…….'

그때, 레지날드가 내 멱살을 잡았다.

"조심해. 마이크를 달아 놨거든."

"너, 너, 이 계집."

배 위에서 사람들의 고함이 들렸다.

"레지날드다! 확실해. 레지날드 추기경의 목소리야!"

나는 빙그레 웃었다.

"그러니까 조심하래도."

저 위에서 베로니카가 스피커 음량을 최대한으로 올려놨을 테니까.

나는 이번 일을 준비하며 철수의 쓸모를 찾았다. 어쩔 수 없이 권속으로 만든 수다쟁이일 뿐이라 여기던 철수는 의외로 큰 도움이 되었다.

그가 살던 세계는 정말이지 엄청난 곳이라 우리의 세계에선 상상도 못 하던 것을 잔뜩 알고 있었다.

'뭐, 스피커나 마이크 같은 건 우리 세계에서도 쓰이는 마도구지만.'

이런 데에도 쓰일 수 있을 줄은 몰랐거든.

[아이디어 뱅크라고 불러 주십시오.]

철수가 낄낄거렸다.
레지날드는 나를 찢어 죽일 듯이 노려봤다. 눈빛에서 혼란과 갈등이 느껴졌다. 나를 붙든 그의 손에 힘이 들어갔다. 이윽고 그가 소리쳤다.
"배를 향해 공격하라!"
이렇게 된 이상 어쩔 수 없다고 생각한 모양이다. 물러나 봐야 이 일을 기이하게 여긴 백성들이 소문을 나를 터. 차라리 배를 격추시켜서 목격자들을 모두 없앨 생각인 듯했다.
나는 한숨을 푹 내쉬었다.
"하여간 이렇게 바보라니까."
"……뭐?"
"내가 그걸 예상하지 못했을까 봐? 이샤크!"
소리치자, 배 위에서 무언가 연이어 떨어졌다.
쾅—! 쾅, 쾅, 쾅—!
포탄이 지상을 향해 떨어지자 레지날드가 데려온 검은 로브들이 소스라치게 놀랐다. 대열을 정리하거나, 마법을 시전할 시간 따위는 조금도 주지 않았다.
덕분에 레지날드 쪽은 결계를 펼치지도 못한 채로 고스란히 포탄을 맞아야 했다.
레지날드가 고함을 내질렀다.
"멍청하긴! 이렇게 되면 너와 듀블레드의 시종까지……!"
그가 소리친 찰나, 검은 로브에게 붙들려 있던 듀블레드의 마부의 몸이 축 늘어졌다. 이어 그의 턱에 두 줄의 선이 생기며 덜컥, 하는 소리가 울려 퍼졌다.

"인형? 설마……."

"레인!"

내가 소리치자마자 구체 관절 인형 레인이 검은 로브의 목을 물어뜯었다.

"크악!"

레인에게 물린 검은 로브가 손을 놓자, 레인이 짐승처럼 두 손과 발로 재빠르게 기어 왔다. 레인은 레지날드를 걷어차고 내 위에 엎어졌다.

여기서 다시 나의 구체 관절 인형 레인을 소개하자면, 레인은 세상에서 단 하나뿐인 마도구로 오만의 발갈퀴라는 악신의 신물을 핵으로 가졌다. 성검으로 핵을 파괴하지 않는 한 무한 복구된다는 의미이다.

쾅, 쾅, 쾅, 쾅—!

포탄이 쉴 새 없이 터졌다. 물론 내게도 포탄은 날아왔으나, 레인은 부서지고 복구되기를 반복하며 나를 지켜 줬다. 완벽한 방패가 된 레인 덕에 나에게 피해는 미치지 않았다.

"아악……!"

"후퇴! 후퇴해야 합니다!"

로브들이 비명을 내질렀으나, 레지날드는 이곳을 벗어나지 못했다.

다음 상황을 너무나도 잘 예측하고 있을 테니까.

목격자들과 나를 처리하지 않는 한 그에게 미래는 없었다. 그가 사라지는 즉시, 나는 목격자들을 끌고 황궁에 갈 테고 신전은 콩알만큼 남은 신뢰마저 잃을 것이다. 레지날드가 이러지도 저러지도 못하는 사이, 주변이 빛에 감싸였다.

히이잉—!

흑마가 날카롭게 울자 빛이 사그라들며 익숙한 면면이 등장했다.

요한과 앙리, 이샤크.

이리들을 이끌고 온 듀블레드 삼 형제가 로브들과 레지날드를 둘러싸고 일시에 검을 겨누었다. 대표로 입을 연 건 악랄한 표정의 이샤크였다.

"부디 순순히 항복하지 마. 이쪽은 네놈들 살가죽을 저밀 준비 만만이니까."

타작이 시작되는 순간이었다.

* * *

레지날드와 검은 로브들은 마나를 제한하는 포승줄에 줄줄이 엮인 채로 황궁으로 향했다. 나는 황궁에 레지날드와 로브들을 고발했다. 목격자가 백 자리 단위인 탓에 따로 증거를 만들 필요도 없었다.

검은 로브들의 정체는 죄 금술사였다. 그리고 그중엔…….

"저자입니다. 저자가 7가문 모의전에 저주를 의뢰받은 금술사예요!"

그랬다.

막스에게 지목당한 금술사는 새하얗게 질렸고, 고문의 첫 타자가 되었다. 레지날드까지 잡혀 오자 금술사들은 믿을 구석이 없다는 것을 깨닫고 모의전 저주, 상점가 메테오 사건까지 줄줄이 토설했다.

제국이 뒤집어진 건 당연한 수순이었다.

신전이 신뢰를 잃은 것은 당연한 일. '누가 진짜 아슬란을 소환했는가'라는 질문은 더 이상 화두에 오르지 못했다.

백성들이고 귀족들이고 듀블레드저 앞에 진을 치고 아슬란의 축복을 내려 달라 애원했다.

*　　　*　　　*

며칠 후.

나는 샌드위치를 입에 문 채로 각종 신문의 헤드라인을 눈으로 훑었다.

[광기의 신전! 그들에게 진실은 존재했는가.]
[거리로 나온 백성들, 신상을 불태운 최악의 시위.]
[레지날드 전 추기경의 사형 논의에 쏠린 시선.]

죄다 신전을 힐난하는 기사들이었다.

나는 눈을 가늘게 뜬 채로 찻잔에 차를 따르는 앙리를 쳐다봤다.

"앙리지?"

"뭐가?"

"기사들 말이야."

그는 싱긋 미소 짓는 것으로 대답을 대신했다.

'과연 여론전의 귀재.'

언젠가부터 신문사 광고가 듀블레드 물밑 사업으로 도배되는 것 같더니 이날을 위해 사전 작업을 한 모양이다. 나는 히죽히죽 웃으며 신문을 쳐다봤다. 내게 빵을 건네준 이샤크가 말했다.

"그렇게 좋으냐?"

"당연하지. 신전의 힘은 민심에서 나왔잖아. 그런데 민심이 이렇게까지 돌아섰으니 저들이 이제 뭘 하겠느냐고."

"그래도 쉽진 않을걸. 국교라고. 천 년을 넘게 이어진 믿음이 완전히 사라지진 않을 것 아냐."

"알아. 하지만 당분간 민심을 수습하느라 정신이 없어서 공격할 틈이 없을 거야."

이샤크는 흠, 하며 "그렇긴 하지." 중얼거렸다. 그리고 샌드위치를 씹느라 빵빵해진 내 뺨을 쿡 찔렀다.

"사람 볼이 어떻게 이렇게까지 빵빵해질 수 있는 거지?"

"먹을 때 건드리면 물릴지도 몰라, 이샤크."

그러자 앙리와 요한이 말했다.

"물어도 돼, 르블레인."

"물어 버려."

나는 킥킥 웃었고, 이샤크는 칫, 혀를 찼다. 우리 가족은 오랜만에 평화로운 날을 보내고 있었다.

하지만 마음 한구석은 여전히 불안했다.

'교황이 조용한 건 마음에 걸리지만.'

레지날드의 사형 논의가 진행될 때까지 교황은 그 어떤 대응도 하지 않았다. 나는 그가 금술사와 레지날드가 고문당할 적에 나설 거라 예상했다.

'신전이라면 그들이 허튼 말을 토설하기 전에 죽이려고 할 줄 알았는데.'

나는 턱을 매만지며 창밖에 보이는 신전의 첨탑을 바라봤다.

그때였다.

"영애!"

"레이디 듀블레드!"

오늘도 창밖에서 아우성치는 소리가 들려왔다. 이샤크는 질린다는 듯 인상을 찌푸렸다.

"아슬란에게 치유받고 싶다는 놈들이지? 저놈들은 질리지를 않네."

"부모 형제, 혹은 자식이나 본인의 목숨이 달린 일이니 간절할 수밖에."

나는 대수롭지 않은 표정으로 창밖을 바라봤다.

저들 사이엔 귀족들도 더러 보였다. 대예배에 참가한 자들 말이다. 그들은 르블레인 진짜설에 힘이 실리자마자 저택 앞에서 아슬란의 축복을 내려 달라 통사정했다. 물론 나는 귓등으로도 듣지 않았고.

앙리가 말했다.

"한 명쯤은 치유해 주는 게 어때? 그래야 더 전전긍긍하며 개를 자처할 텐데."

"무리. 미나를 납치해 오느라 신성력을 많이 써서 회복 중이잖아. 그게 아니라도 내가 치유할 첫 번째 사람은 이미 정해졌어."

"레아 말이지."

나는 번쩍 양팔을 들고 소리쳤다.

"응!"

"레아 상태는 어때?"

"테일러가 베네딕트에게 남은 비늘에서 추출한 독으로 해독하고 있어. 그레모리의 이능으로 치유하면 일어날 수 있을 거야."

"그렇구나."

"있지, 우리 레아가 얼마나 대견한지 알아?"

난 헤벌쭉 웃으며 말을 이었다.

"테일러는 사실 늦었을 줄 알았대. 내장이 괴사했을까 봐 걱정했는데, 다행히 늦지 않았다지 뭐야."

"누가 보면 레아가 네 연인인 줄 알 거야, 꼬맹이."

"나는 레아가 제일 좋으니까!"

신이 나서 종알종알 떠들고 있는데 어쩐지 주변이 조용해졌다. 오빠들이 묘한 표정으로 나를 쳐다보고 있었다. 아빠도 때마침 방에 들어왔는데 굳은 얼굴로 나를 주시했다.

"제일?"

"제일이라고?"

"제일 좋단 말이야?"

"제일……."

이샤크가 테이블을 탕, 치며 일어났다.

"이건 언젠가 짚고 넘어갈 문제라고 생각했는데 말이야. 꼬맹이 넌 '제일'이 너무 흔해."

"어……?"

"확실히 하자고. 누가 제일 좋지?"

가족들이 무시무시한 표정으로 나를 주시했다. 나는 눈을 도르륵 굴렸다.

"그건……."

아빠가 말했다.

"나지."

이샤크와 앙리가 픽, 실소를 흘렸다.

"접니다."

"저죠."

요한도 말했다.

"턱시도, 아직 있다."

'큰일 났다.'

어떻게 이 자리를 피하지.

마른침을 꼴깍 삼켰을 때였다. 유니가 편지 하나를 쥔 채로 뛰어 들어왔다.

"아가씨, 그리모아르 공작으로부터 서신이 왔습니다!"

나는 후다닥 유니의 팔을 잡고 방을 빠져나왔다. 유니는 눈을 동그랗게 뜨며 무슨 일이냐는 듯 날 쳐다봤다.

"제가 방해한 건가요?"

"아니. 너무 고마워."

하마터면 큰일 날 뻔했다. 네리아드와 전쟁을 하기 전에 집안에서 먼저 전쟁이 날 뻔했다.

유니는 빙그레 웃었다.

"그렇다면 다행이에요."

그때였다.

서류를 들고 오던 의장이 나를 발견하고 다가왔다.

"아가씨, 검토해 주실 이야기가 있습니다."

"호프 상단?"

"예."

"급한 일이야?"

"그렇지는 않습니다만, 다른 일이 있으십니까?"

"그리모아르에서 서신이 왔거든."

의장의 눈이 커졌다.

"그리모아르 공작이 서신을요?"

"맞아."

"허……. 그가 서신을 보낼 줄 아는 사람이었군요."

"응?"

내가 무슨 말이냐는 듯 눈을 깜빡이자, 의장이 말했다.

"그리모아르는 선대뿐만이 아니라 당대 공작까지 만나기 힘든 인사입니다. 황명에도 모습을 드러내지 않는 자들이니, 귀족가의 서신쯤은 우습게 무시하지요."

"보낸 적 있어?"

"그리모아르는 마탑의 시작이라 불리는 가문입니다. 마법으로는 첫 번째로 손꼽히는 가문인 탓에 선대가 그들과 손을 잡기 위해 눈이 벌겠지요. 그의 명으로 저도 수십 통 서신을 썼지만, 돌아온 답장은 없었습니다."

그 정도란 말이야?

'나 정말로 운 좋게 답장을 받았구나.'

의장이 물었다.

"대체 서신에 무어라 쓰셨기에 답장을 받으신 겁니까?"

"그게……."

내가 눈을 도르륵 굴리자 의장이 불안한 표정으로 날 쳐다봤다.

"……아가씨?"

내가 일전에 그리모아르 공작령으로 보낸 편지를 대충 내용을 요약하자면 이러했다.

[나는 당신이 지난밤 한 일을 알고 있다. 아, 당신 장난 아니더라? 하하하!]

얘기를 들은 의장이 소리쳤다.

"그들이 무슨 짓을 꾸미고 있었는지 알고 계십니까?"

"아니."

"예?"

"난 모르지."

"예?"

"모르니까 만나서 알아보려고 편지를 보낸 거잖아."

"예?!"

내가 헤헤 웃자, 의장이 골치 아프다는 듯 이마를 짚었다. 나는 "아니……." 하며 말을 시작했다.

"처음엔 나도 좋은 말로 회유하려고 했지. 그런데 아빠랑 사이가 좋지 않다잖아."

"그래서요."

"아빠와 사이가 좋지 않다니, 웬만한 말로는 회유가 되지 않을 것 같았어."

"그런데요!"

"그래서…… 일단 질러나 보자 하는 마음으로…… 찔리는 게 있다면 날 만나 줄 거 아냐."

그러니까 이건 블러핑이었다. 내 말에 의장이 실소를 흘렸다.

"대체 아가씨는 간이 얼마나 큰 겁니까? 그리모아르는 마탑을 소유한 가문입니다. 가문 중엔 마탑주를 지낸 사람이 수없이 많고, 그리모아르 공작 본인은 현재 대륙에서 가장 굉장한 마법사란 말입니다."

"베로니카보다 더?"

"베로니카와는 궤가 다르지요. 그녀는 마도구 개발에 특화된 마법사이고, 그리모아르 공작은 공격 마법의 귀재입니다."

"그렇구나……."

"어서 편지를 확인하시죠."

의장이 긴장한 표정으로 나를 재촉했다. 나는 고개를 끄덕이며 편지를 펼쳤다. 그리고 내용을 확인하는데…….

"……어?"

이게 뭐야.

편지를 읽은 의장과 나는 서로를 바라보곤 다시 한번 서신을 확인했다.

"이게 전부야?"

"……그런 듯합니다."

그리모아르 공작의 서신은 간단하게 요약하면 이것이었다.

[뻥 치시네.]

나는 눈을 가늘게 떴다.

"유니."

"예, 아가씨."

"양피지 가져와."

……해 보자 이거지?

*　　*　　*

사흘 동안 나와 그리모아르 공작은 엄청난 양의 편지를 교환했다. 편지를 보내다 못해 통신석 문자 전달을 하기까지 했다.

사흘간 우리가 문자로 나눈 대화를 정리하자면 대충 이렇다.

[뻥인지 아닌지 그쪽이 어떻게 아시는지?]

[수가 훤하다.]

[아닌데. 나는 정말 아는데?]

[증거를 대라.]

[모월 모일 몇 시에 미나, 레지날드와 만나려고 했잖아요.]

[……글쎄, 모르는 일인데?]
[발뺌하시겠다? 수가 훤하시네요.]
[발뺌인지 아닌지 그쪽은 어떻게 아는지?]
[척 보면 척이지. 내가 그쪽 같은 분들 한두 번 상대하는 줄 아시는지?]
[그런데 젊은이가 상당히 무례하군?]
[죄송합니다, 할아버님?]
[미쳤는지?]
[아쉽게도 정상인데요?]

요약하자면 이렇다는 것이고, 편지나 통신 서두엔 항상 안부를 묻는 말부터 시작했고, 구구절절 우아한 문장을 적었다. 핵심이 빈정거림이라 그렇지.
의장은 통신석을 바라보는 내게 물었다.
"그리모아르 공작에게 답신이 없습니까?"
"응. 내가 이겼어."
그러자 의장의 옆에 앉아 있던 세리아가 웃음을 터뜨렸다. 의장은 그녀를 보며 마뜩잖은 듯 물었다.
"웃음이 나는가."
"실례했습니다. 두 분이 너무 닮으신지라."
나는 벼락이라도 맞은 사람처럼 뻣뻣하게 굳어 세리아를 쳐다봤다.
"세리아, 어떻게 그런 말을 할 수 있어?"
"저는 늘 직언을 아끼지 않는 충신입니다, 아가씨."
입에 발린 말을 흡족해하는 폭군의 마음을 이해할 것 같았다. 세리아는 충격받은 나를 보며 후후, 웃었다.

"모르는 사람이 봤으면 부녀인 줄 알지도요. 아니, 삼촌 조카 간일까요?"

"끔찍한 말은 그만둬, 세리아."

의장은 한숨을 푹 내쉬었다.

"해서 이제 어떻게 하실 겁니까? 그리모아르 공작을 만나시려는 게 아니었습니까?"

나는 의자 등받이에 몸을 깊게 기대며 말했다.

"만나려고 한 거야. 열이 받을 대로 받으면 쳐들어와 주지 않을까 하고."

세리아는 하녀들이 내준 찻잔을 들며 말했다.

"굳이 그분을 만나야 할까요?"

"신전과 결탁했는지 확인이 필요해. 전쟁이라도 치르게 되면 내가 아무리 유령 군사들을 불러낼 수 있다고 해도 승리를 장담할 수 없잖아."

신성력이 부족하면 그들을 유지할 수 없으니까. 만약에라도 정말 신전과 그리모아르가 결탁한 거라면 어떻게 해서든 그들 사이를 갈라놔야 한다.

'신전에 마탑까지 얹으면 승산이 없을 거야.'

나는 턱을 매만지며 말했다.

"마탑을 우리 편으로 끌어들일 수 있다면 제일 좋고, 아니어도 이 전쟁에서 그들은 중립이어야 해."

"이렇게 열 받게 하시고서요?"

"그리모아르 공작이 애도 아니고, 내가 열 좀 받게 했다는 이유로 신전에 붙어 전쟁을 벌일 리 있겠어? 그건 세상에서 제일 치사한 발루아 공작이나 할 법한 일이지."

소문에 밝은 로라에게 듣자니 그리모아르 공작은 그렇게까지 비이성적인 사람이 아니라고 했다.

'개인적으로 내게 한두 마디 하려 쳐들어와 주는 게 제일 좋은데.'

영 넘어오질 않는다. 나는 입술을 삐죽 내밀었다.

"답신이 올 때까지 일이나 해야겠다. 세리아, 호프 상단 정리는 다 되어 가?"

"아가씨께서 해결해 주실 문제가 몇 가지 있지만요."

신전과 정말로 전쟁을 치를 때를 대비해 나는 호프 상단을 현금화할 준비를 하고 있었다. 아무리 듀블레드가 대륙 제일의 자금력을 자랑한다고 해도, 국교와의 전쟁엔 한없이 많은 돈이 들 것이다.

"들키지 않도록 상단을 분야별로 쪼개 팔아야 한다는 건 잊지 않았지?"

"물론이죠. 대부분의 사업이 정리되었고, 장거리 이동진과 블루 스피넬, 수원 등의 전쟁 물자와 관련된 사업만이 남았습니다."

"블루 스피넬도 정리하자."

"스피넬을요? 하지만 아가씨, 그건 전쟁에 없어선 안 될 자원입니다."

"그건 우리에게 신성력을 넣어 줄 신관이 존재할 때의 일이지."

신성력을 지닌 자들은 대부분 신관이 된다. 남는 자들은 거의 신성력이 없는 것이나 마찬가지인 사람들뿐.

"신전과 전쟁을 치르면 그들이 미쳤다고 블루 스피넬에 신성력을 담아서 우리에게 신성 무기나 갑주를 만들어 주겠어?"

"그렇긴 하죠."

"블루 스피넬은 호프 상단의 가장 큰 재산이야. 정리하면 어마어마한 이문이 남을 테고."

그렇게 말한 나는 몸을 일으켰다.

"창고에 남은 스피넬을 보러 가야겠어."

"외출하셔도 괜찮으시겠어요?"

"응. 이동진을 사용할 테니까."

나는 하녀들에게 상점가로 외출한다는 말을 남기고, 상단 사무실로 이동했다.

사무실은 분주했다. 나와 세리아, 의장은 블루 스피넬 창고로 향했다. 하나에도 눈 튀어나오도록 값비싼 스피넬이 거대한 창고 세 곳에 꽉꽉 들어차 있었다.

'내 귀염둥이들, 잠시 안녕이야.'

나는 아쉬운 표정으로 스피넬을 쓰다듬었다.

"타대륙 상단에 연락해 봐. 신전에 흘러들지 않을 수 있는 상단이라면 다소 가격을 깎아서라도 판매해."

"그렇다고 해도 천문학적인 금액이 남을 겁니다."

"응."

나와 세리아, 의장은 정신없이 호프 상단에 대해 의논했다. 이야기를 마쳤을 땐 해가 뉘엿뉘엿 지고 있었다.

로브를 깊게 눌러쓴 나는 호프 상단 건물을 바라봤다. 네 살 때 시작해서 이룩한 모든 것이 이곳에 있었다.

세리아는 조심스럽게 말했다.

"정말로 건물까지 매매하실 건가요?"

"……응."

아쉬움에 나답지 않게 목이 메었다. 이 건물로 이전해 간판을 올리던 순간을 기억한다. 발루아 공작의 등을 쳐서 번 돈으로 건물을 샀더랬지…….

기둥을 쓰다듬던 찰나였다.

"르블레인 듀블레드?"

응?

낯선 목소리였다. 고개를 돌리자 나와 마찬가지로 검은 로브를 뒤집어쓴 장신의 인물이 보였다. 너른 어깨로 보아 여성은 절대로 아니었다. 그가 천천히 후드를 벗었다.

바람에 흩날리는 결 좋은 머리칼, 아빠와 비견될 정도로 아름다운 선의 얼굴, 한여름의 초록 같은 녹안.

"그리모아르 공작님……?"

순간, 철수의 목소리가 들렸다.

[현피 뜨러 왔나 봐요.]

현피가 뭔지 모르겠지만, 아주 사악하고 끔찍한 단어일 거라는 추측이 들었다. 그게 아니라면 그리모아르 공작의 기세가 저만큼 싸늘할 리 없지 않은가.

그는 품에서 양피지 묶음을 꺼냈다. 양피지 모서리에 찍힌 문양이 몹시 익숙한 것으로 보아선 내가 보낸 편지들이다.

"상당히 맹랑하던데."

나는 아무렇지 않게 고개를 숙였다.

"처음 뵙겠습니다, 공작님."

"……난 초면엔 인사라는 기본적인 매너조차 모르는 작자다?"

"설마요. 평소 공작님의 위명을 익히 들었습니다. 흠모하던 분을 만나 뵙게 되어 영광입니다."

"……듣던 것과 달리 치졸하던 인사다?"

"그렇지 않습니다. 공작님께선 저 같은 철부지의 실수쯤은 눈 감아 주시는 자애로운 분이시라는 걸 알고 있어요."

"……나이는 어디로 처먹고 득달같이 쫓아왔냐?"

겉으론 '재밌으시긴.' 하며 웃었지만, 속으로 난 엄청나게 당황해 있었다.

'말이 안 통해!'

편지와 통신으로 너무 빈정거린 모양이었다. 이제 무슨 말을 해도 돌려서 빈정거리는 줄 안다. 허리를 잡은 그리모아르 공작이 가볍게 고개를 숙이더니 헛웃음을 흘렸다.

"정말이지 맹랑한 애송이로군."

그는 과연 제국이라는 야생에서 십수 년 정점을 차지하고 있는 맹수였다. 짧디짧은 말에도 소름 끼치는 위압감이 느껴졌다.

보육원 동생들의 인신매매범을 잡겠다고 단신으로 듀블레드에 숨어들었던 세리아가 황급히 호위병을 호출했을 정도였다.

하지만 내가 누구던가?

숨만 쉬어도 다른 사람의 오금을 저리게 하는 사내를 하나도 아니고, 넷이나 가족으로 둔 사람이라 이거다.

"그래서 저를 찾아오신 이유가 뭔가요? 한참 어린 제가 몇 마디 빈정거렸다고 잡으러 온 건 아니실 텐데요."

"빈정거렸다는 건 인정하는군?"

"어른에게 다소 지나쳤다고 생각합니다. 죄송—"

"네 아비가 평소 널 어떻게 가르쳐왔는지 훤히 보이더군."

나는 "허어." 신음하고 윗어금니를 핥았다. 만국 공통으로 자식들이 눈 돌아가는 말 1순위는 그것이다.

"부모가 대체 어떻게 가르친 거야."

머릿속에서 철컥, 소리가 들린다. 공격 전환 신호였다. 난 짝! 손뼉을 치고 해맑게 웃었다.

"네, 제 아버님의 지론은 '받은 만큼 돌려줘라'이고 저는 아버님의 가르침을 성실히 따르는 착한 딸이니까요! 제가 만약 그리모아르의 핏줄이었다면 흰머리가 성성해져도 유년과 같은 순수를 간직하고 있었겠지요."

그리모아르는 얼마나 핏줄을 잘 가르치길래 요약하면 '뻥 치시네' 같은 유치한 편지를 보내는지?

"그렇겠지. 난 나와 피를 나눈 아이에게 평화라는 정원과 애정이라는 물을 줄 테니."

듀블레드 같은 야생에서 지냈으니 너 같은 성질머리가 나오는 것.

"멋진 가정을 하시는군요! 자식, 아니, 조카만 되어도 정말로 행복하겠어요."

핏줄 있어? 망상만 해 봤자, 쿡.

위와 같은 공방이 이어졌다.

그리모아르 공작을 수행하던 부관이 "가, 각하." 하며 어찌할 바를 몰라 했고, 세리아와 의장도 "아가씨……." 하며 나를 말렸다. 부글부글 끓는 표정을 짓던 그리모아르 공작이 이를 악물었다.

"아무것도 모르는 주제에 입만 살았구나."

"아이고, 송구합니다."

"내 절반도 살지 못한 너와 이따위 소모전을 더 벌일 생각이 없다."

"그거 너무 잘됐네요. 그래서 무슨 용건이신지?"

"따라와라."

"어머니들이 아이에게 가장 먼저 가르치는 게 '아무나 따라가지 말라'이지 않나요?"

"네 어머니에게 나는 아무나가 아니라고 전해라."
순간, 주변이 고요해졌다.
토끼 눈으로 이쪽을 구경하던 사람들이 내 눈치를 보았다. 이 제국에서 내가 고아라는 것을 모르는 사람은 없기 때문이었다. 사실 나는 친부모를 찾았지만, 어머니는 돌아가셨다. 그랬기에 세리아와 의장의 표정도 굳어졌다.
참다못한 세리아가 나섰다.
"무슨 말씀을 그리 – !"
"그만."
"하지만, 아가씨."
"그만해."
나는 무감한 표정으로 그리모아르 공작을 응시했다. 공작은 그제야 내 처지를 떠올렸는지 미간을 좁히고 있었다.
"저세상에서 어머니를 만나 뵙게 되면 꼭 전달하겠습니다, 공작님."
"……."
"대화를 더 나눌 분위기는 아니지요? 이만."
나는 즉시 등을 돌렸다. 그리모아르 공작을 노려보던 세리아가 얼른 나를 쫓아왔고, 의장은 한동안 공작을 빤히 응시하다가 고개를 숙였다.

* * *

저택에 돌아온 나는 한참을 씩씩거렸다. 그리모아르 공작이 내게 보냈던 양피지를 노려보다가 '씨…….' 중얼거리며 거칠게 서랍에 넣어 버렸다.
"정말이지 몹쓸 사람이에요. 아무리 내막을 모른다지만, 세간에 고아로 알려진 아가씨에게 그런 말을 하다니요."

세리아 또한 흥분해서 그리모아르 공작을 헐뜯었다.

나를 가만히 쳐다보던 의장이 입을 열었다.

"일부러 그랬던 것은 아닌 듯했습니다."

"어?"

"흥분하여 말이 헛나온 게 아닐까 합니다."

"그가 흥분해서 헛말을 할 사람이야?"

빈정거린 것도 전부 헛말이 아니었잖아. 내가 팔짱을 끼며 말하자, 의장이 눈을 가늘게 좁혔다.

"흥분할 만한 일이 있었던 건 아닐는지요."

"흥분할 만한 일이라고……?"

하기야 애초에 그리모아르 공작이 날 찾아온 것부터 이상하다. 나와 주고받은 편지 때문에 다소 심기가 상한 듯 보였으나, 눈이 돌아가서 내 멱살이라도 잡으러 온 것은 아니었다.

"내게 용건이 있고, 그 용건이 그리모아르 공작을 흥분하게 할 사안이다?"

"아무래도 그런 게 아니겠습니까?"

"좀 더 이야기를 들어볼 걸 그랬나……. 나답지 않게 지나치게 흥분했어."

"사람들이 아가씨에게 공작 부인이 어떤 의미인지 안다면, 얌전히 돌아오신 것만으로도 대단하다고 할 테지요."

나를 지키기 위해, 내 등 뒤에서 죽은 용감한 엄마는 내 자랑이자 동시에 역린이었다.

나는 관자놀이를 누르며 말했다.

"그리모아르 공작은 어디 있지? 제도 저택?"

"직접 찾아가시는 건 좋은 선택이 아닐 겁니다."

"그렇겠지……. 가뜩이나 신전과 듀블레드 사이가 살얼음 같은데 내가 평소에 관심도 없던 그리모아르 공작을 찾아간다면 전쟁 준비를 하는 줄 알 거야."

"어떻게 보면 상점가에서 대판 싸운 것이 잘된 걸지도 모르지요. 마탑 소유 가문의 가주와 그만큼 다투셨으니 전쟁 준비를 하는 줄은 모를 게 아닙니까."

"그래. 그치만 그리모아르 공작의 용건을 빨리 좀 알았으면 좋겠는데……."

나는 한숨을 푹 내쉬었다.

하지만 내 걱정과 다르게 나는 다음 날 바로 그리모아르 공작이 그만큼 흥분한 까닭을 알게 되었다. 암조의 책임자인 뒤보스 자작이 사전에 연락도 하지 않고 헐레벌떡 저택을 찾아왔다.

"카림 그리모아르가 사라졌습니다!"

카림 그리모아르.

그리모아르 선대 공작이 사라졌다.

* * *

그리모아르 공작이 황궁의 도움을 얻어 제국 전역을 이 잡듯이 뒤졌지만, 카림 그리모아르는 닷새가 넘도록 머리카락 한 올 보이지 않았다.

나는 창밖으로 그리모아르 군사들이 돌아다니는 거리를 바라보았다. 의장이 암조로부터 전달받은 내용을 말해 주었다.

"카림 그리모아르가 사라진 건 일주일 전입니다."

"공작은 제 부친이 사라진 지 이틀째에 날 찾아온 거구나."

"카림 그리모아르가 하루 이틀 자리를 비우는 경우는 종종 있었답니다. 하지만 이틀이 넘도록 위치를 알리지 않은 적은 없기에 수상한 것을 느낀 그리모아르가 아가씨를 찾아온 듯합니다."

"내가 보낸 편지 때문에 혹시 뭔가를 알고 있나 했던 거지."

이틀이 넘어 사흘째가 되어서도 옷자락 하나 보이지 않기에 수색령을 내린 것이고.

창틀을 톡, 톡 두드리던 나는 의장을 돌아보았다.

"신전일까?"

"글쎄요."

"미나에게 확인해 보면?"

"의식을 잃은 지 이틀째인데 대답이나 할 수 있을는지요."

"그렇지 참……."

미나는 아미를 소환한 뒤 '통로'를 닫지 못했다. 에트왈이 없는 상태로 악마를 유지하고 있으니 신성력이 턱없이 부족했고, 이틀 전에 기어이 의식을 잃어버렸다.

소중한 인질이기에 마나석을 통해 연명할 만큼만 신성력을 보충해 주고 있었다.

"깨우는 건 어떨까?"

"아가씨도 아시잖습니까. 혼절한 '운명의 아이'가 깨어나는 건 신성력을 3할 이상 회복했을 때라는 것을."

그건 잦은 혼절로 내가 몸소 깨달은 바였다.

'미나의 신성력을 3할 이상 회복시킬 만큼의 마나석은 없어.'

지금도 미나의 목숨을 붙여 놓기 위해 천문학적인 금액의 마나석을 쓰고 있다.

아니면 아드리안이나 내가 신성력을 보충해 줘야 하는데, 아드리안은 일전에 내게 어마어마한 양의 신성력을 주었고, 나는 미나 납치 사건으로 신성력의 대부분을 소진했다.

"나도 아직 힘이 모자라는데 내 힘을 나눠 줄 수도 없잖아."

"흠……."

"아미를 유지해야 하니까 내가 신성력을 나눠 주는 즉시 아미에게 다 들어갈걸."

철수는 이런 일을 일컬어 '밑 빠진 독'이라고 하곤 했다.

의장이 찻잔에 차를 따르며 말했다.

"에트왈을 돌려준다면 어떻습니까?"

"그야 아미를 유지하기 쉬워질 테니 깨어나게 할 순 있겠지만—"

"절대 안 되죠."

"절대 안 되지."

우리는 서로를 마주 보고 말도 안 된다는 듯 웃었다.

'그럼 어쩐다.'

그리모아르 선대를 찾아 주면, 미나와 무슨 이야기를 하려고 했는지 알아낼 수 있을 텐데. 운이 좋으면 이번 전쟁에서 그리모아르의 도움을 얻을 수 있을지도 모르고.

내가 고민하고 있던 찰나였다. 통신석이 반짝이며 세리아의 목소리가 들려왔다.

[블루 스피넬을 매매하고 싶다는 의사를 밝힌 자들이 있습니다.]

"다행이네! 조건도 조건이고, 어마어마한 금액이라 과연 팔릴까 했는데."

[매매 전에 블루 스피넬의 효용을 확인하고 싶다고 합니다. 비어 있는 스피넬에 신성력을 충전해야 하는데 어떻게 할까요?]

"응, 내가 갈게."

나는 얼른 외투를 집어 들었다.

고용인에게 상단에 다녀오겠다는 말을 한 뒤 즉시 제도 사무실로 이동했다. 나를 기다리고 있던 세리아가 한 무더기의 블루 스피넬을 내밀었다.

"양이 제법 되는데 괜찮으시겠습니까? 가뜩이나 몸도 좋지 않으신데요."

나는 손을 내저었다.

"악마의 이능을 쓸 때나 힘들지, 이런 건 아무것도 아냐."

"이능을 빌려 쓰는 게 엄청난 모양이군요."

나는 고개를 끄덕였다.

악마는 인간의 힘을 넘어선 존재다. 아무리 능력으로 첫손에 꼽히는 인간일지라도 악마를 넘어서는 일은 불가능에 가깝다. 나조차 에트왈 없이 악마를 소환하거나, 이능을 빌려 쓰는 건 꿈도 꿀 수 없었다.

'에트왈 없이 아미를 소환해서 이능까지 쓴 미나는 자살 시도를 했다고 봐야 하지.'

더 대단한 건 그런데도 살아 있다는 것이고.

내가 힘을 불어넣자 구우웅, 작은 진동과 함께 블루 스피넬의 투명도가 달라졌다. 스피넬 '가공'은 시간이 오래 걸리는 일이 아니었다. 두어 시간 만에 세리아가 넘겨준 스피넬 가공을 완료했다.

"이거면 되는 거야?"

"예."

"신성력을 충전한 스피넬의 시연은 오랜만인데. 매매 예정자가 깐깐한 편인가?"

"상당히요. 그러나 이해는 되지요. 천문학적 단위의 금액이 오가는 일이잖습니까. 해서 말인데……."

"응?"

"단주와 직접 만나고 싶어 합니다."

나는 미간을 찌푸렸다.

호프 상단이 출범하고 장장 13년. 단주와 직접 거래하고 싶어 하는 상인은 수도 없이 많았지만, 세리아는 현명하게 그들을 제지했다. 단주 대행으로서 상당한 연차가 쌓인 세리아는 어떤 거상과의 설전에서도 진 적이 없었다.

'그런 세리아가 곤란해할 정도의 사람이라고?'

내가 흠, 신음하며 턱 끝을 매만지자 세리아가 말했다.

"이만한 거래를 치를 만한 상단은 많지 않습니다. 조건이 조건인지라 더더욱."

내가 내건 조건이 상당히 까다롭긴 하다.

〈무역의 중심지인 제국과 얽히지 않았으며, 이 대륙에 그 어떤 연고도 없는 타대륙의 상단.〉

이번 거래 상대를 제외하면 전무하다고 해도 과언이 아니었다.

'구체 관절 인형인 레인을 보낼…… 참, 지금 레인을 쓸 수는 없지.'

지난번 레지날드 사건 때, 이용하려 개조했던 게 기억났다. 핵의 힘을 방어력에 모느라 원격 조종을 할 수 없게 되었다.

'다시 개조하려면 시간이 상당히 오래 걸릴 거야. 그러다 거래 시기를 놓칠 수도 있어.'

신전과의 전쟁을 대비하려면 자금이 꼭 필요했다.

"가면을 가져와. 내가 직접 만나 볼 테니까. 상대는 언제 오기로 했지?"

"오늘 시연을 보기 위해 상단으로 올 겁니다."

"시연은 내가 직접 하지. 혹시 함정이라면 따로 시간을 잡았다간 준비할 시간을 주는 셈일 테니까."

"예."

세리아는 즉시 가면을 가져왔다. 나는 마법으로 목소리를 바꾼 뒤, 로브의 후드를 깊게 뒤집어썼다.

이윽고 해 질 녘.

거래를 희망하는 상단에서 사람들이 도착했다는 소식이 들려왔다.

의장은 부상단주 집무실과 연결된 작은 방에 모습을 감췄고, 세리아는 대외에 알려진 호프 상단 부상단주 세세의 모습으로 분장한 뒤 상대 상단의 사람들을 맞이했다.

그리고 문이 열렸다. 문 안으로 들어온 사람들 또한 검은 로브를 뒤집어쓰고 있었다.

"여전히 고매한 기운에 몸 둘 바를 모르겠습니다, 대인!"

로브를 내린 후덕한 인상의 노인이 껄껄 웃으며 세리아에게 악수를 청했다. 타 대륙인인 만큼 몹시 어눌한 억양이었다. 세리아가 빙그레 미소 지으며 손을 내밀었다.

"환영합니다, 트리한 공."

"예. 한데 저분은……."

"단주님이십니다."

"오오!"

노인이 나를 향해 허리를 약간 구부린 채 가슴에 손을 얹었다. 제국의 예법을 익혀 온 모양이었다. 나는 저들의 모국인 서벨티움의 인사대로 손날을 입술에 가볍게 붙였다.

노인은 하하하! 호탕하게 웃곤 말했다.

"예를 아는 분을 만나서 기쁩니다. 예상보다 더 젊은 분이셨군요. 이만한 나이에 이러한 거상의 우두머리로 군림하신다니 놀라울 따름입니다. 저희도 보스를 소개하죠.”

세리아가 깜짝 놀라 그를 쳐다봤다.

“트리한 공께서 상단주가 아니란 말입니까?”

“말씀드리지 않았습니까. 저희는 조합이라고. 트리한 상단의 단주는 제가 맞지만 조합장은 따로 계십니다.”

“얘기가 다릅니다, 트리한 공!”

“자자, 사소한 것은 넘어가시지요.”

껄껄 웃은 그가 등 뒤의 사내를 바라봤다.

“니콜라이 공.”

니콜라이?

익숙한 이름에 나는 흠칫 굳었다.

노인의 앞으로 나온 사내가 후드를 가볍게 내렸고, 칠흑 같은 검은 머리칼이 드러났다. 동시에 나는 며칠 전만 해도 폭풍처럼 주고받던 서신을 떠올렸다. 그 서신 끝에 쓰여 있던 이름은.

[니콜라이 그리모아르]

“서벨티움 상단 조합장 니콜라이 그리모아르다.”

“…….”

“듀블레드 영애.”

‘그는 호프 상단주가 누구인지 정확히 알고 있다.’

이렇게 되면 잡아뗄 수도 없었다.

나는 입안의 여린 살을 꽉 깨물며 가면을 스르륵 내렸다. 한여름 초록 같은 짙은 녹안과 호수처럼 푸른 나의 청안이 허공에서 마주쳤다.

*　*　*

나와 그리모아르 공작은 소파 테이블을 사이에 두고 마주 앉았다. 팔짱을 낀 채 눈을 꽉 감은 내가 입을 열었다.

"언제부터 제가 호프 상단주라는 것을 아셨습니까?"

"지난번 상단 사무실 앞에서 마주쳤을 때부터."

"그러니까 그때 어떻게요."

"저 여성."

그가 세리아를 쳐다봤다. 그때 그녀는 대외로 알려진 노부인 세셰로서의 모습이 아니라, 젊은 세리아 본인의 모습이었다.

"나는 저 여성을 알고 있거든."

"각하께서 저를 어떻게……."

"지명 수배범이 아닌가. 그리모아르는 황실과 협력하여 지명 수배범을 추척하는 마법을 개발 중이다. 수배지에서 당신을 본 적이 있지."

"……!"

"듀블레드 영애가 수배자와 함께 있는 것이 의아하여 조사해 보니 자네가 호프 상단 주변을 자주 오간다는 것을 알았다."

"그, 그건……."

"하여 트리한을 통해 부상단주의 모습을 영상석에 담아 왔지."

세리아가 트리한을 매섭게 노려봤고, 트리한은 찔끔한 표정으로 고개를 돌렸다. 그리모아르 공작이 말을 이었다.

"부상단주 세셰의 영상에서 마력 식을 읽을 수 있었다. 외형을 변화하는 식이었지."

"……."

"호프 상단이 세워진 건 운명의 아이인 네가 듀블레드에 들어간 직후.

세리아라는 여성은 네 수하인 듯했고."

"……."

"네가 호프 상단의 상단주일지도 모른다고 의심하는 것이 이상한 일은 아니지 않나. 듀블레드 영애."

나는 짙은 한숨을 내쉬고, 그를 똑바로 직시했다.

"그렇습니다, 각하. 제가 호프 상단주입니다."

"들킨 것치곤 침착하군."

"꼬리가 길면 밟힌다는 것쯤은 알고 있습니다. 13년이면 많이 해 먹었고요. 해서 상단을 정리 중이었습니다."

"흠."

"미리 말씀드리지만, 상단의 대부분이 정리된 지금, 제가 호프 상단주라는 것은 협박거리가 되지 않습니다."

그리모아르 공작이 팔걸이에 팔꿈치를 받치곤 관자놀이를 주물렀다.

"내가 너를 협박하려 했다면 이까짓 거리는 쓰지 않겠지."

"……."

"적어도 네가 목숨처럼 아끼는 '그 하녀'를 잡아 왔을 것이다. 뭐, 생사의 기로에 섰으니 네가 버린대도 어쩔 수 없겠지만."

저건 분명 레아의 이야기였다. 난 짓씹듯 이야기했다.

"또 하나 미리 말씀드리는 것을 잊었습니다."

"무엇을?"

"또 한 번 레아의 이름을 언급한다면 그 입, 찢어질 겁니다."

"네 자랑인 유령 군사들이라도 불러낼 생각인 것이냐?"

"못 할 것도 없죠. 레아가 얽힌다면 세상 따위 뒤집어 버릴 수밖에."

그리모아르 공작이 쿡쿡 웃었다.

"레아 샤바놀이 네 양부와 호적상 형제들을 전부 밀어 두는 절대적인

1순위라더니 틀린 말도 아니구나."

쾅, 쾅!

챙강—!!

내가 일으킨 신성력의 소용돌이에 의해 집무실의 창문이 일시에 깨졌다.

"그 입 찢어 버린다고 했을 텐데요."

"무서워서 원."

그는 어깨를 으쓱했다.

"하면 빨리 끝내지. 나도 더 이곳에 있고 싶은 마음은 없으니. 내 부친을 어디에 숨겨 둔 것이냐."

"……이건 또 무슨 헛소리람."

"이제 예의조차 차릴 마음이 들지 않는가 보지."

"제가 그리모아르의 선대가 어디에 있는지 어떻게 압니까!"

"두 번째 운명의 아이와 추기경, 거기에 겁도 없이 아미티에 공작까지 납치한 네가 내 부친이라고 해서 납치하지 않았겠나?"

나는 움찔했다.

[아가야, 하던 모양이 있으니까 하지 않은 일도 의심받는구나…….]

[납치가 취미일 때부터 내가 알아봤지. 알아봤어!]

부네와 철수가 차례로 말했다. 나는 속으로 '시끄러워.' 하고 말하곤 큼, 헛기침을 했다.

'그건 또 어떻게 안 거야.'

세상에 나서지 않는 그리모아르가 듀블레드와 어깨를 나란히 하는 이유를 알겠다.

'저 미친 정보력 때문이구나.'
"저는 정말로 아니에요."
"믿을 수 없다."
"진짜라니까요. 제가 그리모아르의 선대를 납치할 이유가 없잖아요."
"신전과 얽힌 것 같으니 납치해서 알아내려는 것일 수도 있지. 정말로 억울하다면 증거를 대라."
"아니, 안 한 일의 증거를 어떻게 댑니까?"
말이 되는 소리를 하라고?
억울해진 내가 가슴을 쾅, 쾅, 내리쳤다.
"진짜예요. 저는 억울해요. 맹세라도 하겠다고요!"
"거짓말쟁이의 맹세는 믿지 않는다."
"세리아! 연명구라도 가져와! 연명구로 이 말이 거짓일 시 폭사하겠다는 맹세라도 해야겠으니!"
나는 씩씩거렸고, 세리아는 "정말로 가져올까요?" 하고 속삭였다.
그런데 이상했다. 왠지 그리모아르 공작이 조용했다. 무슨 일인가 싶어 쳐다보니 그가 조금 전의 나처럼 딱딱하게 굳어져 있었다.
"각 — 앗!"
그가 내 손목을 확 끌어당겼다.
"뭐, 뭐예요⋯⋯ 저는 정말로 납치한 적이 없⋯⋯."
"연명구를 가지고 있느냐?"
"⋯⋯가지고 있는데요?"
"네가 어떻게!"
"우리 엄마가 줬어요."
"그럴 리 없어."

“진짜거든요?”

“아니, 절대로 가능할 리 없어. 연명구는 그리모아르가 제작한, 내 가문의 가보니까.”

〈다음 권에 계속〉